포우 단편 베스트 걸작선

포우 단편 베스트 걸작선

에드가 앨런 포우 지음 박현석 옮김

동해출판

■ 옮긴이의 말

미국의 시인이자 소설가인 포우는 아버지에게서 유전적으로 물려받은 술버릇, 가난, 정신착란, 주위의 반감 속에서 짧고 불행한 생애를 보냈으나 그가 근대 문학에 끼친 영향은 실로 대단하다. 그의 소설은 이전까지의 일반적인 소설과는 달리 도덕, 교훈 등에 그 목적을 두지 않았다. 포우의 소설의 목적은 아름다움의 창조에 있었다.

그의 작품에서는 독특한 분위기를 느낄 수 있다. 음산함, 공포감, 괴기스러움, 우울, 유머, 풍자 등. 하나의 작품 전체에서 하나의 분위기를 느낄 수 있는데 이는 그의 창작원리이기도 했다. 그랬기에 포우는 하나의 작품에 하나의 주제를 담을 수 있는 시와 단편 소설에 치중했다.

추리소설을 이야기하면서 포우를 빠뜨릴 수는 없을 것이다. 『모르그가의 살인사건』, 『마리로제의 수수께끼』, 『도둑맞은 편지』 등은 추리소설이라는 장르를 확립, 뒤에 추리소설의 모범이 되었다. 아서 코난 도일의 작품인 '홈즈' 시리즈에도 포우에 의해 탄생한 탐정 뒤팽에 관한 얘기가 등장하는데 홈즈가 그를 훌륭한 탐정으로 인정하지 않은 점으로 봐서 코난 도일마저도 포우의 작품을 상당히 의식하고 있었던 듯하다.

『검은 고양이』, 『리지아』, 『어셔 가의 몰락』 등의 작품에서는 공포와 우울, 몽환을 맛볼 수 있다. 그리고 『현혹시키다』, 『안경』, 『봉봉』 등에서는 유머와 풍자를 음미할 수 있는데 이는 현대소설이 갖추어야 할 요소들로 포우는 자신의 단편들을 통해서 현대소설의 기반을 닦았다고도 할 수 있을 것이다.

포우는 한 작품을 여러 곳에 발표했고 발표할 때마다 작품을 수정했는데 그 때문에 다른 역서와 내용이 조금 다른 부분도 있을지 모르겠다.

이 책에는 포우의 대표작과 그의 특징을 잘 보여주는 작품들을 뽑아 실었다. 포우가 빚어내는 분위기에 한껏 빠져들 수 있을 것이다.

차례

04

02

포우 단편 베스트 걸작선

*창작은 영감에 따른 것이 아니라
아름다움의 이지적 건축이다.

─에드가 앨런 포우

검은 고양이

지금 여기에 적으려 하고 있는 더 없이 기이하고 더 없이 단순한 이야기를 독자들이 믿어줄 것이라고는 생각지 않으며, 또 믿어달라고도 하고 싶지 않다. 그렇다. 무엇보다도 내 눈, 내 귀가 인정하려 들지 않는 이 사건을 타인이 믿어주기 바란다면 그것은 미친 짓일지도 모르겠다. 그리고 나는 미치지 않았다. ─꿈이 아니라는 것도 틀림없는 사실이다. 하지만 나는 내일이면 죽을 목숨이다. 적어도 오늘 안에는 이 무거운 마음의 짐을 벗어버리고 싶다. 어쨌든 나는 우리 집에서 일어났던 아주 사소한 일련의 사건들을 그저 있는 그대로, 간결하게, 아무런 주석도 달지 않고 세상 사람들에게 밝혀두고 싶다. 그렇다, 결과적으로 그 사건들은 나를 공포로 몰아넣었으며 ─괴롭혔고─ 끝내 파멸에 이르게까지 했다. 하지만 그것을 지금 설명하고 싶지는 않다. 내게 있어서 그것은 거의 공포 이외에 아무것도 아니었지만 ─대부분의 사람들에게 그것은 공포라기보다 오히려 황당무계한 이야기에 지나지 않을지도 모른다. 그리고 얼마 지나지 않아서, 내게는 악몽과도 같았던 이 일도 그저 평범하기 짝이 없는 사건이었다고 웃어넘길 지성도 틀림없이 나타날 것이다. 나보다 훨씬 더 냉정하고 논리적이며 쉽게 흥분하지 않는 지성에게는 지금 내가 두려운 마음으로 적고 있는 이 일도, 다른 평범한 일과 마찬가지로 그 속에서 자연스러운 인과관계를 발견해낼 수 있는 일에 지나지 않을 것이다.

어렸을 때부터 나는 정이 많고 유순한 성격이 눈에 띄었었다. 다정함은 곧잘 친구들의 놀림감이 되곤 했다. 특히 동물을 좋아했는데 부모님은 내가 조르는 대로 늘 여러 가지 동물들을 마련해주셨다. 나는 매일 그 동물들과 함께 지냈는데 실제로 그들에게 먹이를 주거나 애무를 할 때만큼 나를 행복감에 빠져들게 하는 시간도 없었다. 그런 성격은 나이를 먹어감에 따라서 더욱 강해져 어른이 되어서도 나의 가장 커다란 즐거움 중 하나는 동물과 함께 시간을 보내는 것이 되었다. 만약 단 한 번이라도 충실하고 영리한 개를 귀여워해본 적이 있는 사람이라면 그 즐거움이 어떤 것인지, 얼마나 깊은 맛이 있는 것인지 굳이 설명하지 않아도 잘 알고 있을 것이다. 인간이라는 존재의 비열한 우정이나 얇은 종잇장과 같은 믿음 때문에 몇 번 쓴 잔을 마셔본 경험이 있는 사람들은 오히려 순진하고 사심 없는 동물의 자기희생적 사랑에서 가슴을 울리는 무엇인가를 맛보는 법이다.

나는 젊은 나이에 아내를 맞이했다. 다행스럽게도 아내는 대체로 나와 성격이 잘 맞는 여자였다. 내가 동물을 좋아한다는 사실을 알고는 곧 여러 가지 동물들을 집으로 데려왔다. 새, 금붕어, 개, 토끼, 원숭이 등과 함께 고양이도 한 마리 기르고 있었다.

· 마지막에 말한 고양이는 몸집이 매우 크고 온몸이 새까맣고 놀랄 만큼 영리하고 아름다운 고양이였다. 원래부터 적잖이 미신을 믿고 있었던 아내는, 이 고양이의 영리함에 대해서 이야기할 때면,

옛날부터 검은 고양이는 모두 마녀의 화신이라는 등의 항간에 떠도는 말들을 곧잘 꺼내곤 했다. 물론 아내가 그런 말들을 진심으로 믿고 있었던 것은 아니다. ―지금 내가 그 말을 한 것도 그저 문득 떠올랐기 때문에 지나지 않는다.

플루토(저승의 왕)―이것이 고양이의 이름이었다―는 내가 사랑하는 고양이이자 놀이상대이기도 했다. 언제나 내가 직접 먹이를 주었으며 고양이도 내가 가는 곳이라면 집안 어디에나 따라왔다. 거리까지 뒤따라 나온 것을 억지로 떼어내 돌려보내야 할 정도였다.

이렇게 우리의 우정은 몇 년 동안이나 계속되었는데 그 동안 (부끄러운 얘기지만) 내 기질과 성격이 ―음주라는 악마 때문에 완전히 타락해버리고 말았다. 날이 갈수록 성격이 격해져 쉽게 화를 냈으며 다른 사람의 기분 같은 것은 조금도 생각하지 않게 되었다. 아내에게도 아무렇지도 않게 난폭한 말을 하게 되었으며 심지어는 폭력을 휘두르게까지 되었다. 말할 필요도 없이, 곧 동물들이 내 성격의 변화 때문에 피해를 입게 되었다. 그들을 무시한 것은 물론 학대까지도 시작하게 되었다. 하지만 플루토에 대한 자제심만은 그래도 조금 남아 있었다고 해야 할까? 학대라고 할 수 있을 만한 짓은 하지 않았다. 토끼나 원숭이, 개와 같은 다른 동물은, 그것이 우연이든 아직도 나를 따르려는 마음에서이든 내 앞에 나타나기만 하면 가차 없이 잔인하게 괴롭혔다. 그런데 나의 병―아, 술보다 더 무시무시한 병이 또 있을까?―은 날이 갈수록 더욱 깊어져서 결국에는 플루토 ―그 때는 이미 늙기 시작했기 때문에 다소 까탈스럽게 구는 면이 있기는 했지만, 그 플루토마저도 종종 내 화풀이의 희생양이 되곤 했다.

어느 날 밤, 평소와 다름없이 마을의 술집에서 곤드레만드레 취해 집으로 돌아왔는데 플루토가 내 눈을 피하는 듯한 느낌을 주었다. 나는 갑자기 달려들어 플루토를 붙잡았는데, 그는 폭력을 두려워해서였는지 순간 내 손목을 깨물어 아주 조그만 상처를 냈다. 곧 악마의 그것과도 같은 분노가 나를 덮쳤다. 완전히 사리판단을 할 수 없게 되었다. 내 본래의 영혼은 한순간에 내 몸에서 빠져나갔으며, 지독한 술기운 때문에 악마의 그것보다도 더한 증오감이 내 전신을 흔들어댔다. 조끼 주머니에서 조그만 칼을 꺼내 고양이의 목덜미를 잡은 채로 한쪽 눈을 조심스럽게 후벼 파냈다. 입에 담기조차도 끔찍한 그 잔인함, 지금 그것을 기록하는 것에도 나는 부끄러움을 느끼고 몸이 떨려와 온몸에 불이 붙은 듯 뜨거워지는 것을 느낀다.

이튿날 아침 ─잠이 전날 밤의 술기운을 씻어주어─ 다시 이성을 되찾은 나는 자신이 저지른 무시무시한 죄에 반은 공포심을, 반은 후회를 느끼지 않을 수 없었다. 하지만 결국은 그것도 그리 강하지 않은, 애매한 감정에 지나지 않았으며 마음은 여전히 전과 다를 바가 없었다. 나는 다시 술에 취해 살던 예전의 생활로 되돌아갔으며 곧 이 사건에 대한 모든 기억도 술 속으로 사라져버리고 말았다.

그러는 동안 고양이는 서서히 몸을 회복했다. 눈알이 뽑힌 얼굴은 보기에도 끔찍한 형상을 하고 있었지만 더 이상 아픔은 느끼지 않는 듯했다. 예전과 다름없이 집안을 돌아다니기도 했지만 내가 다가가려 하면, 아주 당연한 일이겠지만, 겁을 먹고 도망치기에 바빴다. 내게도 아직은 예전의 마음이 조금 남아 있었기에, 전에는 그렇게도 나를 따르던 그 동물이 지금은 이렇게도 나를 싫어하는 모습을 보고 처음에는 슬픈 생각이 들었었다. 하지만 그런 감정은 곧 격렬한 분노로 변하여 결국에는 결코 돌이킬 수 없는 나의 마지막 파멸을 부르려는 듯 악귀의 정신이 나를 찾아들었다. 이 정신에 대해서는 철학도 아직 아무런 설명을 하지 않았다. 하지만 내 생각으로는 악귀의 정신이야말로 인간의 마음속 충동 중에서도 가장 원시적인 충동 중 하나이며, —인간의 성격을 좌우하는, 떼려야 뗄 수도 없는 근원적 능력 내지는 감정의 하나라는 사실은 마치 내 살아 있는 영혼이 틀림없이 존재하는 것처럼 아주 명백한 사실이다. 해서는 안 되는 줄 알면서도 단지 해서는 안 된다는 이유만으로 악행과 어리석은 짓을 거듭 범하는 자신을 깨닫지 못한 사람이 과연 이 세상에 존재할까? 우리에게는 평소 최고의 판단을 거스르면서까지 일부러 법이라는 것을 어기려고 하는 경향이 있다. 그것은 왜 일까? 단지 그것이 법이라는 사실을 알고 있기 때문이다. 그런데 지금은 그 악귀의 정신이 드디어 내 목숨을 앗아가게 되었다. 스스로를 학대하고 —자신의 천성에 학대를 가해— 단지 악을 위해서 악을 행하고 싶다는 인간 영혼의 이해할 수 없는 소망이 나를 충동질하여, 그 아무런 죄도 없는 동물에게 내가 가한 잔혹한 짓을 계속하게 했으며 결국에는 그 극한에까지 이르게 한 것이었다. 어느 날 아침 나는 아주 냉정한 기분으로 고양이의 목에 밧줄을 걸어

나뭇가지에 매달았다, —눈에는 눈물을 흘리며 가슴으로는 격렬한 회한을 느끼며 고양이를 나무에 매달았다. 고양이가 나를 잘 따른다는 사실을 알고 있었기 때문에, 그리고 나를 화나게 하는 짓은 그 무엇도 하지 않았다는 사실을 알고 있었기 때문에 고양이의 목을 맨 것이었다. 그렇게 함으로 해서 내가 죄를 저지르고 있는 것이라는 사실 —내 불멸의 영혼을 (그런 일이 있을 수 있다는 가정 하의 얘기지만) 은혜롭기 짝이 없고, 가장 큰 경외의 대상인 신의 무한한 자애의 손길도 미칠 수 없는 곳으로 내몰 만한 죄를 범하고 있다는 사실을 알고 있기 때문에 나는 고양이의 목을 매단 것이다.

이 잔인무도한 짓을 해치운 날 밤, 나는 '불이야!'라는 외침 때문에 잠에서 깨어났다. 내 침실의 커튼은 화염에 휩싸여 있었다. 집 전체가 불타고 있었다. 아내와 하녀 한 명과 나는 간신히 그 화염 속에서 벗어날 수 있었다. 모든 것을 잃었다. 전 재산을 잃었으며 이후 나는 절망에게 나의 몸을 맡기게 되었다.

나는 이 화재와 그 잔인무도한 행위 사이에서 인과관계를 찾아내려 할 만큼 심약한 사람이 아니다. 하지만 일련의 사실들을 자세하게 밝혀 —그 사실들을 연결하고 있는 그 어떤 고리도 불명확한 채로 남겨두고 싶지는 않다. 화재가 있던 다음 날, 나는 잿더미가 쌓인 곳을 찾아가보았다. 사방의 벽이 단 한 군데만 남겨놓고 전부 무너져 내렸다. 유일하게 남아 있는 벽은 집 한가운데쯤에 있던, 내 침대 머리맡 부분에 가까운 그다지 두껍지 않은 벽이었다. 회반죽이 맹렬한 불길을 잘도 견뎌냈던 것이다. —이는 얼마 전에 벽을 새로 발랐기 때문일 것이라고 나는 생각했다. 그 벽 주위에 검은 산처럼 사람들이 모여 벽의 한 부분을 면밀하고 주의 깊게 바라보고 있는 모습이 보였다.

"이상한데!"

"정말 신기해!"

그들의 이런 말이 내 호기심을 자극했다. 가까이 다가간 내 눈에 들어온 것은 하얀 벽면에 조각해놓은 듯한 커다란 고양이의 모습이었다. 고양이의 목 주위에는 밧줄이 걸려 있었다.

이 요물—내게는 그렇게 밖에 생각되지 않았다—을 처음 봤을 때, 나는 커다란 두려움과 놀라움에 빠지지 않을 수 없었다. 하지만 가만히 생각해보니 그리 놀랄 일도 아니라는 생각이 들었다. 그 고양이를 집과 연결되어 있는 정원에서 목매달았다는 사실이 떠올랐다. 불이 났다는 말에 그 정원은 곧 사람들로 가득 넘쳐났다. — 그 중 누군가가 고양이를 나뭇가지에서 끌어내려 열려 있던 내 방 창문으로 집어던진 것이리라. 아마 그렇게 해서 나를 깨워줄 생각이었던 듯한데, 다른 벽이 무너져 내리면서 내 잔인한 행위의 희생양이 된 고양이를 얼마 전에 새로 칠한 회반죽 쪽으로 밀어붙인 듯했다. 회반죽 속의 석회가 불길과 고양이 시체에서 나오는 암모니아와 하나가 되어 내가 본 것 같은 형상을 만들어놓은 것이리라.

나의 양심에 대해서라기보다 이성에 대해서, 지금 자세하게 적은 놀랄 만한 사실의 원인을 이렇게 설명해보기는 했지만, 그래도 이 사실은 내 마음에 깊은 인상을 남겨놓았다. 몇 개월 동안 나는 그 고양이의 환영에서 벗어날 수가 없었다. 그리고 그러는 동안 후회라고까지는 말할 수 없지만, 그것과 비슷한 막연한 어떤 감정이 나를 찾아왔다. 그 고양이를 잃었다는 사실을 안타까워했으며, 다소간은 그 고양이와 비슷한 모습을 하고 있어 그 고양이를 대신해줄 만한 다른 고양이를 단골로 드나드는 술집 등에서 찾아 헤매게 됐다.

어느 날 밤, 아주 허름한 술집에 반은 넋이 나간 상태로 앉아 있었는데 그 방의 유일한 가구라고 할 수 있는 진이나 럼주를 담는 커다란 통 위에 뭔가 거뭇거뭇한 것이 웅크리고 있는 것이 보였다. 나는 그 때까지 몇 분 동안이나 그 통 위를 가만히 들여다보고 있었는데 어째서 거기에 웅크리고 있는 것을 조금 더 빨리 발견하지 못했는지 신기할 정도였다. 가까이 다가가서 손으로 만져보았다. 그것은 검은 고양이였다. ㅡ플루토와 거의 비슷한 크기의 고양이로 딱 한 가지 점만 빼면 모든 면에서 플루토와 똑같았다. 플루토는 몸 전체 그 어느 곳에도 하얀 털이 자라 있지 않았지만 이 고양이는 가슴 부근 거의 전부가 크고 윤곽이 흐릿한 하얀 반점으로 둘러싸여 있었다.

내가 쓰다듬자 고양이는 바로 자리에서 일어나 자꾸만 목을 꾸룩꾸룩 울리며 내 손에 몸을 비벼댔는데 내가 발견해준 것이 아주 기쁜 모양이었다. 이것이야 말로 내가 그렇게도 찾아 헤매던 바로 그 고양이였다. 나는 바로 술집 주인에게 가서 그 고양이를 팔라고 말했는데 주인은, 그 고양이는 자신의 것이 아니며 ㅡ전혀 알지도 못하고 ㅡ지금까지 본 적도 없다는 것이었다.

나는 고양이를 더 쓰다듬어주다가 집으로 돌아오려 했는데 고양이가 나를 따라오고 싶어 하는 눈치를 보였다. 그래서 고양이는 제

하고 싶은 대로 하라고 그냥 내버려두고 걸어오면서 때때로 몸을 숙여 가볍게 두드려주었다. 집에 도착하자마자 고양이는 완전히 길들여졌고 곧 아내의 마음을 완전히 사로잡아버렸다.

하지만 나는 얼마 지나지 않아서 그 고양이에 대한 혐오감이 가슴 속에서 솟아오르는 것을 느꼈다. 이는 전혀 예상하지 못했던 일이었다. 어쨌든 —어째서인지, 또 무엇 때문인지는 전혀 알 수 없었지만— 그 고양이가 나를 좋아하고 있다는 사실이 오히려 나를 질리게 만들고 화를 북돋우는 것이었다. 질리고 화가 난다는 감정은 날이 갈수록 더욱 깊어져서 격렬한 증오로 바뀌고 말았다. 나는 그 고양이를 피하게 되었다. 뭔지 모를 부끄러움과 예전에 내가 범했던 잔혹한 행위에 대한 기억이 고양이를 괴롭히지 못하게 했기 때문이다. 몇 주일 동안 나는 그 고양이를 때리지도 않았으며 그 외에 거칠게 대하는 행동도 보이지 않았다. 하지만 서서히 —그야말로 아주 천천히— 구역질이 날 것 같은, 뭐라 이름 하기 힘든 기분으로 그 녀석을 바라보게 되어 마치 전염병 환자의 숨결을 피하듯 그 녀석의 혐오스러운 모습으로부터 슬슬 도망을 치게 되었다.

이 고양이에 대한 내 혐오감이 더욱 깊어진 이유는, 틀림없이 녀석을 집으로 데려온 다음 날 아침으로 기억되는데 녀석도 플루토처럼 한쪽 눈이 없다는 사실을 알게 되었기 때문이었다. 하지만 아내는 그 사실 때문에 고양이를 더욱 가엾게 여기는 듯했다. 앞서도 말한 것처럼 지난 날의 나라는 인간의 커다란 특징이자 내 소박하고 순수한 여러 즐거움의 원천이기도 했던 따뜻한 마음을 아내는 많이 가지고 있었기 때문이었다.

그런데 내가 이 고양이를 싫어하면 싫어할수록 고양이는 내가 좋아서 견딜 수가 없어지는 모양이었다. 그 녀석이 내 뒤를 얼마나 집요하게 따라다녔는지 독자들은 도저히 알 수 없을 것이다. 내가 앉아 있으면 의자 밑에 웅크리고 앉아 있기도 하고 무릎 위로 뛰어올라 혐오스러울 정도로 내 몸 여기저기에 자신의 몸을 비벼대기도 했다. 내가 의자에서 일어나 걷기 시작하면 양발 사이로 기어들어와 나를 넘어질 뻔하게 만들 뿐만 아니라 길고 날카로운 발톱을 옷에 걸어 가슴 부근까지 기어오르기도 했다. 그럴 때마다 한 방에 때려죽이고 싶은 생각이 들었지만 그렇게 하지 않았던 이유 중 하나는 예전에 내가 저질렀던 죄악이 떠올랐기 때문이었다. 하지만 무엇보다도 ―솔직히 말하자면― 그 고양이가 무서워서 견딜 수 없었기 때문이었다.

이 공포심은 내게 육체적인 위험이 가해질지도 모른다는 데서 오는 것만은 아니었는데 ―그 외에는 어떻게 설명해야 할지 알 수가 없었다. 자백하기 좀 부끄럽지만 ―그렇다, 중죄인을 가두는 독방에 넣는다 해도 자백하기 부끄럽지만― 그 고양이가 내게 심어준 공포와 전율은 전혀 근거 없는 망상 때문에 더욱 심해지게 되었다. 이미 앞서 말한 바 있는 이 고양이의 하얀 반점―그것은 이 기묘한 고양이와 내가 죽인 고양이를 구분해주는 유일한 차이점이었는데―에 아내가 몇 번이고 주목하게 만들었다. 그 반점이 크기는 했지만 처음에는 윤곽이 흐릿했었다는 사실은 독자들도 기억하고 있을 것이다. 그런데 그 반점이 조금씩 진해지더니 ―눈에 띄지 않을 만큼 서서히, 오랫동안 내 이성이 단지 그렇게 보이는 것일 뿐이라고 부정을 하는 동안— 결국에는 확실한 윤곽을 띠게 되었다. 그것은 입에 담기만 해도 소름이 끼치는 어떤 물건의 모습을 하고 있었다. —그 형상을 나는 진심으로 혐오하고 두려워했으며 가능하다면 이 고양이를 죽여버리고 싶다고 생각했다. —그렇다. 이제 그것은 온몸의 털이 곤두설 정도로 —끔찍한 것 —교수대와 똑같은 모습을 띠게 되었던 것이다! —아, 공포와 범죄의, 고민과 죽음의 끔찍하고 두려운 형구의 모습이 되어버린 것이다!

이렇게 나는 세상의 평범한 사람들은 맛볼 수 없는 비참함 속에 던져진 것이었다. 겨우 한 마리의 짐승이 —그 동류를 아무렇지도 않게 내가 죽어버렸던 짐승이— 신의 형상을 본떠 만들어진 인간인 나를 —견디기 힘든 고통 속으로 몰아넣을 줄이야! 아아! 나는 더 이상 밤이고 낮이고 안식이라는 하늘의 은혜를 맛보지 못하게 되었다! 낮에는 고양이가 한시도 내 곁에서 떠나지 않았으며, 밤에는 말로 형언할 수 없이 무시무시한 꿈 때문에 한 시간 간격으로 깜짝 놀라 눈을 뜨면 그 녀석의 숨결이 내 얼굴을 덮치고 있으며 그 녀석의 무거운 몸이 —내 힘으로는 떨쳐낼 수 없는 악마의 화신이— 내 심장 위를 짓누르고 있다는 사실을 알 수 있었다!

이런 고뇌에 짓눌려서 내 내부에 남아 있던 조그만 선도 힘없이 무너져버리고 말았다. 사악한 생각이 —아주 어둡고, 아주 사악한 생각이 내 마음의 유일한 친구가 되었다. 평소 까다로웠던 성격이 더욱 까다로워져서 모든 사람, 인류 전체에 대해 증오심을 품게 되었다. 전혀 뜻밖의 상황에서 때때로 나를 덮치는, 억제하기 힘든 분노의 발작에 완전히 몸을 내맡기게 되었는데 그런 나를 참을성 있게 지켜보는 것은, 아, 불평 한마디 하지 않는 나의 아내였다.

어느 날 아내는 어떤 집안일 때문에, 당시 우리가 가난했기에 어쩔 수 없이 살게 된 낡은 건물의 지하실까지 나를 따라왔다. 그 고양이도 내 뒤를 따라서 경사가 급한 계단으로 왔는데 내게 엉겨붙는 바람에 하마터면 계단 밑으로 거꾸로 처박힐 뻔했다. 그 일 때문에 나는 미쳐버릴 듯한 분노에 사로잡혔다. 너무 화가 난 나머지 도끼를 치켜들자 그때까지 내 손을 억누르고 있던 유치한 공포심도 사라져 고양이를 향해 일격을 가하려 했다. 이 일격이 내 뜻대로 이루어졌다면 고양이는 틀림없이 그 자리에서 목숨을 잃었을 것이다. 하지만 그 일격은 아내의 손에 의해서 저지를 받았다. 방해를 받자 악마에 휩싸였을 때보다도 더욱 격한 분노에 휩싸이게 된 나는 아내의 손에서 내 팔을 빼내 아내의 정수리를 도끼로 내리찍었다. 아내는 신음소리 한번 올리지 못하고 그 자리에 쓰러져 숨을 거뒀다.

이 무시무시한 살인을 저지른 뒤 나는 바로, 그것도 매우 신중하게 사체를 숨길 방법에 골몰했다. 낮이건 밤이건 사람들의 눈을 피해 집에서 사체를 끌어내기란 불가능하다는 사실을 잘 알고 있었다. 여러 가지 계획이 머리에 떠올랐다. 사체를 잘게 토막 내서 불에 태워버릴까도 생각해보았다. 지하실 바닥에 사체를 묻을 구멍을 파야겠다고 결심한 적도 있었다. 그리고 정원의 우물에 사체를 집어넣는 방법이나 ─상품처럼 상자에 담아 평범한 짐처럼 꾸민 뒤 사람을 시켜 집 밖으로 운반해낼까도 진지하게 생각해보았다. 마지막으로 나는 위의 그 어떤 방법보다도 훨씬 더 좋다고 생각되는 방법을 떠올렸다. 중세의 성직자들은 자신이 죽인 사람을 벽 속에 넣었다는 기록이 남아 있다는 사실을 떠올린 나는 아내의 사체를 지하실 벽 속에 넣기로 했다.

우리 집 지하실은 그 목적을 수행하기에 아주 적합한 곳이었다. 사방의 벽이 전부 그다지 튼튼하지 않으며 거기에 거친 회반죽을 바른 지 얼마 되지 않았는데 그것이 눅눅한 공기 때문에 아직 굳지 않은 상태였다. 뿐만 아니라 한쪽 벽에 원래는 장식이었던 굴뚝인지 난로인지 모를 것이 앞으로 툭 튀어나온 부분이 있었는데 거기를 묻어서 지하실의 다른 부분과 똑같이 만든 부분이 있었다. 그 부분의 벽돌을 빼내고 사체를 넣은 다음 벽 전체를 전과 같이 발라 사람들의 눈을 속이기란 아주 간단한 일이라고 나는 확신하고 있었다.

내 생각은 정확했다. 쇠 지렛대로 별 어려움 없이 벽돌을 빼내고 사체를 주의 깊게 안쪽 벽에 기대놓은 뒤, 그 자세대로 사체를 지탱한 채 벽돌 전체를 아주 간단하게 예전처럼 쌓아놓았다. 최대한 주의를 기울여 모르타르와 모래, 머리카락을 마련해 예전 것과 구별이 되지 않는 회반죽을 만들어 그것을 조금 전에 다시 쌓은 벽돌 위에 조심스럽게 발랐다. 일을 마치고 나는 모든 것이 완벽하다는 사실에 만족감을 느꼈다. 벽에서 손을 댄 부분이라고는 전혀 찾아볼 수 없었다. 바닥에 떨어진 쓰레기도 세심한 주의를 기울여 주웠다. 나는 승리감에 젖어서 주위를 둘러보며 중얼거렸다.

"내 노력이 결코 헛된 것은 아니었군."

다음으로 해야 할 일은 이런 비참한 결과의 원인을 제공한 짐승을 찾아내는 것이었다. 드디어 나는 그 녀석을 죽여버려야겠다고 굳게 결심을 했기 때문이었다. 그 순간 고양이를 찾아냈다면 녀석의 운명은 이미 결정된 것이나 다름없었을 것이다. 그런데 교활한 그 녀석은 조금 전 내가 화를 내는 모습을 보고 겁을 먹었는지 그런 마음을 먹고 있는 내 앞에 모습을 드러내지 않았다. 그 혐오스러운 고양이가 사라졌다는 사실이 내 가슴에 불러일으킨 깊고 흐뭇한 안도감은 글로 표현할 수도 상상할 수도 없을 정도의 것이었다. 고양이는 그날 밤 내내 모습을 나타내지 않았다. 덕분에 나는 그 고양이를 집으로 데려온 날 이후로 딱 하룻밤 조용히 깊은 잠을 잘 수 있었다. 그렇다. 내 영혼에 사람을 죽였다는 무거운 부담감을 느끼면서도 잠을 잘 수 있었던 것이다.

이틀이 지나고 사흘이 지났지만 나를 괴롭히는 그 녀석은 여전히 모습을 드러내지 않았다. 나는 다시 자유로운 인간으로서 호흡을 할 수 있게 되었다. 그 괴물은 공포에 질려서 이 집에서 도망친 것이다! 두 번 다시 녀석의 모습을 보게 될 일은 없을 것이다! 이야말로 더할 나위 없는 행복이다! 나는 자신이 저지른 어두운 범죄행위 때문에 혼란스러움을 느끼는 일은 거의 없었다. 몇 번 심문을 받기는 했지만 즉석에서 변명을 할 수가 있었다. 가택수사도 행해졌지만 —물론, 그 무엇도 발견될 리가 없었다. 이로써 나는 내 미래의 행복을 확신할 수 있게 되었다.

아내를 살해한 지 나흘째 되던 날, 한 무리의 경관들이 갑자기 집으로 들이닥쳐 다시 집안을 엄중하게 수색하기 시작했다. 하지만 사체를 숨겨둔 장소를 찾아낼 리가 없다고 확신한 나는 조금도 당황하지 않았다. 경관들은 조사에 입회하라고 내게 명령을 내렸다. 그들은 집안을 구석구석 샅샅이 뒤졌다. 이것으로 세 번째인가 네 번째가 되는데 드디어 다시 한 번 지하실로 내려갔다. 나는 눈하나 꿈쩍하지 않았다. 심장은 아무런 가책도 받지 않고 잠을 잘 때처럼 조용히 고동치고 있었다. 나는 지하실 끝에서 끝을 걸었다. 가슴에서 팔짱을 낀 채 이쪽저쪽 유유히 걸어 다녔다. 경찰관들은 완전히 의심이 풀렸는지 지하실에서 나가려 했다. 내 마음의 격렬한 기쁨을 억누를 수가 없었다. 나는 승리의 함성을 올리기 위해, 그리고 내가 결백하다는 사실을 그들에게 더욱 확실하게 심어주기 위해 무엇인가 한마디 해야겠다는 마음을 억누를 수가 없었다.

"여러분."

경관들이 계단을 오를 때 나는 드디어 입을 열었다.

"저에 대한 당신들의 의심이 풀려서 정말 기쁩니다. 여러분들의 건강을 빌겠습니다만, 다음부터는 좀 더 예절을 지켜주셨으면 합니다. 그건 그렇고 이 집은 정말 튼튼합니다."

(무슨 말이든 거침없이 내뱉어야겠다는 미칠 것 같은 소망 때문에 나는 자신이 무슨 말을 하고 있는지도 몰랐다.)

"너무 잘 지어진 집입니다. 이 벽도 —어? 여러분 벌써 돌아가십니까?— 이 벽도 아주 튼튼하게 만들어졌습니다."

여기까지 말한 나는 그저 허세를 부려보고 싶다는 미치광이 같은 마음에서 내 사랑하는 아내의 사체를 숨겨둔 바로 그 부분의 벽돌을 손에 들고 있던 지팡이로 세차게 두드렸다.

그런데, 아, 신이시여. 대마왕의 아가리에서 나를 구해주시옵소서! 지팡이로 벽을 두드린 소리의 메아리가 그쳐 주위가 정적 속으로 빠지자마자 그 무덤 속에서 답이라도 하듯 소리가 들려왔다. ─처음에는 무엇인가에 짓눌린 어린아이의 울음소리와도 같은 것이 띄엄띄엄 들려왔는데 한순간 그 소리가 높아지더니 아주 이상한, 인간의 목소리라고는 생각되지 않는 길고 커다란 절규가 끊임없이 들려오기 시작했다. ─포효라고 해야 할지─ 몸부림치며 괴로워하는 지옥의 망자들과, 그들이 지옥에 떨어진 것을 미친 듯이 기뻐하는 악마들의 목구멍에서 한꺼번에 쏟아져 나오는, 공포와 승리가 한데 뒤섞인, 지옥에서나 들을 수 있을 것 같은 울음소리였다.

내가 어떤 생각에 사로잡혔는지는 말할 필요도 없을 것이다. 정신을 잃어 비틀거리며 반대편 벽 쪽으로 걸어갔다. 계단 위에 있던 경관들은 공포에 전신이 떨려와 한동안 한 발짝도 움직이지 못했다. 그 다음 순간, 열두 개의 억센 팔들이 벽을 뜯어내기 시작했다. 벽은 힘없이 무너져 내렸다. 응고된 피가 엉겨 붙어 있고 이미 심하게 부패해버린 사체가 모두의 눈앞에 우뚝 서 있었다. 그 머리 위에 새빨간 입을 벌린 채 한쪽 눈을 불처럼 번뜩이며 그 저주받을 짐승이 앉아 있었다. ─나는 그 녀석의 사악한 꾐에 빠져서 살인을 저질렀고, 그 녀석이 조금 전에 올린 울음소리 때문에 사형집행인의 손에 넘겨지게 된 것이다. 나는 이 괴물을 무덤 속에 처넣어버렸던 것이다.

리지아

여기에 영원불멸한 의지가 있다. 그 누가 그 힘에 가득한 의지의 신비함을 전부 알 수 있겠는가? 즉, 신이란 하나의 위대한 의지이며 그 자질의 강렬함으로 모든 삼라만상에 빠짐없이 침투해 있다. 인간은 의지의 나약함에 의지하지 않는 한 천사에게도, 죽음에게도 굴종하지 않는 법이다. (조셉 글랜빌)

리지아라는 여자를 언제, 어떻게, 또 정확히 어디서 알게 되었는지 나는 전혀 기억할 수가 없다. 이미 오랜 세월이 흘렀으며 계속 된 고뇌에 내 기억력은 시들어버리고 말았다. 아니면 지금 그런 것들을 마음속에 떠올리지 못하는 것은, 사실 그 사람의 성격, 보기 드문 학식, 독특하면서도 조용하고 편안한 얼굴, 사람의 마음을 흔들어 매료시켜버리는 그 낮은 음악 같은 말투가 그대로, 또한 아주 은밀하게 내 마음속으로 스며들어 언제, 어디서와 같은 것에는 신경 쓸 틈도 없었고, 또 알 수도 없었기 때문이었을까? 하지만 우리가 만난 지 얼마 되지 않았을 때 내가 그녀를 자주 만났던 곳은 틀림없이 라인 강변에 있는 한 크고 오래 된, 쇠퇴해가던 마을이었을 것이다. 그녀의 집안 —이에 대해서는 그녀에게서 확실하게 들었다. 아주 오래 전부터 전해 내려오는 유서 깊은 집안이었던 것만은 틀림없다. 리지아! 리지아! 나는 외형적인 것이 주는 인상을 추방하는 데 가장 어울릴 만한 성질을 가진 학문에 종사하고 있지만 그 감미로운 말만은 예외여서, ―리지아, 라고 중얼거리면 지금은 이 세상에 없는 그녀의 모습이 눈앞에 생생하게 떠오른다. 그런데 지금 이 글을 쓰면서 문득 떠올랐는데, 처음에는 나의 친구이자 약혼녀, 그리고는 내 학문의 반려, 결국에는 내 마음의 아내가 되어버린 그녀의 성을 나는 끝내 알지 못했다. 그 점에 대해서 알기를 게을리 했던 것은 리지아가 장난스럽게 이를 금했기 때문이었을까, 강한 내 애정의 증거였기 때문이었을까, 아니면 내 자신의 변덕 ―최고의 사랑의 신전에 바치는 광기와도 비슷한 낭만적인 제물이라고 부를 만한 그런 것들 때문이었을까?

솔직히 그 점에 대해서는 아주 막연하게 밖에 생각이 떠오르지 않는다. ―그러니 그 계기가 되었던, 혹은 그것에 부수된 사정을 완전히 잊었다 하더라도 그건 그다지 이상한 일이 아닐 것이다. 그리고 만약, 로망스라 불리는 정령 ―우상숭배의 나라 이집트의 안개의 날개를 가진 푸른 얼굴의 여신 아슈트페트가 사람들이 말하는 것처럼 불길한 결혼을 관장하는 것이라면, 내 결혼을 관장한 것도 틀림없이 바로 그 여신이었을 것이다.

하지만 결코 잊을 수 없는 사랑스러운 추억이 하나 있다. 그것은 리지아의 모습이다. 키가 크고 다소 늘씬한 느낌을 주었지만 말년에는 오히려 말랐다는 느낌을 주었다. 그녀의 기품, 조용한 몸짓의 자연스러움, 경쾌한 발걸음 등은 말로 표현할 수 없는 것이었다. 그녀는 그림자처럼 다가와서 그림자처럼 사라졌다. 문을 꼭 닫아둔 서재 안으로 그녀가 들어와도 나는 그것을 깨달은 적이 단 한 번도 없었으며, 그녀가 대리석 같은 손을 내 어깨에 올리며 그 낮고 감미로운 음악 같은 목소리로 속삭이기 시작해야 비로소 그녀가 들어왔다는 사실을 깨닫곤 했다. 얼굴의 아름다움에 관해서라면 그녀보다 뛰어난 아가씨는 없었다. 그것은 마치 아편에 취해 꾸는 꿈속의 빛줄기 같은 반짝임 ─델로스 아가씨들의 꿈꾸는 영혼 속을 오가는 환상보다도 더욱 아련하고 신비하여 영혼까지도 숭고해질 것만 같은 용모였다. 하지만 그녀의 얼굴은 잘못된 숭배를 가르치는 이교도들의 예술작품처럼 전형적인 균형미를 갖추고 있지는 않았다. '최고의 미는 어딘가에 균형을 깨는 기이한 점을 가지고 있다.' 고 베이컨이 미의 모든 형태와 장르에 대해서 아주 적절한 표현을 했다. 그런데 그녀의 얼굴에서 나타나는 미는 전형적인 균형미와는 다른 것이었다. ─또한 그 아름다움은 그야말로 '최고의' 아름다움이었기에 어딘가에 '기이한 점' 이 있을 터였지만, 막상 그 불균형을 찾으려 하면 그것은 보이지 않았으며, 그 '기이한 점' 의 원인이 될 만한 곳을 찾아보아도 확실하게 그것을 찾아낼 수가 없었다. 창백하고 눈에 띄는 이마를 살펴보았다. ─그것은 완벽했다. ─하지만 그처럼 신성한 것을 표현하기에 완벽이라는 말은 또 얼마나 초라한 것인가? 순백의 상아까지도 무색하게 할 정도의 피부, 고고할 정도로 넓고 고요함, 관자놀이 윗부분의 완만한 융기, 그리고 새의 젖은 깃털처럼 검고 윤기 넘치며 자연스럽게 물결치는 머리카락은 호메로스의 '히아신스의 꽃송이 같다' 는 표현에 아주 잘 어울리는 것이었다. 이번에는 섬세한 코의 윤곽을 바라보았다. ─그처럼 완벽한 콧날은 이스라엘의 메달에 조각 된 우아한 조각에서나 볼 수 있는 것이었다. 반들반들하고 고운 피부도 메달의 조각과 비슷했으며, 콧잔등도 역시 메달의 조각과 비슷했고, 아주 조금이기는 했지만 매부리처럼 약간 호를 그리고 있었으며, 그와 마찬가지로 조화를 이루며 완만하게 곡선을 그리고 있는 콧구멍은 정신의 자유로움을 나타내고 있었다. 나는 부드러운 입술을 바라보았다. 여기서는 모든 천상적인 것이 개가를 올리고 있었다. ―멋지게 젖혀진 짧은 윗입술, ―부드럽고 육감적으로 잠든 것만 같은 아랫입술 ―보일 듯 말 듯한 보조개, 무언가 호소하는 듯한 빛깔, ―이는 그녀가 조용히, 하지만 기쁨에 넘쳐서 미소 지을 때, 거기에서 넘쳐나는 깨끗한 빛 하나하나를 놀랄 정도의 밝음으로 반사하고 있었다. 나는 턱의 생김새를 살펴보았다. ―거기에도 역시 그리스 인들에게서 볼 수 있는 호방함, 부드러움, 위엄, 충실성, 그리고 정신성이 있었다. 그것은 아폴로가, 아테네인의 아들 클레오메네스에게 꿈속에서만 얼핏 보여줬다고 하는 윤곽이었다. 그리고 나는 리지아의 커다란 눈을 들여다보았다.

눈에 대해서는 먼 옛날에서도 그 전형을 찾아볼 수 없었는데, 내 애인의 두 눈에야말로 베이컨이 시사한 비밀이 숨겨져 있었던 것일지도 몰랐다. 그 눈은 틀림없이 우리 인류의 평균적인 눈보다도 훨씬 더 컸다. 그 눈은 누아자하드 계곡에 살고 있는 영양의 눈을 가진 종족의 눈보다도 더욱 동그랗고 귀여웠다. 하지만 그런 리지아의 눈에 띄는 특징을 조금이라도 볼 수 있는 것은 아주 가끔. ―즉, 감정이 이상할 정도로 고양되었을 때뿐이었다. 그리고 그럴 때 보이는 그녀의 아름다움은 ―내가 너무 깊은 공상에 빠져 있었기에 그렇게 보인 것일지도 모르겠지만― 지상의 것보다 높은, 혹은 지상의 것과는 차원이 다른 아름다움 ―터키의 전설에 나오는 천녀의 아름다움. 눈동자의 색깔은 반짝반짝 빛나는 칠흑 같았고 그보다 훨씬 위쪽에는 흑요석과 같은 검은 눈썹이 차양처럼 드리워져 있었다. 눈썹은 윤곽이 조금 불규칙하기는 했지만 색은 역시 같았다. 하지만 내가 눈에서 발견한 '기이한 점'은 얼굴의 형태나 색, 반짝임과는 다른 종류의 것으로 그것은 눈의 표정에 있는 것이라고 할 수 있을 것이다. 아! 무의미한 말들이여! 말의 막연한 울림을 빙자로 우리는 그 얼마나 많은 정신에 대한 무지를 그 밑에 숨기고 있는 것일까? 리지아의 눈의 표정! 나는 그 얼마나 오랜 시간 그것에 대한 생각에 잠겨 있었던가? 한여름 밤 내내 그 정체를 알아내기 위해서 그 얼마나 몸부림을 쳤던가? 사랑스러운 사람의 눈동자 깊은 곳에 ―데모크리토스의 우물보다 더 깊은 그 곳에― 숨어 있는 것은 과연 무엇일까? 나는 그것을 알고 싶다는 정열에 휩싸였다. 그 눈! 그 크고 반짝이는 신성한 눈동자! 내게 있어 그것은 레다의 쌍둥이좌, 나는 그 두 별을 점치는 경건한 점성술사.

정신의 과학에는 이해할 수 없는 변칙적인 것들이 헤아릴 수도 없이 많지만 그 중에서도 특히 관심을 끄는 것은 ―학문의 세계에서는 거의 아무런 관심도 끌고 있지 못한 것 같지만― 오랫동안 완전히 잊고 있던 일을 기억해내려 할 때, 금방 생각이 날 것 같으면서도 끝내 생각이 나지 않는 경우가 있다는 사실이다. 이 경우도 그랬는데, 리지아의 눈을 열심히 관찰하고 있을 때는 그 표정의 비밀을 금방이라도 알 수 있을 것 같았지만 ―곧 그것을 알 수 있을 것 같았지만— 확실하게 그것을 알 수는 없었고 —그러는 동안 결국에는 완전히 알 수 없어지는 경우가 자주 있었다. 하지만 (기묘하게도, 참으로 기묘하게도) 이 우주의 아주 평범한 현상들 속에서 나는 그 표정을 떠오르게 하는 것들을 수도 없이 발견해냈다. 즉, 리지아의 아름다움이 내 정신 속으로 스며들어와 그곳에 궁전을 지은 이후로, 나는 물질계의 수많은 현상들 속에서 그녀의 커다랗고 반짝이는 눈동자가 내 마음속에 불러일으키는 정서를 느끼게 되었던 것이다. 하지만 그렇다고 해서 그 정서를 그만큼 확실하게 규정하고 분석할 수 있게 된 것도, 또한 그만큼 똑똑히 지켜볼 수 있게 된 것도 아니었다. 다시 한 번 말하겠는데, 나는 쑥쑥 자라나는 포도 덩굴을 보고 그와 같은 정서를 느꼈다. — 때로는 나방을, 나비를, 번데기를, 그리고 흘러가는 물을 보고 그것을 느꼈다. 나는 그것을 바다에서도 느꼈으며 —유성이 꼬리를 늘이며 떨어지는 모습에서도 느꼈다. 아주 나이 든 노인의 눈빛에서도 그것을 느꼈다. 망원경으로 천체를 관찰할 때, 한두 개의 별(특히 거문고좌의 큰 별 가까이에 있는, 쌍을 이루고 변광하는 육등성) 중에도 그와 같은 정서를 불러일으키는 것들이 있었다. 현악기를 뜯는 소리에서도, 그리고 때로는 책의 한 문장에서도 나는 그런 감정을 마음껏 느낄 수 있었다. 이렇게 수많은 것들 중에서도 특히 내가 뚜렷하게 기억하고 있는 것은 조셉 글랜빌의 책에 나오는 한 구절로, (조금 특이한 면이 있었기 때문이었을지도 모르겠지만) 그 구절은 반드시 그 정서를 불러일으켰다. '여기에 영원불멸한 의지가 있다. 그 누가 그 힘에 가득한 의지의 신비함을 전부 알 수 있겠는가? 즉, 신이란 하나의 위대한 의지이며 그 자질의 강렬함으로 모든 삼라만상에 빠짐없이 침투해 있다. 인간은 의지의 나약함에 의지하지 않는 한 천사에게 도, 죽음에게도 굴종하지 않는 법이다.'

오랜 세월 동안 사색을 거듭한 덕분에 이 영국의 모럴리스트의 글과 리지아의 성격의 일면 사이에 희미하기는 하지만 서로 통하는 부분이 있다는 사실을 나는 깨달을 수 있었다. 그녀의 경우 사고, 행동, 언어의 조밀함은 그 거대한 의지의 결과이거나 적어도 의지의 발로임에 틀림없었는데, 그녀와 오랫동안 친밀하게 사귀어 오는 동안에는 그러한 의지가 존재를 나타내는 그 외의 좀 더 직접적인 증거를 본 적이 없었다. 외모는 온화하고 늘 단정함 그 자체였지만, 내가 지금까지 알고 지내던 여성 중에서 탐욕스러운 독수리와 같은 정열에 리지아만큼 과감하게 몸을 내던진 사람은 없었다. 이러한 정열은 나를 기쁘게도 하지만 두렵게도 만드는, 기적적이라고 해도 좋을 만큼 커다란 눈 ―그녀의 낮은 목소리의 마술적인 선율, 억양, 명석함, 조용함 ―그리고 그녀가 언제나 입에 담는 치열한 언어(조용한 말투와의 대비로 이중의 효과를 낸다)가 빚어내는 강력한 효과에 의해서만 평가될 수 있는 것이었다.

그녀의 학식에 대해서는 앞서도 말했지만, 박식함에 있어서, ―다른 여성에게서는 그런 박식함을 본 적이 없었다. 고어에 정통했으며, 유럽 각국의 현대어에 있어서도 내 지식 범위 내에서 그녀가 실수를 범한 적은 단 한 번도 없었다. 학부가 자랑하는 학문 중에서도 난해함 때문에 온갖 칭찬을 듣고 있는 것을 주제로 삼아도 리지아는 전혀 위축되지 않았다. 아내의 자질 중에서도 특히 이 점이 아주 기묘하게 ─그리고 격렬하게 지금의 내 마음을 사로잡고 있다. 그녀의 학식이, 다른 여성에게서는 찾아볼 수 없는 것이라고 조금 전에 말했는데 ─남성 중에서도 정신과학, 자연과학, 수학 등의 광범위한 전 영역에 대해서 그녀처럼 잘 알고 있는 사람이 과연 있기나 할까? 요즘에서야 확실하게 깨달았는데, 당시 나는 그녀의 학식이 그처럼 해박하며 경탄할 만한 것이라는 사실을 모르고 있었다. 하지만 그녀의 비할 데 없는 탁월함에 대해서는 경외심을 품고 있었기 때문에 결혼 초기에는 마치 어린아이처럼 그녀를 신뢰했으며, 그 무렵 내가 몰두해 있던 혼돈스럽기 짝이 없던 형이상학에 대한 연구지침의 모두를 그녀에게서 받았다. 탐구하는 사람도 거의 없으며, 또 인정받는 일은 더욱 없는 학문에 열중하고 있는 내게 그녀가 몸을 굽혀 왔을 때, 나는 커다란 격려와 ─뼛속까지 스밀 듯한 기쁨을 느꼈으며, 천상적인 최고의 희망에 넘쳐 났고, ─눈앞에 마음을 자극하는 전망이 넓게 펼쳐져 그 길고 장엄한 전인미답의 길을 따라가면 너무나도 신성하고 귀중하기 때문에 사람의 지혜가 접근하는 것을 용납지 않았던 궁극적인 지혜에 가 닿을 수 있을 것이라고 강하게 확신하고 있었다.

그랬기 때문에 몇 년 뒤, 그 충분한 근거를 가진 기대가 날개를 달고 날아가 버렸을 때 내가 얼마나 커다란 비탄에 잠겼었는지 상상하기는 그리 어렵지 않을 것이다. 리지아가 떠난 뒤 나는 마치 어둠 속을 헤매는 어린아이 같았다. 그녀가 있어주는 것만으로도, 그녀가 책을 읽어주는 것만으로도 초월주의철학의 수많은 신비에 아름다운 광채가 비쳐들었지만, 그녀 눈의 눈부신 빛이 사라지면 아름답게 빛나던 문자도 암울한 납보다도 더욱 어두운 납빛으로 변해버리고 말았다. 그런데 그런 그녀의 눈빛이 내 책의 페이지를 비추는 날이 점점 줄어들었다. 리지아가 병에 걸린 것이다. 광기 어린 눈은 너무나도 ―너무나도 찬연한 광채를 발하며 불타오르고 있었고, 핏기 가신 손가락은 밀랍처럼 투명했고, 그 높은 이마의 파란 정맥은 조그만 감정의 동요에도 심하게 요동쳤다. 리지아는 틀림없이 죽을 것이라는 사실을 깨달은 나는 ―마음속에서 저 냉혹한 죽음의 천사 아즈라엘과 필사의 싸움을 벌였다. 내게는 의외로 비춰졌지만, 정열적인 아내가 벌이는 죽음과의 항쟁은 나의 그것보다 훨씬 더 격렬했다. 그녀의 준엄한 성격으로 미루어봐서, 죽음도 그렇게 커다란 공포심을 가져다주지는 못할 것이라고 생각했었는데 아마 그렇지 않은 모양이었다. 그녀가 '죽음의 그림자'에 맞서 치열하게 저항하며 싸우는 모습을 전달하기에 말이 갖고 있는 힘은 너무나도 무력하다. 그 처절한 모습에 나도 괴로움으로 몸부림쳤다. 가능하다면 위로를 해주고 싶었다. 이유를 설명해주고 싶었다. 하지만 목숨 ―오로지 목숨 ―그리고 목숨, 이라며 삶을 간절하게 바라는 그녀의 강한 갈망을 여러 가지로 보아온 나는 위로를 해준다는 것도 이유를 설명해준다는 것도 더할 나위 없이 어리석은 짓이라는 사실을 깨달았다. 그러나 마음속의 격렬하고 괴로운 몸부림에도 불구하고 그녀가 겉으로 드러내는 행동의 조용함은 최후의 순간까지도 흐트러지지 않았다. 그녀의 목소리는 더욱 부드럽고 ―더욱 낮고, ―하지만 그 조용히 발음되는 말들에 숨겨진 신비한 의미를 여기서 이래저래 떠들고 싶은 마음은 조금도 없다. 사람의 것이라고는 생각되지 않는 음색, 단 한 번도 인간의 머리에 깃든 적이 없었던 억설과 갈망의 말에 나는 이끌리듯 귀를 기울였고 현기증을 느꼈다.

그녀가 나를 사랑하고 있다는 사실에는 의심의 여지가 없었지만, 그녀처럼 평범하지 않은 여자의 가슴 속에서 사랑이 차지하는 부분은 평범한 정열 이상의 것이라는 사실을 나는 좀 더 빨리 깨달았어야만 했다. 하지만 나는 죽음 직전에야 비로소 그녀의 사랑이 얼마나 강한 것인지를 깨달을 수 있었다. 언제까지고, 언제까지고 내 손을 잡은 채, 그녀는 속마음을 내게 털어놓았는데 그 열렬한 헌신은 우상숭배보다 더한 마음을 담고 있었다. 나는 과연 그 같은 고백을 받을 만한 가치가 있는 사람일까? —그리고 그와 같은 고백을 들으면서 연인을 빼앗겨야 할 만큼 저주받은 사람일까? 하지만 그와 같은 주제를 누누이 늘어놓는 것은 내 성격에 맞지 않는다. 단, 이것만은 말해두고 싶다. —그녀의 순정이라고 말하기에는 너무나도 부족한 리지아의 사랑에서 —아, 그야말로 과분하고, 그야말로 덧없이 바쳐진 사랑이었지만— 거기서 내가 찾아낸 것은, 곧 꺼지려 하는 목숨에 미친 듯이 매달리는 그녀의 소망의 정체였다. 이 미친 듯이 바라는 소망 —오로지 목숨에 매달리려는 욕구의 치열함을 견뎌낼 능력도 표현할 말도 나는 갖고 있지 못하다.

그녀는 심야에 숨을 거뒀는데, 그때 그녀는 엄숙하게 나를 자신의 곁으로 불러 며칠 전에 그녀 자신이 지은 시를 읽어달라고 명령했다. 나는 그녀의 명령에 따랐다. 그것은 다음과 같은 시였다.

보라, 축제의 밤이다,
쓸쓸한 마지막 세상의.
천사의 무리들은 날개를 다듬어, 치장하고,
베일을 쓰고, 눈물을 그치지 못한 채,
극장에 앉아 본다,
희망과 불안이 뒤섞인 연극을.
오케스트라는 끊어질 듯 속삭이는,
천상의 음악.

광대들은, 높은 곳에 계시는 신의 모습대로 만들어져,
가만히 중얼대며, 혼잣말을 하며,
이곳저곳 뛰어다니지만—
인형에 불과한, 그 왕래는
거대하고 형체 없는 것의 명령에 따라,
무대도 곧 변한다.
그 콘도르와 같은 날개짓 그대로.
보이지 않는 '비애' 여!

그 소란스러운 연극을 —아아,
설마 잊지는 않겠지!
그 '환상'을 언제까지나 따라가는
군중, 언제까지나 잡지 못하고,
한 바퀴 돌아 다다르는 곳은

언제나 출발점,
거대한 '광기', 그보다 더한 '죄'와
'공포' 야말로 이 플롯의 중심.

하지만, 보라, 광대의 무리 속에
땅을 기는 모양의 것이 섞여들었다!
피처럼 붉은 것이다, 몸부림치기 시작한다!
무대 밖에서.
몸부림친다! ㅡ몸부림친다! ㅡ죽음의 고통,
광대들은 그것의 먹이가 된다.
천사는 눈물짓는다, 악의 이빨이
사람의 피로 물들어가기에.

사라진다 ㅡ조명이 사라진다 ㅡ남김없이 사라진다!
떨고 있는 것들 하나하나에
커튼이, 죽음의 막이 드리운다,
몰려드는 바람처럼.
천사들은 파랗게 질린 얼굴로
자리에서 일어나, 베일을 거두고 말한다,
이 연극은 '인간'이라는 비극,
주연은 '정복자, 구더기'라고.

시를 다 읽자 리지아는 자리에서 일어나 두 팔을 발작적으로 높이 치켜들고 비명과도 같은 소리로 외쳤다.

"아, 신이시여! ─하나님 아버지시여! ─이와 같은 일이 언제까지 계속되어야 하나요? 이 정복자는 끝내 정복당하지 않는단 말인가요? 우리 인간들은, 아 신이여, 당신과 일심동체가 아니라는 말입니까? 누가 ─그 누가 힘에 넘치는 의지의 신비함을 전부 알 수 있겠습니까? 인간은 의지의 나약함에 의지하지 않는 한 천사에게도, 죽음에게도 굴종하지 않습니다."

이렇게 말한 그녀는 격앙된 감정에 완전히 지쳤는지 하얀 팔을 축 늘어뜨린 채 엄숙하게 죽음의 침상으로 돌아갔다. 그리고 그녀가 마지막 숨을 거둘 때, 그 내뱉는 숨에 섞여서 입술에서 낮게 중얼거리는 소리가 들려왔다. 나는 몸을 숙여 귀를 가져다댔다. 이번에도 나는 글랜빌의 마지막 구절을 들을 수 있었다.

"인간은 의지의 나약함에 의지하지 않는 한 천사에게도, 죽음에게도 굴종하지 않는 법이다."

그녀는 죽었다. 나는 커다란 슬픔에 빠져서, 라인 강변의 어둡고 쇠락한 마을에 서 있는 황량하고 적막한 집에서의 쓸쓸한 생활을 더 이상 견딜 수가 없었다. 나는 세상에서 말하는 부라는 것을 누리고 있었다. 리지아는 보통 사람들이 바라는 것보다 훨씬, 훨씬 더 많은 부를 내게 남겨주었다. 몇 개월간에 걸친 쓸쓸하고 정처 없는 방랑 끝에 '윤택한 영국'에서도 가장 황량하고 가장 인적이 드문 지방에 도착, 이름을 밝힐 수 없지만, 한 사원을 사들여 조금 손을 보았다. 고색창연한 건물의 위관, 거의 황폐해져버린 영지의 경관, 이 두 곳에 얽혀 있는 오래 되고 음울한 많은 이야기들은 인적이 드문 이 먼 곳까지 나를 내몬 자포자기의 심정과 일맥상통하는 부분이 있었다. 무너져가는 곳에 파란 담쟁이가 얽혀 있는 건물의 외관에는 거의 손을 댈 생각이 없었지만, 어린아이처럼 철없이 그것으로 슬픔을 달래보려는 소망이 있었는지, 내부는 궁전에도 지지 않을 만큼 화려하게 꾸밀 생각이었다. 그와 같은 탐닉적인 취향은 어렸을 때부터 어느 정도 가지고 있었다. 그런데 너무 극심한 슬픔에 빠져 있어서일까, 그 취향이 다시 나를 찾아왔다. 화려하고 환상적인 벽걸이용 융단, 으스스한 이집트 조각, 기이한 모습의 돌림띠와 가구, 노란 술로 장식한 이상한 문양의 융단, ―아, 지금 생각해보면 거기서는 이미 광기의 조짐을 충분히 찾아볼 수 있었다. 당시 나는 이미 아편의 족쇄에 채워진 노예가 되어 있었기 때문에 내가 하는 일, 명령하는 일에는 모두 아편의 환상이 채색되어 있었다. 하지만 그와 같은 어리석은 행동을 일일이 이야기하고 있을 여유는 없다. 단, 어떤 방 하나에 대해서만은 이야기를 해두겠는데, 그 저주 받은 방 때문에 마음이 착란 상태에 있었던 탓인지 신부로서 ―그 잊을 수 없는 리지아 대신으로― 금발에 파란 눈을 가진 트레마인의 로비나 트레바농 양을 교회의 제단에서 방으로 데려온 것이었다.

그 신부가 쓰던 방의 모습과 장식, 무엇 하나 지금 내 눈에 생생하게 떠오르지 않는 것은 없다. 황금에 눈이 멀어서였을까? 사랑스러운 처녀인 딸을 그렇게 치장해놓은 방으로 들여보낸 신부의 일족은 그 자부심 강한 영혼을 어떻게 한 것일까? 나는 그 방의 세세한 부분까지도 확실하게 기억하고 있다고 말했다. ―하지만 안타깝게도 좀 더 중요한 순간의 일은 완전히 잊어버리고 말았다. 그런데 방의 광기어린 장식에는 기억을 하나로 이어줄 만한 통일 원리가 있었던 것도 아닌데 기억을 하고 있다. 그 방은 성곽처럼 지어진 사원의 높은 탑에 있었는데 모양은 오각형이고 공간이 매우 넓었다. 그 오각형의 남쪽으로 향한 면은 전체가 창이었고 ―베니스에서 가져온 커다란 유리가 한 장 끼워져 있었는데― 그 유리는 옅은 검은색으로 착색되어 있었기 때문에 햇빛이나 달빛이 그 유리를 통해 들어오면 실내의 물건들은 모두 기분 나쁜 광택을 띠게 되었다. 이 색유리 상부에는 오래 된 포도덩굴이 서로 엉겨서 격자모양을 이루며 두꺼운 탑의 벽을 기어오르고 있었다. 은은한 빛의 오크 목재로 만든 천장은 놀랄 정도로 높았는데 돔 형태를 이루고 있었고, 세미 고딕, 세미 드루이드라고 해야 할지, 기괴한 의장의 격자모양이 정교하게 새겨져 있었다. 이 음울한 원형 천장의 가장 높은 중심부에서부터 긴 고리로 연결된 금 사슬이 하나 늘어져 있었고, 거기에는 역시 금으로 만들어진 커다란 향로가 매달려 있었는데 그 향로에는 사라센 문양이 새겨져 있었고 수많은 구멍이 뚫려 거기로부터 색색의 빛이 살아 있는 뱀처럼 뒤엉켜 나오고 있었다.

동양풍의 긴 의자와 커다란 촛대 몇 개가 방 여기저기에 놓여 있었다. 그리고 침대―신부의 침상―도 있었다. 그것은 인도풍으로 만들어진 것인데 단단한 흑단 부분에 조각이 새겨져 있었고 관의 뚜껑과 같이 윗부분에 덮개가 있었다. 방의 모든 구석에는 검은 빛을 띤 석관(石棺)이 가로로 세워져 있었는데 그것들은 모두 룩소르의 맞은편에 서 있는 이집트 왕들의 무덤에서 파낸 것으로 그 낡은 뚜껑의 한쪽 면에는 고대 조각이 새겨져 있었다. 그러나 이 방의 환상적 취향의 극치는 벽걸이 장식에 있었다. 아주 높은 벽면 一어울리지 않을 만큼 높은 벽면에는 천장에서 바닥까지 묵직해 보이는 벽걸이용 융단이 깊은 주름과 함께 드리워져 있었으며 一그것과 같은 천은 바닥의 카펫, 긴 의자, 흑단 침대의 커버, 침대의 덮개창의 일부를 가리는 커튼 상부의 프릴로도 사용되고 있었다. 그 천은 금실이 들어간 호화로운 천으로 전체에 직경 1피드 정도 되는 아라베스크 모양이 불규칙적으로 흩어져 있는데 그것이 칠흑의 그림 모양이 되도록 만들어져 있었다. 하지만 그 모양이 아라베스크 모양의 극치를 보여주는 것은 어떤 한 시점에서 바라보았을 때뿐. 지금은 흔한 것이 되었지만, 그 기원을 따라가면 태곳적까지 거슬러 올라가야 하는 취향에 의해서 그것은 언제나 모양을 바꾸도록 만들어져 있었다. 방에 막 발을 들여놓은 사람에게는 그저 왠지 모를 음울한 느낌을 줄 뿐이지만 걸음을 옮김에 따라서 처음 모습은 점점 사라지고, 그 대신 방 안에서 한 걸음 한 걸음 위치를 바꿈에 따라서 주위를 둘러싸는 것은 노르만 사람의 미신이나 죄 많은 수도승의 꿈에나 나타날 것만 같은 무시무시한 모습을 한 자의 끝없는 행렬이었다. 이 주마등과 같은 효과는 벽걸이용 융단 뒤에서 인공적으로 끊임없이 보내지는 강한 바람에 의해서 더욱 강렬한 효과를 보인다. 一방 전체에 기분 나쁘고 불안한 움직임을 부여하도록 되어 있었다.

이와 같은 방에서 一이와 같은 신방에서— 나는 트레마인의 신부와 함께 축복받지 못할 밀월의 시간들을, 특별히 설레는 마음도 느끼지 못한 채 보내고 있었다. 아내가 나의 격렬하게 화내는 성격을 무서워하고 있었다는 점—그녀가 나를 피했고 그다지 사랑하지도 않았다는 점—을 깨닫지 못한 바는 아니었지만 그 사실에 나는 오히려 기쁨을 느끼고 있었을 정도였다. 인간을 미워한다기보다는 악마를 미워하는 것과 같은 미움으로 나는 그녀를 증오하고 있었다. 나의 추억은 (아, 이 커다란 통한!) 리지아의 곁으로, 사랑하는 사람, 위엄이 있는 사람, 아름다운 사람, 무덤에 잠들어 있는 사람의 곁으로 날아가곤 했다. 그녀의 순결, 그녀의 지혜, 그녀의 기품 있는―천사와 같은 천성, 그 정열적인, 그 헌신적인 사랑에 대한 회상에 깊이 빠져드는 것이었다. 그러면 나의 마음은 지난 날 그녀가 보여줬던 정염보다 더 치열하게 타오르는 것이었다. 아편의 환상에 흥분된 마음으로 (나는 마약의 족쇄에 늘 묶여 있는 사람이 되었다) 밤새도록, 그리고 한낮의 계곡의 웅덩이에서 커다란 목소리로 그녀의 이름을 불렀다. 마치, 떠난 사람에 대한 일념, 진지한 정열, 몸을 불태우는 사모의 마음으로 그녀가 저버린 ―아, 정말 영원히 저버린 것일까?― 지상의 길로 다시 그녀를 데려올 수 있기라도 하다는 듯이.

결혼 후 2개월이 막 지났을 무렵, 갑자기 병에 걸려 앓아누운 로비나는 조금도 회복될 기미를 보이지 않았다. 그녀는 소모성 열 때문에 밤에 편안히 자지 못했으며, 얕고 불안한 잠에 빠져 탑의 방 안팎에서 소리가 나면, 무엇이 움직이는 기척이 있으면 무엇인가를 중얼거렸는데 그것은 그녀의 혼란한 마음 때문이나 방 자체의 주마등과 같은 효과 때문으로 그 이외의 근거는 없을 것이라고 나는 생각했다. 그러나 그녀는 곧 회복되기 시작했고 —드디어 완쾌됐다. 하지만 그것도 한순간, 두 번째로 좀 더 심한 발작이 그녀를 엄습, 다시 한 번 괴로움에 몸부림치며 앓아누워 신음하는 몸이 됐는데 원래부터 허약했던 그녀의 몸은 다시는 완치되지 않았다. 이후부터 그녀의 병은 우려할 만한 것이 되었는데, 역시 우려할 만한 빈도로 발작을 되풀이해 그녀의 주치의들도 자신들의 지식으로는 어떻게 손을 써볼 수 없을 정도였다. 그것이 지병이 되어 그녀의 육체에 깊이 뿌리를 내렸는데 인간의 손으로는 도저히 고칠 수 없는 상태에까지 다다르자 그녀의 성격도 쉽게 흥분하게 되어 하찮은 일에도 겁을 먹고 신경질을 부리게 되었다는 사실을 나는 깨닫지 않을 수 없었다. 그녀는 다시 앞서 말했던 소리, —그 조그만 소리— 그 벽걸이용 융단 뒤쪽의 이상한 움직임을 전보다 자주, 아주 끈질기게 내게 호소했다.

9월 말의 어느 날 밤, 그녀는 평소보다 더 강한 어조로 그 문제에 대해서 이야기를 꺼내 나를 괴롭혔다. 그녀는 불안하고 얕은 잠에서 막 깨어난 뒤였는데 나는 걱정과 막연한 공포심이 뒤섞인 기분으로 그녀의 여윈 얼굴의 움직임을 바라보았다. 나는 그녀의 흑단 침대 옆에 놓여 있던 인도풍 긴 의자 중 하나에 앉아 있었다. 그녀는 몸을 조금 일으켜 작지만 진지한 목소리로 지금 막 그녀가 들은 소리, 지금 막 그녀가 본 움직임에 대해서 말했는데 나는 아무런 소리도, 움직임도 느끼지 못했다. 바람은 벽걸이용 융단 뒤에서 분주히 불고 있었다. 거의 들리지도 않을 정도의 바람소리가 들리거나 벽의 그림자기 조금씩 변화하는 것은 그 바람이 일으키는 당연한 현상(솔직히 말하자면 나도 그렇게 믿고 있었던 것은 아니었다)이라고 말해줄까도 생각해보았다. 하지만 죽은 사람과도 같은 그녀의 창백한 얼굴을 보자 그런 말을 해 안도시키는 것도 다 쓸데없는 짓이라는 사실을 알 수 있었다. 그녀는 점점 정신을 잃어가고 있는 듯했다. 목소리가 들릴 만한 곳에는 하인이 없다. 의사가 마련해놓은 약한 와인을 놓아둔 곳을 생각해내고 그것을 가지러 서둘러 방을 가로질렀다. 그런데 향로에서 나오는 불빛의 바로 밑에 왔을 때 놀라운 현상이 두 번이나 일어나 나의 주의를 빼앗아버렸다. 눈에는 보이지 않지만 실체를 가진 무엇인가가 내 옆으로 가볍게 스쳐지나간 듯한 느낌이었다. 그리고 보았다. —황금의 카펫 위, 향로에서 쏟아져 내리는 수많은 불빛의 한가운데 그림자가 하나 —희미하고 흐릿한 천사와도 같은 것의 그림자가— 다시 말하자면 그림자의 그림자와도 같은 것이 서 있는 것을. 하지만 아편을 너무 많이 해서 흥분 상태에 있었기 때문에 그런 것에는 그다지 신경 쓰지 않았으며 그 사실을 로비나에게도 이야기하지 않았다. 와인을 찾아 다시 방을 가로질러 가 잔에 와인을 따르고 그것을 실신한 아내의 입술에 부었다. 그녀가 어느 정도 의식을 회복해 스스로 잔을 잡기에 나는 가까이에 있던 긴 의자에 앉아 그녀를 가만히 바라보았다. 그 순간이었다. 나는 침대 곁의 카펫 위를 걸어가는 조그만 발소리를 확실하게 들었다. 그 직후, 로비나가 막 와인 잔을 입술에 대려는 순간, 잔 속으로 마치 방 안의 허공에 있는 보이지 않는 샘에서 떨어지기라도 하듯이 빛나는 루비와 같은 빛깔의 액체가 서너 방울 떨어지는 것이 보였다. ―어쩌면 꿈속에서 본 것일지도 모른다는 생각이 들었다. 나는 그것을 보았지만 ―로비나는 보지 못한 듯했다. 그녀는 단숨에 와인을 들이마셨는데 나는 그 사실을 말하지 않을 생각이었다. 왜냐하면 그녀의 겁먹은 모습, 아편 그리고 시간 때문에 이상할 정도로 활발해진 내 상상력이 빚어낸 것일지도 모른다는 생각이 들었기 때문이었다.

하지만 루비 빛깔의 방울이 떨어진 이후로 그녀의 병이 급격하게 악화됐다는 사실을 깨닫지 않을 수는 없었다. 그로부터 3일 후의 밤에는 하인들이 그녀의 장례식 준비를 했으며, 4일 후의 밤에 나는 수의를 입은 그녀의 싸늘한 몸과 함께, 지난 날 그녀를 신부로 맞아들인 기괴한 취향의 그 방에 홀로 앉아 있었다. 아편 때문에 빚어진 기이한 환상이 그림자처럼 내 눈앞을 오갔다. 나는 침착하지 못한 눈빛으로 방 구석에 있는 석관, 여러 가지 모습으로 변화하는 벽걸이용 융단의 모양, 머리 위 향로에서 색색으로 꿈틀거리며 쏟아지는 불을 보았다. 그러다 지난 밤의 사건을 생각해낸 나는 희미한 그림자와도 같은 것이 서 있던 그 향로 밑, 불빛이 밝게 쏟아지고 있는 곳으로 시선을 돌렸다. 거기에는 아무것도 없었다. 나는 안도의 숨을 내쉬고 침대 위 딱딱하게 경직된 죽은 자의 핏기 가신 몸으로 시선을 옮겼다. 그러자 리지아에 얽힌 수많은 추억들이 한꺼번에 쏟아지듯 나를 덮쳤―는 생각이 들자 이번에는 그녀를 이처럼 수의로 감싸놓고 바라봤을 때의, 입에 담기조차도 두려운 수많은 생각들이 거센 격류처럼 내 마음속으로 밀려들었다. 깊은 밤이었다. 하지만 나는 여전히, 세상 누구보다도 사랑했던 단

한 사람에 대한 아픈 생각에 가슴이 막히는 것을 느끼며 로바나의 죽은 몸을 응시하고 있었다.

한밤중이었는지 아니면 그보다 이른 시간이었는지, 늦은 시간이었는지 확실히 알 수는 없었지만 어쨌든 그 무렵, 낮고 부드럽지만 뚜렷하게 훌쩍이는 소리가 들려와서 나는 몽상에서 깨어났다. 그것은 흑단 침대 — 그 죽음의 침상에서 들려오는 듯한 느낌이었다. 나는 미신적인 공포에 휩싸이면서도 귀를 기울였다. — 하지만 그 소리는 두 번 다시 들려오지 않았다. — 나는 눈을 똑바로 뜨고 사체를 바라보았다. — 그러나 움직이는 기척은 조금도 보이지 않았다. 하지만 환청일 리 없다. 조그맣기는 했지만 나는 틀림없이 그 소리를 들었다. 바로 그랬기 때문에 내 내부의 영혼이 깨어난 것이었다. 나는 결심을 하고 끈질기게 사체를 응시했다. 상당한 시간이 흘렀지만 이 수수께끼에 광명을 던져줄 만한 현상은 무엇 하나 일어나지 않았다. 그러다 드디어 깨달을 수 있었다. 희미한, 아주 희미한 그리고 눈에 띄지 않을 정도의 붉은 빛이 그녀의 양 뺨에, 움푹 팬 두 눈의 눈꺼풀의 가는 혈관 부근에 드리워져 있었던 것이었다. 입에 담기조차 한심스러운, 인간의 말로는 도저히 표현할 수 없는 공포심에 휩싸여 심장은 고동을 멈췄고 몸은 경직되었다. 하지만 의무감 때문이었을까? 나는 간신히 제정신을 차렸다. 너무 성급하게 서둘렀다는 사실을 알 수 있었다. — 로바나는 아직 살아 있었다. 바로 어떤 조치를 취할 필요가 있었다. 하지만 이 탑은 사원의 하인들이 살고 있는 곳과는 완전히 격리되어 있었다. — 부르는 소리가 들릴 만한 곳에는 아무도 없었다. — 도움을 얻기 위해 그들을 부르러 가려면 상당한 시간 동안 이 방을 비워야만 했다. ─그러나 그렇게만은 하고 싶지 않았다. 그래서 나는 아직도 허공을 떠돌고 있는 영혼을 불러들이기 위해서 혼자 노력했다. 하지만 곧 다시 원래의 상태대로 돌아왔음을 알 수 있었다. 눈꺼풀에서도 뺨에서도 핏기는 완전히 사라지고 없었으며 남은 것이라고는 대리석보다도 더 하얀 창백함뿐. 입술은 전보다 더욱 위축되어 있었으며 무시무시한 죽음의 형상으로 굳어 있었다. 혐오감이 느껴지는 끈끈한 차가움이 몸 전체로 급속하게 퍼져갔으며, 죽은 자에게서 볼 수 있는 경직이 그 뒤를 바로 이었다. 나는 조금 전에 그렇게도 놀라 벌떡 일어섰던 긴 의자에 떨리는 몸으로 다시 털썩 앉았고 머리는 혼란스러웠지만 마음은 리지아에 대한 뜨거운 환상과 함께 떠돌았다.

　이렇게 한 시간 정도 지났을 무렵, (과연 있을 수 있는 일일까?) 다시 한 번 그 침대 부근에서 알 수 없는 소리가 들려왔다. 나는 귀를 기울였다. ─극단적인 공포에 휩싸인 채. 다시 소리가 들렸다. ─숨을 내뱉는 소리였다. 시체 곁으로 달려가 나는 보았다. ─틀림없이 보았다.─ 입술이 희미하게 떨고 있는 것을. 1분 정도 지나자 입술이 일그러지더니 진주처럼 하얀 이가 모습을 드러냈다. 그때까지 내 마음을 점령하고 있던 것은 극심한 공포뿐이었지만, 거기에 새로이 놀라움이 더해져 두 개의 감정은 마음속에서 갈등을 일으켰다. 눈이 흐려지고 이성이 위축되는 것을 느꼈지만 마지막 힘을 다하여 의무가 다시 한 번 내게 명한 일에 간신히 착수할 수 있었다. 이번에는 이마, 뺨, 목 부분에 희미하고 붉은 빛이 맴돌았으며, 느낄 수 있을 만한 온기가 몸 전체에도 퍼지기 시작했고, 심장도 약하게 고동을 치고 있었다. 아내는 살아 있는 것이다. 나는 전보다 훨씬 더 열심히 그녀를 살려내기 위한 작업에 몰두했다. 볼과 손을 문질렀으며, 따뜻한 물수건을 대는 등 경험과 적잖은 의학서를 통해서 얻은 지식 중, 머리에 떠오르는 모든 방법을 다 동원해 간호를 했다. 하지만 전부 헛수고였다. 갑자기 생기가 사라지고, 고동이 멈췄으며, 입술은 죽은 자의 형상으로 되돌아왔으며, 순식간에 몸은 얼음처럼 식었고, 피부는 흙빛을 띠기 시작했고, 몸은 경직되어 오그라들었고 다시 말하자면 며칠 동안 무덤에 묻혀 있었던 자에게서 볼 수 있는 혐오스러운 특징이 하나하나 되살아나기 시작한 것이었다.

그리고 나는 다시 리지아에 대한 환상에 빠졌다. ―그리고 다시 (이렇게 적으며 내가 전율을 느낀다고 해서 이상할 것이 뭐 있겠는가?) 흑단 침대 부근에서 낮게 흐느껴 우는 소리가 들려왔다. 하지만 그날 밤 느꼈던 극심한 공포를 이 이상 자세히 쓸 필요가 있을까? 날이 희붐히 밝아올 때까지 이 처참한 소생극(蘇生劇)이 몇 번이고 거듭된 모습을, 되풀이할 때마다 더욱 가차 없이, 더욱 손을 써볼 수 있을 것 같지 않은 죽음으로 돌아간 모습을, 되풀이 되는 괴로운 몸부림이 있을 때마다 무엇인가 눈에 보이지 않는 적과의 격투 양상을 보여줬다는 사실을, 그리고 그러한 격투가 끝날 때마다 사체가 뭐라 표현할 수 없이 기분 나쁜 모습으로 변모해갔다는 사실을 새삼스레 이야기할 필요가 있을까? 이제 서둘러 결론을 말해야겠다.

공포의 밤도 거의 끝나가려 할 무렵, 이미 죽은 그녀의 몸이 다시 꿈틀거렸다. ―생과 사를 반복한 끝에 이제는 절대로 가망성이 없을 것처럼 보였던 냉혹한 죽음의 상태에서 일어났음에도 불구하고 그 움직임은 전에 없이 격렬했다. 나는 이미 오래 전부터 겁을 먹지도 몸을 움직이지도 않고 있었다. 나는 그저 굳은 몸으로 긴 의자에 앉은 채 격정의 소용돌이에 무방비로 휩싸여 있었는데 그 섬뜩한 광경조차 내게는 더 이상 공포도 고통도 아니었다. 다시 한 번 말하겠는데 사체가 몸을 꿈틀거렸는데, 그것은 전에 없이 격렬한 것이었다. 얼굴에는 지금까지 볼 수 없었던 활기와 생기가 감돌았으며, 손발은 탄력을 되찾았다. 무겁게 닫혀 있는 눈꺼풀과 몸을 감싸고 있는 수의가, 그녀가 사자임을 알려주고 있기는 했지만 만약 그런 것이 없었다면 나는 로비나가 드디어 죽음의 질곡을 완전히 떨쳐낸 것이라고 믿었을지도 몰랐다. 그런 생각을 그때까지도 확실하게 믿을 수 없었다 할지라도 이것만은 틀림없는 사실이었는데, 수의를 입은 사람의 모습이 침대에서 비실비실 일어나 힘없는 발걸음으로 눈을 감은 채, 마치 몽유병자 같기는 했지만 틀림없이 대담하게도 방의 중심을 향해 걸어가고 있었다.

　나는 떨지 않았다. ―꼼짝도 하지 않았다― 왜냐하면 그 모습이 자아내는 분위기, 키, 몸동작에 얽힌, 말로 표현할 수 없는 일련의 상상들이 내 머릿속으로 한꺼번에 몰려들어 나를 마비시켜 ―돌처럼 굳어버렸기 때문이었다. 나는 꼼짝도 하지 않았다. ―하지만 그 모습에서 눈을 떼지는 않았다. 머릿속이 천 갈래, 만 갈래로 갈라지는 듯 혼란스러웠다. ―어떻게 진정시켜볼 수도 없는 혼돈. 내 앞에 서 있는 것이 정말로 살아 있는 로비나란 말인가? 정말로 그 로비나 ―금발에 파란 눈을 가진 트레마인의 로비나 트레바뇽이란 말인가? 왜, 무엇 때문에 나는 그 사실을 의심하는 걸까? 붕대가 그녀의 입 주위를 무겁게 감싸고 있었다. ―그렇다고는 하지만 어떻게 그것을 살아서 숨 쉬는 트레마인 여인의 입이 아니라고 할 수 있을 것인가? 그리고 뺨, ―젊은 여자들에게서 볼 수 있는 장밋빛으로― 그렇다, 그것이야말로 살아 있는 트레마인 여인의 아름다운 뺨. 그리고 건강할 때처럼 보조개가 떠오르는 저 턱, ―저것이 그녀의 것이 아니란 말인가?― 그런데 그녀는 병을 앓으면서 키가 자란 것일까? 그렇게 생각하는 순간 말로 표현할 수 없는 광기가 나를 사로잡았다. 나는 단숨에 그녀 앞으로 달려갔다. 나를 피하려다 그녀는 머리를 덮고 있던 기분 나쁜 수의를 떨어트리고 말았다. 그러자 길고 풍성한 머리카락이 주위의 공기를 술렁이게 하며 폭포처럼 쏟아져 내렸다. 그것은 칠흑 같은 밤의 커다란 까마귀의 날개보다도 더욱 검은 빛을 띠고 있었다. 그리고 지금 내 앞에 서 있는 사람의 두 눈이 조용히 열리고 있었다.

"아, 드디어."

나는 소리높이 외쳤다.

"아니, 이건 ―이건 절대로 틀림없어. ―이건 그 검고 커다란, 신비스러운 눈. ―떠나버린, 내 사랑스러운 사람의 눈. ―그 여인의 ―리지아의 눈."

어셔 가의 몰락

그 가슴은 줄을 걸어놓은 현악기처럼
손이 닿기만 해도 곧 울려 퍼진다. (드 베랑제)

우울하고 어둡고 쥐 죽은 듯 고요했으며, 하늘에는 구름이 무겁고 낮게 드리워져 있는 가을의 어느 날, 묘하게 황량한 어떤 지방을 나는 홀로 하루 종일 말을 타고 지나고 있었다. 그리고 땅거미가 내리기 시작할 무렵 드디어 어셔 가의 음울한 저택이 보이는 곳에 다다를 수 있었다. 어째서인지는 모르겠지만 —그 건물을 처음 본 순간 견딜 수 없이 우울한 기분이 나의 마음속으로 스며들었다. 견딜 수 없이, 라고 나는 말했다. 왜냐하면, 황량한 것이나 무시무시한 것이 자연 속에서 나타내는 엄격한 모습에 접할 때라도 사람의 마음은 대부분 어떤 시적인, 따라서 어느 정도 편안한 정서를 느끼게 마련이지만, 당시 나의 우울한 감정은 그러한 정서에 의해서도 완화되지 않았기 때문이었다. 나는 눈앞에 펼쳐진 광경 —이상한 점이라고는 조금도 찾아볼 수 없는 그 저택, 저택 안의 평범한 풍경 —싸늘한 벽 —공허한 눈을 연상케 하는 창들 —몇 덩이 무성한 사초 —몇 그루 늙은 나무들의 하얀 줄기 등을 아주 가라앉은 기분으로 바라보았다. 그 기분에 비할 수 있는 이 세상의 기분

중에서도 그 기분에 가장 가까운 것은, 아편을 탐닉하는 사람이 약 기운에서 깨어날 때 느끼는 쓸쓸함 —일상생활로 돌아갈 때의 그 쓸쓸함— 신비의 장막이 걷힐 때의 두려운 느낌과 같은 것일까? 얼음처럼 차가운, 물 속으로 잠겨드는 것 같은, 구역질을 할 것만 같은 마음. —제 아무리 상상력을 자극해도 숭고함으로는 절대로 바뀔 것 같지 않은, 어떻게 해볼 수 없는 쓸쓸함이었다. 이건 대체 뭐란 말인가? —나는 그곳에 서서 생각해보았다. —어서 저택을 바라볼 때 내 기분을 이처럼 가라앉게 하는 것은 대체 무엇일까? 그것은 풀기 어려운 수수께끼였다. 그렇다고 해서 이처럼 생각에 잠겨 있는 내게로 몰려들어 일어나는 뚜렷하지 않은 환상들과 싸울 수도 없는 일이었다. 그래서 나는 성에 차지는 않지만 다음과 같은 결론을 내릴 수밖에 없었다. —별것 아닌 자연물이 결합하여 지금과 같은 인상을 빚어내는 힘을 가진 것이 이 세상에는 틀림없이 존재하며, 그 힘은 우리의 사고력으로는 분석해낼 수 없는 것이라는 결론이었다. 눈앞의 광경을 구성하고 있는 세부를, 그 풍경의 부분들의 순서를 바꿔놓는 것만으로도 이 광경이 부여하는 그처럼 쓸쓸한 인상의 힘을 어느 정도는 약하게, 혹은 완전히 잃게 할 수 있지 않을까? —나는 그렇게도 생각해봤다. 이런 생각을 하며, 잔물결 하나 일으키지 않고 조용히 빛을 발하며 저택 옆에 누워 있는 검고 기분 나쁜 연못가의 깎아지른 듯 서 있는 절벽 가까이까지 말을 몰고 가, 회색 사초와 어마어마한 나무 줄기와 공허한 눈을 연상케 하는 창이 수면에 거꾸로 비친 모습을 가만히 내려다보았는데 —조금 전보다 더욱 심한 전율에 휩싸여버리고 말았다.

그럼에도 불구하고 나는 이 음울한 저택에서 앞으로 몇 주일간 머물 생각이었다. 이 저택의 주인인 로드릭 어셔는 내 어릴 적 친구 중 한 명이었는데 한 번 헤어진 이후로 많은 세월이 흘러버렸다. 그런데 얼마 전에 멀리 떨어진 곳에서 살고 있는 내게 한 통의 편지가 —그가 보낸 편지가— 날아왔다. 그것은 간절하게 부탁하는 내용의 편지였기 때문에 나는 직접 이곳을 찾아오지 않을 수 없었다. 편지의 필적에서 매우 흥분해 있음을 읽을 수 있었다. 편지를 쓴 사람은 극심한 육체적 질환 —자신을 괴롭히고 있는 정신적 불안을 호소하며, '자네가 곁에 있어준다면 기분도 밝아져 결국에는 나의 병도 어느 정도는 가벼워질 것이니 나의 으뜸가는, 아니 단 하나밖에 없는 친구인 자네가 꼭 좀 와줬으면 좋겠다.'는 내용의 편지였다. 이런 식으로 위의 내용들이, 아니 그 외에도 여러 가지 것들이 적혀 있었는데 —그의 바람에 담긴 진심이 내게 망설일 여지를 주지 않았다. 그래서 나는 참으로 묘한 부름이라고 생각하면서도 바로 그 편지대로 했다.

어렸을 때 친하게 지냈다고는 하지만 사실 나는 이 친구에 대해서 알고 있는 것이 거의 없었다. 그의 생각들은 언제나 어떻게 받아들여야 할지 모를 정도로 내 상상을 뛰어넘는 것이었다. 내가 알기로, 상당히 전통 있는 명문가인 그의 집안은 먼 옛날부터 감수성이 풍부한 것으로 세상에 널리 알려져 왔는데, 그 자질이 오랜 시대에 걸쳐서 수많은 뛰어난 예술작품이 되어 나타났고, 최근에는 대범하면서도 눈에 띄지 않는 수많은 자선행위, 그리고 이 일족이 음악의 전통적이며 이해하기 쉬운 아름다움보다는 복잡미묘한 맛에 진심으로 경도되어 있다는 사실로도 나타났던 것이었다. 어셔가의 혈통은 매우 유서 깊은 것이기는 했지만 어느 시대에나, 오랫동안 분가해서 산 사람이 없었다는 사실, ―다시 말하자면 이 일족은 직계만으로 이어져왔으며 아주 하찮고 일시적 예외는 있었지만 대대로 늘 그래왔다는 놀라운 사실도 나는 알고 있었다. 이 저택의 성격과 이 저택에 살고 있는 사람들의 세상에 알려진 성격이 너무나도 잘 조화를 이루고 있었기에, 몇 백 년이라는 세월이 흐르는 동안 이 저택이 그곳에 살고 있는 사람들에게 영향을 준 부분도 있지 않을까 생각하는 동안, 나는 이런 것을 생각하게 되었다. ―이처럼 방계(傍系)의 자손이 없었기 때문에 어셔 가가 아버지에게서 아들에게로 직접 이어져왔다는 사실이 결국에는 저택과 그곳에 살고 있는 사람을 동일시하게 만들어 이 소유지의 이름을 '어셔 가'라는 고풍스럽고 혼란스러운 이름으로 바꿔버린 것이 아닐까, 라고. 그 이름을 입에 담는 소작인들의 머릿속에서 '어셔 가'라는 이름은 이 일족과 저택 모두를 의미하는 것인 듯했다.

앞서도 말한 바 있는 나의 조금은 어린아이 같은 시도 ―연못 속을 들여다보는 것의 결과는 처음 받았던 이상한 인상을 더욱 강하게 해주었다. 미신에 사로잡혀 있던 나의 기분―이렇게 말해서 안 될 것도 없을 것이다―이 급속하게 깊어져 간다는 것을 의식했다는 그 사실이 다시 나의 미신에 사로잡힌 기분을 더욱 깊은 것으로 만들어줬다. 이것이 공포라는 것에 바탕을 둔 모든 감정이 가지고 있는 역설적인 법칙이라는 사실을 나는 오래 전부터 알고 있었다. 연못에 어린 그 영상에서 저택으로 시선을 옮겼을 때 내 가슴에 기묘한 망상이 떠올랐는데 이것도 전부 앞서 말한 원인에 의한 것일지도 몰랐다. ─실로 기묘한 망상이었는데 내게 얼마나 커다란 중압감으로 다가왔는지 그 힘을 생생하게 보여주기 위해서 그 말을 하고 있는 것일 뿐이다. 이 저택과 소유지 전체에는 그곳에서만 느낄 수 있는 어떤 독특한 분위기가 감돌고 있었다. ─하늘의 대기와는 전혀 다른 분위기, 썩은 고목과 회색 벽과 조용한 연못에서 피어오르는 독기, 흐릿하고 나른한 느낌을 주며 납빛으로 간신히 알아볼 수 있을 정도의 독기를 머금은 신비한 안개가 피어오르고 있었다. ─나는 나의 상상력을 동원하여 이런 것들을 실제로 믿는 마음을 갖게 되었다.

악몽이라고 밖에 생각되지 않는 이와 같은 망상을 떨쳐내고 나는 눈앞에 있는 건물의 현실의 모습을 좀 더 면밀하게 관찰해보았다. 무엇보다 눈에 띄는 것은, 아주 오래된 저택이라는 사실이었다. 수많은 세월이 흐르는 동안 건물은 심하게 빛이 바래버렸다. 자잘한 곰팡이류가 건물의 외부를 빈틈없이 뒤덮고 있었으며, 가느다랗게 뒤얽힌 거미줄 모양을 이루며 처마 끝에 매달려 있었다. 그렇다고 해서 건물이 완전히 황폐해져 있었던 것은 아니었다. 석조 건물은 어디 한 군데 무너진 곳이 없었다. 건물의 각 부분이 아직도 빈틈없이 서로 맞물려 있는 상태와 개개의 돌이 무너질 것처럼 보이는 상태 사이에 아주 기괴한 부조화가 자리 잡고 있는 것 같다는 생각이 들었다. 거기에는, 사람들에게 완전히 버림을 받아 아무도 돌보지 않는 지하 납골당에서 이미 오래 전에 썩어버린 목공예품이 외부의 공기가 전혀 흘러들지 않기 때문에 외형만은 완전한 모습을 유지하고 있는 모습을 상상하게 하는 것이 있었다. 하지만 이와 같은 광범위한 부패의 특징을 제외한다면 건물에서 위험해 보이는 요소라고는 조금도 찾아볼 수 없었다. 그러나 자세히 관찰한 자의 눈에는 틀림없이 간신히 알아볼 수 있을 정도의 균열이 건물 정면 쪽 지붕에서 번개 형상을 그리며 벽을 타고 내려와 마지막으로 음울한 연못의 물 속으로 사라져 가는 것이 보였을 것이다.

이러한 것들에 시선을 주면서 나는 흙을 쌓아 만든 짧은 길을 따라 말을 타고 저택으로 향했다. 마중을 나온 하인이 말을 데리고 떠나자 나는 고딕풍의 아치를 그리고 있는 현관문 안으로 들어섰다. 거기서부터는 발걸음을 죽인 하인이 입을 다문 채 어둡고 복잡한 복도 몇 개를 지나서 주인의 서재가 있는 곳까지 나를 안내해주었다. 왜인지는 모르겠지만 도중에 내 눈에 띈 많은 물건들이, 앞서 말한 바 있는 막연한 공포심을 더욱 깊게 해주었다. 내 주위의 여러 가지 물건, ―천장의 조각, 벽에 걸린 바랜 벽걸이용 융단, 흑단처럼 검은 바닥, 발걸음을 옮길 때마다 덜컥덜컥 소리를 내는 신기루 같은 문장이 들어간 전리품―이런 것들은 어렸을 때부터 친밀감을 느끼던 물건이거나, 혹은 그에 가까운 것이었음에도 불구하고 ―이런 것들은 모두 익숙하게 보아왔던 것들임에도 불구하고― 이처럼 평범한 것들이 불러일으키는 기괴한 망상을 이상하게 여기지 않을 수 없었다. 계단이 있는 곳에서 나는 이 집안의 주치의를 만났다. 그 남자의 얼굴에 비열한 교활함과 곤란함이 뒤섞인 표정이 떠오른 것 같다는 느낌을 받았다. 주치의는 당황스럽다는 듯이 내게 인사를 하고 집을 떠났다. 곧 조금 전의 하인이 방문 하나를 열어 나를 주인 앞으로 안내했다.

내가 들어간 방은 아주 넓고 천장이 높았다. 창은 가늘고 길었으며 끝이 뾰족했는데 검은 떡갈나무 바닥에서 너무 높이 떨어져 있었기 때문에 방 안에서는 거기까지 도저히 팔이 닿지 않을 것 같았다. 붉게 물든 약한 빛이 격자처럼 생긴 유리창을 통해서 비쳐 들어와 방 안의 비교적 눈에 띄는 물건들을 뚜렷하게 보이게 하고 있었다. 하지만 방의 먼 구석이나 둥근 천장의 완자무늬가 달린 구석진 부분은 아무리 눈을 크게 뜨고 쳐다보아도 잘 보이지 않았다. 벽에는 거무스름한 벽걸이용 융단이 걸려 있었다. 가구류가 많이 놓여 있기는 했지만 쓸쓸해 보이는 고풍스러운 것으로 여기저기 심하게 낡아 있었다. 수많은 책과 악기들이 주위에 널려 있었지만 그러한 것들도 그 방의 모습에 생기를 불어넣지는 못했다. 나는 슬픔의 공기를 들이마시고 있는 듯한 느낌이 들었다. 엄격하고 깊으며 극도로 우울한 기운이 모든 것을 덮고 있었으며, 모든 것에 스며들어 있었다.

내가 들어가자 어셔는 그때까지 길게 누워 있던 소파에서 몸을 일으켜 쾌활하고 친밀한 태도로 내게 인사를 했지만 처음 거기에는 과장된 우정과, 인생에 권태감을 느낀 사람의 부자연스러운 노력이 농후하게 포함되어 있다고 느꼈다. 하지만 그의 얼굴을 바라본 나는 상대방이 정말로 진심에서 그러는 것이라는 사실을 알 수 있었다. 우리는 자리에 앉았다. 그리고 나는 상대방이 입을 열기까지의 잠깐 동안 측은함과 두려움이 섞인 기분으로 상대방을 가만히 바라보았다. 아마도 그렇게 짧은 시간 동안에 로드릭 어셔만큼 극심하게 변모한 사람은 단 한 사람도 없을 것이다! 내 앞에 앉아 있는 사람이 어렸을 때의 친구와 동일인물이라고 믿는 것은 그다지 쉬운 일이 아니었다. 하지만 그의 얼굴의 특징은 그 어떤 때라도 사람들의 시선을 끄는 면이 있었다. 시체처럼 창백한 얼굴색, 말로 표현할 길 없이 빛나는 크고 촉촉한 눈, 조금 얇으며 핏기라고는 조금도 없지만 놀랄 정도로 아름다운 곡선을 그리고 있는 입술, 유대인의 것처럼 조그맣지만 그런 형태를 한 것 치고는 보기 드물게 콧구멍이 조금 옆으로 벌어진 코, 앞으로 튀어나오지 않은 것이 어딘지 정신력이 부족한 것처럼 보이게 하는 아름다운 모습의 턱, 거미줄보다 부드럽고 가느다란 머리카락— 이러한 특징은 관자놀이 부근의 위쪽이 놀랄 정도로 넓다는 사실과 하나가 되어 잊을 수 없는 얼굴을 만들고 있었다. 그런데 '지금 나는 누구에게 이야기를 하고 있는 걸까?' 라는 이상한 기분을 내게 일어나게 한 변화란 앞서 말한 특징과 그런 얼굴이 지난날 보여줬던 표정이 옛날보다도 훨씬 더 눈에 띈다는 사실에 기인한 것이었다. 지금은 소름이 끼칠 정도로 창백한 피부, 그리고 이상한 빛을 발하는 눈, 그것이 무엇보다도 나를 놀라게 했으며 두려움에 떨게 만들었다. 게다가 비단실 같은 머리카락이, 전혀 손을 보지 않고 제멋대로 자라게 그냥 내버려두어 어지러운 거미줄처럼 얼굴 쪽으로 늘어져 있었다기보다는 공중에 떠있는 듯한 모습을 보자 이 기괴한 풍경을 단순히 인간이라는 관념과 연결 짓기가 그다지 쉽지 않았다. 이 친구의 언행 중에서 바로 내가 깨달을 수 있었던 것은, 묘하게 어긋

난다는 점 —즉, 앞뒤가 맞지 않는 부분이 있다는 점이었다. 그것
은 언제나 멈추지 않는 몸의 떨림 —극도의 신경 흥분을 극복하려
고 약하고 허무하게 몸부림 치기 때문에 일어나는 것이라는 사실
을 나는 곧 알 수 있었다. 그의 편지를 읽어봐도, 어렸을 때의 버릇
을 생각해봐도, 그의 특이한 성질이나 기질에서 이끌어낼 수 있는
결론을 생각해봐도 이런 종류의 일은 당연히 예상할 수 있는 것이
었다. 그의 거동은 쾌활해 보이다가도 갑자기 불쾌해 보이곤 했다.
그의 목소리는, (동물의 정기가 완전히 사라져버린 듯) 우유부단
하고 떨리는 목소리에서 갑자기 씩씩하고 똘망똘망한 어투로 —당
돌하고 무게 있으며 느리고 공허하게 울리는 어투로 —누구도 말
릴 수 없는 술주정뱅이나 구제받을 길 없는 아편중독자가 극도로
흥분했을 때 보이는 답답하고 침착하기 짝이 없고 흠잡을 데 없는
억양의 후두음으로 바뀌곤 하는 것이었다.

　그런 상태로 그는 나를 부른 목적과 나를 꼭 보고 싶었다는 사실,
나를 만나면 틀림없이 마음이 편안해질 것이라고 생각했던 사실
등을 이야기했다. 그는 자신의 병의 성격에 대해서 어떻게 생각하
고 있는지도 아주 자세하게 들려주었다. 그의 말에 의하면 그 병은
체질적인 것, 그의 일족에 깃들어 있는 것으로 그 치료법을 찾아내
기란 거의 불가능하다는 것이었다. —그리고 그는 바로 뒤를 이어
서, 이는 한낱 신경병에 지나지 않기 때문에 곧 나을 것이라고 말
했다. 병은 여러 가지 이상한 감각의 형태로 나타났다. 그가 자세
하게 들려준 그 이상 감각이라는 것 중 하나가 나의 흥미를 끌었으
며 또한 심하게 놀라게도 했다. 틀림없이 그가 사용한 말과 이야기

전체의 분위기가 그런 효과를 가져다 준 것일 게다. 병적으로 날카로워진 감각 때문에 그는 매우 고민을 하고 있었다. 완전히 김이 빠져버린 음식이 아니면 그 어떤 음식에도 견뎌내질 못했다. 옷도 특정한 천으로 만든 것만을 입었다. 꽃냄새는 전부 그를 답답하게 만들었다. 눈은 조그만 빛에도 고문과 같은 고통을 느꼈다. 그에게 고통을 주지 않는 것은 특별한 소리 ─현악기의 소리뿐이었다.

그가 어떤 이상한 공포의 포로가 되어버렸다는 사실을 알 수 있었다. '나는 죽어간다.'고 그는 말했다. '이처럼 비참한 어리석음 속에서 나는 죽어가야만 한다. 나는 그저 이렇게 사라져갈 수밖에 없다. 나는 미래에 일어날 일 그 자체보다 결과를 더욱 두려워하고 있다. 이 견디기 힘든 마음의 동요에 영향을 주는 일은, 제 아무리 사소한 것이라도 생각하는 것만으로도 소름이 끼친다. 솔직히 말하자면 나는 위험을 두려워하고 있는 것이 아니다. ─단지 그것의 궁극적인 결과인 공포가 두려운 것일 뿐이다. 이처럼 기력을 완전히 잃은, ─이렇게 가엾은 상태에 빠져 있는 나는 '공포'라는 그 무시무시한 망령과의 격투 속에서 목숨과 이성을 모두 버려야만 할 때가 조만간 찾아올 것 같다는 생각이 든다.'

그것뿐만이 아니었다. 그가 대화를 하다 때때로, 더듬더듬, 애매하기는 했지만 은근히 내뱉는 말을 통해서 그의 정신상태의 또 다른 묘한 특징을 한 가지 더 깨달을 수 있었다. 그것은 그가 벌써 몇 년 동안 외출할 용기도 없이 어떤 미신적인 인상에 사로잡혀서 지금 살고 있는 이 집에서 살고 있다는 사실이었다. ─어떤 이상한 힘을 가진 가공의 지배력에 대한 이야기를, 지금 여기에 옮길 수 없을 만큼 애매한 말로 그는 이야기했다. ─오랫동안 이곳에서 견뎌오는 동안, 그의 집인 이 건물의 형태와 실질 그 자체에 깃들어 있는 어떤 특이한 성질이 어느 틈엔가 자신의 정신을 지배하게 되었다, 저택의 회색 벽과 조그만 탑, 그것들이 그림자를 내던지고 있는 어두컴컴한 연못, 이런 것들의 형태가 결국에는 자신이라는 존재의 정신에 영향을 준 것이라고 그는 말했다.

그러나 그가 망설이며 인정한 일이었는데 그를 그렇게 괴롭히는 이상한 우울증의 대부분은 좀 더 자연스러운, 훨씬 더 명료한 원인에 ─오랜 세월 동안 그의 유일한 반려이자 ─지상에 남아 있는 단 한 명의 혈육으로 누구보다도 사랑하는 여동생의 무겁고 오랜 병에 ─아니, 명백하게 다가오고 있는 여동생의 죽음에 있다고 볼 수 있었다. '동생이 죽는다면' 이라고 잊을 수 없는 비통한 목소리로 그는 내게 말했다. '내가 (무엇 하나 바랄 것 없는 나약한 내가) 유서 깊은 어셔 가의 피를 이어받은 마지막 사람이 되어버려.' 그가 이렇게 말하는 동안 메델라인 양(이것이 여동생의 이름이었다)이 방의 멀리 떨어진 곳을 천천히 지나갔는데 내가 그곳에 있다는 사실도 모른 채 그대로 모습을 감춰버렸다. 나는 공포가 섞인 놀라움으로 그녀를 가만히 바라보았는데 ─왜 그런 감정을 품게 된 건지 나로서도 설명할 길이 없었다. 멀어져가는 그녀의 모습을 바라보고 있자니 마음이 텅 비어버리는 듯한 기분이 나를 짓누르는 것이었다. 드디어 그녀의 모습이 사라지고 문이 닫히자 나의 진지한 시선은 거의 본능적으로 오빠의 얼굴 쪽으로 쏠렸는데 ─그는 양손으로 얼굴을 감싸고 있었고 이상할 정도로 창백한 빛이 그의 여윈 손가락으로 퍼지며 그 손가락 사이에서 뜨거운 눈물이 떨어지는 것이 내 눈에 들어올 뿐이었다.

메델라인 양의 병은 이미 오래 전부터 주치의들의 의술로도 어떻게 해볼 수 없는 것이 되어버렸다. 만성화되어 잃어버린 감각, 점점 더해만 가는 육체적 쇠약, 일시적이기는 하지만 자주 일어나는 경직증상 ―이것이 그녀의 증상이었다. 지금까지는 꿋꿋하게 병고를 견뎌왔기 때문에 앓아눕는 경우는 없었다. 그런데 내가 저택에 도착한 날 땅거미가 질 무렵 (그날 밤, 그녀의 오빠가 말로 표현할 수 없는 마음의 동요를 보이며 이야기한 바에 의하면) 병마의 파괴적인 힘 앞에 무릎을 꿇고 말았다는 것이었다. 그 말을 듣고 나는 조금 전 얼핏 본 아가씨의 모습이 아마도 마지막이 될 것이라는 사실을 ―적어도 살아 있는 아가씨의 모습을 보는 일은 두 번 다시 없을 것이라는 사실을 깨달을 수 있었다.

그로부터 며칠 동안 어셔와 나는 아가씨의 이름을 입에 담지 않았다. 그리고 그 동안, 나는 어떻게 해서든 친구의 우울증을 달래보려 열심히 노력했다. 함께 그림을 그리기도 하고 책을 읽기도 했다. 때로는 그가 연주하는 기타의 가슴을 치는 광기어린 즉흥곡에 꿈꾸는 기분으로 귀를 기울이기도 했다. 이렇게 해서 더욱 친밀한 관계가 되었으며 나는 그의 마음 깊은 곳까지 자유자제로 들어갈 수 있게 되었는데, 그의 마음을 밝게 해주려는 어떤 노력도 전부 쓸데없는 짓이라는 사실을 더욱 뼈저리게 느끼게 되었을 뿐이었다. 그의 마음속에서는 암흑이라는 것이, 그것이 그의 선천적인 특성이기라도 한 것처럼, 정신세계와 물질세계의 모든 대상을 향해

한 줄기 끊임없는 암울한 방사선이 되어 쏟아져 나오는 것이었다.

이렇게 어서 가의 주인과 단 둘이서 보낸 수많은 엄숙한 시간에 대한 추억을 나는 결코 잊지 못할 것이다. 그런데 그가 나를 끌어들인, 혹은 나의 인도자가 되어준 연구와 일이 어떤 것이었는지 정확하게 밝히고 싶지만 그럴 수가 없다. 흥분되고 아주 병적인 상상력이 모든 것 위에 황록색 빛을 던지고 있었다. 그가 즉흥적으로 불러준 긴 비가는 언제까지고 나의 귀에서 사라지지 않을 것이다. 특히 폰 베버의 마지막 왈츠의 분방한 선율을 기묘하게 일그러뜨려 과장시킨 선율을 나는 아직도 마음속에 생생하게 기억하고 있다. 치밀한 그의 상상력을 마음껏 표현한 그림은 한 번 색이 더해질 때마다 애매모호한 것이 되어 그것을 보면 나는 왠지 모를 전율을 느끼게 되고, 그 알 수 없는 전율 때문에 몸이 더욱 떨려오는 것이었다. 그 그림들에 대한 이미지는 아직도 내 눈에 생생하게 남아 있지만 평범한 말로 전달할 수 있는 것은 그것의 조그만 일부에 지나지 않으며 그 이상의 것은 전달하려 노력해 봐야 어차피 헛수고일 것이다. 극도로 단순하고 명확한 구도로 그는 보는 사람들의 주의를 끌었으며, 위압했다. 관념을 그림으로 그린 사람이 있다면 로드릭 어서가 바로 그 사람일 것이다. 적어도 내게는 —당시 나를 둘러싸고 있던 사정 속에서는— 이 우울증 환자가 화폭 위에 펼쳐 보인 여러 점의 순수한 추상관념 속에서 격렬하고 견디기 어려운 공포심이 솟아오르는 것이 느껴졌다. 프리젤이 그린 불타오르는 듯한, 하지만 너무나도 구체적인 환상화를 가만히 바라볼 때조차도 이러한 공포심은 조금도 느낄 수 없었다.

엄밀한 의미에서 추상적 정신을 갖추고 있다고는 말할 수 없었지만 어쨌든 어셔의 변환적(變幻的)인 구상 중 한 가지만은 흡족하지는 않은 대로 말로 전달할 수 있을지도 모르겠다. 아주 긴 직사각형의 지하실, 혹은 지하도의 내부를 그린 조그만 그림으로 매끄럽고 희고 아무런 장식도 없는 낮은 벽이 끝없이 이어지고 있었다. 그 구도의 어떤 부대적인 부분이, 그 지하의 구조물이 지표보다 훨씬 깊은 곳에 있다는 사실을 아주 잘 전달해주고 있었다. 그 거대한 공간의 어느 부분에서도 출구를 찾을 수 없었으며, 햇불은 물론 그 외의 어떤 인공적인 광원도 찾아볼 수 없었다. 그럼에도 불구하고 강렬한 광원이 전체에서 넘쳐나 모든 사물들이 음산하고 이상한 광휘에 잠겨 있었다.

조금 전에 말한 것처럼 그의 청신경은 병적인 상태에 있었기 때문에 현악기 중의 어떤 선율 외에는 그 어떤 음악에도 견디지 못하는 것이 되어버리고 말았다. 기타를 연주할 때도 한정된 범위의 곡만을 선택한다는 사실이 틀림없이 그의 연주의 기괴한 성격을 만드는 데 커다란 힘을 발휘했을 것이다. 하지만 그의 즉흥곡의 열렬하고 정교한 연주는 지금 말한 이유로는 도저히 설명할 수가 없다. 그의 광기 넘치는 환상곡의 가사는 물론 그 선율은 (그는 운에 맞춘 즉흥적인 가사를 흥얼거리며 연주를 하는 경우가 많았다) 내가 앞서 말한 바와 같이 인공적 흥분이 극에 달했을 때만 볼 수 있는 아주 강한 정신적 집중과 냉정함에서 태어난 것임에 틀림없었으며, 또 실제로 그랬다. 그러한 광상곡 중의 한 가사를 나는 별 어려움 없이 기억할 수 있었다. 그가 중얼거리는 것을 들으면서 깊은 감명을 받았는데, 왜냐하면 그 말들이 의미하는 것의 저변에 깔려 있는 신비한 흐름 속에서, 어서 자신의 고귀한 이성이 왕좌에서 비틀거리고 있음을 어서가 충분히 의식하고 있다는 사실을 내가 처음으로 인식한 것 같은 느낌이 들었기 때문이었다. 마(魔)의 궁전이라는 제목의 그 시는, 조금 부정확할지는 몰라도 대체로 다음과 같은 것이었다.

1
깊은 숲 계곡의
다정한 천사들이 살고 있던 곳에
먼 옛날, 장엄하고 아름다운 궁전이—
번쩍번쩍 빛나는 궁전이 서 있었다.
'사색'이라 불리는 왕의 영토—
거기에 궁전이 서 있었다!
최고의 천사도, 그렇게 아름다운 궁전 위로
자신의 날개를 펼친 적은 없었다.

2
황금빛으로 찬연하게 빛나는 누른 깃발은
그 지붕 위에서 펄럭이고 있었다
(이는 모두먼 옛날의 일이었다)
그 풍요로운 날에
깃털 장식이 날리는, 허연 성벽을

불어가는 미풍은
향기로운 냄새를 싣고 있었다.

3
이 행복의 계곡을 방황하는 자들은
빛나는 두 개의 창을 통해서 보았다
류트(현악기)의 아름다운 선율에 맞춰
왕좌 주위에서 춤을 추는 요정들을―
그 왕좌에 앉아서
(고귀한 사람)
자신의 명예에 어울리는 당당한 위엄을 보이고 있는 것은,
이 나라를 지배하는 자였다.

4
아름다운 궁전의 문에는
진주와 홍옥이 빛나고 있으며
그 문을 통해서, 흐르듯, 흐르듯
끊임없이 반짝이며, 들어가는 것은
'메아리' 들―
왕의 재기와 지혜를
최고의 아름다운 목소리로 노래하는 것은
'메아리' 들의 즐거운 일이었다.

5

하지만 슬픔의 옷을 두른 마성을 지닌 자들이
왕의 높은 왕좌를 덮쳤다.
(아 함께 한탄하고 슬퍼하자 고독한 왕 위로
내일이라는 태양이 다시는 떠오르지 않을 테니)
지난날 왕의 궁전 주위에
빛나던 영광도
지금은 묻혀버린 먼 옛날의
부질없는 이야기가 되어버렸다.

6

지금 이 계곡을 여행하는 자들은
붉은 등불이 켜진 창 너머로 바라본다
엉망으로 흐르는 음악소리에 맞춰
광기 어린 춤을 추는 거대한 괴물들의 모습을.
그리고 창백한 문으로는
무시무시한 격류처럼
혐오스러운 무리들이 끊임없이 달려나와
소리 높여 웃는데— 그 신의 미소는 더 이상
볼 수가 없다.

나는 뚜렷하게 기억하고 있는데 이 발라드에서 연상되는 것에
사로잡혀서 우리가 이런저런 생각을 하고 있을 때 어서가 품고 있

던 어떤 생각이 명확해진 것이었다. 그 생각을 내가 여기에 기록하는 것은, 그것이 새로운 것이기 때문이 아니라 (이런 생각을 한 사람은 아무도 없을 것이기 때문이다) 그가 집요하게 그것을 주장했기 때문이다. 그 생각을 대충 이야기하자면, 식물은 모두 지각력을 갖추고 있다는 것이었다. 그의 광기어린 망상 속에서 이 생각은 더욱 확고성을 띠게 되고 어떤 조건 하에서는 무기물의 세계에까지 적용될 수 있다는 것이었다. 그의 이러한 확신이 얼마나 강한 것이었는지, 혹은 얼마나 진지하고 맹목적이었는지 이야기하고 싶지만 나는 그것을 표현할 만한 적절한 말을 알지 못한다. 하지만 이 신념은, (내가 앞에서 잠깐 이야기한 것처럼) 조상 대대로 내려오는 저택의 회색 석재와 관계가 있었다. 이들 석재가 배치되어 있는 방법 속에 —석재 위에 퍼져 있는 수많은 균류와 저택 주위에 서 있는 고목들의 배치뿐만 아니라 돌 자체의 배열, 특히 이와 같은 배치가 오랫동안 그 모습을 유지해왔다는 사실, 그리고 연못의 잔잔한 수면에 비친 그 그림자 —이런 것들 속에 지금 말한 지각력이 존재하기 위한 조건이 갖춰져 있는 것이라고 그는 생각하고 있었다. 그 증거는 —식물이 지각력을 가지고 있다는 증거는— 그의 말에 의하자면 (그가 이런 말을 했을 때 나는 화들짝 놀랐는데) 연못의 물과 저택의 벽 부분에 독특한 분위기가 천천히, 하지만 확실하게 응결되어가고 있다는 사실 속에서 찾아볼 수 있다는 것이었다. 그 결과는 몇 백 년에 걸쳐서 그의 일가의 운명을 결정지어 왔으며, 지금 내가 보고 있는 그 —현재의 그를 만들어냈다. 그리고 묵묵하게 말이 없지만 집념이 강한, 무시무시한 영향력 속에서 발견할 수 있다고 그는 덧붙였다. 이런 생각에 대해서 특별히 이러쿵 저러쿵 할 필요는 없을 것이다. 나 역시 아무런 말도 하고 싶지 않다.

우리가 읽은 책 ―몇 년 동안 이 환자의 정신생활의 적지 않은 부분을 차지해왔던 책은, 여러 분도 상상할 수 있겠지만, 이러한 성질의 환상과 완벽하게 일치하는 것들뿐이었다. 우리가 함께 심취한 책은 다음과 같은 것들이었다. ―그레세의 『베르베르와 샤르 류즈』, 마키아벨리의 『벨프골』, 스웨덴보그의 『천국과 지옥』, 홀베르그의 『니콜라스 클림의 지하 여행』, 로버트 플루드, 장 댕다지네, 드 라 샹브르 등의 『손금 보는 법』, 티크의 『창공의 여행』, 감파넬라의 『태양의 도시』

특히 애독했던 것은 도미니크 파의 성직자 에이메릭 드 지론의 소형 8절판본인 『종교재판법』이었다. 폼포니우스 멜라의 저서에는 고대 아프리카의 반인반수 신과 이지판 인에 대해 기록한 부분이 있는데 어서는 그것들에 심취해서 꿈꾸는 듯한 기분으로 몇 시간이고 지내는 적도 있었다. 하지만 그가 가장 좋아했던 것은 4절판 고딕체의 희귀본 ―지금은 잊혀진 한 교회의 기도서―인 『메인스 교회 성가대에 의한 사자를 위한 철야 기도』를 탐독하는 것이었다.

어느 날 밤, 그는 느닷없이 내게 메델라인 양은 이미 이 세상 사람이 아니라는 사실을 알리고, 자신은 동생의 유체를 (마지막으로 매장하기 전에) 2주일 정도 이 관의 내부에 있는 수많은 지하 납골당 중 한 곳에 모셔둘 생각이라고 말했는데 그 말을 듣는 순간 나는, 조금 전에 말한 희귀본 속의 기괴한 장례의식과 그것이 틀림없이 이 우울증 환자에게 주었을 영향에 대해서 생각하지 않을 수 없었다. 하지만 그런 묘한 처리법을 취하는 이유에 대해서 나는 그와 언쟁을 벌일 처지가 되지 못했다. 그가 그런 결심을 하게 된 이유는 (그의 말에 의하면) 사자의 병에 이상한 점이 있다는 사실, 주치의들이 주제넘게 어떤 일을 자꾸만 캐내려 한다는 사실, 어셔 가의 묘지가 멀리 떨어진 들판에 있다는 사실들 때문이었다. 이 저택에 내가 도착한 날, 계단에서 만난 의사에게서 받았던 나쁜 인상을 생각해보면 아무런 해가 될 것도 없으며 결코 부자연스럽다고도 할 수 없는 이 세심한 처치에 대해서 이의를 제기할 마음은 조금도 없었다.

어셔가 부탁하는 대로 나는 가매장 준비를 갖추는 일도 친절하게 도왔다. 유체를 관에 넣은 우리는 두 사람이서 그것을 안치소까지 옮겼다. 관을 내려놓은 지하 납골당(오랫동안 닫혀 있었기 때문에 우리가 가지고 들어간 햇불도 무거운 실내 공기에 짓눌려 꺼지려 했기에 내부의 모습은 잘 살펴볼 수가 없었다)은 좁고 눅눅했으며, 바깥의 빛이 전혀 들어오지 않았고, 저택에서 내가 쓰는 침실의 어떤 부분의 바로 밑 아주 깊은 곳에 있었다. 아무래도 이곳은 먼 옛날 봉건시대에 지하 감옥이라는 그다지 바람직스럽지 못한 목적으로 이용된 듯했으며, 그 후에는 화약이나 어떤 가연성 물질의 저장고로 이용된 듯했다. 왜냐하면 이곳 바닥의 일부와 거기에 이르기까지의 긴 아치형 복도가 전부 동판으로 꼼꼼하게 뒤덮여 있었기 때문이었다. 묵직한 철문에도 역시 동판이 씌워져 있었다. 너무 무거워서인지 그 문이 경첩에 매달려 열릴 때, 이상하게 둔탁한 소리를 내며 삐걱였다.

이처럼 오싹한 장소에 있는 관 받침대 위에 가엾은 유체를 올려 놓은 뒤, 우리는 아직 나사로 조이지 않은 관 뚜껑을 조금 옆으로 밀어 그 안에 잠들어 있는 사자의 얼굴을 들여다보았다. 무엇보다도 먼저 오누이가 아주 똑같이 생겼다는 점이 내 주의를 끌었다. 어셔가 내 마음을 읽은 듯 두어 마디 중얼거렸는데, 그 말을 듣고 죽은 여동생과 그가 사실은 쌍둥이로 둘 사이에는 늘 설명하기 어려운 공감대가 존재하고 있었다는 사실을 알 수 있었다. 하지만 우리의 시선은 사자 위에 오래 머물지 못했다. ─가만히 바라보고 있으면 공포에 휩싸이지 않을 수 없었기 때문이었다. 한창 나이의 아가씨의 목숨을 앗아간 이 병이 경직현상을 보이는 환자에게서 흔히 볼 수 있듯이 가슴과 얼굴 부근에 희미한 붉은 반점 같은 것을 남겨놓았으며, 입술에는 지워지지 않는 미소와 같은 것을 머금고 있었는데 죽은 자의 그것은 등골이 오싹해질 정도로 섬뜩한 것이었다. 우리는 관 뚜껑을 원래대로 덮어 나사를 조이고 철문을 꼭 닫은 뒤, 간신히 저택의 위쪽 방으로 올라갔는데 그곳도 지하 납골당만큼이나 음침한 방이었다.

그리고 지금, 슬프고 가엾은 며칠이 지나자 내 친구의 정신이상이 나타내는 특징에도 한 가지 명백한 변화가 생겼다. 평소 그답던 태도는 완전히 사라지고 없었다. 늘 해오던 일을 하지 않거나 잊곤 했다. 안정되지 못한 급한 발걸음으로 뚜렷한 목적도 없이 이 방에서 저 방으로 헤매고 돌아다녔다. 창백한 얼굴은 (그런 일이 있을 수 있다면) 더욱 창백해졌고 ─눈의 광채는 완전히 사라져버리고 없었다. 지난 날, 그가 이야기를 할 때면 때때로 들을 수 있었던 메마른 목소리는 완전히 사라져버렸으며, 무엇인가를 상당히 두려워하는 듯한 떨리는 목소리가 그의 이야기할 때의 특징이 되어버렸다. 끊임없이 흔들리고 있는 그의 마음이, 밝히지 않을 수 없는 답답한 비밀과 싸우고 있으며 그에 필요한 용기를 추구하고 있는 게 아닐까 생각되는 적도 있었다. 또 때때로 어떤 가공의 소리에 귀를 기울이듯 아주 주의 깊은 태도로 몇 시간이나 가만히 허공을 바라보고 있는 모습을 보면 이러한 것들은 전부 광인의 이해할 수 없는 변덕에 지나지 않는다는 생각이 들기도 했다. 이러한 그의 상태가 나를 두려움에 떨게 했으며 —내게까지 전염되었다는 것은 조금도 이상한 일이 아닐 것이다. 그의 기괴한, 그리고 남들에게 강한 인상을 주는 미신의 광기어린 영향력이 천천히, 하지만 확실하게 내 몸 안으로 스며드는 것을 나는 느낄 수 있었다.

특히 메델라인 양을 지하 납골당에 안치시킨 뒤 칠팔 일이 지난 날 밤 늦은 시간에 침대에 누웠을 때, 나는 조금 전에 말한 감정을 매우 강하게 느꼈다. 잠은 좀처럼 나의 침상을 찾아오지 않았다. —그리고 몇 시간인가가 쓸쓸하게 흘러갔다. 나는 나를 사로잡고 있는 신경의 흥분상태를 이성으로 내쫓으려 노력하고 있었다. 나는 감정의 전부는 아니라 할지라도, 그 대부분은 이 방의 음울한 가구 —이제 막 불기 시작한 폭풍의 숨결에 나부껴 술렁대고 있는, 벽 위에서 이리저리 흔들리고 있는, 침대의 장식 부근에서 불안하게 술렁이고 있는, 검게 그을린, 낡은 벽걸이용 융단의 무시무시한 영향력 때문이라고 생각하려 노력했다. 하지만 나의 노력은 헛된 것이었다. 억누를 수 없는 전율이 점점 내 전신으로 퍼져갔으며, 결국에는 내 심장 바로 위에 말로 표현할 수 없는 공포의 악마가 묵직하게 자리 잡고 앉은 것이었다. 허둥지둥 몸부림을 쳐 녀석을 떨쳐낸 나는 베개 위로 몸을 일으켜 방의 어둠 속을 가만히 응시하며 귀를 기울였다. ─왜 그랬는지는 모르겠지만 본능적인 기분에 휩싸여서, 라고 밖에는 달리 설명할 길이 없다. ─바람이 멈췄을 때 오랫동안, 어디선가 들려오는 낮고 희미한 소리에 귀를 기울였던 것이다. 알 수 없는, 하지만 참을 수 없는, 온몸의 털이 곤두설 것만 같은 공포감에 사로잡혀 나는 서둘러 옷을 걸치고 (오늘 밤에는 더 이상 잘 수 있을 것 같지가 않아서) 방 안 이곳저곳을 분주히 오가며, 지금 내가 빠져 있는 이 상황에서 벗어나려 노력해봤다.

그렇게 겨우 두어 바퀴 방 안을 돌았다 싶었을 때, 바로 가까이에 있는 계단을 걸어 올라오는 발소리가 내 주의를 끌었다. 나는 곧 그것이 어셔의 발소리임을 알 수 있었다. 잠시 후, 문을 조용히 두드리는 소리가 들리더니 램프를 손에 든 어셔가 안으로 들어왔다. 얼굴은 평소와 다름없이 시체처럼 창백했다. ─그런데 그것뿐만 아니라 눈에는 광기어린 기쁨의 빛이 서려 있었으며, ─그의 거동 전체에서는 병적인 흥분을 가라앉히려는 듯한 모습을 명백하게 찾아볼 수 있었다. 그런 그의 모습이 나를 깜짝 놀라게 했다. ─하지만 그때까지 오랫동안 겪어온 고독 때문에 그런 것은 아무래도 상관없다는 생각이 들었으며 오히려 고맙다는 생각이 들기까지 했다. 나는 그곳에 나타난 그를 구세주처럼 맞아들였다.

그는 한동안 아무 말도 없이 주위를 주의 깊게 둘러본 뒤, 갑자기 이렇게 말했다.

"자네는 그걸 보지 못한 모양이군. ─그렇다면 잠깐 기다리게 당장 보여줄 테니."

그리고 손으로 램프를 조심스럽게 가린 뒤, 한쪽 창으로 서둘러 다가가 폭풍을 향해 문을 열어젖혔다.

미친 듯이 불어오는 열풍 때문에 우리는 몸의 중심을 잃고 쓰러질 뻔했다. 그야말로 거칠기 짝이 없는, 하지만 엄격한 아름다움을 머금고 있는 밤, 광기어린 아름다운 공포와 미에 넘쳐나는 밤이었다. 회오리바람이 저택 부근에서 세력을 더한 듯, 거친 바람의 방향이 끝없이 바뀌었다. 그리고 (저택의 조그만 탑을 짓누르듯 낮게 드리운) 아주 짙은 구름이 깔려 있었음에도 불구하고 바람이 먼 곳으로 불어가지 않고 여러 방향에서 서로 부딪치는, 그 생물과도 같은 속도를 우리는 뚜렷하게 볼 수 있었다. 아주 짙은 구름이 낮게 깔려 있었음에도 불구하고 잘 보였다고 나는 지금 말했다. ─달이나 별은 조금도 보이지 않았으며 ─번개도 전혀 번쩍이지 않았다. 그런데 우리 바로 옆에 있는 모든 지상의 물체뿐만 아니라 소란을 피우고 있는 거대한 안개 덩어리의 밑 부분까지, 저택 주위에 드리워져 저택을 감싸고 있는, 미광을 발하며 뚜렷하게 보이는 기체상태의 안개의 기분 나쁜 빛 속에서, 빨갛게 빛나고 있었다.

"안 돼, 이런 걸 봐서는 안 돼. ─이런 걸 봐서는 안 된다고!"

나는 조금 거칠게 그를 창가에서 의자 쪽으로 데리고 가 몸을 떨며 말했다.

"자네, 이런 광경을 보고 아주 놀란 듯하지만 사실 저건 그다지 신기할 것도 없는 전기현상에 지나지 않는 거야. —이 굉장한 광경의 원인인, 저 연못 속의 독기를 내뿜는 독기 때문일지도 몰라. 자, 저 창을 닫도록 하세. 공기가 차서 자네 몸에는 독이 될 거야. 자네가 좋아할 만한 책이 여기 있어. 내가 읽어줄 테니 들어봐. —그렇게 이 공포의 밤을 함께 보내도록 하자고."

내가 집어든 낡은 책은 런슬릿 캐닝 경의 『광기어린 만남』이었다. 하지만 내가 이 책을 그의 애독서라고 말한 것은 진심에서라기보다는 나의 서글픈 장난에서 그렇게 부른 것에 지나지 않았다. 왜냐하면, 사실 이 책의 조잡하고 상상력이 떨어지며 지루한 이야기속에는 어서의 품격 높은 정신적 이상주의적 경향에 호소할 만한 것이 거의 없었기 때문이었다. 하지만 바로 손에 잡을 수 있는 책이라고는 이 책밖에 없었다. 그리고 나는, 지금 이 우울증 환자의 마음속에서 소란을 피우고 있는 흥분을 내가 지금부터 읽으려고 하는 저열하기 짝이 없는 이야기로 달래볼 수 있을지도 모른다(정신이상에 관한 문헌에는 이와 같은 이례적인 사실들이 수없이 기록되어 있다)는 덧없는 희망을 품고 있었다. 실제로 내가 읽는 이야기의 한 마디 한 마디에 귀를 기울이고 있는 —혹은 귀를 기울이고 있는 것처럼 보이는 그의 이상할 정도로 긴장되고 활발한 모습으로 판단해본다면, 내 의도가 성공했음을 기뻐해도 좋을 것 같았다.

나는 이야기의 그 유명한 부분 —이 이야기의 주인공인 에델렛이 은자의 암자로 조용히 들어갈 것을 청했지만 거절을 당하자 힘으로 밀어붙이려는 부분까지 읽어나갔다. 여러분도 아시다시피 이야기의 이 부분은 다음과 같은 문장으로 적혀 있다.

「원래 용맹스러운 성격인 데다 얼큰하게 오른 술기운 때문에 더욱 힘이 솟은 에델렛은 참으로 융통성이 없고 난폭한 은자와의 담판을 포기하고, 마침 어깨 위로 떨어지기 시작한 빗방울에 폭풍이 일어날지도 모른다고 생각, 바로 들고 있던 쇠메를 휘둘러 몇 번 타격을 가하자 곧 문의 판자에 보호대를 착용한 손이 들어갈 만한 구멍이 뚫렸다. 이렇게 해서 그 구멍에 손을 넣고 있는 힘껏 잡아당기자 문이 부서지고, 찢어지고, 산산조각이 나서 공허하게 울리는 마른 나무의 부서지는 소리가 숲 전체에 메아리쳤다.」

이 문장의 마지막 부분까지 읽은 나는 깜짝 놀라 일순 말을 끊었다. 왜냐하면 (나의 흥분된 망상에 스스로 현혹된 것이라고 바로 생각을 고쳐먹기는 했지만) 저택 안 아주 먼 곳에서부터 그 음질이 아주 닮았다는 점에서, 런슬릿 경이 자세하게 묘사한 그 문을 깨부수는 소리의 메아리(틀림없이 조심스럽게 들려오는 둔탁한 소리이기는 했지만)라고 생각되는 소리가 내 귀에 희미하게 들려오고 있는 것 같다는 느낌이 들었기 때문이었다. 하지만 내 주의를 끈 것은 역시 우연의 일치에 불과했다. 창틀이 덜컹거리는 소리며, 더욱 심해져가는 폭풍의 소란스러운 소리 속에서 그런 소리 자체는 내 주의를 끌거나 나를 두려움에 떨게 만들 만한 아무것도 가지고 있지 못했기 때문이었다. 나는 계속해서 이야기를 읽었다.

「뛰어난 전사인 에델렛이 문 안으로 들어섰는데 난폭한 은자의 모습이 감쪽같이 사라진 것을 보고 한편으로는 놀랍기도 하고, 한편으로는 매우 화가 나기도 했다. 대신 그 안에 있던 것은 비늘로 뒤덮여, 불꽃에 휩싸인 혓바닥을 내뻗는 거대한 모습의 용이었는데, 바닥에 은을 깔아놓은 황금의 궁전 앞에 웅크리고 앉아 그것을 지키고 있었다. 벽에는 번쩍번쩍 빛나는 놋쇠로 만든 방패가 걸려 있었으며 거기에는 다음과 같은 글이 새겨져 있었다.

'여기에 들어오는 자는 승리자다.

용을 쓰러트리는 자는 이 방패를 얻을 것이다.'

쇠메를 치켜 올린 에델렛이 용의 머리를 향해 그것을 내리치자 용은 그 앞에 쓰러져 단말마의 독기를 내뿜으며 온 몸이 오싹해질 정도로 무시무시한 소리를 내질렀는데 그 귀를 찢는 듯한 소리에 에델렛은 자신도 모르게 두 손으로 귀를 막았다. 그 소리는 지금까지 누구도 들어본 적이 없을 만큼 끔찍한 것이었기 때문이었다.」

여기까지 읽은 나는 다시 한 번 갑자기 말을 끊었다. 그리고 이번에는 아주 커다란 놀라움을 느끼지 않을 수 없었다. —왜냐하면, 그 순간 (어느 방향에서 들려오는 것인지는 알 수 없었지만) 멀리서 들려오는 낮지만 귀에 거슬리는, 길게 꼬리를 문 이상한 외침과도 같은, 무엇인가 삐걱거리는 듯한 소리 —이 이야기의 작가가 말하고 있는 그 용의 기분 나쁜 외침이 바로 이런 것일 거라고 내가 상상하고 있던 소리와 아주 똑같은 소리를 직접 귀로 들었기 때문이었다.

이처럼 놀라운 일이 두 번이나 일어났기 때문에 나는 놀라움과 극도의 공포가 지배하는 수많은 감정들의 싸움에 압도되었지만, 그래도 그런 사실을 입에 담아 내 친구의 과민한 신경을 자극하는 것을 억제할 만한 마음의 침착함을 잃지는 않았다. 그가 이 소리를 들었는지 못 들었는지 나로서는 전혀 알 길이 없었다. 하지만 그 몇 분 동안 그의 거동에는 틀림없이 기묘한 변화가 일어나고 있었다. 그는 나를 정면으로 바라보고 앉아 있던 위치에서 자신의 의자를 조금씩 움직여 결국에는 방의 문 쪽으로 얼굴을 향해 앉게 되었다. 그렇게 되자 들리지 않을 정도로 조그맣게 무엇인가를 중얼거리고 있는 것처럼 그의 입술이 떨리는 모습은 보여도, 그의 얼굴은 일부분 밖에 보이지 않게 되었다. 머리를 가슴 쪽으로 떨구고 있기는 했지만 ―내가 얼른 그의 옆얼굴을 훔쳐본 바에 의하면 눈을 크게 뜨고 있었기 때문에 잠에 든 것은 아니라는 사실을 알 수 있었다. 그가 몸을 흔들고 있다는 사실로도 잠들지 않았다는 것은 명확하게 알 수 있었다. ―조용히, 하지만 끊임없이 일정한 간격으로 몸을 좌우로 흔들고 있었다. 그런 사실을 재빨리 포착한 나는 다시 런슬릿 경의 이야기를 읽어가기 시작했다.

「이제 용의 무시무시한 분노에서 벗어난 전사는, 그 놋쇠 방패를 생각해내고 그 위에 걸린 저주를 풀기 위해서 자신의 앞길을 막고 있는 용의 사체를 치운 뒤, 벽에 걸린 방패를 향해서 은이 깔린 성 안의 바닥을 늠름하게 걸어갔는데, 방패가 그가 오기까지 기다리지 못하고 그의 발밑으로 떨어졌기 때문에 오싹하고 무시무시한 굉음이 사방으로 퍼져갔다.」

내가 이 부분을 읽자마자 ―마치 묵직한 놋쇠 방패가 그 순간 실제로 은이 깔린 바닥 위로 떨어진 것처럼― 뚜렷하게 공허한 금속성 물질이 서로 부딪쳐 울리는 것 같은, 하지만 무엇인가에 짓눌린 듯한 소리가 들려왔다. 나는 깜짝 놀라 자리에서 벌떡 일어났지만 어셔는 여전히 규칙적으로 몸을 흔들고 있었다. 나는 그가 앉아 있는 쪽으로 달려갔다. 그의 시선은 가만히 앞쪽으로 쏠려 있었으며 얼굴 전체에 돌처럼 딱딱한 표정이 번져 있었다. 내가 그의 어깨에 손을 대자 격렬한 전율이 그의 전신을 덮치고, 병적인 미소가 그의 입술 부근에 떠오르기 시작했다. 그리고 내가 옆에 있다는 사실도 깨닫지 못한 채 그가 낮고 빠른 어조로 알 수 없는 말을 중얼거리고 있다는 사실을 알 수 있었다. 그에게 몸을 바싹 붙이듯 허리를 굽혀 그가 하고 있는 말의 소름끼치는 의미를 뚜렷하게 들을 수 있었다.

"저 소리가 들리지 않나? 내게는 들리는데. 아까부터 틀림없이 듣고 있었어. 훨씬 ―훨씬 ―훨씬 전부터, 몇 분 동안이나, 몇 시간 동안이나, 며칠 동안이나 나는 저 소리를 들어왔어. ―하지만 내게는 용기가 없었어. ―아, 나를 불쌍히 여기게, 나는 왜 이다지도 한심하단 말인가? ―나는 용기가 ―말할 용기가 없었어! 우리는 그녀를 산 채로 무덤 속에 넣은 거야! 내 감각이 아주 예민하다는 것은 전에도 말한 적이 있었지? 이제 와서 하는 말이지만, 나는 동생이 그 텅 빈 관 속에서 처음 몸을 조금 움직이는 소리를 들었어. 나는 들었어. ―며칠 동안이나, 며칠 전부터 ―하지만 용기가 ―말할 용기가 없었어! 그런데 지금 ―오늘 밤 ―에델렛이 ―하, 하 ―

은자의 집 문이 부서지는 소리, —용의 단말마와도 같은 비명, 그리고 방패가 떨어져 울리는 소리라! —아니, 이렇게 말해야겠지. 동생이 들어 있던 관이 부서지고, 동생이 갇혀 있던 지하 감옥의 철문의 경첩이 삐걱거리고, 지하 납골당의 동판을 붙인 복도에서 동생이 몸부림치고 있는 소리야! 아, 나는 어디로 숨어야 한단 말인가? 동생이 곧 여기로 올 거야! 나의 성급한 행동을 질책하러 동생이 서둘러 여기로 올 거야! 계단을 올라오는 소리가 들리지 않나? 동생의 심장이 뛰는, 저 짓누르는 듯한 무시무시한 고동 소리가 확실하게 들려오는 듯해! 이 미친놈아!"

이렇게 말한 그는 엄청난 기세로 자리에서 일어났다. 그런 다음부터는 마지막 순간의 외침처럼 찢어지는 듯한 소리로 한 마디 한 마디 외쳤다.

"이 미친놈아! 동생은 이미 문 밖에 서 있어!"

어셔의 초인적인 힘이 담긴 절규 속에 마력이라도 숨겨져 있는 것일까? —그가 가리킨 낡고 거대한, 거울이 달린 문이 곧 그 육중한 흑단의 입을 천천히 뒤쪽으로 열었다. 그것은 밖에서 불어오는 열풍 때문이기는 했지만 —바로 그때 문 밖에 어셔 가의 메델라인 양이 큰 키에 수의를 입은 채로 우뚝 서 있었다. 그녀가 입고 있는 하얀 옷에는 피가 배어 있었으며, 여위고 쇠약해진 몸 전체에는 심하게 몸부림 친 흔적이 남아 있었다. 그녀는 문턱 부근에서 한순간 몸을 떨며 이쪽저쪽으로 비틀거리다가 —낮은 신음소리를 올리며 방 안에 있는 오빠의 몸 위로 털썩 쓰러지더니 단말마의 격렬한 고통에 사로잡혀 오빠를 바닥 위로 밀어 쓰러트렸다. 그 오빠도 그때는 이미 시체가 되어 쓰러져 있었다. 그가 예견한 대로 격렬한 공포의 희생양이 되어 쓰러진 것이었다.

공포에 사로잡힌 나는 그 방에서, 그 저택에서 도망쳐 나왔다. 그 오래 된 흙을 쌓아 만든 길을 달릴 때도 여전히 폭풍은 미친 듯이 불어대고 있었다. 내가 달리던 좁은 길에서 갑자기 이상한 빛이 번쩍였다. 나는 이 심상치 않은 빛이 어디서 나온 것인지 확인하려고 뒤를 돌아보았다. 내 뒤에는 커다란 저택과 그 그림자밖에 없었다. 그 반짝임은 지금 막 기울어가고 있는 피처럼 빨간, 붉은 보름달의 빛이었다. 건물 지붕에서 번개 형태를 그리며 토대까지 이어져 있다고 전에 내가 말한, 전에는 간신히 알아볼 수 있었을 뿐인 그 균열을 통해서 달이 환하게 빛나고 있었던 것이었다. 가만히 바라보고 있는 동안 그 균열은 급속하게 커지고 ─한 줄기 선풍이 격렬하게 일어나 ─달 전체의 모습이 갑자기 내 앞에 나타나는가 싶더니 ─저택의 거대한 벽이 두 개로 갈라져 무너져 내리는 것을 본 순간 나는 격렬한 현기증을 느꼈다. ─거대한 파도소리와 같은, 절규하는 듯한 굉음이 길게 울리더니 ─내 발밑의 깊고 음습한 연못이 '어셔 가'의 잔해를 천천히 소리도 없이 집어삼켰다.

윌리엄 윌슨

대체 무엇이란 말이냐, 이 무시무시한 양심, 내 앞을 가로막는 망령은? (체임벌린 『파로니다』)

일단은 윌리엄 윌슨이라고 이름을 밝혀두기로 하자. 이 새하얀 종이를 내 본명으로 더럽힐 필요는 없을 것이다. 내 본명은 우리 일족의 경멸과 공포와 혐오의 대상이 된 지 이미 오래다. 분노의 바람이 불어 전례를 찾아볼 수 없는 오명을 지구 끝까지 전달하지 않았던가? 오, 모든 이들에게 버림받은 추방자 중의 추방자 —대지조차 네게서는 등을 돌렸고, 화려함, 빛나는 대망, 영예와는 완전히 멀어지지 않았는가? 짙고 어두운, 끝을 알 수 없는 구름이 네 희망과 천국 사이에 드리우지 않았는가?

할 수만 있다면 나도 말할 수 없이 비참한 고통, 용서받지 못할 범죄에 대한 내 최근의 기록 같은 것은 이야기하고 싶지 않다. 그 시기는 내게 있어서도 갑자기 타락의 깊이를 더해간 시기였는데, 어쨌든 지금은 그 유래 · 원인만을 밝혀두기로 하겠다. 타락해간다 할지라도 통상은 서서히 그렇게 되어가는 법이지만 나의 경우는 이른바 미덕이라는 외투가 단번에 완전히 벗겨져버렸다. 거들떠볼 것도 없이 조그만 악덕에서 단번에 거인과도 같은 발걸음으로 엘라 가발라스의 흉악함을 뛰어넘는 경지에까지 이른 것이었다. 대체 어떤 우연, 어떤 사건이 그처럼 사악한 사태를 초래한 것인지 잠시 내 이야기를 들어보기 바란다. 죽음이 다가오자 죽음의 전조가 되는 그림자가 내 마음을 편안하게 해주었다. 어두컴컴한 골짜기를 방황하면서 나도 동포들의 공감을 —하마터면 연민을, 이라고 말할 뻔했다— 바라지 않을 수 없었다. 나도 어느 정도까지는 인간의 힘으로는 어떻게 해볼 수 없는 환경의 노예였다는 사실을 알아주었으면 한다. 지금부터 이야기하려는 일들 속에서, 이른바 과오의 황야라고도 할 수 있는 내 생애 속에서 숙명이라는 조그만 오아시스를 발견해주길 바란다. 그리고 만약 내게도 뒤지지 않을 만큼 악의 유혹을 받은 사람이 있다 할지라도, 그렇게까지 시험받고 그렇게까지 타락한 사람은 단 한 사람도 없었다는 사실을 인정해주기 바란다. —아니, 인정할 수밖에 없을 것이라고 생각한다. 그리고 그렇게까지 고통을 맛본 사람도 없었을 것이다. 나는 꿈속에서 살아온 것이 아닐까? 이 세상의 모든 환상 중에서도, 공포와 신비라는 면에서는 비할 데가 없는 환영을 위해서 희생하려고 죽어가고 있는 것이 바로 나 아닐까?

우리 일족은, 공상성과 흥분하기 쉬운 기질이라는 면에서는 타의 추종을 불허하는 일족이었는데, 나 자신도 아주 어렸을 때부터 조상 대대로 전해오는 그런 특징을 충분히 이어받았다는 증거를 명백하게 보이고 있었다. 그런 특징은 성장을 하면서 더욱 현저하게 눈에 띄게 되어, 여러 가지 이유에서 친구들에게 불안을 느끼게 하는 중요한 요소가 되었으며 나 자신에게도 피해를 가져다주는 원흉이 되었다. 내 멋대로 행동하게 되었으며, 걷잡을 수 없는 변덕쟁이가 되었고, 억제할 수 없는 격정의 먹이가 되었다. 우리 부모님도 나와 별반 다를 바 없는 체질적인 약점에 괴로워했으며 의지가 약했기 때문에, 내 사악한 경향을 억제할 힘을 전혀 가지고 있지 못했다. 나름대로 미약하고 덧없는 노력을 기울이기는 했지만 완전한 실패, 나의 완벽한 승리로 끝나버리고 말았던 것이다. 이후, 나의 발언은 집안의 법률과도 같은 것이 되어 다른 아이들 같았으면 아직도 엄격한 감독 하에 있어야 할 나이 때부터 이미 모든 것이 내 생각에 맡겨졌기 때문에 명의와는 상관없이 실질적으로는 완전히 내 행동의 주인이 되어버렸다.

학교생활 중에서 가장 기억에 남는 것은 영국의 안개 속에 잠긴 시골의, 엘리자베스 왕조풍의 산만한 건물들인데 옹이 때문에 거칠어진 거대한 나무들이 수없이 자라고 있었으며, 모든 건물들이 아주 고풍스러운 그런 곳이었다. 실제로 이 고풍스러운 마을은 꿈속과도 같이 마음이 편안해지는 장소였다. 아직도 공상 속에서 울창한 가로수 길의 상쾌한 냉기를 생생하게 느끼고, 수없이 많은 수풀의 향기를 맡고, 교회 종의 낮고 공허한 울림에 말할 수 없는 환희를 느낄 수 있었으며 그럴 때면 마음속에 새로운 전율을 느끼곤 한다. 갑자기 고딕 풍 철제 첨탑이 조용히 잠들어 있는 어둑어둑한 분위기의 고요함을 깨고 음울한 울림이 피어나 한 시간 간격으로 울려 퍼진다.

지금의 내게, 학교와 관련된 사소한 추억을 떠올리는 것보다 더 강한 쾌감을 맛보게 해주는 것은 아무것도 없다는 생각까지 들 정도다. 비참한 고통 속에 빠져 있는 지금 —아, 너무나도 생생한 비참함과 고통이다!— 이런저런 조그만 추억 속에 빠져 한동안이나마 위로를 얻는다 해도 커다란 잘못은 아닐 것이다. 이것들의 아주 사소한, 그것 자체로는 우습기조차 한 세세한 부분이 내 마음속에는 어떤 우연적인 무거운 의미를 띠게 된다. —후에 내 생애를 한 치도 남김없이 그늘지게 한 운명의 막연한 첫 경고를 희미하게나마 깨달은 장소와, 시기와 연결되어 있기 때문이다.

앞서 말한 바와 같이 학교의 건물은 낡고 불규칙했다. 구내는 넓었으며, 높고 견고한 벽돌담에 둘러싸여 있었는데 그 위에는 모르타르에 유리 파편이 박혀 있었다. 마치 감옥과도 같은 흉벽이 학교의 구내를 가르고 있었다. 그 벽의 바깥 풍경을 접할 수 있는 것은 일주일에 세 번뿐—매주 토요일 오후, 두 명의 조교와 함께 모두 하나가 되어 근처 들판을 한동안 산책하며 돌아다닐 때와 일요일에 마을에 있는 교회의 아침 · 저녁 예배에 열을 지어 참석할 때뿐이었다. 우리 학교의 교장이 그 교회의 목사를 겸하고 있었다. 나는 멀리 떨어진 이층 좌석에 앉아, 천천히 엄숙한 걸음으로 설교단에 오르는 그 목사의 모습을 커다란 놀라움과 곤혹스러움을 느끼며 지켜보곤 했다. 저 성직자, 온화하기 짝이 없는 풍모에 매끄러운 성의를 펄럭이며, 세심하게 가루를 뿌린 위엄 있고 커다란 가발을 쓴 저 사람이 바로 어제까지 심기 불편한 표정으로 담배냄새 풀풀 나는 양복을 입고 손에 채찍을 든 채 준엄한 배움의 동산의 규율을 집행하던 그 사람이란 말인가?

오, 이 얼마나 커다란 모순, 얼마나 이해하기 힘든 괴사(怪事)란 말인가? 육중한 벽 한쪽 구석에 더욱 육중한 문이 서 있었다. 철로 만든 커다란 못이 문 전체에 박혀 있었으며, 그 위에는 뾰족한 쇠 창살이 붙어 있었다. 저절로 외경심이 일어나게 하는 문이었다. 앞서 말한 세 번의 출입 외에는 절대로 열리는 일이 없었다. 그랬기 때문에 문의 거대한 경첩이 삐걱거리는 소리를 올릴 때마다 우리는 그 속에서 여러 가지 신비를 읽어내고, 목소리를 낮춰 은밀하게 서로 속삭이며, 엄숙한 생각에 잠기지 않을 수 없었다.

넓은 구내도 불규칙한 모습을 하고 있었기 때문에 곳곳에 넓고 복잡한 공터가 산재해 있었다. 그 중 서너 개의 커다란 공터가 운동장이었다. 평지에 잔돌이 깔려 있었다. 지금도 확실하게 기억하고 있는데 나무나 벤치 같은 것은 단 하나도 놓여 있지 않았다. 물론 건물 뒤쪽에는 있었는데 그곳의 정면에 조그만 화단이 있어서 딋나무와 그 외의 관목이 자라고 있었지만 그 성스러운 지역을 지나는 것은 극히 드문 일로, 처음 입학을 했을 때나 마지막 졸업을 할 때, 그리고 크리스마스나 여름방학에 부모님이나 아는 사람이 데리러 와서 설레는 마음으로 집에 돌아갈 때뿐이었다.

하지만 내게 있어서 그 낡은 학교의 건물은 매혹의 궁전이었다. 난마처럼 얽힌 복도, 이해할 수 없을 만큼 잘게 나뉜 구역은 그야말로 헤아릴 수 없을 정도로 많았다. 1층에 있는 건지 2층에 있는 건지조차 확신을 가지고 대답할 수 없을 정도였다. 방에서 방으로 옮길 때마다 올라가든 내려가든 반드시 계단을 서너 개 지나야 했다. 그리고 옆에 붙은 조그만 방이 헤아릴 수도 없이 많이, 상상할 수도 없을 정도로 가득 들어 차 있어 늘 제자리를 빙빙 맴돌아야 했기에 이 건물 전체에 대해서 정확하게 그려보려 해도 그저 무한에 대해 생각하는 관념의 영역을 벗어날 수 없었다. 이 학교에서 지낸 5년 동안 나와 스무 명 정도의 급우들에게 할당된 조그만 침실이 대체 구내의 어느 구석에 있었던 것인지조차 끝내 알아낼 수가 없었다.

교실은 건물 중에서 가장 커다란 방—당시 나는 세상에서 가장 큰 방이라고 생각했었다—이었다. 아주 길고 폭이 좁았으며 음울하게 낮은 방이었는데 창문은 뾰족한 고딕 풍, 천장은 떡갈나무로 되어 있었다. 그 방의 복잡하고 무시무시한 한쪽 구석에 8~10피트 정도의 사각형으로 따로 나뉜 방이 있었는데 그곳이 바로 우리의 교장 브랜즈비 목사의 '성스러운' 집무실이었다. 튼튼한 문이 달린 견고한 방으로 학생들은 모두 '주인'이 없을 때 이 문을 여느니 차라리 '영겁의 업고' 속에서 죽는 게 낫다고 생각하고 있었을 것이다. 다른 구석에도 그와 같은 상자가 두 군데 더 있었는데 위엄이라는 면에서는 교장실보다 못했지만 그곳 역시도 엄숙한 경외의 대상이 되었다. 그 중 하나는 '고전' 담당 조교의 교단, 또 다른 하나는 '영어와 수학' 담임의 것이었다. 그 교실에는 수많은 의자와 책상이 그야말로 무한의 무질서라 할 수 있는 상태로 어지럽게 교차된 채 놓여 있었다. 구시대의 유물인 검은 책상에는 낡아빠진 책이 아무렇게나 쌓여 있었으며, 그 위는 칼로 새긴 이니셜, 이름, 그로테스크한 모양 외에도 여러 가지 흔적으로 덮여 있었는데, 먼 옛날의 원형이 대체 어떤 것이었는지 도무지 짐작할 수도 없을 정도였다. 교실 구석에는 물을 담은 양동이가 있었으며 다른 한쪽 구석에는 거대한 괘종시계가 놓여 있었다.

나는 이 고풍스러운 학교의 견고한 벽 안쪽에서 15살부터 5년간 생활했는데 무료함과 혐오감 속에서 생활했을 것이라고 생각한다면 그건 착각이다. 저절로 상상이 솟아오르는 소년 시절의 뇌는 다채로운 외적 사건 같은 것을 필요로 하지 않는다. 언뜻 음울해 보이는 학교생활의 단조로움도 내적 흥분에 넘쳐나고 있었다는 점에 있어서는, 졸업 후의 호사스러운 생활에서, 혹은 어른이 된 후의 범죄에서 얻은 자극보다도 더 자극적인 것이었다. 하지만 나로서도 인정하지 않을 수 없는 것은, 나의 첫 번째 내적 성장 속에 이미 아주 이상한, 아니 편협하고 기이한 것이 자라고 있었다는 사실이다. 일반 사람들에게서, 아주 어렸을 때의 일이 성인이 된 후에도 뚜렷한 인상을 남기는 경우는 거의 찾아볼 수 없다. 모든 것은 회색 그림자 ―흐릿하고 조각조각 난 기억에 지나지 않으며 ―그저 조그만 쾌락과 만화경과도 같은 고통의 모호한 재현에 지나지 않는 것이 일반적이다. 하지만 나는 그렇지가 않았다. 유년시절부터 나는 어른이 느끼는 것과 같은 강렬함으로 느끼기 시작했음에 틀림없었다. 지금도 기억에 남아 있는 여러 가지 기억은 카르타고 유품의 메달에 각인되어 있는 무늬의 깊이, 선명함, 내구성과 같은 윤곽을 가지고 있다.

　하지만 사실 ―세상에서 말하는 사실에 대해서는 기억에 남아 있는 것이 전혀 없다! 아침의 기상, 매일 밤 반복되는 취침 신호, 암기와 암송, 정기적으로 찾아오는 한나절의 휴식과 산책, 운동장에서의 싸움, 놀이, 그리고 책략, ―이와 같은 사소한 일들이 지금은 잃어버린 마음의 마술에 의해 여러 가지 감각의 홍수, 산더미처럼 풍부한 사건, 다양한 정서, 너무 격렬하고 가슴 떨리는 흥분 속으로 젊은 나를 인도해갔던 것이다. '오, 즐거웠던 철의 세기여!'

실제로 쉽게 뜨거워지는 격렬하고 거만한 성격 때문에 나는 곧 학우들 중에서도 눈에 띄게 주목을 받게 되었으며, 그 자연스러운 결과로 어느 틈엔가 나이가 비슷한 무리들 위에 지배력을 행사하게 되었다. —아니, 딱 한 명 예외가 있었다. 그 예외라는 녀석은 친척도 아니면서 성과 이름이 나와 똑같은 학생이었다. 하지만 그다지 이상달 것도 없는 일이었다. 왜냐하면 나의 성은 아주 평범한 것으로 원래는 귀족의 후손이었지만, 이른바 시효라는 것이 다 해서 먼 옛날부터 일반대중의 소유물이 되어버렸기 때문이다. 그래서 이 이야기에서도 윌리엄 윌슨이라는 가명을 쓴 것인데 내가 감추고 있는 이름도 가명과 그다지 큰 차이는 없다. 어쨌든 학교시절의 모든 '동료' 중에서, 교실에서의 과업이나 운동장에서의 스포츠, 싸움에서 감히 내게 반기를 들고 내 의견을 묵인하고 내 뜻에 굴종할 것을 거부한 것은 오직 한 사람, 바로 나와 동성동명인 사람뿐이었다. 나의 독단적인 행동에 감히 맞선 것은 그 뿐이었다. 만약 이 세상에 절대적이고 무한정한 전제주의가 있다면, 그것은 강력한 소년 지도자가 나약한 친구들에게 행사하는 전제주의일 것이다.

윌슨의 이와 같은 반항이 내게 커다란 곤혹감을 준 이유는, 사람들 앞에서는 그, 혹은 그의 주장 같은 것은 애초부터 문제 삼지 않는다는 듯한 태도를 취하면서도 마음속으로는 은근히 그에 대한 공포심을 지울 수가 없었으며 아주 유유하고 대등하게 행동하는 그의 태도가 사실은 나보다 뛰어나다는 증거라고 느끼지 않을 수 없었기 때문이었다. 솔직히 말하자면 나는 상대방에게 압도당하지 않기 위해서만도 죽을힘을 다해야 했다. 하지만 그가 우월하다는 사실, 아니 대등하다는 사실조차도 정말로 알고 있는 것은 나 자신 외에 아무도 없었으며 친구들은, 정말 이해하기 힘든 맹목이라고 밖에 달리 표현할 길이 없는데, 그런 일이 있을 수 있다는 사실에조차 생각이 미치지 못하는 듯했다. 실제로 그의 대립과 저항 특히 나의 목적에 대한 완고하고 무례한 간섭은 언뜻 보기에 겉으로 드러나지 않는 내면적인 것이었다. 언뜻 보기에 그는 나와 맞서겠다는 야심도 그것을 뒷받침할 만한 열정적인 에너지도 갖고 있지 않은 것처럼 보였다. 나와 맞서려는 동기도 그저 일부러 나를 거슬러서 놀라게 하고, 수치심을 느끼게 해야겠다는 한 때의 욕망 때문으로 밖에 보이지 않았다. 하지만 내가 그를 보면서 남모를 경탄, 굴욕, 울분의 감정을 억누를 수 없었다고 한 것은, 그의 무례, 모욕 그리고 반항하는 모습 속에는 뭐라고 해야 할까, 상황에 전혀 어울리지 않는 그것도 아주 불쾌한 일종의 거만함이 섞여 있기 때문이었다. 그의 이 이상한 태도는, 내 위에 서서 보호자 행세를 하겠다는 듯한 극도의 자만심에서 생겨나는 것이라고 밖에는 달리 표현할 길이 없다.

윌슨의 이와 같은 태도에, 이름이 같고 같은 날에 입학했다는 우연까지 겹쳐서 상급생들 사이에서는 우리가 형제라는 소문까지 퍼졌다. 상급생들이 하급생들의 일에 개입할 필요는 없다. 그런데 앞서 말한 것처럼, 아니 어쩌면 말하는 것을 잊었을지도 모르겠지만 윌슨과 우리 일족 사이에는 아무런 관계도 없었다. 하지만 만약 우리가 형제였다면 우리는 쌍둥이일 수밖에 없었다. —왜냐하면, 그 학교를 졸업한 뒤에 우연히 알게 된 일인데 윌슨은 1813년 1월 19일 생으로 그것은 나의 생년월일과 완전히 일치했기 때문인데 이는 상당한 암시임에 틀림없었다.

이상하게 들릴지도 모르겠지만 윌슨의 대립, 견딜 수 없는 반항정신 때문에 끊임없이 불안에 떨면서도 나는 진심으로 상대를 미워할 마음이 생기지 않았다. 그랬다. 거의 매일 싸움을 하고 사람들 앞에서는 승리의 영예를 나에게 양보하면서도, 윌슨은 사실 이긴 것은 자신이라는 느낌을 내게 갖게 했다. 게다가 나의 자존심, 그리고 그의 참된 침착함 때문에 두 사람은 언제나 이야기를 주고받는 관계를 유지하고 있었을 뿐만 아니라, 서로의 기질 속에는 잘맞는 부분도 상당히 많았기 때문에 이와 같은 대립상태만 아니었다면 우정을 나누는 관계로까지 발전했을 것이라는 마음이 들기도 했다. 솔직히 말하자면 그에 대한 나의 본심을 확실하게 정의하는 것, 아니 설명하기조차도 힘들다. 여러 가지 잡다한 것들이 뒤얽혀 있었기 때문이었다. 증오라는 한마디로는 표현하기 어려운, 끓어오르는 반감, 얼마간의 경의와 존경, 그리고 상당한 공포와 불안한 호기심 등이 한데 뒤얽혀 있었다. 그리고 도덕주의자 여러분께 꼭 해두어야 할 말은, 윌슨과 나는 서로 떼려야 뗄 수 없는 파트너였다.

우리 둘 사이에는 틀림없이 변태적이라고 할 수 있는 사태가 있었으며, 그에 대한 나의 공격(공공연한 공격과 은밀한 공격 등 그 수는 헤아릴 수가 없었다)도 진지하고 단호한 적의로 발전하기 보다는 결국에는 모두 야유, 장난(악의에 찬 장난이기는 하지만 고통을 수반하지는 않는 것)으로 변해버리고 말았다. 하지만 그러한 나의 노력이 언제나 성공을 거두는 것은 아니었으며 기지를 발휘해 세운 계획조차 불발로 그치는 경우가 많았다. 왜냐하면 나의 상대는 거만하지도 않았고, 조용한 엄격함이 몸에 배어 있어 자신의 신랄한 농담은 충분히 즐기면서도, 자신의 약점은 조금도 드러내지 않아 타인으로부터는 조금도 조소를 당하지 않았기 때문이었다. 그러나 나는 딱 한 가지, 상대방의 약점이라 할 수도 있는 점을 알게 되었는데 그것은 틀림없이 선천적인 병에서 오는 체질적인 약점으로, 당시의 나처럼 궁지에 몰리지만 않았다면 어떤 상대라도 대수롭지 않게 넘길만한 그런 것이었다. 윌슨은 목 부분의 기관에 결함이 있기 때문에 어떤 경우에라도 아주 낮게 속삭이는 듯한 목소리로만 이야기했다. 나는 그 결함을 최대한도로 활용했다.

그에 대한 윌슨의 복수는 여러 형태로 나타났는데 그 중에서도 나를 참을 수 없는 감정으로 몰고간 것이 하나 있었다. 아주 사소한 장난으로, 대체 왜 그런 것이 나를 괴롭힌 것인지는 도무지 풀 수 없는 수수께끼였다. 어쨌든 그런 사실을 알고는 되풀이해서 그짓을 해댔다. 예전부터 나는 평범한 자신의 성과 천박하다고는 할 수 없지만 평범하기 짝이 없는 이름이 마음에 들지 않았다. 듣는 것만으로도 혐오감이 끓어올랐다. 그런데 입학 당일, 윌리엄 윌슨이라는 사람이 한 사람 더 있다는 사실을 알았고, 그런 이름을 쓴다는 사실만으로도 화가 났으며 또 알지도 못하는 사람이 같은 이름을 쓴다기에 이 이름이 더욱 혐오스러워졌다. 왜냐하면, 언제나 내 눈앞에 있으면서 이름을 두 번 부르게 하는 원인이 될 것이며, 규칙적인 학교의 과업 속에서는 그 혐오스러운 암호가 일치하기에 끊임없이 두 사람을 혼동하게 만드는 사태가 때때로 발생할 것이라는 사실을 틀림없이 알고 있었기 때문이었다.

이렇게 해서 품게 된 초조함은 두 사람의 정신적, 육체적 유사성을 시사하는 사태가 일어날 때마다 더욱 깊어만 갈 따름이었다. 당시 나는 두 사람이 같은 나이라는 사실은 모르고 있었지만, 그래도 키가 같고 생김새나 모습이 이상할 정도로 닮았다는 사실은 바로 알 수 있었다. 그리고 상급생들 사이에 퍼진, 두 사람이 형제라는 소문도 나를 화나게 만드는 것 중 하나였다. 다시 말하자면, 우리 두 사람의 닮은 점, 정신 · 용모 · 처지 등의 닮은 점에 관한 얘기를 듣는 것만큼 나를 참을 수 없는 감정으로 몰고가는 것도 없었다(세심한 주의를 기울여서 그와 같은 불안은 숨기려고 노력했지만). 하지만 실제로는 이와 같은 유사점이 (형제라는 소문, 그리고 윌슨 자신을 예외로 한다면) 급우들의 화젯거리가 되지는 않는 것 같았으며 특별히 눈에 띄지도 않는 모양이었다. 윌슨 자신이 이와 같은 모든 유사점을 내게도 뒤지지 않을 만큼 확실하게 보고 있었다는 것만은 틀림없는 사실이었지만, 그와 같은 유사점이 내게 고통의 원인이 된다는 사실을 꿰뚫어보다니, 앞서도 말한 것처럼 평범하지 않은 통찰력이라고 밖에는 달리 표현할 길이 없다.

나를 그대로 모방할 때 윌슨이 보이는 모습은, 말투와 몸짓이라는 면에서 그야말로 놀랄 만한 것이었다. 내 복장을 흉내 내는 것은 식은 죽 먹기와도 같은 것이었으며, 걸음걸이에서부터 모습까지 대수롭지 않게 흉내를 내는 것이었다. 그리고 선천적인 결함에도 불구하고 내 목소리까지 완벽하게 흉내를 냈다. 물론 큰소리는 내지 못했지만 그래도 목소리는 똑같았다. 속삭이는 듯한 특이한 목소리를 가지고 내 목소리를 완벽하게 재현해냈다.

그의 정교한 묘사(이는 더 이상 회화(戱畵)라고 부를 수 없는 것이었다)가 나를 얼마나 괴롭혔는지에 대해서는 굳이 말할 필요가 없을 것이다. 그런 외중에서도 내게 유일한 위안거리가 되는 것이 있었는데 그것은 그의 모사를 알고 있는 것은 나밖에 없는 것 같다는 사실, 따라서 윌슨의 잘 알고 있다는 듯한 얼굴, 묘하게 자극을 주는 웃음만 어떻게든 참아 넘기면 된다는 사실이었다. 자신이 의도한 대로 효과를 거두었다는 사실을 확인하면 자신이 준 고통에 혼자 가만히 미소 지을 뿐, 그와 같은 기지의 성공에 대한 주위 사람들의 갈채 같은 것에는 조금도 신경 쓰는 기미를 보이지 않았다. 대체 주위의 급우들이 왜 그의 의도를 눈치 채지 못했으며 그의 솜씨를 인정하고 그의 조롱에 가담하지 않았는지, 몇 개월간 계속된 불안한 나날들 속에서도 도무지 풀리지 않는 수수께끼였다. 거기에는 그의 모사가 점점 완벽에 가까워져갔다는 이유가 있었을지도 모르며, 표면의 유사점(그림에서도, 둔감한 사람들은 이것밖에는 알지 못한다) 같은 것은 전혀 문제 삼지 않고 오직 내면의 파악만을 목표로, 나 혼자에게만 그것을 보여 분함을 맛보게 하려 한 윌슨의 멋진 솜씨 때문이기도 했을 것이다.

이미 몇 번인가 얘기했지만, 윌슨이 보호자인 듯한 태도를 보이며 종종 내 뜻에 새삼스레 간섭하려 드는 것을 도무지 참을 수가 없었다. 그와 같은 간섭은 충고라는 무례한 형태를 띠는 적이 많았는데 그것도 직접적으로 말하는 것이 아니라 은연중에 암시를 주는 것과 같은 방법을 취했다. 타인의 충고라는 것에 대한 나의 반발심은 해가 갈수록 더욱 깊어만 갔는데 지금 되돌아보면, 단지 이것만은 확실하게 인정을 해두고 싶다. 즉, 윌슨이 주는 암시에서는 미숙한 젊음, 빈약한 경험에 따르기 마련인 오류와 어리석음을 전혀 찾아볼 수 없었으며 전반적인 재능, 삶의 지혜라고까지는 말할 수 없지만 적어도 도의감에 있어서는 나보다 훨씬 더 날카로운 점이 있었다는 사실이다. 어떤 의미에서는 흔히 있을 법한 속삭임을 당시의 나는 진심으로 미워하고 경멸했는데, 거기에 포함되어 있는 충고를 때때로 받아들였다면 지금의 나는 보다 행복한, 보다 뛰어난 인간이 되었을지도 모른다는 생각이 들기까지 한다.

하지만 실제로는 그의 참견하는 듯한 태도에 혐오감만 더욱 깊어갔을 뿐, 나는 상대방의 참을 수 없는 건방짐에 날이 갈수록 더욱 화를 내게 되었다. 앞서도 말한 것처럼 급우로서 관계를 맺었던 처음 1, 2년 간, 그에 대한 나의 마음은 조그만 기회만 있었다면 우정으로도 변할 수도 있는 것이었는데, 그 뒤부터 그의 간섭하는 듯한 태도가 줄어들기 시작한 것은 틀림없는 사실이지만 나의 마음은 거의 그것과 같은 비율로 확고한 증오와도 같은 빛을 더해가기 시작했다. 윌슨도 어느 순간부터 그 사실을 깨달았는지 이후부터는 나를 피하거나 피하려는 듯한 모습을 보였다.

내 기억이 정확하다면 틀림없이 그 무렵 그와 격렬한 말다툼을 하게 되었을 때, 천하의 그도 평소와는 달리 흥분해서 이성을 잃었는지 보기 드물게 거침없는 태도로 말하고 행동했는데 그런 그의 말투와 태도, 모습 전체에서 어딘지 나의 아주 어린 시절의 막연한 추억을 되살아나게 하는 것 —기억 그 자체도 아직 태어나지 않았을 시기의 거칠고 혼돈스러우며, 얽히고설킨 추억을 불러일으킬 것 같은 무엇인가를 발견하고, 아니 그런 느낌이 들어 처음에는 깜짝 놀랐으며 잠시 후부터는 강한 관심을 갖게 되었다. 그때 나를 사로잡았던 감각을 설명하려 해도, 기껏해야 지금 내 앞에 서 있는 사람과는 아주 먼 옛날에, 무한히 먼 과거의 어느 순간에 알게 되었다는 기억이, 그런 느낌이 들러붙어 떨어지지 않았다라고 밖에 달리 표현할 길이 없을 것이다. 그런 착각은 문득 떠올랐다가 홀연히 사라지곤 했는데 지금 그 이야기를 꺼낸 것은 윌슨과 마지막으로 대화를 나눴던 날을 확실하게 하고 싶어서였다.

크고 오래 된 학교 건물에는 작은 방들이 헤아릴 수도 없이 많았는데 몇몇 커다란 방은 서로 통해 있었으며 그것이 대부분의 학생들의 침실로 이용되고 있었다. 그런데 (독특한 설계를 한 건물이었으니 당연한 얘기겠지만) 방을 가르고 남은 조그만 공간이 여기저기 많이 있었는데 경영면에서도 뛰어난 소질을 가지고 있던 브랜즈비 목사는 그런 곳까지도 침실로 만들었다. 정말 벽장 정도밖에 안 되는, 기껏해야 한 명밖에 살 수 없는 곳이었는데 윌슨은 그런 좁은 방에서 생활하고 있었다.

5학년도 거의 끝나갈 무렵의 어느 날 밤, 그리고 조금 전에 말했던 말다툼을 벌인 직후의 일이었는데 모두가 잠든 것을 확인한 뒤

자리에서 일어나 램프를 들고 복잡하게 얽힌 좁은 복도를 따라 윌슨의 침실로 향했다. 오래 전부터 계획하고 있던 짓궂은 장난을 그때까지는 늘 성공시키지 못하고 있었다. 그래서 이번에야말로 그것을 실행에 옮겨 내 속에서 넘쳐나고 있는 악의가 어떤 것인지 그에게 알려주기로 결정한 것이었다. 목표로 삼았던 작은 방에 도착하자마자 램프에 덮개를 씌워 밖에 내려놓고 소리 없이 안으로 들어갔다. 한 발 안으로 들여놓고 귀를 기울여 상대방의 평온한 숨소리를 확인했다. 잠들었다는 것을 확인한 뒤 바로 밖으로 나와 램프를 들고 다시 침대 곁으로 다가갔다. 주위는 커튼으로 모두 가려져 있었다. 계획대로 천천히 그리고 조용히 커튼을 열자 밝은 빛이 잠들어 있는 상대방의 얼굴을 뚜렷하게 비추기 시작, 그 순간 내 시선은 그의 얼굴로 쏟아졌다. 가만히 바라보자 —일순 정신이 아득해지는 듯한, 얼음처럼 차가운 것이 내 몸을 꿰뚫고 지나갔다. 호흡이 빨라지고 무릎이 떨려오며 정체를 알 수 없는, 그리고 참을 수 없는 공포가 내 마음을 완전히 사로잡아버렸다. 나는 숨을 헐떡이며 램프를 조금 더 얼굴 가까이로 가져갔다. 과연 이게 —이게 그 윌슨의 얼굴이란 말인가? 틀림없이 그랬다. 그리고 간질의 발작처럼 전신의 떨림이 멈추지 않았으며 이건 아니라는 생각이 솟아올랐다. 대체 이 얼굴의 어디에 나를 곤혹스럽게 만드는 것이 숨어 있단 말인가? 가만히 바라보고 있는 동안 내 머리 속에서 종잡을 수 없는 생각들이 빙글빙글 맴돌기 시작했다. 아니, 다르다, 틀림없이 다르다. 깨서 활동하고 있을 때의 그는. 이름도 같고, 얼굴도, 체격도 같고, 입학한 날짜까지 똑같다. 그리고 나의 걸음걸이, 목소리, 버릇에서 모습까지도 의미 없이 집요하게 흉내를 내왔다! 하지만 이게 대체 있을 수 있는 일이란 말인가? 그 비웃는 듯한 흉내를 거듭한 결과가 이렇게까지 —지금 실제로 눈앞에 있는 이 얼굴에까지 이를 줄이야. 멍해진 나는 온 몸에 소름이 돋는 것을 느끼며 램프를 끄고 소리 없이 방에서 나와 그대로 이 낡은 교사의 복도를 빠져나와 두 번 다시 돌아가지 않았다.

특별히 하는 일 없이 몇 개월을 집에서 보낸 뒤, 이튼의 학생이 되었다. 그 짧은 시간 동안 브랜즈비 목사의 학원에서 있었던 일에 대한 추억은 점점 잊혀져갔다. 적어도 추억 속에서 느껴지던 기분만은 완전히 변해 있었다. 그 드라마의 내용, 비극성은 사라져버렸다. 이제는 지난날의 내 오감이 정확했었는지 의심할 만큼의 여유가 생겼기에 그 사건을 생각하면서도 인간 감각의 불확실함에 놀라고, 나의 선천적인 공상의 너무나도 선명함에 쓴웃음을 지을 수 있을 정도가 되었다. 그리고 이튼에서의 학생생활도 이러한 나의 회의심을 약하게 해주는 것은 되지 못했다. 즉흥적으로 그리고 무모하게, 분별없는 어리석은 행동의 소용돌이 속으로 뛰어드는 생활 속으로 지난날의 추억도 거품 이외의 것은 거의 깨끗하게 씻겨내려갔고, 무게 있고 진지한 인상은 하나도 남지 않고 빨려 들어가 기억에 남은 것이라고는 예전의 쓸데없이 분위기에 휩쓸려 소란을 피워대던 일에 대한 추억뿐이었다.

하지만 여기서 나의 한심하기 짝이 없는 방탕한 생활의 흔적을 —규칙에 정면으로 맞서면서도 감독의 눈은 교묘하게 피했던 수많은 어리석은 행동을 이야기할 마음은 없다. 이 어리석기 짝이 없었던 3년은, 전혀 무익한 날들이었으며, 그간 얻은 것이라고는 벗어버릴 수 없는 악덕의 습관과 조금은 이상하게 여겨질 정도로 자라난 신장뿐이었는데 그 기간의 마지막 무렵, 일주일 동안이나 의미 없는 놀이에 빠져 있다가 좋지 않은 친구들을 내 방으로 불러 비밀스러운 연회를 연 적이 있었다. 모인 시각은 이미 심야, 그것은 틀림없이 밤새도록 마실 생각이었기 때문이었다. 정신없이 술잔이 오갔으며 그 외의, 혹은 좀 더 위험한 유혹도 결코 빠지지 않았다. 회색 여명이 희붐하게 밝아올 때까지도 이 광란의 모임은 여전히 절정을 이루고 있었다. 카드놀이와 술에 미친 듯이 취해버린 내가 더욱 격렬한 모독의 말을 뱉으며 건배를 외쳤을 때 갑자기 방문이 조금, 하지만 힘차게 열리며 밖에서 하인의 열에 들뜬 목소리가 들려왔다. 누군가 나를 급하게 만나고 싶어 하는 사람이 문 밖에 와 있다는 것이었다.

술기운에 절어 있던 나는 이 갑작스러운 침입에 놀라기보다는 오히려 그것을 반가워했다. 비틀거리는 걸음으로 바로 현관으로 나갔다. 그곳은 낮고 조그만 방으로 램프도 걸려 있지 않았다. 당시 방의 빛이라고는 반원형 창을 통해서 들어오는 희붐한 새벽의 희미한 광선뿐이었다. 입구 쪽으로 나서자 눈에 들어온 것은 나와 비슷한 키에, 당시 내가 입고 있던 것과 똑같은 최신 유행의 흰색 캐시미어로 만든 모닝코트를 입은 청년이었다. 희미한 빛 속에서 거기까지는 확인할 수 있었지만 얼굴은 누군지 잘 분간해낼 수가 없었다. 내가 밖으로 나가자 상대편은 성큼성큼 다가오더니 초조하게 기다렸다는 듯 내 손을 덥석 잡고는 귀에 대고 '윌리엄 윌슨'

이라고 속삭였다.

단번에 술기운이 싹 가시고 말았다.

이 누군지 알 수 없는 상대의 태도, 창에서 쏟아지는 빛을 막으려는 듯 내 눈앞으로 내민 손가락의 미묘한 떨림에는 나를 놀라게 하는 무엇인가가 있었다. 하지만 그렇게 격렬하게 내 마음을 흔들어놓은 것은 사실 그것이 아니었다. 이상할 정도로 낮게 갈라지는 목소리 속에 담겨 있는 엄중하고 함축적인 경고, 그 중에서도 간단하고 귀에 익은 이름을 속삭이던 목소리의 성질과 어투였다. 그와 동시에 지나간 날들의 여러 가지 추억들이 한꺼번에 밀려와 전광석화처럼 내 마음을 두들겨댔다. 간신히 정신을 차리고 보니 상대방은 이미 모습을 감춘 뒤였다.

이 일은 혼란스러웠던 내 상상력에 선명한 영향을 주었는데, 선명하기는 했지만 그와 동시에 아주 짧은 순간에 일어난 일이기도 했다. 몇 주일 동안 이 일에 사로잡혀, 막연한 병적 사색에 잠겨 있었다. 그 이상한 인물, 끈질기게 내게 간섭하며 뭔가 충고와도 같은 말을 건네 나를 괴롭게 만드는 사람의 정체를 모르는 채로 지낼 수는 없었다. 하지만 그 윌슨이라는 자는 대체 누구이며 또 어떤 인물이란 말인가? 어디서 왔으며, 또 그의 목적은 무엇일까? 이러한 점들에 대해서는 무엇 하나 알아낼 수 없었으며, 알아낸 것이라고는 브랜즈비 목사의 학교에서 내가 모습을 감췄던 날 오후, 윌슨도 가족들의 불의의 사고 때문에 역시 퇴학을 했다는 사실뿐이었다. 그로부터 얼마 지나지 않아서 옥스퍼드 진학이 코앞에 다가왔기 때문에 그 일에 정신이 팔려 그에 관한 문제도 더 이상 생각하지 않게 되었다. 대학에 진학하고 보니 부모님은 사려 깊지 못한 허영심 때문에서인지 생활비와 학비를 충분히 대주셨는데, 그 금액은 이미 익숙해져 있는 사치스러운 생활에 마음껏 빠져들 수 있을 정도의 것이었으며, 심지어는 영국에서도 가장 부유한 귀족의 가장 자랑스러운 자제들의 낭비와도 견줄 수 있을 만한 것이었다.

이처럼 악덕에 대한 편의까지 더해져 내 생활의 기질은 한층 더 격렬하게 폭발, 오로지 광적인 향연에만 흠뻑 빠져 인간으로서의 절도마저 완전히 짓밟아버리고 말았다. 하지만 여기서 그러한 행동을 일일이 열거하는 것은 아무런 의미도 없는 일일 것이다. 단 이렇게 한마디만 해두어야겠다. 낭비에 있어서는 그 어떤 낭비가에게도 뒤지지 않았으며, 신기한 난행(亂行)을 고안해내는 데 있어서는 당시 유럽에서도 가장 방탕한 대학에서 행해졌던 수많은 악덕에 적지 않은 부록을 더했었다고.

하지만 내가 신사로서의 체면을 지키려 하기는커녕 직업적인 도박꾼들의 더러운 속임수를 알게 되어 그 비열한 기술에 숙달, 드디어 그 상습자가 되어 가엾은 학우들을 먹이로 이미 막대했던 내 수입을 한층 더 증대시켰다고 말한다면 설마, 하고 말하는 사람이 있을지도 모르겠다. 하지만 그것은 사실이었다. 모든 명예와 인간적인 감정을 완전히 잊어야만 행할 수 있는 그 엄청난 수법이야말로 내가 누구의 원성도 사지 않고 이 악습에 빠질 수 있었던, 유일하다고는 할 수 없지만, 커다란 이유였음에는 틀림없었다. 제 아무리 방탕한 내 친구라도, 쾌활하고 솔직하며 씀씀이가 좋은 윌리엄 윌슨, 옥스퍼드의 자비학생 중에서도 가장 품위 있고 금전문제에 담백한 내가, 그런 속임수를 쓰리라고는 꿈에도 생각지 못했을 것이다. 그런 몹쓸 짓도 결국은 젊음과 방자한 공상의 소산(이라고 주위 친구들은 말했다)에 지나지 않으며, 저지르는 과오도 종잡을 수 없는 변덕, 혐오스러운 악덕도 결국에는 방종, 대담한 난행(亂行)에 지나지 않는다고 주위 사람들은 믿고 있었다.

그런데 사기도박에 흠뻑 빠진 지 2년 정도 지났을 무렵 대학에 들어온 사람 중에 글렌디닝이라는 젊은 벼락부자가 있었다. 그의 부는 헤로데스 아티크스에도 뒤지지 않으며, 그것도 별 어려움 없이 손에 넣었다는 소문이었다. 얼마 지나지 않아서 머리가 좋지 않은 사람이라는 사실을 알았기 때문에 주저하지 않고 내 좋은 기술을 보여줄 상대로 점찍어두었다. 종종 게임에 끌어들여, 도박사들이 늘 쓰는 수법으로, 상대방에게 상당한 금액을 따게 했는데 이는 한층 더 효과적으로 함정에 빠트리기 위해서였다. 드디어 내 계획이 무르익어 자비유학생인 프레스턴이라는, 두 사람 모두 알고 지내던 공동의 친구의 방에서 만날 약속(이번 만남에서 나는 단번에 마지막 결판을 낼 생각이었다)을 했는데 프레스턴을 위해서 한마디 덧붙여두자면, 그는 나의 계획에 대해서 눈곱만큼도 아는 것이 없었다. 그리고 그 자리를 더욱 그럴 듯한 것으로 꾸미기 위해서 8, 9명의 친구들을 불러모았고, 트럼프를 시작한 것은 우연이며 그것도 내가 목표물로 삼은 사람이 먼저 하자고 해서 시작한 것처럼 보이도록 세심하게 일을 꾸몄다. 혐오스러운 이야기니 간단히 말하겠는데, 이럴 경우 쓸 수 있는 조그만 수법까지도 남김없이 전부 사용했다. 이처럼 오래 된 낡은 속임수에 아직도 걸려드는 사람이 있다는 사실이 놀라울 따름이었다. 게임은 밤늦게까지 계속되었으며, 드디어 글렌디닝 혼자만을 승부 상대로 끌어들이는 데 성공했다. 그때 한 게임은 내 주특기인 에카르테였다. 그 방에 있던 다른 사람들은 우리의 승부에 주목, 자신들의 게임은 멈춘 채 두 사람 주위를 둘러싸고 구경하고 있었다. 글렌디닝은 나의 계획대로 초저녁부터 심하게 취해 있었기 때문에 카드를 내거나, 나누거나, 승부를 하는 데도 다소 흥분된 거친 모습을 보였다. 내 생각으로는, 물론 취한 때문이었기도 했지만 전적으로 그것 때문만은 아닌 듯했다. 얼마 지나지 않아서 녀석은 승부에서 지고 있다는 사실에 울분을 느낀 듯 와인을 단숨에 들이켜더니 곧 내가 냉정하게 기다리고 있던 것, 즉 이미 엄청난 금액이 되어 있던 판돈을 배로 올리자고 먼저 말한 것이었다. 내가 곤란하다는 표정을 지어보이며 몇 번 거절을 하자 상대방은 완전히 말려들어 거친 말을 내뱉었으며, 나도 분개한 듯 그의 제안에 동의했다. 그 결론은 말할 것도 없이, 상대방이 얼마나 완벽하게 내 함정에 걸려들었는지를 잘 보여줬으며 30분도 채 지나지 않아서 그의 빚은 4배가 되어버렸다. 술 때문에 벌겋게 달아오른 그의 얼굴에서 핏기가 가시기 시작한 건 그보다 조금 전부터였지만, 문득 그의 얼굴을 보니 겁이 날 정도로 창백하게 변해 있었기에 깜짝 놀라지 않을 수 없었다. 굳이 깜짝 놀랐다고 말한 것은, 내가 세심한 주의를 기울여 조사한 바로도 글렌디닝은 굉장한 부자임에 틀림없었다. 그때 그가 잃은 금액도 막대한 것이기는 했지만 진심으로 괴로워할 정도의 금액이라고는 생각되지 않았으며, 하물며 상대방이 충격을 받으리라고는 조금도 생각지 않았기 때문이었다. 틀림없이 술 때문일 것이라는 생각이 바로 떠올랐지만 나도 친구들에게 나쁜 소리를 들어서는 안 되겠다고 생각했기에 (이보다 더 고결한 동기는 없었다) 여기서 게임을 끝내겠다고 단호하게 말하려 했다. 그런데 그 순간, 내 바로 옆에 있는 친구들의 표정에서 그리고 글렌디닝이 자신도 모르게 내뱉은 절망의 외침에서 내가 그를 완전한 파멸의 구렁텅이로 몰았으며, 이제는 오로지 가엾게 여겨야 할 존재, 악마조차도 그 마수를 거둬들일 수밖에 없는 사태로까지 내몰았다는 사실을 깨달을 수 있었다.

당시 내가 어떻게 해야 좋았을지에 대해서는 간단하게 말할 수 없을 것이다. 그의 가엾은 모습에서부터 모든 사람들에게로 어색하고 음울한 기운이 퍼져나가 한동안 찬물을 끼얹은 듯 조용한 가운데, 무리 중에서 성실한 녀석들이 내게 보낸 경멸과 비난이 담긴 따가운 시선 때문에 뺨이 간질거리는 것을 참을 수 없었다. 그때 뜻밖의 놀라운 사건이 일어나 그 분위기가 깨졌는데 그 순간 가슴에 뭉쳐 있던 것이 풀리는 듯한 느낌을 받았다는 사실을 인정하지 않을 수 없다. 그 아파트의 크고 넓은 양쪽 문이 휙 하며 힘차게 활짝 열렸는데 그 갑작스러운 기세 때문에 마치 무슨 마법처럼 방 안에 있던 촛불이 하나도 남김없이 전부 꺼져버린 것이었다. 촛불이 전부 꺼지기 전의 희미한 불빛으로 간신히 알아볼 수 있었던 것은, 문으로 들어선 낯선 남자 —나와 키가 똑같고 외투로 몸을 단단히 감싼 남자의 모습이었다. 촛불이 꺼졌다고는 하지만 새카만 어둠에 잠긴 것은 아니었기 때문에 우리의 한가운데 서 있는 사람의 존재는 느낄 수 있었다. 이 난폭한 침입에 모두가 멍해져서 한마디도 하지 못하고 있는데 그 사람이 먼저 말을 하기 시작했다.

'여러분'이라고 말한 그의 낮고 명료하고 속삭이는 듯한, 잊을 수 없는 속삭임에 나는 뼛속까지 섬뜩해지는 것을 느꼈다.

"여러분, 단 한마디 말도 없이 이렇게 들어왔습니다만, 이것도 다 수행해야만 할 의무가 있기 때문입니다. 여러분은 너무나도 모르고 계십니다. 오늘 밤, 에카르테에서 글렌디닝 경으로부터 거액을 거둬들인 남자의 정체를. 그러니 여러분들에게 그 없어서는 안 될 지식을 손에 넣을 수 있는 신속하고 결정적인 방법을 가르쳐드리도록 하겠습니다. 이 사람의 왼쪽 소매에 있는 커프스의 안쪽과 수를 놓은 실내복의 커다란 주머니 속에 들어 있는 몇 개의 조그만 꾸러미를 찬찬히 살펴보시기 바랍니다."

이렇게 말하는 동안, 주위는 바닥에 떨어지는 핀의 소리까지 들릴 정도로 쥐 죽은 듯 고요했다. 말을 마치자마자 사내는 방 밖으로 나가 들어올 때와 마찬가지로 홀연히 모습을 감췄다. 그 순간 나는 ─아니, 나의 상태를 무슨 말로 표현하면 좋을까? 지옥에 떨어진 인간이 맛보는 모든 고통을 한순간에 맛봤다고 하면 될까? 아니, 이래저래 생각에 잠겨 있을 시간이 없었다. 곧 수많은 손들이 거칠게 나를 붙들었으며, 바로 촛불도 밝혀졌다. 순식간에 신체검사. 내 소매 안쪽에서는 에카르테에 없어서는 안 될 모든 카드가, 실내복의 주머니에서는 게임에서 쓰고 있던 것과 똑같은 카드가 몇 벌 나왔다. 그런데 내가 가지고 있던 것은 이런 속임수를 쓰는 사람들이 아론데라 부르는, 게임에 도움이 되는 카드는 위아래 끝이 조금 두툼하고 평범한 숫자의 카드는 좌우가 조금 두툼한 것이었다. 이렇게 해두면, 상대방이 평범한 방법대로 카드를 종으로 뽑을 때는 내게 도움이 되는 카드만을 넘겨주게 되며, 카드를 옆으로 뽑는 나는 상대방에게 도움이 되는 카드를 단 한 장도 건네주지 않을 수 있게 된다.

속임수가 들통났을 때, 일제히 내게 화를 냈다면 차라리 마음은 편했을 것이다. 그런데 거기에 있던 사람들이 내게 보인 것은, 침묵 속의 모멸, 냉담한 무시였다.

방의 주인이 몸을 구부려 발밑에서 최고급 모피로 만든 사치스러운 외투를 주워 올리며 이렇게 말했다.

"윌슨, 이거 자네 옷이지? (추운 계절이었기 때문에 내 방에서 나올 때 실내복 위에 걸쳤던 외투를 거기에 벗어둔 것이었다) 하지만 더 이상 자네의 솜씨가 어떤 것인지 (외투의 주름 사이를 신랄하게 비웃는 얼굴로 보라보며) 그 증거를 찾아낼 필요는 없을 것 같아. 지금 나온 것만으로도 충분하니까. 말할 필요도 없겠지만 옥스퍼드를 퇴학하고 —아니 우선은 내 방에서 얼른 나가주기 바라네."

견딜 수 없는 멸시를 받아 전신에 진흙을 뒤집어쓴 꼴이 되어버린 나라 할지라도 이 통렬한 한마디에는 바로 폭력으로 대응했어야 했겠지만, 그 순간의 나는 너무나도 놀라운 사실에 온 신경을 빼앗겨버렸기 때문에 그렇게 하지 못했다. 내가 입고 있던 외투는 최고급 모피로 만든 것으로, 얼마나 좋은 것이며 얼마나 비싼 것인지는 굳이 말하지 않겠다. 그 모양도 또한 나만의 취향에 어울리는 독특하고 특이한 것이었다. 이처럼 쓸데없는 일에는 바보스러울 정도로 깐깐하게 멋을 부렸다. 프레스턴이 문 옆 바닥에서 외투를 주워 올려 내게 건네주려 한 순간 나는 공포에 가까운 경악을 금할 길이 없었다. ―왜냐하면, 내 외투는 이미 팔로 끌어안고 있었는데(나도 모르는 사이에 끌어안고 있었던 것이다) 지금 내 앞에 내밀어진 외투는 어디를 보나 내 것과 조금도 다른 데가 없는 것이었다. 내 비밀을 폭로해서 이런 비참한 지경에 빠트린 그 정체불명의 사나이도 외투를 입고 있었는데, 그 외에 이곳에 있는 사람 중 외투를 입고 있던 것은 나 밖에 없었다. 어쨌든 다소나마 침착함을 되찾은 나는 프레스턴이 내민 외투를 받아 다른 사람이 눈치 채지 못하도록 내 외투 위에 겹친 뒤 씁쓸하게 반항적인 표정까지 지으며 방에서 나왔다. 그리고 이튿날 아침, 날이 채 밝기도 전에 서둘러 옥스퍼드에서 나와 공포와 굴욕감에 빠진 몸을 끌고 대륙으로 건너갔다.

도망쳐도 소용없는 일이었다. 사악한 운명은 승리감에 빠진 듯 내 뒤를 따라다니며, 자신의 신비한 지배력의 행사는 이제 겨우 시작된 것에 불과하다는 사실을 보여줬다. 파리에 발을 들여놓자마자 내 생활에 대한 그 윌슨의 혐오스러운 관심의 새로운 증거를 발견할 수 있었다. 세월은 흘러갔지만 내게는 마음 편히 쉴 틈이 없었다. 정말 지독한 녀석이었다. 로마에서도 전혀 뜻밖의, 그것도 기분 나쁜 참견을 해서 내 야심을 방해했다. 그리고 빈에서, 베를린에서, 모스크바에서! 녀석을 고통스러운 마음으로 저주하지 않을 수 있는 장소는 대체 어디란 말인가? 나는 마치 페스트에서부터 도망치듯 이 압제의 손아귀로부터 필사적으로 도망을 쳤다. 하지만 땅 끝까지 도망을 쳐도 결국은 헛수고였다.

몇 번이고, 몇 번이고 내 자신에게 마음속으로 은밀히 이렇게 되묻곤 했다.

'녀석은 누구지? 어디서 온 걸까? 녀석의 목적은 뭐지?'

하지만 끝내 답은 찾을 수 없었다. 그래서 나는 그가 나대며 간섭하는 방법, 형식, 특징을 세세하게 조사해보기도 했다. 하지만 추론을 이끌어낼 근거조차도 전혀 밝혀낼 수 없었다. 그랬다. 그가 내 앞에 모습을 드러낸 수많은 장면을 생각해보면, 우선 알 수 있는 것은 그 하나하나가 내 행동, 내 계획을 꺾고 방해하기 위해서였으며, 만약 그때마다의 내 행동이나 계획이 충분히 실행에 옮겨졌다면 상대방이 상당한 피해를 면하기 어려운 것임에는 틀림없는 것들이었다. 하지만 이것만으로 그 전제적인 권위를 뒷받침하기에는 너무나도 부족하지 않은가? 독립된 행동이라는 선천적인 권리를 그렇게도 집요하고 모욕적으로 부인당한 것에 대한 대가라기에는 너무나도 빈약한 것이 아닌가?

그리고 내가 깨달을 수 있었던 또 한 가지 점은, 오랜 세월에 걸쳐서 나를 괴롭혀왔던 상대가 (나와 똑같은 복장을 하고 나타난다는 규칙을 아주 신중하고 신비한 솜씨로 지켜나가면서) 갖가지 방법으로 내 뜻을 방해하기 위해 나타날 때, 그의 얼굴만은 언제나 보이지 않았다는 점이었다. 그, 윌슨이 어떤 사람이든, 적어도 이 점에 있어서만은 매우 거만하고 어리석었다고 밖에는 달리 할 말이 없었다. 그는 과연 내가 자신의 정체를 모른다고 ─이튼에서의 잔소리꾼, 옥스퍼드에서 내 명예를 파괴한 자, 로마에서는 야심을, 파리에서는 복수를, 나폴리에서는 정열적인 사랑을, 이집트에서는 탐욕스럽다는 오해를 품고 나를 좌절시키고, 방해한 철천지원수, 악령이라고도 할 수 있는 사내가, 학생시절의 그 윌리엄 윌슨, 동성동명의 급우이자 라이벌, 브랜즈비 목사의 학원의 그 증오스럽고 혐오스러운 라이벌이었다는 사실을 내가 모를 것이라고 생각하고 있었던 것일까? 어쨌든 지금은 마지막의 극적인 사건으로 이야기를 진행해나가겠다.

그때까지 나는 그의 전제적인 지배에 힘없이 굴복해왔다. 윌슨의 고상한 성격, 장중한 예지, 가는 곳마다 나타나서 모든 것을 꿰뚫어보는 듯한 그의 능력에 내가 늘 품고 있던 깊은 외경심이 더해지고, 그의 본성과 사상태도에 있어서의 다른 특징이 느끼게 하는 공포감까지 작용하여 나는 언제나 자신의 나약함, 믿음직스럽지 못함을 느끼게 되었고 결국에는 그의 압제적인 의지에 강하게 반발하면서도 암암리에 복종하는 기분이 들게 되는 것이었다. 하지만 그 무렵 나는 술에 완전히 절어 있었기 때문에 내 유전적인 소질에, 광기에 가까운 영향을 미쳐 드디어는 자제심을 완전히 잃어버리고 말았다. 중얼중얼 혼잣말을 해대거나, 결단을 못 내리고 우물쭈물하거나, 반항하게 되었다. 그리고 드디어는 내가 의지를 굳건하게 가지고만 있으면, 나를 괴롭히는 상대방의 의지력은 그만큼 줄어든다고 믿게 된 것은 나의 헛된 공상 때문이었을까? 어쨌든 나는 불타오르는 듯한 희망의 영감을 느끼기 시작했으며 마침내는 내심 더 이상 예종하고 있지만은 않겠다고 필사의 각오를 하게 되었다.

　장소는 로마, **18xx**년의 사육제 때 나는 나폴리의 디 브롤리오 공작의 저택에서 열린 가장무도회에 참석했다. 평소보다 더 많은 술을 마셨기 때문에 북적거리는 방의 답답한 분위기를 더 이상 견딜 수가 없었다. 방 안 가득 넘쳐나는 사람들 사이를 간신히 비집으며 앞으로 나가자 나의 화는 더욱 거세질 뿐이었다. 왜냐하면 나는 디 브롤리오 노인이 사랑하는 아름답고 활달한 젊은 아내를 열심히 찾고 있었기 때문이었다(얼마나 좋지 않은 동기에서 그랬는지는 말하지 않기로 하겠다). 조금은 불순한 자신감에서 그녀가 그날 밤의 분장에 대한 비밀을 미리 내게 알려주었기 때문에 그녀의 모습을 남몰래 발견한 나는 어떻게 해서든 곁으로 가려고 노력했다. 바로 그때, 가볍게 내 어깨에 손을 얹더니 그 잊을 수 없는 저주받을 낮은 속삭임으로 귓가에 속삭였다.

　걷잡을 수 없는 분노에 사로잡혀서 나는 갑자기 그 방해자 쪽으로 몸을 돌려 거칠게 상대방의 멱살을 잡았다. 그는 미리 알고 있었다는 듯이 이번에도 나와 똑같이 파란 벨벳으로 만든 스페인 풍 외투를 입고 있었으며, 허리에는 진홍색 벨트를 두르고 칼을 차고 있었다. 검은 비단 가면에 얼굴은 완전히 가려 있었다.

　"이 악마 녀석!"

　분노에 갈라지는 목소리로 나는 말했다. 그 한마디 한마디가 나의 분노에 기름을 붓는 격이었다.

　"악마! 사기꾼! 개자식! 더 이상 너 같은 녀석에게 ─너 같은 녀석에게 휘둘리지 않겠어. 내 뒤를 따라오면 그 자리에서 찔러 죽여버리겠어!"

나는 무도회장 바로 옆에 있는 조그만 대기실 쪽으로 저항도 하지 않는 그를 끌고가듯 데리고 갔다.

방에 들어서자마자 나는 거칠게 그를 떠밀었다. 그러자 그는 비틀비틀 쓰러질 듯 벽에 기댔다. 나는 개자식이라고 외치며 문을 닫고 검을 뽑으라고 말했다. 그는 한순간 망설이더니 짧게 한숨을 내쉬며 말없이 검을 뽑아 방어 자세를 취했다.

승부는 싱겁게 끝났다. 나는 격렬한 흥분에 미친 듯이 맞섰기 때문에 내 한쪽 팔에 몇 사람분의 기력, 완력이 넘쳐나는 듯했다. 순식간에 상대방을 힘으로 벽까지 밀어붙여, 이른바 궁지로 몰아붙여 맹렬한 기세로 상대방의 가슴을 향해 몇 번이고 검을 휘둘렀다.

그 순간 누군가 문의 빗장을 덜컥덜컥 움직이는 소리가 들려왔다. 나는 서둘러 그 사람이 들어오지 못하도록 해놓은 뒤, 빈사 상태에 빠진 상대가 있는 곳으로 되돌아왔다. 그때 내 눈에 비친 광경에 대한 경악과 공포를 어떻게 표현하면 좋을까? 내가 시선을 돌린 그 짧은 동안, 방 안 쪽 모습에 뚜렷한 변화가 있었던 ―듯했다. 전에는 아무것도 없었던 곳에 커다란 거울이 서 있었다. 처음, 혼란에 빠진 내 눈에는 그렇게 보였다. 극도의 공포에 빠져서 그 쪽으로 걸어가자, 내 자신의 모습이 ―피투성이가 된 채 완전히 창백해져버린 내 모습이 힘없이 비틀거리며 다가오고 있는 것이 아닌가?

그렇게 보였지만 ―아니다. 나의 상대였던 그 윌슨이 단말마의 고통에 잠긴 표정으로 내 앞에 서 있었다. 가면과 외투는 아무렇게

나 바닥에 떨어져 있었다. 그가 몸에 걸친 옷의 실오라기 하나에 이르기까지, —그의 뚜렷한 이목구비의 섬세한 선에 이르기까지 모든 것이 그대로 나 자신의 것과 하나도 다른 데가 없었다.

월슨—은 더 이상 속삭이는 듯한 소리도 내지 않았다. 그리고 다음과 같이 말한 그의 말이, 내 자신이 하고 있는 것 같다는 느낌이 들었다.

"네가 이겼어. 나는 졌어. 하지만 지금부터는 너도 역시 죽은 사람이야. —세상으로부터 그리고 천국과 희망으로부터 버림받은 사자야. 너는 내 속에서 살아왔어. 나를 죽임으로 해서 —그래, 너 자신의 모습인 나의 이 모습을 잘 봐둬— 바로 너 자신을 완전하게 죽여버린 거야."

군중 속의 사람

도저히 있을 것 같지 않은 커다란 불행 (라 브뤼예르)

한 독일의 책에 대해서 '읽히기를 거부하는 책'이라고 말한 사람이 있는데 참으로 적절한 표현이라고 감탄하지 않을 수 없었다. 왜냐하면 '이야기되기를 거부하는 비밀'이라는 것이 있기 때문이다. 밤마다 침대 속에서 환상의 참회승의 손을 쥐고 그 눈을 가엾은 눈길로 바라보며 죽음을 맛보는 ─절망하는 마음과 경련하는 목구멍으로 밤마다 죽음을 맛보는 사람들이 있는 법으로, 그것은 '밝혀지기를 거부하는 비밀'의 무시무시함 때문이다. 인간의 양심이 너무나도 무거운 하중에 떨며 무덤 속까지 짊어지고 갈 수밖에 없는 일도 은밀하게 일어난다. 그래서 모든 범죄의 본질은 끝내 밝혀지지 않고 묻혀버리게 되는 것이다.

얼마 전 가을의 어느 저물녘이었는데 나는 런던의 **Dxx** 찻집의 커다란 창 옆에 앉아 있었다. 몇 개월 동안 병을 앓고 있었는데 드디어 회복되기 시작했고, 체력도 되찾았기에 '권태'와는 정반대되는 상쾌한 기분, 이른바 마음의 눈에서 막이 떨어져나가 날카로운 욕망이 눈을 뜬 듯한 기분이었으며, 지성도 이른바 대전(帶電) 상태가 되어 일상적인 상태를 훨씬 뛰어넘는, 예를 들어 표현하자면 라이프니츠의 발랄하고 솔직한 이성, 고르기아스의 강렬하고 오밀조밀한 수사와 같은 상태에 있었다. 호흡을 하고 있다는 사실만으로도 희열을 느꼈으며, 원래는 마땅히 고통의 근원이어야 할 것들에서조차 적극적인 쾌감을 맛보고 있었다. 모든 것들에 대해 솟아오르는 온화하고 치열한 호기심을 억누를 수가 없었다. 그날 오후도 종일 담배를 문 채 신문을 무릎 위에 올려놓고 광고를 살펴보기도 하고, 가게 안의 여러 손님들을 관찰하기도 하고, 흐릿한 창문 너머로 거리를 바라보는 것만으로도 충분히 즐거움을 느낄 수 있었다.

이 거리는 런던의 중심가 중 하나로, 하루 종일 붐비는 곳이었다. 그런데 땅거미가 질 무렵부터 인파가 더욱 늘어나더니 가로등이 켜질 때쯤 되자 끊임없이 이어지는 군중들의 세 줄기 흐름이 가게 앞을 분주히 흐르고 있었다. 저물녘의 이런 시간, 이런 곳에 있어본 적이 없었기 때문에 도도한 인파의 흐름에 감미롭고 신선한 정서가 마음속에서 넘쳐나는 것을 느낄 수 있었다. 곧 호텔에서의 일은 모두 잊고 오직 거리의 풍경에만 완전히 마음을 빼앗기게 되었다.

처음에는 나의 관찰도 일반적 · 추상적인 경향을 띠고 있었다. 지나가는 사람들을 집단으로만 바라보고 오직 집단적인 관계로만 생각하고 있었다. 하지만 곧 세부에까지 이르러, 자세, 복장, 풍채, 몸짓, 용모, 표정의 수많은 다양성까지를 세세하게 관찰하기에 이르렀다.

지나가는 사람들의 대부분은 만족스러운 실무가와 같은 태도를 보였으며, 머릿속에는 그저 인파 속을 뚫고 지나가는 일 외에는 아무것도 없는 사람들처럼 보였다. 모두 눈썹을 곤두세우고 시선을 재빨리 움직이고 있다. 다른 통행인에게 떠밀렸을 때도 조금도 화를 내지 않고 잠깐 옷깃을 바로잡을 뿐, 바로 거리를 지나갔다. 그 외에도 침착하지 못한 몸짓, 흥분된 듯한 표정을 지어보이는 사람들도 꽤 많이 눈에 띄었는데 그들은 주위가 인파로 넘쳐나고 있기 때문에 오히려 더 고독하다는 듯이 자꾸만 혼잣말을 중얼거리며 이런저런 몸짓을 해보였다. 앞길을 방해받으면 그런 사람들은 갑자기 혼잣말을 멈추고 한층 더 커다란 몸짓을 보이며, 방심했다는 듯이 억지로 지어낸 듯한 웃음을 보이며 길을 가로막고 있는 인파를 헤치고 지나갔다. 떠밀리기라도 하면 상대방에게 거듭 사과를 하며 아주 당황한 표정을 지어보였다. 위의 두 부류의 사람들에게 서는, 조금 전에 든 점 이외에는 그다지 눈에 띄는 특징이 발견되지 않았다. 복장도 소위 품위 있는 것들이었다. 귀족, 실업가, 변호사, 상인, 주식업자 ―사회의 상류, 혹은 중산층이라는 사실을 명백하게 알 수 있었으며, 유한계급, 또는 자신의 사업에 종사하고 있는 무리들, 즉 자신의 책임 하에 일을 하고 있는 사람들이라는 사실을 알 수 있었다. 그다지 나의 흥미를 끌지 못하는 사람들이었다.

고용자 신분에 있는 사람들도 확실하게 알아볼 수 있었다. 여기에는 두 부류가 있는데 하나는 저급한 상점의 하급 점원 ―딱 달라붙는 상의에 번쩍번쩍 빛나는 구두, 기름을 발라넘긴 머리에, 건방져 보이는 입술을 한 젊은이들이다. 샐러리맨 풍이라고밖에는 달리 표현할 길이 없는, 특정한 종류의 스마트함을 제외하면 1년이나 1년 반쯤 전의 유행을 그대로 재현한 듯한 모습을 하고 있다. 상류사회의 풍류 중에서도 한물간 것들을 몸에 지니고 있다, ─이것이 그 무리들을 가장 잘 정의한 말일지도 모르겠다.

다음으로 탄탄한 상사의 상류사원, 아무리 고지식한 사람이라도 틀릴 리가 없다. 검은색이나 갈색으로 넉넉하게 만들어진 양복, 하얀 넥타이에 조끼, 크고 튼튼해 보이는 구두, 두꺼워 보이는 양말을 보면 바로 그들을 알아볼 수 있다. 모두 머리가 조금씩 벗겨지기 시작했으며, 오랜 세월 펜을 꽂고 있어서일까 오른쪽 귀가 조금 튀어나온 것처럼 보였다. 가만히 살펴보니 그들은 모자를 벗을 때나 쓸 때 모두 두 손을 사용했으며, 회중시계에는 전부 묵직하고 예스러워 보이는 금사슬이 달려 있었다. 어떻게 해서든지 상류계급인 것처럼 보이려 하고 있다. ─이렇게 말하면 조금 지나치게 칭찬하는 것일지도 모르겠다.

천박할 정도로 화려한 차림을 한 사람들도 상당히 많았는데, 이들은 여느 대도회지에서나 볼 수 있는 소매치기들이라고 쉽게 알아볼 수 있었다. 나는 아주 주의 깊게 관찰해 보았는데, 진짜 신사들이 이런 무리들을 신사라고 잘못 알아보는 이유를 도저히 알 수가 없었다. 와이셔츠의 소매 끝이 쓸데없이 크거나, 필요 이상으로 친밀함을 내보였기 때문에 바로 그들의 본색을 들여다볼 수 있었다.

도박사도 심심치 않게 눈에 띄었는데 이들은 더욱 알아보기 쉬웠다. 복장은 그야말로 천차만별로 벨벳으로 만든 조끼, 화려한 스카프, 도금한 사슬, 금줄을 박은 단추 등 보란 듯한 마술사 차림에서부터 아주 단정해서 혐의를 받을 염려라고는 조금도 찾아볼 수 없는 목사 풍의 옷차림까지 있었다. 그럼에도 불구하고 그들을 쉽게 알아볼 수 있었던 것은 어딘지 지저분해 보이는 거뭇거뭇한 얼굴빛과 흐릿한 눈빛, 굳게 다물어진 핏기 가신 입술 때문이었다. 그리고 내게는 언제나 그들임을 알아볼 수 있는 특징적인 표식 같은 것이 있었는데 그것은 새삼스럽게 낮은 목소리로 이야기하는 모습과 엄지손가락을 다른 손가락과 직각이 되게 힘차게 내미는 버릇이었으며 그 외에도 두 가지가 더 있었다. 그리고 나는 이러한 사기꾼들과 별반 다를 바 없는, 복장은 조금 다르지만 결국에는 동류라고 할 수 있는 무리들도 알아볼 수 있었다. 교활한 지혜 하나로 먹고 사는 신사들이라고 해야 할까? 군중을 먹이로 삼고 있는 이 사람들은 멋쟁이와 군인 두 부류로 나눌 수 있다. 전자의 주요한 특징은 긴 머리와 미소, 후자의 그것은 금실로 장식한 윗도리와 쓸쓸한 표정이었다.

거기서 한 층 더 낮은 계급으로 내려가보면 좀 더 우울하고 심각한 고찰의 대상을 만날 수 있다. 완전히 위축된 비굴한 표정 속에 눈빛만이 날카롭게 빛나는 유태인 행상인, 그리고 거지라는 탄탄해 보이는 직업을 본직으로 삼고 있는 사람이, 절망에 빠진 나머지 구걸하러 밤의 어둠을 틈타 나온 조금은 나은 동업자를 노려보는 모습과, 완전히 쇠약해져서 언제 죽을지도 모르는 환자가 인파 속을 비틀거리며 걸어가다 마주치는 사람들마다의 얼굴을 바라보며 때로는 우연한 위로를, 또 때로는 잃어버린 희망을 찾아내려 하고 있는 듯한 모습과, 길었던 하루의 근무를 마치고 어두운 가정으로 돌아가는 소심한 소녀들이 거지들의 시선에 분노 때문이 아니라 나약함 때문에 몸을 웅크리며 그들이 똑바로 다가올 때까지도 피하지 못하는 모습이 눈에 띄었다. 그리고 모든 종류의 다양한 연령층의 여자들, 한창 물이 올라 언뜻 보기에는 상당한 미인이지만 루키아노스의 작품에 나오는, 표면은 팔로스 섬에서 나는 대리석으로 싸여 있지만 속은 분뇨로 가득 차 있었다는 조각상을 떠올리게 하는 사람들과, 보기에도 끔찍한 나병에 걸려 누더기로 몸을 감싸고 있는 사람과, 보석으로 꾸미고 분을 두껍게 발라 젊어 보이려고 몸부림을 친 주름살투성이의 노파와, 자신도 모르게 배운 무시무시한 길거리의 교태를 부리며 악덕에 있어서만은 연장자들에게 지지 않겠다는 야심을 불태우고 있는 아직 성인이라고는 할 수 없는 어린아이 같은 여자까지 있었다. 어떻게 표현해야 좋을지 모를 수많은 주정뱅이들, 누더기 옷에 안면의 상처, 흐릿한 눈빛을 한 채 중얼중얼 혼잣말을 해대며 비틀거리는 사람, 더러워지기는 했지만 일단은 제대로 된 옷을 입은, 두툼하고 육감적인 입술에 건강해 보이는 붉은 얼굴로 아주 조금 비틀거리는 사람에서부터 원래부터 고급 옷감으로 지금도 정성스럽게 솔질을 한 듯한 옷을 입고 있는 사람, 발걸음은 조금 부자연스러울 정도로 힘차게, 스프링처럼 경쾌하면서도 얼굴은 죽은 사람처럼 창백하고 눈도 거칠게 충혈된 채 군중 속을 빠져나가면서 손이 닿는 곳에 있는 사람은 하나도 놓치지 않고 떨리는 손가락으로 잡으려 드는 사람도 있었다. 그 외에도 파이장수, 짐꾼, 석탄운반부, 굴뚝청소부, 길거리악사, 원숭이 재주를 보여주는 사람, 길거리가수 중에는 노래책을 파는 사람도 있었으며, 낡은 옷을 입은 장인, 기력이 완전히 빠져버린 노동자에도 여러 종류가 있었는데 이들 모두가 매우 소란스러운 활력에 넘쳐 있어서 귀에 거슬리는 소음을 피워 올렸으며, 눈에는 찌르는 듯한 아픔을 가져다주었다.

밤이 깊어갈수록 거리의 풍경은 더욱 흥미를 더해갔다. 군중의 일반적인 성격이 완전히 뒤바뀌었을 뿐만 아니라, (제대로 된 사람들이 점점 모습을 감추고, 품위 있는 얼굴이 후퇴함과 동시에 온갖 종류의 악덕이 둥지에서 기어 나오고, 험악한 얼굴이 표면에 강하게 드러나기 시작했다) 처음에는 엷어져가는 저녁 해의 빛과 경쟁을 하고 있던 희미한 가스등이 드디어는 우세를 점해 모든 물건에 번쩍번쩍, 반짝반짝 빛을 비추고 있었다. 모든 것들이 어둠 속에서도 빛을 띠고 있었기 때문에 지난 날 테르투리아스의 문체가 묘사한 흑단을 연상게 했다.

빛의 신비한 효과가 내 마음을 매료시켜 한 사람 한 사람의 얼굴을 가만히 들여다보지 않을 수 없었다. 창 밖의 빛의 세계는 빠른 속도로 흘러가기 때문에 각각의 얼굴에 아주 잠깐 시선을 던질 수 있을 뿐이었지만, 당시의 특수한 기분 때문이었는지 그 아주 짧은 순간에 긴 세월에 걸쳐서 흘러온 역사 자체를 읽어낸 것 같은 기분이 들 때가 종종 있었다.

이렇게 나는 이마를 유리창에 댄 채, 별 생각 없이 군중의 얼굴을 바라보고 있었는데 그 순간 갑자기 어떤 한 사람의 얼굴(65세나 70세쯤 되어 보이는 늙은 남자의 얼굴이다)이 시야에 들어왔고, 비할 데 없이 특이한 그의 표정 때문에 모든 주의력을 빼앗겨 그에게 빨려들었다. 그 표정과 조금이라도 비슷한 표정은 지금까지 단 한 번도 본 적이 없었다. 지금까지도 선명하게 기억하고 있는데 그 얼굴을 본 순간 가장 먼저 내 머리에 떠오른 것은, 만약 레치가 그의 얼굴을 봤다면 틀림없이 자신이 그린 악마의 그림보다 더 뛰어나다고 인정할 것이라는 생각이었다. 당시 아주 짧은 순간 그의 얼굴을 엿보면서도 그 표정의 의미를 어떻게든 분석해보려 노력했던 나의 마음속에서는 방대한 지력, 신중, 빈약, 탐욕, 냉정, 악의, 잔혹, 자만, 명랑, 극도의 공포, 강렬하고 ─극심한 절망과 같이 혼란스럽고 모순된 생각이 한꺼번에 솟아올랐다. 나는 이상한 흥분과 경악과 매력에 완전히 마음을 빼앗겼다. '어떤 기이한 역사가 저 사람의 가슴에 새겨져 있는 걸까?' 라고 나는 중얼거렸다. 그러자 그 사람을 자세히 보고 싶다는, 좀 더 깊이 알고 싶다는 기분이 나를 사로잡았다. 서둘러 외투를 걸치고 모자와 지팡이를 집어 들고 거리로 뛰쳐나가 군중을 헤치고 그 사람이 간 방향으로 걷기 시작했는데 그 사람의 모습은 벌써 보이지 않았다. 다소 고생을 하기는 했지만 곧 남자의 모습을 발견, 곁으로 다가가서 상대방이 눈치 채지 못하도록 주의하며 바짝 뒤를 쫓았다.

남자의 모습을 자세히 관찰할 수 있었다. 키는 작았으며 아주 말랐고 보기에는 상당히 약해져 있는 것 같았다. 옷도 전체적으로 더러웠고 낡은 것이었는데, 때때로 강한 불빛 아래서 보면 더럽기는 하지만 옷감은 고급이라는 사실을 알 수 있었다. 뿐만 아니라, 낡은 것이라는 사실을 확실하게 알 수 있는 긴 외투를 단단히 입고 있는 사이로 언뜻 다이아몬드와 단검이 보였는데 이는 내 눈의 착각이었을까? 어쨌든 이러한 관찰은 나의 호기심을 더욱 자극하여 이 미지의 남자를 끝까지 추적하고 싶다는 생각이 들게 했다.

벌써 밤도 짙게 막을 드리웠고, 거리를 감싸고 있던 짙고 눅눅한 안개는 얼마 지나지 않아 강한 비로 변했다. 이러한 날씨의 변화는 군중에게도 기묘한 변화를 가져다주었는데, 군중 전체가 갑자기 혼란스러운 모습을 보였으며, 주위는 갑자기 박쥐 떼에 휩싸여버렸다. 이러한 동요, 혼란, 술렁임은 더욱 커져만 갈 뿐. 하지만 비 같은 것 내게는 그다지 신경 쓰이는 문제가 아니었다. ─몸 안에 숨어 있던 병 끝의 열기 때문에 습기가 몸에 위험한 줄 알면서도 묘한 쾌감조차 느낄 수 있었다. 손수건으로 입을 막고 나는 계속해서 걸었다. 그 노인은 위태로운 발걸음으로 30분 정도 큰길을 따라 걸었는데 나도 그를 놓쳐서는 안 되겠기에 바로 뒤에 찰싹 달라붙어서 뒤를 밟았다. 잠시 후, 노인은 골목길로 들어섰는데 그곳도 역시 사람들로 붐볐지만 큰길만큼 혼잡하지는 않았다. 거기서 그의 태도에 뚜렷한 변화가 일어났다. 걸음걸이도 전보다 느려져 목적지를 잃은 듯한, 주저하는 듯한 발걸음으로 바뀌었다. 똑같은 길을 몇 번이고 오갔는데 어떤 특정한 목표가 있는 것 같지는 않았다. 길은 아직도 혼잡했기에 바로 뒤를 따라가지 않을 수 없었다. 좁고 긴 골목길을 30분 정도 계속해서 걷는 동안 사람들의 숫자도 상당히 줄어들어 공원 옆의 브로드웨이(뉴욕의)의 낮 시간에 볼 수 있는 정도가 되었다. ─미국에서는 제 아무리 혼잡하다 할지라도 런던의 인구와는 커다란 차이가 있다. 다시 한 번 모퉁이를 돌아서자 휘황찬란하게 불이 밝혀져 있는 활기 넘치는 광장이 나타났다. 그러자 노인의 모습은 다시 원래대로 돌아갔다. 고개를 푹 숙이고 짙은 눈썹 밑의 강렬한 눈빛으로 사방을, 그리고 주위 사람들을 둘러보았다. 피로한 기색도 없이 꾸준히 걷고 있었다. 그런데 광장을 한 바퀴 돌더니 놀랍게도 방향을 휙 바꿔서 왔던 길로 다시 걸어가기 시작했다. 더욱 놀라운 것은 그러한 동작을 몇 번이고 반복했는데 한 번은 갑자기 방향을 바꾼 노인과 얼굴이 마주쳐 하마터면 나의 의도가 들통날 뻔했다.

같은 광장을 끊임없이 걷는 동안 30분 정도의 시간이 흘러 거리의 혼잡도 처음보다는 상당히 풀리기 시작했다. 빗방울이 거세지며 공기도 싸늘해지기 시작했기 때문에 사람들이 집으로 돌아가기 시작한 것이었다. 그러자 이 늙은 방랑자는 신경질적인 몸짓을 보이더니 비교적 사람이 적은 골목길로 접어들었다. 그 골목을 400미터 정도 직진하는 동안 노인이라고는 믿기 어려울 정도의 속도를 보였는데, 나도 그를 간신히 따라갈 수 있을 정도였다. 몇 분 후에 붐비는 커다란 시장으로 들어섰는데 노인은 그곳의 지리를 아주 잘 알고 있는 듯 다시 이전과 같이 활기찬 태도를 보이며 이쪽저쪽 파는 사람, 사는 사람 사이를 비집고 정처도 없이 돌아다녔다.

그 시장에는 한 시간 반 정도나 있었을까? 어쨌든 상대방에게 들키지 않고 계속 미행을 한다는 것은 상당한 주의를 필요로 하는 일이었다. 그래도 마침 고무장화를 신고 있었기 때문에 소리를 내지 않고 걸을 수 있어서 상대방에게는 단 한 번도 내 존재를 인식시키지 않을 수 있었다. 노인은 차례차례 가게로 들어갔는데 값은 물어보지도 않고, 아니 단 한마디도 하지 않고 그저 물건을 하나하나 광기어린 공허한 눈으로 뚫어져라 쳐다볼 뿐이었다. 그러한 태도는 아주 이해하기 힘든 것이었기 때문에 나는 무슨 일이 있어도 납득이 가는 답을 찾을 때까지 추적을 그만두지 않겠다고 결심했다.

큰 시계가 11시를 알리는 소리가 들리자 시장에서도 인파가 순식간에 빠져나갔다. 가게의 주인도 그만 문을 닫으려고 노인을 밀어내다시피 했다. 그 순간 그의 몸이 심하게 떨고 있다는 사실을 알 수 있었다. 서둘러 거리로 나오더니 한동안 걱정된다는 듯 주위를 둘러보다 믿을 수 없을 만큼 빠른 속도로 이제는 인적이 끊긴 복잡한 골목을 차례차례로 달려가다 마침내 도착한 곳은 처음의 큰 거리, **Dxx**호텔이 있는 거리였다. 하지만 거리의 모습은 전과 아주 달랐다. 가스등은 여전히 찬란하게 빛나고 있었지만 굵은 비가 쉬지 않고 내리고 있었으며, 사람들의 모습도 거의 찾아볼 수 없었다. 단번에 노인의 얼굴이 파랗게 질려버렸다. 조금 전까지 인파로 넘쳐나던 큰길을 풀이 죽어 몇 걸음 걸어가다 훗, 하고 한숨을 내쉰 뒤 템스 강 쪽을 향해 걷기 시작, 마침내 대 극장 중 하나가 보이는 곳에 도착했다. 마침 극장 문을 닫는 시간이었기에 출입구에서 관객들이 무리지어 밀려나왔다. 그러자 노인은 그 인파 속으로 뛰어 들어가 드디어 숨통이 트인다는 듯 크게 한숨을 내쉬는 모습을 보였다. 얼굴에 나타났던 격렬한 고민의 표정조차 조금은 사라진 듯했다. 다시 고개를 푹 숙이고 처음 봤을 때의 자세로 되돌아갔다. 살펴보니 관객들의 대부분이 걸어가고 있는 방향으로 노인도 뒤따라가고 있었다. —하지만 이 당돌한 행동의 의미는 대체 무엇인지, 도무지 종잡을 수가 없었다.

앞으로 나아갈수록 인파는 줄어들었으며 그러자 조금 전에 보였던 불안과 동요가 다시 나타나기 시작했다. 한동안은 열 명 내외의 취객들의 무리를 뒤쫓았는데 잠시 후 한 명, 그리고 또 한명 떨어져 나가더니 좁고 어둑어둑하고 인적이 끊겨버린 골목에 왔을 때는 세 명 밖에 남아 있질 않았다. 문득 멈춰선 노인은 생각에 잠기는 듯한 표정이었는데 역력하게 동요하는 기색을 보이더니 곧 서둘러 방향을 바꿔 걷기 시작, 마침내 시장 부근의 지금까지와는 정취가 완전히 다른 구역으로 들어섰다. 런던에서도 가장 소란스러운 구역이라 할 수 있을 만한 곳으로 온갖 물건에, 가장 극심한 빈곤, 가장 무모한 범죄라는 최악의 낙인이 찍힌 곳이다. 드문드문 불이 밝혀져 있는 희미한 가스등 불빛에 의지해 바라보니, 높고 낡았으며 여기저기 벌레 먹은 곳 투성이인 목조 건물이 당장에라도 산산이 무너져내릴 듯 서 있어, 그 사이로 나있는 통로조차 제대로 구분해낼 수 없을 정도였다. 길바닥에 깔려 있던 포석도 제멋대로 무성하게 자란 잡초 때문에 들려일어나 여기저기서 뒹굴고 있었다. 막혀버린 하수도는 오물들의 구역질나는 둥지였다. 황폐의 기운이 주위 일대에 넘쳐나고 있었다. 그러나 안으로 들어갈수록 점점 사람들의 기운이 느껴지더니 드디어 런던 주민 중에서도 가장 밑바닥에 있는 사람들의 무리가 힘없이 비틀거리며 서성이고 있는 모습이 보이기 시작했다. 노인의 생기도 마치 꺼지지 않으려 안간힘을 쓰는 램프의 마지막 불빛처럼 다시 한 번 밝게 피어올랐다. 그리고 가벼운 발걸음으로 걷기 시작했다. 한 모퉁이를 돌아서자 갑자기 찬란한 불빛이 눈을 찔렀는데 그곳은 교외에 있는 거대한 탐닉의 전당, 진(기독교의 루시퍼와 같은 이슬람교의 악마의 왕 — 역주)이라는 악마의 전당 앞이었다.

이미 새벽도 가까워오고 있었지만, 가엾은 취객들은 아직도 이 기분 나쁜 곳의 문을 끊임없이 드나들고 있었다. 거의 환성을 올릴 것 같은 표정으로 안으로 들어가 곧 이전과 같은 활기를 되찾은 노인은, 다시 뚜렷한 목적도 없이 사람들 사이를 오가기 시작했다. 그로부터 얼마 지나지 않아 문으로 사람들이 쏟아져 나왔는데 그 모습을 통해서 이 '전당'도 드디어 문을 닫을 때가 되었다는 사실을 알 수 있었다. 순간 그 노인, 내가 그렇게도 집요하게 관찰을 계속해왔던 이 특이한 인물의 얼굴에는 단순히 절망이라고는 표현할 수 없는 강렬한 무엇인가가 떠올랐다. 그래도 그는 여전히 걸음을 멈추지 않고 광기에 들뜬 듯한 엄청난 기세로 다시 발걸음을 돌려 대런던의 심장부로 되돌아가려 했다. 그는 오랫동안 굉장히 빠른 걸음으로 걸었지만, 나는 거친 경악이라고도 할 수 있는 어떤 감정에 빠져서 지금은 나의 모든 관심을 앗아가버린 이 추적을 결코 그만두지 않겠다며 그의 뒤를 따랐다. 걷는 동안 해가 떠올랐고 수많은 인구로 넘쳐나는 대도시 번화가의 중심부, **Dxx**호텔 앞에 다시 한 번 도착했을 때 그 거리는 이미 어젯밤에도 뒤지지 않을 만큼의 혼잡함과 활기로 넘쳐나고 있었다. 그리고 나는 다시 점점 늘어나는 인파 속에서 노인을 오랫동안 계속해서 추적했다. 하지만 노인은 여전히 여기저기 돌아다녔고, 이틀째 땅거미가 질 무렵 나는 거의 죽을 것 같은 피로를 느껴 드디어는 이 방랑자의 정면을 막고 서서 뚫어져라 그를 바라보았다. 그러나 상대방은 나 같은 것에는 눈길 한 번 주지 않고 여전히 광기어린 진지함으로 계속 걷고 있었으며, 이제 추적을 단념한 나는 멍하니 선 채로 깊은 감회에 빠져들었다. 잠시 후, 나는 이렇게 중얼거렸다.

"그 노인이야말로 심각한 범죄의 전형이자 천재다. 그는 혼자이기를 거부한다. 군중 속의 사람인 것이다. 뒤를 밟아봐야 소용없는 일이다. 그에 대해서, 그리고 그의 행동에 대해서 이 이상 더 알아낼 수는 없다. 인간의 가장 악한 마음이란 그류닝겔의 '마음의 정원'도 미치지 못할 만큼 추악한 책으로 '읽히기를 거부'하는 것이야 말로 신이 내린 커다란 자비 중 하나일지도 모른다."

심술궂은 꼬마 악마

　인간정신의 원동력의 기능과 충동을 생각함에 있어서 골상학자들은 어떤 성벽(性癖)에 대한 검토를 소홀히 해왔다. —그것이 근원적이고 원초적인 기본 감정으로 엄존하고 있음에도 불구하고 그래왔으며, 그것을 간과했다는 점에서는 골상학자들 이전의 도학자들도 역시 다를 바가 없다. 결국 우리는 예외 없이 그것을 간과해온 것인데, 왜냐하면 이성이 너무 거만하게 굴었기 때문이다. '계시'에 대한 신앙이든, '밀교'에 대한 신앙이든 신앙 —믿는 마음이 결여되어 있기 때문에 그 존재가 우리 눈에 띄지 않은 것이다. 그런 성격 —그런 충동은 필요 없다고 여겨진 것이었다. 그 존재의 필요성을 이해하지 못했던 것이다. 그러니까 가령, 그러한 원동력이라는 생각이 스스로 형체를 만들어 모습을 드러냈다 할지라도 그 정체를 이해하지 못했을 것이며, 또한 이해할 수도 없었을 것이다. —하물며 인간의 영원한, 혹은 현세적인 목적 달성을 위해서 그것이 어떤 도움이 되는지는 전혀 알지도 못했을 것이다. 골상학, 아니 형이상학적 요소를 가지고 있는 모든 것은 선험적으로 날조된 것으로 그것은 부정하기 어려운 사실이다. 이해형 내지 관찰형 인간보다 오히려 지성형 내지 논리형 인간에게서 현저하게 나타나는 것인데, 그런 유형의 인간은 우선 스스로 의도라는 것을 제멋대로 상정하는 것에서부터 —즉, 자신의 의도를 신에게 억지로 떠넘기는 일에서부터 시작한다. 이처럼 여호와의 의도를 자기 마음대로 해석한 뒤, 그러한 거짓된 의도 위에 무수한 정신체계라는 것을 구축하는 것이다. 예를 들어서 골상학의 경우, 인간이 음식을 먹는 것은 신의 의도라고 우선 결정해놓은 다음, 소화기관을 인간이라고 상정하고 이것이야말로 이유 여하를 막론하고 인간에게 음식을 먹게 하는 신의 채찍이라고 주장한다. 마찬가지로 인간이 종족을 유지하는 것은 신의 의도라고 우선 결정해놓은 뒤, 성애기관을 발견한다. 투쟁성, 공상성, 사색성, 건설성 등에 대해서도 마찬가지로 —우선 그와 같은 것을 상정해놓은 뒤, 성벽, 도덕감정, 순수지성 등에 관한 여러 기관을 발견하는 것이다. 따라서 스퍼츠하임 학파의 골상학자가 인간행동의 원리를 분류할 때 행한 방법은, 옳고 그름을 떠나서 전체적으로나 부분적으로나 원리적으로는 조상들의 족적을 그대로 충실하게 따른 것에 지나지 않는다. 즉, 그들은 모든 것을 미리 상정한 인간의 숙명에서 연역해내고, 모든 것을 신의 의도라는 근거 위에 구축한 것이다.

분류할 생각이었다면(단, 분류가 필요한 것이라 가정하고), 인간이 평소 종종 행하는 것을 기초로 분류하는 편이, 신이 인간에게 행하기를 바라는 일을 제멋대로 상정하여 그것을 기초로 분류하는 것보다는 훨씬 더 현명하고 안전했을 것이다. 눈에 보이는 신의 사업으로도 신을 이해할 수 없다면, 어떻게 그러한 사업을 사업으로써 존재하게 하는 신비한 신의 의도로 신을 이해할 수 있겠는가? 신의 객관적인 창조물을 보고도 신을 이해할 수 없다면 어찌 신의 창조의 주체적 양식이나 양상을 보고 신을 이해할 수 있겠는가?

경험적인 귀납법에 의지했다면, 골상학이라 할지라도 인간행위의 생득적 · 원초적 원리로써 어떤 모순된 무엇인가가 존재한다는 사실을 인정하지 않을 수는 없었을 것이라 생각되지만, 어쨌든 지금은 정확한 명칭도 떠오르지 않으니 그 무엇인가를 '심술궂은 꼬마 악마'라고 해두기로 하겠다. 그런데 나의 정의에 의하면 그것은 동기 없는 동인이자 동인 없는 동기다. 그러한 것의 유혹에 따라서 우리는 이해할 수 없는 목적을 위해 행동하는 것인데, 이와 같은 표현이 이미 용어상의 모순이라고 한다면 다음과 같이 말해도 좋을 것이다. 그런 것의 유혹에 따라, 우리는 해서는 안 된다는 것을 알기 때문에 하는 것이라고. 이론상으로는 이보다 더 불합리한 이유도 없을 테지만, 실질적으로는 이보다 더 유력한 이유도 없을 것이다. 어떤 유형의 인간이 어떤 유형의 상태에 놓였을 때, 이것은 절대로 저항할 수 없는 힘을 발휘한다. 이는 틀림없는 사실이라고 나는 조금도 망설이지 않고 단언할 수 있는데, 어떤 행동이 악이라거나 오류라는 확신이, 아니 그러한 확신만이 우리를 자극해 그 행동을 하게 만드는 유일한, 그리고 저항하기 힘든 원동력이라는 사실은 그다지 새삼스러울 것도 없는 것이다. 악을 위해서 악을 행하는 이런 다루기 어려운 성격은 분석을 용납하지도 않고 근원적인 요소에 대한 분해도 용납하지 않는다. 그것은 근원적, 원초적인 ―그러니까 기본적인 충동인 것이다. 이렇게 말하면 반론이 있을 것이라는 사실 정도는 이미 알고 있다. 어떤 행동을 해서는 안 된다고 느끼기 때문에 오히려 그것을 할 때, 그런 우리의 행동은 골상학에서 말하는 투쟁성에서 유래하는 행동의 변종에 지나지 않는다는 반론이. 하지만 조금만 생각해보면 그건 오류라는 사실을 쉽게 알 수 있다. 골상학에서 말하는 투쟁성이란 그 본질적인 의미에서는 자기방어본능을 가리키는 것이다. 그것은 위해에 대한 안전핀이다. 그 원리는 우리의 안태와 관계된 원리다. 따라서 투쟁성이 앙양되면 그와 동시에 행복하고 싶다는 소망도 일어나게 된다. 즉, 행복하고 싶다는 소망은 투쟁성의 한 변종에 지나지 않는 것의 원리에 따라서 일어나는 것이지만 내가 임시로 '심술궂은 꼬마 악마'라고 부른 이 무엇인가의 경우는 행복하고 싶다는 소망을 불러일으키지 못할 뿐만 아니라 거기에는 그러한 소망을 깨트려버릴 만큼 강력한 감정이 개재하고 있다.

결국 자기 자신의 마음에 대고 물어보는 것이 이러한 역설적 논의에 대한 최상의 대답이 될 것이다. 자신의 마음에 가만히 물어보고, 또 마음의 구석구석까지 샅샅이 검토해볼 정도의 사람이라면 그와 같은 성벽이 바로 근원적인 것이라는 사실을 설마 부정하지는 않을 것이다. 그것은 명확하지 않은 것이 아니라 단지 파악하기 어려운 것일 뿐이다. 예를 들어서 거만한 투로 말을 해서 상대방을 곤란하게 만들어야겠다는 기분이 들어 난처했던 경험을 평생 동안 단 한 번도 하지 않았던 사람은 없을 것이다. 그럴 때 이야기하는 사람은 상대방이 불쾌해하고 있다는 사실을 알고 있다. 오히려 상대방을 기쁘게 해주고 싶다는 마음으로 가득하다. 평소 같으면 짧고 정확하고 확실하게 이야기할 성질의 것으로, 간단히 요점을 밝힐 수 있는 말이 당장에라도 입에서 튀어나올 것 같다. 그것을 간신히 참고 있는 것이다. 상대방을 화나게 만들기는 싫으며 가능한 한 그런 일은 피하고 싶다. 그런데 변죽을 울리는 어떤 종류의 말을 하거나, 삽입구(挿入句)를 삽입하면 상대방의 화에 기름을 끼얹는 격이 될 것이라는 생각이 문득 머리를 스친다. 그렇게 되면 더 이상 손을 써볼 수가 없다. 이 충동은 소망이 되고, 소망은 욕망이 되고, 욕망은 결국 억누를 길 없는 갈망이 되는데 그 갈망에 (이야기하는 사람은 깊은 회한과 고뇌를 품고 있으면서도 사소한 일에는 신경 쓰지 않고) 완전히 몸을 맡겨버리는 것이다.

이번에는 급한 일이 있다고 하자. 늦어지면 파멸을 불러올 것이라는 사실도 알고 있다. 인생 최대의 위기가 커다란 소리로 기세를 올리며 막 행동을 개시하려 하고 있다. 빨리 일을 시작하자고 마음은 재촉하며, 재촉하는 마음에 전신은 뜨거워지고, 모든 영혼은 빛나는 성과를 생각하며 불타오른다. 오늘이야말로 해내겠어. 무슨 일이 있어도. 그런데 내일로 미뤄버린다. 왜일까? 원리 같은 것에는 그다지 구애받지 않고 말을 해보자면 '심술궂은 꼬마 악마' 때문이라고 밖에는 달리 대답할 길이 없다. 그 다음 날이 온다. 그러면 의무를 다해야 한다는 생각이 한층 더 강하고 깊어지지만, 그 생각이 깊어짐과 동시에 정체불명의, 헤아릴 수 없기에 더욱 기분 나쁜 감정이 솟아올라 다시 한 번 뒤로 미루고 싶어진다. 게다가 그러한 마음은 시간이 경과함에 따라서 더욱 깊어져만 간다. 마지막으로 실행에 옮길 때는 발등에 불이 떨어졌을 때다. 명확한 것과 불명확한 것 —실체와 그림자가 마음속에서 격렬하게 맞부딪치며 그 격렬함 때문에 우리는 주춤거린다. 하지만 갈등이 여기까지

오게 되면 승리하는 것은 언제나 그림자다. ─발버둥 쳐봐야 소용 없는 일이다. 시계가 울린다. 그것은 행복의 죽음을 알리는 종소 리다. 그리고 그것은 그렇게도 우리를 두려움에 떨게 하던 망령에 게 새벽이 왔음을 알리는 수탉의 울음소리이기도 하다. 망령은 도 망간다. ─망령은 사라진다. ─그리고 우리는 자유로워진다. 예전 의 기운이 되살아난다. 이제는 일을 시작한다. 그러나 때는 이미 늦었다.

벼랑 끝에 서 있다고 하자. 그리고 나락의 바닥을 들여다본다. ─오한이 들고 현기증이 난다. 자신도 모르게 몸을 웅크린다. 그 것이 첫 번째 충동이다. 하지만 곧 오한도, 현기증도, 공포도 어느 틈엔가 뭐라 이름 할 수 없는 감정의 구름 속으로 사라져버린다. 그 구름은 마치 '아라비안나이트'의 호리병 속에서 연기처럼 피어 올랐다는 요괴처럼 서서히 그리고 은밀하게 형태를 갖춰가기 시작 한다. 하지만 절벽의 이 구름으로부터는 어떤 이야기 속의 어떤 요 괴의 변화도 따르지 못할 정도로 무시무시한 형상을 한 요괴가 피 어오른다. 관념임에는 틀림없지만 그것은 참으로 무시무시한 관 념인데 그 황홀한 공포감으로 우리를 뒤흔들고, 뼛속까지 얼어붙 게 만든다. 하지만 그 관념의 정체는 이렇게 높은 곳에서부터 그대 로 떨어진다면 그 동안의 전율이란 과연 어떤 것일까 하는 호기심 에 지나지 않는 것이다. 그리고 그 추락 ─그 성급한 자기 말살법 은 무릇 인간이 생각할 수 있는 추악하고 음울한 죽음의 모습과 고 통을 상상하게 하는데 ─그렇기 때문에 우리는 그러한 죽음의 모 습과 고통을 간절하게 희망하게 된다. 또한 이성은 우리를 그러한 절벽에서 끌어내리려고 최선의 노력을 다하는 법이지만 그만큼 더 우리는 그곳에 가까이 가려 한다. 천길 벼랑 끝에 서서 부들부들 떨면서 추락사를 생각하는 인간의 정열만큼 악마적이고 다루기 어려운 것도 없을 것이다. 조금이라도 그런 생각에 잠기기만 해도 모든 것이 끝나버리는 것이다. 왜냐하면 사고가 자중을 요구하는 것은 당연한 이치이지만, 바로 그렇기 때문에 멈출 수 없는 것으로 그렇게 될 것이라는 사실은 단언해도 좋다. 만약 친절한 손길이 우리를 끌어안아 멈추게 하거나 어떤 이유로 반대편으로 몸을 던져 실패하게 되는 일이 일어나지 않는 한 우리가 몸을 던지는 것은 정한 이치이며, 따라서 죽음을 면할 수 없다는 사실도 정한 이치인 것이다.

이런 종류의 행위를 일일이 검토해보면 이 모든 것이 오로지 '심술궂은 꼬마 악마'의 정신에서 유래한다는 사실을 알 수 있을 것이다. 그렇게 해서는 안 된다고 생각하기 때문에 그렇게 하는 것이다. 그 이상의, 혹은 그 이하의 납득이 갈 만한 원리는 어디에도 없다. 만약 이 '심술궂은 꼬마 악마'의 정신이 때때로 선의 촉진에 기여한다는 사실이 알려지지 않았다면 심술궂은 꼬마 악마야말로 악마대왕의 제일가는 부하라 해도 아무런 불평도 하지 못했을 것이다.

지금까지 길게 얘기해온 것은, 다름 아니라 여러분의 의문에 어느 정도 답을 하고 그와 함께 내가 왜 족쇄를 차고 이곳 사형수의 독방에 칩거하게 되었는지 그 이유를 막연하게나마 조금이라도 이해해주기 바라는 마음에서였다. 이야기가 길어질 줄은 알고 있었지만 그렇게라도 하지 않으면 여러분은 나를 완전히 오해하거나, 오합지졸 같은 미치광이처럼 취급할 것이다. 그러나 사실은 나도 심술궂은 꼬마 악마의 수많은 희생자 중 한 명이라는 사실을 이제는 별 어려움 없이 쉽게 아실 수 있을 것이다.

어떤 행위든 그처럼 용의주도하게 수행하기란 절대 불가능한 법이다. 몇 주일 동안이나, 몇 개월 동안이나 나는 살인계획을 세웠다. 나는 수많은 계획을 도중에 포기했는데 그것을 실행하면 발각될 가능성이 있었기 때문이었다. 그러던 어느 날, 나는 한 프랑스 부인의 회상록을 읽다가 사소한 실수로 초에 독이 섞여 들어갔기 때문에 불치의 병에 걸려버린 피로 부인의 사고에 대해서 알게 되었다. 순간 나는 바로 이것이라고 생각했다. 범행 대상이 되는 사람이 침대에서 독서하는 습관이 있다는 것을 나는 알고 있었다. 그리고 그의 방이 좁고 환기가 잘되지 않는다는 사실도 알고 있었다. 하지만 너무 자세히 설명하여 독자들을 번거롭게 할 필요는 없을 것이다. 그리고 나는 그의 침실 촛대에 있는 초를 내가 만든 초와 바꿔치기했는데 그와 같은 간단한 일에 대해서도 말할 필요는 없을 것이다. 이튿날 아침, 그는 침대에서 죽은 채로 발견됐다. 검시관의 판정에 의하면— '신의 부름에 의한 죽음'이었다.

나는 그의 유산을 상속, 평안함 속에서 몇 년이 흘렀다. 그 동안 발각될지도 모른다는 두려움에 떤 적은 단 한 번도 없었다. 그 위험한 초는 흔적도 없이 처분해버렸다. 범죄를 의심받을 만한 것이나 혐의를 받을 위험이 있는 흔적은 그야말로 하나도 남기지 않았다. 이로써 절대로 안전하다는 생각이 들자, 말할 수 없이 부드러운 만족감이 솟아올랐는데 그 기분은 그 누구도 상상할 수 없을 것이다. 참으로 오랫동안 나는 그 기분에 취해 있었다. 하늘에라도 오를 것 같은 그 기분에 비하자면 범죄에 의해서 얻은 세속적인 이익 따위는 하찮기 짝이 없는 것이었다. 그런데 이 날아갈 것 같은 기분이 아주 천천히, 하지만 집요하게 들러붙어서 떨어지려 하지 않는 협박감으로 변모해가기 시작했다. 나는 단 한순간도 거기서부터 벗어날 수가 없었다. 대단치도 않은 노래의 후렴구나 별것도 아닌 오페라의 한 구절이 귓속, 이라기보다는 오히려 기억 속에서 끊임없이 맴돌며 우리를 괴롭히는 경우는 흔히 있는 일이다. 노래 자체가 제 아무리 좋다 해도, 오페라의 선율이 제 아무리 뛰어난 것이라 해도 그것 때문에 괴로움이 줄어드는 경우는 절대 없을 것이다. 이런 이유로 나는 결국 자신의 몸의 안전만을 바라게 되었고, 종일 낮은 목소리로 '괜찮다, 괜찮다.'고 헛소리를 하게 되었다.

어느 날, 거리를 산책하다 나는 그 말을 소리 높여 중얼거리고 있다는 사실을 문득 깨달았다. 벌컥 화가 난 나는 그 말을 이렇게 바꿔보았다.

"괜찮다. ─괜찮다. ─그래, 괜찮다. ─사람들 앞에서 모든 것을 자백할 만큼 나는 바보가 아니야!"

이렇게 말하는 순간 등줄기가 오싹해지는 것을 느꼈다. 그와 같은 '심술궂은 꼬마 악마'의 발작에 휩싸인 적은 전에도 몇 번 있었지만 (그 성질에 대해서 조금은 자세하게 설명을 했다) 내가 그것을 능숙하게 극복했던 기억은 단 한 번도 없었다. 그런데 내가 저지른 범죄를 자백해버릴 만큼 나는 바보일지도 모른다고 문득 생각한 것이 자기 암시가 되었고, 그것은 마치 내가 살해한 남자의 망령처럼 내 앞을 가로막고 ─죽음으로 나를 손짓해 부르는 것이었다.

처음 나는 이 악몽을 어떻게든 떨쳐버리려고 몸부림쳤다. 빠른 걸음으로 걸어보았다. ─점점 더 빨리. ─더욱 더 빨리. ─그리고 끝내는 달리기 시작했다. 큰소리로 외치고 싶다는 광기 어린 욕망이 치밀어올랐다. 여러 가지 생각이 차례로 밀려와 나를 압도해버렸다. 왜냐하면 그 순간, 생각한다는 것은 곧 자신의 파멸을 말하는 것이라는 사실을 너무나도 잘 알고 있었기 때문이었다. 나는 더욱 힘차게 달렸다. 사람들로 혼잡한 거리를 나는 거의 미친 사람처럼 치달았다. 드디어는 평범하게 지나가던 사람들이 놀라 내 뒤를 쫓기 시작했다. 이제 모든 것이 끝장이라고 나는 생각했다. 혀를 뽑아버릴 수만 있다면 당장 뽑아버리고 싶다고 생각했는데 그 순간 거친 목소리가 내 귓속에서 울리더니 ─한층 더 거친 손이 어깨를 덥석 낚아챘다. 나는 뒤돌아보며 ─숨을 헐떡였다. 순간 나는 질식의 고통을 남김없이 맛보았다. 눈 앞이 캄캄해지고, 귀는 먹먹해졌으며, 의식은 희미해졌다. 바로 그때 눈에 보이지 않는, 눈에 보이지 않는 어떤 악마가 그 넓은 손으로 내 등짝을 후려갈겼다. 적어도 나는 그렇게 생각했다. 그 순간 오랫동안 마음속에 숨겨두었던 비밀이 봇물처럼 쏟아져 나왔다.

사람들의 말에 의하면 나는 힘에 찬, 열에 들뜬 빠른 어조로 말했는데 발음은 명확했다고 한다. 그런데 그 열에 들뜬 빠른 어조는, 이처럼 자신을 사형집행인과 지옥에 팔아넘긴 짧지만 중대한 고백이 끝나기 전에 누군가의 방해를 받게 된다면 그야말로 큰일이라는 듯한 어조였다고 한다.

　법적으로 유죄를 입증하기에 충분할 만큼의 이야기를 마치자 나는 정신을 잃고 쓰러졌다.

　이 이상 더 무슨 말을 할 필요가 있단 말인가? 오늘, 나는 사슬에 묶인 채 이곳에 있다. 내일, 나는 더 이상 사슬에 묶여 있지 않을 것이다. ―하지만 대체 어디에 있을까?

배반하는 심장

참으로! 저는 ―지독히도 신경질적 ―아니, 신경질 중에서도 신경질, 병적일 정도로 지독하게 신경질적이었습니다. 지금도 그렇습니다. 하지만 그렇다 하더라도 당신들은 어째서 저를 광인이라고 말씀하시려 하는 것입니까? 병 때문에 제 감각은 이상할 정도로 예민해져 있었습니다. ―엉망이 되기는커녕 ―둔해지지도 않았습니다. 특히 소리를 듣는 감각은 소름이 돋을 정도였습니다. 제 귀는 천지간의 모든 소리를 들었습니다. 지옥의 소리마저 들었습니다. 하지만 그렇다고 해서 제가 왜 광인이라는 겁니까? 들어보시기 바랍니다. 이처럼 저는 사건의 전말을 훌륭하게, 보통 사람과 다름없이 ―냉정하게 말씀드릴 수 있습니다.

이 생각이 내 머리에서 처음 어떤 식으로 싹텄는지는 저로서도 말씀드릴 수가 없습니다. 하지만 그것이 일단 확실한 형태를 취한 이후부터 저는 밤낮으로 그 생각에 시달려왔습니다. 특별한 목적이 있어서는 아닙니다. 일시적인 분노 때문도 아니었습니다. 저는 그 노인을 사랑했습니다. 그 남자가 저를 어떻게 한 것도 아닙니다. 물론 모욕을 당한 기억도 없습니다. 노인의 돈이 탐난다는 ―그런 마음은 애초부터 털끝만큼도 없었습니다. 생각해보면 문제는 그 눈이었습니다. 그렇습니다, 그 눈입니다. 그 노인은 옅은 듯

파란 눈동자, 그리고 거기에 얇은 막이 한 장 덮인 ―마치 대머리 독수리와 같은 눈을 가지고 있었습니다. 그 시선으로 문득 저를 바라보면 제 피가 단번에 얼어붙는 듯한 느낌이 들었습니다. 그랬기 때문에 언제부턴가 ―저는 점점 그 노인의 숨통을 끊어놓아야겠다고, 그러니까 그렇게 함으로 해서 그 눈동자를 영원히 없애버려야겠다고 결심하게 된 것이었습니다.

그런데, 이게 중요한 문제인데, 여러분은 저를 광인이라고 생각하고 계십니다. 광인이란, 스스로는 아무것도 모르는 법입니다. 하지만 저는, 아 여러분에게 꼭 보여드리고 싶습니다. 얼마나 영리하게 ―얼마나 용의주도하게 ―아니, 얼마나 앞일까지 생각해서 일을 실행에 옮겼는지, 얼마나 교묘하게 시치미를 떼고 일에 착수했는지 꼭 봐주시기를 바랍니다. 드디어 일을 결행하기 전 일주일 동안, 저는 그때처럼 노인에게 다정한 태도를 보인 적이 없었습니다. 매일 밤, 한밤중이 되면 저는 그 남자 방문의 걸쇠를 벗기고 ―가만히 문을 열었습니다. 그리고 딱 제 머리가 들어갈 만큼만 문이 열리면 저는 우선 어두운 램프를 ―그렇습니다, 한 줄기 빛도 새어나가지 않도록 완전히 덮개로 덮은 램프를 가만히 방 쪽으로 밀어넣은 다음, 제 머리를 집어넣었습니다. 그렇게 가만히 밀어넣는 모습을 여러분이 보셨다면 틀림없이 웃음을 터뜨리셨을 겁니다. 노인의 잠을 방해하지 않도록 살금살금 ―실로 놀랄 만큼 살금살금 집어넣었습니다. 누워 있는 노인의 모습을 볼 수 있도록 머리 전체를 완전히 밀어넣기까지 이래저래 한 시간이나 걸렸을 겁니다. 어떻습니까? ―과연 광인이 이처럼 영리한 행동을 할 수 있다고 생각하십니까? 어쨌든 그렇게 머리가 완전히 들어가면 다음에는 램프의 덮개를 천천히 —이것도 아주 천천히 —경첩이 워낙 삐걱거리는 소리를 냈기 때문에 —아주 얇은, 얇은 한 줄기 빛이 대머리독수리의 눈을 정면으로 비추도록 열었습니다. 저는 7일 밤, 그것도 매일 밤 한밤중이 되면 똑같은 행동을 반복했습니다. 하지만 그 눈은 언제나 굳게 닫혀 있었습니다. 그랬기 때문에 결국에는 일을 실행에 옮길 수가 없었습니다. 왜냐하면 저를 괴롭히는 것은 그 노인이 아니었기 때문이었습니다. 단지 그 악마의 눈이었기 때문이었습니다. 그리고 매일 아침, 날이 밝으면 저는 대담하게도 그 남자의 방으로 가서 아주 다정하게 이름을 부르고 어젯밤에는 어땠냐며 아주 용감하게 말을 걸었습니다. 그러니 만약 그 노인이 하필이면 밤 12시라는 시각에 제가 매일 밤 잠옷을 입고 있는 자신의 모습을 살펴보고 있다는 사실을 그래도 알아차렸다면 그야말로 대단한 노인이라고 밖에는 달리 말할 수 없었을 겁니다.

8일째 되던 날 밤이었습니다. 저는 평소보다 더 조심스럽게 문을 열었습니다. 제 손의 움직임, 그것은 마치 시계의 분침처럼 천천히 움직였습니다. 그날 밤 비로소, 새삼스럽게 저의 지혜로움, —교묘한 계획에 깊이 감탄하지 않을 수 없었습니다. 저는 솟아오르는 자부심을 더 이상 억누를 수 없었습니다. 이렇게 제가 가만히 조금씩 문을 열고 있지만 노인은 저의 이 비밀스러운 생각, 비밀스러운 행동을 꿈에서조차 깨닫지 못하고 있었습니다. 문득 그런 생각이 떠오르자 저도 모르게 웃음이 터져나오려 했습니다. 그 소리를 듣고 책망하려는 것이었을까요? 갑자기 무엇인가에 놀란 듯 노인이 몸을 움직였습니다. 틀림없이 놀라서 자신도 모르게 뒷걸음질이라도 쳤을 것이라고 생각하실지도 모르겠지만, —아니, 그러지 않았습니다. 방 안은 그야말로 칠흑 같은 어둠(도둑을 막기 위해서였을 겁니다. 덧문을 굳게 닫아놓았습니다), 문이 열린 걸 도저히 알아볼 수 없다는 사실을 알고 있었기 때문이었습니다. 저는 변함없이 조금씩, 조금씩 —조금씩, 조금씩 문을 열었습니다.

머리가 들어갔습니다. 이제 램프의 덮개를 벗길 차례였는데 그 순간 엄지손가락이 양철로 만든 걸쇠에 부딪쳐 딸깍 하는 소리를 냈습니다. 노인은 침대에서 벌떡 일어나 누구냐고 큰소리로 외쳤습니다.

저는 입을 다문 채 한 마디도 대답하지 않았습니다. 거의 한 시간 동안이나 그대로 근육 하나 움직이지 않았습니다. 그런데도 노인이 눕는 소리는 들려오지 않았습니다. 가만히 귀를 기울인 채 침대 위에 앉아 있었던 것입니다. 그것은 마치 매일 밤 제가 벽 속에서 우는 벌레소리에 꼼짝도 하지 않고 가만히 귀를 기울이는 것과 같은 모습이었을 겁니다.

잠시 후, 저는 아주 가느다란 신음소리와도 같은 소리를 들었습니다. 아, 무시무시한 죽음의 신음소리와도 같았습니다. 단순한 고통이나 슬픔 때문에 내는 신음 —그런 것이 아니었습니다. 아, —그것은 바로 인간의 마음이 공포에 휩싸였을 때, 영혼의 깊은 곳에서 짜내듯 이상한, 숨이 막힐 것 같은 낮은 목소리였습니다. 아주 익숙한 목소리였습니다. 며칠 밤이고 며칠 밤이고, 밤 12시 무렵 온 세상이 잠에 빠지면 제 가슴 깊은 곳에서 솟아오르던 바로 그 신음소리였습니다. 그 무시무시한 소리가 공포심을 더욱 깊은 것으로 만들어주었기 때문에 저는 거의 미처버릴 것만 같았습니다. 익숙한 신음소리였다고 말씀드렸는데, 저는 그 노인의 마음을 확실하게 읽을 수 있을 것 같았기에 속으로는 저도 모르게 미소 지었지만 사실은 가엾다는 생각이 들기도 했습니다. 처음 딸깍 하는 소리에 몸을 뒤척인 이후 계속해서 잠도 자지 않고 귀를 기울이고 있다는 사실을 잘 알고 있었습니다. 노인은 점점 공포의 포로가 되어가고 있었던 것입니다. 별일 아니라고 몇 번이고 생각했을 겁니다. 하지만 헛수고였습니다. 노인은 '아무것도 아니야. 난로에서 나는 바람소리야. 아니면 쥐가 바닥을 달리는 소리겠지.' 라거나 '귀뚜라미가 잠깐 울었던 것뿐이야.' 라고 속으로 중얼거렸을 겁니다. 그렇습니다, 그런 생각들로 스스로 마음을 달래보았을 것입니다. 하지만 모든 것이 헛수고였습니다. 그렇습니다, 헛수고였습니다. 왜냐하면, 실제로 그 시커먼 '죽음' 의 그림자가 가만히 발소리를 죽이고 다가와 가엾게도 이미 노인을 감싸버렸기 때문이었습니다. 방 안으로 밀어넣은 제 머리를 노인이 —그렇습니다, 물론 그것은 보일 리도 들릴 리도 없었지만 —뚜렷하게 느낄 수 있었던 것도 결국은 그 보이지 않는 그림자의 무시무시한 힘 때문이었습니다.

저는 오랫동안 참으로 끈질기게 동태를 살폈지만 여전히 자리에 눕는 기색은 없었습니다. 그래서 저는 아주 조금 —아니, 정말 조금 실오라기만큼 램프의 덮개를 열기로 했습니다. 드디어 열었습니다. 조금 조금씩, 조금 조금씩 —아니, 어떻게 말씀드려도 도저히 알 수 없을 것입니다. —아, 드디어 그야말로 거미줄처럼 희미한 빛이 한 줄기, 틈 사이로 빠져나가 그 대머리독수리의 눈 위를 정확하게 비췄습니다.

그런데 놀랍게도 그 눈은 ─성난 사람의 그것처럼 한껏, 한껏 벌어져 있었습니다. 그것을 보자 저는 울컥 화가 치밀어 올랐습니다. 너무나도 뚜렷하게 그 눈을 본 것이었습니다. ─흐릿한 푸른색 눈, 그리고 제게 언제나 온 몸에 물벼락을 맞은 것 같은 느낌을 전해주는 무시무시한 막이 있는 눈, 그것을 바로 앞에서 뚜렷하게 본 것입니다. 눈 외에는 노인의 얼굴도 모습도 보이지 않았습니다. 본능이라고 해야 할지, 저는 그 악마의 한쪽 눈에 그야말로 한 치의 오차도 없이 정확하게 한 줄기 빛을 가져다 댄 것이었습니다.

그러니 조금 전에 말씀드린 것처럼 여러분이 광기라고 말씀하신 것은 틀림없이 병적으로 예민해진 신경일 것입니다. ─그런데 바로 그때였습니다. 저는 문득 낮고 둔탁하고 급박한, 마치 시계를 면으로 된 천으로 감싸버린 것 같은 소리를 들었습니다. 그것도 들어본 적이 있는 소리였습니다. 노인의 심장이 고동치는 소리였습니다. 그 소리를 듣자 저의 분노는 마치 큰북소리를 듣고 병사가 용기를 얻은 것처럼 한층 더 커져갔습니다.

그래도 저는 여전히 꾹꾹 눌러 참으며 털끝 하나 움직이지 않았습니다. 숨소리도 거의 내지 않았습니다. 바위처럼, 가만히 램프를 비추고 있었습니다. 이대로 얼마나 더 들고 있을 수 있을지, 저는 필사적이었습니다. 그러는 동안에도 심장의 고동은 점점 더 높아져갔습니다. 시시각각으로 빨라지고 시시각각으로 높아져갔습니다. 아, 제 얘기를 주의 깊게 듣고 계셨겠죠? 저는 신경이 예민한 사람이라고 말씀드렸는데 한 치의 거짓도 없는 사실입니다. 하필이면 한밤중에 이 낡은 집의 무서운 침묵 속에서 그 이상한 소리를 들은 것입니다. 이미 저로서도 어떻게 억누를 수 없는 공포에 완전히 휩싸여버리고 말았습니다. 그래도 2, 3분 정도 더 가만히 참고 있었습니다. 하지만 고동은 여전히 시시각각으로 높아져만 갔습니다. 심장이고 뭐고 틀림없이 전부 파열해버릴 것 같다는 생각이 들었습니다. 이번에는 전혀 다른 걱정거리에 사로잡혀버렸습니다.
─혹시 옆집 사람에게도 이 소리가 들리는 것이 아닐까? 이제 하는 수 없다. 저는 갑자기 큰소리를 올리며 느닷없이 램프의 덮개를 획 열어젖히고 방 안으로 뛰어들었습니다. 노인은 억 하고 한마디,
─네, 딱 한마디였지만 이상한 소리로 외쳤습니다. 눈 깜빡할 사이에 나는 그를 바닥으로 끌어내려 무거운 침대로 그대로 눌러 죽여버렸습니다. 의외로 쉽게 죽어버린 걸 보고 저는 비로소 가벼운 마음으로 웃었습니다. 심장만은 그로부터도 한동안 계속해서 고동쳤지만 그건 그다지 중요한 문제가 아니었습니다. 더 이상 벽 너머로 그것이 들릴까 걱정할 필요가 완전히 없어졌기 때문이었습니다. 그리고 조금 시간이 흐르자 그것도 멈춰버렸습니다. 드디어 죽은 것입니다. 나는 조용히 침대를 치우고 시체를 검사하기 시작했습니다. 완전히 숨통이 끊어졌습니다. 심장 위에 손을 얹어놓고 한동안 그대로 있어봤지만 고동은 전혀 느껴지지 않았습니다. 돌덩이처럼 죽어버렸습니다. 이제 두 번 다시 그 눈 때문에 괴로워하지 않아도 될 것입니다.

이래도 아직 저를 광인이라고 생각하십니까? 그렇다면 제가 얼

마나 세심하게, 얼마나 용의주도하게 시체를 숨길 궁리를 했는지 말씀드린다면 절대로 그렇게 생각하시지는 않으실 겁니다. 이미 한밤중은 지난 시각이었습니다. 저는 말없이 서둘러서 일을 시작했습니다. 우선 처음으로 시체를 토막 냈습니다. 머리와 팔과 다리를 잘라냈습니다.

그리고 이번에는 방바닥에 깔린 나무 세 장을 뜯어내 장선(長線) 사이로 던져 넣었습니다. 그런 다음 교묘하게 모든 것을 원래대로 되돌려 놓았기에 인간의 눈으로는 도저히 ―아니 설사 그 악마의 눈으로 본다 하더라도 눈치 챌 수 없었을 것입니다. ―피의 흔적은 물론 ―특별히 의심 받을 만한 것은 무엇 하나 남아 있지 않았습니다. 전부 통 속에 넣어버렸으니까. ―하, 하, 하…….

일이 전부 끝난 것은 4시쯤이었을까요? 밖은 한밤중처럼 아직도 암흑천지였습니다. 그런데 정각 네 시를 알리는 종소리가 들려오는 순간, 갑자기 밖의 문을 두드리는 사람이 있었습니다. 겁을 먹을 이유는 어디에도 없었습니다. ―저는 가벼운 마음으로 일어나 그쪽으로 가서 문을 열었습니다. 세 남자가 들어와서 경찰이라고 말하며 아주 은근하게 인사했습니다. 이웃 남자가 이상한 비명소리를 듣고 문득 의심이 들어서 그대로 경찰에 밀고했기 때문에 가택수사를 하러 왔다는 것이었습니다.

저는 빙그레 웃었습니다. ―겁먹을 필요가 어디 있겠습니까? 흔쾌히 안으로 들어오라고 말했습니다. 그러니까 문제의 그 비명소리는 악몽에 시달리던 제 비명소리였던 것입니다. 마침 노인은 시골로 내려갔기에 지금은 집에 없다고 말하며 집 안을 안내해주었습니다. 자, 살펴보십시오. ─얼마든지 살펴보십시오. ─라고 말했습니다. 그리고 마침내 그 남자의 방까지 안내를 해주었습니다. 금전, 소지품은 애초부터 손가락 하나 대지 않은 상태로 그들에게 보였습니다. 자신감에 넘쳐서라고 말씀드려야 할까요? 저는 의자까지 가지고 들어와서, 고단하시죠? 조금 쉬도록 하세요, 라고까지 말을 했습니다. 그리고 저는 완전히 승리감에 젖어 기분이 좋아졌기 때문에 대담하게도 살해한 노인의 시체가 숨겨져 있는 곳 바로 위에 자신의 의자를 가져다놓았습니다.

경찰도 만족한 듯했습니다. 저의 모습에 완전히 납득한 듯한 표정이었습니다. 저도 이상할 정도로 마음이 차분해졌습니다. 함께 앉아서 얼굴 가득 미소를 지으며 활기차게 대답을 하는 동안 경찰도 여러 가지 사소한 일들까지 이야기하게 되었습니다. 그런데 조금 시간이 흐르자 저는 온 몸에서 피가 빠져나가는 듯한 기분이 들어 그들이 빨리 돌아갔으면 좋겠다고 생각하게 되었습니다. 이상하게 두통이 전해오며 귓속 깊은 곳에서 무엇인가가 웅웅 울려오는 듯한 기분이 들었습니다. 그런데도 상대방은 여전히 자리에 앉아서 이야기를 계속하고 있었습니다. 이명은 점점 더 뚜렷해져갔습니다. ─멈추기는커녕 한층 더 뚜렷해지기만 했습니다. 그 소리를 지우기 위해서 저는 더욱 많은 말을 해대기 시작했습니다. 그런데 그럼에도 불구하고 이명은 더욱 높아져만 갈 뿐, ─그러다 저는 그것이 귓속에서 들려오는 소리가 아니라는 사실을 깨닫게 되었습니다.

그때는 이미 새파랗게 질려 있었을 것입니다. ─그래서 저는 한층 더 청산유수로, 한층 더 소리를 높여서 이야기를 해댔습니다. 그러나 변함없이 소리는 더욱 커져만 갈 뿐 —아, 어떻게 된 일일까요? 그것은 낮고 둔탁하며 급박한 소리, —마치 시계를 면으로 만든 헝겊으로 감싸놓은 듯한 소리였습니다. 저는 무의식중에 커다란 한숨을 내쉬었는데 경찰의 귀에는 들리지 않은 듯했습니다. 저는 더욱 빠른 어조로, 더욱 무시무시한 기세로 떠들어댔습니다. 그래도 소리는 시시각각으로 높아져만 갈 뿐이었습니다. 저는 자리에서 일어났습니다. —아주 시시콜콜한 이야기를 소리 높여, 과장스러운 몸동작까지 섞어가며 끊임없이 했습니다. 하지만 그래도 소리는 여전히 높아져만 갔습니다. 저는 마치 상대방의 말에 벌컥 화가 치밀어오른 사람처럼 조금 과장된 듯한 격렬한 기세로 성큼성큼 방 안을 돌아다녔습니다. 그래도 변함없이 소리는 점점 커져만 갈 뿐이었습니다. 아, 어쩌면 좋단 말인가? 저는 입에 거품을 물고 —잠꼬대처럼 끊임없이 떠들어댔습니다. 앉아 있던 의자를 빙글빙글 돌려서 사정없이 바닥을 긁는 소리를 냈습니다. 하지만 소리가 거기에 묻혀버리기는커녕 여전히 시시각각 —점점, 점점 커져갈 뿐이었습니다. 그런데도 녀석들은 여전히 즐거운 듯 무언가 떠들어대며 웃고 있습니다. 그렇다면 녀석들의 귀에는 들리지 않는다는 말인가? 아, 신이시여 —아니, 아니 그럴 리가 없다. 틀림없이 듣고 있을 거야. 이상하게 생각하고 있을 거야. —모두 알고 있는 거야. —그러면서도 나의 공포를 비웃고 있는 거야! 라고 저는 생각했습니다. 아니, 지금도 그렇게 생각하고 있습니다. 그렇게 생각하는 편이 이렇게 고통을 받는 것보다 훨씬 낫습니다. 그 비웃음을 생각하면 어떤 일도 견뎌낼 수 있었습니다. 그 위선에 가득 넘친 웃음, 저는 도저히 더 이상 참을 수가 없었습니다. 여기서 소리를 지르지 않으면 틀림없이 그대로 죽어버릴 것 같다는 생각까지 들었습니다. 그런데도 —그 소리는 여전히 —앗, 더욱 커다랗게 —더욱 커다랗게 —아, 견딜 수 없어!

"이런, 빌어먹을!"

저는 완전히 무아지경에 빠져서 외쳤습니다.

"더 이상 시치미 떼지 마! 그래, 바로 나다! 자, 그 판자를 뜯어내봐! 여기, 여기다, 여기! 그래 맞아, 끔찍한 그 녀석의 심장이다, 이 소리는!"

메첸거슈타인

어느 시대에나 공포와 숙명은 커다란 손을 흔들며 지나갔다. 그러니 지금부터 이야기하려고 하는 시대를 특정지을 필요가 어디에 있겠는가? 그 무렵 헝가리의 오지에서는 마침 윤회전생(輪廻轉生)에 대한 신앙이 은근히 세력을 떨치고 있었다고만 말하면 충분하리라. 그 설 자체에 대해서는 ―즉, 그 설의 진위나 신빙성에 대해서는― 아무 말도 하지 않겠다. 하지만 인간의 시기심의 대부분은(라 브뤼예르가 인간의 불행에 대해서 말한 것처럼) '고독할 수 없다는 점에 기인한다.' 고 나는 주장하고 싶다. (메르시에는 『2440년』에서 윤회전생을 진지하게 지지했으며, 아이작 디즈레일리는 '윤회전생만큼 단순명쾌하고 받아들이기 쉬운 설도 없다.' 고 말했다. 그린 마운틴 보이즈를 창설한 이산 알렌 대령도 윤회전생설의 신봉자인 것으로 알려졌다.)

하지만 헝가리의 이 미신에는 부조리와 경계를 마주하고 있는 점이 몇 가지 있다. 그들이 ―즉 헝가리인들이― 믿는 것은 힌두교도들의 신조와는 본질적으로 매우 커다란 차이가 있는 것이었다. 예를 들어서 전자가 말하는 바에 의하면 ―여기서 명석하고 총명한 파리의 한 인사의 말을 빌려보겠는데― '영혼이 구체적인 육체에 깃드는 것은 단 한 번뿐이며 ―말이든, 개든, 인간이든 영혼은 그들 구체적 생물의 덧없는 초상화에 지나지 않는다.' 는 것이다.

베를리피칭 가와 메첸거슈타인 가는 몇 세기에 걸쳐서 사이가 좋지 않았다. 그렇게도 잘 알려진 두 명문가가 그렇게도 집요하게 적의를 불태우며 맞섰던 경우는 거의 찾아볼 수 없을 것이다. 이와 같은 적대관계의 기원은 다음과 같은 오래 전의 예언에서 찾아볼 수 있을 것이다. '멸망이 정해져 있는 메첸거슈타인 가는, 기사가 말을 부리는 것처럼 불멸이 정해져 있는 베를리피칭 가에게 승리를 거둘 때, 고귀한 이름은 무시무시한 파멸을 맞이할 것이다.'

그렇다. 이 문장 자체는 거의, 혹은 아무런 의미도 갖고 있지 않았다. 하지만 이보다도 더 사소한 원인 때문에 —그것도 그다지 옛날 일이 아닌— 이에도 뒤지지 않는 중대한 결과를 맞이하게 될 사건이 일어난 것이었다. 게다가 양 가의 영지가 인접해 있었기 때문에 오랜 세월에 걸쳐서 복잡한 영토문제에 얽힌 분쟁이 끊이질 않았다. 옛날부터 이웃이 서로 사이좋게 지낸 적은 거의 없었다. 베를리피칭 성의 주인은 높다란 부벽에 올라 메첸거슈타인 궁전의 창 안쪽까지 들여다보는 적이 있는데, 그렇게 해서 보게 되는 메첸거슈타인 궁전의 봉건시대의 정수를 모아놓은 장려함은 그것보다 유서 깊지도 않고 부유하지도 못한 베를리피칭 가의 커다란 질투를 불러일으켰다. 그렇다면 앞서 말한 예언이 제 아무리 잠꼬대 같은 것이라 할지라도, 이미 불화라는 숙명에 묶여버린 두 집안의 전통적인 질투심을 사사건건 불러일으켜 불화가 계속되는 것에 기여를 했다 하더라도 조금도 이상할 것은 없다. 그 예언이 무엇인가를 시사하고 있다면, 보다 강한 일가가 최후의 승리를 거둘 것이라는 사실을 시사하고 있는 것이라고 여겨졌기 때문에 보다 약하고 세력이 떨어지는 일가가 보다 격한 증오의 감정으로 그 예언을 기억하게 된 것이었다.

베를리피칭 백작 빌헬름은 고귀한 출생이지만, 이 이야기가 진행될 무렵에는 이미 노쇠해버렸기 때문에 특별히 기술할 내용이라고는, 상상을 초월하는 원수 일가에 대한 집념, 말과 사냥에 대한 편집광적인 기호 그리고 노령에 의한 육체적·정신적 쇠약에도 불구하고 하루도 빠짐없이 위험한 사냥에 전념하고 있었다는 사실 정도일 것이다.

한편, 메첸거슈타인 남작 프레데릭은 아직 스무 살도 되지 않은 젊은이였다. 그의 아버지인 **Gxx** 대신은 젊은 나이에 세상을 떠났으며, 어머니인 메리도 바로 아버지의 뒤를 따랐다. 당시 프레데릭은 열다섯 살이었다. 도시에서의 **15**년이라는 세월은 그다지 긴 것이 아니다. 하지만 황야에서 ―그처럼 유서 깊은 공국(公國)에서와 같이 장대한 황야에서― 시계의 추는 도시에서보다 훨씬 더 깊은 의미를 갖고 흔들리는 법이다.

아름다운 메리 부인이여! 당신과 같이 아름다운 사람이 어찌 죽을 수 있단 말인가? ―그것도 결핵으로 죽을 줄이야! 하지만 그것이야말로 내가 뒤따르기를 원하는 동경의 길이다. 내가 사랑하는 모든 사람이 그 다정한 병으로 이 세상에서 떠나기를! 젊은 혈기가 왕성할 때 ―모든 정열의 핵심의 한가운데서 ―상상력이 불타오르는 한가운데서 ―행복한 나날에 대한 추억의 한가운데서 ―1년 중 가을이라는 계절에 세상을 떠나 화사한 낙엽의 무덤에 영원히 묻한다는 것은 그 얼마나 영광에 넘치는 일일까? 메리 부인은 그렇게 세상을 떠났다. 젊은 남작인 프레데릭은 단 한 명의 살아 있는 가족도 없이 죽은 어머니의 관 옆에 섰다. 그는 어머니의 고요한 이마에 손을 얹었는데 그의 화사한 몸에는 전율이 흐르지도 않으며, ―그의 비정한 가슴에서부터는 한숨이 흘러나오지도 않다. 어렸을 때부터 매정하고 이기적이며 충동적인 성격을 가지고 있던 프레데릭은, 무자비하고 분방하며 무책임하고 방탕한 생활 속에서 조금 전에 말했던 나이를 맞았기 때문에 모든 성스러운 사고와 감미로운 추억이 흐르는 수로가 막혀버린 지 이미 오래였다.

이 젊은 남작이 아버지의 유산관리와 관련된 특수한 사정 때문에 아버지의 죽음과 함께 막대한 재산을 상속받게 되었던 것이다. 헝가리의 귀족 중에서도 그 정도의 유산을 손에 넣은 사람은 거의 찾아볼 수 없었다. 성은 숫자를 헤아릴 수도 없을 만큼 많았다. 화려함과 넓이에 있어서 '메첸거슈타인 성'은 타의 추종을 불허했다. 성의 경계는 지금까지 단 한 번도 명확하게 선이 그어진 적이 없었다. 어쨌든 가장 넓은 사냥터는 주위가 50마일이나 되었다.

그와 같은 성격을 가진 젊은이가, 그처럼 젊은 나이에, 그처럼 비할 데 없는 재산을 손에 넣었으니 그 후의 행실이 어땠는지에 대해서는 억측을 해볼 필요도 없을 것이다. 생각한 대로 단 3일도 지나지 않아서 유산 상속인의 행동은 잔인함에 있어서 헤롯왕을 뛰어넘었는데 그것은 그를 숭배해마지않는 사람들의 예상까지도 훨씬 뛰어넘는 것이었다. 후안무치한 방탕 ―극악무도한 배신 ―전대미문의 잔학함을 여러 모로 접하며 전율과 공포를 느낀 가신들이 바로 깨달은 사실은 자신들이 제 아무리 순종의 뜻을 밝혀도 ─ 그리고 프레데릭이 제 아무리 자기 양심의 엄명에 충실히 따른다 할지라도 ─이 작은 칼리굴라(로마황제. 잔혹하고 정신적으로 불안정한 황제였다. 역주)의 무자비한 이빨을 막는 방법이 되지는 않을 것이라는 사실이었다. 나흘째 되던 날 밤, 베를리피칭 성의 마구간에서 불길이 솟아오르는 것이 발견되었다. 주위 사람들은 이구동성으로 이 방화의 죄를, 이미 엄청난 숫자에 다다른 남작의 비행과 범죄 속에 추가시켰다.

이 화재가 일으킨 소동 속에서 젊은 귀족은 메첸거슈타인 궁전의 넓고 조용한 위층 방으로 들어가 명상에 잠겨 있었던 듯했다. 화사하지만 빛바랜 벽걸이용 융단은 음험하게 흔들리며 유명한 여러 조상들의 늠름한 모습을 희미하지만 당당하게 흔들어대고 있었다. 한쪽에서는 호화로운 담비 모피를 걸친 사제들과 성의를 입은 고승들이 독재자나 국왕과 친밀하게 한 자리에 앉아 이 세속의 왕의 소망을 거부하기도 하고 교황의 지상권으로 악마의 반역을 짓누르기도 하고 있었다. 또 다른 쪽에서는 거뭇하고 키가 큰 역대 메첸거슈타인 공작들의 무시무시한 형상이 ─쓰러진 적의 사체들 위를 뛰어다니는 억센 군마의 분방함과 하나가 되어─ 냉정하기 짝이 없는 담력을 가진 사람들까지도 겁을 먹게 만들고 있었다. 또 다른 쪽에는 지난날의 귀부인들의 요염한 백조 같은 자태가 환상적인 선율을 타고, 이 세상의 것이라고는 생각되지 않는 찬란한 원무를 이루며 미끄러지듯 흘러가려하고 있었다.

그런데 남작이 점점 커져만 가는 베를리피칭 가 마구간에서의 소동에 귀를 기울이고 있는 동안, 아니 귀 기울이는 시늉을 하고 있는 동안 ―어쩌면 새롭고 참신하며 주목할 만한 악행에 생각이 미쳤던 것일지도 모르지만― 그의 시선은 어느 사이엔가 벽걸이용 융단 속의 부자연스러운 색을 하고 있는 한 마리 거대한 말의 모습에 고정되어버리고 말았다. 그것은 원수 베를리피칭 가의 조상에 해당하는 사라센 사람의 말이었다. 말은 화폭의 전면에 조각상처럼 서 있었다. ―그리고 훨씬 뒤쪽으로 패배한 말의 기사가 메첸거슈타인 가 사람의 단검에 찔려 죽어 있었다.

자신의 시선이 무의식적으로 향해졌던 방향의 모습이 의식 속으로 들어오는 순간 프레데릭의 입술이 악마적인 표정을 띠우며 일그러졌다. 하지만 프레데릭은 시선을 다른 곳으로 돌리려 하지 않았다. 그것보다는 자신의 오감 위에 장막처럼 드리워지는 커다란 불안감의 정체 쪽에 더 신경이 쓰였기 때문이었다. 꿈꾸는 듯 종잡을 수 없는 감각과 깨어 있다는 명확한 의식의 균형을 쉽게 유지할 수가 없었다. 바라보면 바라볼수록 그 몸을 속박하는 듯한 주술적인 힘은 더욱 강해져 ―그 벽걸이용 융단에서 눈을 뗄 수가 없었다. 하지만 문 밖의 소동이 한층 더 요란스러워짐에 따라서 천하의 프레데릭도 불타오르는 마구간의 불빛이 거실 창문 가득 내던지는 시뻘겋고 눈부신 빛으로 시선을 돌리지 않을 수 없었다.

그러나 그런 동작은 아주 짧은 순간에 지나지 않았다. 시선은 저절로 벽 쪽으로 돌려졌다. 그런데 그 동안 거대한 말의 머리의 방향이 바뀌어버린 게 아닌가? 겁에 질린 프레데릭의 얼굴에서 핏기가 가셨다. 이전까지는 목을 활처럼 구부려 땅바닥에 쓰러진 주인의 사체를 가엾다는 듯이 바라보고 있던 말의 목이 지금은 남작 쪽으로 길게 뻗혀져 있는 게 아닌가? 이전까지는 눈에 들어오지도 않았던 말의 두 눈이 지금은 활기에 넘친 인간의 눈과 같은 표정을 담은 채 이상할 만큼 붉은 빛으로 빛나고 있었다. 분노에 불타오르고 있는 말은 입술을 뒤집어 거대하고 혐오스러운 이빨을 드러내 보이고 있었다.

공포에 질린 나머지 제정신을 잃은 젊은 귀족은 비틀거리며 문 쪽으로 걸어갔다. 문을 열어젖히는 순간 한 줄기 붉은 빛이 방 안 깊숙이 비춰들어 흔들리고 있는 벽걸이용 융단 위로 선명하게 그의 그림자를 던졌는데 그림자가 —문턱에서 당황스럽게 서 있을 때의 자신의 그림자가— 베를리피칭 가의 조상인 사라센 사람을 가차 없이 죽인 뒤, 승리감에 떨고 있는 사람이 차지하고 있는 위치와 정확하게 일치, 그 윤곽을 정확하게 메우고 있는 것을 보고 몸을 떨었다.

가라앉아버린 기분을 떨쳐내기 위해 남작은 서둘러 문 밖으로 나갔다. 그리고 궁전의 정문이 있는 곳에서, 마구간에서 일하는 세 사람과 마주쳤다. 그들은 고통을 참지 못해 경련하듯 날뛰는 불처럼 붉은 말 한 필을 그야말로 목숨을 걸고 진정시키고 있었다.

"누구의 말인가? 어디서 잡은 거지?"

젊은이는 조금 전에 본 벽걸이용 융단 속의 이상한 말과 눈앞에서 미친 듯이 날뛰는 말이 서로 쏙 빼닮았다는 사실을 바로 깨닫고, 기분 나쁘게 갈라지는 목소리로 따지듯 물었다.

마구간에서 일하는 사람 중 한 명이 말했다.

"나리, 나리의 말입니다. 적어도 자신의 말이라고 주장하는 다른 사람은 아무도 없습니다. 베를리피칭 가의 불타오르는 마구간 쪽에서 몸에 김을 피워 올리며, 입에 거품을 문 채 미친 듯이 날뛰며 뛰어나오는 것을 붙잡았습니다. 처음에는 저 늙은 백작의 외래 마 사육장에서 도망쳐 나온 것이라고 생각했기에 길 잃은 말인 줄 알고 그쪽으로 데리고 갔더니 그쪽의 마부들이 이런 말은 본 적이 없다, 우리 집 말이 아니다, 라고 단호하게 말했습니다. 그런데 이상하게도 말에는 맹렬한 불 속을 뚫고 나온 흔적이 역력하게 남아 있습니다."

또 다른 사람이 옆에서 거들었다.

"그리고 말의 이마에는 **W.V.B**라는 낙인이 뚜렷하게 찍혀 있습니다. 물론 그것은 **Wilhelm Von Berlifitzing**의 이니셜임에 틀림없다고 생각했었는데 저쪽 성 사람들은, 그런 말은 죽어도 모른다고 단호하게 부정했습니다."

남작이 생각에 깊이 잠긴 듯, 또한 자신이 하는 말의 의미를 의식하지 못하는 듯한 모습으로 말했다.

"이거 참 기묘한 일이로군! 너희들 말대로 이건 범상치 않은 말이야. ―이상한 말이야! 너희들 말처럼 이 녀석은 시기심이 많고 다루기 어려운 말 같지만 일단은 우리가 기르기로 하지."

한동안 사이를 두었다가 남작이 말을 이었다.

"베를리피칭 가의 마구간에서 뛰쳐나온 악마라 할지라도 길들이지 못하란 법은 없을 거야."

"나리, 그렇게 하십시오. 저 말은 이미 말씀드린 것처럼 백작 가의 마구간에 속해 있는 녀석이 아닙니다. 그렇다면 저희는 군이 저 말을 나리 앞으로 끌고 오는 무례를 범하지는 않겠습니다."

"그렇게 하게."

남작이 무뚝뚝하게 대답했다. 바로 그때, 남작의 침실에서 일하는 하인이 얼굴을 붉게 물들인 채 궁전 쪽에서 맹렬한 기세로 달려왔다. 그 하인은 주인의 귓가에 대고 자신이 담당하고 있는 방에 있는 벽걸이용 융단의 일부가 갑자기 불에 타버렸다는 사실과 그렇게 되기까지의 일들을 장황하고 자세하게 이야기했다. 하지만 그 모든 것이 아주 조그만 목소리로 전달되었기 때문에 마구간에서 일하는 사람들은 자신들의 호기심을 충족시킬 수가 없었다.

하인의 말을 듣는 동안 젊은 프레데릭은 끓어오르는 여러 가지 감정 때문에 마음이 어지러운 듯했지만 곧 냉정함을 되찾은 듯 얼굴에 단호하고 악의에 넘치는 표정을 띠우며 침실에서 일하는 하인에게 그 방에 당장 자물쇠를 채우고 열쇠를 자신에게 가져오라고 엄하게 명령을 내렸다.

"베를리피칭 가의 늙은 사냥꾼의 불행한 죽음에 대한 얘기를 들으셨습니까?"

남작의 하인 중 한 명이 그렇게 말을 건 것은 침실에서 일하는 하인이 물러간 뒤, 그 귀족이 자신의 말로 삼은 거대한 준마를 달려 궁전에서 메첸거슈타인 가의 마구간 쪽으로 곧게 뻗어 있는 긴 가로수 길을 미친 듯이 달려가고 있을 때였다.

남작이 급히 되돌아보며 대답했다.

"아니 듣지 못했네! 죽었다고?"

"그렇습니다. 메첸거슈타인 경 일족에게는 그다지 나쁘지 않은 소식이라고 생각합니다."

남작의 얼굴에 얼핏 미소가 번졌다.

"어떻게 죽은 거지?"

"무모하게도 총애하는 수렵마를 구하기 위해서 끔찍하게도 불 속으로 스스로 뛰어들었다고 합니다."

"그, 런, 가?"

이 가슴 설레는 부보의 신빙성을 천천히 음미하듯 남작은 또박또박 끊어서 말을 했다.

하인이 되풀이하듯 말했다.

"그렇습니다."

"끔찍한 일이로군!"

조용한 목소리로 이렇게 말한 젊은이는 가만히 궁전 안으로 들어갔다.

이날부터 방종하기 짝이 없던 젊은 프레데릭 폰 메첸거슈타인 남작의 외면적인 행동에 눈에 띄는 변화가 일어났다. 그 행위는 모든 사람들의 기대를 배반하고, 남자들을 속이는 데 능숙한 수많은 여인들의 생각까지도 능가하는 것이었다. 그런 습성과 거동은 예전보다도 더 이웃 귀족들의 습성과 거동에 어긋나는 것이었기에 결국 남작의 모습은 영지 내에서 밖에 볼 수 없게 되었으며 그 넓은 사교계에서 단 한 사람의 반려자도 찾아볼 수 없게 되었다. ─ 그 무렵부터 남작이 하루 종일 올라앉아 있는, 이상하고 성격이 격하며 불과 같은 색을 한 말만이 오로지 반려라 부를 수 있는 신비한 특권을 차지하게 되었다.

그런데 오랜 기간에 걸쳐서 주위 귀족들이 보내오는 초대장이 끊일 줄을 몰랐다. '남작께서 저희 축연에 참석해주셔서 자리를 빛내주시기 바랍니다.', '멧돼지 사냥에 참석해주시기 바랍니다.' 그에 대해서 '메첸거슈타인은 멧돼지 사냥을 하지 않습니다.', '메첸거슈타인은 출석할 수 없습니다.' 라는 불손하고 무례한 대답만이 메아리 칠 뿐이었다.

그와 같이 거듭되는 모욕은 귀족들이 쉽게 견뎌낼 수 있는 것이 아니었다. 더욱 냉랭한 초대장이 ─더욱 드문드문 오더니─ 결국에는 한 통도 오지 않게 되었다. 비운의 죽음을 맞이한 베를리피칭 백작의 미망인의 입에서 '남작이 친구들과의 교류를 경멸하니 집에 있기 싫을 때도 집에 있게 되고, 말과 함께 있는 시간을 더 좋아하니 말을 타고 싶지 않을 때도 말을 타게 되었으면 좋겠다.' 는 소망이 새어나왔다는 소문이 떠돌기 시작했다. 이는 분명히 대대로 누적되어온 악의가 폭발한 사례에 지나지 않으며, 사람이 자신도 모르게 힘에 넘치는 행동을 하면 그 발언이 얼마나 무의미한 것이 되는지를 잘 보여주는 사례에 지나지 않는다.

하지만 자비심 많은 사람들은 갑작스러운 변화를 보인 이 젊은 귀족의 행동을 때 아닌 부모님의 죽음 때문이라고 생각했다. 그러나 이런 측은한 마음도 부모님과 사별한 직후 보였던 젊은 귀족의 잔학한 행동을 완전히 잃어버린 데서 온 것이었다. 자존심과 존엄을 유지하려는 의사가 너무나도 강했기 때문이라고 말하는 사람도 있었는데 그 중에는 (그 중에는 일가의 주치의도 포함되어 있었다)

병적인 우울과 유전적인 불건강함 때문이라고 주저 없이 말하는 사람도 있었다. 한편 일반에게는 좀 더 애매하고 어두운 소문이 유포되었다.

실제로 최근 손에 넣은 애마에 대한 남작의 편집광적인 사랑은 —말이 난폭하고 악마적인 성질을 보일수록 더욱 강해져만 가는 그 애착은— 결국 평범한 이성을 가진 사람의 눈으로 보기에도 오싹하고 부자연스러운 정열로까지 비치게 되었다. 눈부신 한낮에도 —고요한 한밤중에도 —몸이 아플 때나 건강할 때도 —맑을 때나 바람이 불 때도 —젊은 메첸거슈타인은 그 거대한 말의 안장과 하나가 되어버린 듯했다. 그 말의 대담무쌍함은 주인의 정신과 완벽하게 일치했다.

뿐만 아니라 몇몇 사정들이 최근 일어났던 일들과 하나가 되어 말에 대한 기수의 편집광적인 애정과 말의 능력에, 이 세상에서는 찾아보기 힘든 불길한 성격을 부여하기에 이르렀다. 이 말이 단번에 날아오르는 비거리를 정확하게 측정해본 결과 그 거리가, 상상이 풍부한 사람의 예상까지도 까마득하게 뛰어넘는다는 사실을 확인할 수 있었다. 그리고 남작은 이 말에 특정한 이름을 붙여주지 않았다. 다른 말들에는 하나하나 특유의 이름을 붙여줬음에도 불구하고. 그 말의 마구간도 다른 마구간과 떨어진 곳에 지어졌으며, 말을 손보는 것이나 그 외의 필요한 일은 전부 주인이 직접 나서서 했기 때문에 타인이 개입할 여지가 전혀 없었고, 또 마구간 근처에는 발을 들여놓으려는 사람조차도 없었다. 여기서 특히 밝혀두어야 할 점은, 베를리피칭 가의 화염 속에서 뛰쳐나온 준마를 잡은 세 사람은 사슬이 달린 재갈과 고삐를 잡아 능숙하게 폭주하는 말을 멈출 수 있었지만 —세 사람 중 누구도 그 위험한 일을 할 때는 물론 그 후의 어떤 순간에도 실제로 말의 몸에 손을 대본 적이 있다고 확신을 갖고 단언할 수 있는 사람은 아무도 없었다. 혈통이 좋고 고집이 센 말의 행동이 조금 영리하다고 해서 특별히 주의를 끄는 경우는 그렇게 흔하지 않지만, 이 말에는 각별히 회의적이고 냉정한 사람의 마음에서도 불길한 무엇인가가 끈적하게 배어나오게 하는 것이 있었다. 이 사나운 말 주위에서 입을 떡 벌린 채 서 있던 사람들이 말의 이마에 찍혀 있는 그 무시무시한 문자의 심장한 의미를 문득 깨닫고 뒷걸음치는 일도 있었으며, —젊은 메첸거 슈타인이 인간의 것과 닮은 그 말의 눈에 얼핏 떠오르는, 탐색하는 듯한 눈매에 새파랗게 질려 얼굴을 돌리는 적도 있었다.

그러나 남작의 하인들 중에서 이 젊은 귀족이 자기 말의 불타오르는 듯한 기질에 대해 이상할 정도로 치열한 애정을 품고 있다는 사실을 이상하게 생각하고 있는 사람은 단 한 명도 없었다. 적어도 침실에서 일하는, 보잘것없이 몸이 조그만 불구의 하인을 제외하고는 아무도 없었다. 이 사람의 모습은 누구의 눈에도 거슬리는 것이었으며, 그의 의견은 누구에게나 존중할 가치가 없는 것으로 받아들여졌다. (이 남자의 생각을 언급할 만한 가치가 있는 것이라는 가정 하의 얘기지만) 그 하인이 건방지게도 주장하고 있는 것은, 주인이 안장에 걸터앉을 때면 말은 언제나 뭐라 표현할 수 없는, 사람의 눈에는 거의 띄지 않는 몸부림을 치며, 먼 곳에서 돌아오면 언제나 얼굴의 근육 전부가 승리감에 젖은 악의로 일그러져 있다는 것이었다.

폭풍이 몰아치던 어느 날 밤, 메첸거슈타인은 깊은 잠에서 깨어나 미친 사람처럼 자신의 방에서 아래층으로 내려가 급히 말에 올라타더니 숲의 미로 속으로 모습을 감춰버렸다. 그의 평소의 행동때문에 이 갑작스러운 출타에 그 누구도 신경을 쓰지 않았지만 그로부터 몇 시간 후, 메첸거슈타인 궁전의 장려한 홍벽이 걷잡을 수없는 화염의 맹렬한 검은 연기에 휩싸여 쩍쩍 갈라지고 기초까지흔들리는 것을 발견하고 하인들은 아주 불안한 마음으로 주인이돌아오기를 기다렸다.

처음 불을 발견했을 때 불길은 이미 맹렬하게 타오르고 있었기때문에 아무리 몸부림을 쳐봐야 건물의 일부를 구할 가능성조차희박하다는 사실을 깨닫고, 이웃들은 동정심에서가 아니라 너무나도 놀란 나머지 소리조차 내지 못하고 어쩔 줄 몰라 하며 성 주위에 모여 있었다. 그런데 새로이 발견된 공포의 대상이 군중들의주의를 끌었다. 이것은 무기물이 가져다주는 비참하기 짝이 없는광경보다도, 인간의 고뇌하는 모습을 보는 것이 훨씬 더 강렬한 흥분을 군중들에게 전해준다는 사실을 명확하게 밝혀주는 것이었다.

한 필의 준마가 모자도 쓰지 않은 채 머리를 풀어헤친 기사를 태우고 숲 속에서 메첸거슈타인 궁전의 정문으로 이어지는 떡갈나무고목 가로수 길을 '풍신(風神)'에게도 지지 않을 정도의 맹렬한 기세로 질주해 오는 것이 보이자 멍하니 지켜보고 있던 사람들의 입에서는 '끔찍하군.'이라는 말이 새어나왔다.

그 질주를 기사가 제어하지 못하고 있다는 사실을 확실하게 알 수 있었다. 고뇌로 일그러진 그 얼굴, 경련하듯 떠는 몸은 단말마의 몸부림처럼 보였다. 공포 때문에 힘껏 깨문 입술은 터져 있었으며, 터진 입술에서 딱 한 번 비명이 흘러나왔다. 일순 타오르는 화염의 울려 퍼지는 굉음과 휴, 휴 울어대는 바람의 비명에 섞여서 딱딱한 말발굽 소리의 울림이 한층 더 크게 들리더니 ─다음 순간 준마는 문과 해자를 가볍게 뛰어넘어 흔들리는 계단을 단숨에 뛰어오르더니 기사와 함께 소용돌이치는 화염 속으로 모습을 감췄다.

미친 듯이 불어대던 바람은 곧 가라앉았으며 잠시 후, 죽음과도 같은 고요가 주위를 음침하게 지배했다. 허연 불길이 아직도 수의처럼 건물을 감싼 채 조용한 대기 속으로 흘러가며 이상한 섬광에 휩싸여 빛을 발하고 있었다. 그리고 하얀 연기의 구름이 뭉게뭉게 성벽 위로 모여들어 뚜렷하게 ─거대한 말의 모습을 그리더니 ─ 성벽을 덮어버렸다.

적사병의 가면

'적사병'이 국토를 황폐화시킨 지도 이미 오랜 시간이 흘렀다. 그처럼 치명적이고 그처럼 혐오스러운 역병은 일찍이 찾아볼 수 없었다. 피가 그 화신, 그 문장(紋章)이었다. ―피의 붉은 빛과 피의 공포가. 격렬한 고통, 갑작스러운 현기증, 모공으로부터의 대량출혈 그리고 죽음. 희생자의 전신, 특히 안면의 붉은 반점은 역병의 화인으로 그것의 출현은 동포의 비호로부터도 동정부터로도 버림을 받게 만드는 전조였다. 그리고 역병의 감염, 진행, 종식의 모든 과정은 30분 이내에 일어났다.

하지만 프로스페로 공은 명랑, 용감, 총명한 사람이었다. 영지 내의 인구가 반으로 줄자마자 궁정의 기사와 귀부인 중에서도 건강하고 활발한 사람들을 천 명 정도 불러 그들과 성처럼 지어진 수도원 중 하나로 세진을 피해서 숨어들었다. 이것은 넓고 장엄한 건물로 공 자신의 독특하고 위엄 있는 취미의 산물이었다. 높고 견고한 벽이 주위를 둘러싸고 있었다. 벽에는 철문이 몇 개 있었다. 안으로 들어가자마자 신하들은 용광로와 커다란 망치를 들고 와서 빗장을 굳게 땜질해버렸다. 갑작스러운 절망과 광기의 충동에 휩싸여 내부에서 소동이 일어나더라도 아무도 드나들지 못하도록 하자는 것이 신하들의 속셈이었다. 수도원에는 식량이 충분히 저장

되어 있었다. 이렇게 만반의 준비를 갖추고 있으니 역병을 두려워할 필요는 없었다. 밖의 사정은 알 바가 아니었다. 슬퍼하며 머리를 굴려본다고 해서 어떻게 될 일은 아니었다. 공은 오락을 위한 모든 대책을 강구해두었다. 광대도 있었으며 즉흥시인도 있었다. 무희들도 있었고, 미녀들도 있었으며, 포도주도 있었다. 이 모든 평안함은 내부에 있었으며 외부에는 '적사병'이 있었다.

농성을 시작한 지 5개월인가 6개월째가 끝나갈 무렵, 즉 밖에서는 역병이 한참 기승을 부리고 있을 무렵, 프로스페로 공은 호화찬란하기 짝이 없는 가면무도회를 열어 천여 명의 사람들을 대접했다.

아름다운 풍경이었다 ─그 가면무도회는. 여기서 우선 그것이 개최된 방에 대해서 설명해두기로 하겠다. 방은 전부 일곱 개. ─ 장려하게 이어진 공간이었다. 하지만 대부분의 궁정에서는 이런 식으로 이어진 방들이 곧게 뻗어 있어 한눈에 볼 수 있게 되어 있기 때문에 접이식 문을 양쪽 벽에 바싹 붙여 활짝 열어젖히면 아무런 방해도 받지 않고 전경을 거의 대부분 바라볼 수 있게 되어 있다. 그러나 공의 괴팍스러운 성격으로도 알 수 있듯이 이곳의 구조는 다른 곳과 매우 다른 모습을 하고 있었다. 각 방이 각각 불규칙적으로 배치되어 있기 때문에 한 번에 하나 이상의 방을 볼 수는 없었다. 20야드나 30야드마다 예각으로 꺾여 있었고 꺾일 때마다 새로운 전망이 펼쳐졌다. 오른쪽, 왼쪽 모두에, 그러니까 벽이라는 모든 벽의 중앙 부분에는 높고 폭이 좁은 고딕풍의 창이 달려 있었는데 그것은 이어진 방들이 꺾일 때마다 함께 꺾이는, 칸막이가 달린 복도를 내려다보고 있었다. 그들 창에는 스테인드글라스가 박혀 있었는데 그 색은 창문이 통해 있는 방 장식의 기조를 이루는 색에 따라서 제 각각 달랐다. 예를 들어서 동쪽 끝에 있는 방의 벽걸이용 융단은 파란색이었기 때문에 ―그 방 창의 유리는 화사한 파란색이었다. 두 번째 방의 장식품과 벽걸이용 융단은 보라색이었기 때문에 그곳 창의 유리는 보라색이었다. 세 번째 방은 녹색이 대부분이었기 때문에 창도 역시 녹색이었다. 네 번째 방은 장식과 조명 모두가 주황색이었기 때문에 창의 유리 역시 주황색 ―다섯 번째는 흰색 ―여섯 번째는 자주색이었다. 일곱 번째 방은 천장에서부터 벽까지 전부 검은색 벨벳의 융단으로 완전히 뒤덮여 있었는데 그것이 묵직한 주름을 만들며, 같은 재질, 같은 색의 카펫 위로 늘어져 있었다. 그런데 이 방만은 유리창의 색과 장식의 색이 일치하지 않았다. 이곳 창문 유리의 색은 진홍색 ―짙은 핏빛이었다. 일곱 개의 모든 방에는 수많은 숫자의 금빛으로 번쩍이는 장식품들이 여기저기 산재해 있었으며 천장으로부터도 늘어져 있었지만 램프나 촛대는 하나도 찾아볼 수가 없었다. 이 이어진 방들의 내부에 램프나 초에서 나오는 종류의 빛은 단 한 줄기도 없었다. 이어진 방들을 따라서 뻗어 있는 복도에는 각각의 창 맞은편에 묵직해 보이는 삼각대가 놓여 있고 그 위에 불을 놓는 접시가 올려져 있었는데 거기에서 나오는 광선이 색유리 너머로 비쳐들어 방을 눈부시게 비추고 있었다. 이런 식으로 아름답고 환상적인 광경이 만들어지는 것이었다. 그런데 서쪽 끝에 있는 검은 방에서는, 핏빛을 한 유리창을 통해서 들어온 횃불의 빛이 검은 벽걸이용 융단에 쏟아지며 아주 기묘한 효과를 연출, 그곳에 들어서는 사람의 얼굴에 참으로 기분 나쁜 형상이 떠오르게 했기 때문에 그 많은 사람들 중에서도 굳이 그 방에 들어가려 할 만큼의 용기를 가진 사람은 아무도 없었다.

그리고 그 방의 서쪽 벽에는 흑단으로 만든 커다란 괘종시계가 걸려 있었다. 그 시계의 추는 나른하고 무겁고 단조로운 금속성 소리를 내며 좌우로 흔들리고 있었다. 긴 바늘이 문자판을 돌아서 시각을 알릴 때가 되면 그 놋쇠로 만들어진 폐부에서 맑고, 커다랗고, 깊이가 있고, 매우 음악적인 그러면서도 참으로 기묘한 선율과 강한 힘을 가진 음악이 울려 퍼졌기 때문에 오케스트라의 악사들조차도 한 시간마다 연주를 하던 손을 한동안 멈추고 그 소리에 귀를 기울이지 않을 수 없었다. 따라서 왈츠를 추던 사람들도 그 선회를 멈추지 않을 수 없었기에 그렇게도 활기에 넘치던 자리에도 한동안 싸늘한 기운이 감돌았다. 시계가 때를 알리는 동안에는 가장 활발하던 사람들의 얼굴조차 창백하게 변했으며, 가장 나이를 많이 먹어 평정심을 지니고 있는 사람들조차도 어지러운 마음으로 생각에 잠기는 듯 이마에 손을 얹곤 했다. 하지만 그 여운이 완전히 사라지고 나면 그 순간 가벼운 웃음이 잔잔하게 일었으며, 악사들도 서로의 얼굴을 바라보며 자신의 신경과민과 어리석음을 비웃듯 미소를 짓고 다음에 시계가 시각을 알릴 때에는 같은 기분에 빠지지 않겠다고 서로 조그만 목소리로 맹세했지만 60분이 지나 (즉, 3천 6백 초라는 시간이 흘러) 시계가 다시 때를 알리면 전번과 다름없이 싸늘한 공기, 전율, 명상이 주위를 지배해버리는 것이었다.

그런 일이 있기는 했지만 그것은 매우 활기차고 호사스러운 향연이었다. 공의 취향은 독특했다. 공은 색채와 그 효과에 대해서 뛰어난 안식을 가진 사람이었다. 단순한 유행의 미는 안중에도 없었다. 공의 계획은 대담하고 열렬했으며, 그의 착상은 야생의 빛을 띠고 있었다. 공을 광인이라고 생각하는 사람이 있을지도 모르겠다. 하지만 공의 측근 중에 그렇게 생각하는 사람은 없었다. 공이 광인이 아니라는 사실을 확신하기 위해서는 공의 이야기를 듣고, 공을 만나보고, 공을 접해볼 필요가 있었다.

이 대향연을 열기에 앞서 공은 일곱 개 방의 장식에 대한 새로운 지시를 내렸다. 그리고 가장무도회의 인물의 성격은 공 자신이 믿고 있는 취향에 따라서 만들어졌다. 어쨌든 그로테스크하지 않으면 안 되었다. 화려함, 아름다움, 신랄함, 환상미가 넘쳐났다. ― 그 후의 『에르나니』의 무대에서 언제나 볼 수 있었던 것으로 넘쳐나고 있었다. 균형을 잃은 손발과 의상을 한, 아라베스크풍의 모습이 있었다. 광인이라고 밖에 생각되지 않는 어지러운 기상천외함이 있었다. 아름다운 사람, 방탕한 사람, 기이한 사람으로 넘쳐나고 있었으며, 공포심을 자극하는 사람도 많았고, 혐오감을 주는 사람들도 적잖이 있었다. 일곱 개의 방 여기저기를 마음껏 활보하는 것은 그야말로 몽환에 빠진 사람들이었다. 그리고 그 무리들―몽환에 빠진 무리들―은 방마다의 색채에 자신을 물들여가며, 오케스트라의 환상적인 음악 소리를 마치 자기 발소리의 메아리인 양 울리며, 이곳저곳을 돌아다녔다. 그러면 벨벳으로 둘러싸인 방의 흑단 시계가 또 다시 시각을 알린다. 순간 모든 움직임이 멈추고 모든 것이 정적에 빠져버려 들려오는 것이라고는 시계 소리뿐. 몽환에 빠진 사람들은 그 자리에 얼어붙고 만다. 하지만 시계 종소리의 여운이 사라지고 나면 ―그것은 아주 짧은 순간 꼬리를 늘어트릴 뿐이었지만― 그 뒤를 이어서 가볍고 반은 소리를 죽인 듯한 웃음이 파문처럼 퍼져간다. 그러면 다시 음악소리가 높아지고 몽환에 빠진 사람들이 되살아나 삼각대 위 횃불의 빛을 받아들이고 있는 여러 가지 빛깔의 유리창의 빛에 몸을 물들이며 이전보다 한층 더 활기차게 이곳저곳을 돌아다녔다. 하지만 일곱 개의 방 중에서 가장 서쪽에 있는 방에는 가장무도회에 참가한 사람 그 누구도 발을 들여놓으려 하지 않았다. 왜냐하면 밤은 점점 깊어갔으며, 핏빛 창 너머로는 그것보다 훨씬 붉은 빛이 흘러들어 검은 장막의 검은 빛이 사람을 두려움에 떨게 만들었고, 검은 카펫 위에 발을 내려놓는 자의 귀에는 가까이에 있는 흑단 시계의 억눌린 듯한 종소리가 멀리 떨어진 다른 방에서 환락에 빠진 사람들의 귀에 들려오는 것보다 훨씬 더 장중한 억양으로 들려왔기 때문이었다. 그러나 다른 방에서는 사람들이 물결치고 있었으며, 생명의 심장이 뜨겁게 고동치고 있었다. 향락에 넘친 향연은 소용돌이치며 진행되었고, 드디어 시계가 밤 12시를 알리는 종소리가 들려오기 시작했다. 그러자 앞서도 말했듯이 이번에도 음악이 멈추고, 왈츠를 추던 사람들의 물결이 멈췄으며, 앞서와 마찬가지로 모든 것들의 움직임 위에 불안한 정지가 찾아들었다. 하지만 이번에는 시계가 종을 12번이나 울려야 했기 때문에 환락에 빠져 있는 사람들 중에서도 가장 사려 깊은 사람들의 뇌리에는 그만큼 더 많은 불길한 생각이 스며들었을 것이다. 틀림없이 그랬기 때문에 무리 속의 많은 사람들이 마지막 종소리의 마지막 여운이 완전히 사라지기도 전에 그때까지 주의를 끌지 못했던 한 인물의 존재를 깨달을 여유를 비로소 갖게 되었을 것이다. 신참이 있다는 사실은 속삭임이 되어 모두에게 퍼져갔고, 곧 그곳에 있는 모든 사람들 사이에서 중얼중얼, 투덜투덜대는 술렁임이 일었고, 비난과 경악 ―그리고 심지어는 공포와 혐오의 마음까지도 토로되었다.

　쉽게 상상할 수 있는 일이지만, 지금까지 말해온 것과 같이 몽환에 빠져 있는 사람들의 모임에서 평범한 분장이 그와 같은 동요를 일으킬 리가 없었다. 사실 그날 밤의 가장무도회에는 거의 아무런 제약도 없었지만 그 인물의 분장은 분장의 한도를 넘어선 것이었으며, 공의 한없이 느슨한 절도의 한도까지도 넘어선 것이었다. 제아무리 무뢰한 자라 할지라도 마음에는 닿기만 하면 바로 울리는 심금이 숨겨져 있는 법이다. 삶과 죽음이 모두 장난에 지나지 않는 것이라 여기고 있는 구제하기 힘든 사람들에게도 농담으로는 받아들일 수 없는 일이 있는 법이다. 지금 여기에 있는 사람들도 그 정체를 알 수 없는 인물의 분장과 거동에 기지와 조심스러움이 조금도 없다는 사실을 뼈저리게 느끼고 있는 듯했다. 그 인물은 키가 크고 말랐으며 머리에서 발끝까지 죽음의 옷을 걸치고 있었다. 얼굴을 가리고 있는 가면은 경직된 사체의 용모와 한없이 비슷했기 때문에 제 아무리 자세히 들여다봐도 진짜와 구별해내기는 어려웠을 것이다. 하지만 그것뿐이었다면, 사람들은 미친 듯이 술에 취해 있었기 때문에 용서는 하지 않았을지 몰라도 관대하게 봐줄 수는 있었을 것이다. 그런데 그 사람은 하필이면 '적사병'의 화신으로 분장을 하고 있었다. 의상은 피로 물들어 있었으며 ─넓은 이마와 얼굴 전체에는 '붉은색의 공포'가 점점이 채색되어 있었다.

프로스페로 공의 시선이 이 이상한 자에게로 향해졌을 때 (그 사람은 자신의 역할을 보다 더 완벽하게 수행하기 위해서였는지, 왈츠를 추고 있는 사람들 사이를 엄숙하고 느린 발걸음으로 돌아다니고 있었다) 공은 공포 때문인지 혐오감 때문인지 바로 전율에 몸을 떨었으며 다음 순간, 이마는 분노로 붉게 물들어버렸다.

공은 주위의 신하들에게 갈라지는 목소리로 외쳤다.

"누군가? 저처럼 불길한 짓으로 우리를 모욕하고 있는 자가 대체 누구란 말인가? 잡아다 가면을 벗겨. ─정체를 밝힌 다음 내일 새벽에 흉벽에 목을 매달아버려!"

프로스페로 공이 그렇게 외친 곳은 동쪽의 파란 방이었다. 그 목소리는 일곱 개의 방 전체에 또렷하게 울려 퍼졌다. 공은 대담하고 건장했으며, 음악도 공의 손짓에 의해 연주가 멈춰 있었기 때문이었다.

파랗게 질린 신하들에 싸여 공이 서 있었던 곳은 파란 방이었다. 공이 외쳤을 때, 이 사람들에게서는 침입자를 향해 돌진하려는 기운이 느껴졌다. 그 순간 침입자도 역시 가까이에 있었으며, 차분하고 당당한 발걸음으로 공에게 다가서려 했기 때문이었다. 하지만 그 사람의 상상을 뛰어넘는 분장이 그 자리에 있던 사람들에게 심어준, 말로는 표현할 수 없는 공포심 때문에 손을 내밀어 그를 잡으려드는 자는 단 한 사람도 없었다. 그래서 그 사람은 누구의 방해도 받지 않고 공과 채 1야드도 떨어지지 않은 곳까지 갈 수 있었다. 그리고 그곳에 있던 수많은 사람들이 마치 똑같은 충동에 사로잡히기라도 한 것처럼 일제히 방의 중앙에서 벽이 있는 곳으로 물러서는 것을 바라보며 그 사람은 처음부터 눈에 띄던 그 위엄에 넘쳐 있으며, 흐트러짐이라고는 조금도 찾아볼 수 없는 발걸음으로 천천히 파란 방을 지나서 보라색 방으로 —보라색 방을 지나서 녹색 방으로 —녹색 방을 지나서 주황색 방으로 —거기서 다시 흰 방으로 —그리고 다시 자주색 방으로 걸어갔는데 그때까지도 그 사람을 저지하기 위한 단호한 조치는 취해지지 않았다. 그 때, 프로스페로 공은 일시적으로나마 겁을 먹었다는 사실에 분함을 느껴 화를 내며 여섯 개의 방을 단숨에 내달아갔지만 모든 사람들을 사로잡고 있던 정체를 알 수 없는 공포 때문에 공의 뒤를 따르는 사람은 아무도 없었다. 공은 단검을 높이 흔들며 험악하고 맹렬한 기세로 걸어가는 자를 3, 4피트 거리까지 쫓아갔는데, 그 순간 그 사람은 벨벳으로 둘러싸인 방의 끝자락에 도착해 있었고 거기서 갑자기 몸을 돌려 뒤쫓아 오는 공과 서로를 노려보았다. 날카로운 비명소리가 들렸다. —단검이 번쩍 빛나며 검은 카펫 위로 떨어졌고, 뒤이어서 프로스페로 공도 역시 그 위로 쓰러져 숨을 거뒀다. 향연에 심취해 있던 자들 중 한 무리가 절망적인 용기를 짜내, 검은 방으로 미친 듯이 달려들어 가장을 한 인물—흑단의 시계 뒤에 꼼짝도 하지 않고 서 있는 커다란 인물—을 붙잡아 그의 수의와 죽음의 가면을 거칠게 벗겨내고 보니 놀랍게도 안에는 손에 잡힐 만한 모습이 없었으며, 그 말로 표현하기 힘든 공포 때문에 그들은 소리도 지르지 못하고 그저 숨을 헐떡일 뿐이었다.

이제 '적사병'이 침입해 왔음을 모든 사람들이 알 수 있었다. 그것은 밤손님처럼 잠입해 들어온 것이었다. 향연에 참석했던 사람들은 한 사람 또 한 사람 피로 물든 환락의 전당의 바닥에 쓰러져 그 절망적인 자세 그대로 숨을 거둬갔다. 그리고 흑단으로 만든 시계의 명맥도 활발함에 들떠 있던 사람 중 마지막 사람이 숨을 거둠과 동시에 끊어져버리고 말았다. 삼각대의 횃불도 꺼졌다. 이제는 암흑과 황폐와 '적사병'만이 모든 것들 위에서 무한한 지배권을 휘두르고 있을 뿐이었다.

함정과 진자

신을 두려워하지 않는 고문자들, 죄 없는 자의 피에 굶주려
여기서 오랫동안 광기 어린 짓을 해왔다.
지금 나라에 평화가 있고, 공포의 동굴은 더 이상 없으며,
죽음이 있었던 곳에, 삶과 평안함이 있다. (파리 시 자코뱅 클럽 하우스 유적에 건설될 시
장의 문에 새기기 위해 만들어진 4행시)

지쳐 있었다. ─오랫동안의 고문에 시달려 죽을 만큼 지쳐 있었
다. 그리고 드디어 속박에서 벗어나 앉아도 좋다는 승낙을 받았을
때는 의식이 희미해져가는 것을 느꼈다. 선고─무시무시한 죽음
의 선고─가 귀에 도달한 마지막 명료한 음성이었다. 그 후, 이단
심문관들의 목소리는 꿈속에서 들려오는 날갯짓 소리처럼 불명료
한 소리로 융해되어갔다. 그것이 마음속에 회전이라는 생각을 떠
오르게 했다. ─물레방아가 돌아가는 소리에서부터 연상된 듯했
다. 하지만 그것도 한순간의 일. 잠시 후부터는 아무런 소리도 들
리지 않았다. 그래도 한동안은 사물을 볼 수 있었다. ─하지만 얼
마나 과장되게 보였는지! 검은 옷을 두르고 있는 심문관들의 입술
이 보였다. 입술은 하얗게 보였다. ─지금 글씨를 쓰고 있는 이 종
이보다도 더 하얗게. ─그리고 그로테스크할 정도로 얇았다. 완고

─흔들리지 않는 의지 ─인간의 고통에 대한 잔혹한 냉소를 극도로 나타내는 얇음. 내게 있어서는 '운명' 그 자체인 선고가 여전히 그 입술을 통해서 흘러나오는 것이 보였다. 죽음을 선고하는 말을 한 뒤 입술이 일그러지는 것이 보였다. 입술이 내 이름의 음절을 형성하는 것이 보였다. 나는 몸을 떨었다. ─음성이 들려오지 않았기 때문이었다. 공포에 정신이 이상해져버린 듯 짧은 시간 동안 방의 벽을 덮고 있는, 흑단으로 만들어진 벽걸이용 융단이 천천히 눈에 띄지도 않을 정도로 희미하게 물결치는 것이 보였다. 그런 다음 탁상 위의 기다란 촛불로 시선을 향했다. 처음 그것은 자비심 깊은 모습을 띠고 있어, 나를 구해줄 희고 다정한 천사처럼 보였다. 그런데 다음 순간, 갑자기 맹렬한 구역질이 나를 엄습, 축전기의 전선에 닿기라도 한 것처럼 전신의 근육 하나하나가 경련을 일으켰고, 천사들의 모습은 순식간에 불꽃으로 타오르는 머리를 가진 정체를 알 수 없는 요괴로 모습을 바꿨는데 그런 괴물들로부터는 어떤 구원도 기대할 수 없으리라는 사실을 깨달을 수 있었다. 그러자 무덤에는 감미로운 휴식이 있을 것임에 틀림없다는 생각이 말로 표현하기 어려운 음악의 선율처럼 뇌리로 스며들었다. 그것은 참으로 부드럽고 참으로 은밀하게 침입해 들어왔기 때문에 그것을 확실하게 인지하기까지 상당한 시간이 걸린 듯했다. 그런데 그것을 확실하게 인지하고 기쁨을 느낀 순간, 마치 마법처럼 심문관들의 모습이 눈앞에서 사라져버렸다. 기다란 초는 허무 속으로 잠겨들었고 불꽃도 사라졌다. 뒤이어 칠흑 같은 암흑이 주위를 지배했다. 모든 감각은 저승으로 떨어지는 영혼처럼 나락의 밑바닥으로

그대로 처박혀 들어갔다. 이제는 침묵과 정숙과 암흑의 우주만이 있을 뿐.

　나는 기절했었다. 하지만 모든 의식을 잃었었다고는 말할 수 없다. 어떤 의식이 남아 있었는지를 특정 짓거나 설명할 마음은 없다. 어쨌든 모든 것을 잃었던 것은 아니었다. 제 아무리 깊은 잠에 빠져 있을 때라도 ─착란 속에 빠져 있을 때라도 ─기절했을 때라도 ─죽어서 무덤 속으로 들어갔을 때조차도 ─모든 것을 잃는 것은 아니다. 그렇지 않다면 인간에게 있어서 불멸이란 있을 수 없다. 한없이 깊은 잠에서 깨어날 때 우리는 꿈의 얇은 비단과도 같은 무엇인가를 깨는 것이다. 단 그것을 깬 후, (그 얇은 비단은 참으로 덧없는 것이기 때문에) 우리는 꿈을 꾸고 있었다는 사실조차도 잊어버리고 만다. 실신상태에서 제정신으로 돌아오려면 두 가지 단계를 거쳐야 한다. 첫 번째는 심적 내지 영적인 지각 단계. 두 번째는 육체적 지각 단계. 이 두 번째 단계에 달했을 때, 첫 번째 단계의 인상을 기억해낼 수 있다면 그 인상은 저 멀리 심연의 기억을 확실하게 보여줄 것이다. 그렇다면 그 심연이란 ─대체 무엇일까? 하다못해 심연의 환상과 무덤의 환상을 우리는 어떻게 구별하면 좋겠는가? 그런데 지금 내가 첫 번째 단계라 칭했던 상태의 인상을 의식적으로 불러낼 수는 없지만, 오랜 시간이 흐른 뒤에 부르지도 않았는데 인상이 제멋대로 우리를 찾아와, 어디에서 온 것인지 우리를 의심에 빠지게 만드는 경우가 있지 않은가? 정신을 잃어버려본 적이 없는 사람은 불타오르는 석탄의 불꽃으로 둘러싸인 신비한 궁전이나 묘하게 알 듯 모를 듯한 얼굴을 본 적이 없었을 것이며, 대부분의 사람들에게는 보이지 않는 슬픈 환상이 공중에 떠다니는 것을 본 적도 없었을 것이다. 그리고 아주 진귀한 꽃의 향기에 도취되어 깊이 생각에 잠기거나, 예전에는 아무런 흥미도 갖고 있지 않았던 선율의 의미에 미쳐버릴 듯이 빠져버린 경우도 없었을 것이다.

기억해내려고 거듭해서 사고를 집중하고 있는 동안 —또한 내 영혼이 떨어져버린 의사적(擬似的)허무상태에 대해서 어떤 단서를 잡아야겠다고 필사적으로 몸부림을 치는 동안 —드디어 그것에 성공한 것처럼 느껴지는 순간이 찾아왔다. 짧은, 아주 일순에 지나지 않았지만 나중에 명석한 이성으로 검증을 해보아도 당시의 의사적 실신상태에만 관계가 있는 것이라고 판단되는 기억을 불러일으킬 수 있었던 것이다. 그 그림자 같은 기억이 희미하게나마 이야기한 바에 의하면 키가 커다란 무리들이 내 몸을 들어올려 묵묵히 밑으로 —밑으로 —더욱 밑으로 옮겨, 결국에는 끝없는 하강이라는 생각만이 머리에 떠올라 불쾌한 현기증에 휩싸이게 되었던 것이다. 그리고 그 기억이 계속해서 알려준 바에 의하면 나는 막연한 공포를 마음에 품고 있었는데 그것은 부자연스러울 정도의 마음속 평정 때문이었다. 다음으로 모든 것들의 갑작스러운 정지라는 느낌이 나를 엄습했다. 마치 나를 옮기던 녀석들(그 얼마나 혐오스러운 일행이었던가!)이 정신없이 내려가는 동안 무한 하강의 한계를 넘어서버려, 그 노고에 지쳐 정지해버린 듯한 느낌이었다. 그 뒤로 기억하는 것은 평탄함과 눅눅함이었다. 나머지는 전부 광기 —금지된 것들 사이를 뛰어다니는 기억의 착란뿐.

그러다 한순간에 움직임과 소리를 의식할 수 있게 되었다. —격렬한 심장의 움직임이 느껴졌으며, 귓속으로 그것이 고동하는 소리가 들려왔다. 그리고 공허함 그 자체인 정지. 그리고 다시 소리와 움직임에 대한 감촉 —간질이는 듯한 감각이 전신에 스며들었다. 그리고 사고를 수반하지 않는, 그저 존재하고 있을 뿐이라는 감각 —그런 상태가 오랫동안 계속되었다. 그러다 갑자기 다시 한 번 사고, 온몸의 털이 곤두설 것 같은 공포, 자신의 참된 상태를 알려고 하는 절실한 몸부림. 그리고 무의식상태로 되돌아가고 싶다는 강렬한 소망. 그리고 다시 의식의 급속한 회복, 움직여보려는 시도의 성공. 그리고 심문, 심문관들, 칠흑 같은 벽걸이용 융단, 선고, 구역질, 잃었던 기억의 완전한 회복. 그리고 다시 그 후에 일어난 모든 것에 대한 —후일 필사의 노력으로 막연하게 떠올릴 수 있게 된 모든 것들에 대한— 완전한 망각.

이때까지는 눈을 감은 채였다. 속박에서 풀린 채 천장을 향해 눕혀졌다는 사실만은 알고 있었다. 손을 뻗어보니 뭔가 눅눅하고 딱딱한 것 위에 손이 툭하고 떨어졌다. 몇 분 동안 손을 그곳에 올려놓은 채 지금 내가 어디에, 어떤 상태에 있는지를 상상해보았다. 시력을 사용하고 싶다는 생각이 들기는 했지만 그럴 만한 용기가 없었다. 주위의 사물에 첫 번째 시선을 던지기가 두려웠다. 무시무시한 사물을 보는 것이 두려운 것이 아니었다. 볼 것이 아무것도 없을지도 모른다는 사실이 두려웠던 것이다. 그래도 결국에는 절망적인 기분으로, 될 대로 되라는 기분으로 눈을 떴다. 그러자 내가 예상하고 있었던 최악의 사태가 그대로 펼쳐졌다. 영원한 암야의 어둠이 나를 둘러싸고 있었다. 숨을 쉬려고 헐떡였다. 짙은 어둠이 나를 압박해와 질식하는 것이 아닐까 의심이 들 정도였다. 견딜 수 없을 정도로 공기가 무거웠다. 그대로 움직이지 않은 채 이성의 작용을 되살리려, 재판과정을 떠올려보고 지금 내가 놓인 참된 입장을 연역해보려 했다. 선고는 이미 끝났다. 그러나 그로부터 상당한 시간이 흐른 듯한 느낌이었다. 하지만 내가 정말로 죽어버린 것이라고는 단 한순간도 생각지 않았다. 그런 상정은 이야기 속에서는 흔히 등장하는 것이지만 생존의 실제와는 완전히 모순되는 것이다. 그렇다면 나는 어디에, 어떤 상태로 생존해 있는 것일까? 사형선고를 받은 사람들은 대부분 화형에 처해진다는 사실은 이미 잘 알고 있었고 실제로 내 재판이 행해졌던 날 밤에도 그것이 집행되었다. 그렇다면 나는 지하 감옥에 다시 구속되었고, 여기서 다음 사형집행이 있을 때까지 몇 개월 동안을 기다리고 있었다는 말인가? 그것이 있을 수 없는 일이라는 사실을 바로 알 수 있었다. 사태는 희생자를 급하게 요구하고 있었다. 그리고 내가 수감되었던 지하 감옥은 톨레도의 모든 사형수 옥사가 그렇듯이 사면이 전부 돌이었으며 빛이 완전히 차단된 것은 아니었다.

두려운 생각에 피가 갑자기 치솟아 심장으로 역류하는 듯했으며 다시 한동안 기억을 잃었다. 의식이 돌아오자 나는 온몸을 부들부들 떨면서 자리에서 일어났다. 팔을 사방으로 휘둘러보았다. 손에 닿는 것은 아무것도 없었다. 하지만 단 한 걸음도 움직일 생각은 없었다. 무덤의 벽에 발길이 막히기기는 싫었기 때문이었다. 모든 모공에서 땀이 배어나왔으며 차가운 알갱이가 되어 이마에 얼어붙었다. 그러다 결국에는 극도의 긴장감에서 오는 고통을 견디지 못하고 두 팔을 벌려 균형을 유지하면서 제 아무리 희미한 빛이라도 놓치지 않겠다는 듯 눈이 튀어나올 정도로 힘을 줘가면서 조심스럽게 전진하기 시작했다. 하지만 오로지 암흑과 공허만이 있을 뿐이었다. 숨 쉬기가 편안해졌다. 내 운명이 적어도 최악의 것은 아니라는 사실이 명백해졌다.

계속 주의를 기울여서 전진하고 있는데, 수많은 톨레도의 공포에 관한 막연한 소문 중 하나가 문득 뇌리에 떠올랐다. 지하 감옥에 관한 기괴한 이야기가 떠돌고 있었다. ―평소에는 그저 지어낸 이야기에 지나지 않는다며 무시를 해버렸지만 ―기괴한 이야기임에는 틀림없는 사실이었으며, 막상 말을 하려고 하면 너무나도 무서운 생각이 들었기 때문에 조그만 목소리로 밖에는 이야기할 수가 없었다. 암흑의 지하세계에서 굶어죽게 되는 걸까? 아니면 더욱 무시무시한 다른 운명이 기다리고 있는 것일까? 어쨌든 심문관들의 정체를 속속들이 잘 알고 있는 내게 있어 결국에는 죽음이 기다리고 있으며, 그것도 평범한 죽음이 아닌 고통을 수반하는 죽음일 것이라는 사실은 의문의 여지가 없는 것이었다. 나의 마음을 점령하고 괴롭히는 것은 오직 그 방법과 시기였다.

드디어 앞으로 내밀고 있던 손에 무엇인가 딱딱한 것이 닿았다. 그것은 벽인 듯했으며 아무래도 돌로 만들어진 것 같았다. ―아주 매끄럽고 눅눅하고 차가웠다. 벽을 따라서 걸었다. 수많은 옛날얘기를 알고 있던 나는 아주 의심이 많아졌기 때문에 더할 나위 없이 신중하게 발걸음을 옮겼다. 하지만 이 방법은 지하 감옥의 길이나 폭을 확인하는 데 그다지 도움이 되지 않았다. 벽은 사방이 완전히 똑같이 만들어져 있는 듯, 한 바퀴 돌아 출발점으로 돌아와도 출발점에 돌아왔다는 사실을 알 방법이 없었기 때문이었다. 그래서 나는 이단 심문소의 법정으로 끌려갈 때 주머니에 숨겨두었던 나이프를 찾아보았지만 찾을 수가 없었다. 거친 서지로 만든 옷으로 갈아입혀진 상태였다. 나이프 날을 돌 틈에 끼워 그것으로 출발점을 표시할 생각이었던 것이다. 처음에는 머릿속이 혼란스러웠기 때문에 이 난관은 극복하기 어려운 것이라고 여겨졌지만, 사실은 그렇게 어려운 문제도 아니었다. 수감복의 일부를 찢어 그것을 길게 늘인 다음 벽과 직각이 되게 놓았다. 더듬더듬 걸어 이 감옥을 한 바퀴 돌고나면 그 헝겊조각에 부딪치게 될 것이다. 적어도 나는 그렇게 생각했다. 하지만 지하 감옥의 크기, 내 체력이 떨어진 정도까지는 계산에 넣지 못했던 것이다. 바닥은 눅눅하고 미끌미끌했다. 한동안 비틀거리며 걸어가다 무엇인가에 부딪쳐 넘어져버리고 말았다. 극도의 피로감 때문에 일어나지도 못하고 쓰러져 있다가 그대로 잠들어버리고 말았다.

눈을 떠 한쪽 팔을 뻗어보니 옆에 한 덩이 빵과 물통이 놓여 있었다. 피로에 지쳐서 상황을 생각할 여유도 없이 일단 우걱우걱 먹고 마셨다. 그런 다음 다시 감옥 안을 돌기 시작, 온갖 고생 끝에 간신히 서지 천 조각이 있는 곳으로 되돌아올 수 있었다. 쓰러지기 전까지 52보를 걸었으며, 다시 48보를 걸어서 드디어 천 조각이 있는 곳에 도착한 것이었다. 그렇다면 전부해서 100보라는 얘기가 되니, 1야드를 2보라고 친다면 지하 감옥의 둘레는 50야드가 되는 셈이었다. 하지만 벽에는 요철 부분이 수없이 많았기 때문에 구덩이의 모양을 추측해내기란 불가능한 일이었다. 지금 구덩이라고 말했는데 그렇게 밖에는 달리 생각되지 않았다.

이와 같은 탐색에 특별히 목적이 있었던 것은 아니었다. ─희망을 걸고 있었던 것은 더 더욱 아니었다. 단지 막연한 호기심에 이끌려서 탐색을 계속했을 뿐이었다. 이번에는 벽에서 떠나 감옥을 횡단해보기로 결심했다. 처음에는 세심한 주의를 기울여가며 앞으로 전진했다. 바닥은 틀림없이 딱딱한 물질로 이루어진 듯했지만 미끌미끌해서 위험했다. 하지만 곧 용기를 내서 가능한 한 일직선으로 가로지를 수 있도록 신경을 쓰면서 힘차게 발을 내딛었다. 그 상태로 10∼12보 정도 걸어갔을 때, 옷에서 찢어낸 천 조각이 발에 걸려 엉기면서 그대로 엎어져버리고 말았다.

넘어진 직후에는 낭패감에 싸여서 일이 이상하게 돌아가고 있다는 사실을 바로 깨닫지 못했지만, 몇 초 동안 쓰러진 채 있다가 일이 이상하다는 사실을 깨달았다. 이렇게 된 것이다. ─턱은 감옥의 바닥에 닿아 있었는데 그것보다 낮은 위치에 있는 것 같은 입술과 얼굴의 윗부분에는 그 무엇도 닿지 않았다. 뿐만 아니라 이마는 차갑고 축축한 증기에 노출되어 있는 듯했으며, 부패한 곰팡이 특유의 냄새가 코를 찔렀다. 손을 내밀어보니 놀랍게도 내가 쓰러져 있는 곳은 원형으로 만들어진 함정의 테두리 부분이었는데 그때는 물론 그 크기를 알 수 없었다. 테두리 바로 밑, 돌이 쌓인 곳을 더 듬어보니 마침 조그만 돌멩이가 떨어져 나오기에 그것을 나락으로 떨어뜨려보았다. 몇 초 후 그것이 낙하하면서 깊은 구멍의 측면에 부딪쳐 생긴 반향이 들려오더니 곧 물에 떨어지는 음침한 소리가 들리고 뒤이어 커다란 반향이 이어졌다. 그와 동시에 머리 위에서 문을 서둘러 여닫을 때 나는 것과 비슷한 소리가 들리며 한 줄기 희미한 빛이 잠깐 암흑 속에서 반짝이더니 곧 사라져버렸다.

나를 위해서 준비된 운명이 어떤 것이었나를 확실히 깨달은 나는, 거기에서 벗어나게 해준 다행스러운 사고에 기분이 좋아졌다. 넘어지기 전에 한 발만 더 앞으로 내딛었다면 나는 이 세상에서 사라져버렸을 것이다. 지금 내가 면한 것과 같은 죽음은, 종교재판과 관련된 얘기에 나오는 죽음 중에서도 내가 가장 황당무계하다고 생각하고 있는 종류의 것이었다. 이단 심문의 잔학한 희생자는, 비참하기 짝이 없는 육체적 고통을 수반하는 죽음이나 음울하기 짝이 없는 정신적 고통을 수반하는 죽음 중 하나를 선택할 수밖에 없는 것이다. 내게 주어진 것은 후자의 것이었다. 끊임없이 계속되는 고통 때문에 신경이 극도로 쇠약해져서 자신의 목소리에조차도 겁을 먹을 정도가 되어 있었기 때문에, 어느 모로 보나 예정되어 있는 것과 같은 종류의 고문에 나는 안성맞춤의 소재가 되어 있었다.

손발을 부들부들 떨며 벽 쪽으로 슬금슬금 뒷걸음질쳤다. 우물에 떨어질 바에는 차라리 벽에 붙은 채로 죽어버리자고 결심을 한 것이었다. 지금 내 뇌리에는 지하 감옥 여기저기에 우물이 입을 쩍 벌리고 있는 것이 보였다. 다른 정신상태에 있었다면 그러한 심연 중 하나에 몸을 던져 이처럼 비참한 상태에 깨끗하게 마침표를 찍을 정도의 용기가 있었을지도 모르겠지만 당시의 나는 완전히 겁을 먹은 상태였다. 그리고 이러한 함정에 대해서 읽었던 내용이 머리에 들러붙어 떨어지려 하질 않았다. ─갑자기 생명을 빼앗는다는 것은 그들의 끔찍한 목적에 부합하는 것이 아니다.

정신이 흥분상태에 있었기 때문에 오랫동안 잠들 수 없었지만 결국에는 꾸벅꾸벅 졸고 말았다. 눈을 떠보니 이번에도 역시 먼저처럼 빵 한 덩어리와 물통 하나가 옆에 놓여 있었다. 타들어가는 듯한 갈증을 견디지 못하고 용기의 물을 단숨에 들이켰다. 약이 들어 있었음에 틀림없다. 마시는 순간 견딜 수 없는 수마가 엄습해왔다. 깊은 잠에 빠졌다. 죽음과도 같이 깊은 잠. 어느 정도 잠들어 있었는지는 알 수 없었지만 다시 눈을 떠보니 주위의 물건들이 보였다. 처음에는 어디서 들어오는 것인지 몰랐던 아름다운 인광과 같은 빛 때문에 커다란 감옥의 모습을 볼 수 있었다.

크기에 대해서 나는 커다란 오해를 하고 있었다. 벽의 둘레는 25야드를 넘지 않았다. 나는 몇 분 동안 그 문제로 상당한 고민을 했지만 그야말로 아무런 도움도 되지 않는 일이었다. 이처럼 무시무시한 상황에 처해 있는데 지하 감옥의 넓이 같은 것에 무슨 중요성이 있단 말인가? 하지만 나는 그와 같은 사소한 일에 이상한 흥미를 느꼈고 계측상의 오류를 범한 이유의 규명에 집착했다. 곧 진상이 밝혀졌다. 처음 탐색에서는 52보를 걷다가 쓰러졌다. 그때 이미 서지 천 조각의 한두 발 앞에 와 있었던 것임에 틀림없다. 즉, 구덩이를 거의 일주한 것이었다. 그런 다음 잠들었고, 눈을 떴고, 이번에는 반대편으로 돈 것임에 틀림없었다. 그래서 주위의 길이를 실제보다 배 가까이 길게 계산했던 것이리라. 혼란스러운 상태에 있었기 때문에 벽을 왼쪽에 두고 출발했음에도 불구하고 걷기를 마쳤을 때는 벽이 오른쪽에 있었다는 사실을 깨닫지 못했던 것이다.

감옥의 모양에 대해서도 잘못 알고 있었다. 손으로 더듬거리며 걸어가는 동안 여러 번 튀어나온 곳을 만났기 때문에 극히 불규칙한 형태일 것이라고 생각했다. 실신이나 최면에서 깨어난 사람에게 있어서 완벽한 어둠의 효과란 그렇게도 강렬한 것이다! 요철이란 곳곳에 있는 움푹 패인 곳에 지나지 않았다. 감옥의 모습은 대체로 사각형에 가까웠다. 석조라고만 생각하고 있었는데 사실은 철 혹은 그 외의 금속판으로 만들어져 있었고 그 접합부 내지는 연결부분이 움푹 패어 있었던 것이다. 그 금속성 둘레의 전면에는 수도승들의 사악한 미신이 만들어낸 온갖 종류의 무시무시하고 혐오스러운 그림들이 엉망으로 그려져 있었다. 해골과 같은 몸에 끔찍한 형상을 한 악귀를 비롯하여 무시무시한 괴물들의 모습이 벽면을 덮어 화면을 일그러트리고 있었다. 이처럼 이상한 형상을 한 것들의 윤곽은 상당히 뚜렷했지만 습기 때문인지 빛은 바래서 흐릿하게 보였다. 바닥도 주의해서 살펴보았는데 그것은 석조였다. 중앙에는 조금 전 그 아가리에서 간신히 벗어났던 원형의 함정이 커다란 입을 벌리고 있었다. 지하 감옥에서 구멍이 뚫린 곳이라고는 거기밖에 없었다.

이 모든 사실들을 막연하게 간파했지만 그것도 커다란 노력을 한 결과였다. 왜냐하면 잠들어 있는 동안에 내 육체적 입장이 눈에 띄게 변해버렸기 때문이었다. 지금 나는 천장을 향해서, 전신을 늘어트린 형태로 낮은 목제 평상과 같은 곳에 눕혀져 있다. 그리고 안장을 고정시키기 위해서 말의 배에 묶는 긴 끈과 같은 것으로 단단히 묶여 있었다. 끈이 손발과 몸을 칭칭 감고 있었기 때문에 자유롭게 움직일 수 있는 것은 머리뿐이었지만, 왼쪽 팔도 자유로워서 조금 고생을 하면 옆의 바닥 위에 놓여 있는 접시에서 음식물을 집어 먹는 정도의 일은 가능했다. 끔찍하게도 물통은 사라지고 없었다. 끔찍하다고 말했는데 견딜 수 없을 정도의 갈증으로 온몸이 타들어가는 것 같았기 때문이었다. 그런데 이 갈증을 자극하는 것이 바로 나를 박해하는 자들의 의도 같았다. —접시의 음식은 향신료가 들어간 고기였다.

시선을 위쪽으로 돌려 감옥의 천장을 살펴봤다. 그것은 머리보다 삼사십 피트 정도 위에 있었는데 주위의 벽과 똑같이 만들어져 있었다. 그 금속판 중 한 장에 그려져 있는 기묘한 그림에 나는 시선을 고정시켰다. 그것은 어디서나 흔히 볼 수 있는 '시간'의 그림이었는데 단 한 가지 다른 점은 커다란 낫 대신에 언뜻 보기에 오래된 시계에서 흔히 볼 수 있는 거대한 진자 같은 것을 손에 들고 있다는 것이었다. 그런데 그 기계의 모습에는 좀 더 주의해서 바라보지 않으면 안 된다는 생각이 들게 만드는 무엇인가가 있었다. 바로 위를 바라보면(그것은 내 바로 위에 위치해 있었다) 내게는 그것이 움직이고 있는 것처럼 보였다. 그러다 잠시 뒤, 내 기분 탓이 아니라는 사실을 알게 되었다. 그 진폭은 짧았으며 천천히 움직이고 있었다. 공포심에서라기보다는 오히려 호기심에서 그것을 몇 분 동안이나 바라보고 있었는데 곧 그 완만한 움직임을 관찰하는 것에도 싫증이 나서 시선을 방 안의 다른 곳으로 돌렸다. 조그만 소리에 끌려 바닥으로 시선을 돌리니 커다란 쥐 몇 마리가 바닥을 가로질러가는 것이 보였다. 녀석들은 오른 쪽으로 보이는 우물에서 기어나왔다. 지켜보고 있는 동안에도 쥐들은 고기의 냄새에 이끌려 무리지어 성급히, 눈을 반짝반짝 빛내며 우물에서 기어나왔다. 그 녀석들을 고기에 접근하지 못하도록 하는 것은 대단한 노력을 필요로 하는 일이었다.

30분, 아니 한 시간 정도 흐른 뒤였을까(그렇게 시간 같은 것에 신경 쓰고 있을 여유는 없었다), 시선을 다시 위쪽으로 돌렸다. 그때 본 것에는 놀라기도 했고 당황하기도 했다. 진자의 진폭이 1야드 정도 커져 있었다. 당연히 속도도 훨씬 더 빨라져 있었다. 하지만 그 중에서도 나를 가장 놀라게 한 것은 그것이 확실하게 하강하고 있다는 사실이었다. 가만히 주의해서 살펴보니 —어느 정도 놀랐는지에 대해서는 말할 필요도 없겠지만— 그 하단부는 초승달 모양의 번쩍번쩍 빛나는 동철이었는데 끝에서 끝까지의 길이는 거의 1피트. 뿔처럼 생긴 양쪽 끝은 위쪽으로 젖혀져 있었으며 하단부는 면도날처럼 예리하게 보였다. 그리고 면도칼처럼 묵직한 느낌을 주었는데 얇은 날 부분에서부터 점점 굵어져 견고하고 폭이 넓은 상부에 이어져 있었다. 그것이 놋쇠로 만들어진, 묵직해 보이는 봉에 연결되어 그 전체가 공중에서 흔들릴 때마다 슉, 슉 하며 바람을 가르는 소리를 냈다.

고문에 관해서는 가히 천재적이라고 할 수 있는 악한 성직자들이 궁리에 궁리를 거듭한 끝에 나를 위해서 준비한 운명에 대해서는 더 이상 의문의 여지가 없었다. 함정이 있다는 사실을 내가 알게 되었다는 것을 심문소 사람들도 알고 있었던 것이다. —함정, 그 공포는 나와 같은 불굴의 전향 거부자를 위해서 마련된 것이었다. —함정, 그것이야말로 지옥의 전형, 형벌의 극치라고 세상에 알려진 것이었다. 떨어지지 않았던 것은 완전히 우연의 일치였지만, 의표를 찌르거나 고문의 덫에 걸리게 하는 것이 이와 같은 지하 감옥에서의 기괴한 처형의 중요한 부분을 이루고 있다는 사실을 나는 잘 알고 있었다. 떨어트리는 것에 실패를 했기 때문에, 심연으로 던져 넣는 것은 악귀들의 계획에서 제외되었으며 그렇게 해서 좀 더 평온한 다른 파멸이 나를 기다리게 된 것이었다. 평온한! 이런 말을 이런 상황에서 사용할 생각을 다 하다니 스스로도 감탄해서 고통스럽기는 했지만 고소를 금할 수 없었다.

강철의 날이 날렵하게 왕복하는 횟수를 세어보았다. 죽음보다도 더 길고 긴 공포의 시간에 대해서 이야기한들 무슨 소용이 있겠는가? 1인치, 1인치 —1라인(1인치의 12분의 1 — 역주), 1라인 —몇 년의 시간이 흘러야 간신히 알 수 있을 정도의 느린 속도로 —조금씩, 조금씩 내려왔다! 며칠이 지나 —아니, 더 많은 날들이 지났을지도 모른다— 그것은 드디어 내 코앞에까지 내려와 그 자극적인 숨결을 내게 쏟아 부었다. 예리한 강철의 금속 냄새가 코를 찔렀다. 나는 빌었다. —하늘도 싫증을 낼 만큼 빌었다. —좀 더 빨리 내려오게 해달라고. 그러는 사이 미쳐버린 것인지, 무시무시한 초승달 모양의 칼이 통과하는 부분에 일부러 몸을 다져다 대려고 필사적으로 몸부림을 쳐봤다. 그러다가 다시 냉정을 되찾아, 마치 신기한 장난감을 눈앞에 둔 어린아이처럼 번쩍번쩍 빛나는 죽음의 도구를 향해 미소를 지었다.

그리고 다시 한동안 완전히 의식을 잃었다. 짧은 시간 동안이었다. 의식을 회복했을 때 진자는 알아볼 수 있을 정도로는 내려와 있지 않았다. 하지만 상당한 시간이 흘렀던 것일지도 몰랐다. ─왜냐하면, 기절했다는 사실을 알고 자기 마음대로 진자의 움직임을 멈추게 할 수 있는 악당이 있다는 사실을 확실하게 알고 있었기 때문이었다. 그 사실에 장기간의 단식이 풀렸을 때와 같이 지독한 ─ 아, 비할 데 없이 지독한 ─불쾌감과 무력감을 느꼈다. 그와 같은 고문 속에서도 인간은 음식물을 찾는 법이다. 괴로운 노력 끝에 왼쪽 팔을 움직일 수 있는 범위 내에서 최대한으로 뻗어 쥐들이 먹다 남긴 아주 조그만 부스러기를 손에 넣었다. 그것을 한 옴큼 입에 넣는 순간 막연한 기쁨 ─ 희망이 가슴속에서 피어올랐다. 내게 희망이 무슨 소용 있단 말인가? 미리 말해두겠는데 막연한 미완의 생각인 것이다. ─인간은 종종 그와 같은 미완의 생각을 품는 법이다. 그것이 기쁨에 대한 ─희망에 대한 생각이라고 느끼기는 했지만 모습을 갖추기 전에 소멸했다는 사실도 역시 느낄 수 있었다. 나는 그것을 완성시키려고 ─되돌리려고 했지만 헛수고였다. 오랫동안의 고뇌 때문에 정상적인 사고능력이 위축되어 있었기 때문이었다. 나는 무능력자 ─백치였던 것이다.

진자는 몸에 대해서 직각으로 흔들리고 있었다. 초승달처럼 생긴 칼이 심장 부근을 지나도록 설치되었다는 사실도 알게 되었다. 그것이 서지로 만든 상의를 스쳐갔다. ─그것이 되돌아오고 다시 같은 움직임을 반복했다. ─몇 번이고 ─몇 번이고. 진폭은 매우 컸으며(30피트는 족히 넘었다), 그것이 바람을 가르며 내려오고 있는 기세는 주위의 철로 만들어진 벽까지도 잘라낼 듯했지만 몇 분 동안 그것이 한 일이라고는 기껏해야 상의를 스쳐지나가는 것뿐이었다. 나는 거기서 생각을 멈췄다. 아니, 앞일을 생각할 용기가 없었다. 거기서 생각을 완전히 멈춘 뒤 그 점에 대해서 집요할 정도로 주의를 기울였다. —마치 그렇게 하면 강철로 만들어진 칼이 내려오는 것을 여기서 멈출 수 있기라도 하다는 듯이. 초승달 모양의 칼이 의복을 스치고 지날 때의 소리에 대해서 —헝겊의 마찰이 신경에 전해주는 특수한 오한에 대해서 생각해보았다. 이처럼 덧없는 일에 대해서 억지로 생각하고 있는 동안 이가 뿌리 채 들려버릴 것 같은 불쾌감에 휩싸였다.

내려온다. —틀림없이, 조금씩, 조금씩, 그것은 내려오고 있다. 나는 그것이 내려오는 속도와 수평이동 속도를 비교, 검토해보는 일에 미칠 것 같은 기쁨을 느꼈다. 오른쪽으로 —왼쪽으로 —멀리, 저 너머로 —악마와도 같은 소리를 올리는 움직임과 호랑이처럼 은밀하게 심장을 향해서 조금씩 다가오는 움직임을! 하나의 관념이 강해지면 웃음을 터트렸고, 또 다른 하나의 관념이 강해지면 소리를 질렀다.

내려온다. —틀림없이, 무정하게, 그것은 내려오고 있었다! 그것은 가슴에서 3인치도 떨어지지 않은 곳에서 흔들리고 있다! 왼쪽 손을 자유롭게 하려고 격렬하게 —난폭하게 —몸부림쳤다. 왼쪽 팔은 팔꿈치에서 손가지가 자유로울 뿐이었다. 손은 한편에 있는 접시에서 입까지만 간신히 움직일 수 있었을 뿐, 그 이외의 움직임은 불가능했다. 팔꿈치 윗부분의 끈을 자를 수만 있다면 진자에 들러붙어 그 움직임을 멈추려 했을 것이다. 하지만 그것은 두 손으로 눈사태를 막으려는 것과 같이 무모한 행동일 것이다!

내려온다. ─쉬지 않고 여전히. ─피할 수도 없이 그것은 내려오고 있다! 진자가 한 번 스쳐갈 때마다 헐떡이고 몸부림을 쳤다. 한 번 스쳐 지날 때마다 경련적으로 몸을 움츠렸다. 진자가 바깥쪽으로 그리고 위쪽으로 멀어져 가면 정말로 알 수 없는 절망적인 진지함으로 눈은 그것을 뒤쫓았고 목숨은 구함을 얻고 ─아! 말로 표현할 수 없는 구원이었다! ─그럴지도 몰랐지만 그것이 내려올 때에는 발작적으로 눈을 감았다. 그러면서도 진자가 아주 조금이라도 내려오면 그 번뜩이는 날카로운 도끼가 가슴에 박히는 것이 아닐까 생각하는 것만으로도 전신의 신경이 부들부들 떨려왔다. 신경을 떨게 만들고 온 몸을 위축되게 만든 것, ─그것은 희망이었다. 이단심문의 지하 감옥에서조차 사형수에게 속삭이는 희망─처형대 위에서 승리감에 젖어 있는 희망─이었다.

앞으로 열 번이나 열두 번 정도 진자가 왕복하면 강철의 날은 실제로 내 옷을 스칠 것임에 틀림없었다. 그런 생각이 들자 잘 갈아놓은 것처럼, 평온한 절망이 문득 마음속으로 찾아들었다. 몇 시간만에 ─아니, 며칠 만에 나는 생각했다. 그 순간 문득 머리에 떠오른 것은 나를 칭칭 감고 있는 끈 내지는 복대가 한 줄기라는 사실이었다. 나는 몇 가닥의 끈으로 묶여 있는 게 아니었다. 면도날처럼 예리한 초승달 모양의 칼이 끈의 어느 부분을 가로지르든 그것만으로도 끈은 끊어지고 왼손을 사용한다면 끈에서 몸을 해방시킬 수 있을 것이었다. 하지만 그 순간의 칼과의 거리가 공포로 다가올 것이다! 조금이라도 몸을 움직이면 치명적! 그리고 고문의 하수인들이 그와 같은 상황에 대비해 대책을 세워두지 않았다는 것이 말이나 되는 얘긴가? 내 가슴에 묶여 있는 끈이 진자가 지나는 길목에 위치하고 있지 말라는 법이 있단 말인가? 이와 같은 일말의, 그리고 마지막이라 생각되는 희망에 배반당할 것을 두려워하면서도 나는 가슴이 확실하게 보이는 곳까지 머리를 치켜들었다. 과연 복대는 나의 손발과 몸을 칭칭 감고 있었다. ─죽음의 초승달 모양의 칼이 지나는 길목 외에는 전부.

머리를 원래의 위치에 내려놓은 순간 뇌리에 번뜩인 것은, 앞서 언급한 그 구원이라는 관념의 나머지 절반이라고밖에 달리 표현할 길이 없는 것이었다. ─음식을 입으로 가져갔을 때 뇌리에 아주 막연하게 떠올랐을 뿐 형태는 띠고 있지 않았던 것의 절반이었다. 지금 그 사고의 전모가 드러난 것이었다. 희미해서 거의 제대로 된 것이라고, 명석한 것이라고는 말할 수는 없었지만 ─그래도 그것은 전체적인 모습을 갖추고 있었다. 곧 절망적인 용기를 짜내 그 생각을 실행에 옮기기 시작했다.

내가 누워 있던 평상 주위는 벌써 몇 시간째, 글자 그대로 쥐들의 천국이었다. 그들은 용감하고, 대담하고, 탐욕스럽게 ─빨간 눈을 반짝반짝 반짝이며 내가 몸을 움직일 수 없게 되자마자 먹이로 삼으려고 기다리고 있는 듯했다. '녀석들 우물에서는 어떤 것을 먹고 살았을까?' 라고 나는 생각했다.

쫓아내는 데 여러 가지로 고생을 하기는 했지만 녀석들은 접시에 담긴 것을 거의 대부분 먹어치우고 아주 조금밖에 남기지 않았다. 접시 부근에서 손을 상하좌우로 움직이고 있었지만 그것도 곧 타성이 되어 이 단조롭고 무의식적인 운동은 그 효과를 상실하고 말았다. 탐욕스러운 짐승들은 때때로 날카로운 이빨로 내 손가락을 물어뜯었다. 아직 남아 있던, 향신료가 첨가되고 기름진 고기 조각을 손이 닿는 곳 안에 있는 끈 여기저기에 신중하게 문지른 다음 손을 바닥으로 내려 가만히 숨을 죽인 채 누워 있었다.

탐욕스럽기 짝이 없는 동물들은 처음 이 변화—움직임의 멈춤—에 당혹감을 느끼고 두려움을 느낀 듯했다. 그들은 경계하며 뒷걸음질을 쳤고, 우물 속으로 도망간 녀석도 상당히 있었다. 하지만 그것도 한순간에 불과했다. 녀석들의 탐욕을 이용해야겠다는 생각은 멋지게 맞아 떨어졌다. 내가 움직이지 않는다는 사실을 알아차리자마자 녀석들 중 용감한 한두 마리가 평상 위로 뛰어올라 복대의 냄새를 맡기 시작했다. 그것이 총 공격의 신호탄인 듯했다. 우물에서부터 쥐들의 거대한 무리가 끊임없이 쏟아져 나왔다. 평상에 들러붙어 —그것을 타고 기어올라 몇 백 마리나 되는 무리들이 내 몸 위로 뛰어 올랐다. 진자의 규칙적인 움직임에 겁을 먹은 듯한 모습은 조금도 보이지 않았다. 그 움직임을 교묘하게 피하면서 기름을 바른 끈에 용감하게 들러붙었다. 녀석들은 나를 향해서 쇄도해와 — 내 위에 모여들어 점점 커다란 산을 이루기 시작했다. 녀석들은 목 부근에서 괴로운 듯 뒹굴었다. 그 차가운 입술은 내 입술을 원하고 있었다. 커다란 무리의 무게에 짓눌려 숨이 막힐 것 같았다. 말로 표현하기 힘든 혐오감이 가슴 속으로 퍼져갔으며, 묵직하고 축축한 싸늘함 때문에 심장은 얼어붙었다. 하지만 1분도 지나지 않아서 힘든 싸움은 끝날 것이었다. 끈이 느슨해져가는 것이 확실하게 느껴졌다. 이미 여러 군데가 끊어져 있는 것임에 틀림없었다. 초인적인 인내력을 발휘하여 나는 계속해서 가만히 기다렸다.

내 계산은 틀리지 않았다. ―참은 것도 헛수고는 아니었다. 드디어 자유로워졌다는 사실을 깨달았다. 끈은 토막이 나서 몸 아래로 늘어져 있었다. 하지만 진자의 날은 이미 가슴을 스쳐 지나고 있었다. 그것은 서지로 만들어진 죄수복을 잘랐고 아마포로 만든 속옷을 잘랐다. 그리고 진자가 두 번 더 흔들렸을 때, 날카로운 아픔이 신경 구석구석으로 퍼져갔다. 이미 탈출의 시간이 찾아온 것이었다. 손을 한 번 흔들자 나의 해방자들은 당황해서 도망치기 시작했다. 신중한 몸놀림으로 ―조심스럽게 몸을 옆으로 웅크려 천천히 ―끈의 속박에서 벗어나 초승달 모양의 칼이 닿지 않는 곳으로 몸을 옮겼다. 적어도 그때 나는 자유의 몸이었다.

자유! ―이단 심문소 속에서의 자유! 공포의 평상 위에서 감옥의 돌바닥으로 발을 내려놓는 순간, 감옥의 기계는 움직임을 완전히 멈추고 어떤 눈에 보이지 않는 힘에 의해서 천장 위로 들어올려지는 것이 보였다. 그것은 가슴에 와 닿는 교훈이었다. 나의 일거수일투족은 모두 감시되고 있는 것이었다. 이 무슨 자유인가? ―어떤 형식에 의한 고뇌의 죽음에서 벗어났나 싶었더니 죽음보다도 더욱 좋지 않은 또 다른 형식의 죽음이 나를 기다리고 있었던 것이었다. 그렇게 생각하면서도 나는 주위의 철로 만들어진 벽을 두려움에 넘친 눈으로 둘러보았다. 어떤 이상한 일이 ―처음에는 확실하지 않았지만 어떤 변화가 ―틀림없이 이 방에서 일어나고 있었다. 망연자실, 두려움에 떨면서 오랫동안 밑도 끝도 없는 망상에 빠져 있었다. 그러는 동안 독방을 비추고 있는 인광과도 같은 빛이 어디서 오는 것인지를 알 수 있었다. 벽은 바닥에서 완전히 떨어져 있는 것처럼 보였고 또 실제로도 그랬다. 그 틈을 들여다보려 했지만 헛수고였다.

들여다보기를 그만두고 자리에서 일어선 순간 방의 변화에 대한 비밀이 한순간에 밝혀졌다. 앞서도 말한 바와 같이 벽에 그려져 있는 그림의 윤곽은 상당히 선명했지만 색은 선명하지 못하고 흐릿했다. 그런데 지금은 그 색이 믿을 수 없을 정도로 강렬한 빛을 띠고 있었으며, 그 빛은 점점 더 강도를 더해갔기 때문에 요괴들의 변화하는 그림은 나보다 훨씬 더 둔감한 사람이라도 벌벌 떨게 만들 것임에 틀림없는 형상을 띠기 시작했다. 조금 전까지만 해도 흉악하고 처참한 빛을 띤 악귀들의 눈은 어디에서도 찾아볼 수 없었는데 기분 나쁜 불과 같은 빛을 담고서 사방팔방에서 나를 노려보고 있었다. 있을 수 없는 일이라고 생각하려 노력해봤지만 소용없는 일이었다.

있을 수 없다! ―숨을 들이 쉴 때마다 작열하는 철의 열기가 콧속을 찔렀다. 숨 막힐 것 같은 냄새가 감옥 안에 가득했다! 내 고뇌하는 모습을 응시하고 있는 수많은 눈은 더욱 빛을 더해가고 있다! 나는 헐떡였다! 숨을 쉬려고 헐떡였다! 나를 박해하는 자들의 의도는 이미 명백해졌다. ―아, 아! 이렇게 무자비할 수가! 아, 아! 극악무도한 악마들! 작열하는 철판에서 떨어져 감옥의 중앙으로 몸을 피했다. 불에 의한 절박한 죽음을 생각하자, 우물에 대한 차가운 관념이 향유처럼 편안함을 내 영혼에 가져다주었다. 나는 죽음의 테두리 곁으로 다가섰다. 집중해서 바닥을 들여다보았다. 작열하는 천장의 빛이 나락의 바닥을 비추고 있었다. 하지만 그 미쳐버릴 것 같은 순간, 나의 마음은 거기서 본 것의 의미를 이해하려 들지 않았다. 드디어 그것은 억지로 —강제로, 내 영혼으로 스며들어왔다. —벌벌 떨고 있는 이성에 들러붙은 것이었다. 아, 아! 무슨 말로 표현할 수 있을까? 아, 아! 이 엄청난 공포! 아, 아! 이 이외의 공포라면 그 어떤 공포라도 상관없다! 나는 높이 비명을 한 번 지르고 테두리에서 뒤로 펄쩍 뛰어 손으로 얼굴을 가리고 —울었다.

열은 가차 없이 높아지고 있었다. 나는 발작을 일으킨 간질병 환자처럼 몸을 떨며 다시 한 번 위를 올려다보았다. 감옥에서는 또 다른 변화의 조짐이 일기 시작했다. —그리고 이번의 변화는 명백한 형태를 가진 변화였다. 전번과 마찬가지로 무슨 일이 일어나고 있는 것인지 판단하고 이해하려 노력했지만 처음에는 뜻대로 되지 않았다. 하지만 망설이고 있을 시간이 없었다. 두 번이나 도망쳤다는 사실이 이단 심문소의 복수를 더욱 서두르게 만든 것이었다. 더 이상 '공포의 왕'과 장난을 치게 내버려두지는 않을 것이다. 지금까지 방은 사각형이었다. 철의 벽이 만드는 모퉁이의 두 각은 예각이었고 —따라서 다른 두 개의 모퉁이는 둔각이었다. 그 무시무시한 변화는 무거운 것이 구르는 듯한, 짐승이 울부짖는 듯한 소리와 함께 증대되었다. 한순간에 방의 모습은 마름모꼴로 변해버렸다.

하지만 변화는 거기서 멈추지 않았다. ─나 역시도 멈추기를 바라지도 않았으며, 그렇게 되리라 기대하지도 않았다. 가능하다면 저 작열하는 벽을 평화로운 가슴으로 품고 싶다고 생각했다. '죽음'이라고 나는 말했다. '어떤 죽음이라도 상관없어, 저 구멍 속에서 죽는 것만 아니라면!' 바보 같은 녀석! 함정으로 몰아넣는 것, 바로 그것이 불타오르는 철판의 목적이라는 사실을 모르겠단 말인가? 그 열을 견딜 수 있으리라고 생각하는 건가? 그 열에는 견딜 수 있다 하더라도 압력까지도 견딜 수 있다고 생각하는 건가? 마름모꼴은 더욱 평평해졌으며 그 신속함에 다른 것은 생각할 여유도 없었다. 마름모꼴의 중심, 즉 그것의 가장 넓은 부분은 커다란 입을 벌리고 있는 심연의 한가운데다. 나는 뒷걸음질쳤다. ─하지만 좁혀오는 벽은 나를 가차 없이 앞으로 몰아붙였다. 이제 견고한 감옥의 바닥에, 뜨거움에 몸부림치고 있는 나의 몸을 놓을 곳은 단 1인치도 남아 있지 않았다. 발버둥치기를 멈췄다. 내 고통 받는 영혼은 그저 하나의 기다란 마지막 절망의 외침이 되어 흘러갔을 뿐이다. 나는 함정 둘레에서 비틀거리는 나를 느꼈다. ─나는 시선을 돌렸다. ─

와자지껄한 사람들의 소리가 들린다! 수많은 트럼펫이 일제히 울려 퍼지는 소리가 들린다! 천둥이 치는 듯 으르르 거리는 소리가 들린다! 불의 벽이 급속하게 후퇴한다! 정신을 잃고 심연 속으로 떨어지려 하는 나의 팔을 누군가의 손이 잡았다. 그것은 라사르 장군의 손이었다. 프랑스군이 트레드에 입성한 것이었다. 이단 심문소는 그 적의 수중에 떨어진 것이었다.

아몬틸라도의 술통

　지금까지 포르투나토의 온갖 무례함은 관대하게 봐줬지만, 모욕만은 참을 수 없었기 때문에 복수를 맹세했다. 내 성격을 잘 알고 있는 분이라면 이미 짐작하셨겠지만 나는 협박처럼 들릴 만한 말은 하지 않았다. 하지만 보답만은 충분히 할 생각이었다. 그 점에 대해서는 이미 결정을 내렸다. ―그러나 이처럼 확실하게 마음에 결정을 내린 이상 절대로 위험한 다리를 건너서는 안 된다. 보복은 해도 처벌을 당해서는 안 된다. 보복한 자가 징벌을 받는다면 악을 바로잡았다고는 할 수 없을 것이다. 동시에 보복하는 사람이 지난 날 원수를 진 상대방에게 지금 이것이야말로 보복을 당하고 있는 것이라고 통감하게 만들지 못한다면 그것 역시 참된 복수라고 할 수는 없을 것이다.

　알아두시기 바라겠는데 언행 모든 면에서 나는 포르투나토에 대한 선의를 의심받을 만한 행동은 조금도 보이지 않았다. 예전과 다름없이 그의 앞에서는 언제나 웃음을 잃지 않았기 때문에 그 웃음이 지금은 포르투나토를 희생양으로 삼았을 때의 쾌감을 생각하며 짓는 만족의 웃음이라는 사실을 당사자는 전혀 깨닫지 못하고 있었다.

　포르투나토라는 사람 ―다른 점에 있어서는 존경을 받기도 하고 두려움의 대상이기조차 했지만 —딱 한 가지 약점이 있었다. 그것은 와인에 정통한 사람인 것처럼 행동한다는 것이었다. 대체로 이탈리아 사람들 중에서 무엇인가에 참으로 정통한 사람의 품격을 갖춘 사람은 거의 찾아보기 힘들다. 대부분의 경우, 이탈리아 사람의 정열은 시간과 장소에 적응하도록 조정되어 있다. —즉, 영국이나 오스트리아의 부자를 사기에 걸려들게 하는 데 아주 적합하게 생겨먹었다. 포르투나토도 다른 이탈리아 사람들과 마찬가지로 회화와 보석에 관해서는 엉터리였지만, 오래 된 와인에 있어서만은 굉장한 지식을 가지고 있었다. 그 점에 있어서는 나도 별반 다를 바가 없었다. 나도 이탈리아의 와인에 대해서만은 상당한 지식을 가지고 있었으며 기회가 있을 때마다 사들이는 편이었다.

어쨌든 그 포르투나토를 우연히 만난 것은 사육제의 계절이 한창 무르익던 때의 어느 저녁이었다. 상당히 많은 술을 마셨는지 극진한 친애의 정을 담아서 내게 먼저 말을 걸어왔다. 피에로 같은 복장을 하고 있었다. 줄무늬가 들어간 몸에 꼭 붙는 옷을 입고 머리에는 방울이 달린 뾰족한 모자를 쓰고 있었다. 나도 이 우연한 만남이 너무나도 기뻤기 때문에 꼭 쥔 상대방의 손을 두 번 다시 놓지 않겠다고 생각할 정도였다.

나는 말했다.

"포르투나토, 아주 잘 만났어. 자네 혈색 한번 좋구먼! 아무튼, 아몬틸라도라 불리는 커다란 술통을 하나 손에 넣었는데 그게 아무래도 조금 이상하단 말이야."

그가 말했다.

"뭐라고? 아몬틸라도라고? 큰 통이라고? 정말인가? 그것도 사육제가 한창인 이때에?"

내가 대답했다.

"나도 이상하다고 생각하고는 있어. 그런데 한심하게 들릴지도 모르겠지만 그 녀석에게 진짜 아몬틸라도 값에 맞먹는 돈을 지불했단 말이야. 자네에게 물어보지도 않고. 자네를 쉽게 찾을 수 있을 것 같지는 않았고, 좋은 물건을 놓치고 싶지도 않았기 때문에."

"아몬틸라도라고?"

"자신은 없어."

"아몬틸라도란 말인가?"

"아직은 확인을 해봐야 해."

"아몬틸라도라!"

"자네는 바쁠 것 같아서 루케시를 찾아가던 중이었어. 그걸 감정할 만한 사람이라고는 루케시밖에 없으니까. 루케시라면—."

"루케시는 아몬틸라도와 평범한 셰리도 구별하지 못한단 말이야."

"하지만 감정에 있어서만은 자네의 호적수라는 평판이던데."

"자, 어서 가세."

"어딜?"

"자네의 술 창고로."

"아니, 그럴 수는 없어. 자네의 호의를 이용할 수는 없지. 자네에게는 약속이 있지 않나? 루케시는—."

"약속 같은 건 없어. 자, 어서 가자고."

"아니, 안 되겠어. 약속은 그렇다 치더라도 감기가 지독한 것 같은데. 술 창고에는 습기가 많아. 초석이 가득하기도 하고."

"그런 건 아무래도 좋아, 가세. 감기가 뭐 그리 대단하다고. 아몬틸라도라고? 자네 속은 거야. 그리고 루케시는 아몬틸라도와 평범한 셰리도 구별하지 못한단 말이야."

이렇게 말하며 포르투나토는 나의 팔을 붙잡았다. 나는 검은 비단으로 만든 가면을 쓰고 외투로 몸을 감싼 채 그가 재촉하는 대로 우리 집을 향해 서둘러 걸었다.

집에는 아무도 없었다. 하인들은 1년에 한 번뿐인 축제를 구경하러 나갔다. 그들에게는, 아침까지 돌아오지 않겠다고 말한 뒤 집에서 한 발짝도 나가서는 안 된다고 엄명을 내렸다. 이렇게 말해두기만 하면 내가 나가자마자 녀석들이 바로 모습을 감추리라는 사실을 잘 알고 있었기 때문이었다.

나는 건물의 튀어나온 부분에 있는 대에서 횃불을 두 개 들어 하나를 포르투나토에게 건네주고 몇 개의 이어진 방을 지나 술 창고로 통하는 복도로 그를 안내했다. 뒤따라오는 손님에게 조심하라고 몇 번이나 말을 걸면서 구불구불하고 긴 계단을 내려갔다. 드디어 계단 밑으로 내려와 두 사람이 다다른 곳은 몬트레쇼 가 지하 무덤의 축축한 방이었다.

내 친구는 발걸음이 불안정했기 때문에 걸을 때마다 뼈에로 모자의 방울이 울렸다.

그가 말했다.

"술통은?"

내가 대답했다.

"좀 더 가야 해. 한번 살펴보게 토굴 벽에 거미줄 같이 하얀 것이 반짝이고 있지?"

포르투나토가 내 쪽으로 돌아서며 취기 때문에 촉촉하게 젖은 두 눈으로 내 눈을 가만히 바라보았다.

잠시 후에 그가 물었다.

"초석?"

내가 대답했다.

"초석이야. 기침을 시작한 지는 얼마나 됐지?"

"쿨럭! 쿨럭! 쿨럭! ―쿨럭! 쿨럭! 쿨럭! ―쿨럭! 쿨럭! 쿨럭! ―쿨럭! 쿨럭! 쿨럭! ―쿨럭! 쿨럭! 쿨럭!"

가엾은 내 친구는 한동안 대답도 하지 못했다.

"신경 쓸 거 없어."

그가 간신히 대답했다.

나는 엄격한 어조로 말했다.

"그만 돌아가세. 돌아가자고. 무엇보다도 건강이 제일이야. 자네는 돈도 있고 사람들로부터 존경도 받고 있고, 사랑도 받고 있어. 예전에는 나도 그랬지만 자네는 지금 행복하잖아. 세상에서 아끼는 사람이라고. 나 같은 건 아무래도 좋은 사람이야. 돌아가자. 병이 깊어져도 나는 책임을 질 수가 없어. 그리고 루케시가―."

그가 말했다.

"이제 그만! 기침 좀 하는 정도 가지고 수선은. 기침 정도로는 죽지 않아. 기침 정도로 죽어서야 말이나 되겠어."

내가 대답했다.

"그래—, 그래. 알았어. 나도 쓸데없이 자네를 겁줄 생각은 없어. 단, 조심하는 게 최고니까. 이 메독을 한 잔 마시면 습기를 이길 수 있을지 몰라."

그렇게 말한 나는 지면에 나란히 늘어서 있는 병을 하나 뽑아 뚜껑을 땄다.

"마시게."

와인을 내밀며 내가 말했다.

그는 빙그레 웃으며 입으로 가져갔다. 잠깐 그 동작을 멈춘 다음 친밀한 표정으로 내게 고개를 끄덕이자 모자의 방울이 딸랑하고 울렸다.

그가 말했다.

"이곳에 고이 잠들어 있는 사자들을 위해서 건배."

"그렇다면 나는 자네의 장수를 위해서 건배."

그는 다시 나의 팔을 잡고 걷기 시작했다.

그가 말했다.

"넓은 무덤이로군."

내가 대답했다.

"몬트레쇼 가는 유서 깊은 대가족이었으니까."

"가문(家紋)이 뭐였더라?"

"짙은 감색 바탕에 거대한 황금 인간의 발이 그려져 있고 그 발이 대가리를 쳐든 뱀을 짓밟고 있고 그 뱀의 이빨이 뒤꿈치를 물고 있는 그림이지."

"가훈은?"

"Nemo me impune lacessit. —나를 해하는 자에게 보복이
있으리라."

"그렇군!"

그가 말했다.

취기로 그의 눈은 반짝이고 있었으며, 머리의 방울은 끊임없이
울리고 있었다. 메독의 술기운이 돌기 시작, 내 머리도 열을 띠기
시작했다. 두 사람은 산더미처럼 쌓인 뼈가 벽을 형성하고 있으며,
크고 작은 술통이 나뒹굴고 있는 부근을 지나서 지하 묘지의 가장
깊은 곳에까지 이르렀다. 거기서 나는 다시 한 번 걸음을 멈추고
이번에는 힘껏 포르투나토의 팔을 잡았다. 그리고 말했다.

"초석이야! 보게 점점 더 늘어나고 있어. 이끼처럼 천장에 매달
려 있어. 지금 강 바닥의 밑까지 온 거야. 습기가 물방울이 돼서 뼈
위로 떨어지고 있어. 안 되겠어. 더 늦기 전에 돌아가세. 게다가 기
침이—."

"난 아무렇지도 않다니까. 자, 앞으로 나가세. 아, 그 전에 메독
을 한 잔 더."

나는 드 그라브주의 주둥이가 좁은 병을 깨서 그에게 건네주었
다. 포르투나토는 그것을 단숨에 들이켰다. 그의 눈은 강렬하게 번
뜩이고 있었다. 커다란 소리로 웃더니 뭔지 알 수 없는 몸짓으로
병을 높이 집어던졌다.

나는 깜짝 놀라 그를 바라보았다. 그는 그 동작을 반복했다. —

그 그로테스크한 동작을.

그가 말했다.

"뭔지 모르겠나?"

내가 대답했다.

"모르겠어."

"그렇다면 자네는 회원이 아니야."

"무슨 소리지?"

"석공조합의 회원이 아니라는 말이야."

내가 대답했다.

"아니 회원이야. 회원이라고."

"자네가? 정말? 회원이란 말인가?"

내가 대답했다.

"회원이고말고."

"표식은?"

"이거야."

이렇게 말하며 나는 외투의 끝자락에서 흙손을 꺼내 보였다.

"농담하지 마."

그는 이렇게 외치며 두어 걸음 뒤로 물러났다. 그리고 계속해서 말했다.

"어쨌든 아몬틸라도가 있는 곳으로 가세."

"그러세."

나는 흙손을 외투 속에 집어넣은 뒤 다시 그에게 팔을 내밀었다. 그는 힘없이 내게 몸을 기댔다. 다시 아몬틸라도 탐색을 위해 길을 떠났다. 우리는 낮은 아치를 지나고, 내려가고, 전진하고, 다시 내려가 깊은 지하 토굴에 도착했다. 그곳은 공기가 고여 있었기 때문에 횃불은 타오르지 못하고 빛만 발할 뿐이었다.

이 토굴 끝으로 약간 조그만 토굴이 하나 더 보였다. 원래 그곳 사면의 벽에는, 파리의 지하 무덤처럼 사람의 뼈들이 천장까지 싸여 있었지만 지금 사람의 뼈가 쌓여 있는 곳은 세 개의 벽뿐이었으며 나머지 한쪽 벽에 있던 뼈는 허물어져 지면에 어지럽게 흩어져 있었다. 단, 한 군데 뼈가 상당히 높이 쌓여 있는 곳이 있었다. 이처럼 뼈가 치워져 드러나게 된 곳의 내부의 더욱 깊은 곳으로 깊이 4피트, 폭 3피트, 높이 6, 7피트 정도 되는 토굴이 보였다. 그것 자체는 특별한 용도가 있어서 지어진 것이 아니라 이 지하 무덤의 지붕을 지탱하는 두 개의 거대한 기둥과 기둥 사이에서 우연하게 형성된 공간인 듯, 그 끝에 있는 벽으로는 지하 무덤을 둘러싸고 있는 견고한 화강암이 겹쳐져 있었다.

포르투나토가 희미해진 횃불을 들어 그 토굴의 안을 들여다보려 했지만 소용없는 일이었다. 약한 불빛으로는 도저히 끝까지 볼 수가 없었다.

내가 말했다.

"자, 안으로 들어가세. 아몬틸라도는 여기에 있어. 루케시는—."

"녀석은 무식해."

친구는 내 말을 끊고 비틀거리는 걸음으로 앞장을 섰고 나는 그의 뒤를 따랐다. 포르투나토는 잠시 후 토굴의 끝에 이르렀는데 바위로 앞길이 막힌 것을 보고 당황한 듯 멍한 표정을 지어보였다. 때를 놓치지 않고 나는 그를 화강암 벽에 묶어버렸다. 벽의 표면에는 U자형 못 두 개가 2피트·정도 사이를 두고 나란히 박혀 있었다. 그 한쪽에는 짧은 사슬이 다른 한쪽에는 자물쇠가 달려 있었다. 그 사슬을 그의 허리에 감아 자물쇠를 채워버리는 일은 단 1, 2초 만에 끝났다. 의표를 찔린 포르투나토는 아무런 저항도 하지 못했다. 나는 열쇠를 뺀 뒤 토굴에서 나왔다.

내가 말했다.

"손으로 벽을 문질러보게. 틀림없이 초석이 만져질 거야. 정말 지독한 습기지? 다시 한 번 돌아와 달라고 사정을 해보게. 싫다고? 그럼 그냥 두고 가는 수밖에 없겠군. 그래도 가능한 한 최선을 다해 보살펴주기는 하겠네."

아직 놀라움에서 깨어나지 못했는지 포르투나토는 소리를 질렀다.

"아몬틸라도!"

내가 대답했다.

"이거야 말로 아몬틸라도지!"

이렇게 말하며 조금 전에 말했던 뼈 더미 속을 어지럽게 파헤쳤다. 뼈를 파헤치자 그 안에서 건축용 돌과 회반죽이 나왔다. 이들 자재와 흙손의 도움을 얻어, 나는 맹렬한 기세로 토굴의 입구를 막는 작업에 착수했다.

첫 번째 단을 쌓는 일이 끝날 무렵쯤 해서 포르투나토의 취기도 상당히 가셨다는 사실을 깨달을 수 있었다. 그 첫 번째 조짐은 토굴 끝에서 들려온 낮은 신음소리였다. 그것은 더 이상 취한 자의 신음소리가 아니었다. 그 뒤 오랫동안 무거운 침묵이 이어졌다. 나는 2단, 3단, 4단을 쌓아나갔다. 그 순간 사슬이 심하게 흔들리는 소리가 들렸다. 소리는 몇 분 동안이나 계속되었다. 그 사이 나는 소리를 마음껏 감상하기 위해서 일손을 멈추고 뼈 위에 앉았다. 잠시 후, 사슬을 흔드는 소리가 그치자 나는 다시 흙손을 들고 5단, 6단, 7단까지 돌을 단번에 쌓아올렸다. 벽은 이미 내 가슴께까지 도달할 정도의 높이가 되어 있었다. 거기서 나는 다시 일손을 쉬고 벽 너머로 횃불을 들어 올려 몇 줄기 빛을 안쪽에 있는 사내에게 던져주었다.

갑자기 높다란 비명소리가 사슬에 묶인 사내의 목에서 튀어나와 나도 모르게 겁을 먹었다. 한순간 망설였고 —겁을 먹었다. 칼집에서 검을 뽑아 토굴 안에 찔러 넣고 마구 휘둘러대다 바로 생각을 고쳐먹었다. 나는 지하 무덤의 견고한 벽에 손을 얹어보고 마음을 놓았다. 다시 벽 쪽으로 다가가 포르투나토가 아우성치며 떠들어대는 소리에 답을 했다. 나는 소리를 지르기도 하고 —그의 말에 수긍을 하기도 했는데 성량에 있어서나 기백에 있어서나 내가 훨씬 더 위에 있었다.

한밤중이 되어 일도 거의 끝나가고 있었다. 8단, 9단, 10단은 이미 오래 전에 쌓아올렸다. 마지막 11단도 일부를 마쳤고 이제 남은 것이라고는 돌을 하나 끼워 넣고 회반죽을 바르는 것뿐이었다. 돌의 무게를 견디면서 그것을 예정했던 장소에 끼워 넣는 순간, 토굴 안쪽에서 낮은 웃음소리가 들려왔는데 그 오싹한 소리에 머리카락이 곤두서는 듯한 느낌이었다. 그 뒤를 이어서 자부심 강한 포르투나토의 목소리라고는 도무지 생각되지 않는 가엾은 목소리가 들려왔다. 그 목소리가 말했다.

"하! 하! 하! ─히! 히! 아주 재미있는 장난이야. ─아주 즐거운 얘깃거리야. 집으로 돌아가서 맘껏 웃으며 얘기하자고. ─히! 히! 히! ─와인을 마시면서. ─히! 히! 히!"

내가 말했다.

"아몬틸라도를 마시면서."

"히! 히! 히! ─히! 히! 히! ─그래 맞아, 아몬틸라도를 마시며. 그런데 너무 늦지 않았나? 집에서 사람들이 기다리고 있을 텐데. 포르투나토 부인을 비롯한 모든 사람들이. 이제 그만 돌아가세."

내가 말했다.

"그래, 이제 돌아가세."

"제발 부탁일세, 몬트레쇼."

나는 대답했다.

"그래, 후생을 위해서도!"

그런데 이번에는 대답도 들리지 않았다. 나는 더 이상 기다릴 수가 없어서 소리를 질렀다.

"포르투나토!"

대답이 없었다. 나는 다시 외쳤다.

"포르투나토!"

여전히 대답은 없었다. 나는 나머지 틈으로 횃불을 찔러 넣어 안쪽으로 떨어트렸다. 거기에 답한 것은 방울소리뿐이었다. 울컥 화가 치밀어 올랐다. ─지하 무덤의 습기 때문이었다. 나는 일을 서둘러 마무리 지었다. 돌을 정해진 곳에 끼워 넣은 뒤, 회반죽을 바르고 새로 만들어진 벽 앞에 뼈를 쌓아올려 예전과 같은 벽을 만들었다. 그로부터 반세기 동안, 이 벽에 손을 댄 사람은 아무도 없었다. **In pace requiescat!** ─편안히 잠들라!

모르그 가(街)의 살인

사이렌(그리스 신화. 반인반조(半人半鳥)의 바다 요정. 아름다운 노랫소리로 뱃사람들을 홀렸다고 한다. – 역주)들이 어떤 노래를 불렀는지, 혹은 아킬레스가 여자들 사이로 몸을 숨겼을 때 어떤 이름을 사용했었는지, 어려운 문제이기는 하지만 추측이 전혀 불가능한 것은 아니다. (토머스 브라운 경)

분석적이라고 일컬어지고 있는 정신기능, 그것 자체에 대한 분석은 거의 불가능한 법이다. 그것이 거두는 효과를 통해서 그 정체를 추측해내는 것 외에는 달리 방법이 없다. 그에 대해서 매우 뚜렷한 사실 중 하나는, 뛰어난 분석력을 가진 사람에게는 그것이 언제나 생생한 기쁨의 원천이 된다는 사실이다. 뛰어난 체력을 가진 사람이 육체적 능력을 자랑하며 근육을 움직이는 일에 기쁨을 느끼는 것처럼 뛰어난 분석력을 가진 사람은 해명이라는 정신적 활동을 찬양하는 법이다. 뛰어난 분석력을 가진 사람은 그 능력을 발휘할 수만 있다면 그것이 제아무리 사소한 일이라 할지라도 거기서 기쁨을 느낀다. 그는 수수께끼, 난문, 암호를 좋아하며 그것을 해명할 때마다 번뜩이는 천성을 발휘하기 때문에 평범한 사람들에게는 그것이 신비하게 여겨지는 법이다. 그가 내리는 결론은 논리적인 방법의 진수만을 발휘하여 얻어진 것임에도 불구하고 언뜻 보기에는 직관에 의해 얻어진 것처럼 보이기 때문이다.

분석적인 능력이 수학적 연구, 특히 그 부문의 최고라 할 수 있는 해석학에 의해서 크게 빛을 보게 되는 경우도 있다. 하지만 그것이 역행조작을 활용하고 있다는 이유만으로 아주 당연하다는 듯이 분석이라는 이름을 마음껏 사용하고 있는데 이는 부당한 일이다. 계산이 그대로 분석이 될 수는 없는 법이다. 체스를 두는 사람은 계산을 한다. 하지만 분석하려 들지는 않는다. 따라서 체스를 두는 것이 지능 발달에 유용하다는 논의에는 커다란 의심을 품지 않을 수 없다. 그렇다고 해서 내가 한 편의 논문을 쓰겠다는 생각을 가지고 있는 것은 아니다. 단지 조금 기괴한 이야기를 시작하기에 앞서 어리석은 의견 한 조각을 그저 생각나는 대로 피력해보고 싶은 것뿐이다. 다시 얘기로 돌아가자면, 내가 하고 싶은 말은 최고의 지력을 유효하고 유익하게 이용할 필요가 있다는 점에 있어서는 복잡하고 질질 시간을 끄는 체스보다, 언뜻 단순해 보이지만 체커가 훨씬 더 위에 있다는 사실이다. 체스에서는 말들이 제 각각 달라서 나름대로 움직이는 방법이 있고 말의 격도 제 각각 다르며 변화하기도 한다. 그것은 그저 복잡하기만 할 뿐인데 (보기 드문 오류는 아니지만) 심원한 것이라고 착각하는 경우가 많다. 체스에서 주의력이 중요한 것은 사실이다. 한순간이라도 주의력이 흐트러지면 수를 놓쳐 커다란 손해를 입거나 큰 실수를 범하게 된다. 말들의 움직임이 복잡하기 때문에 수를 놓칠 가능성도 더욱 커진다. 따라서 이기는 것은 대체로 주의력이 있는 사람이지 명석한 사람이 아니다. 하지만 체커에서는 말의 움직임이 단순하고 변칙적인 움직임이 거의 없기 때문에 수를 놓칠 가능성이 거의 없어 단순한 주의력은 그다지 문제가 되지 않는다. 따라서 명석한 쪽이 더 유리하다. 이야기를 조금 더 구체적으로 해보겠다. 체커에서 말이 왕 4개만 남았다고 하자. 그렇게 되면 수를 놓치게 되는 경우는 없어져버리기 때문에 승패는 (두는 두 사람의 실력이 거의 비슷하다면) 누가 의표를 찌르는 움직임을 보이느냐, 즉 누가 지력을 더욱 강하게 발휘하느냐에 따라 갈리게 될 것이 뻔하다. 어떤 수단을 동원해도 통하지 않기 때문에 분석가는 상대방의 마음속으로 뛰어들어 그것과 하나가 되고, 그렇게 하여 종종 한순간에 천하제일의 묘수(그것이 때로는 아주 하찮은 수로 보일 때도 있지만)를 발견해 상대방의 실책이나 오산을 유발한다.

그런데 휘스트(둘씩 짝을 지어 넷이 하는 카드놀이 - 역주)는 계산능력에 좋은 영향을 주는 것으로 알려져왔다. 최고의 지성을 가진 사람조차도 체스는 재미없다고 경멸하면서도 휘스트에는 이해할 수 없을 정도로 빠져버리는 경우를 흔히 볼 수 있다. 그렇다, 그런 종류 중에서 휘스트만큼 분석능력이 요구되는 것도 없다. 세계에서 체스를 가장 잘 두는 사람은 고작해야 세계에서 체스를 가장 잘 두는 사람에 불과할 것이다. 하지만 휘스트에 능숙하다는 것은 지(知)와 지가 격렬한 경쟁을 벌이는 훨씬 더 중요한 다른 인간 활동의 모든 분야에서도 성공할 수 있는 능력을 갖추고 있다는 것을 의미한다. 여기서 말하는 능숙함이란, 게임에 있어서의 완벽성을 뜻하는 것으로 그 완벽성에는 정당한 이점을 얻는 급소를 낱낱이 알고 있다는 자질도 포함된다. 그러한 급소는 숫자도 많고 형태도 제 각각이며 평범한 사색의 힘으로는 도저히 도달할 수 없는 사고의 깊은 곳에 숨어 있는 것이 보통이다. 빈틈없이 관찰한다는 것은 뚜렷하게 기억한다는 것이다. 여기까지는 체스를 두는 사람 중에서도 주의력이 깊은 사람이라면 휘스트에서도 상당한 실력을 발휘할 것이며, 호일의 법칙도 (그것 자체가 게임의 단순한 구조에 기초를 둔 법칙이니) 누구나 충분히 이해할 수 있는 정도의 것이다. 따라서 보통은 기억력이 좋아야 하며 '법칙'에 따라서 게임을 진행하는 것이 게임을 능숙하게 진행하는 것의 요체가 된다. 하지만 분석가의 수완은 단순한 법칙을 뛰어넘은 차원에서 발휘된다. 그는 말없이 일련의 관찰과 추리를 한다. 그렇다면 획득된 정보의 폭에 차이가 생기는 이유는 추리의 정확함에 있는 것이 아니라 관찰의 질에 있다는 사실을 알 수 있다. 필요한 것은 무엇을 관찰해야 하는지를 알고 있는가 하는 것이다. 분석적 승부사는 자신을 한정하는 짓은 절대로 하지 않는다. 게임이 목적이라고 해서 게임 이외의 것에서의 연역을 거부하지도 않는다. 그는 같은 편의 얼굴을 음미하여 그것을 적이 된 두 사람의 얼굴과 면밀하게 비교하고 검토한다. 그는 각 사람들이 카드를 나누는 법을 주의 깊게 살피고, 각 사람들이 자신의 카드에 주는 눈길을 통해 어떤 것이 버리는 패이며 어떤 것이 승부를 띄우는 패인지를 읽어내는 경우가 흔히 있다. 게임 중에는 표정의 조그만 변화에도 신경을 써서 자신 있다는 듯한 표정, 놀라는 표정, 승리감에 젖은 표정, 안타까워하는 표정 등과 같은 차이점에서 사색의 재료를 수집한다. 카드를 잡는 모습을 통해, 그것을 잡은 사람이 전과 똑같은 패들로 다시 한 번 승부수를 띄울지 어떨지를 판단한다. 카드를 테이블 위로 던지는 모습을 통해서 속임수를 간파해낸다. 문득 내던지는 빈말, 어쩌다 카드를 떨어트리거나 앞면이 보였을 때 당황하며 그것을 숨기려 하는지, 아무렇지도 않은 얼굴로 있는지, 내려놓는 카드를 세는 법, 그것을 내려놓는 순서, 당혹감, 망설임, 초조함, 주저 —이와 같은 모든 것들이 언뜻 보기에는 직관적으로 보이는 그의 지각력에 사태의 진상을 알려줄 실마리를 제공하는 것이다. 두어 번 차례가 돌면 그는 각 사람들이 가지고 있는 패를 완전히 꿰뚫어보기 때문에 그 다음부터는 마치 모든 사람들이 카드를 앞면이 보이도록 들고 있기라도 한 것처럼 절대로 지지 않는 수로 게임을 진행한다.

분석적 능력을 단순한 교묘함과 혼동해서는 안 된다. 분석가는 누구나 교묘하지만 교묘한 사람 중에서 분석력이 떨어지는 사람은 아주 흔히 볼 수 있기 때문이다. 일반적으로 교묘함은 구성하거나 결합하는 능력으로 표출되며 골상학자들은 (나는 잘못 된 것이라 생각하지만) 이것을 원시적 능력으로 보고 머리 이외의 다른 기관에서 그 유래를 찾으려 하는데, 틀림없이 그런 능력을 교묘함 이외에는 거의 백치에 가까운 지능을 가진 사람들에게서도 종종 찾아볼 수 있기 때문에 정신을 연구하는 사람들이 일제히 관심을 가져온 것은 사실이다. 교묘함과 분석능력의 차이는, 공상력과 상상력의 차이보다 훨씬 더 크지만 그 차이점의 성질은 매우 비슷하다. 알고 계시겠지만 교묘한 사람은 언제나 공상적이며 참으로 상상적인 사람은 언제나 분석적인 것이 사실이다.

독자들에게 있어서 지금부터 할 얘기는 앞서 말한 명제에 대한 일종의 주석처럼 들릴지도 모르겠다.

나는 **18xx**년 봄부터 초여름에 걸쳐서 파리에 머물고 있었는데 거기서 C.오귀스트 뒤팽 씨라는 사람을 알게 되었다. 이 젊은 신사는 좋은 집안, 아니 명문가 출신이었지만 계속되는 불운으로 몰락했고 그 때문에 타고난 의욕을 잃어 세상에서 활약해야겠다거나 가문을 다시 일으켜야겠다는 등의 마음을 완전히 잃게 되었다. 채권자들의 호의로 유산 중 일부가 아직 그의 명의로 남아 있었기 때문에 거기서 얻는 수입으로, 쓸데없는 사치는 단념한 채 오로지 근검한 생활을 하여 간신히 나날의 양식을 확보하고 있었다. 책이 그의 유일한 사치였는데 파리에서 책은 손쉽게 구할 수 있다.

몽마르트 가에 있는 이름도 없는 도서관에서 그와 처음으로 만났다. 우리는 똑같은 희귀본을 찾고 있었는데 그것이 계기가 되어 친분을 쌓게 되었다. 우리는 자주 만났다. 프랑스인들은 자신에 대한 이야기를 할 때면 아주 솔직해지는데, 그런 솔직함으로 그가 해준 그의 일가에 대한 이야기에 나는 깊은 흥미를 느꼈다. 그리고 그의 넓은 독서범위에 감탄을 했고, 특히 상상력의 분방한 열기, 자극적인 신선함에는 내 몸에도 불이 붙는 것 같은 느낌을 받았다. 당시 나는 어떤 물건을 구하기 위해 파리로 갔던 것인데 이와 같은 인물을 알게 된 것은 더할 나위 없이 가치 있는 일이라고 생각했으며 그 사실을 그에게도 솔직하게 밝혔다. 결국 우리는 내가 파리에 있는 동안 둘이서 함께 생활하기로 했다. 주머니 사정은 그래도 내가 나은 편이었기 때문에 집세와 가구를 장만하는데 드는 비용은 내가 내기로 하고 포부르 생 제르맹 부근의 한적하고 황량한 한쪽 구석에 있는, 금방이라도 무너질 것 같은 고색창연하고 을씨년스러운 집으로 어떤 사연이 있어서 오랫동안 사람이 살지 않았던 곳을 발견, 그것을 빌렸으며 가구는 두 사람이 공통으로 좋아하는 다소 몽환적이고 음울한 분위기에 맞춰 장만하기로 했다.

만약 이 집에서의 우리의 일상생활이 세상 사람들에게 알려졌다면 우리는 틀림없이 미친 사람 취급을 받았을 것이다. —그래도 남에게 해를 주지는 않는 미치광이라는 평을 들었을 테지만. 어쨌든 우리는 세상과의 연을 완전히 끊은 채 생활하고 있었다. 다른 사람은 절대로 끌어들이지 않았다. 나는 전부터 알고 지내던 사람에게도 이 집의 주소가 알려지지 않도록 충분히 주의했으며 뒤팽은 이미 오래 전부터 파리에서는 그의 소식을 들을 수가 없었다. 우리는 둘 만의 세계에서 생활하고 있었다.

밤이기에 밤에 매료된다는 것이 내 친구의 변덕스러운 공상벽(달리 뭐라고 부르면 좋단 말인가?)이었는데 나는 점점 그 변덕스러움에 물들어가 결국에는 그의 분방한 변덕에 완전한 포로가 되어버렸다. 밤의 여신에게 늘 함께 있어주기를 바랄 수는 없었지만 그 존재를 위조할 수는 있었다. 어둠이 희미하게 밝아오기 시작하면 우리는 이 낡은 건물의 무거운 덧문을 전부 내리고 촛불을 두 개 밝혔다. 초는 강한 향기와 아름답고 은은한 빛을 발하는 것을 주로 썼다. 이런 과정을 마친 다음 우리는 영혼을 몽환의 경계에서 놀게 했다. —읽고, 쓰고, 이야기를 했는데 그러는 동안에 어느덧 시계의 종소리가 진짜 밤이 찾아왔음을 알려주곤 했다. 그러면 우리는 팔짱을 끼고 서둘러 거리로 뛰어나가 낮에 했던 이야기를 계속하거나, 날이 샐 때까지 멀리 넓은 지역을 돌아다니거나, 이 대도회지의 아름다운 빛과 어둠이 교차하는 부근에서 조용한 관찰만이 가져다줄 수 있는 무한한 마음의 고양을 추구하곤 했다.

그럴 때마다 (그의 풍부한 상상력을 통해 이미 예상은 하고 있었지만) 뒤팽의 특이한 분석능력을 재인식하고 감탄을 금할 길이 없었다. 그리고 그는 그러한 능력을 ―과시하지는 않았지만― 활용하는 것에 기쁨을 느끼고 있는 듯했으며 그러한 기쁨을 주저함 없이 밝히곤 했다. 그는 키득키득 웃으며, 자신이 보기에 대부분의 사람들은 가슴에 창을 열어두고 있는 것처럼 보인다고 말하고 내 마음도 바로 꿰뚫어볼 수 있다고 밝힌 뒤 놀랄 만큼 구체적인 증거를 들어 자신의 주장을 증명해보이곤 했다. 그럴 때면 그는 냉담하기 짝이 없는 모습을 보였는데 마치 신 들린 사람 같았다. 눈에서는 표정이라는 것이 사라졌으며, 평소 낮게 울리던 목소리도 묘하게 들뜬 높은 목소리로 변했기 때문에 만약 그가 천천히 그리고 또박또박 말하지 않았다면 신경질을 부리고 있는 사람의 목소리로 들렸을 것이다. 이런 그의 모습을 바라볼 때면 나는 곧잘 고대 철학에서 주장했던 '이중 영혼설'을 떠올리며 창조적 뒤팽과 분석적 뒤팽 ―이라는 두 뒤팽을 상정해놓고 묘한 공상에 빠진 채 한순간을 즐기곤 했다.

미리 말해두겠는데 이런 말을 하기 시작했다고 해서 괴담을 이야기하거나 공상소설을 쓸 생각은 추호도 없다. 내가 이 프랑스인에 대해서 해온 이야기는 고양된 지성, 아니 차라리 병든 지성이라고 말하는 편이 정확할 지성이 어떤 증상을 보이는지에 대해서이며, 그럴 때 그가 어떤 성질의 것들을 입에 담는지에 대해서는 실례를 들어 설명하는 것이 가장 빠를 것이다.

어느 날 밤, 우리는 팔레 루와얄 부근에 있는 길게 일직선으로 뻗은 더러운 길을 걸어가고 있었다. 두 사람 모두 깊은 생각에 잠겨 있었기 때문에 적어도 15분 정도 서로 말을 주고받지 않았다. 그러다 뒤팽이 갑자기 입을 열었다.

"틀림없이 그는 몸집이 작은 사람이야. 그러니 차라리 희극 무대에나 더 잘 어울릴 거야."

"맞는 말이야."

나는 자신도 모르게 이렇게 대답했지만 (너무 깊이 생각에 잠겨 있었기 때문에) 상대방이 내 생각에 주파수를 완벽하게 맞췄다는 사실이 얼마나 놀라운 것인지를 깨닫지 못했다. 그러나 곧 제정신으로 돌아온 나는 깜짝 놀라지 않을 수 없었다.

나는 진지한 표정으로 말했다.

"뒤팽, 정말 뜻밖인 걸. 아니 놀랐다고 하는 편이 낫겠어. 내가 잘못 들은 건 아니겠지? 그걸 어떻게 알아낸 거지? 내가 생각하고 있던 게……."

여기서 나는 말을 끊었다. 내가 누구에 대해 생각하고 있었는지, 그가 진짜로 알고 있나 확인할 생각이었다.

그가 말했다.

"……샹틸리였지. 왜 말을 끊은 거지? 그렇게 키가 작아서야 비극에는 어울리지 않는다고 혼자 생각하고 있지 않았나?"

바로 그것이 내 사색의 주제였다. 샹틸리는 생 드니 가에서 구두

수선공으로 있다가 연극에 푹 빠져서 프레비용의 비극인 『크세르크세스』에 주역을 자청해서 출연했는데 노력에도 불구하고 욕만 들어먹고 있었다.

내가 다그치듯 말했다.

"어떻게 된 건지 말 좀 해보게. 그때 내가 무슨 생각을 하고 있었는지 자네는 그대로 읽어냈는데 방법이 있다면 그 방법을……."

솔직히 말하자면 나는 너무나도 놀란 나머지 그 사실을 자백할 마음이 조금도 들지 않았다.

뒤팽이 대답했다.

"과일장수 덕분이야. 덕분에 자네는 결론에 도달했지. 그 구두 수선공은 크세르크세스는 물론 그와 비슷한 다른 역할을 맡기에는 키가 작다고."

"과일장수라고? 전혀 뜻밖인 걸. 내가 아는 과일장수는 단 한 사람도 없다고!"

"이 거리로 접어들었을 때, 자네와 부딪친 사람 말일세. 그래 벌써 15분쯤 전의 일이군."

그러고 보니 커다란 사과 바구니를 머리에 인 과일장수가 나를 넘어뜨릴 뻔했던 적이 있었는데 그것은 Cxx 거리에서 이 거리로 막 접어들려 할 때의 일이었다. 하지만 그것이 샹틸리와 무슨 관계가 있다는 건지 나로서는 도무지 알 길이 없었다.

뒤팽에게서 사람을 속이려는 듯한 모습은 찾아볼 수 없었다. 그가 말했다.

"그럼 설명하도록 하지. 자네의 확실한 이해를 돕기 위해서 우선 내가 자네에게 말을 꺼낸 시점에서부터 문제의 과일장수와 부딪친 순간까지, 자네의 사고를 따라 거슬러 올라가보기로 하세. 대략적으로 말해서 자네는 이런 사고를 했네. 샹틸리, 오리온 별자리, 니콜스 박사, 에피쿠로스, 스테레오토미, 도로의 포석, 과일장수."

인생의 어떤 시기에 자신의 어떤 생각이 어떻게 거기까지 도달하게 된 것인지를 거꾸로 거슬러 올라가보는 일에 흥미를 느끼지 못한 사람은 아마 거의 없을 것이다. 그러한 작업에는 흥미로운 부분이 있으며, 그것을 처음 해보는 자는 그 출발점과 도달점 사이에 발생하는 무한한 것처럼 보이는 거리, 모순에 입이 떡 벌어질 정도로 놀라는 법이다. 그러니 이 프랑스인의 그와 같은 말을 듣고, 게다가 그의 말이 옳다는 사실을 인정하지 않을 수 없었으니 내가 얼마나 놀랐는지 쉽게 상상할 수 있을 것이다.

"내 기억이 정확하다면 **Cxx** 거리를 막 나서려던 찰나 우리는 말에 대한 이야기를 하고 있었어. 그게 우리가 마지막으로 삼은 화제였지. 이 거리에 들어선 순간 머리에 바구니를 인 과일장수가 우리 옆을 스치고 지나갔어. 그 때문에 자네는 도로용 포석을 쌓아놓은 곳으로 올라서게 됐어. 도로를 수리 중이었기 때문에 거기에 돌이 쌓여 있었던 거야. 자네는 그 중 흔들리는 돌을 밟고 미끄러져 발목을 조금 삐었기 때문에 아프다는 듯한, 불쾌하다는 듯한 표정으로 한두 마디 중얼거리며 쌓여 있는 돌을 바라본 뒤 다시 말없이 걷기 시작했어. 그렇다고 해서 내가 자네의 일거수일투족에 특별히 신경을 쓰고 있었던 건 아닐세. 요즘에는 관찰하는 것이, 뭐라고 해야 할까? 고질병처럼 되어버렸거든.

자네는 눈을 내리깐 채 걸었네. 포도의 구멍, 바큇자국 등을 기분 나쁘다는 듯이 힐끔힐끔 바라보고 있었고 (그래서 자네가 아직도 돌에 대한 생각을 하고 있다는 사실을 알 수 있었지) 우리는 이윽고 라마르틴이라는 이름의 조그만 길로 접어들었어. 그 길은 시험적으로 포석을 겹쳐서 고정시키는 포장방식이 채용된 곳이야. 그곳으로 접어들자 자네의 얼굴이 갑자기 밝아졌다네. 입술까지 움직였어. 그것을 보고 자네가 '스테레오토미'라고 중얼거렸다는 확신을 갖게 됐지. 그런 포장방식은 한껏 멋을 부려서 그런 이름으로 불리고 있으니까. 자네가 스테레오토미라고 중얼거리면서 원자(原子)를, 그리고 결국에는 에피쿠로스의 학설을 떠올리지 않을 리가 없다는 사실은 이미 알고 있었네. 바로 며칠 전에 이 문제로 자네와 이야기를 나눌 때 나는, 이 위대한 그리스인의 추측이 뜻밖에도 최근의 성운우주창조설과 일치하고 있음에도 불구하고 그다지 주목받지 못하고 있는 것은 이상한 일이라고 말했으니 자네가 오리온성좌의 그 대성운에 눈을 돌리지 않을 리 없다고 생각했고, 틀림없이 그래주기를 바랐어. 그랬더니 아니나 다를까 자네는 하늘을 올려다봤어. 거기서 나는 확신을 얻었지. 자네 사고의 궤적을 정확하게 따라가고 있다고. 그런데 어제 『뮈세』지에 실렸던, 샹틸리를 혹평한 기사에서 그 비난가 선생은 비극의 공연을 위해 이름을 바꾼 구두수선공의 행동을 비천한 것이라 빈정대며 라틴어 문구를 인용했어. 우리가 곧잘 화제로 삼곤 했던 그 구절일세. 바로 이 구절.

'첫 글자는 예전의 음을 잃었다.'

내가 가르쳐준 기억이 나는데 이는 예전의 우리온(urion)이 오리온(orion)이 된 것을 두고 한 말일세. 이에 대한 설명을 할 때 내가 아주 놀랄 만한 말을 했으니 자네가 잊었을 리 절대 없을 것이라 생각했어. 그렇다면 오리온과 샹틸리를 연결 짓지 않을 수 없었겠지. 실제로 자네가 그 두 가지 사실을 연결 지었다는 것을 자네 입술에 희미하게 떠오른 미소의 성질로 알 수 있었네. 자네는 그 구두수선공의 난점에 대해서 생각했어. 그 이전까지 자네는 몸을 웅크리고 걷고 있었어. 그런데 그 순간 갑자기 몸을 곧게 폈어. 바로 거기서 자네가 샹틸리의 키가 작다는 점을 생각하고 있다는 사실을 확실하게 알 수 있었지. 바로 그 순간이었네. 내가 자네의 명상을 깨고 들어가, 틀림없이 그는 몸집이 작은 사람이야. ─그 샹틸리는─ 그러니 차라리 희극 무대에나 더 잘 어울릴 거야, 라고 말한 건."

이런 일이 있은 지 얼마 지나지 않아서 『가제트 데 트리뷰노』의 석간을 보고 있는데 다음과 같은 기사가 우리의 주의를 끌었다.

「기괴한 살인사건 ─ 오늘 새벽 3시경, 생 로스 구의 주민들은 일련의 무시무시한 비명소리에 단잠에서 깨어났다. 비명은 모르그 가에 있는 레스파네 부인과 그녀의 딸인 카뮤 레스파네 양이 살고 있는 건물의 4층에서 흘러나온 듯하다. 이웃 주민 10명 정도가 경찰 두 명과 함께 통상적인 방법으로 건물 안으로 들어가려 했으나 허사라는 사실을 깨달았고 그 때문에 일이 번거로워지기는 했지만 쇠 지렛대로 문을 뜯고 안으로 들어갔다. 그 때 비명은 이미 멈춰 있었다. 그런데 일행이 1층에서 2층으로 계단을 뛰어 올라갈 때 싸움을 하고 있는 듯한 격렬한 목소리가 두어 번 확실하게 들려왔 는데 그것은 건물의 3층이나 4층 부근에서 들린 듯했다. 2층으로 올라섰을 때는 그 소리도 그쳤으며 주위는 정적에 감싸였다. 일행 은 각자 나눠서 각 방들을 살펴보았다. 4층 안쪽에 있는 커다란 방 에 가보니 (그 방의 문은 안쪽에서 잠겨 있었기 때문에 억지로 문 을 뜯어내고 안으로 들어갔는데) 처참한 광경이 펼쳐져 그곳에 있 던 사람들을 전율로 몰아넣었다.

  방 안은 어지럽기 짝이 없었다. ─가구가 부서져 파편이 주위에 가득 널려 있었다. 침대는 하나밖에 없었는데 거기에 있던 커버는 전부 벗겨져 침대 중앙에 내던져져 있었다. 의자 위에는 피범벅이 된 면도칼이 하나. 난로 위에는 인간의 회색 머리카락 뭉치가 두어 개 있었는데 여기에도 역시 피가 묻어 있어 머리에서 쥐어뜯긴 것 같다는 사실을 말해주었다. 나폴레옹 금화 4개, 토파즈 귀걸이 한 개, 큰 은수저 3개, 작은 양은 수저 3개, 금화 약 4천 프랑이 든 봉 투 2개 등이 바닥에 흩어져 있었다. 방 한쪽 구석에 있는 장롱의 서랍이 열려 있었는데 뒤진 흔적은 있었지만 아직도 많은 물품들 이 남아 있었다. 조그만 철제 금고가 침구(침대가 아니다) 밑에서 발견되었다. 뚜껑은 열려 있었으며 열쇠는 뚜껑에 꽂힌 그대로였 다. 그 안에 있던 것은 두어 통의 오래 된 편지와 그 외의 별로 중 요하지 않은 서류들뿐.

  레스파네 부인의 모습은 보이지 않았다. 그런데 난로에서 많은 양의 재가 발견되었으며 굴뚝을 조사한 결과 (기사로 쓰기에도 꺼림칙하지만) 머리를 밑으로 한 딸의 사체를 끄집어낼 수 있었다. 그런 모습으로 좁은 공간을 꽤 높은 곳까지 억지로 끌어올려진 듯했다. 몸은 그때까지도 따뜻했다. 조사해보니 몸에는 수많은 찰과상이 있었는데 그것은 끌어올리고, 끄집어내릴 때 생긴 것인 듯했다. 얼굴은 온통 찰과상투성이였고 목에는 시커먼 타박상과 깊은 손톱자국이 있었는데 그것으로 봐서 피해자는 교살당한 것처럼 보였다.

집 안을 구석구석 살펴보았지만 그 외에 발견된 것은 없었으며, 일행이 건물 뒤 돌이 깔린 정원으로 나가보니 거기에 노부인의 사체가 있었다. 목이 심하게 잘려 있었기 때문에 들어 올리려는 순간 머리가 바닥으로 떨어졌다. 머리는 물론 몸도 보기에 끔찍할 정도로 잘려 있었다. 특히 몸의 상태가 참혹해서 거의 원형을 알아볼 수 없을 정도였다.

아직까지 이 괴사건을 해결하는 데 도움이 될 만한 단서는 무엇하나 잡지 못했다.」

이튿날 아침, 조간은 다음과 같은 자세한 보도를 게재했다.

「모르그 가의 참극 - 이 이상하기 짝이 없는 흉악사건과 관련하여 (프랑스어의 사건을 나타내는 **affaire**라는 단어는 영어의 **affair**처럼 가벼운 뜻을 아직 가지고 있지 않았다) 수많은 참고인들이 취조를 받았지만 사건해명에 도움이 될 만한 단서는 무엇 하나 나오지 않았다. 다음은 주요 증언들의 전부다.

세탁을 맡아하고 있던 폴린 뒤부르라는 여자의 증언. 증인은 두 피해자와 3년 전부터 알고 지냈다. 3년이라는 기간 동안 세탁을 맡아 하고 있었기 때문이었다. 노부인과 딸의 사이는 좋았던 듯했다. —서로를 의지하고 있었다. 세탁비도 잘 지급해줬다. 살림살이나 수입원에 대해서는 잘 모른다. 생계를 위해서 L 부인은 점을 치고 있었던 것으로 생각된다. 돈을 모아두었다는 소문이 있다. 세탁물을 받으러 가거나 가져다주러 갔을 때 집에서 다른 사람을 본 적은 없었다. 하인을 고용한 것 같지도 않았다. 4층 이외에는 어디에도 가구는 없었던 듯하다.

담뱃가게 피에르 모로의 증언. 증인은 약 4년에 걸쳐서 소량의 담배와 코담배를 레스파네 부인에게 팔아왔다. 이 부근에서 태어나 이후 이곳에 정착. 노부인과 딸은 사체가 발견된 집에서 6년 넘게 살아왔다. 그 이전에는 보석상이 살고 있었는데 위층의 각 방들을 여러 사람들에게 다시 세를 주었다. 이 건물의 주인은 L 부인. 집을 빌린 사람이 다시 세를 놓은 것에 불만을 느껴 그녀는 자신이 여기서 살기로 하고 방은 누구에게도 세를 주지 않았다. 노부인에게는 천진난만한 면이 있었다. 6년 동안 증인이 딸을 본 것은 대여섯 번. 두 사람은 세상과의 관계를 완전히 끊은 채 살아가고 있었다. 부자라는 소문이 있었다. 동네사람들에게서 L 부인이 점을 치고 있다는 소리를 들은 적이 있지만 —그렇게 생각되지는 않는다. 노부인과 딸 이외에는, 운송업자가 한두 번, 의사가 여덟 번인가 열 번 정도 문으로 들어서는 것을 봤을 뿐이다.

이 외에도 많은 이웃들이 비슷한 증언을 했다. 이 집에 자주 드나들었던 사람은 아무도 없었다. L 부인과 딸의 가까운 친척이 생존해 있는지는 확인되지 않았다. 거리 쪽으로 난 창의 덧문이 열려 있는 경우는 거의 없었다. 건물 뒤쪽에 있는 창은 사건이 일어난 4층 구석방의 창 외에는 언제나 닫혀 있었다. 건물은 훌륭했으며 ─ 아직 그렇게 낡지 않았다.

경찰 이시도르 뮈제의 증언. 증인은 오전 3시경, 통보를 받고 그 집으로 달려갔는데 이삼십 명쯤 되는 사람들이 건물 입구에 모여 안으로 들어가려 했다. 결국에는 문을 총검으로 뜯어냈다. ─쇠 지렛대가 아니다. 문은 이중문, 혹은 여닫이문이라 불리는 것으로 위아래 모두 볼트가 걸려 있지 않았기 때문에 여는 데 크게 고생을 하지는 않았다. 비명은 문 안으로 들어서려는 순간까지도 계속 들려왔다. ─그런데 한순간 멈췄다. 비명은 한 사람(혹은 그 이상)이 고통에 몸부림치며 내는 소리 같았는데 ─날카롭게 꼬리를 길게 끄는 것으로 짧게 연속되는 것은 아니었다. 증인은 앞장서서 계단을 올랐다. 2층에 올라섰을 때 큰소리로 말다툼하는 두 개의 소리가 들려왔다. ─하나는 탁하고 낮은 목소리, 또 다른 하나는 아주 높고 ─어쨌든 기묘한 목소리. 탁하고 낮은 목소리는 알아들을 수 있었는데 프랑스어였다. 여자 목소리가 아니었던 것만은 틀림없는 사실. '이 녀석!', '제길' 하는 소리가 들렸다. 높은 목소리는 외국인의 것. 남자 목소리인지 여자 목소리인지 알 수 없었다. 내용도 알아들을 수 없었지만 스페인어인 듯했다. 방 및 사체의 상황에 대한 본 증인의 진술은 어제 보도한 바와 같다.

동네의 은 세공사 앙리 뒤발의 증언. 증인은 처음 건물로 들어섰던 일행 중 한 명. 뮈제의 증언을 거의 뒷받침하고 있다. 들어서자마자 문을 닫았다. 밤이었음에도 불구하고 금방 많은 사람들이 몰려들었기 때문에 그런 사람들을 막기 위해서였다. 이 증인의 의견에 의하면 높은 목소리는 이탈리아어. 프랑스어가 아니라고 확신. 남자의 목소리였다고는 단언할 수 없다. 여자 목소리였을지도 모른다. 이탈리아어에 대해서는 아는 바가 없다. 무슨 말인지는 알 수 없었지만 억양으로 봐서 이야기하고 있던 사람은 이탈리아인이었다고 확신하고 있다. L 부인과 딸과는 알고 지내던 사이로 두 사람과는 곧잘 이야기를 주고받았다. 높은 목소리가 두 피해자의 것이 아니었던 것만은 틀림없다.

　　요리점 주인 오덴 헤이머의 증언. 이 증인은 스스로 증언을 해주었다. 프랑스어를 몰랐기에 심문은 통역을 통해서 이루어졌다. 암스테르담 출생. 비명이 들렸을 때 집 옆을 지나가고 있었다. 비명은 몇 분 —약 10분 정도 계속 이어졌다. 크고 꼬리가 길었다. —온 몸의 털이 곤두설 것 같이 괴로워하는 소리. 건물 안으로 들어간 일행 중 한 명. 한 가지를 제외하고는 지금까지의 증언과 일치. 높은 목소리는 남자의 것이었으며 프랑스어라고 확신하고 있다는 점이 유일하게 다른 점. 무슨 말인지는 알아들을 수 없었다. 크고 빠른 소리로 —고저가 불분명한 소리— 화가 났기도 했지만 매우 겁을 먹은 듯한 목소리였다. 목소리는 매우 시끄러웠다. —높다기보다는 귀에 거슬리는 소리였다고 하는 편이 더 정확하다. 낮은 목소리는 '이 녀석!', '제길'을 몇 번이고 되풀이해서 말했으며 딱 한 번 '너무하잖아.' 라고 말했다.

　드롤렌 가 미뇨 부자은행(父子銀行) 총재 쥘레 미뇨의 증언. 아버지인 미뇨. 레스파네 부인에게는 다소간의 재산이 있었다. 8년 전 봄부터 거래를 시작했다. 소액을 자주 입금했다. 수표를 끊어간 적은 없었지만 죽기 3일 전, 그녀가 직접 와서 4천 프랑을 찾아갔다. 전액 금화로 지불했으며 은행원 한 명이 그 돈을 집까지 가져다주었다.

　미뇨 부자은행원 아돌프 르 봉의 증언. 당일 낮 12시, 증인은 4천 프랑이 든 두 개의 자루를 들고 레스파네 부인을 따라 그녀의 집까지 갔다. 문이 열리고 L 양이 모습을 드러내 그의 손에서 하나의 자루를 받아들었고 나머지 하나는 노부인이 받아들었다. 그는 거기서 인사를 하고 물러났다. 당시 거리에는 아무도 없었다. 골목길 ─한산한 거리였다.

　재단사 윌리엄 버드의 증언. 실내로 들어간 일행 중 한 명으로 영국인. 파리에 거주한 지 2년. 계단을 오를 때 선두에 섰던 사람 중 한 명. 문제의 목소리를 들었다. 낮고 거친 목소리는 프랑스인. 몇 마디 말은 알아들을 수 있었지만 전부를 기억하고 있지는 못하다. '제기랄', '너무하잖아.' 는 확실하게 들었다. 몇 사람이 뒤엉켜 싸우고 있는 듯한 소리가 들렸다. ─서로 잡아 뜯고 격투를 벌이는 듯한 소리. 높은 목소리는 매우 컸다. ─ 낮고 거친 목소리보다 훨씬 더 컸다. 영어가 아니었던 것만은 틀림없다. 독일어인 것 같았다. 여자 목소리였을지도 모른다. 독일어는 모른다.

　위의 네 증인이 다시 한 번 불려와 증언을 한 바에 의하면 일행이 도착했을 때 L 양의 사체가 발견된 방의 문은 안쪽에서 자물쇠가 걸려 있었다. 두 개의 방을 연결하는 문 중 하나는 닫혀 있었지만 자물쇠가 걸려 있지는 않았다. 앞쪽 방에서 복도로 통하는 문에는 자물쇠가 걸려 있었는데 안쪽에 열쇠가 꽂혀 있는 채였다. 건물 앞쪽의 4층 복도 끝에 있는 조그만 방의 문은 활짝 열려 있었다. 그 방에는 낡은 침구, 상자 등이 쌓여 있었다. 이런 물건들도 하나하나 밖으로 끌어내 조사를 해보았다. 신중한 조사가 행해지지 않은 곳은 집 안에 단 1인치도 없었다. 굴뚝은 굴뚝 청소도구를 안쪽으로 넣어 조사했다. 이 집은 4층 건물로 다락방이 연결되어 있었다. 다락방의 창문은 튼튼하게 못질이 되어 있었다. ─지난 몇 년 동안 열렸던 흔적이 없었다. 다투는 소리가 들린 이후부터 방문을 뜯어 열기까지 걸린 시간에 대한 증인들의 진술에는 조금씩 차이가 있었다. 어떤 사람은 3분이라고 했으며 ─어떤 사람은 5분이라고 했다. 문은 좀처럼 열리지 않았다.

장의사 알폰소 가르시오의 증언. 모르그 가에 살고 있다. 스페인 출생. 실내로 들어간 일행 중 한 명. 하지만 위층으로는 올라가지 않았다. 신경이 예민한 편이었기 때문에 흥분하면 좋지 않은 일이 일어날지도 모른다고 생각했기 때문. 싸우는 소리는 들었다. 낮고 거친 목소리는 프랑스인의 것이었다. 무슨 말을 하는지는 알아들을 수 없었다. 높은 목소리는 영국인의 목소리였다. ─여기에는 확신을 갖고 있다. 영어는 모르지만 억양을 통해서 그렇게 판단했다는 것.

과자점 주인 알베르토 폰타니의 증언. 앞장서서 계단을 오른 사람들 중 하나. 문제의 목소리는 들었다. 낮고 거친 목소리는 프랑스인의 목소리. 몇 마디는 무슨 말인지도 알아들을 수 있었다. 누군가를 달래는 듯한 느낌이었다. 높은 목소리는 무슨 뜻인지 알아들을 수 없었다. 빠른 어조로 높낮이가 심했다. 러시아어인 듯한 느낌. 대체적으로는 다른 증인들의 증언과 동일. 이탈리아인. 러시아인과 대화를 나눈 적은 없다.

몇몇 증인들이 다시 불려와 증언한 바에 의하면 4층의 각 방에 있는 모든 굴뚝은 매우 좁기 때문에 사람은 도저히 드나들 수 없다는 것. 앞서 말한 '굴뚝 청소도구'는 원통형의 굴뚝청소용 솔로 굴뚝청소부들이 사용하는 흔히 볼 수 있는 도구인데 그것을 집 안에 있는 모든 굴뚝에 넣어보았다. 일행이 계단을 오르는 동안 아래층으로 내려올 만한 다른 길은 없었다. 레스파네 양의 사체는 굴뚝 사이에 꼭 껴 있었는데 네댓 명이 한꺼번에 달려들어서야 간신히 꺼낼 수 있었다.

의사 폴 뒤마의 증언. 새벽녘 검시를 부탁한다는 청을 받았다. 유체는 두 구 모두, L 양의 사체가 발견되었던 방 침대의 매트 위에 안치되어 있었다. 딸의 사체에는 심한 타박상과 찰과상이 있었다. 굴뚝에 넣어졌다는 사실이 이러한 외견에 대한 충분한 설명이 된다. 목은 심하게 긁혀 있었다. 턱 바로 밑에는 아주 깊이 긁힌 상처가 몇 군데 있었으며, 몇몇 납빛 반점도 발견되었는데 이는 틀림없이 손가락으로 압박을 가할 때 생긴 상처였다. 얼굴빛이 현저하게 변해 있었으며 안구는 돌출되어 있었다. 혀의 일부에 씹힌 자국이 남아 있었다. 배꼽에 커다란 타박상이 있었는데 무릎의 강한 압박에 의해서 생긴 것으로 보인다. 뒤마 씨의 견해에 의하면 L 양은 한 사람 혹은 몇 사람에 의해서 교살되었다는 것. 어머니의 사체는 무참하게도 난도질당한 상태였다. 오른쪽 다리 및 오른쪽 팔의 뼈는 여러 군데 손상을 입었다. 왼쪽의 모든 갈비뼈 및 왼쪽 정강이 뼈는 금이 가 있었다. 전신에 타박상이 있었으며 변색되어 있었다. 가해방법은 단정할 수 없다. 묵직한 곤봉, 폭이 넓은 곤봉, 의자 — 이런 종류의 묵직하고 커다란 둔기가 완력 좋은 남자에 의해서 휘둘러졌을 경우 그런 결과가 날 가능성이 있다. 여자는 그 어떤 흉기로도 그와 같은 타박상을 남길 수는 없다. 피해자의 머리는 증인이 검시할 때 완전히 몸에서 떨어져나가 있었으며 심한 손상을 입은 상태였다. 목은 명백하게 예리한 도구에 의해서 잘려나간 것이었다. —도구는 아마도 면도칼인 것으로 추정된다.

외과의 알렉산드르 에티엔이 소환되어 뒤마 씨와 함께 검시에 참가했는데 그의 증언은 뒤마 씨의 견해를 뒷받침하고 있다.

그 외에도 몇몇 사람에 대한 심문이 행해졌지만 새로운 사실은 발견되지 않았다. 여러 가지 점에서 이처럼 베일에 휩싸여 있고 이해하기 힘든 살인사건이 파리에서 일어난 적은 없었다. —물론 살인이 행해졌다는 가정 하에서의 얘기지만. 이런 종류의 사건에서는 매우 보기 드물게 경찰까지도 두 손을 다 들어버린 상태. 하지만 단서가 될 만한 것은 아무것도 발견되지 않았다.」

같은 신문의 석간이 보도한 바에 의하면 생 로스 구는 아직도 소란에 휩싸여 있으며 문제의 그 집에 대한 면밀한 조사가 다시 한 번 행해졌고 새로운 증인이 불려왔지만 모든 것이 헛수고였다고 한다. 그리고 별도로 아돌프 르 봉의 체포, 수감 소식을 전하고 있었다. ―앞서 보도한 내용 이외에는 그를 범인으로 단정할 만한 어떤 단서도 없었음에도 불구하고.

뒤팽은 사건의 경위에 상당한 흥미를 느낀 듯했다. 이 사건에 대해서 그는 입을 다물고 있었기 때문에 그의 태도를 통해서 그렇게 판단할 수밖에 없었지만. 이 살인사건에 대한 나의 의견을 물어온 것은 르 봉의 수감이 발표된 이후였다.

이 사건을 이해하기 힘든 수수께끼로 보는 것은 나 역시도 다른 파리 시민들과 바를 바가 없었다고 하는 편이 옳을 것이다. 범인을 찾아낼 방법이 내게 있었던 것도 아니다.

뒤팽이 말했다.

"이런 외면적인 수사를 수사라고나 할 수 있겠어? 파리 경찰들 조금 더 영리한 줄 알았더니 가진 건 잔꾀뿐이로군. 그들의 수사절차에는 수사라고 할 만한 것이 거의 없어. 현장을 조사한 것밖에 없질 않은가? 그들은 방책이 어떻다는 등 떠들어대지만 늘 엉뚱한 짓만 골라 하니 그럴 때마다 나는 주르댕 선생이 실내복을 가져와 ―음악을 좀 더 잘 들을 수 있게, 라고 외쳤다는 이야기를 떠올린단 말이야. 물론 그들이 훌륭한 성과를 올리는 경우도 그리 없지는 않지. 하지만 대부분의 경우는 열심히 움직여서 거두는 성과에 불과하단 말이야. 열심히 움직여도 안 될 경우는 그들의 의도 자체가 헛수고가 되어버려. 예를 들어서 비독의 경우, 그는 직감력도 좋고 끈기도 있어. 하지만 사고를 훈련하지 않았기 때문에 면밀하게 조사할수록 오히려 실패를 했지. 그는 대상을 너무 가까이에서만 바라보았기 때문에 오히려 대상을 놓치기만 했네. 뭐, 한두 가지 점은 보통 사람들 이상으로 잘 볼 수 있었겠지. 하지만 그러는 동안, 아주 당연한 얘기겠지만, 전체의 모습을 잃어버리게 된단 말이야. 너무 깊이까지 읽으려 드는 경향이 있단 말이야. 하지만 진리가 언제나 우물 깊은 곳에 있으란 법은 없네. 실제로 중요한 지식에 대해서 말해보자면, 진리는 언제나 뜻밖에도 피상적인 곳에 있다고 생각하네. 심원한 것은 우리가 진리를 찾고 있는 계곡에 있지, 산의 정상에 있는 것은 아니지만 진리가 발견되는 것은 산의 정상에서야. 이런 종류의 오류의 원인에 대해서는 천체관측을 예로 들면 쉽게 알 수 있을 거야. 별을 힐끗 바라보는 방법이 ―즉 (중심보다도 약한 빛에 민감한) 망막 가장자리를 별로 향하게 하여 흘겨보듯 보는 방법이― 별의 빛을 포착할 수 있는 가장 좋은 방법이지. 빛이란 그것에 눈을 똑바로 가져가는 숫자에 비례해서 오히려 보이지 않게 되는 법이야. 실제로 눈에 들어오는 빛의 양은 눈을 그것에 똑바로 향했을 때 가장 많이 들어오지만, 곁눈질로 바라보는 경우가 지각의 섬세함, 민감함에 있어서는 더 위에 있거든. 깊이 있게 읽는 것도 어느 정도껏 해야지 도를 지나치면 오히려 사고를 흐리고 사고력을 약하게 할 뿐이야. 따라서 너무 오랫동안, 너무 집중적으로, 그리고 너무 정면에서 응시하면 결국에는 금성조차도 하늘에서 모습을 감춰버리게 될지도 모를 일이네.

이번 살인사건 말인데, 우리들 나름대로 조사를 한번 해보지 않겠나? 견해를 정리하는 것은 그 이후에 해도 그리 늦지 않을 걸세.

(이럴 때 즐겁다는 말을 쓰는 게 옳은 건지는 잘 모르겠지만 나는 굳이 대답하지 않았다) 게다가 르 봉에게는 신세를 진 적도 있거든. 은혜를 입은 적도 있었고. 현장에 가서 집을 직접 살펴보고 오세. 경시총감인 Gxx을 알고 있으니 필요한 허가는 쉽게 얻어낼 수 있을 거야. "

허가를 얻어 우리는 바로 모르그 가로 향했다. 그곳은 리슐리 가와 생 로스 가 사이에 있는 초라한 거리 중 하나였다. 그 거리는 우리가 살고 있던 곳에서 상당히 떨어진 곳에 있었기 때문에 오후도 한참이 지나서야 그 거리에 도착할 수 있었다. 집은 바로 찾을 수 있었다. 아직도 많은 사람들이 길 건너편에서 굳게 닫힌 덧문을 멍하니, 특별한 목적도 없이 호기심 어린 눈으로 바라보고 있었다. 그 집은 파리 어디에서나 흔히 볼 수 있는 집으로 입구가 있었으며 그 한쪽 편에는 창에 간유리를 끼운 방이 있었고 창에는 미닫이가 있어서 그것이 문지기의 방임을 알아볼 수 있었다. 집에 들어가기에 앞서 우리는 길을 따라 죽 걷다가 골목으로 접어들었고 거기서 다시 한 번 길을 꺾어 건물 뒤쪽으로 가보았다. ─그러는 동안 뒤팽은 사건이 있었던 집뿐만 아니라 이웃집들까지도 유심히 살폈는데 나는 그가 무엇을 보고 있는 것인지 감을 잡을 수가 없었다.

발걸음을 돌려 다시 건물 앞으로 나온 우리는 벨을 눌러 그곳을 지키고 있던 형사에게 허가증을 보여주고 안으로 들어갔다. 계단을 올라 L 양의 사체가 발견된 방으로 갔는데 거기에는 아직도 두 사람의 사체가 놓여 있었다. 당연한 얘기지만 방은 사건이 일어났을 때 그대로 어지러운 상태를 유지하고 있었다. 내 눈에는 『가제트 드 트리뷔노』지가 보도한 것 이외에 아무것도 들어오지 않았다. 뒤팽은 하나하나 세심하게 조사를 했다. 피해자의 사체도 예외는 아니었다. 그런 다음 우리는 다른 방에도 가보았고 정원에도 나가 보았다. 그러는 동안 경찰 두 명이 우리를 따라다녔다. 우리는 어두워질 때까지 최선을 다해 조사를 한 뒤 그곳에서 떠났다. 돌아오는 도중 뒤팽은 한 일간신문사에 잠깐 들렀다.

앞서도 말한 바와 같이 내 친구의 변덕은 좀처럼 종잡을 수 없는 'de les menageais' 였다. 이 프랑스어는 '종잡을 수 없다.' 는 뜻인데 이에 상응하는 영어는 없다. 그런데 이번에는 또 어떻게 된 일인지 그는 살인사건에 대해서 별로 말하고 싶지 않은 듯이 보였으며 그런 상태가 이튿날 정오까지 계속되었다. 정오가 되어서야 갑자기 입을 열어 흉악한 사건이 일어났던 현장에서 특별히 눈치 챈 것이 없느냐고 내게 물어왔다.

'특별히' 라는 말을 강조할 때의 그의 어조에는 무엇인가 있었기 때문에 이유는 모르겠지만 나는 오싹함을 느꼈다.

내가 말했다.

"아니, 특별히 이상한 점은 없었는데. 적어도 그 신문에 게재된 것 이상은."

"『가제트』는 사건의 이상한 공포에 대한 진상을 적지 않았어. 하지만 신문의 한가로운 의견 같은 건 아무래도 상관없네. 이 사건이 해결 불가능한 것처럼 보이는 것은 사건을 쉽게 해결할 수 있을 것처럼 보이게 하는 면이 있기 때문이라고 나는 생각하네. ─즉, 사건의 양상이 너무나 이상한 성격을 띠고 있기 때문일세. 경찰이

쩔쩔매고 있는 것도 동기가 결여되어 있는 것처럼 보이기 때문이야. ─살인 그 자체의 동기가 아니라 그렇게도 난폭하게 죽였어야만 했던 동기 말일세. 경찰이 수사에 혼선을 빚고 있는 이유 중 하나는 말다툼하는 소리를 들었다는 사실과, 위층 방에는 살해당한 L 양 이외에 아무도 없었다는 사실, 그리고 계단을 오르고 있던 일행에게 들키지 않고 탈출할 방법이 없었다는 사실들이 제대로 연결되지 않았기 때문이야. 방이 어질러져 있었다는 사실, 사체가 머리를 밑으로 한 채 굴뚝에 처박혀 있었다는 사실, 노부인의 몸이 난도질당했다는 사실, 거기에 방금 말한 사실들과 새삼스레 말할 필요도 없는 그 외의 다른 사실들이 더해지면 그렇게도 영리함을 자랑하던 국가 경찰력도 마비되어 완전히 두 손, 두 발 다 들게 되어버릴 수밖에 없지. 경찰은 이상함과 난해함을 혼동하는 커다란, 그리고 어디서나 흔히 볼 수 있는 오류에 빠져 있어. 하지만 이성이 진리를 찾아 더듬더듬 더듬으며 나갈 때 단서가 되어주는 것은 이와 같은 평범함의 차원에서 벗어난 일들이야. 현재 우리가 진행하고 있는 조사에 있어서 중요한 것은 '무엇이 일어났었나?' 하는 것이 아니라 '지금까지 일어난 적도 없었던 어떤 일이 일어났었나?' 하는 점이야. 나는 곧 이 사건을 해결해보일 것이고, 아니 사실은 이미 해결한 거나 다름없지만, 그건 식은 죽 먹기야. 경찰이 이 사건을 해결 불가능한 것으로 보고 있는 것만큼, 그 불가능성만큼 아주 간단한 일이지."

나는 하도 어이가 없어서 말없이 그를 바라보았다.

그는 계속해서 말을 하며 방 문 쪽으로 시선을 돌렸다.

"나는 지금 기다리고 있네. 지금 내가 기다리고 있는 사람은, 틀림없이 이번의 흉악한 범죄를 저지른 사람은 아니지만 아마도 범죄와 어느 정도는 관계가 있는 사람일 거야. 이번 범죄의 최고로 끔찍한 부분에 대해서 그는 아마도 무죄일 걸세. 내 가정이 옳다면 좋겠는데. 그 가정을 기반으로 수수께끼를 푸는 것이 내 목적이거든. 그 남자는 머지않아 여기에 ─이 방에─ 올 거야. 그래, 오지 않을 수도 있겠군. 하지만 틀림없이 올 거야. 만약 그가 온다면 잡아둘 필요가 있겠는데. 자, 여기 권총이 있네. 만약의 경우에는 이걸 써야 하는데 우리 모두 사용법은 잘 알고 있지."

나는 권총을 손에 쥐기는 했지만 내가 무슨 짓을 하려는 건지 알수도 없었으며 그의 말을 전적으로 믿고 있었던 것도 아니었다. 그러는 동안에도 뒤팽은 마치 독백이라도 하듯 계속해서 말을 해댔다. 이럴 때 그가 무엇엔가 홀린 사람처럼 보인다는 말은 앞서도 한 적이 있었다. 그는 나를 향해서 말을 하고 있었는데 그 목소리는 결코 크지 않았지만 마치 먼 곳에 있는 사람에게 말을 하는 듯한 억양을 띠고 있었다. 눈은 완전히 표정을 잃은 채 가만히 벽을 응시하고 있었다.

그가 말했다.

"계단에서 일행이 들었다던 목소리가 그 부인이나 딸의 목소리가 아니었다는 것은 증인들의 증언에 의해 완전히 입증되었어. 그렇다면 노부인이 딸을 먼저 죽인 다음 자살했을 가능성은 완전히 배제해도 좋을 거야. 일부러 이런 말을 하는 이유는 다름 아니라 생각의 방향을 확실히 하기 위해서야. 어쨌든 레스파네 부인의 힘으로는 딸의 사체를 발견했을 당시처럼 굴뚝에 쑤셔 넣을 수는 없고, 그녀 자신의 몸에 난 상처의 성질로 봐서도 자살일 가능성은 전혀 없어. 그렇다면 범행은 제3자에 의해서 저질러졌다는 얘기가 되는데 언쟁을 벌였다던 그 목소리가 바로 그 제3자의 목소리라는 얘기야. 자, 이제부터 본론으로 들어가 보겠는데 ―내가 말하고 싶은 것은 그 목소리에 대한 증언 그 자체가 아니야― 그 증언의 특이한 점에 대해서야. 그것의 특이한 점을 눈치 채지 못했나?"

나는 낮고 거친 목소리를 프랑스인의 목소리라고 보는 점에서는 모든 증인들의 의견이 일치하지만 높은 목소리, 어떤 한 증인은 시끄러운 목소리라고 말했던 목소리에 대해서는 의견이 제각각 다르다는 점을 지적했다.

뒤팽이 말했다.

"그건 증언 자체지 증언의 특이한 점은 아니야. 자네는 아무런 특이한 점도 발견하지 못한 것 같네만, 당연히 발견했어야 할 부분이 있네. 낮고 거친 목소리에 대한 증인들의 의견이 일치한다는 것은 자네가 지적한 대로야. 이 점에 대해서는 일치하고 있어. 하지만 높은 목소리에 대한 증언의 특이한 점은 ―의견이 일치되지 않는다는 점이 아니라― 이탈리아인, 영국인, 스페인인, 네덜란드인, 프랑스인이 각각 외국인의 목소리라고 말했다는 점에 있어. 모든 사람들이 어쨌든 자기와 같은 나라 사람이 아니라고 단언하고 있다는 점이야. 그 누구도 그 목소리를 ―자신이 가장 잘 알고 있는 모국어를 사용하는 사람의 목소리라고는 보지 않았어. ―그와는 반대로 보고 있지. 프랑스인은 그것을 스페인 사람의 목소리라고 말했고, '스페인어를 알았다면, 몇 마디는 알아들을 수 있었을 것이라고 생각한다.'고 말했어. 네덜란드 사람은 그것을 프랑스인의 목소리라고 주장했는데 '프랑스어를 몰랐기 때문에 심문은 통역을 통해서 이루어졌다.'고 되어 있지. 영국인은 그것이 독일인의 목소리였다고 생각했는데 '독일어는 모른다.'고 했어. 스페인 사람은 그것이 영국인의 목소리라고 '확신' 했지만, 단 '억양을 통해서 그렇게 판단' 했을 뿐 그 역시도 '영어는 전혀 모른다.'고 했어. 이탈리아인은 그것이 러시아 사람의 목소리라고 믿고 있지만 '러시아인과 대화를 나눈 적은 없다.'고 돼 있어. 또 다른 프랑스인은, 처음 프랑스인과는 달리 그것을 이탈리아인의 목소리라고 단언하고 있는데 이탈리아어는 모르기 때문에 조금 전에 말했던 스페인 사람과 마찬가지로 '억양으로 봐서 틀림없다.'고 말했어. 이렇게 서로 다른 증언을 얻은 걸 보면 실제로는 아주 기묘한 목소리였을 거야. 유럽 5대 국가 사람들이 한꺼번에 들었는데도 알아들을 수 있는 말이 한마디도 없었으니까. 자네라면 아시아나 ─아프리카 사람의 목소리였을지도 모른다고 말하겠지? 아시아 사람이나 아프리카 사람은 파리에는 그다지 많지 않아. 물론 그런 추측도 부정할 수는 없지만 어쨌든 다음의 세 가지 점에 주의를 기울여달라는 말만은 꼭 해두고 싶네. 한 증인은 그 목소리를 '높다기보다는 시끄럽다.'고 말했어. 다른 두 사람은 '빠르고 높낮이가 일정하지 않았다.'고 표현했어. 위의 증인들은 모두 말, ─아니, 말다운 말조차 듣지 못했어."

뒤팽이 계속해서 말했다.

"지금까지의 얘기가 자네의 이해력에 어떤 영향을 주었는지 나는 알 수 없지만, 분명하게 말할 수 있는 건, 증언의 이 부분 —낮고 거친 목소리와 높은 목소리에 관한 부분만으로도 거기에 올바른 연역법을 대입시키면 어떤 단서를 잡을 수 있기 때문에 이 사건에 대한 앞으로의 조사에 어떤 방향을 제시할 수 있다는 점이야. '올바른 연역법'이라고 말했는데 그것만으로는 내 의도를 충분히 전달할 수가 없어. 내가 말하고 싶었던 것은 연역법 중에서도 유일하고 정당한 연역법으로, 그에 대한 필연적인 결과로 거기서 단서가 반드시 유출되는 바로 그런 것이지. 하지만 그 단서가 무엇인지 지금은 말하지 않겠네. 단 확실히 해두고 싶은 점은 내게 있어서 그 단서는, 그 방에 대한 나의 조사에 어떤 형식 —어떤 경향을 부여해주었을 만큼 강력한 것이라는 점이야.

그럼 지금부터는 공상의 나래를 타고 그 방에 가보기로 하세. 여기서 내가 제일 먼저 무엇을 찾을 것 같나? 범인이 어떻게 탈출했을까 하는 것이라네. 자네나 나는 초자연적인 현상은 믿지 않는다고 말해도 좋을 거야. 레스파네 모녀는 망령에 의해 살해된 것이 아니야. 범인의 행동은 물질적인 것이고 도망간 것도 물질적으로 도망간 거야. 그렇다면 그 수단은? 다행스럽게도 이 점에 대한 추리법은 단 한 가지밖에 없으며 그 추리법은 필연적으로 어떤 결론으로 우리를 인도해주네. 어쨌든 가능한 탈출법을 하나하나 살펴보기로 하세. 일행이 계단을 오를 때 범인이 레스파네 양의 사체가 발견된 방이나 적어도 그 옆방에 있었던 것만은 틀림없는 사실이야. 그렇다면 우리가 찾아야 할 출구는 이 두 개의 방에 있다는 얘

기가 돼. 경찰은 바닥, 천정, 벽 등 모든 곳을 다 뜯어봤어. 비밀의
문이 있었다 하더라도 그것은 경찰의 눈에서 벗어날 수는 없었을
거야. 하지만 나는 그들의 눈을 믿지 않기 때문에 내 눈으로 직접
확인해봤어. 그랬더니 역시 비밀의 문은 없더군. 두 방에서 복도로
통하는 문은 두 개 모두 굳게 잠겨 있었어. 그것도 열쇠는 안쪽에
꽂혀 있었지. 그렇다면 다음은 굴뚝. 굴뚝은, 난로에서 위로 10피
트(1피트는 약 30㎝) 정도까지는 평범한 넓이지만 그 위로는 고양이
중에서도 커다란 녀석은 드나들 수 없을 거야. 위에서 말한 수단으
로는 절대로 탈출할 수 없다면 남은 것은 창문뿐이야. 앞쪽 방의
창문으로 탈출했다면 거리에 있던 사람들이 못 봤을 리가 없어. 그
렇다면 범인은 틀림없이 뒤쪽 방의 창문을 통해서 나갔을 거야. 이
처럼 명확한 방법으로 이런 결론에 도달했으니, 그것이 언뜻 보기
에 있을 수 없는 일 같다고 해서 그 결론까지 좌시한다는 것은 추
리가로서 이 사건에 임하는 우리가 취해야 할 자세는 아니야. 우리
가 해야 할 일은 이처럼 한편으로는 불가능해 보이는 일이 사실은
그렇지 않다는 점을 증명해 보이는 거야.

　그 방에는 창문이 두 개 있어. 하나는 가구에 가려 있지 않기 때
문에 전체가 보여. 다른 하나는 어마어마하게 큰 침대가 그쪽에 바
싹 붙여져 있기 때문에 침대의 머리 부분에 가려서 절반 정도가 보
이지 않아. 처음에 말한 창문은 안쪽에서 꼭 잠겨 있었어. 몇 사람
이서 힘을 합쳐서 열려고 했지만 꼼짝도 하지 않았어. 창틀 왼쪽에
송곳으로 뚫어놓은 커다란 구멍이 있고 거기에는 아주 튼튼한 대
못이 거의 머리 부분까지 깊이 박혀 있었어. 그리고 조사를 해보니

나머지 창문에도 역시 못이 비슷하게 박혀 있었어. 이것도 열어보려고 노력을 해봤지만 앞서 말한 창과 마찬가지로 꼼짝도 하지 않았어. 그랬기에 경찰은 완전히 마음을 놓고 그쪽으로는 탈출하지 않았다고 결론지은 거야.

나는 좀 더 면밀하게 조사를 했는데 왜냐하면 지금까지 말했던 이유에서이지. ─즉, 그 점이 언뜻 보기에는 불가능해 보이는 일이라 할지라도 실제로는 그렇지 않다는 사실을 증명해 보여야 할 바로 그 점이라는 사실 때문이야.

나는 이런 식으로 생각해봤네. ─귀납적으로. 실제로 범인은 두 개의 창 중 어느 한쪽으로 도망쳤어. 하지만 범인은 실제로 그렇게 되어 있었던 것처럼 안쪽에서 창틀을 고정시킬 수는 없었을 거야. ─이런 생각에 함정은 없을 거라고 생각했기 때문에 경찰은 그 부분을 좀 더 치밀하게 조사하지 않았던 거야. 그리고 창틀은 실제로 고정되어 있었어. 그렇다면 창에는 스스로의 힘으로 고정할 수 있는 힘이 있어야 한다는 얘기야. 이 귀결에 의문의 여지는 없어. 장애물이 없는 쪽의 창문으로 간 나는 어떻게 해서든 못을 뽑아 창문을 열어보려 했어. 생각했던 대로 내 힘으로는 어떻게 해볼 도리가 없더군. 어딘가에 용수철이 숨겨져 있다는 사실을 나는 알 수 있었어. 이런 식으로 내 생각이 증명된다면 못에 관한 것에는 아직 이해할 수 없는 부분이 남는다 하더라도 내 전제가 옳았다는 확신은 가질 수 있게 되지. 자세히 조사를 해보니 곧 숨겨진 용수철을 발견할 수 있었네. 나는 그것을 눌러보기는 했지만 그것을 발견한 것만으로도 충분했기 때문에 창문을 열어보려고는 하지 않았어.

　나는 못을 원래대로 꽂아놓은 뒤 주의 깊게 바라보았어. 이 창문으로 나간 사람은 창을 닫을 수 있었고 용수철도 걸러놨어. ―하지만 못을 다시 박아놓을 수는 없었을 거야. 결론은 아주 명백했기때문에 내 조사 범위는 더욱 좁혀졌지. 범인은 틀림없이 다른 쪽창문으로 도망간 거야. 만약 양쪽 창틀의 스프링이 똑같다면, 아마도 똑같을 테지만, 차이점은 못에, 적도 못이 박힌 상태에 있었을것임에 틀림없네. 침대의 매트리스 위로 올라가 머리 부분의 판자너머로 창문을 자세히 들여다보았어. 판자 뒤쪽으로 손을 넣어보니 아니나 다를까 용수철이 있기에 눌러보았더니 예상했던 대로그건 옆의 창문과 같은 것이었어. 그래서 못을 조사해봤지. 튼튼하다는 점도 똑같았고, 보기에는 박혀 있는 상태도 똑같았어. ―머리까지 깊숙이 박혀 있었다는 얘기야.

　그렇다면 내가 거기서 당황했을 거라고 자네는 생각하겠지만 만약 그렇게 생각했다면 귀납법이라는 것의 본질을 잘못 알고 있는거야. 사냥꾼들이 말하는 '냄새를 잃는' 것과 같은 일은 내게는 한번도 없었으니까. 단 한순간도 냄새를 잃은 적은 없었어. 사슬의고리가 끊어진 곳은 아무 데도 없네. 비밀을 밝혀내서 최종적인 결과에 도달한 거지. ―그 결과라는 게 바로 못이야. 다시 말해두겠는데 겉보기에 그 못은 모든 점에서 다른 한쪽 창의 못과 완전히똑같았어. 하지만 그러한 사실도 (결정적이라고 생각될지도 모르겠지만) 결국 여기에 문제 해결의 실마리가 있을 것이라고 생각하게 된 근거의 무게 앞에서는 거의 무게를 잃어버리고 말지. '틀림없이 이 못에 어떤 이상한 점이 있을 거야.' 라고 나는 속으로 중얼거렸어. 그래서 못을 잡아당겨보았어. 그랬더니 머리에 4분의 1인치(1인치는 약 2.54㎝ - 역주) 정도의 몸통 부분이 달린 못이 빠져 나오더군. 나머지 부분은 송곳으로 낸 구멍 속에 그대로 남아 있었고. 못의 몸통이 도중에서 끊어진 거지. 아주 오래 전에 끊긴 듯했는데 (왜냐하면 끊긴 부분이 지독하게 녹슬어 있었거든), 아무래도 망치로 박을 때 끊어진 듯했어. 못의 머리 중 일부분이 창틀의 위쪽 부분에 박혀 있었으니까. 나는 못의 머리 부분을 원래대로 다시 가만히 돌려놓았어. 그랬더니 멀쩡한 못과 별 차이가 없어 보이더군. ―부러진 부분은 보이지 않으니까. 용수철을 누른 다음 창을 몇 인치 정도 가만히 올려보았어. 못의 머리 부분도 구멍에 박힌 채 창틀과 함께 올라가더군. 창을 닫았어. 그랬더니 다시 하나의 완벽한 못으로 보이더군.

여기까지의 수수께끼는 풀린 셈이야. 가해자는 침대가 놓인 쪽의 창문을 통해서 도망쳤어. 나갈 때 창이 저절로 닫힌 건지 (아니면 닫은 건지) 어떻게 된 건지는 모르겠지만, 용수철로 고정되어 있었는데 그 용수철로 고정되어 있는 것을 경찰은 못으로 고정되어 있는 것이라고 착각을 한 거지. ―거기서 더 이상 조사를 할 필요는 없어졌어.

다음 문제는 내려간 방법. 이 점에 대해서는 자네와 함께 집 주변을 둘러볼 때 이해할 수 있었어. 문제의 창문에서 5피트 반 정도 떨어진 곳에 피뢰침이 하나 달려 있어. 그 피뢰침을 통해서는 누구도 창으로 들어갈 수 없고, 창에 손이 닿지도 않아. 그런데 자세히 보면 4층 창의 덧문은 좀 특수한 것인데 파리의 목수들이 페라드라고 부르는 거야. ─지금은 거의 찾아볼 수 없게 되었지만 리용이나 보르도의 유서 깊은 저택에서는 아직도 흔히 볼 수 있지. 모양은 평범한 문(하지만 한 장짜리 문이라 양쪽으로는 열 수 없는)과 똑같지만, 위쪽 절반이 격자로 되어 있는 점이 달라. ─그 때문에 손으로 잡기가 아주 좋지. 그런데 그 집의 경우는 그 덧문의 폭이 족히 3피트 반은 돼. 우리가 그 덧문을 집의 뒤쪽에서 봤을 때, 덧문은 두 개 모두 반쯤 열려 있었어. ─그건 벽과 직각으로 열려 있었다는 얘기지. 물론 경찰도 나와 마찬가지로 건물의 뒤쪽은 조사해봤겠지. 하지만 그 덧문의 폭을 정면에서 선으로 봤기 때문에(실제로 그랬음이 틀림없어) 폭 자체의 크기를 보지 못했거나, 적어도 폭을 충분히 고려하는 것을 잊었을 거야. 실제로 그곳을 통해 탈출하기는 불가능하다고 생각해버렸기 때문에 자연스럽게 그에 대한 조사가 허술해져버린 거야. 하지만 침대의 머리 부분에 있던 창의 덧문을 벽면까지 활짝 열면 피뢰침까지의 거리가 2피트 이내가 될 것이라는 사실을 나는 확실하게 봤어. 거기다 이상한 운동능력과 용기를 발휘한다면 피뢰침을 통해서 창으로 들어가는 일도 이와 같은 방법으로 가능할 것이라고 생각했지. 2피트 반만 팔을 뻗으면(덧문이 완전히 열려 있었다 치고), 도둑은 격자를 손을 꽉 움켜쥘 수 있었을 거야. 그런 다음 발을 벽에 꼭 붙이고 피뢰침을 쥐고 있던 손을 놓으며 발을 힘껏 차면, 그 기세로 덧문은 닫히게 되고 만약 그때 창이 열려 있었다면 몸은 그대로 방 안으로 튕겨져 들어갈 거야.

조금 전에 한 말 중에서 특별히 기억해두어야 할 것은, 이처럼 위험하고 어려운 재주를 부리기 위해서는 이상할 정도의 운동능력이 필요하다는 점이야. 내 의도는, 우선 이런 일이 아주 불가능한 것이 아니라는 사실을 자네에게 알리고, ―다음으로는, 이 점이 훨씬 더 중요한데, 이것이 매우 이상하다는 점 ―즉, 그런 일을 해낼 수 있었던 민첩성은 거의 초자연적이라는 점을 각인시키기 위해서였어.

자네라면 틀림없이 법률용어를 차용해서 이렇게 말하겠지. ― '자신의 주장을 입증' 할 생각이라면 그와 같은 행위에 필요한 운동능력을 충분히 평가해야 한다고 말하지 말고, 오히려 과소평가해야 한다고. 법률에서는 그렇게 하는 것이 관행일지 모르겠지만, 이성의 습관은 그렇지 않아. 나의 궁극적인 목표는 진실이야. 지금 나의 목적은 조금 전에 말한 이상할 정도의 운동능력과, 목소리의 주인의 국적에 관한 견해가 철저하게 어긋나며 그 발성법에는 음절구분이 전혀 없는 아주 기괴하고 높으며 (혹은 시끄러운) 고저도 일정하지 않은 목소리, 그 두 개를 연결시켜 생각해보도록 하는 것이야."

이런 말을 듣고 보니 뒤팽이 생각하고 있는 것의 의미가 뚜렷하지는 않지만 막연하게 내 머릿속을 오가기 시작했다. 생각이 날 듯 날 듯하면서도 결국에는 생각이 나지 않는 경우를 흔히 볼 수 있는데 ―나는 이해할 수 있을 듯하면서도 이해력이 조금 부족해 이해할 수 없는 부분에까지 와 있는 듯했다. 친구가 계속해서 말했다.

"알겠나? 나는 탈출법에서 침입법으로 시선을 돌린 거야. 그 의도는 두 가지 모두 같은 방법, 같은 장소를 이용했다는 점을 확실히 인식시키기 위해서였어. 그럼 이번에는 실내로 눈을 돌려보도록 하세. 그곳의 모습은 어땠지? 옷장의 서랍을 뒤진 흔적은 있었지만 옷은 아직도 많이 남아 있었다고 했어. 하지만 이와 같은 단정은 멍청하기 짝이 없는 걸세. 그것은 그저 억측—그것도 멍청하기 짝이 없는 억측—에 지나지 않아. 서랍에서 발견된 물건이 원래 거기에 있었던 것의 전부가 아니라는 보장이 어디에 있다는 거지? 레스파네 모녀는 매우 은둔적인 생활을 했어. 그렇다면 갈아입을 옷도 그렇게 많이 필요하지는 않았을 거야. 남아 있던 것들은 그런 부류 여자의 물건치고는 고급에 속하는 것들이야. 만약 도둑이 몇몇 물건들을 훔쳐 갔다면 어째서 가장 좋은 것들을 가져가지 않았을까? —아니, 어째서 전부 가져가지 않았을까? 무엇보다도, 부피가 큰 옷은 한 아름 안고 갔으면서도 어째서 4천 프랑이나 되는 금화는 무시했던 것일까? 실제로 금화는 그대로 놓여 있었어. 은행가인 미뇨 씨가 말했던 금액이 거의 그대로 들어 있는 자루가 바닥에서 발견됐어. 돈을 집의 입구에서 건네줬다는 증언 때문에 경찰이 떠올린 잘못 된 범행 동기는 자네 머릿속에서 완전히 지워버렸으면 좋겠네. 우리 인생에서는 이런 (즉, 돈을 건네주면 그것을 받은 사람이 3일이 채 지나기도 전에 살해는 당한다) 암호보다도 열 배나 더 신비한 암호가 누구에게나 한 시간에 한 번 정도는 일어나지만 단지 그것을 아주 잠시도 깨닫지 못하고 있는 것일 뿐이니까. 일반적으로 암호라는 것은, 교육은 받았지만 확률론은 전혀 공부하지 않은 사색가에게는 커다란 걸림돌이 되지. 이 확률론 덕분에 인간의 가장 빛나는 대상이 가장 빛나는 성과를 거두고 있음에도 말이지. 이번 사건의 경우에 만약 금화가 없어졌다면 삼일 전에 그것이 건네졌다는 사실은 암호 이상의 요건이 되었을 거야. 즉, 동기라고 생각하는 것을 뒷받침해주는 것이 되었을 거야. 하지만 이번 사건의 실질적인 사정이 이러니 이런 흉악한 짓을 저지른 동기가 돈이었다면 이 범인은 돈도 동기도 모두 포기해버릴 정도로 변덕스러운 바보였다고 생각해야만 하겠지.

자네의 주의를 환기시켰던 모든 점들, 즉 그 기괴한 목소리, 발군의 운동능력, 그처럼 흉악한 살인사건치고는 이상할 정도로 동기가 부족하다는 점. ―이런 점들을 확실하게 머릿속에 넣어둔 뒤에 흉악한 행동 자체에 초점을 맞춰보도록 하세. 실제로 한 여자가 손으로 교살 당한 뒤, 굴뚝에 거꾸로 처박혔어. 평범한 살인범은 그렇게 사람을 죽이지 않아. 적어도 사체를 그런 식으로 처리하지는 않지. 자네도 인정하겠지만, 사체를 그런 식으로 굴뚝에 처박는 데에는 평범함이라는 데서 벗어난 무엇인가가 있어. 살인자가 그 어떤 극악무도한 사람이라 할지라도. 그리고 생각해보게. 몇 사람이서 힘을 합쳐 간신히 끌어내렸을 정도로 사체를 구멍 속으로 끌어올릴 수 있다면 그건 대체 어느 정도의 힘을 말하는 것일까?

그럼 이번에는 이 놀라운 힘이 어떤 식으로 이용되었는지 보여주는 또 다른 증거를 보도록 하세. 난로 위에는 사람의 회색 머리카락 뭉치가 있었어. ―아주 굵은 뭉치였지. 그것도 뿌리째 뽑혀 있었어. 이삼 십 개의 머리카락이라 할지라도 머리에서 이런 식으로 쥐어뜯으려면 얼마만한 힘이 필요할지 자네도 상상할 수 있겠지? 문제의 머리카락 뭉치는 나도 봤고 자네도 봤어. 머리카락의 뿌리 부분에는 (소름이 돋았는데) 머리의 살점들이 묻어 있었어. ─엄청난 힘이 가해졌다는 사실에 대한 틀림없는 증거인데 그 힘으로 단번에 몇 십만 개나 되는 머리카락을 쥐어뜯은 거야. 그리고 노부인의 목은 단순히 잘려 있었던 것만이 아니야. 목이 몸통에서 완전히 떨어져버렸어. 그런데 흉기는 그저 면도칼에 지나지 않았어. 여기서 다시 한 번 그 행위의 야수적인 잔인함에 대해 주의를 기울이기 바라네. 레스파네 부인의 사체에 있었던 타박상에 대해서는 달리 할 말이 없네. 뒤마 씨와 그의 유능한 협력자인 에티엔 씨는 둔기에 의한 타박상이라고 단정했는데 거기까지는 두 사람 모두 정확한 판단을 했어. 둔기로 사용되었던 것은 뒤뜰 바닥에 깔아놓았던 돌이었다는 점도 명확한 사실이고 희생자는 침대 쪽으로 난 창을 통해서 내던져졌을 거야. 이렇게 추정하는 것도 지금에 와서는 별것 아닌 것처럼 보이지만 경찰은 이런 추정을 하지 못했는데, 이는 덧문의 폭에 주의를 기울이지 않았던 것과 마찬가지의 이유에서이지. ─즉, 못이 박혀 있었기 때문이 창문이 열렸던 적이 있었을지도 모른다는 사실에 대해서 경찰의 머리는 완전히 밀폐되어버렸다는 얘기야.

이상의 사실들에 방이 묘하게 더럽혀져 있었다는 사실을 더해 생각한다면 우리는 이미 발군의 운동능력, 초인적인 근력, 야수적인 잔인성, 아무런 동기도 없는 살육행위, 평범함을 넘어선 소름이 끼칠 정도의 그로테스크함, 여러 나라 사람들이 들었음에도 불구하고 각자의 귀에 외국어로 밖에는 들리지 않았으며, 확실히 의미를 알아들을 수 있을 만한 음절이 전혀 없었던 목소리 등의 모든 사실을 연결 지을 수 있는 단계까지 와 있는 거야. 자네에게 물어보겠네? 그래 어떤 결론을 내렸지? 내 얘기가 자네의 상상력에 어떤 영향을 주었지?"

이런 질문을 받은 나는 오한을 느꼈다.

"미치광이로군, 그런 짓을 한 것은. 근처 정신병원에서 탈출한 난폭한 녀석일 거야."

내가 대답했다.

"어떤 의미에서는 자네의 답도 완전히 틀린 것만은 아니지. 하지만 미치광이가 지독한 발작을 일으켰을 때의 목소리라 할지라도 그 계단에서 들은 목소리처럼은 들리지 않았을 거야. 미치광이라 할지라도 어느 나라에든 속해 있는 사람이기 때문에, 비록 내용은 횡설수설하더라도 음절만은 의외로 명확한 법이니까. 그리고 제아무리 미치광이라 할지라도 머리카락마저, 지금 내가 손에 쥐고 있는 것처럼은 되지 않아. 레스파네 부인이 손에 꼭 쥐고 있던 걸 내가 잠깐 실례해온 거야. 자네 이것에 대해서 어떻게 생각하나?"

그가 대답했다.

"뒤팽! 이건 정말 이상한 털이군. —인간의 털이 아니야."

나는 완전히 공포에 질려 말했다.

그가 말을 이었다.

"인간의 털이라고는 하지 않았네. 이 문제에 대한 결론을 내리기에 앞서 이 종이에 베껴놓은 그림을 보기 바라네. 증언 중에 레스파네 양의 목에 '검은 타박상과 깊은 손톱자국'이 있었다는 내용이 있었지? 그리고 다른 곳에는 (뒤마와 에티엔 씨 두 사람의 증언에는) '틀림없이 손가락에 눌린 것으로 보이는 몇몇 납빛 점'이라는 부분이 있었어. 이건 그 부분을 실물 크기대로 옮긴 그림이야. 보는 바와 같이"

친구는 두 사람 앞에 놓여 있는 테이블 위에 종이를 펼쳐놓으며 말을 이었다.

"이 그림대로라면 굉장히 세게 꽉 쥐었다는 사실을 알 수 있어. 미끄러졌던 흔적은 없어. 모든 손가락이 ―아마 피해자가 죽을 때까지― 처음 눌렀던 곳을 처음 눌렀던 힘 그대로 끝까지 눌렀을 거야. 시험 삼아 자네의 손가락을 전부 동시에, 이 그림의 각 점에 완전히 일치되게 놓아보도록 하게."

나는 그의 말대로 해보았지만 그렇게 할 수가 없었다.

"아직 모든 검토가 완벽하게 이루어졌다고는 볼 수 없을 거야. 종이는 평면으로 펼쳐져 있지. 하지만 인간의 목은 원통형이야. 여기 장작이 하나 있어. 두께도 마침 목과 비슷하군. 거기에 종이를 감은 다음 다시 한 번 해보기 바라네."

그가 말했다.

나는 그의 말대로 해보았지만 조금 전보다 더욱 어려운 일이라는 사실을 확실하게 알 수 있었다.

"이건 인간의 손이 아니군."

내가 말했다.

"그럼 이걸 읽어보기 바라네. 퀴비에의 책이야."

뒤팽이 대답했다.

거기에는 동인도제도의 거대한 황갈색 오랑우탄에 대한 해부학적, 생태적 내용이 기술되어 있었다. 이 포유류의 거대한 체격, 놀랄 만한 힘과 운동능력, 잔인성, 모방습관 등은 누구나 잘 알고 있는 내용이다. 나는 이 살인사건의 무시무시한 전모를 바로 이해할 수 있었다.

모든 내용을 읽고 난 뒤 내가 입을 열었다.

"손가락에 대한 기술은, 이 그림과 정확히 일치하는군. 이제야 알겠네. 여기에 기술되어 있는 종류의 오랑우탄 이외의 그 어떤 동물도 자네가 베껴 온 것과 같은 자국을 남길 수는 없을 거야. 그리고 이 황갈색 털도 퀴비에의 책에 있는 동물의 그것과 완전히 일치하는 성질의 것이야. 하지만 이 무시무시한 사건의 자세한 부분에 대해서는 아직도 이해할 수 없는 점들이 많아. 게다가 두 개의 목소리가 다투는 소리가 들려왔고 그 중 하나는 틀림없이 프랑스인의 목소리였다고 하질 않나?"

"바로 그렇다네. 그리고 자네도 기억하고 있겠지만 그 목소리가 말한 것 중에서 거의 모든 증인들이 들었다고 하는 말은 ─ '이 녀석!' 이라는 것이었어. 꾸짖고 있는 듯한, 한 편으로는 달래고 있는 듯한 목소리였다고 증인 중 한 명(과자점 주인 몬타니)이 말했는데 이는 당시의 상황을 정확하게 묘사한 말이야. 그랬기 때문에 나는 '이 녀석!' 이라는 한마디 말에 수수께끼 해결의 모든 희망을 걸어 왔어. 한 프랑스인이 이 살인을 알고 있네. 아마도 ─아니, 이건 거의 확실한데─ 그 사람은 이번 참극에 직접 가담한 사람은 아닐 거야. 틀림없이 오랑우탄이 그 사람에게서 도망친 거야. 그 사람은 오랑우탄을 쫓아서 그 방까지 들어갔어. 하지만 그런 소동이 벌어졌기 때문에 잡을 수 없었지. 그 오랑우탄은 아직도 도망 중이야. 하지만 추측은 이쯤에서 그만두기로 하겠네. —이것이 추측 이상의 것이라고 주장할 권리는 내게도 없으니까.— 왜냐하면 추측의 기초가 되는 고찰 자체에 미묘한 부분이 있어서, 내 머리로는 도저히 포착할 수 없기 때문에 남들이 이해할 수 있게 설명할 수도 없거든. 그러니 추측은 확실하게 추측이라고 해두고 이야기를 해나가도록 하세. 만약 문제의 프랑스인이 내가 상상한 대로 흉악한 범죄와는 무관하다면, 어젯밤 집에 돌아오는 길에 『르 몽드』지(이는 해운업계 신문으로 선원들이 주로 읽어)의 사옥에 들러 의뢰했던 이 광고를 보고 이리로 올 거야."

그는 내게 신문을 건네주었다. 그 신문에는 이런 내용이 적혀 있었다.

「포획물. —황갈색 보르네오 종 오랑우탄. 이번 달 ○○일 이른 아침, 보아 드 불로뉴에서 포획. 주인(말타 섬 소속 선박의 선원으로 추정)에게 돌려주겠음. 단, 그것이 자신의 소유라는 것을 충분히 증명하고, 포획 및 보관에 든 약간의 비용을 지불할 것. 포브르 생제르맹 ○○가 ○○번지, 3층으로 오기 바람.」

내가 물었다.

"그 사람이 뱃사람, 그것도 말타 섬 소속 선박의 선원이라는 사실은 어떻게 알아낸 거지?"

뒤팽이 말했다.

"나도 잘 몰라. 정확하다고는 할 수 없어. 하지만 여기에 리본 조각이 있는데 그 모양이나 기름이 밴 것으로 봐서 아무래도 뱃사람들이 좋아하는 모양의 머리를 묶는 데 사용했던 것으로 보여. 그리고 이런 매듭은 선원들 외에는 거의 사용하지 않는데 이건 말타 섬 사람 특유의 방법이거든. 리본은 피뢰침이 박혀 있는 부분에서 발견했어. 피해자의 물건이 아닌 것만은 확실해. 이 리본을 통해서 그 프랑스인이 말타 섬 소속 선박의 선원이라고 추리해낸 건데 이 추리가 잘못 되었다 하더라도 광고에 그렇게 쓴 것에는 아무런 문제도 없어. 가령 추리가 틀렸다 할지라도 상대방은 내가 어떤 사정에 의해서 잘못 생각한 것이라고 여길 뿐 일부러 그런 사정을 캐내려 들지는 않을 테니까. 하지만 내가 정확했다면 거기에는 많은 이점이 있네. 살인을 직접 저지르지는 않았다 할지라도 목격은 했을 테니 그 프랑스인은 당연히 광고에 응하는 것을 —즉, 오랑우탄을 찾으러 오기를 망설일 거야. 아마도 이렇게 생각하겠지. — 나는 무죄다. 돈도 없다. 오랑우탄은 가치가 있는 것이다. —내게는 큰 재산이다. — 위험할지도 모른다는 생각 때문에 큰돈을 날릴 수는 없다. 얼마 후면 손에 넣을 수 있을 테니. 녀석은 보아 드 볼로뉴에서 잡혔어. —살인 현장에서 상당히 떨어진 곳이야. 그런 짐승이 저질렀다고 누가 상상이나 하겠어. 경찰에서도 손을 들었어. —단서를 전혀 잡지 못했거든. 만약 경찰이 녀석에 대해서 냄새를 맡았다 할지라도 내가 살인에 대해서 알고 있을 거라고는 증명하지 못할 거고, 알고 있다 하더라도 그게 죄가 되지는 않을 거야. 무엇보다도 나는 이미 세상에 알려져 버렸어. 광고를 낸 사람이 나를 그 짐승의 주인이라고 말했으니. 광고를 낸 사람이 어디까지 알고 있는지 알 수는 없지만, 내가 주인이라는 사실이 알려져 버린 고가의 재산을 찾으러 가지 않으면 그건 그 동물에게 혐의를 두라고 말하는 거나 다름없는 일이지. 나나 그 동물이 의심을 받는다는 건 그다지 좋은 일이 아니야. 광고에 응해 오랑우탄을 찾은 다음, 사건의 여파가 가라앉을 때까지 조용히 숨어 있자.' 라고."

그때 계단에서 발소리가 들려왔다.

"권총을 준비해. 단, 내가 신호를 보낼 때까지 쏘거나 보여서는 안 돼."

뒤팽이 말했다.

현관문은 열려 있었기 때문에 방문자는 벨을 울리지 않고 안으로 들어와 계단을 몇 개 오르고 있었다. 그러다 한순간 망설이는 듯했다. 그리고 곧 내려가는 발소리. 뒤팽이 서둘러 문 쪽으로 다가갔는데 다시 올라오는 발소리가 들려왔다. 이번에는 망설이지 않고 단호한 발걸음으로 올라와서 우리 방의 문을 두드렸다.

"들어오세요."

뒤팽이 쾌활하고 친근감 넘치는 목소리로 말했다.

한 남자가 안으로 들어섰다. 틀림없이 선원처럼 보였다. ─키가 크고 다부진 근육질의 남자로 조금 막무가내 같다는 인상을 주었지만 애교가 아주 없어 보이는 얼굴은 아니었다. 새까맣게 그을린 얼굴은 구레나룻과 턱수염으로 반쯤 덮여 있었다. 떡갈나무로 만든 커다란 봉을 쥐고 있었는데 그 외의 무기는 들고 오지 않은 듯했다. 그는 어색하게 머리를 숙이며 '안녕하세요.'라고 프랑스어로 인사했다. 뇌샤텔 지방의 억양이 어느 정도 섞여 있기는 했지만 원래는 파리 사람이라는 사실을 잘 알 수 있었다.

뒤팽이 말했다.

"앉으세요. 오랑우탄 때문에 오셨죠? 그렇게 멋진 것을 가지고 계시다니 정말 부러울 따름입니다. 참으로 멋진, 게다가 굉장한 가치를 지닌 것이겠죠? 녀석은 몇 살 정도 된 겁니까?"

드디어 무거운 짐을 덜었다는 듯, 선원은 긴 한숨을 내쉬며 또렷한 어조로 대답했다.

"잘은 모르겠지만 —많아도 너덧 살은 넘지 않았을 겁니다. 녀석, 여기에 있습니까?"

"아, 아니요. 여기에는 놓아둘 곳이 없어서요. 뒤브르 가에 있는 임대 우리에 넣어두었어요. 바로 코앞에 있어요. 날이 밝는 대로 건네 드리도록 하죠. 물론 당신이 주인이라는 사실은 증명하실 수 있겠죠?"

"네, 증명할 수 있습니다."

"넘겨주기 아깝다는 생각이 드는데요."

뒤팽이 말했다.

"물론 신세만 지고 있을 생각은 없습니다. 그럴 리가 있겠습니까? 녀석을 잡아주신 데 대한 보답은 하겠습니다. —그에 응당한 요구라면요."

남자가 말했다.

"그래요? 정말 훌륭하신 생각이군요. 그렇다면! —무엇을 받는 게 좋을까? 그래, 맞아. 이거면 되겠군. 모르그 가의 살인사건에 대해서 당신이 알고 있는 정보를 전부 받도록 해야겠군요."

친구가 대답했다.

뒤팽은 마지막 말을 아주 낮은 목소리로 천천히 말하며 아주 천천히 문 쪽으로 걸어가 자물쇠를 잠그고 열쇠를 주머니에 넣었다. 그런 다음 품속에서 권총을 꺼내 차분하게 그것을 테이블 위에 올려놓았다.

마치 숨이 막히기라도 하다는 듯 선원의 얼굴에 붉은 빛이 맴돌기 시작했다. 그는 자리에서 일어나 봉을 쥐었다. 하지만 그 다음 순간 의자에 털썩 주저앉더니 몸을 덜덜 떨기 시작했다. 얼굴빛은 마치 죽은 사람 같았다. 한마디도 말을 할 수 없는 모양이었다. 나는 진심에서 이 남자를 동정하지 않을 수 없었다.

뒤팽이 부드러운 목소리로 말했다.

"아니, 그렇게 두려워할 필요는 어디에도 없어요. ―정말이에요. 당신을 위험에 빠뜨릴 생각은 눈곱만큼도 없으니까요. 신사로서, 프랑스인으로서 맹세하는데 그럴 생각은 애초부터 없었어요. 당신이 모르그 가의 흉악사건의 범인이 아니라는 사실은 이미 알고 있어요. 그렇다고 해서 그 사건과 아무런 관계가 없다고 해봤자 그건 아무런 소용도 없는 일이에요. 이렇게까지 말했으니 당신도 이미 눈치 채셨겠지만 이번 사건에 대해서 나는 정보망을 가지고 있어요. ―당신으로서는 도저히 상상할 수도 없는. 그러니까 사건은 이렇게 된 거죠. 당신이 좋아서 한 일은 무엇 하나 없어요. ― 즉, 죄가 될 만한 짓은 무엇 하나 하지 않았어요. 도둑질조차도 하지 않았어요. ─아무런 제지도 받지 않고 도둑질을 할 수 있었는데도요. 숨길 필요 없어요. 숨길 이유가 어디에도 없으니까요. 하지만 당신에게는 알고 있는 모든 사실을 자백할 의무가 있는데 그건 명예와 관련된 문제에요. 당신이 범인을 지적할 수 있는 입장에 있는 범죄 때문에 지금 죄 없는 사람 한 명이 감금되어 있어요."

뒤팽이 이런 얘기를 하는 동안 선원은 상당히 마음의 안정을 되찾은 듯했다. 하지만 처음 보여줬던 대담한 태도는 어딘가로 완전히 사라져버렸다.

"하는 수 없지!"

이렇게 말한 후, 한동안 사이를 두었다가 남자가 다시 말을 이었다.

"말씀드리겠습니다. 이번 사건에 대해서 내가 알고 있는 모든 것을. ─하지만 내 말의 절반도 믿지 못할 겁니다.─ 그러기를 바랄 만큼 나도 이기적이지는 않으니까요. 그래도 나는 무죄입니다. 죽어도 상관없으니 속 시원하게 털어놓아야겠습니다."

남자가 한 얘기를 요약해보면 다음과 같다. 그는 얼마 전에 인도 제도를 항해하고 왔다. 그는 어떤 일행과 보르네오에 상륙, 놀이 삼아 오지까지 탐험을 했다. 그는 동료 한 사람과 함께 오랑우탄을 잡았다. 그런데 그 동료가 죽어버리는 바람에 그 동물은 자연스럽게 그만의 것이 되었다. 귀항 도중, 그 동물이 종종 걷잡을 수 없을 정도의 난폭성을 발휘하여 엄청난 고생을 했지만 큰 탈 없이 간신히 파리에 있는 집으로 데려오는 데 성공했다. 이웃 사람들이 이상한 시선으로 그를 바라보는 것을 원치 않았던 그는 오랑우탄을 숨기기에 노력하며, 녀석이 배 위에 있을 때 가시에 발을 찔려 생긴 상처가 아물기를 기다렸다. 바로 팔아치울 생각이었다.

  살인이 있었던 날 밤, 정확히 말하자면 아침, 동료 선원과 한바탕 신나게 놀다 집으로 돌아와 보니 오랑우탄이 그의 침실에 있지 않겠는가? 옆에 있는 조그만 방에 단단히 가둬두었는데 어느 틈엔가 침실로 들어와 있었다. 면도칼을 손에 들고 얼굴 가득 비누거품을 묻힌 채 거울 앞에 앉아서 수염을 깎을 생각이었던 듯했다. 아마도 주인이 그렇게 하는 것을 예전부터 옆방의 열쇠구멍을 통해서 들여다본 듯했다. 이처럼 위험한 도구가 이렇게 난폭하고, 또한 그것을 능숙하게 사용할 수 있는 동물의 손에 쥐어져 있는 것을 보고 남자는 완전히 겁에 질려서 한동안은 어떻게 해야 할지를 몰라 했었다. 하지만 이 동물이 제 아무리 난폭하게 날뛸 때라도 늘 채찍을 사용하면 온순해졌기 때문에 이번에도 그 방법을 사용하기로 했다. 그런데 채찍을 보자마자 오랑우탄은 방문으로 뛰쳐나가 계단을 내려가더니 마침 재수 없게도 열려 있던 창문을 통해서 거리로 도망을 쳐버렸다.

  프랑스인은 미친 듯이 그 뒤를 쫓았다. 오랑우탄은 여전히 손에 면도칼을 쥔 채 때때로 자리에 멈춰 서서 따라오는 사람에게 손짓을 하다 붙잡힐 것 같으면 다시 도망치곤 했다. 몇 번이고 이런 상황이 되풀이 되었다. 시간은 벌써 오전 3시. 거리는 완전히 정적에 사로잡혀 있었다. 모르그 가 뒤쪽에 있는 골목길에 접어들었을 때, 추격을 당하던 오랑우탄은 레스파네 부인 집 4층 방의 열린 창을 통해서 새어나오는 불빛에 온통 주의를 빼앗겼다. 건물로 다가가 피뢰침을 발견하자 믿을 수 없을 정도의 민첩함으로 기어올라 벽에 찰싹 들러붙어 있을 만큼 활짝 열려 있던 덧문을 붙잡아 거기에 매달리더니 반동을 이용해서 바로 침대의 머리 부분이 있는 곳으로 뛰어들었다. 이 재주를 부리는 데 걸린 시간은 채 1분도 되지 않았다. 오랑우탄이 방 안으로 사라지자 그 반동으로 덧문은 다시 열렸다.

　선원은 한편으로는 마음이 놓이면서도 한편으로는 일이 참 난처하게 됐다고 생각했다. 마음이 놓인 것은 이번에야 말로 틀림없이 잡을 수 있을 것이라고 생각해서였는데, 왜냐하면 녀석이 뛰어든 덧에서 빠져나올 길은 오직 피뢰침밖에 없으니 그곳에서 내려올 때 잡으면 되겠다고 생각했기 때문이었다. 하지만 그 짐승이 집 안에서 무슨 짓을 벌일지 그것이 걱정되지 않을 수 없었다. 그 생각이 들자 더 이상 가만히 있을 수가 없어서 선원은 계속에서 오랑우탄의 뒤를 쫓았다. 선원에게 피뢰침으로 기어오르는 일은 그리 어려운 일이 아니었다. 하지만 왼쪽 멀리로 창문 안쪽이 들여다보이는 곳까지 올라섰을 때 그는 움직임을 멈췄다. 몸을 앞으로 내밀어 실내를 한 번 훑어볼 수 있었을 뿐이었다. 언뜻 본 것만으로도 너무 무서워서 팔의 힘이 빠져나가 하마터면 밑으로 떨어질 뻔했다. 모르그 가 주민들의 꿈을 깨운 그 무시무시한 외침이 밤의 정적을 찢어놓은 바로 그 순간이었다. 레스파네 부인과 딸은 나이트가운을 입은 채, 앞서 말한 바 있는 철제 금고를 바닥 한가운데 내려놓고 서류를 정리하고 있었던 듯하다. 금고는 열려 있었으며 그 내용물은 바로 옆 바닥에 놓여 있었다. 희생자들은 창을 등지고 앉아 있었던 듯했다. 짐승이 침입했을 때부터 비명이 들려오기까지의 시간으로 미루어보아 오랑우탄이 들어왔음을 바로 알아차리지는 못했었던 듯하다. 덧문이 흔들린 것도 바람 때문이라고 생각하여 별로 신경을 쓰지 않은 듯했다.

선원이 들여다봤을 때, 거대한 동물은 레스파네 부인의 머리카락(빗질을 한 뒤였기 때문에 푸석푸석했었다)을 움켜쥐고 마치 이발사처럼 그녀의 얼굴 앞에서 면도칼을 휘두르고 있었다. 딸은 쓰러져서 꼼짝도 하지 않았다. 실신한 것이다. 노부인이 비명을 지르기도 하고 몸부림을 치기도 했기 때문에 (그 때문에 머리카락이 쥐어뜯겼다) 오랑우탄도 처음에는 악의를 가지고 있지 않았지만 결국에는 진짜로 화를 내게 되었다. 그 거센 팔을 힘차게 한 번 휘두르자 그녀의 머리는 몸통에서 거의 떨어져나갈 정도가 되었다. 피를 보자 그 짐승의 화는 광기로 변해 불타오르기 시작했다. 이를 갈고 눈에서는 불똥을 튀며 딸에게로 달려들어 그 끔찍한 손톱을 딸의 목에 찔러 넣고 숨이 끊어질 때까지 손을 떼려 하지 않았다. 그 순간 주위를 두리번거리던 녀석의 광포한 눈이 침대 머리 부분으로 향했다. 그 너머로 공포로 굳어진 주인의 얼굴이 언뜻 눈에 들어왔다. 그 짐승은 무시무시한 채찍을 아직도 기억하고 있었던 듯, 순간 그의 분노는 공포로 변해버렸다. 채찍을 맞을 만한 짓을 했다는 사실을 깨닫고 피비린내 나는 행동을 숨기려는 듯 그 짐승은 방 안을 미친 듯이 뛰어다니며 가구를 집어던지고 때려 부수고 침대에 있던 침구를 잡아당겨 밑으로 떨어트렸다. 그러다 마지막으로, 우선 딸의 사체를 잡아 처음 발견됐을 때처럼 굴뚝 속에 처박고 다음으로 노부인의 사체를 잡아 바로 창 밖으로 집어던졌다.

오랑우탄이 갈가리 찢긴 사체를 안고 창 쪽으로 다가왔을 때, 깜짝 놀라 피뢰침 쪽으로 몸을 물린 선원은, 거기서부터 아래까지 거의 미끄러지다시피 내려와 그대로 집으로 도망쳐왔다. ─이 난폭한 행동의 결과에 완전히 겁을 먹었기 때문에 오랑우탄의 생사 같은 것에는 전혀 신경을 쓰지 않았다. 일행이 계단에서 들은 말이란, 그 짐승의 악귀와도 같은 절규에 섞인 프랑스인의 공포와 경악에 찬 외침이었다.

이 이상 덧붙일 말은 거의 없다. 오랑우탄은 그 방의 문이 열리기 직전에 피뢰침을 통해서 도망쳤을 것이다. 창으로 빠져나간 뒤 그것을 닫았을 것이다. 그 후, 주인의 손에 의해서 포획된 오랑우탄은 자르댕 데 플랑테 동물원에 아주 비싼 값으로 팔려갔다. 경시청 총감실에서 우리가 이 모든 사정을 (뒤팽의 설명과 함께) 이야기하자 르 봉은 즉각 석방되었다. 총감이란 작자는 내 친구에게 호의를 품고 있기는 했지만, 사건이 이런 식으로 해결된 데는 역시 불쾌함을 느꼈던 듯 분함을 참지 못하고 쓸데없는 일에 간섭하는 것은 좋지 않다는 뜻의 말을 한두 마디 비아냥거리듯 했다.

"그냥 내버려둬."

뒤팽이 말했다. 그와 같은 비아냥거림에는 대답할 필요가 없다고 느낀 것이리라.

"멋대로 지껄이라고 해. 그래야 속이 시원해진다면. 상대방이 전문으로 삼고 있는 분야에서 상대방을 이겼으니 나는 그것으로 만족이야. 하지만 녀석이 사건을 해결하지 못한 건 녀석이 생각하고 있는 것만큼 의외의 일도 아무것도 아니야. 사실을 말하자면 그치, 조금 지나치게 잔꾀를 부리는 경향이 있어서 생각에 깊이가 없었던 것일 뿐이야. 녀석의 지혜에는 수술이 결여되어 있어. 여신 라베르나의 그림처럼 머리만 있을 뿐 몸통이 없어. —아니면 대구처럼 머리와 어깨만 있는 걸까? 어쨌든 그는 좋은 사람이야. 특히 녀석이 별것도 아닌 일을 뻔뻔스럽게 잘난 척하며 말하는 모습이 좋아. 그런 방법으로, 즉 '있는 것을 부정하고 없는 것을 해석하는' 방법으로 슬기롭고 날카롭다는 명성을 한껏 누리고 있으니 말이야."

마리로제의 수수께끼

「모르그 가의 살인」의 후편

현실적인 일에 대해서 그것과 병행해서 진행되는 일련의 관념적인 일들이 있다. 하지만 양자가 일치하는 경우는 거의 없다. 보통 인간이나 주위의 사정이 관념적인 일련의 일들을 변질시키기 때문에 그것은 매우 불완전한 것으로 보이며, 그 결과도 역시 불완전한 것이 되어버린다. 종교개혁에 대해서도 마찬가지다. 프로테스탄트주의 대신 루터주의가 왔다. (노발리스 『도덕경』)

제 아무리 냉정한 사색가라 할지라도 때로는 자신도 모르게 초자연적인 존재를 막연하게나마, 어떤 흥분된 상태에서 절반 정도는 믿고 싶어 하는 마음이 들지 않았던 사람은 거의 찾아볼 수 없을 것이다. 그것은 그저 단순한 암호로는 도저히 이해할 수 없는 것이지만, 어쨌든 한편으로 놀라운 성질의 여러 가지 암호에 실제로 부딪쳤을 때 그런 마음이 들게 된다. 그리고 그와 같은 감정, ─ 이라고 말한 것은 지금 말한 것과 같은 절반 정도의 믿음에는 도무지 사상이라고 불릴 만한 충분한 힘이 없기 때문인데 ─ 어쨌든 그와 같은 감정을 완전히 극복하기 위해서는 이른바 그 찬스의 원리, 혹은 좀 더 전문적인 말로 하자면 그 확률의 계산이라는 녀석에 의지해야 그렇지 않으면 성공 가능성은 거의 없는 것과 마찬가지다. 그런데 그 확률계산이라는 것은 원래 본질적으로는 순수하게 수학적인 것이기 때문에 우리는 모든 학문 중에서도 가장 엄밀하고 정확한 것을 전용해서 어렴풋한 것, 마치 그림자처럼, 마치 허깨비처럼 무릇 가장 설명하기 어려운 사변적인 문제에 적용하려 하는 참으로 변칙적인 일을 해야 하는 것이다.

그런데 지금 내가 발표하려 하는 진귀한 사건의 자세한 내용은, 시간적인 순서에 따라서 말하자면, 거의 이해할 수 없는 어떤 일련의 암호의 첫 번째 분기점을 이루는 것이며 그 두 번째, 즉 마지막 분기점을 이루는 것은 최근 뉴욕에서 일어난 마리 세실리아 로저스 살해사건이라는 사실을 모든 독자들도 틀림없이 인정할 것이라고 생각한다.

1년 정도 전이었던가, 내가 「모르그 가의 살인사건」이라 제목을 붙인 한 편의 글로 내 친구인 C.오귀스트 뒤팽의 심리적 성격이 가지고 있는 극히 현저하고 특이한 몇몇 특징에 대해서 묘사해보려 했을 때는 같은 주제를 한 번 더 다루게 될 줄 꿈에도 생각지 못했다. 그의 성격을 묘사하는 것이 나의 근본적인 의도였다. 그리고 그러한 의도는 뒤팽의 특이한 성격이 보여준 예증이라고도 할 수 있는 그 이상한 사건을 소개했을 때 이미 훌륭하게 달성되었다. 물론 그 외에도 또 다른 실례들을 몇 가지 더 들 수는 있었겠지만, 그렇다고 해서 새삼스레 새로운 증명은 조금도 되지 않았을 것이다. 그런데 이번 사건은, 그 후에 놀라운 발전을 보였기 때문에 나로서도 조금은 강박관념에 의해 자백하게 된 경향이 있기는 하지만, 어쨌든 조금 자세히 써보고 싶다는 생각을 갖게 되었다. 왜냐하면 최근 내가 들은 것과 같은 일을 실제로 들으면서, 바로 그 내가 훨씬 전에 보고 들은 사건에 대해 입을 다문다면 오히려 그것이 훨씬 더 이상한 일일 것이기 때문이다.

레스파네 부인 모녀의 죽음과 관련된 비극이 일단락되자, 내 친구인 뒤팽은 곧 그런 문제는 잊은 채 다시 원래의 무뚝뚝한 몽상가로 되돌아갔다. 다행히 내게도 하루 종일 멍하니 생각에 잠기는 버릇이 있었기 때문에 그와는 마음이 아주 잘 맞았다. 두 사람은 여전히 포부르 생 제르맹의 방을 빌린 채, '미래'에 대한 일은 바람에게 맡기고 오로지 '현재' 속에서만 한가로이 생활했으며, 따분한 주위 세계는 완전히 꿈속으로 접어 넣었다.

하지만 그러한 꿈도 때로는 깨지는 법이다. 말할 필요도 없겠지만, 모르그 가의 사건에서 뒤팽이 맡은 역할이 파리 경시청 사람들에게 준 감명은 매우 커다란 것이었다. 그곳의 형사들 사이에서 그의 이름은 일상어의 하나가 되어버렸다. 그가 사용했던 지극히 단순한 귀납추리에 대해서는 나 외의 그 누구에게도, 심지어는 총감에게도 전혀 말을 하지 않았기 때문에 그 사건은 거의 기적과도 같이 여겨졌으며, 그의 분석적인 능력 역시도 그저 직감에 지나지 않는다는 평판만을 얻었을 뿐이었다. 원래 솔직한 사람이었기에 경우에 따라서는 그러한 편견을 가진 모든 사람들의 무지함을 깨우쳐줄 만도 했지만 안타깝게도 한편으로는 굉장한 게으름뱅이기도 했기 때문에 자신이 흥미를 잃은 사건에 대한 이야기를 새삼스럽게 되풀이할 마음은 도저히 들지 않았던 모양이었다. 그런 이유로 어느 사이엔가 경찰들의 주목을 끌게 되어 경시청 쪽에서 스스로 그의 도움을 얻으려 했던 사건도 결코 적지 않았다. 마리 로제라 불리는 젊은 아가씨의 살인사건도 사실은 그런 눈에 띄는 사건 중 하나였다.

이 사건은 모르그 가의 참극이 있은 지 2년 정도 뒤에 일어났다. 마리는 세례명이나 성이, 불행한 '담배팔이 소녀'와 비슷하다는 사실을 쉽게 알 수 있는데 그녀는 에스테르 마리로제라는 과부의 외동딸이었다. 아버지는 마리가 어렸을 때 세상을 떴는데 그때부터 지금 이 이야기의 주제가 되는 살인사건이 있기 1년 6개월 정도 전까지 모녀 둘이서 파비 생 앙드레 가에서 계속 생활해왔다. 거기서 어머니가 펜션을 운영했고 마리도 그 일을 거들었었다. 계속 그런 식으로 살아오다가 마리도 드디어 만 21살이 되었는데, 그때 그녀의 멋진 미모에 반해버린 것은 뜻밖에도 르 블랑이라는 향수 판매업자였다. 그는 팔레 루아얄의 지하에 가게를 가지고 있었는데 손님이라고는 오로지 그 부근에 소굴이 있는 깡패나 다를 바 없는 사기꾼, 주식 투기꾼들뿐이었다. 르 블랑은, 마리와 같은 미인을 가게에 두는 것이 돈벌이에 얼마나 커다란 도움이 되는지 잘 알고 있었다. 아주 조건이 좋은 그의 제안에 어머니는 조금 망설인 듯했지만 마리 자신은 오히려 적극적으로 승낙을 했다.

르 블랑의 속셈은 맞아 떨어졌다. 그의 가게는 밝은 여자 판매원의 매력, 미모로 곧 유명해졌다. 근무를 시작한 지 1년 정도 지난 어느 날, 그녀는 갑자기 가게에서 모습을 감춰 늑대와 같은 무리들을 완전히 당황하게 만들었다. 그 이유는 주인인 르 블랑조차 짐작할 수가 없었다. 로제 부인은 불안과 공포 때문에 광인처럼 되어버렸다. 신문은 발 빠르게 그 사실을 다뤘으며 경찰에서도 드디어 본격적으로 수사에 착수하려 한, 정확히 일주일이 지난 뒤의 맑은 날 아침 마리는 표연히, 평소와 다름없이 다시 가게의 계산대에 모습을 나타냈다. 아주 건강한 모습이었지만, 어딘지 조금 침울해 보이는 느낌을 주기도 했다. 그런 이유로 가족들은 달랐지만, 일단 공적인 수사에서는 손을 떼게 됐다. 르 블랑은 예전처럼 자신은 아무것도 모른다고 말했으며, 마리와 어머니는 무엇을 물어도 단지 지난 주에는 시골에 있는 친척 집에 다녀왔을 뿐이라고만 대답했다. 사건은 그렇게 일단락 지어졌으며 대부분의 사람들이 그 일을 잊어버리고 말았다. 왜냐하면 속사정은 모르겠지만, 표면적으로는 세상 사람들의 호기심이 귀찮아서 참을 수 없다는 이유로 곧 아가씨가 정말로 가게를 그만두고 다시 파비 생 앙드레 가의 어머니 집에서 살게 되었기 때문이었다.

집으로 돌아간 지 5개월 정도 지났을 때였을까, 그녀의 친구들은 그녀가 다시 한 번 갑자기 모습을 감췄다는 얘기를 듣고 깜짝 놀라지 않을 수 없었다. 3일이 지났지만 소식은 전혀 알 수가 없었다. 그런데 4일째 되던 날, 센 강의 그것도 바로 생 앙드레 가의 맞은편 강가 가까이에서 사체가 떠 있는 것이 발견되었다. 그곳은 루르 관문에서 가까운, 아주 외진 곳에서 그다지 멀지 않은 곳이기도 했다.

살해방법의 잔학함(타살이라는 사실은 한눈에 알아볼 수 있었다), 피해자가 젊고 미인이었다는 점, 그리고 무엇보다 예전부터 평판이 높았다는 점, 그런 점들이 하나가 되어 사건은 곧 호기심

많은 파리 사람들 사이에서 강한 반향을 불러일으켰다. 내 자신의 기억에 비춰봐도 이런 종류의 사건 중에서 이처럼 널리, 이처럼 강한 놀라움과 동요를 전해준 것은 일찍이 들어본 적이 없었다. 몇 주일 동안이나 이 사건에 관한 얘기 하나만 계속되었기 때문에 당시의 몇몇 중요한 정치문제조차도 한동안은 완전히 잊혀져버렸을 정도였다. 총감도 특별히 최선을 다했으며, 파리의 모든 경찰력이 동원되어 수사에 전력을 기울였다.

처음 사체가 발견되었을 때는 워낙 빨리 수사가 시작되었기 때문에 아주 잠깐 동안이라면 몰라도, 그렇게 오래 범인이 잡히지 않을 수 있으리라고는 생각되지 않았다. 따라서 현상금이 필요하다는 사실을 깨닫게 된 것은 사건이 발생한 지 일주일이나 지난 뒤였다. 하지만 그때의 금액은 겨우 천 프랑밖에 되지 않았다. 물론 그러는 동안에도 반드시 현명하다고는 할 수 없었지만 어쨌든 수사는 활기차게 진행되었다. 수많은 사람들이 취조를 받았지만 만족할 만한 결과는 무엇 하나 얻지 못했다. 여전히 단서 하나 잡지 못했다는 사실에 대한 시민들의 분노와도 가까운 흥분은 더욱 깊어만 갔다. 열흘이 지나자 현상금을 두 배로 해야겠다는 결정이 내려졌다. 하지만 두 번째 주 역시 아무런 발견도 하지 못한 채 지나버리고 말자 언제나 파리 시민들 사이에 깊게 뿌리내리고 있는 경찰에 대한 편견이 몇 번인가 우려할 만한 폭동이 되어 나타났기에 경시 총감도 드디어 자신의 책임 하에 '범인을 적발한 경우에는' 2만 프랑, 만약 다수의 연루자가 있는 경우에는 '범인들 중 한 명만 적발해도' 역시 같은 금액, 이라는 현상금을 제시했다. 그리고 이 현상금을 발표한 공고 속에는, 설사 공범자 중 한 명이라 할지라도 만약 범인 밀고의 증거자료를 가지고 출두한다면 완전히 무죄로 인정하겠다는 약속까지 곁들여져 있었다. 게다가 곳곳에 나붙어 있는 공고 옆에는 경시청에서 제공하는 현상금 외에 시민들이 만든 위원회에서도 만 프랑을 내겠다는 민간 게시까지 덧붙여져 있었다. 이렇게 해서 현상금의 총액은 3만 프랑에 달했는데, 피해자의 낮은 신분이나 대도시에서는 이와 같은 참극이 워낙 자주 일어난다는 사실을 고려해본다면 그야말로 어마어마한 금액이라고 하지 않을 수 없었다.

일이 이렇게까지 됐으니 이번 살인사건의 수수께끼도 곧 풀릴 것이라는 사실을 아무도 의심하지 않았다. 하지만 한두 번 정도는 조금 희망이 있어 보이는 혐의자를 잡아들이기는 했지만 그들을 연루자라고 결정지을 만한 증거를 단 하나도 이끌어낼 수 없었기 때문에 결과적으로는 모두를 즉석에서 석방할 수밖에 없었다. 그런데 아주 이상하게 생각될지는 몰라도, 그렇게까지 세상을 떠들썩하게 만들었던 사건이 아무런 단서도 발견되지 않은 채 사체가 발견된 지 3주일이나 덧없이 흘러가는 동안 뒤팽과 나는 그에 대한 소문 하나 듣지 못하고 있었다. 우리는 어떤 연구에 몰두, 완전히 마음을 빼앗겼기 때문에 두 사람 모두 거의 1개월 동안 외출 한 번 하지 않았으며 손님 한 명 맞아들이지 않았다. 신문에 매일 게재되는 정치논설조차도 대충 훑어보거나 심지어는 그것조차도 하지 않을 정도였다. 따라서 처음 이 사건을 알게 된 것은 총감인 Gxx가 친히 우리를 찾아왔을 때였다. 그는 18xx년 7월 13일 정오를 지난 시각에 찾아와서 밤늦게까지 있다가 돌아갔다. 범인 검거를 위한 모든 노력이 실패로 돌아갔다는 사실에 매우 화를 냈으며, 이대로 간다면 자신의 명성—이라고 참으로 파리 사람답게 말했는데—에 흠집이 갈 뿐만 아니라 명예, 체면의 문제도 있고 세상 사람들의 눈이 전부 자신에게 향해 있기 때문에 이 사건의 조속한 해결을 위해서라면 어떤 희생도 감수하겠다는 것이었다. 그리고 결국 그는 좀 우습기까지 한 그 이야기의 마지막을 뒤팽의 솜씨에 대한 한바탕 칭찬으로 마무리 지은 뒤, 아주 파격적인 조건을 직접적으로 뒤팽에게 제시했다. 안타깝게도, 엄밀하게 말해서 그것이 과연 어떤 성질의 것이었는지를 여기서 밝힐 자유는 내게 없지만, 그런 내용은 내 이야기와 직접적으로는 아무런 관계도 없는 것이다.

한편 뒤팽은, 칭찬의 말에 대해서는 극력 부인하면서도 경감의 청은 물론 그에 따르는 이해득실만은, 아주 가정적인 것이기는 했지만, 즉석에서 받아들였다. 그 문제에 대한 이야기가 끝나자 총감은 곧 사건에 대한 자신의 견해를 피력하기 시작했다. 이야기를 하는 동안 그는 증거자료에 관해서 긴 해석을 덧붙여가며 말했는데 그 중요한 증거를 우리는 아직도 무엇 하나 가지고 있지 못했다. 그는 유창하게 사실과 지식을 펼쳐가며 이야기했다. 점점 밤이 깊어감에 따라서 나는 잠이 온다는 사실을 은근히 내비쳤지만, 뒤팽은 자신이 늘 사용하는 팔걸이 달린 의자에 꼼짝도 하지 않고 앉아서 총감의 말을 그야말로 경청하고 있는 것처럼 보였다. 그는 이 만남의 처음부터 안경을 끼고 있었는데 때때로 파란 안경알 너머로 힐끗 엿볼 뿐, 총감이 돌아가기까지의 지루하기 짝이 없던 7,

8시간 동안 숨소리를 높이지는 않았지만 사실은 깊이 잠들어 있었다는 사실을 확실하게 알 수 있었다.

아침이 되자 나는 경시청으로 가서 그들이 알고 있는 모든 증거 자료에 대한 완전한 보고서와, 각 신문사를 돌며 처음부터 끝까지 이 참극에 관해서 조금이라도 결정적인 보도가 실린 신문을 하나도 남김없이 받아가지고 돌아왔다. 모아온 정보 중 확실한 반증이 있는 것을 제외하면 내용은 대체로 다음과 같은 것이었다.

마리로제는 18xx년 6월 22일 일요일 아침 9시경에 파비 생 앙드레 가에 있는 어머니의 집에서 나왔다. 집에서 나설 때, 자크 생 퇴스타슈라는 남자, 그것도 그 사람에게만, 오늘은 데 드로메 가에 있는 숙모 댁에 간다는 사실을 이야기했다. 데 드로메 가는 센 강변에서 그다지 멀지 않은 곳이었는데 로제 부인의 하숙집에서는 가능한 한 직선으로 가면 2마일 정도 떨어진 곳에 위치한 짧고 좁으며 사람들의 왕래가 많은 거리였다. 생 퇴스타슈라는 사람은 마리의 약혼자로 그녀의 하숙에서 머물며 식사도 그곳에서 하고 있었다. 그날 저녁에는 마리를 데리러 갔다가 함께 돌아올 예정이었다. 그런데 오후가 되자 장대 같은 비가 쏟아져, 오늘은 숙모 댁에서 자고 올 것(실제로 전에도 그럴 때면 곧잘 자고 오곤 했다)이라고 생각했기에 특별히 약속을 지킬 필요는 없을 것이라고 판단했다. 땅거미가 질 무렵 로제 부인(이미 일흔이라는 고령으로 몸도 많이 약해져 있었다)이 문득 '이제 그 아이와도 두 번 다시 만나지 못하겠군.'이라고 중얼거리는 것을 들었지만, 그때는 그다지 신경을 쓰지 않았다.

월요일이 되어서야 마리가 데 드로메 가에 가지 않았다는 사실을 알게 되었다. 그리고 그날도 아무런 소식 없이 날이 저물었기에 그제야 비로소 뒤늦게나마 시내와 주변의 짚이는 곳을 찾아보기 시작했다. 하지만 만족할 만한 정보가 들어온 것은 실종된 지 4일째 되던 날이었다. 그날(6월 24일, 수요일), 보베라는 남자가 친구 한 명과 함께 파비 생 앙드레 가의 맞은편에 있는 센 강변에서 루르 관문 근처를 뒤지고 있을 때, 어부들이 떠내려가는 사체를 조금 전에 건져냈다는 사실을 알려주는 사람이 있었다. 사체를 보고 보베는 조금 망설인 뒤에 틀림없이 그 향수가게 아가씨라는 사실을 확인했다. 그의 친구는 좀 더 빨리, 한눈에 그녀를 알아보았다.

　얼굴 전체가 검붉은 피로 뒤덮여 있었는데 아무래도 일부는 입으로 토해낸 것 같았다. 단순한 익사자의 경우와는 달리 거품은 한 방울도 물고 있지 않았다. 세포조직의 변색은 눈에 띄지 않았지만 목 부근에는 타박상과 손가락 자국이 선명하게 남아 있었다. 두 팔은 몸 위에서 팔짱을 낀 형태로 완전히 경직되어 있었다. 오른손은 주먹을 꼭 쥐고 있었으며, 왼손은 반쯤 펼쳐져 있었다. 왼쪽 손목에는 두 개의 밧줄이나, 혹은 하나를 두 번 감았을 때 생긴 것으로 생각되는 찰과상이 두 줄 남아 있었다. 오른쪽 손목의 일부와 등 전체, 특히 양쪽 날갯죽지 부근도 심하게 긁혀 까져 있었다. 물론 사체를 강가로 끌어올릴 때 어부들도 밧줄로 묶어 끌어올렸지만 그녀의 찰과상은 결코 그때 생긴 것이 아니었다. 목 부근의 살은 심하게 부어올라 있었다. 하지만 칼에 베인 상처나 맞아서 생긴 것으로 보이는 상처는 하나도 없었다. 목 주위에는 한 줄기 레이스가 살에 파묻혀 보이지 않을 정도로 강하게 묶여 있었다. 살에 완전히 파묻혀버렸는데 정확히 왼쪽 귀 밑에 매듭이 지어져 있었다. 그것만으로도 죽음의 원인은 충분히 알 수 있었다. 피해자의 평소 이성 관계에 대해서 검시의는 확신을 가지고 말했다. 한마디로 야수적인 폭행을 당하고 있었다는 것이었다. 발견 당시 사체의 상황이 대충 이랬기 때문에 그녀와 알고 지내던 사람이라면 별 어려움 없이 확인할 수 있었을 것이라고 생각된다.

옷은 심하게 찢어져 있었고 그렇지 않은 부분도 완전히 흐트러져 있었다. 상의는 끝단에서부터 허리 부근까지 폭 1피트 정도의 조각으로 길게 찢어져 있었는데 옷에서 완전히 찢겨나가지는 않았지만 그것으로 허리 부근을 세 바퀴 돌려 등 쪽에서 묶어 고정을 시켜놓았다. 상의 바로 안쪽에 입은 옷은 얇은 모슬린으로 만든 것이었는데 그것은 폭이 18인치 정도 되게 조각이 완전히 ─그것도 완벽한 직선으로 정성들여 찢겨져 있었다. 그리고 찢어진 조각은 느슨하게 목에 감겨 튼튼하게 묶여 있었다. 그 모슬린 조각, 그리고 앞서 말한 레이스 조각 위로는 부인용 모자의 끈이 묶여 있었는데 그 끝에는 모자가 그대로 매달려 있었다. 그 끈의 매듭은 여자들이 묶는 방식이 아니라 풀매듭, 혹은 해병매듭이라 불리는 것이었다.

사체의 신원이 확인되었기 때문에 관례처럼 특별히 임시 수용소에 보낼 필요도 없이(그런 형식적인 수속은 필요하지 않았다), 뭍으로 건져 올린 곳에서 그리 멀지 않은 곳에 서둘러 매장을 했다. 보베의 노력 덕분에 사건은 가능한 한 비밀에 부쳐졌기 때문에 세상이 시끄러워진 것은 그로부터 거의 5, 6일이나 지나서였다. 그런데 한 주간 신문이 결국에는 그에 대한 기사를 썼고 그 덕분에 사체를 파내 재검시를 하게 되었다. 하지만 그 결과는 앞서 이야기한 그대로, 그 이상의 새로운 점은 무엇 하나 발견되지 않았다. 단, 이번에는 입고 있던 의류를 어머니와 지인들에게 보여 집을 나섰을 때 입고 있었던 것임에 틀림없다는 사실을 확인했다.

그 동안에도 소동은 점점 더 커져갈 뿐이었다. 몇몇 혐의자가 잡혔다가 석방되었다. 특히 주목을 끈 것은 생 퇴스타슈였다. 처음 그는 마리가 집을 나선 일요일의 알리바이에 대해서 확실하게 진술하지 못했다. 하지만 그 후에 총감 Gxx 앞으로 선서진술서를 제출, 그날 있었던 일을 한 시간 단위로 충분하게 설명할 수 있었다. 아무런 발견도 하지 못한 채 시간이 흐름에 따라서 전혀 상반되는 유언비어가 무수하게 난무하기 시작했고, 기자들은 기자들대로 제 각각 나름대로의 추측을 쓰기 시작했다. 그 중에서도 가장 주목을 끈 것은, 마리 로제는 아직 살아 있으며─센 강에서 발견된 사체는 누군가 다른, 불행한 사람의 사체라는 것이었다. 따라서 지금 말한 추측의 주요한 부분을 독자 여러분께 제시하는 것이 좋을 것이다. 다음은 대체로 상당한 활약을 펼치는 것으로 잘 알려져 있는 『레토아르』지의 글을 그대로 번역한 것이다.

「로제 양은 18xx년 6월22일 일요일 아침, 대외적으로는 데 드로메 가에 살고 있는 숙모 내지는 친척 중 한 명을 방문한다는 명목으로 어머니의 집에서 나왔다. 그 이후로 그녀의 모습을 본 사람은 한 명도 없다. 그녀의 행적도 소식도 전혀 알 수 없다. (중략) 오늘 현재까지 당일 그녀가 집을 나선 이후 그녀의 모습을 봤다고 한 사람은 한 명도 없었다. (중략) 지금까지 6월 22일 오전 9시 이후, 그녀가 생존해 있었다는 증거는 어디에도 없지만, 그때까지 살아 있었다는 확실한 증거는 있다. 수요일 낮 12시, 루르 관문 근처의 강에서 표류 중이던 여자 사체가 발견되었다. 그 시각은, 가령 마리 로제 양이 어머니의 집에서 나와 세 시간 뒤에 강물에 던져졌다고 가정을 하더라도, 집에서 나와서 겨우 3일 —그것도 정확히 3일 뒤에 지나지 않는 것이다. 가령 그녀가 살해되었다 할지라도 가해자들이 밤이 깊기도 전에 그 사체를 강물 속으로 던져 넣을 수 있을 만큼 빨리 이 범행이 종료되었다고 보기에는 상당한 무리가 따른다. 이와 같은 흉악범죄를 일으키는 사람은 빛보다는 오히려 어둠을 선택하는 것을 원칙으로 삼고 있기 때문이다. (중략) 따라서 만약 강 위에서 발견된 사체가 마리 로제 양이라면 그것은 겨우 이틀 반, 아무리 길게 잡아봐야 겨우 3일 동안만 물 속에 있었다는 얘기가 된다. 모든 경험이 제시하는 바에 의하면 익사체, 혹은 폭력에 의한 살해 후 바로 물에 던져진 사체가 부패로 인해 수면 위로 떠오르려면 6일 내지 10일 정도를 필요로 하는 법이다. 사체가 있는 곳을 향해서 대포를 발사하면 적어도 5일 내지 6일 이전에 떠오르는 경우가 있기는 하지만 그것도 그냥 내버려두면 다시 가라앉는 법이다. 바로 여기서 내가 꼭 묻고 싶은 것은 이번 사건의 경우 자연적이고 평범한 경과에 배반되는 현상을 일어나게 한 것은 대체 무엇이었을까 하는 점이다. (중략) 만약 사체가 살해된 채 화요일 밤까지 육지에 방치되었다고 한다면 강변 위에서 범인들의 어떤 흔적이 발견되었을 것이다. 또한 살해 이틀 후에 비로소 강 속으로 던져졌다고 한다면 이번에는 과연 그렇게 빨리 사체가 떠오를 수 있을까 하는 점이 역시 의문으로 남는다. 한마디 덧붙이자면, 그와 같은 흉악범죄를 저지른 범인들이 사체를 잠기게 하기 위한 어떤 추 없이 그것을 강 속으로 던졌다는 사실은, 그것이 아주 손쉽게 생각할 수 있는 수단인 만큼, 거의 있을 수 없다고 보는 것이 좋을 것이다.」

그리고 이 논설기자는 한걸음 더 나아가서, 틀림없이 사체는 '3일이 아니라 적어도 15일 정도는' 물 속에 있었음에 틀림없으며, 실제로 부패가 아주 심해서 보베가 간신히 확인할 수 있을 정도가 아니었냐고 말했다. 하지만 마지막 점에 대해서는 완벽한 반증이 제기되었다. 어쨌든 계속 번역해보기로 하겠다.

「다음으로 보베 씨는 그 사체를 의심할 여지도 없이 마리 로제 양의 사체라고 단정했지만 대체 그 증언은 어떤 근거에 바탕을 둔 것일까? 그는 상의의 소매를 찢어내 그녀임을 확인할 수 있는 신체적 특징을 발견했다고 말했다. 이 신체적 특징이라는 것을 세상 사람들은 당연히 어떤 상처와 같은 흔적이라고 상상했지만, 어이없게도 그는 그저 팔을 살펴보다 털을 발견한 것에 지나지 않는다고 한다. —하지만 그것만 가지고는 알 수 없는 일, —마치 소매 속을 조사해서 팔을 발견했다고 하는 것과 조금도 다를 바가 없는 것이다. 그날 밤, 보베 씨는 집으로 돌아가지 않고 그저 수요일 밤 7시에 로제 부인에게 아직 마리 양에 관한 검시가 진행 중에 있다는 내용을 적은 말을 보냈을 뿐이었다. 가령 여러 가지 사정을 고려해서(실로 여러 가지 사실들을 고려해서) 로제 부인이 나이와 비탄 때문에 현장에 갈 수 없었다 할지라도 만약 실제로 그 사체가 마리 양이라고 믿었다면 누군가 다른 사람을 현장으로 보내 당연히 검시에 입회하도록 해야겠다고 생각한 사람이 있었을 것임에 틀림없다. 그러나 실제로는 아무도 가지 않았다. 파비 생 앙드레 가에서 이 문제에 대한 이야기가 나온 정황은 전혀 포착되지 않았다. 같은 건물에 살고 있는 사람들조차도 무엇 하나 듣지 못했다. 마리 양의 애인이자 약혼자이며, 현재 로제 부인의 하숙인으로 있는 생 퇴스타슈 씨조차 사체가 발견됐다는 사실을 이튿날 보베 씨가 그의 방을 방문해서 그 사실을 말해줄 때까지 전혀 듣지 못했다고 진술했다. 이와 같은 종류의 뉴스치고는 매우 냉담한 반응이었다고 밖에는 달리 표현할 길이 없다.」

  신문은 이처럼 마리 양 가족들의 냉담한 반응을 자꾸만 강조하여, 그 사체를 마리 양이라고 말하는 이들의 소견과 매우 모순되고 어긋나는 일들을 어떻게 해서든 믿게 만들려고 노력했다. 결국 이 신문이 말하려는 의도는 다음과 같은 것이었다. ―마리는 자신의 정조에 대해서 쏟아지는 비난을 피하기 위해서 지인들의 묵인 하에 일부러 파리를 떠난 것이었는데, 그때 우연히도 센 강에 그녀와 조금 비슷한 사체가 떠오르자 그녀의 지인들은 마치 그녀가 죽은 것처럼 세상 사람들에게 알리려 했다는 것이다. 하지만 그 점에 대해서는 『레토아르』지도 조금 경솔했다는 생각이 든다. 왜냐하면 가족들이 상상처럼 그렇게 냉담한 반응은 결코 보이지 않았다는 확실한 증거가 있기 때문이었다. 어머니는 실제로 매우 쇠약했으며 기력을 완전히 잃었기 때문에 도저히 어머니로서 해야 할 일을 할 수가 없었다. 그리고 생 퇴스타슈 역시 소식을 접하고 냉담한 반응을 보이기는커녕 오히려 슬픔을 견디지 못하고 광란 상태에 빠져, 심지어는 보베가 자신의 친척이자 퇴스타슈의 지인이기도 한 어떤 남자에게 묻었던 사체를 파내고 재검시하는 자리에는 절대로 그가 입회하지 못하도록 해달라고 부탁했을 정도였다. 그리고 『레토아르』지의 기사에 의하면 사체의 재매장은 시의 공공자금으로 행해졌다든가, 매장을 할 때 가족의 묘지에 합장하는 것이 어떻겠냐는 유리한 조건을 제시했음에도 불구하고 가족들이 이를 단호하게 거절했다든가, 장례식 때 가족이 단 한 사람도 참석하지 않았다든가 ─틀림없이 조금 전에 같은 신문이 강조했던 인상을 더욱 강하게 하기 위해서 라고는 생각되지만, 어쨌든 그런 사실들을 자꾸만 주장하고 있기는 했지만 ─이 모든 사실에도 역시 반증은 충분히 있었다. 그리고 그 뒤의 논조에 의하면 이번에는 보베에게 혐의를 두기 시작했다는 사실을 알 수 있었다. 즉, 기자는 다음과 같이 적었다.

「그런데 지금은 사건의 양상이 바뀌기 시작했다. 들리는 바에 의하면 어느 날 **Bxx** 부인이라는 여자가 로제 부인의 집을 방문했을 때 마침 보베는 막 외출을 하려던 참이었는데 그때 로제 부인에게 '오늘 헌병이 오기로 되어 있는데 내가 돌아올 때까지는 아무것도 헌병에게 말해서는 안 된다. 모든 것을 내게 맡겨라.' 라고 말한 뒤 밖으로 나갔다고 한다. (중략) 이와 같은 정세로 봐서 모든 사실이 보베의 가슴 속에 숨겨져 있는 듯하다. 이제 그 없이는 단 한 걸음도 전진할 수 없을 것이다. 즉, 어느 쪽을 향해 나아가도 그와 마주치게 되는 것이다. (중략) 이번 사건의 처치에 있어서 그는 어떤 이유에서인지 자신 이외의 그 누구도 관여시키지 않겠다고 결심한 듯했으며 특히 남자 친척들을 멀리했다. 친척들의 말에 의하면 그가 사용한 방법은 매우 기묘한 것이었다고 한다. 어쨌든 친척들이 사체를 보는 것을 매우 꺼렸다고 한다.」

그런데 보베에게 걸린 이와 같은 혐의는 다음과 같은 사실에 의해 어느 정도 신빙성이 있는 것으로 비춰졌다. 마리가 실종되기 며칠 전 그가 자리를 비웠을 때, 사무실을 방문했던 한 남자가 보니 문의 열쇠구멍에 장미꽃 한 송이가 꽂혀 있고 그 옆에 걸려 있는 조그만 칠판에 '마리' 라는 이름이 적혀 있었다고 한다.

여러 신문들을 통해 수집한 정보에서 받은 인상에 의하면, 마리는 불량배들에 의해 희생된 것 같았다. ─즉 그들에 의해 강 건너 편으로 유괴되어 폭행을 당하고 살해된 것 같았다. 하지만 또 다른 한편에서는 『르 커메르시에르』지─커다란 세력을 가진 신문인데─처럼 이 세상의 통념에 강하게 반발하고 있는 사람들도 있었다. 이 신문의 주장도 조금 인용해보기로 하겠다.

「유감스럽게도 조사의 중심이 루르 관문에 쏠려 있는 한, 나는 수사 방침이 완전히 잘못된 것이라고 단호하게 말할 수밖에 없다. 피해자처럼 많은 시민들에게 얼굴이 알려진 여자가 누구의 눈에도 띄지 않고 세 블록 가까이를 걸었다는 것은 도저히 있을 수 없는 일이다. 그녀를 알고 있는 사람들은 모두 그녀에게 관심을 가지고 있었을 것이니 만약 본 사람이 있었다면 기억하고 있을 것임에 틀림없다. 그리고 그녀가 집에서 나온 것은 거리가 사람들로 붐비는 시각이었다. (중략) 루르 관문이든 데 드로메 가든 그곳으로 가려면 적어도 열 명 안팎의 낯선 사람을 만나지 않을 수 없었을 것이다. 그런데도 그날 집 밖에서 그녀를 봤다는 증인은 아직 한 사람도 나오지 않았고, 또 그녀가 외출했다는 사실도 단지 본인이 그렇게 말했다는 것 이외에는 아무런 증거도 없다. 피해자의 상의는 찢어진 데다 몸에 감겨 묶여 있었는데 그것으로 봐서 짐짝처럼 운반된 듯하다. 만약 살해가 루르 관문에서 행해졌다면 그렇게 할 필요가 없었을 것이며, 사체가 관문 부근에서 떠올랐다는 사실도 거기서 던져진 것이라는 사실의 증거는 결코 될 수 없다. (중략) 피해자의 속치마의 일부가 폭 1피트, 길이 2피트 정도 찢겨져 있었는데, 틀림없이 소리를 지르지 못하게 하기 위해서 그랬겠지만, 그것으로 후두부에서 한 바퀴 돌려 턱 밑에서 묶어놓았다. 손수건을 들고 있지 않은 무리들의 소행임에 틀림없다.」

그런데 우리가 총감의 방문을 받기 1, 2일 전에 어떤 중대한 정보가 경시청으로 들어와 그 때문에 『르 커메르시에르』지의 견해 중 중요한 부분이 완전히 뒤엎어지는 듯했다. 그 정보란, 드르크 부인의 두 아들이 루르 관문 부근의 숲을 산책하다 수풀이 우거진 곳까지 들어가게 되었다고 한다. 그런데 거기에 서너 개의 커다란 돌이 마치 등받이와 발 놓는 곳이 달린 의자처럼 놓여 있었는데 그 위쪽에 있는 돌에는 하얀 속옷이 얹어져 있었고 다음 돌에는 비단 스카프가 얹어져 있었다고 한다. 그 외에도 양산, 장갑, 손수건 등이 발견되었다. 손수건에는 마리 로제라는 이름까지 새겨져 있었다. 그리고 주위의 가시나무 위에는 찢어진 옷 조각이 걸려 있었다. 지면은 어지럽게 짓밟혀 있었고 조그만 가지들이 부러져 있어 명백하게 격투가 벌어졌던 흔적임을 알 수 있었다. 수풀과 강 사이에 있는 목책에 쓰러진 부분이 있었으며 지면에는 어떤 무거운 짐을 끌고 간 것 같은 흔적이 뚜렷하게 남아 있었다.

다음은 이 발견에 대한 주간지 『르 솔레유』의 견해인데 ─그것은 모든 파리 신문의 논조라고 해도 무방할 것이다.

「이들 유품은 적어도 3, 4주 정도 그곳에 있었던 듯하다. 비 때문에 지독하게 곰팡이가 피어 있었고, 곰팡이 때문에 완전히 밀착되어 있었다. 주위의 풀들이 웃자라 있어 유품의 일부는 위까지 완전히 덮여 있었다. 양산의 비단으로 된 천은 그래도 괜찮았지만 안쪽의 실은 완전히 짓물러 있었으며 접혀서 이중으로 되어 있던 표면은 곰팡이로 썩어 펼칠 때 찢어져버렸다. (중략) 가시나무에 찢어져 걸려 있던 옷 조각은 폭 3인치, 길이 6인치 정도 됐는데 그 중 하나는 상의의 끝자락으로 수선을 한 흔적이 있었다. 또 다른 하나는 치마의 일부로 이것은 끝자락이 아니었다. 모두 찢어져 나간 것으로 보이는데 지면에서 약 1피트 정도 높이의 가시나무 숲에 걸려 있었다. (중략) 이것으로 봐서 이 무시무시한 범죄의 현장이 발견된 것만은 틀림없는 사실이다.」

이 발견 이후 새로운 증거가 또 나타났다. 드류크 부인의 증언에 의하면 자신은 루르 관문의 맞은편 강가, 강에서 그리 멀지 않은 곳에서 조그만 여관을 하고 있는데 주위는 특히 한산한 곳으로 일요일이면 건달들이 배로 강을 건너와 모이기에 아주 좋은 장소라고 했다. 그런데 문제의 일요일 오후 3시 무렵, 한 젊은 아가씨가 얼굴빛이 검은 청년과 함께 찾아왔다고 했다. 한동안 쉬다가 떠났는데 돌아갈 때 그들은 가까이에 있는 깊은 숲 쪽으로 들어갔다는 것이다. 드류크 부인은 아가씨가 입고 있던 옷이 죽은 조카딸의 옷과 아주 비슷했기에 특히 인상에 남았었다고 했다. 그리고 스카프가 눈에 아주 띄었다. 그런데 두 사람이 떠난 지 얼마 지나지 않아 한 무리의 건달들이 나타나 한바탕 소동을 부린 뒤 먹고 마신 것도 계산하지 않고 그대로 두 사람이 들어간 것과 같은 길로 갔다가 저물녘에 다시 돌아왔는데 뭔가 아주 서두르는 듯한 모습으로 다시 강을 건너 돌아갔다고 했다.

그날 밤, 해가 진 뒤 얼마 지나지 않아서 드류크 부인과 그의 장남은 여관 부근에서 여자의 비명소리를 들었다. 아주 요란스러운 비명이었지만 그것은 곧 그쳤다. 드류크 부인은, 수풀 속에서 발견된 스카프는 물론 사체가 입고 있던 옷도 눈에 익은 것이라고 증언했다. 이번에는 승합마차의 마부인 발랑스가 그 문제의 일요일에 마리 로제가 살빛이 검은 젊은 사람과 함께 센 강의 선창에서 강을 건너는 것을 봤다고 증언했다. 발랑스라는 사람은 마리를 잘고 있었기 때문에 결코 잘못 봤을 리가 없을 거라고 말했다. 수풀에서 발견된 유품은, 마리의 친척들에 의해서 틀림없이 그녀의 물건이라는 사실이 확인되었다.

뒤팽의 부탁으로 내가 각 신문사에서 모아온 증거 및 정보 중에는 새로운 정보가 한 가지 더 있었다. ─아무래도 그것은 매우 중요한 정보인 듯했다. 왜냐하면 위에서 말한 옷가지들이 발견된 직후, 그녀의 약혼자였던 생 퇴스타슈가 사체는 아니었지만 초주검이 돼서 흉악한 범죄가 일어난 현장으로 거의 확실시 되는 지점에서 얼마 떨어지지 않은 곳에서 발견되었기 때문이었다. 그리고 그 옆에는 '아편정기'라는 라벨이 붙은 병이 빈 채로 떨어져 있었다. 그의 숨결은 독극물을 먹었다는 사실을 명백하게 보여주고 있었다. 그는 단 한 마디도 하지 못한 채 숨을 거두고 말았다. 나중에 조사해보니 편지 한 장을 가지고 있었는데 거기에는 마리에 대한 사랑과 자살을 한다는 내용이 간단히 담겨 있었다고 한다.

내 메모를 전부 읽고 난 뒤팽이 말했다.

"말할 필요도 없겠지만 이번 사건은 아무래도 모르그 가 사건보다 더 복잡한 것 같은데. 무엇보다도 가장 중요한 점에서 서로 다른 것 같아. 즉, 잔인하기는 잔인하지만 아주 평범한 범죄란 말이야. 특별히 특이한 점이라고는 하나도 찾아볼 수가 없어. 자네도 알겠지만, 그 때문에 쉽게 해결할 수 있을 것처럼 여겨지고 있어. 하지만 사실은 바로 그렇기 때문에 해결하기 어려운 것이라고 생각해야만 해. 그래서 처음에는 현상금도 필요 없을 거라고 말했던 걸 거야. **Gxx**의 부하들은 이런 종류의 흉악한 범죄가 왜, 그리고 어떤 식으로 저질러졌는지를 바로 정확하게 알고 있지. 그들은 수법―여러 가지 수많은 수법을―, 그리고 동기―이것도 역시 여러 가지 수많은 동기를―를 머릿속에서 그려볼 수는 있어. 그리고 그들 수법이나 동기 하나하나가 실제현실 속의 수법이나 동기가 될 수도 있다는 사실을 알게 되면 반드시 그것들 중 하나여야만 한다는 식으로 머릿속에서 결정을 해버려. 하지만 이와 같은 여러 가지 상상이 성립되는 용이함, 그리고 그들 하나하나가 보여주는 아주 진실처럼 보이는 것들은 사실 해명의 어려움을 나타내는 것이지 결코 용이함을 나타내는 것이 아니라고 생각해야 하네. 바로 그렇기 때문에, 만약 이성이라는 것으로 진실을 추구하고 모색하려 한다면 그것은 어떤 상투, 진부라는 면에서 한걸음 벗어난 것을 단서로 삼지 않으면 안 된다고 말한 거야. 이번 사건에서도 정말로 중요한 문제는 '무엇이 일어났는가?' 하는 것이 아니라 '대체 지금까지 전혀 일어나지 않았던 어떤 일이 일어났는가?' 하는 점이야. 전에 레스파네 부인의 집을 수색할 때도 **Gxx**의 부하들은 아주 정확한 지적 능력을 가진 인간이라면 틀림없이 성공할 것이라는 태도를 보였지만, 그 이상함을 보고는 완전히 당황해서 허둥거리기만 했지. 그런데 이번 향수가게 아가씨의 경우도 눈에 보이는 것들은 모두 평범하고 진부한 것들뿐이야. 따라서 마찬가지로 정확한

지적 능력을 가진 인간이라면 당연히 절망에 빠져야만 할 일임에
도 불구하고 경찰청 사람들은 오히려 '아주 간단하군, 간단해.' 라
고만 생각한단 말이야.

레스파네 부인 모녀의 경우는 조사 당초부터 타살이라는 사실을
명확히 알 수 있었어. 애초부터 결코 자살이라고는 볼 수 없었지.
물론 이번 사건도 자살이라고 보는 것은 처음부터 배제하기로 하
겠네. 루르 관문에서 발견된 사체는 이 중요한 점에 있어서는 더
이상 의심할 여지가 없을 만큼 명백한 상태에 있었으니까. 그런데
한편에서 발견된 사체가 마리의 것이 아니라는 의견이 대두됐어.
하지만 현상금이 걸려 있는 것은 마리의 살해 내지 가해자들의 적
발에 대한 것이고, 우리가 총감과 일종의 제휴관계에 있는 것도 단
지 마리의 일에 관해서일 뿐이야. 우리는 그 총감이라는 사람을 잘
알고 있는데 너무 신용해서는 안 될 사람이야. 그런데 말이지, 만
약 우리가 이번에 발견된 사체를 바탕으로 수사를 시작했다가 그
것이 마리와는 다른 사람의 사체라는 사실이 밝혀진다면 어떻게
되는 거지? 그와 마찬가지로, 마리가 아직 살아 있다는 전제 하에
출발을 했을 때 만약 그녀를 발견했는데 살해당하지 않았다면 그
때는 또 어떻게 되는 거지? ―어느 쪽이 됐든 우리에게는 뼈아픈
손실이 되고 말거야. 우리의 거래 상대는 다름 아닌 바로 Gxx이니
까. 그래서 말인데, 재판결과야 어찌됐든 상관없이 우리는 가장 먼
저 과연 그 사체가 행방불명된 마리인가, 그것을 확실하게 밝혀내
야 할 필요가 있어.

세상 사람들에게 있어서 『레토아르』지의 논조는 상당한 비중을

차지하는 것이야. 게다가 그 신문이 자신들의 논조에 대해서 커다란 자신감을 가지고 있는 것 같다는 사실은 이번 문제에 대한 논설의 표제어만 봐도 알 수 있어. 이렇게 적혀 있었지. '오늘 각 신문사의 조간은 전부 월요일자 본지의 단정적 논설에 대해서 언급했다.' 고. 하지만 나는 그 논설이 그저 필자 본인이 얼마나 열심인지를 보여준 것일 뿐, 단정적인 것이라고는 거의 생각지 않아. 무릇 신문의 목적이라는 것은, 진실을 추구하는 것이 아니라 어떤 센세이션을 일으키는 것 ―그저 논의거리를 만드는 것에 있다는 사실을 부디 잊지 말도록 하게. 전자의 목적은, 단지 후자의 목적과 일치하는 것처럼 보일 때에만 추구되는 것에 지나지 않아. 그저 평범하고 단순한 여론만 동의하는 신문은 (그것이 제 아무리 근거가 있는 것이라 할지라도) 결코 어리석은 대중의 신용을 얻지 못하네. 대중이라는 것은 일반 여론에 대해서 신랄하기 짝이 없는 반대의 견을 주장하는 인간만을 아주 심원한 사람이라고 생각하는 법이니까. 문학이나 추리도 예외는 아니지. 가장 직접적으로 그리고 가장 일반적으로 이해를 얻는 것은 경구(警句)야. 문학, 추리 어느 쪽에서나 사실은 가장 저급한 것임에도 불구하고.

그러니까 내가 하고 싶은 말은, 마리 로제는 아직 살아 있다는 견해, 그것을 『레토아르』가 생각해냈고 세상 사람들 역시 그 견해를 반기고 있는 이유는, 결코 그것이 진실에 가깝기 때문이 아니라 단지 그 속에 일종의 경구 같은 성질과 극적 흥미가 혼합되어 있기 때문이라는 것이지. 이 신문의 논조를 구성하고 있는 요소들을 한번 음미해보기로 해보세.

가장 먼저, 이 필자의 목적은 마리의 실종에서부터 익사체가 발견되기까지의 시간이 짧다는 사실을 들어 사체는 마리가 아니라는 사실을 입증해 보이려는 것이었어. 그래서 그 시간을 가능한 한 짧게 하는 것이 필자의 또 다른 목적이었던 것처럼 보여. 그런데 너무 성급하게 군 나머지 처음부터 아주 단순한 가정론(假定論)에 빠져버리고 말았어. '가령 그녀가 살해되었다 할지라도 가해자들이 밤이 깊기도 전에 그 사체를 강물 속으로 던져 넣을 수 있을 만큼 빨리 이 범행이 종료되었다고 보기에는 상당한 무리가 따른다.'라고 그는 말했지. 그러면 우리는 바로 그리고 아주 당연하게 왜? 라고 반문을 하게 돼. 예를 들어서 아가씨가 집에서 나간 뒤 5분 이내에 바로 살해되었다고 한들 그게 왜 이상하다는 거지? 그날 중의 그 어느 시각이든 범행이 있었다고 가정하는 것이 어째서 이상하다는 거지? 살인이라는 건 시각에 상관없이 언제나 일어날 수 있는 거야. 이번 범행이 일요일 아침 9시에서부터 밤 12시 15분 전까지의 어느 시간에 행해졌든 '밤이 깊기도 전에 그 사체를 강물 속으로 던져 넣을 수 있'는 시간은 얼마든지 있었을 거야. 어쨌든 이 필자의 가설이라는 것은 결국 범행은 일요일에 일어나지 않았다, ―인 것 같아. 하지만 만약 『레토아르』지의 이런 가설을 받아들인다면, 앞으로는 그 어떤 가설도 받아들이지 않으면 안 될 거야. 그러니까 '가령 그녀가 살해되었다 할지라도'로 시작되는 일련의 주장이 『레토아르』의 지면에서 나타내고 있는 뜻은 위에서 말한 바와 같다 할지라도, 실제로 필자의 머릿속에 있었던 것은 오히려 다음과 같은 것이 아니었을까 싶어. '가령 그녀가 살해되었다 할지라도 가해자들이 밤이 깊기도 전에 그 사체를 강물 속으로 던져 넣을 수 있을 만큼 빨리 이 범행이 종료되었다고 보기에는 상당한 무리가 따른다. 즉, 한편으로는 위의 모든 사실들을 상상하면서 그와 동시에 그 사체는 밤늦게까지 강물에 던져지지 않았다고 보는 것에는 상당한 무리가 있다.' ―이거 참, 앞뒤가 전혀 맞지 않는 문장이지만 그래도 그 신문에 실린 문장보다는 조금 낫지 않은가?

만약 나의 목적이 『레토아르』지에 대한 반박, 오로지 거기에만 있다면 이런 건 그냥 내버려두는 편이 더 나을 거야. 하지만 우리의 상대는 『레토아르』지가 아니야. 바로 진실이지. 지금 문제 삼은 문장 그대로라면 의미는 오직 하나밖에 없어. 그리고 나는 그걸 분명하게 말했어. 하지만 말이라는 것은 그 배후까지 철저하게 파헤쳐서, 그 말이 명확하게 의도하고 있으면서도 끝내 전달하지 않았던 의미까지 파악하는 것이 중요하지. 여기서 기자들이 하고 싶었던 말은 가령 범행이 일요일의 밤이나 낮 그 어느 시각에 행해졌다 할지라도 설마 가해자들이 사체를 밤이 깊기 전에 강까지 옮기는 어리석은 짓은 절대 하지 않았을 것이라는 점일 거야. 내가 이 가설을 받아들일 수 없다고 했던 이유가 바로 거기에 있어. 그러니까 이 가정은 애초부터 범행은 반드시 사체를 강까지 옮겨야 할 필요가 있는 장소, 그리고 그런 사정 하에서 행해졌다는 생각에서 출발한 거야. 하지만 그런 범행은 강변에서, 아니 바로 강 위에서도 얼마든지 행할 수 있었을 거고 그렇다면 가장 손쉽고 가장 빠르게 사체를 처분할 방법으로 밤과 낮에는 상관없이 강물에 던지는 방법을 생각했을 거야. 설마 오해하고 있는 건 아니겠지? 나는 사건이 그랬을 것이라고 말하고 있는 것도 아니고, 내 자신의 의견이 그렇다고 말하고 있는 것도 절대 아니야. 단지 『레토아르』지의 논조 전체가 애초부터 매우 편파적이었다는 사실에만 주목해주기 바랄 뿐이야.

결국 그 신문은 이처럼 자신의 선입관에 맞도록 범위를 한정해 두고, 그것을 바탕으로 만약 그 사체가 마리라고 한다면 물 속에 있었던 시간이 너무나도 짧다는 가설을 세운 거야. 그리고 계속해서 이렇게 논했어.

'모든 경험이 제시하는 바에 의하면 익사체, 혹은 폭력에 의한 살해 후 바로 물에 던져진 사체가 부패로 인해 수면 위로 떠오르려면 6일 내지 10일 정도를 필요로 하는 법이다. 사체가 있는 곳을 향해서 대포를 발사하면 적어도 5일 내지 6일 이전에 떠오르는 경우가 있기는 하지만 그것도 그냥 내버려두면 다시 가라앉는 법이다.'

이 주장은 『르 모니테르』지를 제외한 파리의 모든 신문들이 암암리에 승인하고 있는 사실이야. 『르 모니테르』지는 익사체라고 생각되는 것이 실제로 『레토아르』지가 주장하고 있는 것보다 더 짧은 시간 안에 떠올랐던 대여섯 가지 사례들을 들어 그것으로 '익사체 운운' 하는 부분만을 반박하려 노력하고 있어. 하지만 『레토아르』지의 일반적인 주장에 대한 반박을 단지 그것에 반하는 특수한 예만을 들어서 행하려 하는 『르 모니테르』지의 방법에는 아무래도 조금 지나치게 비논리적인 부분이 있어. 설사 다섯 개나 여섯 개의 예 대신 2, 3일 만에 떠오른 실례를 50개 늘어놓는다 해도 그 50개가 전부 예외라고 생각되어진다면 그것 역시 마찬가지야. 적어도 『레토아르』지가 말하고 있는 원칙 자체가 논파되지 않는 한은. 즉, 이 원칙을 인정하는 한(그런데 『르 모니테르』지는 결코 이를 부정하고 있지 않아. 단지 예외를 주장하고 있을 뿐이지.) 『레토아르』지의 주장은 조금도 효력을 잃지 않아. 왜냐하면 이 논의는 겨우 3일 이내에 시체가 떠오를 가능성이라는 문제만을 포함하고 있는데 그것뿐이라면 이런 어린애 장난과도 같은 실례를, 반대가 되는 원칙을 확립할 수 있을 정도로 충분히 열거하지 않는 한 그것은 오히려 『레토아르』지의 주장 쪽에 더 유리하게 작용하기 때문이지.

따라서 자네도 이미 눈치 챘겠지만, 만약 이 점에 대해서 논의를 하려 한다면 그것은 어디까지나 원칙에 대한 논의가 되어야만 해. 그리고 그러기 위해서는 원칙의 논리적 근거 자체를 검토해보아야만 하네. 어쨌든 일반적으로 봐서 인간의 몸이란 건 말일세, 센 강의 물보다 그다지 가볍지도 않고 무겁지도 않아. 다시 말해서 인체의 비중이란, 자연적인 상태에 있을 때는 그것이 차지하는 면적의 담수의 양과 거의 비슷한 법이야. 뼈가 얇고 몸이 크고 비만인 사내나 일반적으로 봐서 여자의 몸은, 마르고 뼈가 두꺼운 사람 그 중에서도 특히 남자보다 가벼운 것이 원칙이지. 한편 강물의 비중은 바다의 조수에 따라서 조금씩 달라져. 하지만 조수와 관계된 문제를 제외한다면 담수 속에서라도 저절로 물에 잠기는 인간의 몸은 없다고 생각해도 좋아. 설사 강에 빠졌다 할지라도 대부분은 물의 비중과 자기 몸의 비중이 평형이 되게 하지. —다시 말해서 작은 부분을 제외하고 가능한 한 전신을 물에 잠기게 하면 —몸은 물에 뜨게 돼 있는 법이야. 수영을 못하는 사람에게 가장 좋은 자세는 마치 뭍 위를 걸을 때처럼 똑바로 서서 머리를 뒤로 한껏 젖히고 완전히 물에 잠기는 것, 그리고 입과 코만을 물 위로 나오도록 하는 것이지. 그렇게 하면 별 어려움 없이, 힘 들일 필요도 없이 계속 물 위에 떠 있을 수 있을 거야. 하지만 그것은 몸의 무게와 몸 때문에 밀려난 물의 무게가 실로 미묘한 형태로 균형을 유지하고 있는 상태이기 때문에 아주 조그만 현상에도 균형이 쉽게 깨져버리고 말아. 예를 들어서 팔 한쪽이라도 물 위로 내밀면 그만큼 지탱해주는 부분이 줄어들고 그것이 그대로 무게가 되기 때문에 머리는 완전히 물 속으로 잠겨버리게 되지. 그 대신 아주 조그만 나뭇조각 하나라 할지라도 도움이 될 만한 것이 생긴다면 이번에는 반대로 머리를 들어 주위를 둘러볼 수도 있게도 되는 법이야. 그런데 수영을 못하는 사람일수록 쓸데없이 두 팔을 들어 몸부림치고, 머리는 평소처럼 똑바로 하려고 한단 말이야. 그 결과 입과 코 전부 물 속에 잠겨버리지. 그리고 물 속에서 호흡을 하려고 하기 때문에 대부분은 폐 속으로 물이 들어가. 말할 것도 없이 위 속으로도 물이 한꺼번에 흘러들어가지. 그렇게 되면 처음 그와 같은 몸 속의 공간에 채워져 있던 공기의 무게와 새로이 몸 속으로 흘러들어온 물의 무게의 차이만큼 몸 전체가 무거워지게 되는데 일반적으로 말해서 그 정도의 차이만으로도 몸은 충분히 물에 가라앉게 되어 있어. 단, 뼈가 얇고 비정상적으로 지방이 많은 체질인 경우에는 익사한 후에도 여전히 물에 떠 있는 경우가 있지.

그런데 일단 강바닥으로 가라앉아버리면 이번에는 어떤 이유로 해서 그 비중이 차지하고 있는 면적의 물의 무게보다 가벼워질 때까지 그대로 가만히 가라앉아 있게 돼. 그리고 그것을 물에 떠오르게 하는 원인이 바로 부패작용이라 불리는 것이야. 부패의 결과 중에서 가장 먼저 일어나는 것은 가스의 발생이야. 그 가스가 세포조직은 물론 몸 속의 공간이라는 공간을 전부 팽창시키기 때문에 그처럼 끔찍하게 부어오른 모습이 되는 거야. 그리고 이런 팽창작용이 점점 진행되어, 사체의 질량이나 중량은 조금도 증가하지 않는데 용적만 엄청나게 증가하면 그 비중이 차지하는 면적의 물의 무게보다 가벼워지기 때문에 바로 물 위로 떠오르게 되는 거야. 그런데 이 부패라는 것은 참으로 여러 가지 사정에 따라서 변화하는 녀석이야. ─즉, 여러 가지 원인이 작용해서 빨라지기도 하고 늦어지기도 하지. 예를 들자면, 더위와 추위에 따라서 달라지기도 하고 물에 포함되어 있는 광물질의 유무에 따라서 달라지기도 하지. 그리고 물의 깊이에 따라 달라지기도 하고 흐름이 있느냐 없느냐에 따라서 달라지기도 해. 그 외에도 사체의 주된 체질, 사망 전 병의 유무 등 조건은 헤아릴 수도 없이 많아. 이런 이유로 사체가 언제 부패작용에 의해서 떠오를까 하는 문제는 도저히 정확하게 결정할 수 있는 게 아니야. 어떤 특정한 조건만 갖춰지면 1시간 이내에 떠오를 수도 있고 다른 사정이 있을 때는 끝까지 떠오르지 않는 경우도 있는 법이야. 그리고 동물체를 영원히 썩지 않게 하는 화학적 주입제도 있지. 염화제2수은이 바로 그 중 하나야. 그리고 가령 부패작용을 고려하지 않는다 할지라도, 위 속에 있는 식물성 물질의 초산(醋酸)발효 때문에 일어나는 가스의 발생이 있을 수도 있고, 실제로 그렇게 보기 드문 현상도 아니지. (위뿐만이 아니야. 원인은 다르지만 그 외의 공간에서도 종종 일어나고 있어) 그렇게 되면 몸 속의 공간이 넓어져서 이 역시도 사체 부상의 원인이 되지. 대포 발사에 의한 효과는 그저 진동의 결과에 지나지 않아. 그러니까 사체가 묻혀 있던 진흙에서 벗어나고 거기에 다른 여러 조건이 미리 갖춰져 있었다면 그로 인해서 떠오르게 되거나, 아니면 그것이 세포조직의 부패된 부분의 점착력보다 강해 몸 속의 공간이 갑자기 가스 때문에 팽창되는 경우도 있지.

이상, 이 문제와 관련된 이론을 남김없이 눈앞에 펼쳐놓고 보면 『레토아르』지의 주장 같은 건 별 어려움 없이 검토해볼 수 있지. 이 신문의 주장은 바로 이런 거야. '모든 경험이 제시하는 바에 의하면 익사체, 혹은 폭력에 의한 살해 후 바로 물에 던져진 사체가 부패로 인해 수면 위로 떠오르려면 6일 내지 10일 정도를 필요로 하는 법이다. 사체가 있는 곳을 향해서 대포를 발사하면 적어도 5일 내지 6일 이전에 떠오르는 경우가 있기는 하지만 그것도 그냥 내버려두면 다시 가라앉는 법이다.'

그렇다면, 그들의 주장이 완전히 모순과 당착 덩어리라는 사실을 쉽게 알 수 있게 되지. '익사체'가 부패 · 분해작용에 의해서 떠오르는 데 6일 내지 10일을 필요로 한다는 사실을 모든 경험이 제시하고 있다니 말도 안 되는 소리야. 과학적으로나 경험상으로나, 그것이 가르쳐주고 있는 것은 부상 시기는 결코 결정할 수 있는 것이 아니라는 사실, 그리고 당연히 그래야만 한다는 사실뿐이야. 게다가 대포를 쏜 때문에 떠오른 것은 '그냥 내버려두면 다시 가라앉는 법'이라니, 그건 부패 정도가 심해서 발생한 가스가 유출된 경우를 제외한다면, 거짓말 중에서도 거짓말이라 할 수 있어. 단, 한 가지 주의해서 봐야 할 부분은 그 기사에서도 '익사체'와 '폭력에 의한 살해 후 바로 물 속에 던져진 사체'라는 것을 확실하게 구분했다는 사실이야. 이 필자, 그것을 기껏 구분해놓고는 두 가지를 같은 범주 속에 넣어버리기는 했지만 말이야. 물 속으로 잠겨들기 직전에 있는 사람의 비중이 같은 용적의 물보다 더 무거워진다는 사실, 그리고 그가 몸부림을 치며 팔을 물 위로 들어 올리거나 물 속에서 숨을 쉬려고 헐떡이거나 —바로 그 때문에 원래는 공기가 들어 있던 폐 속에까지 물이 들어가게 되는 것인데— 그런 행동만 하지 않는다면 결코 물 속으로 잠기지 않는다는 사실은 앞서도 이야기했지? 그런데 '폭력에 의한 살해 후 바로 물 속에 던져진 사체'의 경우는 몸부림을 치지도 숨을 헐떡이지도 않아. 따라서 후자의 경우에 있어서, 사체는 원칙적으로 절대로 물에 가라앉지 않아. —그 사실을 『레토아르』지는 전혀 모르고 있어. 물론 부패가 아주 심해서 —예를 들자면 살덩어리가 다량 뼈에서 떨어져나간 경우에는— 가라앉겠지만 그 전까지는 결코 가라앉지 않아.

그렇다면 『레토아르』지의 주장, 즉 그 사체는 겨우 3일밖에 지나지 않았는데도 떠올랐으니 마리 로제가 아니라는 논법은 대체 어떻게 해석을 하면 좋을까? 만약 익사라고 한다면 마리 로제는 여자니까 가라앉지 않았을 가능성도 있고, 한 번 가라앉았다 할지라도 의외로 24시간 이내에 다시 떠올랐을 가능성도 있어. 하지만 그녀가 익사했다고 생각하는 사람은 아무도 없어. 그렇다면 역시 강에 던져지기 전에 먼저 살해당한 뒤 언제인지 시간은 확실하게 알 수 없지만, 어쨌든 떠 있을 때 발견이 되었다는 거겠지.

그런데 『레토아르』지는 또 이렇게 말했어. '만약 사체가 살해된 채 화요일 밤까지 육지에 방치되었다고 한다면 강변 위에서 범인들의 어떤 흔적이 발견되었을 것이다.' 라고. 잠깐 읽어가지고는 필자의 의도를 이해하기 힘든 부분이야. 자신의 이론에 대한 반론을 스스로 앞장서서 제출하고 있는 것과 다를 바 없지 않은가? —그러니까 내 말은 사체를 이틀이나 육지에 놔두면 부패는 더욱 빨라져 —물 속에 잠겨 있을 때보다도 훨씬 더 빨라진다는 거야. 여기서 그는 생각했겠지. 만약 그렇다면 수요일에 떠오르는 것도 있을 수 있는 일, 아니 그렇지 않고서는 떠오를 리가 없다고. 그런데 이번에는 갑자기 서둘러서, 하지만 육지에 놔뒀을 리가 없다, 왜냐하면 그랬다면 당연히 '강변 위에서 범인들의 어떤 흔적이 발견되었을 것' 이기 때문이라고 했어. 이 추론에는 아마 자네도 웃음을 참지 못할 거야. 한번 생각해보라고. 사체를 그저 강변에 놓아두면 어째서 흉측한 범죄의 흔적이 더 늘어난다는 거지? 도저히 있을 수 없는 일 아닌가? 나도 영문을 알 수가 없어.

신문은 계속해서 이렇게 말하고 있어. '한마디 덧붙이자면, 그와 같은 흉악범죄를 저지른 범인들이 사체를 잠기게 하기 위한 어떤 추 없이 그것을 강 속으로 던졌다는 사실은, 그것이 아주 손쉽게 생각할 수 있는 수단인 만큼, 거의 있을 수 없다고 보는 것이 좋을 것이다.' 라고. 이 얼마나 우스운 사고의 혼란이란 말인가? 그 누구도 —알겠나?『레토아르』지조차도 말일세— 발견된 사체가 타살이라는 사실에는 이론이 없어. 폭행을 당했다는 증거가 너무나도 명확하니까. 따라서 이 필자의 목적은, 우선 그것이 마리의 사체가 아니라는 점을 증명하려는 데 있어. 마리는 살해당하지 않았다는 사실을 증명하고 싶은 것일 뿐이지 —그 사체가 타살된 것이 아니라는 사실을 증명하려는 건 아니야. 그런데 기자 양반의 말은 뒤의 사실에 대한 증명이 되고 있을 뿐이야. 여기에 추가 달리지 않은 사체가 있다. 만약 범인들이 던져 넣은 것이라면 추를 달지 않았을 리가 없을 거야. 따라서 사체는 범인이 던져 넣은 것이 아니다, 이렇게 되는 거지. 어떤 사실에 대한 증명이 된다면 기껏해야 그 정도일 거야. 과연 그것이 마리의 사체일까 하는 점에 있어서 그것은 거의 문제가 되지 않아. 무엇보다도『레토아르』지 자신이 조금 전에 말했던 사실을 바로, 땀을 뻘뻘 흘리면서 부정을 하고 있는 듯한 형국이 아닌가? '발견된 사체가 피해 여성의 사체라는 점에는 더 이상 의심의 여지가 없다.' 고 말하고 있으니.

이 필자가 무의식중에 자기모순에 빠진 예는 문제의 이 부분에서만도 결코 이것뿐만이 아니야. 앞서도 말한 바와 같이 이 필자의 목적은 분명히 마리의 실종에서부터 사체가 발견되기까지의 시간을 가능한 한 줄이는 데 있어. 그러면서도 한편으로는 아가씨가 어머니의 집을 나선 이후, 그 누구도 그녀의 모습을 보지 못했다는 사실을 되풀이해서 강조하고 있어. '6월 22일 오전 9시 이후, 그녀가 생존해 있었다는 증거는 어디에도 없다.' 고 기자 양반은 말하고 있잖아. 기자 양반의 이 논의는 어차피 아주 편협한 논의였으니 적어도 이런 문제에 대해서만은 시치미를 떼고 있었으면 좋았을 거야. 한번 생각해보라고. 만약 월요일이나 화요일에 누구 한 사람이라도 마리를 봤다는 사람이 나타나면 당연히 문제의 시간은 단번에 단축되고, 이 양반의 주장대로라면 그 사체는 마리가 아니라는 사실이 한층 더 확실해질 테니. 그런데 우습지 않은가? 『레토아르』지는 전체적인 논의를 이끌어나갈 생각으로 사실은 완전히 역효과를 가져오는 이 점을 자꾸만 주장하고 있으니.

그리고 다음으로는 보베가 행한 사체 검증에 대한 부분인데, 다시 한 번 읽어보기 바라네. 팔의 털에 대한 부분에서 『레토아르』지는 틀림없이 음험한 수단을 동원했을 거야. 보베도 바보는 아닐 테니까 말이야. 단지 팔에 털이 있다고 해서 그것만으로 마리의 사체라고 단정했다니, 그런 일이 과연 있을 수 있겠나? 이 세상에 털 없는 팔이 있을 리 없으니. 결국 『레토아르』지의 기사는 증인의 말을 고의적으로 왜곡한 것에 지나지 않아. 보베의 증언에는 틀림없이 그 털의 특징에 대해서 말한 부분이 있었을 거야. 예를 들자면 색이나, 양, 길이, 털이 난 위치 등 어떤 특징이 있는 점을 말했을 것임에 틀림없어.

그리고 『레토아르』지는 이런 말도 했지. '피해자의 발은 작다고 했는데 —작은 발은 얼마든지 있다. 양말대님이나 —구두도 역시 아무런 증거도 되지 않는다. —그런 물건들은 대량으로 판매되고 있기 때문이다. 모자의 꽃장식도 마찬가지다. 그리고 보베가 강조한 증거 중 하나는, 양말대님의 길이를 줄이기 위해서 끈의 길이를 조절하는 쇠를 반대로 움직였다고 하는 점인데 이 역시 아무런 증거도 되지 않는다. 왜냐하면 대부분의 여성들은 물건을 그대로 집으로 가져와서 각자의 허벅지 두께에 맞게 길이를 조절하는 법으로 그것을 산 상점에서는 그런 작업을 하지 않기 때문이다.' 라고. 그런데 이걸 읽고 보니 필자의 진실성 그 자체를 의심하고 싶어지는군. 보베의 입장에서 보자면, 마리의 사체를 찾고 있었는데 만약 전체적인 몸집, 크기가 마리와 비슷한 사체가 발견됐다고 하면 어떻겠나? (복장 같은 것은 생각할 필요도 없이) 틀림없이 그녀라고 생각한다는 건 당연한 일 아니겠나? 그리고 거기다 살아 있을 때 눈에 띄게 드러났던 특징 있는 팔의 털까지 있었으니, 어떻겠나? 한층 더 강한 확신을 갖게 될 거고, 거기다 그 털의 특징이나 이상한 점까지 확인하게 됐다면 더욱 자신감을 갖게 될 것은 당연한 일 아닌가? 그리고 마리의 발은 작았는데 사체의 발도 작았다는 점, 여기까지 오면 마리일 가능성은 단순히 산술급수적으로 늘어나는 것이 아니야. 기하급수적으로 늘어난다고 해도 이상할 건 하나도 없어. 거기에다 구두도 실종된 날 아침에 신고 나간 것과 같은 것이라고 한다면, 물론 구두도 얼마든지 '대량' 으로 팔리고 있을지는 몰라도, 어쨌든 더욱 틀림없을 거라고 생각하게 되는 건 당연한 일 아니겠는가? 하나만을 떼어놓고 보면 증거도 아무것도 될 수 없는 것이라 할지라도, 뒷받침이 될 수 있을 만한 자리에 제대로 놓이게 되면 절대적으로 확실한 증거가 되는 경우도 있어. 그리고 다음은 모자의 꽃 장식. 이것이 로제의 것과 똑같은 것이라고 한다면 더 이상은 조사해볼 필요도 없어. 단 한 송이의 꽃이라도 똑같다면 나머지는 조사해볼 필요도 없는 거야. —그런데 그것이 두 개가 되고 세 개가 된다면, 아니 그 이상이 된다면 어떻게 되겠는가? 하나하나가 몇 배의 힘을 가진 증거가 되는 거지. —즉, 더하기가 아니라 곱하기의 곱하기, 몇 백 배, 몇 천 배의 곱하기가 되는 거야. 그리고 그 사체에는 아가씨가 살아 있을 때 사용했던 양말대님까지 달려 있었어. 그렇다면 더 이상 살펴본다는 것은 바보와 다를 바 없는 행동이야. 게다가 그 양말대님은 마리가 집을 나서기 직전에 한 것과 마찬가지로 길이를 조절하는 쇠를 움직여서 짧게 조절되어 있었어. 이것까지 의심한다면 그는 미치광이거나 위선자일 거야. 그런데 『레토아르』지는 그것을 의심하고 있을 뿐만 아니라, 흔히 있을 수 있는 일이라고까지 말하고 있으니 그 견해가 얼마나 잘못된 것인지 충분히 알고도 남지 않겠나? 길이를 조절하는 장치가 달린 양말대님은 원래 자체적으로도 신축성을 가지고 있다는 점을 생각해본다면 그것을 줄였다는 것이야말로 이상하고, 평범하지 못한 일의 증거가 될 수 있는 것 아니겠나? 저절로 조절할 수 있게 되어 있는 걸 일부러 따로 움직여서 줄였다는 것은 틀림없이 그럴 필요가 있었기 때문일 거야. 그러니까 만약 마리의 양말대님의 길이가 정말로 줄여져 있었다면 그것이야말로 엄밀하게 말해서 아주 특이한 경우라고 할 수 있어. 그것만으로도 마리의 사체라고 단정 지을 수 있는 충분한 증거가 됐을 것임에 틀림없어. 하지만 더욱 중요한 것은 사체에 마리의 양말대님이 달려 있었다는 사실도 아니고, 구두, 모자, 모자에 꽃 장식이 있었다는 사실도 아니야. 그리고 발이 작았다는 사실, 팔에 있던 특징, 전체적인 몸집, 크기도 아니야. —오히려 그런 것들을 전부 하나도 남김없이 사체에서 발견할 수 있었다는 점이야. 일이 여기까지 왔는데도 『레토아르』지의 논자가 여전히 의문을 품고 있다면 그건 새삼스레 정신감정을 해볼 필요도 없어. 그러니까 그는 법률가들 흉내를 내는 것을 현명한 행동이라고 생각하고 있는 거야. 대체로 법률가들이란, 상투적인 법정용어를 적당히 되뇌기만 하면 그것으로 만사형통이라고 생각하는 녀석들이거든. 나는 자신 있게 말할 수 있는데 법률적으로 각하된 증거품의 대부분은 올바른 지혜를 가진 사람의 입장에서 보자면 무엇보다도 가장 중요한 증거품이 돼. 왜냐하면 법정이라는 것은 그저 증거라는 것의 일반적 원칙—다시 말하자면 일반적으로 인정받은 책을 바탕으로 한 원칙이지만—에서 제 아무리 특수한 경우라 할지라도 벗어나려 하지 않아. 물론 이처럼 굳건한 원칙주의, 그리고 그것에 비춰봐서 받아들일 수 없는 예외는 가차 없이 배제해간다는 주의, 바로 이것이 긴 안목으로 보자면 도달할 수 있는 최대한의 진실에 이르는 가장 확실한 방법이라는 것은 틀림없는 사실이야. 그러니까 전체적으로 봐서 이 방법은 틀림없이 이론적이야. 하지만 그와 동시에 개개의 경우에 대해서는 엄청난 오류를 범하게 되는 것도 사실이야.

그리고 보베에 관해 한 말에 대해서 자네라면 단 한마디로 배척하겠지? 그 사람의 인격에 대해서는 자네도 잘 알고 있을 거야. 낭만적인 면이 상당히 강하고 지혜라는 면은 아주 부족한, 한마디로 말해서 참견하기 좋아하는 사람이야. 그런 사람들은 정말로 흥분을 하게 되면, 따지기 좋아하는 사람이나 악의를 품고 있는 사람들이 보기에 의심을 할 만한 행동을 마치 일부러 그렇게 하는 것처럼 하게 되는 법이야. (자네가 모아온 메모에 의하면 아무래도) 보베는 『레토아르』의 그 기자를 직접 만난 것 같아. 그리고 기자 양반의 주장에도 굴하지 않고 사체는 틀림없이 마리라고 고집을 피워서 기자 양반을 화나게 만든 것 같아. '그는 사체가 마리임을 끝까지 주장하고 있지만 내가 앞서 논평한 것 이외에는 무엇 하나 타인을 납득시킬 만한 상황을 들지 못하고 있다.' 라고 적혀 있는데 '타인을 납득시킬 만한' 유력한 증거를 더 이상 들 수 있을 리 없다는 사실은 잠시 접어두고서라도, 이런 경우 인간이란 상대방을 납득시킬 만한 이유를 단 한 가지도 제시하지 못하면서도 자신만은 틀림없이 그 사실을 믿고 있는 경우가 얼마든지 있지 않은가? 무릇 인간에 관한 인상만큼 애매한 것도 없는 법이지. 누구나 옆집 사람을 보면 그가 누군지 알아. 하지만 그렇다면 어떻게 아는지 그 이유를 말해보라고 하면, 이유를 말할 수 있는 사람은 거의 없어. 보베가 믿고 있는 사실에 대한 이유를 제대로 대지 못한다고 해서 『레토아르』의 기자가 화낼 권리는 어디에도 없어.

보베를 둘러싸고 여러 가지 수상한 일들이 일어났다고 했지. 하지만 그것은, 그 때문에 수상하다고 말하는 논자의 설보다는 오히려 낭만적이고 참견하기 좋아하는 사람이라는 내 가정에 훨씬 더 잘 부합하는 것이라고 생각해. 일단 좀 더 관용적으로 해석해보기 바라네. 그럼 그 열쇠구멍에 꽂혀 있던 꽃과, 칠판에 적혀 있던 '마리' 라는 글자, '남자 친척들을 멀리했다.' 는 사실, '사체가 그들의 눈에 띄는 것을 아주 싫어했다.' 는 사실, 자신이 돌아올 때까지 헌

병과 이야기를 해서는 안 된다고 **Bxx** 부인에게 말했다는 사실, 마지막으로 '사건을 처리하는 데 있어서 그 이외의 누구도 관여시키지 않으려' 하는 태도를 보였다는 사실 모두 쉽게 이해할 수 있게 되지. 보베가 마리를 마음에 두고 있었다는 사실, 마리 역시도 그에게 상당히 추파를 던진 것 같다는 사실, 그리고 그는 자신이 마리에게서 충분한 사랑과 신뢰를 받고 있었던 것처럼 보이고 싶어 했다는 사실, 이런 건 더 이상 문제 삼을 것도 없을 거라고 생각해. 그러니 이 일에 대해서는 더 이상 말하지 않겠어. 그리고 『레토아르』지가 자꾸만 말하고 있는 또 한 가지 사실, 어머니와 그 외의 친척들이 아주 냉담한 반응을 보였다는 사실. —이 이야기는, 만약 그 사체가 향수가게 아가씨였다면 틀림없이 모순되는 사실임에 틀림없지만 —여기에 대해서는 이미 확실한 반증이 있어. 그러니까 우리는 사체에 대한 확인은 이미 끝난 것이라고 생각하고 일을 풀어나가기로 하자고."

여기서 내가 입을 열었다.

"그럼 『르 커메르시에르』지의 견해에 대해서는 어떻게 생각하지?"

"음, 이 문제에 관해서 발표된 어떤 견해보다도 정신적인 면에 있어서는 주목할 만한 가치가 있다고 생각해. 전제에서 출발해서 연역해나간 과정도 아주 이론적이고 날카롭기는 하지만, 전제 자체가 적어도 두 가지 점에서 불완전한 관찰에 바탕을 두고 있는 것 같아. 『르 커메르시에르』지는 마리가 어머니의 집에서 나온 지 얼마 지나지 않아서 불량배들에게 잡혔다고 주장하고 싶어 하는 것 같아. 그래서 '피해자처럼 많은 시민들에게 얼굴이 알려진 여자가 누구의 눈에도 띄지 않고 세 블록 가까이를 걸었다는 것은 도저히 있을 수 없는 일이다.'라고 말했어. 하지만 이것은 어떤 공직에 있으면서 오랫동안 파리에서 생활한 사람으로 —그것도 활동 범위가 주로 관청이나 사무실 근처에만 한정되어 있는 사람의 견해야. 즉, 그의 입장에서 보자면 자신이 근무하고 있는 곳에서 겨우 열 블록만 걸어가도 반드시 누군가 아는 사람을 만나 이야기를 나누게 될 게 뻔하지. 그래서 그가 알고 있는 사람들의 범위, 그리고 그를 알고 있는 사람들의 범위를 잘 알고 있기 때문에 그 자신이 알려진 정도와 그 아가씨가 알려진 정도를 비교해보고 바로 대체로 비슷할 것임에 틀림없다고 생각한 거야. 그렇다면 마리 역시 거리를 걸으면 틀림없이 자신과 비슷한 정도로 아는 사람과 만날 것이라고 결론을 내리는 건 당연한 일이겠지. 하지만 이와 같은 사실은 그녀의 외출 시간이 그와 마찬가지로 일정하게 정해져 있으며, 범위도 똑같이 제한 된 구역에 한정되어 있을 때만이 비로소 적용될 수 있는 말이야. 즉, 그의 경우는 일정 지역을 매일 일정한 시간에 왕복하고 있어. 게다가 그곳은 직업이 비슷하다는 이유 때문에 그의 모습에 주의를 기울일 만한 사람들이 잔뜩 모여 있는 곳이야. 하지만 마리의 외출은 대체로 일정하지 않았다고 봐도 좋을 거야. 특히 이번 경우는 아무리 생각해봐도 평소 자주 다니던 곳과는 전혀 다른 길을 간 것임에 틀림없어. 따라서 『르 커메르시에르』지가 생각하고 있었을 것임에 틀림없는 대비는, 만약 두 사람이 파리 전 시내를 돌아다니는 경우라면 아주 정확하게 맞아떨어질지도 몰라. 그런 경우, 만약 두 사람이 알고 있는 사람의 숫자가 같다고 가정한다면 그들과 만나는 숫자가 같아질 확률도 같아지겠지. 따라서 내 의견을 말하자면, 마리가 어떤 여건을 갖춘 시간에 자신의 집과 숙모의 집을 연결하는 수많은 길 중 어느 하나를 지나면서 얼굴을 알고 있는 사람, 혹은 그녀의 얼굴을 알고 있는 사람을 한 명도 만나지 못했다는 사실은 단순히 가능한 일일 뿐만 아니라 오히려 그럴 가능성이 더 높다고 생각해. 따라서 이 문제를 올바로 생각하기 위해서는 한편에는 파리시 전체 인구를 그리고 다른 한편에는, 그에 비해서 제 아무리 유명한 사람이라 할지라도 개인적으로 알고 있는 사람의 숫자는 극소수에 지나지 않는다는 사실을 늘 머릿속에 넣어두지 않으면 안 돼.

그래도 『르 커메르시에르』지의 주장에는 다소간의 설득력이 아직은 남아 있을지 모르지만 그것도 그 아가씨가 집에서 나온 시각을 고려해본다면 아주 약한 것이 되어버릴 거야. '그녀가 집에서 나온 것은 거리가 사람들로 붐비는 시각이었다.'라고 그 신문은 썼지만 이건 완전히 틀린 말이야. 아침 9시라고. 물론 일요일을 제외한 평일의 9시였다면, 파리의 거리는 사람들로 혼잡했을 거야. 하지만 일요일 9시는 시민들이 대체로 교회에 갈 준비를 하기 위해서 집에 있을 시각이야. 조금 주의 깊은 사람이라면 안식일 오전 8시에서 10시 무렵까지 거리가 얼마나 고요한지 아주 잘 알고 있을 거야. 10시에서 11시까지는 혼잡하지만 문제가 된 시간처럼 이른 아침에는 결코 붐비지 않아.

그리고 한 가지 더, 『르 케메르시에르』지는 중요한 문제를 하나 놓치고 있어. '피해자의 속치마의 일부가 폭 1피트, 길이 2피트 정도 찢겨져 있었는데, 틀림없이 소리를 지르지 못하게 하기 위해서 그랬겠지만, 그것으로 후두부에서 한 바퀴 돌려 턱 밑에서 묶어놓았다. 손수건을 들고 있지 않은 무리들의 소행임에 틀림없다.' 라고 말했지. 이 판단이 과연 옳은 것인지에 대해서는 나중에 말하기로 하고, 여기서 '손수건을 들고 있지 않은 무리들' 이라고 말한 것은 분명 가장 저급한 건달들을 의미하는 걸 거야. 하지만 가장 저급한 건달들이야말로 설사 셔츠는 없다 해도 손수건만은 반드시 가지고 다니는 사람들이야. 자네도 이미 알고 있겠지만, 요즘 악당들에게 있어서 손수건이란 없어서 안 될 물건이 되어버린 듯해."

"그렇다면 『르 솔레유』지의 비평에 대해서는 어떻게 생각하지?"

"글쎄, 그 기자 양반이 앵무새로 태어나지 않은 게 참으로 안타까울 뿐이야. 그랬다면 최고의, 일류 앵무새가 될 수 있었을 거라고 생각해. 그건 지금까지 발표된 견해를 하나하나 반복한 것에 지나지 않아. 참으로 놀랄 만한 근면함으로 여기저기 다른 신문의 기사를 모았어. '이들 유품은 적어도 3, 4주 정도 그곳에 있었던 듯하다. 이것으로 봐서 이 무시무시한 범죄의 현장이 발견된 것만은 틀림없는 사실이다.' 라고 말씀하셨는데 『르 솔레유』의 이 복사판 기사는 이번 문제에 대한 내 의문을 조금도 풀어주지 못하고 있어. 그러니까 그 점은 다른 문제와 관련해서 나중에 좀 더 자세히 검토해보기로 하세.

어쨌든 지금은 좀 더 다른 문제에 대해서 조사를 해봐야 해. 첫째, 검시가 아주 허술하게 이루어졌다는 사실은 자네도 눈치 챘겠지? 그래, 사체가 누구인지는 바로 알 수 있었고 또 당연히 그랬을 테니까. 하지만 거기에는 그 외에도 확인했어야 할 여러 가지 점들이 있었을 거야. 예를 들어서, 소지품 중에서 빼앗긴 것은 없는지, 피해자가 집에서 나올 때 보석이라도 몸에 지니고 나온 건 아닌지, 그랬다면 사체 발견 시에 그것이 남아 있었는지. 증거를 조사할 때 이런 문제에 대해서는 전혀 확인을 하지 않은 것 같은데 이는 아주 중요한 문제야. 그 외에도 중요한 문제들은 얼마든지 있지만 전혀 주의를 기울이지 않았어. 그들 문제에 대해서는 납득할 수 있을 때까지 우리가 직접 조사하지 않으면 안 돼. 생 퇴스타슈에 대해서도 다시 한 번 재조사할 필요가 있어. 특별히 그 사람을 의심하고 있는 건 아니지만 그래도 조사할 수 있는 건 다 해봐야지. 사건이 있었던 일요일의 알리바이에 대한 진술서도 의심되는 부분이 하나도 남지 않을 때까지 확인을 해봐야 해. 그와 같은 진술서는 거짓으로 작성되는 경우가 많으니까. 하지만 그 내용에 아무런 문제가 없다면 생 퇴스타슈에 대해서는 더 이상 생각하지 않아도 괜찮을 거야. 단, 문제가 되는 것은 그의 자살인데, 그것도 만약 진술서에 허위라도 있다면 혐의가 짙어지기는 하지만 그렇지 않을 경우에는 결코 설명할 수 없는 문제가 아니기 때문에 굳이 통상적인 분석방침에서 벗어날 필요는 없을 거라고 생각해.

지금 내가 하려는 조사에서 이 참극의 내부적인 문제는 전부 배제될 거야. 오로지 사건의 주변에만 주의를 집중할 생각이야. 이와 같은 범죄수사에 있어서 언제나 범해지는 커다란 오류 중 하나는, 조사를 오직 직접적으로 당면한 문제에만 국한시키고, 간접적이고 부수적인 일은 전부 무시를 해버린다는 점이야. 증거나 변론의 범위를 언뜻 보기에 관련이 있어 보이는 것에만 국한시켜 버리는 것, 이것이 일반적인 법정의 잘못된 습관이야. 그런데 실제적인 경험은 물론, 참된 논리에서도 마찬가지지만 대부분의 진실은 관계가 없어 보이는 것에서 나타나는 법이야. 근대 화학이, 예견되지 못한 것을 예상한다는 것은 글자 그대로의 뜻은 아닐지 모르겠지만 정신은 어디까지나 이 원리에 따르는 법이야. 그래도 자네는 아직 잘 모르겠지? 인간 지식의 역사가 끊임없이 보여주고 있는 일들, 가장 가치 있는 수많은 발견들은 대체로 간접적, 부수적 내지 우발적인 일들에 바탕을 두고 있다는 사실을 말이야. 따라서 지금은, 어떤 장래의 진보를 기대한다면 통상적인 예상범위에서는 완전히 벗어난 오히려 우연에 의해 태어나는 발명을 조금이 아니라 대대적으로 생각해둘 필요가 있는 그런 시대에까지 오게 됐다네. 과거의 사실이라는 기초 위에 바람직한 미래의 환상을 쌓아올린다는 것은 이제 이론적이라고는 부를 수 없게 됐어. 우연이라는 것이 기초구조의 일부로 확실하게 자리를 잡고 있으니까. 이른바 찬스라는 것을 절대예측의 문제로 삼고 있어. 예견할 수 없는 것, 상상할 수 없는 것을 학교의 수학적 공식으로 판단하려 하고 있어.

다시 한 번 말하겠는데, 모든 진리의 대부분은 간접적인 것에서 태어난다는 말은 거의 사실 이상의 사실이야. 그래서 나는 이번 사건도 이 사실에 포함되어 있는 원칙의 정신에 따라서 지금까지 조사를 해왔지만 아무런 효과도 거두지 못했던 사건 차제보다는 사건을 둘러싼 당시의 정황 쪽으로 탐색의 방향을 돌리려 하고 있어.

그러니까 자네가 그 진술서의 신빙성에 대해서 확인을 하는 동안 나는 신문을 자네가 조사한 것보다 더욱 광범위하게 조사를 해볼 생각이야. 지금까지 우리가 점검한 것들은 한마디로 이미 조사된 범위의 것들에 지나지 않아. 내가 말한 대로 지금부터 모든 신문을 하나도 남김없이 조사해서 아주 조그만 것이라도 새롭게 수사의 방향을 결정해줄 만한 문제가 대두되지 않는다면 오히려 그 편이 더 이상하다고 해야 할 거야."

뒤팽의 제안에 따라서 나는 진술서의 내용을 하나하나 신중하게 살펴봤다. 그 결과 그것이 매우 믿을 만한 것이라는 사실을 알게 되었으며, 그와 동시에 생 퇴스타슈가 무죄라는 사실도 판명되었다. 한편 그러는 동안 뒤팽은 아주 꼼꼼하게, 내게는 거의 무의미하다 생각될 정도로 꼼꼼하게 모든 신문의 묶음을 조사하기에 몰두했다. 그로부터 일주일 정도 지나서 내 앞에 다음과 같은 글을 내밀었다.

「2년쯤 전의 일로, 르 블랑 씨가 경영하고 있는 팔레 루아얄의 향수가게에서 마리 로제 양이 실종되어 이번과 똑같은 소동이 벌어졌던 적이 있었다. 하지만 당시에는, 일주일 정도 지나서 평소보다 얼굴빛이 다소 나쁘기는 했지만 그 외에는 평소와 조금도 다를 바 없는 모습으로 가게의 계산대에 다시 모습을 드러냈다. 르 블랑 씨 및 어머니의 말에 의하면, 그저 아는 사람을 찾아 시골로 놀러 갔었던 것일 뿐이라고 했으며, 사건은 곧 완전히 잊혀지고 말았다. 개인적인 생각으로는 이번의 실종사건도 이와 같은 착각이며, 1주일이나 1개월 정도 지나면 다시 돌아올 것으로 생각된다.」『석간 신문』, 6월 23일, 월요일.

「어제 한 석간신문이 전에도 로제 양의 의문의 실종사건이 있었다는 사실을 보도했다. 르 블랑 씨의 향수가게에서 모습을 감췄을 때 그녀가 불량스럽기로 유명한 한 청년 해군사관과 함께 있었다는 것은 이미 잘 알려진 사실인데 두 사람 사이에 싸움이 일어났고 그 때문에 그녀는 다시 집으로 돌아온 듯했다. 그 색마는 파리에서 근무 중이며 그 이름도 알고 있고, 이유도 새삼스럽게 말할 필요도 없이 명백하지만 일단은 발표를 미루기로 한다.」『르 메르퀴르』지, 6월 24일, 화요일 조간.

「그제께 우리 시 근교에서 가장 흉악한 폭행이 있어났다. 저물녘, 아내와 딸을 동반한 한 신사가 마침 센 강변 가까이에서 보트놀이를 하고 있던 청년 여섯 명에게 돈을 건네주고 강을 건넜다. 강을 건넌 세 사람은 보트에서 내려 보트가 보이지 않는 곳까지 왔는데 그때 딸이 보트에 파라솔을 놓고 내렸다는 사실을 깨달았다. 바로 보트가 있는 곳으로 되돌아갔는데 그녀는 이 일당들에게 잡혀 강 위로 끌려갔을 뿐만 아니라 재갈을 물리고 심한 폭행을 당한 뒤, 처음 부모들과 함께 내렸던 지점에서 그다지 멀지 않은 강가에 내려졌다. 이 폭한들은 도주 중에 있지만 경찰들이 행방을 추적하고 있기에 머지않아 적어도 일부는 체포될 것으로 보인다.」『조간신문』, 6월 25일.

「이번 폭행에 대해서, 본사는 그것이 메네 씨의 범행이라는 내용의 보고를 한두 통 받았지만 메네 씨는 심문을 통해서 무죄라는 사실을 충분히 증명했기 때문에 보도원들의 논거는 열의 넘치는 것이기는 하지만 확실한 근거가 없는 것으로 판단, 그것은 오히려 발표하지 않는 것이 적당하다고 생각한다.」『조간신문』, 6월 28일.

「본사는 각기 다른 사람의 필적으로 보이는 강경한 의견이 담긴 투서를 여러 통 받았는데 그 투서들이 일관되게 강조하고 있는 바에 의하면, 불행하게도 마리 로제 양은 일요일에 시 근교를 돌아다니다 나쁜 짓을 일삼는 수많은 불량배들의 한 무리에 의해서 희생된 것임에 틀림없는 것 같다. 본사도 이 견해를 전면적으로 지지하는 견해를 갖고 있으며 이 추측 중 일부는 곧 지면에 소개할 예정이다.」『석간신문』, 6월 31일, 화요일.

「월요일의 일이었다. 세무국과 관련된 일을 하고 있는 거룻배의 선원 중 한 사람이 센 강을 표류하고 있던 빈 보트를 발견했다. 돛은 배의 바닥에 쓰러져 있었다. 선원은 거룻배 사무실 밑까지 배를 끌고 갔는데 이튿날 아침, 사무원들이 모르는 사이에 어딘가로 사라져버렸다. 키만은 거룻배 사무실에 빼놓았다.」『라 딜리장스』, 6월 26일, 목요일.

이들 몇몇 발췌문을 읽어보았지만 내게는 서로 아무런 관계도 없는 것처럼 생각되었을 뿐만 아니라, 아무리 들여다봐도 문제의 사건과 관계된 것은 단 하나도 없는 것처럼 보였다. 나는 아무 말 없이 뒤팽의 설명을 기다렸다.

　"첫 번째, 두 번째 발췌문에 대해서는 자세한 설명을 할 생각이 없어. 이것을 베낀 것은 단지 경찰이 얼마나 나태한지를 소개하고 싶었기 때문에 지나지 않아. 경시총감의 말을 살펴보면, 여기에 나와 있는 해군사관은 조사해볼 생각조차도 전혀 하지 않은 것 같으니까. 어쨌든 두 번에 걸친 마리의 실종사건에서 관련성은 전혀 찾아볼 수 없다니, 정말 이처럼 멍청한 말도 없을 거야. 만약 말이야, 처음에는 두 사람이 눈이 맞아 도주를 했지만 싸움을 하게 돼서 배반당한 사람이 그대로 집으로 돌아왔다고 생각해보자고. 그렇다면 이렇게 생각해볼 수도 있을 거야. 이번 도주는(물론 다시 한 번 도주를 했다고 가정을 하고 하는 얘기지만), 또 다른 인물이 나타나서 처음부터 설득을 했다기보다는 전에 배신했던 남자와 다시 정을 쌓아 행해졌다고 볼 수도 있을 거야. ―그러니까 새로운 연애가 시작된 것이 아니라 타다 남은 막대기에 다시 한 번 불이 붙은 거라고 볼 수도 있다는 말이야. 남자와 한 번 도주한 경험이 있는 여자에게 또 다른 남자가 도주하자고 말하는 경우보다는, 누가 뭐래도 전에 함께 도주했던 남자가 다시 한 번 같은 말을 하는 경우가 훨씬 더 많으니까. 그래서 말인데 이 사실에 꼭 좀 주목을 해줬으면 좋겠어. 그런데 확실하게 알고 있는 첫 번째 도주와, 아무래도 그랬을 것이라고 생각되는 두 번째 도주 사이의 시간이, 우리 해군

군함이 한 번 항해하는 통상적인 시간보다 겨우 2, 3개월 길 뿐이야. 마리의 정부가 처음에는 출항시간에 쫓겨서 행하지 못했던 악행을, 이번에 돌아오자마자 그 실행에 옮기지 못했던 악행을 —적어도 자신의 손으로는 실행하지 못했던 그 계획을 기회를 엿보고 있다가 바로 실행에 옮긴 것이 아닐까? 그런데 그런 문제에 대해서는 아직 아무것도 모르고 있어.

물론 자네는 이렇게 말할지도 모르지. 상상하고 있는 두 번째 도주는 전혀 있지도 않았다고. 맞아, 없었을 수도 있어. —그렇다면 계획하기는 했지만 뜻대로 되지 않았다고도 할 수 있지 않을까? 아직까지 생 퇴스타슈와 보베 이외에 만천하에 공개된, 그리고 어엿한 마리의 구혼자는 한 명도 나오지 않았어. 이 두 사람 이외의 다른 사람에 대해서는 아직 아무런 얘기도 나오지 않았어. 그렇다면 친척들(적어도 그 대부분이)은 아무것도 모르고 있는, 그 일요일 아침에 마리와 만났던 남자, —마리는 완전히 안심하고 있었던 듯해. 날이 완전히 저물 때까지 그 한적한 루르 관문의 숲 속에서 함께 있었으니. 다시 한 번 말하자면, 적어도 친척들의 대부분이 아무것도 모르고 있는 이 비밀의 연인은 대체 누구였을까 묻고 싶은 거야. 그리고 마리가 아침에 나갔던 그날 '이제 그 아이와도 두 번 다시 만나지 못하겠군.' 이라고 말했던 로제 부인의 이상한 예언은 대체 어떤 의미였을까 하는 것도.

설마 로제 부인이 도주 계획을 은연중에 암시받았다고는 볼 수 없겠지만, 적어도 마리가 도주할 마음을 가지고 있다는 사실을 상상하고 있었다고는 볼 수 있지 않을까? 집을 나설 때 그녀는 데 드로메 가에 있는 숙모 댁에 간다고 말했고, 생 퇴스타슈에게 어두워지면 데리러 오라고까지 말했잖아. 그러나 이 사실은 언뜻 보기에 조금 전 내가 말한 사실과 상당히 모순되는 것처럼 보일지도 몰라. ─하지만 바로 이 점을 생각해보기 바라네. 그 여자가 누군가를 만나서 함께 강을 건너 오후 3시라는 늦은 시간에 루르 관문에 도착했던 것만은 틀림없는 사실이야. 그런데 그 남자와 함께 가기로 했을 때(어떤 목적에서 그랬는지, ─또 그 사실을 어머니에게 말했는지는 알 수 없지만), 어쨌든 집을 나올 때 그녀가 확실하게 말했던 행선지, 그리고 약혼자인 생 퇴스타슈가 약속시간대로 데 드로메 가에 가봤더니 그녀가 없더라는 사실, 그리고 그 놀라운 소식을 가지고 하숙으로 돌아가 봤더니 그녀는 여전히 돌아오지 않았다는 사실을 알고 얼마나 놀라고 어떤 의심을 품게 될지 정도는 당시 그녀의 마음에도 떠올랐을 거야. 아니, 틀림없이 생각했을 거라고 말하고 싶군. 생 퇴스타슈의 실망, 모든 사람들의 의심 정도는 예상하고 있었을 거라고 생각해. 집으로 돌아와서 이런 의심과 싸워야 한다는 사실까지는 생각하지 못했을지도 몰라. 하지만 처음부터 돌아가지 않을 생각이었다고 가정한다면, 그녀에게 있어서 그런 건 아무런 문제도 되지 않았을 거야.

그래서 나는 그녀가 이런 식으로 생각하지 않았을까 상상하고 있어. ─ 나는 지금부터 도주는 아니라 할지라도 어쨌든 나 이외의 누구에게도 알리지 않은 목적으로 어떤 사람을 만나러 가야 해. 그러니까 어떻게든 방해하는 사람이 없는 기회를 만들어두어야만 해. ─쫓아오는 사람들을 따돌릴 수 있을 만큼의 시간적 여유를 충분히 확보할 필요가 있어. —그러기 위해서는 우선, 오늘 데 드로메 가의 숙모 댁을 방문해서 하루 종일 거기에 있을 생각이라는 식으로 말을 해두어야 해. 그리고 생 퇴스타슈에게는 어두워지기 전에는 오지 말라고 말해두면 돼. —이렇게 해두기만 하면 내가 오랫동안 집을 비워도 의심받을 일도 걱정을 끼칠 일도 없이 완벽하게 설명할 수 있을 거야. 그리고 나는 다른 어떤 방법보다도 더 많은 시간을 벌 수 있어. 생 퇴스타슈에게는 해가 저문 다음에 데리러 오라고 말해두면 그 전에 오는 일은 없을 거야. 만약 데리러 와달라고 부탁하지 않으면, 내가 훨씬 더 일찍 귀가할 것이라 생각할 거고, 귀가가 늦어지면 그만큼 일찍부터 걱정을 할 게 틀림없어. 그러면 그만큼 도망칠 수 있는 시간도 줄어드는 거지. 만약 돌아올 생각이라면, —그러니까 그 남자와의 만남이 그저 산책을 위한 것이라고 한다면 생 퇴스타슈에게 데리러 와달라고 부탁하는 유치한 방법은 절대 쓰지 않을 거야. 그가 나를 데리러 오면 그를 속였다는 사실이 금방 탄로나고 말 테니까. —그러느니 차라리 그에게는 아무런 말도 하지 않고 집을 나갔다가 어두워진 뒤 돌아와서 데 드로메 가의 숙모 댁에 다녀왔다고 하면 그 사실은 영원히 비밀에 붙일 수 있을 테니까. 하지만 나는 두 번 다시 —그게 아니라면 적어도 몇 주일 동안은— 아니, 어떻게 해서든 은신처를 마련할 때까지는 결코 돌아오지 않을 생각이니 당분간 생각해야 할 것은 오직 하나, 시간을 얼마나 버느냐 하는 거야.' 라고.

그런데 이 가슴 아픈 사건에 대해서 세상 사람들은 처음부터 아가씨가 어떤 무뢰한들의 희생이 되었다는 말만을 시종일관 되풀이

해왔어. 그 사실은 자네가 베껴온 글만 봐도 알 수 있어. 이 세상 사람들의 생각이라는 것도 어떤 조건 하에서는 결코 무시할 수 없는 것인 경우도 있어. 특히 그것이 스스로 나타나는 경우. —그러니까 다시 말하자면, 엄밀한 의미에서 자발적으로 나타난 경우 그것은 어떤 천재적인 사람의 특질이라고도 할 수 있는 직감의 작용과도 비슷한 것으로 존중해야만 해. 나는 99퍼센트까지 그 판정에 따라. 하지만 거기서는 암시라는 것의 흔적을 전혀 찾아볼 수 없다는 점이 중요해. 의견 자체가 엄밀하게 대중 자신들의 판단이어야만 하지. 그런데 확실하게 그것을 구별해내고 철저하게 놓치지 않고 파악해내기 어려운 경우가 아주 많아. 이번 사건의 경우 아무래도 이 불량배 운운하는 '세상의 일반적 견해'에는 내가 발췌해온 제삼의 사건, 여기에 상세하게 적혀 있는 방계적인 사건이 아주 깊이 관여되어 있는 것 같은 느낌이 들어. 젊고 아름답기로 소문난 아가씨인 마리의 사체가 떠올랐다는 사실 때문에 파리 시 전체가 흥분 상태에 빠졌어. 그것도 그 사체는 확실한 폭행의 흔적이 남아 있는 채로 강물 위로 떠올랐어. 그런데 한편에서는 마침 마리가 살해됐을 것으로 생각되는 그 시각, 아니 적어도 거의 비슷한 시각에 마리 정도는 아니지만 어쨌든 그녀가 당했던 것과 비슷한 폭행을 불량 청년들이 다른 젊은 여자에게 가했다는 사실이 세상에 밝혀졌어. 그렇다면 이미 밝혀진 한 개의 폭행사실은 아직 밝혀지지 않은 또 하나의 사실에 대한 세상 일반의 판단에 당연히 영향을 주었을 거야. 그러니까 판단은 방향이 주어지기를 기다리고 있었던 거야. 그런데 바로 그때 이 밝혀진 폭행사건이 마치 기다리기라도 했다는 듯 그 방향을 부여해줬어! 마리의 사체도 강 위에 떠올라 있었고. 게다가 이 폭행사건은 바로 그 강에서 일어났어. 그러니까이 두 사건은 명백하게 연관성이 있다는 사실, 세상이 그것을 발견하고 포착해내지 못했다면 오히려 그게 훨씬 더 이상한 일 아니겠나? 그런데 실제로는 하나의 폭행이 명백하게 그런 식으로 행해졌다는 사실은, 굳이 그것을 증거라고 한다면 오히려 반대 증거, 즉거의 동시에 일어난 또 다른 하나의 사건은 결코 그런 식으로 행해지지 않았다는 사실에 대한 증거가 되는 거야. 가령 한 무리의 불량배들이 어떤 장소에서 전대미문의 폭행을 행하고 있을 때, 또 다른 한 무리의 불량배들이 같은 시의 같은 장소에서, 수단과 방법도같고, 시각도 같고, 범행의 성질까지 판에 박은 듯 똑같은 사건을저질렀다면 그건 오히려 기적에 가까운 일이 아니겠나? 그런데 지금, 완벽한 우연에 의해서 암시된 여론이라는 것이 우리에게 믿으라 하고 있는 게 바로 그와 같은 기적적인 암호란 말이야.

　여기서 이야기를 더 진전시키기에 앞서서 살해 현장이라고 여겨지고 있는 루르 관문의 수풀에 대해서 한번 생각해보자고. 수풀이 우거진 곳이기는 하지만 거기는 거리에서 떨어져 있는 곳이 아니야. 수풀 속에는 서너 개의 커다란 돌이 있는데 그건 마치 등받이와 발판이 있는 의자처럼 생겼어. 그런데 위쪽 돌 위에 하얀 속옷이 놓여 있었고, 다른 돌 위에는 비단 스카프가 있었어. 거기다양산, 손수건 등도 거기서 발견됐다고 했어. 손수건에는 마리 로제라는 이름도 새겨져 있었고. 게다가 주위 나뭇가지에는 찢어진 옷조각이 걸려 있었고, 지면은 어지럽게 짓밟혀 있었고, 수풀도 엉망

진창이 되어 있었어. 격렬한 격투가 있었다는 증거가 역력하다고
했지.

　신문은 이 수풀이 발견되었다는 사실을 바로 크게 다뤘어. 그리
고 이것이야말로 폭행의 현장임에 틀림없다는 식으로 모두가 생각
하게 됐어. 하지만 여기에는 의문의 여지가 있다는 사실을 생각해
야만 해. 정말 현장인지 그것을 믿고 안 믿고는 나중에 생각할 문
제야. ─어쨌든 의심할 이유는 얼마든지 있어. 가장 먼저, 만약 진
짜 현장이 『르 커메르시에르』지의 주장대로 파비 생 앙드레 가 가
까이였다고 한다면, 어떻겠나? 범인들은 파리에 그대로 남아 있는
한 이런 식으로 세상의 시선이 핵심을 향해 착실하게 움직이고 있
다는 사실에 당연히 공포심을 억누를 수 없었을 거야. 그렇다면 이
번에도 당연히, 그들 중 누군가가 어떻게 해서든 시선을 다른 곳으
로 돌리도록 손을 쓸 필요가 있다고 생각했을 수도 있어. 그런데
다행히도 마침 루르 관문의 수풀이 의심을 받고 있었어. 그랬으니
거기에 유품을 가져다놓기만 하면 된다고 생각한 건 아주 자연스
러운 일이겠지. 물론 『르 솔레유』지의 억측에 의하면 그곳에서 발
견된 유품은 적어도 열흘 이상은 그 수풀 속에 있었다고 했지만,
거기에 대한 확실한 증거가 있는 것은 아니야. 그와는 반대로 오히
려 그 유품이 문제의 일요일에서부터 아이들이 발견한 오후까지,
20일 동안이나 누구의 눈에도 띄지 않았다는 건 도저히 있을 수
없는 일이라는 것에 대한 정황증거는 얼마든지 있어. 『르 솔레유』
지는 전에 같은 내용을 실었던 각종 신문의 의견을 그대로 받아들
여 '비 때문에 지독하게 곰팡이가 피었고, 곰팡이 때문에 완전히

밀착되어 있었다. 주위의 풀들이 웃자라 있어 유품의 일부는 위까지 완전히 덮여 있었다. 양산의 비단으로 된 천은 그래도 괜찮았지만 안쪽의 실은 완전히 짓물러 있었고 접혀서 이중으로 되어 있던 표면은 곰팡이로 썩어 펼칠 때 찢어져버렸다.'고 말했어. 그런데 먼저 풀에 대해서 살펴보자면, '위까지 완전히 덮여 있었다.'는 건 결국 조그만 두 아이들의 말, 따라서 기억에 의해서 확인된 것에 지나지 않아. 당연한 얘기 아니겠어? 아이들은 다른 사람이 보기 전에 그것들을 들고 집으로 갔을 테니 말이야. 그런데 풀이란 건 (그 살인사건이 있었던 날과 같이) 덥고 습한 기후에서는 하루에 2, 3인치 정도는 얼마든지 자랄 수 있어. 시험 삼아 이제 막 심은 잔디에 양산을 놓아보게. 1주일만 지나도 자라난 풀에 완전히 파묻혀서 보이지 않게 되는 경우도 흔히 있을 테니. 그리고 『르 솔레유』지가, 지금 인용한 아주 짧은 문장 속에서 3번이나 사용해 강조한 곰팡이에 대한 문제. 이 필자 과연 곰팡이의 성질에 대해서 진짜로 알고 있는 걸까? 곰팡이라는 녀석은 일반적으로, 겨우 24시간 안에 피었다가 곧 사라져버리고 마는 수많은 균류 중 하나인데 그것조차도 모르고 있는 것 같아.

　이런 이유들로 그 유품들이 '적어도 3, 4주 동안은' 수풀 속에 있었다는 판단을 뒷받침해줄 만한 증거로 들고 있는 사실들은, 사실 증거라고도 할 수 없는 터무니없는 것들이라는 걸 금방 알 수 있어. 한편, 그 유품들이 문제의 수풀 속에 1주일 이상—즉, 어떤 일요일에서부터 다음 일요일이 지난 날까지— 그대로 있었다고 믿기는 아주 어려운 일이야. 조금이라도 파리 주변에 대해서 알고 있는 사람이라면, 교외로 아주 멀리 나가지 않는 한 인적이 드문 장소를 찾아내는 것이 얼마나 어려운 일인지 잘 알고 있을 거야. 파리 근교의 숲 중에서 사람의 발길이 닿지 않은 곳, 아니 사람들이 그다지 찾지 않는 장소조차도 도저히 상상할 수가 없어. 예를 들어서 마음속으로는 자연을 좋아하면서도 일 때문에 어쩔 수 없이 이 대도시의 먼지와 더위에 묶여 있는 사람을 —일요일 이외의 날이라도 좋으니 어딘가 주위에 있는 아름다운 자연 속으로 보내 조금이라도 고독에 대한 갈망을 해소할 수 있는지 시험을 해보는 거야. 틀림없이 오랜만에 솟아오른 감흥이, 가는 곳마다 모습을 드러내는 미심쩍은 사람들이나 술을 마시며 떠들어대는 불량배들의 목소리나 모습 때문에 완전히 식어버리고 말 거야. 이렇게 깊은 숲이라면 괜찮을 것이라며 고독을 맛보려 하지. 하지만 그것도 헛수고야. 이쪽 숲에는 지저분한 녀석들이 득시글거리고, —저쪽 숲에는 신성함과는 거리가 먼 신전이 서 있으니까. 결국에는 기분이 상해서 다시 오욕의 파리로 되돌아오지. 같은 더러운 물웅덩이라 할지라도 전체적으로 더럽혀진 파리가 그래도 낫다고 생각할 거야. 평일의 파리 교외조차도 그런데 하물며 안식일에는 그게 얼마나 심할지를 생각해보게! 특히 일요일이 되면 시내의 불량배들은 노동의 의무에서 해방되지. 평소 악행을 저지를 기회가 없었기 때문에 일제히 교외로 몰려들어. 물론 자연이 좋아서 몰려드는 게 아니야. 그런 건 마음속으로 경멸하고 있어. 단지 사회의 구속과 습관에서 해방되기 위해서 찾아드는 것뿐이야. 신선한 공기나 푸른 숲을 원하는 게 아니야. 단지 시골의 완전한 방자, 방종을 찾아서 오는 거야. 길가의 싸구려 여관이든 숲 속의 음침한 곳이든 마음에 걸리는 것이라고는 기껏해야 동료들의 눈 정도. 그리고 나머지는 누구 하나 거칠 것 없는 럼주와 방탕의 합작물 ―끝없는 광란 속으로 빠져들어. 그러니까 만약 문제의 유품들이 파리 주변의 어떤 수풀 속이든, 일요일에서부터 일요일까지 아니면 그보다 더 오래 발견되지 않은 채 있었다면 그건 거의 기적에 가까운 일이라고 나는 다시 한 번 말하고 싶어. 냉정한 관찰자라면 아주 잘 알고 있는 사실일 거야.

그런데 그 유품들을, 세상 사람들의 눈을 진짜 범행 장소에서 다른 곳으로 돌리기 위해서 일부러 그 숲 속에 놓은 거라고 의심하는 데는 그 외에도 다른 근거가 있기 때문이야. 우선 그것이 발견되었다는 날짜를 생각해봐. 그 날짜와 내가 여러 신문에서 발췌해온 내용 중 다섯 번째로 적은 것, 이 두 가지를 한번 비교해보자고. 바로 눈치 챘을 거라고 생각하지만, 이 긴급투고서가 석간지에 보내진 직후에 그 유품들이 발견됐어. 투서는 몇 장이 있었고 여기저기 다른 곳에서 보내진 것처럼 보이지만, 결국 요점은 딱 하나, ―흉악범은 불량배고 현장은 루르 관문 근처라는 사실에 모든 이목을 집중시키려는 것 같아. 물론 그렇다고 해서 이 투서의 영향으로, 혹은 투서 때문에 세상 사람들의 시선이 그쪽으로 쏠린 결과 문제의 유품이 아이들에게 발견되었다고 말하려는 건 아니야. 하지만 그 때까지도 아이들이 발견하지 못했었다는 것은 다시 말하자면 그때까지 유품들이 수풀 속에 없었다는 사실을 보여주는 것에 불과해. 결국 그것은 훨씬 나중에, 이 일련의 투서들과 같은 시기, 혹은 적어도 그보다 조금 앞선 시각에 투서를 보낸 사람이자 범인이기도 한 사람에 의해서 그 장소에 놓여진 게 아닐까 하는 의문에는 충분히 타당성이 있는 거야.

그런데 그 수풀이라는 것이 아주 기묘한, —정말 놀랄 정도로 기묘한 수풀이란 말이야. 가장 눈에 띄는 건 이상할 정도로 우거졌다는 거야. 이른바 천연의 벽이라고도 할 수 있는 것으로 둘러싸인 속에, 신기하게도 돌 세 개가 마치 등받이와 발판이 달린 의자처럼 늘어서 있어. 그리고 자연의 조화로 가득한 그 수풀은 유품을 발견한 아이들의 집, 드류크 부인의 주거지에서 아주 가까운 곳, 겨우 몇 미터밖에 떨어져 있지 않은 곳이야. 그런데 아이들은 사사프라스의 껍질을 줍기 위해 곧잘 그 주위의 수풀을 샅샅이 뒤지며 다니는 습관이 있다고 말했어. 그렇다면 아이들 중의 누군가가 그 나무 그늘 밑에 있는 공터로 들어가거나, 혹은 천연의 왕좌에 앉지 않았던 날은 단 하루도 없었을 거야. 이 문제에 대해서는 내기를 걸어도 좋아. —결코 요행수를 바라는 내기는 아니라고 생각하는데 자네 생각은 어떤가? 이런 정도의 내기에 망설인다면 그건 어린 시절을 경험하지 못했던 사람이거나, 동심을 완전히 잃어버린 사람일 거야. 이쯤에서 다시 한 번 말하겠는데 —그 유품들이 아무리 길어도 하루나 이틀 이상 그 수풀 속에서 발견되지 않은 채로 있었다는 건 절대 생각할 수도 없는 일이야. 따라서 『르 솔레유』지의 독단적인 무지에도 불구하고, 그 유품들이 사건 발생 후 오랜 시간이 지나서야 그곳에 놓여진 것이라는 가설은 충분히 생각해볼 만한 가치가 있는 거야.

유품들이 그런 식으로 놓여진 것이라고 믿게 된 건, 지금까지 내가 말한 이유들보다도 더 유력한 이유가 있기 때문이야. 그 유품들이 놓인 상태가 아주 부자연스럽다는 사실을 알아줬으면 해. 위쪽 돌에는 하얀 속옷이, 그리고 다른 돌에는 비단 스카프가 놓여 있었어. 거기에 양산과 장갑, '마리 로제'라는 이름이 새겨진 손수건 등은 주위에 흩어져 있었다고 하고. 이건 머리가 별로 좋지 못한 사람이 자연스럽게 떨어진 것처럼 보이기 위해서 물건을 놓을 때 쓰는 아주 흔한 방법이야. 그런데 실제로는 아주 자연스럽지 못한 형태였어. 나 같았으면 그 유품들이 전부 땅바닥에 떨어져 있고 발로 짓밟힌 것처럼 보이게 했을 거야. 그 좁은 숲 속에서 격투 중에 있는 많은 사람들에 의해서 속옷과 스카프가 이리저리 휘둘려졌을 텐데 돌 위에 떡하니 놓여 있다니 과연 그게 있을 수 있는 일일까? '격투가 벌어진 흔적이 있고 지면은 어지럽게 짓밟혀 있었고, 수풀은 엉망진창이 되었다.'라고 했지? 그런데 속옷과 스카프만은 마치 책상 위에 올려놓기라도 한 것처럼 올려져 있었다는 거야. 그리고 '가시나무에 찢어져 걸려 있던 옷 조각은 폭 3인치, 길이 6인치 정도 됐는데 그 중 하나는 상의의 끝자락으로 수선을 한 흔적이 있었다. 모두 강한 힘에 의해서 찢겨진 것처럼 보였다.'라고 했지? 그런데 여기에 대해서도 『르 솔레유』지는 아주 애매하기 짝이 없는 말을 사용하고 있어. 물론 기사의 내용대로 조각은 마치 '찢겨진 것처럼' 보였겠지. 그것도 일부러 손으로 찢어낸 것처럼 말이야. 지금 여기서 문제가 되고 있는 것과 같은 옷의 일부가 가시나무 때문에 '찢겨'지다니 그건 절대로 있을 수 없는 일이라고 할 수 있어. 그와 같은 천에서 일부를 찢어내려면, 대부분의 경우 서로 다른 방향으로 작용하는 뚜렷한 두 개의 힘이 있어야만 해. 물론 양쪽 끝이 두 개 존재하는 헝겊의 경우에는 —예를 들자면 손수건이 여기에 해당하는데, 거기서 길고 얇은 조각을 떼어내고 싶다면, 오직 그럴 때만은 하나의 힘만으로도 충분하지. 하지만 지금 문제가 되고 있는 것은 옷, 그러니까 끝이 한군데밖에 없는 경우야. 그런데 그걸 끝자락도 아닌 한가운데서부터 일부를 가시나무의 힘으로 찢어내다니 기적이 일어나지 않는 한 있을 수 없는 얘기고, 한 그루의 가시나무 때문에는 절대로 그렇게 되지 않아. 가령옷의 끝부분이라 할지라도 찢어지기 위해서는 역시 두 그루의 가시나무가 필요해. 한 그루는 뚜렷한 두 개의 서로 다른 방향으로 작용하고 또 다른 한 그루가 하나의 방향으로 작용하지 않으면 안돼. 그것도 옷의 끝에 박음질을 하지 않았다는 가정 하에서만 비로소 성립되는 얘기야. 끝부분에 박음질을 했다면 이건 처음부터 문제 삼을 필요도 없어. 따라서 이런 식으로 생각을 해보면, 단지 가시나무의 힘만으로 그 조각이 '찢겨져 나갔다'고 보기에는 상당히 크고 많은 장애물들이 있어. 그런데 지금 우리에게 요구되고 있는 것은 그 조각 하나뿐만이 아니야. 수많은 조각들이 전부 그런 식으로 찢겨 나갔다는 사실을 믿으라는 거야. 게다가 '그 하나는 윗옷의 끝자락'이었고 또 다른 하나는 '치마의 일부로 끝자락'이 아니라고 말씀하시니. —그러니까 치마의 경우는 옷의 끝자락이 아닌 한가운데가, 그것도 가시나무의 힘만으로 완전히 찢겨나갔다는 거야. 이런 말을 들었다면 거짓말도 좀 작작하라고 말해도 상관없을 거야. 그런데 단지 이런 사정들만을 종합해서 생각해봐도, 그래 듣고보니 이상한 생각이 들기도 하는군, 이라며 충분히 의심할 만한 것들투성이지만, 그보다 훨씬 더 이상한 것은 사체를 옮겨야겠다고 생각했을 정도로 용의주도한 범인들이 왜 그런 유품들을 그 수풀 속에 던져놓았나 하는 놀라운 사실이야. 단, 여기서 한 가지 말해두겠는데, 그 수풀은 결코 폭행의 현장이 아니라고 내가 주장하고 있는 거라고 생각한다면 그건 어처구니없는 오해야. 틀림없이 거기서 폭행이 일어났을지도 모르고, 아니 그보다 더욱 가능성이 높은 건 드류크 부인의 집에서 어떤 일이 일어났을지도 모른다는 거지만. 그러나 그건 아무래도 상관없는 사소한 문제야. 우리가 해야 할 일은 사건이 일어났던 현장을 밝혀내는 게 아니야. 범인을 밝혀내는 거지. 지금까지 내가 해온 얘기들은 극히 세세한 부분까지 다루고 있을지도 몰라. 하지만 그 목적은 첫 번째로, 『르 솔레유』지의 성급하고 독단적인 주장이 얼마나 어리석은 것인지를 논증하기 위해서였고 또 다른 하나, 아니 사실은 오히려 이게 더욱 중요한 목적이었는데, 그건 살인이 과연 불량배들의 짓인지 그 문제를 자네가 다시 한 번 자연스러운 과정을 통해서 의심해보기를 바랐기 때문이야.

여기서 다시 이 문제로 돌아가 보겠는데 우선은 검시를 행한 외과의의 어리석기 짝이 없는 보고부터 살펴보기로 하자고. 거기에 대해서는 이미 발표된 범인의 숫자에 관한 그 사람의 추정이라는 것을, 지금은 파리 중의 조금이라도 이름이 알려진 해부학자라면 누구나 터무니없고 전혀 근거도 없는 망언이라며 비웃음거리로 삼고 있다는 한 가지 사실만 얘기해도 충분할 거야. 이건 사실이 추정과 다를 것 같다는 말이 아니야. 추정 자체가 전혀 무근거 —즉, 좀 더 다른 추정이 나올 수 있는 충분한 이유가 있었던 것이 아닐까 하는 거야.

그렇다면 이번에는 '격투의 흔적'이라 불리는 것에 대해서 한번 검토해보자고. 그러기 위해서는 우선 그 흔적이라는 것이 대체 무엇을 나타내는 것이라고 생각해야 하는지를 묻고 싶어지는군. 한 무리의 불량배라고? 만약 그렇다면 그것은 오히려 불량배들의 시원찮음을 나타내고 있는 게 아닌가? 무기도 아무것도 가지고 있지 않은 연약한 아가씨와 한 무리의 불량배라 불리는 녀석들이 싸우는데 격투는 무슨 격투가 있었겠나? —그것도 주위 전체에 '흔적'을 남길 만큼 그렇게 격렬하고 긴 격투가. 두어 개의 억센 남자의 팔뚝으로 말없이 휘어잡으면 그것으로 모든 일은 끝났을 거야. 피해자를 완전히 자기들 뜻대로 가지고 놀았을 것임에 틀림 없어. 여기서 잘 생각해봐야 할 것은, 수풀은 절대로 폭행의 현장이 아니라고 하는 모든 논증은 주로 그것이 둘 이상의 범인에 의해서 행해진 폭행의 현장이 아니라는 사실에 대해서만 성립되는 말이지, 만약 우리가 단 한 사람의 범인에 의한 것이라고 상상한다면 이번에는 반대로 뚜렷하게 '흔적'을 남길 만한 격렬하고 집요한 격투도 충분히 생각할 수 있으며 바로 그렇기 때문에 단독 범행이라고 밖에 달리 생각할 길이 없어진다는 거야.

그리고 또 한 가지. 문제의 유품들 말인데 그것이 발견된 장소에 떨어진 채 계속 있었다는 사실, 그것 때문에 오히려 수상하다고 생각해야만 하는 이유에 대해서는 이미 말을 했었지? 그런 증거품들이 아무리 우연이라고는 하지만 그런 장소에 그대로 남아 있다는 것 자체가 거의 있을 수 없는 일 아닌가? 어쨌든 사체를 옮길 만큼 마음의 여유는 있었다고 밖에 달리 생각할 길이 없어. 그런데도 어떤 의미에서는 사체보다도 훨씬 더 확실한 증거품, 왜 그런가 하면 얼굴 같은 건 금방 썩어버려서 알아볼 수 없게 되니까. 그것이 보란 듯이 폭행 현장에 흩어져 있었다는 거야. ─나는 지금 피해자의 이름이 새겨져 있었다는 손수건에 대해서 말하고 있는 거야. 따라서 만약 이것이 우연이라고 한다면, 이건 결코 불량배들이 저지른 우연이 아니야. 혼자서 범한 우연이라고 생각할 수밖에 없어. 그러니까 이렇게 된 거야. 어떤 남자가 사람을 죽였어. 죽은 사람의 망령과 단 둘이 남게 됐지. 눈앞에 꼼짝도 않고 쓰러져 있는 사체를 보자 갑자기 두려움이 몰려왔어. 한때의 격정이 떠나버리면 마음속에는 자연스럽게 일으킨 범죄에 대한 공포심이 들어올 여지가 커지거든. 제 아무리 배짱이 좋은 사람이라 할지라도 여러 동료들과 함께 있을 때의 배짱과는 문제가 전혀 다르거든. 어쨌든 죽은 사람과 단 둘이야. 부들부들 온 몸이 떨려오고 마음은 어지러워. 그렇지만 어떻게든 사체는 치워야만 해. 그래서 사체는 일단 강까지 운반을 해. 하지만 그 외의 범죄 증거들은 전부 남겨두고 온다? 그렇다면 전부를 한꺼번에 옮기는 것이 아주 불가능하지는 않지만 어려웠다. 아니, 나중에 치우러 갔다면 그렇게 어려운 일은 아니었을 거야. 그런데 힘들여 강까지 가는 동안 공포심이 더욱 깊어졌어. 앞으로 나가는 길의 사방에서 여러 가지 생물들의 소리가 들려와. 가만히 엿보고 있는 사람의 발소리의 환청을 몇 번 들은 것 같다고 생각했을지도 몰라. 멀리 시내의 불빛조차 그를 두려움에 떨게 만들어. 깊은 고뇌 때문에 몇 번이나 발걸음을 멈추고, 멈추고 하다가 잠시 후 드디어 강가에 도착했어. 그리고 기분 나쁜 물건의 처치도 —틀림없이 보트에 실었을 것으로 생각되는데, 간신히 생각대로 해치웠어. 그런데 그때부터가 문제야. 제 아무리 값진 보석을 준다 해도 —아니, 제 아무리 무시무시한 형벌로 협박을 했다 하더라도, 혼자서 위험한 길을 되밟아 다시 그 수풀, 그리고 피마저 얼어붙을 것 같은 추억의 장소로 되돌아갈 만한 용기는 도저히 나지 않았을 거야. 그곳이 어디든 녀석은 결코 돌아가지 못하는 법이지. 되돌아가자고 생각하면서도 되돌아갈 수 없었어. 생각은 나중에 하기로 하고 우선은 도망치는 것이 급선무. 이것을 마지막으로 그 끔찍한 수풀로부터는 영원히 등을 돌리고 마치 신의 분노에서 도망치듯 도망쳤을 거야.

그런데 불량배들에 의해 행해졌다면 어땠을까? 틀림없이 악당이기는 하지만 배짱이 없는 녀석일 경우도 있을 수는 있지만 만약 그렇다 하더라도 그런 경우에는 머릿수라는 것이 배짱을 낳지. 그리고 불량배들이란 대체로 무뢰한 악당들의 모임이란 말이야. 여기서 내가 하고 싶은 말은, 조금 전에 말한 것처럼 만약 혼자라면 완전히 겁을 집어먹을 만한 그런 무시무시하고 이유를 알 수 없는 공포라 할지라도 여러 사람과 함께 있으면 느끼지 않을 수 있다는 거야. 그리고 한 사람, 두 사람, 혹은 세 사람까지가 깨닫지 못한 것이라 할지라도 네 번째 사람이 깨달을 것이기 때문에 유품을 남기는 일은 없을 것이라고 생각해. 왜냐하면 사람이 많으면 한 번에 전부 옮길 수 있기 때문에 그것을 치우러 돌아오지 않아도 되니까.

그리고 다음은 시체가 발견됐을 때의 정황이야. 생각해보라고, 사체의 '상의는 끝단에서부터 허리 부근까지 폭 1피트 정도의 조각으로 길게 찢어져 있었는데 그것으로 허리 부근을 세 바퀴 돌려 등 쪽에서 묶어 고정을 시켜놓았다.' 라고 했지? 이건 틀림없이 사체를 옮길 때 손잡이로 쓰려고 묶어놓은 거야. 그런데 만약 범인이 여러 명이었다면 과연 그런 생각을 할 필요가 있었을까? 시너 명만 있으면 사체의 손발을 들어 충분히 옮길 수 있을 뿐만 아니라 오히려 그게 가장 좋은 방법이 아닐까? 따라서 그건 틀림없이 혼자 있는 사람이 해낸 생각일 거야. 그리고 그랬기 때문에 당연히 생긴 결과가 '수풀과 강 사이에 있는 목책에 쓰러진 부분이 있었으며 지면에는 어떤 무거운 짐을 끌고 간 것 같은 흔적이 뚜렷하게 남아 있었다.' 라는 점이었어. 만약 여러 사람이 있었다면 겨우 시체 하나를 끌고 가는 데 뭐 하러 일부러 고생을 해가며 목책을 부술 필요가 있었겠어? 번쩍 들어올려서 넘겨버리면 순식간에 끝나버릴 일을. 그리고 몇 명이나 되는 범인들이 왜 역력한 흔적을 남기며 시체를 끌고 갈 필요가 있었겠어?

여기서 다시 한 번『르 커메르시에르』의 기사를 잠깐 인용할 필요가 있는데 이미 앞서도 언급한 적이 있는 문제야. '피해자의 속치마의 일부가 찢겨져 있었는데, 틀림없이 소리를 지르지 못하게 하기 위해서 그랬겠지만, 그것으로 후두부에서 한 바퀴 돌려 턱 밑에서 묶어놓았다. 손수건을 들고 있지 않은 무리들의 소행임에 틀림없다.' 라고 했었지, 기사에서?

　이건 조금 전에도 내가 했던 말인데 진짜 악당들 중에서 손수건을 가지고 있지 않은 사람은 절대로 없어. 어쨌든 지금 내가 하고 싶은 말은 그게 아니야. 단 손수건이 없었기 때문에 옷 조각을 『르 커메르시에르』지가 상상하고 있는 것과 같은 목적에 사용한 것이 결코 아니라는 점만은 확실하다고 할 수 있어. 왜냐하면 실제로 현장에 손수건이 떨어져 있었으니까. 그리고 그것이 '소리를 지르지 못하게 하기 위해서' 도 아니었다는 사실 또한 아주 명백해. 왜냐하면 만약 그런 목적이었다면 그런 옷 조각을 사용하는 것보다도 훨씬 더 적당한 방법이 있었을 테니까. 그런데 문제의 헝겊 조각에 대해서 다음과 같이 증언을 했어. '느슨하게 목에 감겨 튼튼하게 묶여 있었다.' 고. 이건 아주 막연한 표현이야. 하지만 『르 커메르시에르』지의 기사와는 근본적으로 달라. 문제의 헝겊 조각은 폭이 18인치야. 따라서 천이 모슬린이었다고는 하지만 종으로 접거나 구기면 꽤 튼튼한 끈이 돼. 그리고 발견된 것이 바로 그런 상태였었다고 해. 따라서 나는 이렇게 추정하고 있어. 범인은 한 사람이었고, 그 사체를 앞서 말한 것처럼 손잡이로 쓰기 위해 허리에 묶은 천을 이용해 (수풀에서부터인지, 다른 곳에서부터인지 그것은 알 수 없지만) 일정 거리까지 옮기기는 옮겼어. 그런데 그런 방법으로는 너무 무거워서 힘에 부쳤어. 그래서 생각했지. 차라리 끌고 가는 게 낫겠다고. ―끌고 갔다고 하는 증거가 명확하게 남아 있으니까. 그런데 그렇게 하려면 사체의 끝 부분 어딘가에 밧줄 같은 걸 묶어야만 해. 그러기에 가장 적합한 곳은 역시 목 부분이지. 머리가 있기 때문에 빠질 염려가 없으니까. 순간 가장 먼저 생각한 것은 물론 허리를 감은 끈이었을 것임에 틀림없어. 실제로 만약 그런 식으로 빙글빙글 돌려서 묶지 않았고, 매듭도 풀기 쉽도록 느슨하게 묶여 있었다면, 그리고 그것이 상의에서 '찢겨져 나가' 있었다면 틀림없이 그것을 사용했을 거야. 하지만 속치마에서 새로운 조각을 찢어내는 게 훨씬 더 쉬웠어. 그래서 그것을 찢어서 목 주위에 튼튼하게 묶은 다음 그걸 이용해서 강가까지 사체를 끌고 간거야. 따라서 찢어내는 게 번거롭기도 하고 시간도 걸리는 옷 조각, 그리고 중요한 목적에도 그다지 어울리지 않는 목의 끈 —어쨌든 사용됐다는 사실은 무엇보다도 쓸 데가 있어서 손수건이 필요했지만 손수건이 없는 시기에 어떤 사정에 의해서 갑자기 생겨났다는 사실 —즉, 앞서도 이미 말한 것처럼 범인이 그 수풀(물론 이건 그곳이 폭행의 현장이라는 가정 하에 하는 얘기지만)을 떠난 뒤, 수풀과 강 사이에 있을 때 일어났다는 것을 나타내는 것이 아닐까?

하지만 이렇게 말하면 자네는 또 이렇게 말하겠지? 그렇다면 드류크 부인의 증언은 어떻게 되는 거지? 실제로 그 증언은 살인이 있었던 시간 내지는 그 무렵, 수풀 부근에 불량배들이 있었다는 사실을 틀림없이 지적하고 있는 게 아닌가, 하고. 그야 그랬겠지. 나도 인정해. 맞아, 그 참극이 일어나기 전후에 드류크 부인이 말한 것과 같은 불량배들이 루르 관문 부근에 어쩌면 열 무리 이상 있었을지도 몰라. 그런데 조금 때늦은, 게다가 의심스럽기까지 한 증언 말인데 드류크 부인의 비위를 심하게 건드린 한 무리의 불량배란

게 오로지 한 무리의 불량배들뿐, 그러니까 그 솔직하고 자세하지 못한 부인의 말에 의하면 그녀의 가게에서 과자를 먹고 브랜디를 마신 뒤 한 푼도 치르지 않고 떠나버린 불량배들일 뿐이야. 바로 그것 때문에 화가 난 거지.

그런데 엄밀하게 말해서 드류크 부인의 증언이라는 게 대체 뭐란 말인가? '한 무리의 건달들이 나타나 한바탕 소동을 부린 뒤 먹고 마신 것도 계산하지 않고 그대로 두 사람이 들어간 것과 같은 길로 갔다가 저물녘에 다시 돌아왔는데 뭔가 아주 서두르는 듯한 모습으로 다시 강을 건너 돌아갔다.'고 말했었지?

하지만 '아주 서두르는 듯한 모습'이라는 게 틀림없이 드류크 부인의 눈에는 실제 이상으로 서두르는 것처럼 보였을 거야. 왜냐하면 그녀는 오직 조금 전에 먹은 과자, 술에 대한 것 —맞아, 그녀는 그래도 아직 돈을 받을 수 있을지도 모른다는 일말의 희망 정도는 품고 있었을 테니까. —따라서 꽁하게 그 일에 대해서만 원망하고 있었을 것임에 틀림없으니까. 그렇지 않았다면 저물녘이었음에도 불구하고 그녀가 굳이 서두르고 있었다는 사실을 강조할 필요가 있었을까? 밤은 가까워 오고, 폭풍이 올 것 같고. 게다가 조그만 배로 넓은 강을 건너야 하니 제 아무리 불량배라 하더라도 서두르는 건 당연한 일 아닌가? 조금도 이상할 게 없어.

그런데 나는 밤이 가까워 오고 있다고 말했어. 즉, 아직 밤은 오지 않았다는 말이야. 무슨 말인지 알겠나? 그 불량배들이 이상하게 서두르는 듯한 모습으로 냉정한 드류크 부인의 기분을 상하게 한 것은 그저 저물녘이었어. 그런데 부인과 그의 장남이 '여관 부근에서 여자의 비명소리를 들었다.'고 한 것은 바로 그날 밤이었어. 실제로 그녀는 문제의 비명이 들려왔던 밤의 시각을 어떤 말로 표현했지? '해가 진 뒤 얼마 지나지 않아서'라고 말을 했어. 그런데 '해가 진 뒤 얼마 지나지 않아서'라는 건 어둡다는 말이야. 하지만 '저물녘'이라는 건 아직 해가 있을 때지. 그렇다면 문제의 불량배들이 루르 관문을 떠난 것은 볼 것도 없이 드류크 부인이 비명을 들은 것보다 전이라는 사실이 명백해져. 그리고 이 문제의 전후관계를 나타내는 말들은, 수많은 증언에 대한 기사에서도 전부 확실하게, 마치 내가 지금 자네와의 이야기에서도 사용하고 있는 것처럼, 구분지어 사용되고 있는데 어떻게 된 일인지 이 커다란 차이를 지금까지 어떤 신문도, 어떤 경찰관 나리도 깨닫지 못하고 있어.

그 불량배들이 범인이 아니라는 논거에는 한 가지만 더 이유를 달아두도록 하지. 그런데 그 한 가지라는 것이 적어도 내 이해 영역 안에서는 아주 결정적인 중요성을 가지고 있는 것이야. 커다란 현상금이 걸려 있는 데다, 공범을 증언하기만 하면 무죄 방면해주겠다는 조건이 있다면, 어떤 무리에서도 마찬가지지만 특히 저급한 불량배들 사이에서는 틀림없이 누군가가 벌써 공범자들을 배신하고 밀고했을 거야. 그러지 않았다면 오히려 그게 더 이상한 거지. 그런 조건 하에 놓인 불량배들은 각자가 상금을 타고 싶다거나, 죄를 벗어버리고 싶다는 마음보다도 오히려 밀고 당할지도 모른다는 사실을 두려워하는 마음이 더 큰 법이거든. 그래서 자신이 먼저 밀고 당하지 않도록 기선을 제압하기 위해 자신이 먼저 밀고자가 되는 거지. 그러니까 비밀이 아직 새지 않았다는 사실, 그것이 결국 비밀이라는 사실의 가장 커다란 증거가 되는 셈이야. 다시 말하자면 이번의 끔찍한 폭행을 알고 있는 것은 단 한 사람, 혹은 살아 있는 두 사람과 신뿐이라는 거야.

그럼 이쯤에서 이 길고 긴 분석의, 미약할지도 모르겠지만 매우 확실한 성과라고도 할 수 있는 부분을 정리해보도록 할까? 우선 우리가 내린 결론은, 드류크 부인의 집 안이나 아니면 루르 관문의 수풀이 폭행의 현장이며, 범인은 피해자의 애인이나 적어도 매우 친하게 지내던 비밀스러운 사람이라는 것이었어. 그런데 그 사람은 얼굴빛이 검어. 검은 얼굴빛과 허리에 감은 헝겊의 '매듭', 모자의 끈을 묶어놓은 '해병매듭' 등과 같은 사실은 전부 그가 뱃사람이라는 걸 뜻하는 것이야. 그리고 그 남자가 피해자—몇 번 바람을 피운 적은 있지만 결코 비천하지 않은 아가씨가 아닌가?—와 교제를 하고 있었다는 것은 그가 그저 평범한 뱃사람이 아니라 좀 더 계급이 높은 사람이라는 사실을 나타내고 있어. 이 점에 관해서는 신문사에 보낸 긴급 투서라는 것, 그것의 훌륭한 필적이 충분한 증거가 될 수 있을 거라고 생각해. 따라서『르 메르퀴르』지가 실었던 처음 도주했을 때의 사정을 생각해보면 이번 뱃사람과 이 불행한 아가씨를 처음 죄의 길로 인도한 것으로 생각되는 그 '해군사관'은 아무래도 동일인물일 것 같다는 생각이 들어.

여기서 한 가지 더, 마침 적절한 때라고 여겨지기에 생각해보기로 하겠는데 그건 그 얼굴빛이 검은 사람이 끝끝내 나타나지 않았다는 사실이야. 잠깐 덧붙이겠는데 그 사람의 얼굴빛은 아주 검을 거야. 발랑스도 그렇고 드류크 부인도 그렇고 두 사람 모두 거의 그 사실밖에 기억하지 못하고 있다고 하니 검어도 보통 검은 게 아니었다고 생각해도 좋을 거야. 그건 그렇다 치고, 이 사람은 왜 나타나지 않는 걸까? 역시 불량배들에게 당한 걸까? 만약 그렇다면 왜 왜 살해된 아가씨의 흔적만 남아 있는 걸까? 두 개의 폭행현장은 당연히 한 곳이라고 생각해도 좋을 거야. 그렇다면 사체는 대체 어디로 간 걸까? 범인들은 당연히 두 개 모두 같은 방법으로 처리했을 텐데. 단 한 가지 가능성은 생각해볼 수 있어. 그 사람은 아직 살아 있지만 살인 혐의를 받게 되는 것이 두려워서 나타나지 않는 것일 수도 있지. 틀림없이 그런 생각이, 지금—그러니까 이렇게 시간이 흐른 뒤에는— 그 사람의 마음속에서 작용하고 있을지도 몰라. 왜냐하면 마리와 함께 있었다는 사실이 목격자의 증언에 의해서 확실하게 알려졌으니까. 이 사실이 폭행사건 당시였다면 아무런 문제가 되지 않았을지도 몰라. 만약 범인이 아니라면 무엇보다도 먼저 폭행을 곧바로 알리는 일, 그리고 범인이 몇 명이었는지 명확하게 밝히는 데 조금이나마 힘을 보탤 수 있었을 테니까. 이런 정도의 사실은 틀림없이 생각해낼 수 있었을 거야. 실제로 마리와 함께 있었던 것을 목격 당했잖아. 아가씨와 함께 지붕이 없는 배로 강을 건넜다고. 그렇다면 범인을 적발하는 것이야말로 자신이 혐의를 벗는 가장 확실하고 유일한 방법이라는 사실 정도는 바보라도 알 수 있었을 거야. 문제의 일요일 밤, 그가 직접 폭행에 가담하지도 않았고 폭행이 있었다는 것조차도 모르고 있었을 가능성은 전혀 없을 테니까. 그런데 실제로는 그가 살아 있으면서도 범인을 적발하기 위해 나타나지 않았다는 것은 그런 사정 때문이라고 밖에 달리 생각할 길이 없으니까.

그렇다면 대체 어떻게 해야 진상을 밝혀낼 수 있을까? 얘기가 점점 진전됨에 따라서 곧 그 방법이 명확하게 밝혀질 것이라고 생각되지만. 그러기 위해서는 우선 첫 번째 도피 행각을 철저하게 파헤칠 필요가 있을 것 같아. 그 '사관'이라는 사람의 모든 경력, 현재의 정황 그리고 그 폭행이 있었던 시각에는 어디에 있었는지 등등. 다음으로는 불량배들에게 죄를 뒤집어씌우려는 목적으로 석간신문에 보내진 수많은 투서들. 그것들을 하나하나 신중하게 비교해봐야 할 거야. 그것이 끝나면 다음으로는 이들 투서를 그보다 앞서 조간신문에 보내진 투서, 즉 메네의 유죄를 맹렬하게 주장했던 것인데, 그것과 대조해서 문체와 필적을 비교해보는 거야. 그 작업도 끝나면 이번에는 다시 한 번 그 투서들을, 사관의 필적임에 틀림없는 무엇인가와 비교를 해보는 거야. 다음에는 드류크 부인과 그의 아이들 그리고 승합마차의 마부인 발랑스까지 거듭 심문을 실시해서 그 '얼굴빛이 검은 남자'의 풍채, 태도 등에 관한 것을 좀 더 확실하게 해둘 필요가 있어. 질문만 제대로 한다면 그들 중 누군가에게서 이 점에 대한 (아니, 좀 더 다른 점에 대해서라도 상관은 없지만)—그들 자신조차도 깨닫지 못하고 있었던 지식을 이끌어낼 수 있을 거야. 그리고 또 하나는, 6월 23일 월요일 아침, 거룻배의 뱃사람이 발견했다는 보트. 사체가 떠오르기 직전에 키도 달지 않은 채 지키던 사람도 모르는 사이에 도둑맞았다는 보트 말인데, 그 보트를 끝까지 찾아봐야 할 거야. 신중하게 끈기를 가지고 찾아보면 그건 틀림없이 찾아낼 수 있을 거야. 왜냐하면 그걸 처음 발견한 뱃사람에게 보이면 바로 그 보트를 알아볼 수 있을 거고 키도 그쪽에서 틀림없이 가지고 있으니까. 양심에 꺼리는 게 조금도 없을 때의 얘기지만. 여기서 한 가지 조그만 의문이 생기는데, 보트를 주웠다는 사실에 대한 광고 같은 건 단 한 줄도 없었어. 그러니까 조용히 거룻배 사무실로 인도되었다가 조용히 도둑맞은 거야. 그런데 그 배의 주인 말인데, 배를 빌린 건지 어떤 건지는 알 수 없지만 —어떻게 화요일 아침이라는 그렇게 이른 시각에 특별히 광고가 있었던 것도 아니었는데 월요일에 발견된 보트가 있는 곳을 알아낼 수 있었을까? 이게 바로 의문점이야. 그건 해군과의 어떤 관계—그러니까 조그만 일—아주 사소하고 국부적인 뉴스까지도 전부 알 수 있을 만한 어떤 항구적인 관계를 가정하지 않는다면 도저히 생각할 수 없는 일이야.

단 한 사람의 범인이 사체를 강가까지 끌고 갔다고 말했을 때 아마도 범인은 보트를 사용했을 것이라고도 잠깐 얘기한 적이 있었지? 즉, 마리 로제의 사체는 보트에서부터 떨어트린 거야. 당연히 그래야만 했겠지. 강변 가까운 곳에 있는 얕은 물에는 도저히 안심하고 던져 넣을 수 없었을 테니까. 피해자의 등과 어깨에 남아 있었던 독특한 상처는 보트 바닥의 뼈대를 이루는 부분에 닿아서 생긴 거야. 그리고 사체에 추를 달지 않았다는 사실도 역시 앞서 말한 생각을 뒷받침해주고 있어. 만약 강가에서 던져 넣은 것이라면 틀림없이 추를 달았을 것이라고 생각 돼. 그런데 그걸 달지 않았다는 건 보트를 띄우기 전에 범인이 급히 서둘러서 준비하는 것을 잊었다고 생각하는 것 외에는 달리 설명할 길이 없어. 사체를 막 집

어딘지려고 했던 순간에는 준비가 부족했다는 사실을 깨달았겠지. 하지만 그때는 달리 손쓸 방법이 없었어. 무시무시한 강가로 되돌아가느니 차라리 어떤 위험이라도 감수하겠다고 생각했을 거야. 그리고 기분 나쁜 짐을 처리한 뒤에는 급히 서둘러서 시내로 돌아왔을 거야. 그런 다음 인적이 드문 선창에서 뭍으로 뛰어 올랐을 거야. 그런데 과연 그 순간에 —보트를 묶었을까? 너무 서둘렀기 때문에 보트를 묶을 여유 같은 것은 전혀 없었을 거야. 그리고 어쩌면, 선창에 묶어놓는다면 일부러 불리한 증거를 남기게 되는 걸지도 모른다는 생각을 했을지도 모르지. 범인이 생각했던 것은, 당연히 범죄에 관계가 있어 보이는 것은 가능한 한 신변에서 없애버리자는 것이었을 거야. 선창에서 도망쳐야 했을 뿐만 아니라 그런 곳에 보트가 남아 있다는 사실 자체까지도 견딜 수 없었을 테니까. 틀림없이 오히려 떠밀어버렸을 거야. 거기서 좀 더 상상을 진전시켜볼까? —이튿날 아침, 녀석은 보트가 누군가에 의해서 주워져 그가 매일 지나다니는 곳 중 한 곳—틀림없이 출퇴근을 위해서 싫어도 지나다니는 곳이었을 거야—에 묶여 있는 것을 보고 말할 수 없는 공포심을 느꼈을 거야. 그날 밤, 그는 키에 대해서 말할 용기는 없었기에 그대로 가만히 어딘가로 끌고 간 거지. 그렇다면 키 없는 배는 대체 어디로 간 걸까? 우선은 그것을 찾아내는 것이 첫 번째 목표 중 하나야. 그것을 찾기만 하면 성공의 서광이 비치기 시작할 거야. 그 보트를 단서로 거슬러 올라가면 틀림없이 우리 자신도 놀랄 만큼 먼 길을 돌아서 그 운명의 일요일의 깊은 밤에 보트를 이용한 사람에게까지 자연스럽게 가 닿을 수 있을 거야. 확증이 확증을 불러서 결국 범인은 저절로 밝혀지게 될 거야.”

「이렇게 따로 밝힐 필요도 없이 대다수의 독자가 이미 잘 알고 있으리라 믿고 있는 모든 이유로 우리는 본사에 보내진 원고 중에서 뒤팽 씨가 언뜻 사소해 보이는 단서를 바탕으로 독특한 추론을 거듭해간 상세한 내용 중 일부를 생략하기로 했다. 단 한마디 간단하게 덧붙여야겠다고 생각하는 점이 있는데, 결과는 기대하고 있던 그대로 달성되었다. 그리고 경시총감은 떨떠름한 표정으로 훈작사 뒤팽 씨와의 계약조건을 틀림없이 이행했다. 한편, 포우 씨의 이 글은 다음과 같은 글로 매듭지어져 있다. — 편집부」

내가 지금 이야기하고 있는 것은 암호라는 사실에 관한 문제지 그 이상의 것은 아니라는 점은 잘 알고 있을 것이다. 이 제목에 관해서는 내가 지금까지 해온 이야기만으로도 충분할 것이다. 나의 마음속에 초자연에 대한 신앙 같은 것은 없다. 조금이라도 생각할 줄 아는 사람이라면 자연과 신이 결국은 서로 다른 두 개의 존재라는 사실을 부정할 수 없을 것이다. 신은 자연의 창조자로서 뜻대로 자연을 지배하며, 변화를 줄 수 있다는 사실 또한 의심의 여지가 없는 것이다. ‘뜻대로’라고 나는 말했다. 왜냐하면 문제는 의지에 있는 것이지, 종종 오류를 범해 논리가 가정하는 것처럼 결코 힘의 문제는 아니기 때문이다. 신은 자신의 법칙을 변경하지 못하는 것이 아니라, 우리가 변경할 필요가 있는 것처럼 상상하는 것, 그것이야말로 신에 대한 모독이다. 원초적으로 이들 신의 법칙은 미래에 일어날 수 있는 모든 우발사건을 남김없이 포함할 수 있도록 만들어졌을 것이다. 신에게 있어서는 모든 것이 현재인 것이다.

그리고 다시 한 번 말하겠는데 지금 이들에 대해서 이야기하고 있는 것은 전부, 단지 암호로써 말하고 있는 것에 지나지 않는다. 또한, 지금까지 내가 한 말을 듣고 바로 깨달았으리라 생각되는 것은, 그 불행한 여자인 메리 세실리아 로저스의 운명(물론 그것이 알고 있는 모든 것이지만)과 일생의 어느 시기까지의 마리 로제의 운명 사이에 틀림없이 평행선이 존재한다는 것인데 그 놀라운 정확함을 생각하면 오히려 우리의 머리가 어떻게 된 게 아닐까 생각될 정도다. 모든 것을 알고 계실 것이라고 나는 말했다. 하지만 여기서 만에 하나라도 오해가 있어서는 안 될 점은, 내가 마리의 슬픈 이야기를 전에도 말한 적이 있는 일정 시기에서 더욱 앞으로 밀고 나가, 그녀를 둘러싼 신비한 운명을 그 마지막까지 더듬어가려고 할 때, 그것이 마치 평행선을 더욱 멀리까지 연장해서 생각하려는 속셈이라든지 그 여자 점원 살인범을 잡기 위해 파리에서 채택된 방법이나 그것이 아니라도 같은 추리과정에 바탕을 두고 나온 방법이라면 모두 언제나 같은 결론을 낳을 것이라는 등의 말도 안 되는 소리까지 하려는 것처럼 받아들여지는 것이다.

왜냐하면 앞서 말한 기억, 그 중에서도 특히 후반의 경우에는 두 사건의 아주 사소한 사실의 차이가 결국에는 두 사건의 진로를 완전히 바꿔버림으로 해서 엄청나게 중대한 오산을 불러일으킬 가능성도 충분히 고려해야만 하기 때문이다. 마치 산술에 있어서, 단독으로는 거의 알아차릴 수 없는 과오라 할지라도 그것이 계산과정의 모든 단계에서 배가되어 가면 결국 마지막에는 참된 답과 터무니없이 다른 결과를 낳게 되는 것과 같은 것이다. 그리고 기억의 전반부에 대해서도 역시, 내가 앞서도 말한 바 있는 확률의 계산조차도 그것이 평행선의 연장이라고 생각해서는 절대로 안 된다는 사실을 보여주고 있다. 이번의 평행선의 경우는 매우 길고 정확했던 것인 만큼 그것의 연장에 대해서는 한 층 더 강경하고 단호하게 금하고 있는 것이다. 다시 말하자면 이것은 언뜻 보기에 수학 이외의, 수학과는 아주 거리가 먼 종류의 사유작용에 의한 문제인 것처럼 보이지만 사실은 수학자가 아니면 완전히 이해할 수 없는 변칙명제 중 하나인 것이다. 예를 들어서 주사위 놀이를 하고 있는 사람이 두 번 연속해서 두 개의 주사위 모두 6을 던졌다는 사실은, 그것만으로도 세 번째에는 두 개 모두 6이 나오지 않는다는 쪽에 크게 걸어도 될 만한 충분한 이유가 되기는 하지만, 그것을 일반 독자들에게 이해시키기란 그렇게 쉬운 일이 아니다. 그렇게 말하면 대부분은 애초부터 논리적으로 반대한다. 이미 던져진 주사위이며 지금은 완전히 과거에 속해버린 두 번째 주사위의 숫자가 어떻게 미래에 속해 있는 세 번째 주사위의 숫자에 영향을 줄 수 있단 말인가? 있을 수 없는 일이다. 두 개 모두 6이 나올 확률은 평소와 다를 바 없다. ―즉 그 외에 몇 번을 던지는가? 영향이라고 한다면 그것의 영향만을 받는 것이라고 말한다. 이 생각은 아주 명료하고 자명한 것처럼 보이기 때문에 여기에 반박을 가한다면, 그것을 경청하기는커녕 대부분은 조소에 가까운 웃음으로 받아들일 것이다. 이 사고에 깃들어 있는 오류 ―그것은 때때로 독소까지 흘려보내는 커다란 오류다―, 지금 주어진 지면으로는 그것을 도저히 밝힐 수 없을 뿐만 아니라, 조금이라도 철학적인 머리를 가진 사람에게는 새삼스레 밝힐 필요도 없는 것이다. 인간의 이성이라는 것은 오로지 부분적인 진리만을 탐구하려는 경우가 있기 때문에, 사실은 이것도 이성 앞에서 일어나는 무수한 착오 중 하나라고만 말해두면 오늘은 그것으로 충분할 것이다.

도둑맞은 편지

지혜 중에서 너무 예민하게 기피해야 할 것은 아무것도 없다. (세네카)

장소는 파리, 때는 **18xx**년 가을의 어느 찬바람 불던 저녁, 해가 떨어지고 얼마 지나지 않은 시각, 나는 친구인 C.오귀스트 뒤팽과 함께 포브르 생제르맹 뒤노 가 33번지에 위치한 친구의 집 3층 구석의 서재라고 해야 할지, 서고라고 해야 할지 모를 조그만 방에서 명상과 해포석으로 만든 파이프에서 뿜어져 나오는 보라색 연기에 잠기는 이중의 사치를 즐기고 있었다. 우리는 거의 한 시간 정도 아무런 말도 하지 않았는데 타인의 눈에는 두 사람 모두 방 안의 공기를 탁하게 만드는 연기에 완전히 심취해 있는 것처럼 보였을지도 모르겠다. 하지만 우리는 저물녘에 둘이서 의견을 교환했던 문제에 대한 사색에 잠겨 있었던 것이다. 그 문제란, 모르그 가의 사건과 마리로제 살해사건과 관련된 수수께끼. 그랬기 때문에 방문이 열리며 두 사람의 오랜 친구로 파리 경시청의 총감인 **Gxx**씨가 들어왔을 때는 단순한 우연이 아니라는 생각이 들었다.

우리는 그를 진심으로 환영했다. 조금 경멸스러운 부분이 있기는 했지만 총감은 꽤 재미있는 면이 있는 사람이었으며 지난 몇 년간 두 사람 모두 그를 전혀 만날 수 없었기 때문이었다. 그때까지 우리는 계속해서 어둠 속에 앉아 있었는데 뒤팽이 램프에 불을 붙이려고 자리에서 일어났을 때, G가 지금 아주 커다란 난관에 부딪친 공무가 있어서 그 때문에 우리, 라기보다는 내 친구인 뒤팽의 의견을 듣고 싶어서 왔다고 말하자 그는 그대로 자리에 다시 앉아버렸다.

뒤팽이 램프의 심에 불을 붙이려고 뻗었던 손을 거둬들이며 말했다.

"생각을 필요로 하는 문제라면 어둠 속에서 검토하는 편이 훨씬 더 나을 테니까."

"그것 역시 묘한 습관이군요."

총감이 말했다. 그에게는 자신이 이해할 수 없는 문제는 뭐든지 '묘하다.'라는 말 한마디로 표현하는 습관이 있었는데 그 때문에 그는 언제나 '묘한 일'의 홍수 속에서 살아오고 있었다.

"그렇군요."

이렇게 말한 뒤팽은 손님에게 파이프를 건네주고 안락의자를 그 쪽으로 밀어주었다.

"그런데 그 난관에 부딪친 일이란 게 뭐죠? 설마 또 살인사건은 아니겠죠?"

내가 물었다.

"아니, 그렇지 않습니다. 그와는 전혀 다른 종류의 문제입니다. 사실은 아주 단순한 문제이기 때문에 우리의 힘만으로도 충분히 풀 수 있지만, 아주 묘한 부분이 있기 때문에 뒤팽 씨라면 틀림없이 알고 싶어 하실 거라고 생각해서 찾아왔습니다."

"단순하고 묘한 문제라."

뒤팽이 말했다.

"그렇습니다만, 꼭 그렇다고만도 말할 수 없습니다. 사실은 일이 너무나도 간단해서 맥이 빠질 정도지만, 어떻게 손을 대야 할지 전혀 알 수 없는 것도 사실입니다."

"그러니까, 일이 너무나도 단순해서 손을 대지 못하고 있다는 말씀이군요."

내 친구가 말했다.

"농담하지 마십시오."

이렇게 말한 총감은 아주 우습다는 듯이 웃음을 터트렸다.

"그렇다면 수수께끼가 너무 간단한 거군요."

뒤팽이 말했다.

"이런, 그런 말은 처음 듣습니다."

"그럼 너무 명백한 거군요."

"하, 하, 하! —하, 하!"

우리의 손님은 아주 재미있다는 듯이 큰소리로 웃어댔다.

"뒤팽 씨. 제 배꼽을 떼어놓으실 작정입니까? 그것만은 참아주십시오."

"그건 그렇고, 그 문제라는 게 대체 뭡니까?"

내가 물었다.

총감이 파이프의 연기를 길고 조용하게, 생각에 잠긴 듯한 표정으로 내뱉으며 의자에 앉아 대답했다.

"그럼 말씀드리겠습니다. 간단하게 말씀드리겠습니다만, 그 전에 알아두셔야 할 점은 비밀을 철저히 지켜주셔야 한다는 점입니다. 만약 이 이야기를 내가 했다는 사실이 밝혀지면 저는 지금의 지위에서 물러나야 할 겁니다."

"계속 해보세요."

내가 말했다.

"아니면 그만 두시든지."

뒤팽이 말했다.

"그럼 말씀드리겠습니다. 제가 은밀하게 사귀고 있는 친구 중에 고귀한 신분을 가진 사람이 있습니다. 그에게서 들었는데 궁정 안에 있던 중요한 서류를 도둑맞았다고 합니다. 훔친 사람도 틀림없이 알고 있다고 합니다. 훔치는 현장을 목격했으니까요. 그리고 그 서류가 아직 그의 손안에 있다는 사실도 명백하다고 합니다."

"그 사실을 어떻게 안다는 거죠?"

뒤팽이 물었다.

"그건 확실하게 추측할 수 있습니다. 그 서류의 특성상, 그것이 훔친 사람의 손에서 다른 사람의 손으로 들어가면 바로 일어나야 할 ―즉, 그것을 훔친 사람이 최종 목적으로 삼았을 것임에 틀림없는 방법으로 그것을 이용했다면 곧 일어났어야 할 일련의 결과가 아직 일어나지 않았기 때문에 그렇게 추측할 수 있는 겁니다."

총감이 대답했다.

"좀 더 구체적으로 얘기해주세요."

내가 말했다.

"그럼 얘기하도록 하죠. 그 서류는 어떤 방면에서 그 소유자에게 어떤 권익을 가져다주는데, 그 방면에서 그러한 권익은 매우 귀중하게 여겨지는 것입니다."

총독은 외교용어를 좋아 했다.

"아직 잘 모르겠는데요"

뒤팽이 말했다.

"잘 모르겠다? 잘 들어보세요. 이름은 밝힐 수 없지만 그 서류가 어떤 제3자에게 폭로되면 지위가 매우 높은 어떤 분의 명예가 실추되게 됩니다. 따라서 그 서류를 쥐고 있는 사람이 그 고귀한 분에게 권세를 부릴 수 있는 입장에 서게 되기 때문에 지금 그 고귀한 분의 명예와 안전이 매우 걱정되는 상태입니다."

여기서 내가 그의 말을 끊었다.

"하지만 그 권세를 부리기 위해서는 도둑맞은 사람이 누가 훔쳐간 것인지 알고 있다는 사실을, 훔친 사람 본인이 알고 있어야만 한다는 전제가 필요해요. 누가 일부러 그런 짓을?"

G가 대답했다.

"훔친 사람은 **Dxx** 장관으로 이 사람은 인간다운 행동이든, 인간답지 못한 행동이든 서슴지 않고 해대는 사람입니다. 이번 서류를 훔친 방법 또한 대담무쌍하고 교묘하기 짝이 없는 것이었습니다. 그 고귀한 분은 문제의 서류를 —정확하게 말하자면 한 통의 편지인데— 궁정의 내실에 혼자 있을 때 받았습니다. 그것을 읽고 있을 때, 그 분과 마찬가지로 고귀한 다른 분이 들어오셨는데 그 분에게만은 절대로 편지를 보이고 싶지 않은 이유가 있었기 때문에 서둘러 서랍 속에 넣으려 했지만 뜻대로 되지 않아 하는 수 없이 편지를 펼친 채로 테이블 위에 놓으셨습니다. 그런데 마침 받는 사람의 이름이 가장 위에 왔고 내용은 보이지 않았기 때문에 편지의 정체는 눈치 채지 못했습니다. 그런데 바로 그때 등장한 것이 **Dxx** 장관. 이 사람은 살쾡이 같은 눈을 가진 사람으로 바로 편지를 발견하고는 받는 사람의 이름을 보고 필적을 감정했으며 편지를 받은 부인이 당황하고 있다는 사실까지 감지, 비밀의 냄새를 맡아버렸습니다. 평소와 다름없이 그는 간단하게 용건을 마무리 지은 뒤 문제의 편지와 외견이 조금 비슷한 다른 편지를 꺼내 펼쳐들고 읽는 척을 하다가 그것을 문제의 편지 바로 옆에 놓았습니다. 그리고 약 15분 정도 공적인 얘기를 한 뒤, 그 방에서 나올 때 자신의 것이 아닌 편지를 테이블 위에서 집어갔습니다. 그 편지의 정당한 주인은 그것을 보고 계시기는 했지만 바로 옆에 제3자가 서 있었기 때문에 그의 행동을 책망할 수도 없었습니다. 장관은 방에서 나갔고 엉뚱한 편지만 테이블 위에 남게 되었습니다. ─이렇게 된 겁니다."

뒤팽이 나를 보며 말했다.

"자, 이것으로 조금 전에 자네가 권세를 부리기 위해서 필요하다고 했던 조건들이 전부 갖춰졌음을 확실히 알게 됐군. ─도둑맞은 사람이 범인을 알고 있다는 사실을 범인이 알고 있다는 조건이."

총감이 고개를 끄덕였다.

"그렇습니다. 게다가 이렇게 장악된 힘이 지난 몇 개월간 정치적 목적으로 이용되었는데 그 수위가 상당히 위험한 수준에까지 이르렀습니다. 도둑맞은 분은 날이 갈수록 그 편지를 되찾아야 한다는 사실을 더욱 통감하고 있습니다. 그래서 생각 끝에 제게 일을 맡긴 겁니다."

뒤팽이 그야말로 연기의 소용돌이 속에서 말했다.

"당신보다 더 은밀하고 유능하게 일을 처리할 만한 사람은 상상할 수도 없었을 거예요."

"너무 그렇게 추켜세우지 마십시오. 하지만 실제로 그랬을지도 모릅니다."

총감이 대답했다.

"당신의 말대로라면 편지는 아직도 장관의 손에 있군요. 편지로 힘을 행사하는 것보다 그것을 가지고 있는 편이 더 유리할 테니까요. 그것을 사용해버리면 효과는 사라져버리죠."

내가 말했다.

"맞습니다. 그렇게 확신하고 일을 진행시키고 있습니다. 우선은 장관의 저택을 철저하게 조사해볼 생각이었습니다. 하지만 수사한다는 사실을 장관이 모르게 수사할 필요가 있었기 때문에 일이 그리 수월하지만은 않았습니다. 우리의 의도를 의심하게 할 만한 구실을 상대방에게 주면 그 사람의 성격으로 봐서 위험한 일이 벌어질지도 모르니 조심하라고 신신당부를 했었습니다."

G가 말했다.

"하지만 그런 수사라면 당신들에게는 식은 죽 먹기 아닙니까? 파리 경찰은 그런 일에 익숙할 테니까요."

내가 말했다.

"그건 그렇습니다. 그런 것 때문에 걱정을 하고 있는 게 아닙니다. 게다가 그 장관의 습성은 우리에게 아주 유리한 것이니까요. 그 사람, 하룻밤 내내 집을 비우는 날이 아주 많습니다. 하인들의 숫자도 그리 많지 않습니다. 그들이 자는 곳은 주인의 방에서 멀리 떨어져 있으며 대부분이 나폴리 사람이기 때문에 술에 취하게 만드는 것도 식은 죽 먹기입니다. 그리고 아시다시피 우리에게는 파리에 있는 모든 방의 문을 열 수 있는 열쇠가 있습니다. 지난 3개월 동안 하룻밤도 쉬지 않고, 그것도 거의 밤새도록 제가 직접 나서서 **Dxx** 저택을 수사했습니다. 내 명예도 걸려 있고, 이건 비밀이지만 보수도 막대하거든요. 그래서 포기하지 않고 수사를 계속해왔는데 결국에는 그 사람이 나보다 훨씬 머리가 좋다는 사실만을 확인했을 뿐입니다. 그 집안 구석구석, 서류를 숨겨놓았을 만한 곳은 남김없이 살펴보았습니다."

"그렇다면 또 다른 가능성에 대해서 생각해보는 것은 어떨까요? 편지가 장관의 손에 있는 것만은 틀림없는 사실이지만, 장관은 그것을 자신의 집 이외의 곳에 숨겨두었을지도 모른다는 가능성에 대해서."

내가 말했다.

"그럴 가능성은 없어. 궁정은 지금 저와 같은 이상사태에 빠져 있고, 게다가 D가 가담했다는 사실이 알려진 그 음모를 생각해보면, 서류를 즉석에서 이용할 수 있도록 하는 것이 ─그러니까 즉석에서 꺼낼 수 있도록 하는 것이 그것을 수중에 가지고 있는 것만큼 중요한 일이니까."

뒤팽이 말했다.

"꺼낼 수 있게 한다고?"

내가 말했다.

"다시 말하자면 파기할 수 있도록, 이라고 할 수 있지."

뒤팽이 말했다.

"그렇군. 그렇다면 편지는 틀림없이 그 집 안에 있겠군. 그 편지를 장관이 몸에 지니고 다닐 가능성은 배제해도 좋을 거야."

내가 말했다.

"완전히 배제해도 좋습니다. 강도를 가장해서 두 번이나 그 사람을 습격, 내가 보는 앞에서 엄중한 검문을 했으니까요."

총감이 말했다.

"그런 번거로운 일은 할 필요가 없었을 텐데요. 내가 보기에 **Dxx**은 바보가 아니고, 그렇다면 그런 일이 두어 번쯤 일어날 것이라고 미리 각오를 하고 있었을 테니까요."

뒤팽이 말했다.

"바보는 아니지만 그 사람은 시인입니다. 시인과 바보는 종이 한 장 차입니다."

G가 말했다.

"그렇군요. 내게도 어줍지 않은 시인 기질이 있거든요."

뒤팽이 아주 감탄했다는 듯이 연기를 천천히 내뿜으며 말했다.

"수사에 대해서 좀 더 자세히 들려주세요."

내가 말했다.

"네, 그러죠. 수사에는 충분한 시간을 들여서, 빈틈없이 샅샅이 조사를 해봤습니다. 이런 일에 관한 한 저는 충분한 경험을 쌓아왔습니다. 건물 전체의 방을 하나하나 조사했는데 방 하나를 조사하는 데 걸린 시간은 일주일. 각 방마다 우선은 가구를 조사했습니다. 서랍이라는 서랍은 전부 열어봤습니다. 잘 아시다시피 정규 훈련을 받은 경찰관에게 비밀 서랍이란 존재하지 않습니다. 이런 수사에서 '비밀' 서랍을 놓치는 녀석이 있다면 그건 파면감입니다. 아주 간단한 문제죠. 어떤 장이든 계측 가능한 일정 용적이 —공간이 있습니다. 그리고 우리에게는 아주 정밀한 자가 있습니다. 50분의 1라인의 오차도 없습니다. 장 다음에는 의자. 제가 조사하는 것을 본 적이 있으시겠지만 의자의 쿠션을 길고 가느다란 바늘로 찔러봅니다. 책상은 위쪽 판을 뜯어냅니다."

"왜 그렇게까지 하는 거죠?"

"책상이나 그런 종류의 가구의 위쪽 판을 뜯어내고 그 안에 물건을 숨기는 녀석들이 적잖이 있으니까요. 그런 다음 다리에 구멍을 파서 거기에 물건을 감추고 위쪽 판을 원래대로 덮어버리는 겁니다. 침대 기둥의 위쪽 끝이나 아래쪽 끝도 같은 방법으로 이용할 수 있습니다."

"두드려보면 안이 비었는지 쉽게 알 수 있지 않나요?"

내가 물었다.

"그건 말도 안 됩니다. 물건을 숨긴 다음 주위에 솜을 가득 넣으면 그땐 어떻게 됩니까? 그리고 우리는 소리를 내서는 절대로 안 됩니다."

"뜯어낸다고 했지만 —지금 당신이 말한 방법으로 물건을 숨겨둘 만한 가구를 하나도 빠짐없이 살펴보지는 못했겠지요. 편지는 돌돌 말 수도 있고, 그렇게 하면 모양도 크기도 조금 굵은 뜨개질 바늘 정도 밖에 되지 않으니까요. 그런 물건이라면 의자의 뼈대 같은 데도 숨길 수 있어요. 의자의 뼈대까지 전부 뜯어보지는 않았겠지요?"

"물론입니다. 하지만 좀 더 현명한 방법을 사용했습니다. ─집 안에 있는 모든 의자의 뼈대, 그리고 모든 가구의 연결부분을 성능 좋은 확대경으로 살펴봤습니다. 최근에 만진 흔적이 조금이라도 남아 있었다면 바로 찾아낼 수 있었을 겁니다. 톱밥 하나라도 사과만큼 커다랗게 보이니까요. 아교가 조금이라도 벗겨져 있거나 ─연결부분의 틈새가 조금이라도 이상하다거나 ─그런 곳이 있었다면 그것만으로도 들통이 났을 겁니다."

"물론 거울도 신경을 써서 살펴봤겠지요? 거울과 판자 사이도. 커튼과 카펫, 침대와 침구 등도 전부 살펴봤겠지요?"

"두말하면 잔소리 아닙니까? 이런 식으로 철저하게 모든 가구를 살펴본 다음, 집 자체를 조사해봤습니다. 가옥의 전 면적을 일정하게 나눠서 빠짐없이 각각의 공간에 번호를 매기고, 옆에 있는 두 개의 건물까지 포함한 그 집의 부지 전 면적을 1제곱 인치씩 확대경으로 철저하게 조사했습니다."

"옆의 두 집까지? …… 굉장한 수고를 하셨군요."

내가 감탄한 듯 말했다.

"그렇습니다. 그만큼 보수도 굉장하니까요."

"지면도 살펴봤나요?"

"지면이라고 해봐야 전부 벽돌이 깔려 있기 때문에 그리 힘들이지 않고 조사할 수 있었습니다. 벽돌 사이의 이끼를 조사해봤지만 움직인 흔적은 없었습니다."

"Dxx의 서류, 그리고 서재의 책도?"

"물론입니다. 서류 묶음과 소포는 전부 펼쳐보았습니다. 책도 한 권 한 권 전부 펼쳐보았을 뿐만 아니라 한 페이지 한 페이지 넘겨보기까지 했습니다. 우리 경찰에서 흔히 쓰는 방법이기는 하지만 그저 책을 흔들어보는 것만으로는 성에 차질 않아서요. 책의 표지도 정확한 자로 일일이 재보고 확대경으로 면밀하게 조사해봤습니다. 장정을 최근에 조금이라도 만진 흔적이 있었다면 우리는 그걸 틀림없이 찾아냈을 겁니다. 제본소에서 얼마 전에 도착한 대여섯 권의 책은 바늘로 찔러가며 주의 깊게 살펴봤습니다."

"카펫 밑에 있는 바닥도 살펴봤나요?"

"물론입니다. 카펫을 전부 걷어내고 확대경으로 바닥을 살펴봤습니다."

"벽지는?"

"살펴봤습니다."

"지하실은?"

"살펴보고말고요."

"그렇다면 당신이 잘못 생각한 거로군요. 당신 생각과는 달리 편지는 집 안에 없다는 얘깁니다."

내가 말했다.

"분하지만 그 점에 관해서는 당신 말이 옳은 것 같습니다. 그렇다면 뒤팽, 당신 생각은 어떻습니까?"

총감이 말했다.

"다시 한 번 집을 철저하게 수사해보라고 충고하고 싶군요."

"그건 헛수고라고 장담할 수 있습니다. 편지가 거기에 없다는 사실은, 지금 제가 살아 있다는 사실 만큼 명백한 사실입니다."

Gxx가 대답했다.

"그보다 나은 충고는 없을 듯합니다. 그건 그렇고 편지의 특징은 알고 계시죠?"

뒤팽이 말했다.

"그야 당연하죠!"

이렇게 말한 총감은 수첩을 꺼내 사라진 문서의 내용, 특히 외관에 대해서 자세하게 적어놓은 것을 큰 목소리로 읽기 시작했다. 읽기를 마친 그는 서둘러 돌아갔는데 나는 그 선량한 신사가 그처럼 의기소침해 하는 모습을 지금까지 본 적이 없었다.

그로부터 한 달쯤 뒤, 그가 우리 앞에 다시 모습을 드러냈는데 우리는 이전과 별반 다를 바 없는 문제에 깊이 잠겨 있었다. 그는 파이프를 받아들고 의자에 앉아 잡담을 하기 시작했다. 드디어 내가 입을 열었다.

"그런데 **G**xx 씨, 그 도둑맞은 편지는 어떻게 됐나요? 설마 그 장관을 이길 수 없다는 사실을 깨달았다고 말하지는 않겠지요?"

"화가 납니다만 말씀하신 그대로입니다. 뒤팽 씨의 충고대로 다시 한 번 조사해봤지만 ─생각대로 완전히 헛수고였습니다."

"보수가 얼마라고 하셨죠?"

뒤팽이 물었다.

"음, 엄청난 금액입니다. ─입이 떡 벌어질 정도죠─ 정확한 금액은 별로 말하고 싶지 않지만 이것만은 틀림없이 말할 수 있습니다. 그 편지를 찾아온다면 내 개인 수표로 5만 프랑을 기꺼이 줄 수 있다고. 솔직히 말하자면 날이 갈수록 편지의 중요성이 더욱 커지고 있기 때문에 요즘에는 보수가 예전의 두 배가 됐습니다. 하지만 세 배가 된다 해도 제게는 더 이상 손쓸 재간이 없습니다."

뒤팽이 해포석 파이프를 통해 연기를 뻑뻑 들이마신 뒤 연기를 내뱉으며 말했다.

"그런가요? 사실 ─내가 보기에는 Gxx, 당신의 노력이 부족했던 것 같아요. ─이번 사건에서는 아직 당신의 힘을 완전히 사용하지 않았어요. 당신, ─조금 더 힘을 쏟아 부을 수 있지 않았나요?"

"뭐라고요? ─어째서 그런 말을 하는 겁니까?"

"그러니까 ─뻑뻑─ 당신은 ─뻑뻑─ 이번 사건에서 다른 사람의 지혜를 빌려도 상관없지 않았나요? ─뻑뻑뻑─ 애버니디라는 사람을 알고 있나요?"

"모릅니다. 애버니디인지 뭔지 엿이나 먹으라지!"

"옳으신 말씀! 엿을 먹든지 말든지 상관없지만, 옛날에 애버니디로부터 요양의 지시를 공짜로 받으려 했던 구두쇠가 있었다고 하더군요. 그런 꿍꿍이속을 가지고 있었기에 애버니디와 단 둘이 이야기를 하게 되었을 때, 그 구두쇠 자신의 병을 마치 다른 사람의 병인 것처럼 이야기했다고 합니다.

'만약에 말입니다.' 라고 그 구두쇠가 말했어요. '어떤 사람이 이런저런 증상을 보인다고 합시다. 선생님이라면 그 사람에게 어떤 지시를 내리시겠습니까?' 라고.

'어떤 지시냐고요?' 애버니디가 말했어요. '빤하지 않습니까? 의사의 지시를 받으라고 말할 겁니다.' 라고."

총감이 조금 실망한 목소리로 말했다.

"하지만 저는 기꺼이 지시를 받을 거고, 사례도 할 겁니다. 이번 사건에서 저를 도와주는 사람에게는 그가 누가 됐든 정말로 5만 프랑을 줄 생각입니다."

뒤팽이 서랍을 열어 수표책을 꺼내며 대답했다.

"그렇다면, 지금 말씀하신 금액의 수표를 써주세요. 서명이 끝나면 편지를 드리죠."

나는 어처구니가 없었다. 총감은 마치 벼락이라도 맞은 표정. 총감은 한동안 아무런 말없이, 꼼짝도 하지 않고 서서 입을 벌린 채로 내 친구를 의심스럽게 바라보았는데 그의 눈은 지금 당장에 라도 튀어나올 것만 같았다. 잠시 후, 어느 정도 제정신을 차린 듯 그는 펜을 쥐고 조금 망설이기도 하고 허공을 쳐다보기도 하다가 5만 프랑짜리 수표를 적은 뒤 서명을 하고 테이블 너머에 있는 뒤 팽에게 건네주었다. 그것을 유심히 살펴본 뒤팽은 수표를 지갑에 넣은 뒤 책상 서랍을 열어 거기서 편지를 꺼내 총감에게 건네주었 다. 총감은 너무나도 기쁜 나머지 숨 막히는 표정으로 그것을 쥐더 니 떨리는 손으로 편지를 펼쳐 내용을 훑어보고는 문을 향해서 비 틀비틀 걸어갔다. 뒤팽에게 수표를 쓰라는 말을 들은 이후부터 단 한마디도 하지 않고 예의도 잊은 채 문에서, 이 집에서 재빨리 모 습을 감췄다.

그가 떠나버리자 뒤팽이 천천히 설명을 하기 시작했다.

"파리 경찰은 나름대로 아주 유능하기는 하지. 인내심 강하고, 머리도 잘 돌아가고, 꼼꼼하고, 임무수행에 필요한 사항에는 정통해 있어. 그래서 **Gxx**로부터 **Dxx** 저택 수색법을 자세히 들었을 때는 그가 만족할 만한 수색을 했음에 틀림없다고 확신했지. —물론, 그의 수색이 미치는 범위 내에서의 얘기기는 하지만."

"그의 수색이 미치는 범위 내에서?"

내가 말했다.

"그래. 그가 채용한 방법은 나름대로 최선책이었고 그것이 완벽하게 수행됐어. 만약 편지가 그의 수색이 미치는 범위 내에 있었다면 그들은 틀림없이 편지를 발견했을 거야."

뒤팽이 말했다.

나는 그저 웃을 수밖에 없었다. —그는 아주 진지하게 이야기를 하고 있는 듯했다.

그가 계속 말을 이었다.

"그러니 나름대로 괜찮은 방법을 택했다고 할 수 있고 그것을 수행하는 데도 빈틈이 없었어. 결함은, 그 방법이 이번 경우와 이번 인물에 대해서는 효과가 없었다는 점에 있어. 아주 교묘한 책략이었지만 그것도 총감에게는 프로크루스테스의 침대와 같은 것으로, 거기에 억지로 키를 맞추려 했지. 그는 언제나 끌어안고 있는 사건을 너무 깊이 생각하거나 너무 가볍게 생각해서 실수를 저지르곤 해. 초등학생 중에도 그보다 뛰어난 추리가는 얼마든지 있을 거야. 내가 알고 있는 아이 중에 **8**살 정도 된 아이가 있는데 그 아이는 '홀짝놀이'를 아주 잘 해서 신동 취급을 받고 있어. 그 놀이는 구슬로 하는 아주 간단한 놀이야. 한 사람이 구슬을 몇 개 쥐고 홀수인지 짝수인지를 상대방에게 물어. 맞추면 구슬을 하나 받지. 조금 전에 말한 그 아이는 학교 안의 구슬이란 구슬은 전부 끌어모았어. 그 아이에게는 추리의 원칙이라는 게 있는데 그리 대단할 것도 없는 방법이야. 상대방의 머리가 어느 정도인지를 관찰해서 추측을 하는 거지. 예를 들어서 아주 머리가 나쁜 아이가 구슬을 접고 '홀짝?'이라고 물으면, 그 아이는 '홀'이라고 내답해서 져주지. 하지만 두 번째에는 이겨. 이렇게 생각하는 거지. ─ '이 바보는 처음에 짝을 접었지만 두 번째는 기껏해야 홀을 접을 정도의 머리밖에 되지 않는다. 그러니 홀로 하자.'라고. 그리고 홀이라고 해서 이기네. 다음, 같은 바보이기는 하지만 조금 나은 바보가 상대라고 하세. 그러면 이렇게 생각하지 ─ '이 녀석은 내가 처음에 홀이라고 했으니 두 번째는 조금 전의 바보처럼 짝에서 홀로 바꾸려고 하겠지만, 그건 너무 단순하다고 생각을 고쳐먹고 결국에는 첫 번째와 마찬가지로 짝을 접을 거야. 그러니 짝으로 하자.' ─ 그리고 짝이라고 해서 이기네. 바로 이게 그 아이의 추리법인데 아이들은 그저 녀석은 '운이 좋다'고만 생각을 해버리지. ─그런데 그게 과연 운일까? 운이 아니라면 뭘까?"

"결국 그건, 추리하는 사람이 자신의 사고를 상대방의 사고에 맞춘 거지."

내가 말했다.

"바로 그거야. 그 아이에게 자신의 사고를 상대방의 사고에 완전히 일치시키는 비결을 물었더니 이렇게 대답하더군. '상대방이 얼마나 영리한지, 얼마나 멍청한지, 얼마나 좋은 사람인지, 얼마나 나쁜 사람인지, 혹은 지금 무슨 생각을 하고 있는지 알고 싶을 때는 내 얼굴표정을 가능한 한 상대방의 얼굴표정과 똑같이 만든 다음 잠깐 동안 기다려요. 그렇게 하면 얼굴표정에 어울리는 생각과 기분이 얼굴과 마음속에 떠오르기 때문에 거기에 신경을 집중하면 돼요.' 그 아이의 대답은 꽤 심원한 것으로, 그에 비해 라 로슈푸코, 라브레, 라 브뤼예르, 마키아벨리의 말이라며 애지중지하고 있는 것들의 심원함은 그저 피상적인 것에 불과하지."

뒤팽이 말했다.

"내가 정확하게 이해했다면 추리하는 사람이 자신의 머리를 상대방의 머리에 일치 시킬 수 있느냐 없느냐는 상대방의 머리의 움직임을 올바로 추리하느냐 못 하느냐에 달려 있다는 얘기로군."

내가 말했다.

"그 실용가치는 틀림없이 거기에 달려 있어. 그런데 총감과 형사들이 그렇게도 자주 실패를 하는 이유는, 첫째로 자신의 머리를 상대방의 머리와 일치시키지 못하기 때문이고, 둘째는 상대방의 머리를 측정하지 못하기 때문이야. 아니, 전혀 측정하려 들지 않기 때문이야. 그들은 머리를 어떻게 쓰느냐 하는 문제를 자기들 방식으로만 생각해. 그러니까 숨겨진 물건을 찾을 때는 자신들이라면 어디에 숨겼을까 하는 것만을 생각하지. 그들이 옳은 것은 여기까지. ―즉, 그들의 생각이 일반대중의 생각을 충실하게 대표하고 있다는 점까지만이야. 하지만 제대로 된 악당은 교활함도 그들과는 질적으로 달라 일반대중은 늘 의표를 찔리지. 그들보다 상대방이 훨씬 더 영리할 때는 그런 일이 늘 일어나고, 영리하지 못할 때라도 그런 일은 종종 일어나. 그들은 수색 원칙을 바꿀 줄 몰라. 긴급사태가 발생하거나 —막대한 보수가 걸렸다거나— 그런 자극이 더해져도 원칙에는 손을 대지 않고 그저 지금까지 해왔던 방법을 확대하거나 강화하는 게 고작이지. 예를 들어서 이번 **Dxx** 사건의 경우에도 행동원칙을 바꾸려고는 하지 않았어. 구멍을 뚫어보고, 바늘로 찔러보고, 두드려보고, 확대경을 대보고, 건물의 전 면적을 일정 단위로 나눠서 번호를 매기고 —이런 것들은 수색상의 원칙, 혹은 모든 원칙의 강화, 응용에 지나지 않아. 이와 같은 수사상의 모든 원칙은 머리의 작용에 대한 일종의 선입관에 바탕을 두고 있는 것인데, 총감은 오랫동안 그에 따라서 일을 해왔기 때문에 완전히 타성에 젖어버리게 됐다. 인간이란, 편지를 감출 때는 모두 의자의 다리에 구멍을 뚫는다고까지는 생각하지 않았겠지만, 의자의 다리에 구멍을 뚫어 숨기고 싶어 하는 정신적 경향에서 도출해낼 수 있는 곳과 같이 사람들의 눈에 띄지 않는 구멍이나 구석에 숨기는 법이라는 선입관을 가지고 그 사람이 수색을 했던 것임에는 틀림없어. 그리고 그렇게 은밀한 구석에 숨기는 방법은 대부분의 경우에, 평범한 지능을 가진 사람들이 생각해내는 것일 뿐이라는 사실도. 그렇기 때문에 물건을 숨길 때는 어떤 경우라도 숨길 물건을 처리하는 일 —즉 그와 같은 교묘한 방법으로 처리할 것이라는 사실을 예상할 수 있으며, 실제로 누구라도 그렇게 예상할 거야. 그렇다면 그것을 찾아내는 일은 찾는 사람의 머리가 좋은가 하는 것과는 전혀 관계가 없는 일이 되며, 단지 세심하고 인내심 강하고 의지가 굳기만 하면 되는 것이지. 그런데 중요한 일에서 —경찰의 입장에서 보자면 보수가 막대한 일에서, 라고 말해도 좋을 것이네만— 그와 같은 요건을 소홀히 한 적은 단 한 번도 없었어. 결론적으로 내가 말하고 싶었던 것은, 만약 그 도둑맞은 편지가 총감의 수색범위 내 어딘가에 숨겨져 있었다면 —이 말은 곧 그 숨기는 방법의 원리가 총감의 모든 원리로 이해할 수 있는 범위 내에 있었다면, 이라는 뜻인데— 틀림없이 발견됐을 거야. 하지만 총감은 완전히 놀림감이 되고 말았어. 총감의 실패 원인은, 장관이 시인으로도 이름이 널리 알려져 있다고 해서 그를 완전히 바보라고 생각해 버렸다는 데 있어. 바보는 모두 시인 —총감의 머릿속에는 그런 생각이 있어. 거기서 시인은 모두 바보라는 결론을 이끌어내는 매사부주연(媒辭不周延)이라는 오류를 범하고 만 거야."

내가 물었다.

"하지만 그 사람 정말 시인일까? 형제가 하나 있다는 사실을 알고 있어. 그리고 두 사람 모두 문명을 떨치고 있다는 사실도. 틀림없이 그 장관은 미분학에 관한 학문적 저서를 가지고 있을 거야. 수학자인 것만은 사실이지만 시인은 아니야."

"그건 자네가 잘못 알고 있는 거야. 나는 그 사람을 잘 알고 있는데 그 사람은 양쪽 모두야. 시인인 동시에 수학자였기 때문에 추리에 능한 거야. 단순한 수학자였다면 그렇게 멋진 추리는 하지 못했을 거야. 그리고 총감의 손아귀를 벗어나지 못했겠지."

내가 말했다.

"조금 뜻밖의 의견인데. 그건 세상의 상식에 반하는 생각이야. 몇 세기에 걸쳐서 옳은 것이라고 여겨져 왔던 생각을 그렇게 간단하게 부정할 생각은 아니겠지? 지금까지는 수학적 추리가 최고의 추리라고 여겨져 왔어."

뒤팽이 샹폴의 말을 인용해서 대답했다.

"'세상의 모든 통념, 용인되고 있는 모든 습관은 명백하게 어리석은 것이다. 왜냐하면 그것은 대중의 취향에 맞는 것이기 때문이다.' 수학자들은 자네가 말한 것과 같은 그릇된 견해를 세상에 퍼뜨리는 데 크게 공헌해 왔는데, 그것을 진리로 널리 퍼트렸다는 점은 용서하기 어려운 부분이야. 예를 들어서, 좀 더 나은 일을 위해서 사용했다면 좋았을 기교를 교묘하게 조작해서 그들은 '분석'이라는 말을 대수학에 적용하려 했어. 이와 같은 속임수를 맨 처음 시작한 원흉이 바로 프랑스인들인데, 언어라는 것에도 소위 말하는 관록이라는 게 있다면 ─즉 언어의 가치가 여기에서는 조화를 이루고 저기에서는 조화를 이루지 못한다는 점에 있다면─ '분석'이라는 말은 '대수'라는 말과 전혀 조화를 이룰 수 없을 거야. 그건 라틴어의 '분주'가 '야심'을, '맺다'가 '종교'를 '유명인'이 '고결한 사람'을 의미하지 않는 것과 같은 거야."

"자네 지금 파리의 대수학자와 논쟁을 벌이고 있는 것 같군. 어쨌든 계속 들어보기로 하지."

"추상논리라는 형식에 의해서 나온 것이 아니라면, 그 외의 제아무리 특별한 형식에 의해서 나온 것이라 할지라도 그런 추리법의 유효성, 그러니까 가치는 믿을 만한 것이 못 된다는 게 내 의견이야. 내가 특히 의심을 품고 있는 것은 수학적 연구에서 나온 추리법이야. 수학은 형태와 양에 관한 과학이기 때문에 수학적 추리법은 그와 같은 형태와 양의 관찰에만 적용될 수 있는 논리인데도 모든 순수대수학의 진리를 추상적, 보편적 진리라고 생각한다는 데서 오류가 생겨나는 거야. 그런데 그 오류라는 게 엄청난 오류임에도 불구하고 세상 사람들에게 받아들여졌다는 점을 생각하면 화가 나서 견딜 수가 없어. 수학적 공리는 공리가 아니야. 관계에 있어서는 —즉, 형태와 양에 있어서는— 참인 것이 윤리학에 있어서는 엄청난 거짓이 되는 경우가 얼마든지 있어. 윤리학에서는, 부분의 결합과 전체는 같지 않다는 것이 오히려 보편적인 가치야. 화학에서도 그런 공리는 통용되지 않아. 인간의 동기를 생각할 때도 그것은 통용되지 않아. 왜냐하면 특정한 가치를 가지고 있는 두 개의 동기는, 서로 결합하면 하나의 가치를 가지게 되는데, 그것이 각각의 가치를 가지고 있을 때의 가치를 합한 것과 반드시 같다고는 말할 수 없으니까. 이 외에도 수학적 진리라는 것은 얼마든지 있지만, 그것들은 모두 관계의 범위 내에서의 진리에 불과한 것들이야. 그런데 수학자란 녀석들은 습관상 그 한정적인 진리를 내세워, 마치 수학적 진리가 절대적이고 보편적인 진리인 것처럼 지껄여대며, —일반 사람들도 그럴 것이라고 생각을 해버리지. 브라이언트는 자신의 해박함을 유감없이 보여주고 있는 『신화학』이라는 글 속에서 이와 같은 종류의 과오에 대해 「우리는 이교도의 신화를 믿지는 않지만, 자신도 모르게 그것을 현실이라고 생각하고, 유추하려 할 때가 종종 있다.」라고 말했어. 그런데 대수학자들은 진정한 이교도들로, '이교도의 신화'를 진심으로 믿고 있지. 자신도 모르게가 아니야. 머리가 어떻게 손 써볼 수 없을 정도로 혼탁해져 있기 때문에 그런 유추를 행해버리는 거야. 예를 들어서 지금까지 둥근 이외의 부분에서 믿을 만한 모습을 보여준 수학자를 만난 적도, $x^2 + px$가 절대적이고 무조건적으로 q와 같다는 사실을 금과 옥조처럼 여기지 않는 수학자를 만난 적도 없어. 백문이 불여일견이라니, 그런 사람들에게 $x^2 + px$가 반드시 q라고는 생각지 않는다고 한번 말해보게. 단, 상대방에게 자네의 의문점을 알린 뒤에는 가능한 한 빨리 몸을 피하도록 하게. 상대방은 틀림없이 자네를 때려눕히려고 할 테니까."

그의 말에 대해서 내가 그저 히죽히죽 웃기만 하자 뒤팽이 계속해서 말했다.

"내가 말하고 싶었던 것은, 그 장관이 단순한 수학자였다면 총감이 내게 이런 수표를 건네줄 필요가 없었을 것이라는 사실이야. 하지만 나는 그가 수학자인 동시에 시인이라는 사실도 알고 있었기 때문에 그의 입장까지도 참작해서 내 척도를 상대방의 능력에 맞출 수 있었던 거야. 그리고 그가 궁정의 신하, 대담한 음모가라는 사실도 알고 있었지. 그런 사람이 경찰이라면 반드시 사용할 진부한 수법을 모르고 있을 거라고는 생각되지 않았어. 불심검문을 예견하지 못했을 리가 없어. —그 이후의 사태가 그것을 증명하고 있는 대로. 집 안을 은밀하게 수색할 것이라는 사실도 이미 예측하고 있을 것이라고 생각했지. 그가 밤이면 자주 집을 비운다는 사실을, 총감은 자신에게 유리한 일이라며 기뻐했지만 나는 그것을 책략이라고 봤어. 경찰에게 마음껏 수색할 기회를 주겠다는 속셈이었지. 그렇게 하면 그만큼 빨리 편지가 집 안에 없다는 확신을 경찰에게 심어줄 수 있고, 실제로 **Gxx**는 그런 확신을 품게 됐어. 숨겨진 물건을 찾을 때 경찰이 쓰는 빤한 행동원리에 대해서 지금까지 장황하게 설명했는데 그와 같은 일련의 생각이 하나도 남김없이 장관의 머리에도 떠올랐을 것이라고 나는 생각했지. 그렇다면 장관이 흔히 생각할 수 있는 은밀한 곳은 쳐다보지도 않을 것이라는 사실이 명확해지질 않는가? 집 안의 제아무리 은밀한 곳, 제아무리 사람의 눈에 띄지 않는 구석이라 할지라도 총감의 눈과 바늘, 송곳, 확대경 앞에서는 아주 흔히 볼 수 있는 장롱과 크게 다를 바가 없다는 사실을 그도 알고 있을 거라고 생각했어. 따라서 굳이 그런 곳을 선택하지 않고, 당연한 얘기가 되겠지만, 오히려 그가 단순한 방법을 선택할 것이라고 나는 생각했어. 우리가 처음 만났을 때의 일, 자네도 아직 잊지 않았겠지? 내가 총감에게 수수께끼가 너무나도 자명해서 어려움을 겪고 있는 게 아니냐고 물었더니 그 작자 완전히 나를 비웃었었지?"

"물론 기억하고 있지. 그렇게 기뻐하는 모습은 처음 봤어. 숨이 넘어가는 게 아닐까 진짜로 걱정이 되더라니까."

내가 말했다.

"물질계에는 비물질계와 아주 비슷한 부분이 헤아릴 수도 없이 많아. 그렇기 때문에 은유나 직유가 묘사에 생생함을 더해줄 뿐만 아니라 논의의 보강에도 도움이 된다는 수사학의 독단도 어느 정도는 진실성을 띠고 있다고 말할 수 있지. 쉽게 말해서, 관성의 법칙은 물리학에서도, 형이상학에서도 통용될 수 있을 거야. 물리학에 조그만 물체보다 커다란 물체를 움직이는 게 더 어려우며, 그에 필요한 운동량은 그 어려움에 비례한다는 말이 있는 것처럼, 형이상학에서도 용량이 크고 뛰어난 두뇌는 열등한 두뇌보다도, 일단 움직이기 시작하면 강력하고 안정되어 있으며 일도 잘하지만, 움직이기 시작하기까지 여러 가지로 번거로우며, 움직이기 시작해서도 한동안은 불안정하고 주저하기도 하지. 이쯤에서 한 가지만 더 물어보겠네. 상점의 간판 중에서 어떤 것이 가장 눈에 잘 들어오나?"

뒤팽이 말했다.

"그런 건 생각해본 적 없는데."

내가 말했다.

뒤팽이 계속해서 말을 이었다.

"지도를 사용하는 게임이 있어. 한쪽 그룹이 다른 그룹에게 어떤 이름을 말하지. —마을 이름, 강 이름, 나라 이름, 제국 이름. 그러니까 이름이라면 무엇이든 상관없어. 알록달록하게 뒤죽박죽 얽혀 있는 지도 위의 이름을 말하면 되는 거야. 처음 해보는 사람은 상대방을 당황하게 만들려고 가장 조그만 글자로 적혀 있는 이름을 선택하지. 하지만 점점 익숙해질수록 커다란 글씨로 지도의 끝에서 끝에 걸쳐 있는 곳을 선택하게 되지. 이건 너무 커다란 글자로 적혀 있는 간판이나 거리의 표지판에서도 마찬가지지만 너무 눈에 잘 들어오는 것은 오히려 놓치기 쉬운 법이야. 이런 면에서는 물적인 사물을 보지 못하는 것과 심적인 것을 보지 못하는 것이 완전히 일치하는데, 같은 이유로 지성이라는 것은 너무 개방적이거나 너무 명백한 것에는 생각이 미치질 못해. 그런데 이런 사실은 총감의 이해력을 조금 상회하고 있거나 조금 하회하고 있어. 그 사람은 장관이 그 편지를 남들에게 절대로 보이지 않을 거라고 생각하고 있었기 때문에, 편지를 세상 사람들의 눈과 코 바로 앞에 두는 일은 절대로 없을 것이며 그런 일이 있으리라고는 생각해보지도 않았으니까.

하지만 **Dxx**의 과감하고 면밀한 지력, 서류를 유효하게 이용할 생각이라면 그것이 언제나 그의 손 안에 있어야만 한다는 사실, 그리고 그 편지가 총감의 통상적인 수색범위 내에 존재하지 않는다니 총감 자신이 밝혀낸 결정적인 증거를 잘 생각해보면 —장관은 편지를 숨기기 위해서 그것을 전혀 숨기지 않는다는 참으로 합당하고 현명한 방법을 사용했을 것이라는 확신을 더욱 강하게 갖게 됐지.

이렇게 추정한 나는 녹색 안경을 준비, 어느 화창한 날 아침, 지나가다 생각나서 들른 것처럼 장관의 집을 방문했어. **Dxx**는 집에 있었어. 평소와 다름없이 하품을 하기도 하고, 이리저리 거닐기도 하는 등 따분해서 죽겠다는 시늉을 하고 있더군. 하지만 사실은 그처럼 정력적인 사람도 없을 거야. —물론 사람들의 눈에 띄지 않는 곳에서만 그렇다는 얘기지만."

나도 지지 않고, 안경 같은 건 쓰고 싶지 않지만 눈이 나빠서 어쩔 수가 없다는 등 불평을 해대기도 하고 한탄을 하기도 하면서 안경 너머로 방 안을 구석구석 주의 깊게 살펴봤어. 겉으로는 이 집 주인과의 이야기에 완전히 빠져 있는 것처럼 보이면서.

나는 특히 커다란 책상을 유의해서 살펴봤어. 그가 그 책상 바로 옆에 앉아 있었는데 그 위에는 여러 가지 잡다한 편지와 서류들이 어지러이 널려 있었고 악기가 두 개 정도, 책이 두어 권 정도 놓여 있었어. 꽤 오랜 시간 살펴봤지만 특별히 의심할 만한 것은 없었어.

방을 둘러보고 있자니 벽난로 위 선반의 한가운데서 조금 아래쪽에 있는 집게에 더러운 청색 리본으로 매달아놓은 금색 선이 들어간 골판지로 만든, 조잡한 명함 꽂이가 내 시선을 잡아끌었어. 그 명함꽂이는 세 갠가 네 개의 칸으로 나뉘어 있었는데 대여섯 장의 명함과 편지가 한 통 꽂혀 있을 뿐이었어. 편지는 심하게 더러워져 있었고, 꼬깃꼬깃 구겨져 있었어. ─쓸데없는 것이라는 듯 찢으려다 도중에 생각을 고쳐먹고 그만둔 것 같은 흔적이 남아 있었어. 봉투에는 **D**xx의 장식문자가 아주 선명한 봉인이 붙어 있었고, 조그만 여자 글씨로 **D**xx 장관의 이름이 적혀 있었어. 그 편지가 명함 꽂이의 제일 윗단에 대수롭지 않은 것이라는 듯 아무렇게나 꽂혀 있었어. 그 편지를 보는 순간 감이 왔어. 바로 그것이 내가 찾던 편지라는 사실. 언뜻 보기에 그 편지의 외관은 총감이 자세하게 들려준 편지의 외관과는 전혀 다른 것이었어. 내가 본 편지의 봉인은 검고 커다란 **D**xx의 장식문자가 들어간 것. 찾고 있는 편지의 봉인은 조그맣고 **빨간 S**xx 공작가의 문장이 들어간 것. 내가 본 것은 장관에게 보내진 것으로 조그만 여자 글씨. 찾고 있는 편지는 어떤 고귀한 분 앞으로 보내진 것으로 봉투의 글씨는 매우 크고 남성적. 서로 부합하는 것은 크기밖에 없었어. 하지만 내가 알고 있는 장관과는 극단적이다 싶을 정도로 너무 다른 점이 있었어. 그 때 묻은 모습, 찢으려다 만 상태가 **Dxx**의 천성인 꼼꼼한 성격과 너무나도 어울리지 않는 것이었기 때문에 오히려 가치없는 것으로 보이려고 한 의도가 훤하게 드러났지. —게다가 방문객이 잘 볼 수 있는 곳에 보란 듯이 편지가 걸려 있었네. 이 모든 것이 내가 내린 결론과 완벽하게 일치했어. 즉, 이와 같은 상황이 의심을 품고 온 사람의 혐의를 더욱 강하게 해주었던 거지.

나는 가능한 한 오래 앉아 있기로 했어. 장관이 흥미를 갖고 얘기에 빠져들 만한 화제를 이미 알고 있었기 때문에 그것을 화제로 활발하게 논의를 펼치면서 온 신경을 편지에만 집중시켰지. 그러면서 그 편지의 외관과 그것이 어떤 식으로 명함 꽂이에 꽂혀 있는지를 확실하게 기억해뒀어. 그러는 동안에 문득 깨달은 게 있었어. 덕분에 모든 의문이 풀려 사건이 명확해졌는데, 봉투의 끝부분을 자세히 살펴보니 그곳이 이상할 정도로 닳아 있더군. 접어두었던 것 같은 느낌이었어. 딱딱한 종이를 한 번 접어서 그 위에 무거운 것을 올려놨을 때 생긴 자국 같기도 했고, 똑같은 곳을 반대로 접었을 때 생긴 자국 같기도 했고. 봉투를 장갑처럼 뒤집어서 거기에 받는 사람의 이름을 쓰고 봉인을 했다는 사실을 확실하게 알 수 있었어. 나는 장관에게 그만 가야겠다고 말하고 테이블 위에 철제 담뱃갑을 올려놓은 채 그 집에서 나왔어.

이튿날 아침, 담뱃갑을 찾으러 간 나는 전날 꺼냈던 화제를 다시 꺼내 열심히 얘기하기 시작했지. 이렇게 정신없이 이야기를 나누고 있는데 권총소리 같은 커다란 소리가 저택의 창 바로 밑에서 들려왔어. 뒤이어 끔찍한 비명소리가 들려왔고, 공포에 휩싸인 듯한 군중들의 외침도 들려왔어. Dxx는 창가로 달려가 재빨리 창문을 열고 밖을 내다봤지. 그 사이 나는 명함 꽂이가 있는 곳으로 가 편지를 뽑아 주머니에 넣고 그 대신 (외관을) 세심한 주의를 기울여서 모조해둔 봉투를 꽂아두었어. Dxx의 장식문자는 아주 간단하게 만들었어. 빵으로 만든 판만으로도 충분했으니까.

거리에서 소동이 일어난 것은, 소총을 든 사내가 미치광이 같은 행동을 했기 때문이었어. 여자들이 모여 있는 곳에서 그 사람이 소총을 쐈거든. 그런데 실탄이 장전돼 있지 않았다는 사실이 판명되었기 때문에 미친 사람이나 술 취한 사람일 것이라고 생각하고 그대로 방면해 주었어. 사내가 그곳에서 떠나자 Dxx는 다시 자리로 돌아왔어. 물론 나도 원하던 것을 손에 넣자마자 바로 그를 따라서 창가에 가 있었지. 그로부터 얼마 지나지 않아서 나는 그에게 인사를 했어. 미치광이는 내가 미리 돈을 주고 산 사람이었어.

"왜 모조품을 꽂아두고 온 거지? 처음 방문했을 때 당당하게 가져오는 편이 더 나을 뻔하지 않았나?"

내가 물었다.

"Dxx는 대담한 사람이야. 게다가 용기도 있고. 그의 집에는 주인을 위해서라면 목숨을 바칠 수도 있다고 생각하는 부하들이 있기도 하고. 자네가 말한 대로 했다면 장관의 집에서 살아 나올 수 없었을 거야. 선량한 파리 사람들은 그 이후로 내 소식을 들을 수 없었을 거고. 그런 이유도 있었지만 내게는 또 다른 목적이 있었어. 내 정치적 견해가 어떤 것인지는 자네도 잘 알고 있지? 이번 사건에 있어서 나는 그 부인 편이야. **18**개월 동안이나 장관은 그 부인을 손아귀에 쥐고 놀았어. 이제는 그 부인이 손아귀에 쥐고 놀 차례야. —편지가 자신에게 없다는 사실을 모른 채, 아직도 자신이 가지고 있는 줄 알고 어려운 일을 부인에게 떠넘길 거야. 그러면 그는 정치적으로 바로 실각하게 돼 있지. 순식간에 몰락하게 될 테니 아주 볼 만할 거야. 지옥으로 떨어지기는 아주 쉽다는 말도 있고, 카탈리니가 노래에 대해서 말한 것처럼 올라가는 것이 내려가는 것보다는 훨씬 더 쉬우니까. 이번 사건에서 나는 동정심 같은 걸 조금도 느끼지 않았어. —조금은 불쌍하다는 생각도 전혀 들지 않았어— 물론, 몰락할 사람에 대해서지. 녀석은 무시무시한 괴물, 매정하기 짝이 없는 사람이야. 한 가지, 총감이 말한 '어떤 분'의 반격을 받아 내가 명함 꽂이에 꽂아둔 편지를 열어볼 필요가 생겼을 때, 장관이 어떤 생각을 할지 그것만은 꼭 알고 싶어."

"왜? 뭐 특별한 거라도 넣어두었나?"

"응, —백지를 넣어두는 건 너무 심심하지 않나 싶어서. —무엇보다도 실례가 되질 않나? 빈에서 D××가 내게 몹쓸 짓을 한 적이 있었어. 그때, 농담처럼 지나가는 말로 반드시 사과를 받아내겠다고 말했지. 자신을 속인 사람이 누군지 장관도 알고 싶어 할 테니, 단서 정도는 남겨두어야 장관도 덜 불쌍하지 않겠나? 그는 내 필적을 아주 잘 알고 있어. 그래서 백지의 한가운데 이런 글을 적어놓았지. —

「그런 혐오스러운 계획은

아트레에게는 어울리지 않지만, 티에스트에게는 어울린다. 」

그레비용의 『아트레』에서 발췌한 거야."

황금 벌레

이런, 이런. 이 녀석 미쳐버린 걸까? 저 춤추는 꼴이라니!
아니면 독거미에게라도 물린 걸까? 『잘못투성이』

꽤 오래 전의 일이지만 나는 예전에 윌리엄 루글랑이라는 인물과 친분을 맺었다. 그는 위그노 교를 믿는 전통 있는 집안 출신으로 한때는 호화로운 생활을 했지만 계속되는 불운으로 완전히 몰락해버렸다. 그런 재난에 따라붙기 마련인 굴욕을 견딜 수 없었기 때문에 그는 조상 대대로 살아오던 뉴올리언스를 버리고 사우스캐롤라이나 주 찰스턴 부근에 있는 설리번 섬으로 거처를 옮겼다.

이 섬은 조금 특이한 섬이었다. 섬 전체가 거의 바다의 모래로만 이루어져 있었는데 전체의 길이는 약 3마일(1마일은 약 1.6㎞). 어느 지점이건 폭은 4분의 1마일을 넘지 않았다. 섬과 육지를 갈라놓고 있는 것은 사람들의 눈에 거의 띄지 않을 정도로 조그만 개울로, 그 개울이 흰눈썹뜸부기가 모여드는 늪지의 갈대밭 사이를 천천히 흐르고 있었다. 이런 곳이었기 때문에 식물이 많지 않았으며 있다 해도 모두 키가 작은 것들뿐이었다. 큰 나무라 불릴 만한 것은 아예 찾아볼 수가 없었다. 섬 서쪽에는 몰트리 요새가 서 있었고 허름한 목조 오두막도 몇 개 있었기 때문에 여름이면 찰스턴의 먼지와 열기를 피해 사람들이 들어와 살았다. 그 부근에 뻣뻣한 털이 나 있는 종려나무가 있기는 했지만 이 서쪽 끝과 딱딱하고 하얀 해안선을 제외하면 나머지는 영국의 원예가들이 귀중하게 여기는, 달콤한 향기를 발하는 조그만 도금양 떨기나무들이 섬 전체에 빽빽하고 무성하게 자라 있을 뿐. 그런데 15피트에서 20피트 정도 되는 관목들도 흔히 볼 수 있었으며 그것들이 대부분 빠져나갈 수 없을 정도로 숲을 이루고 있기 때문에 주위 공기에는 향긋한 향기가 가득 고여 있었다.

루글랑은 이 숲의 가장 끝, 육지와 가장 멀리 떨어진 섬의 동쪽 끝에 오두막을 짓고 살고 있었는데 내가 우연한 기회에 그와 알게 된 것은 바로 그 무렵의 일이었다. 그 우연한 만남은 곧 우정으로 발전했다. ─왜냐하면 이 은둔자에게는 흥미와 존경심을 일게 하는 면이 아주 많았기 때문이었다. 교양이 풍부하고 뛰어난 두뇌를 소유하고 있었지만 인간을 싫어하는 풍조에 물들어 있었기 때문에 대화에 열중하다가도 갑자기 우울해지는 변덕스러운 성격도 드러내보이곤 했다. 많은 책을 가지고 있었지만 그것을 읽는 적은 거의 없었다. 사냥이나 낚시를 하거나, 해안이나 도금양 떨기나무 숲을 돌아다니며 조개나 곤충의 표본을 채집하는 것─그것의 그의 주요한 즐거움이었는데 그중에서도 곤충표본은 슈밤메르담과 같은 곤충학자도 부러워할 정도의 것이라는 생각이 들었다. 채집을 나갈 때는 대체로 주피터라는 늙은 흑인이 그를 따라나섰다. 이 늙은 흑인은 루글랑 가가 몰락하기 이전에 해방되어 이미 자유의 몸이 되었지만 '월 나리'를 섬기는 것을 자기만의 특권이라고 생각하고 있는 듯 아무리 달래고 을러보아도 그 일을 그만 두려 하지 않았다. 어쩌면 루글랑의 머리가 좀 이상하다고 생각한 그의 가족이, 그를 감시하고 돌보기 위해서 주피터에게 이처럼 완고한 생각을 심어놓은 것일지도 모르겠다.

설리번 섬은 위도 상 겨울이 되어도 극심한 추위가 찾아오는 일은 거의 없었으며, 가을에 불이 그리워지는 일은 그야말로 가뭄에 콩 나듯 했는데 18xx년 10월 중순에는 상당히 쌀쌀한 날씨가 찾아왔다. 일몰 직전, 나는 상록수 숲을 헤치며 친구의 오두막으로 향했다. 몇 주일 동안 친구와 만나지 못했었다. ─당시 나는 찰스턴에 살고 있었는데 거기서 섬까지는 9마일이나 떨어져 있었고 요즘에 비하면 교통편이 매우 불편했기 때문이었다. 오두막에 도착한 나는 평소처럼 문을 두드렸지만 대답이 없었다. 그래서 열쇠를 숨겨두고 있는 장소에서 열쇠를 꺼내 문을 열고 안으로 들어갔다. 난로에는 불이 활활 타오르고 있었다. 이는 매우 보기 드문 풍경이었지만 고맙지 않은 건 아니었다. 나는 외투를 벗어던지고 탁탁 소리를 내며 타오르고 있는 장작 옆 팔걸이가 달린 의자에 앉아 주인이 돌아오기를 한가로이 기다리기로 했다.

날이 어두워지자마자 두 사람이 돌아와 나를 정중하게 맞아주었다. 주피터는 입이 귀에 걸릴 정도로 만면에 웃음을 가득 담은 채 저녁으로 먹을 흰눈썹뜸부기 요리에 열중하고 있었다. 루글랑은 또 그 열병의 발작─이라고 밖에 달리 표현할 길이 없다─에 휩싸여 있었다. 그는 새로운 속(屬)을 이루는 미지의 조개 두 마리를 발견했고, 주피터의 도움을 얻어 황금 벌레 한 마리를 뒤쫓아 잡는

데 성공했는데 그의 말에 의하면 그 황금 벌레는 완전한 신종으로 그 점에 대해서 내일 아침에라도 내 의견을 들어보고 싶다는 것이었다.

"오늘 밤에는 왜 안 된다는 거지?"

나는 불 가까이로 가져간 두 손을 비비며 물어보았지만, 내심 신종인지 뭔지는 모르겠지만 황금 벌레 같은 건 전부 악마에게나 내주라지, 라고 생각하고 있었다.

"자네가 올 거라는 사실을 알고 있었다면 좋았을 걸. 하지만 자네를 못 만난 지도 꽤 오래 됐고, 하필이면 오늘 자네가 찾아올 줄은 꿈에도 생각지 못했거든. 돌아오는 길에 요새에 있는 **Gxx** 중위를 만나, 지금은 멍청한 짓을 했다고 생각하고 있지만, 그 벌레를 빌려줬어. 오늘 밤은 여기서 자고 가게. 그럼 내일 해가 뜨자마자 주피터를 보내 가져오라고 할 테니. 그건 신이 창조한 것 중에서도 아주 진귀한 거야."

루글랑이 말했다.

"뭐가? ―일출이?"

"농담하지 마! 그게 아니고 ―벌레 말이야. 색은 반들반들한 금색, ―크기는 커다란 호두 정도, ―등 한쪽 끝에는 검은 반점이 두 개. 다른 한쪽 끝에는 조금 길쭉한 반점이 한 개. 촉각(안테니)은―."

순간 주피터가 참견을 했다.

"녀석에게 규석(테인) 같은 건 섞여 있지 않다니까요, 나리도 참. 아까부터 말씀드렸잖아요. 그건 정말 황금 벌레였습니다. 날개를 제외하고는 전부가 순금입니다. ―태어나서 지금까지 그렇게 무거운 벌레는 본 적이 없어요."

"음, 주피터. 그건 자네 말이 옳다고 하자고."

루글랑이 대답했다. 그가 너무나도 성실한 어조로 대답했기 때문에 이런 분위기에는 조금 어울리지 않는다는 느낌이 들었다.

"그렇다고 해서 새를 새까맣게 태워도 좋다는 건 아니야. 색은 말이지―."

그가 다시 나를 돌아보며 말했다.

"주피터가 저렇게 생각하는 것도 당연한 일이지. 자네도 그렇게 금속적인 광택으로 번쩍번쩍 빛을 내는 벌레를 본 적이 없을 거야. ―그에 관해서 자네는 내일 아침까지 판단할 수 없을 거야. 하지만 대략적인 생김새에 대해서는 알 수 있을 거야."

이렇게 말한 그는 조그만 테이블 앞에 앉았는데 펜과 잉크는 있었지만 종이가 없었다. 서랍을 찾아보았지만 거기에도 없었다.

그가 포기를 한 듯 말했다.

"하는 수 없지. 이걸 쓰는 수밖에."

그는 조끼 주머니에서 커다란 양피지처럼 생긴 더러운 종이를 꺼내 거기에 벌레의 대략적인 모습을 그렸다. 그가 그림을 그리는 동안에도 나는 한기가 아직 가시지 않았기 때문에 난로 옆 의자에서 움직이지 않았다. 그림이 완성되자 그는 앉은 채로 그것을 내게 건네주었다. 순간 커다란 낑낑거리는 소리가 들리더니 뒤이어 문을 할퀴는 소리가 들려왔다. 주피터가 문을 열자 루글랑이 기르고 있는 커다란 뉴펀들랜드 개가 뛰어들어 내 어깨에 매달리더니 야단스럽게 장난을 쳐댔다. 여기에 올 때마다 함께 놀아주었기 때문이었다. 개가 한바탕 장난을 치고 난 후에 나는 종이쪽지로 시선을 돌렸는데 솔직히 말해서 친구의 그림을 보고 조금 당황하지 않을 수 없었다.

나는 그것을 한동안 바라보다 말했다.

"음! 이건 정말 보기 드문 황금 벌레로군. 정말이야. 이건 나도 뭔지 모르겠는데. 지금까지 이런 건 본 적이 없어. ―두개골이나 해골이라면 모르겠지만, 어쨌든 지금까지 내가 본 것 중에서는 해골과 가장 많이 닮았어."

루글랑이 내 말을 되풀이했다.

"해골이라고? 음, 종이에 그려놓고 보니 틀림없이 그런 것 같기도 하군. 위쪽 검은 점 두 개가 눈이고, 그렇지? 밑의 조금 긴 건 입이고. ―게다가 전체적으로 타원형이고."

내가 말했다.

"어쨌든 루글랑, 자네는 화가로서의 소질은 타고나지 못한 것 같군. 그 벌레의 실물을 직접 볼 수 있을 때까지 기다리는 게 좋겠어. ―그 형태를 파악하려면."

그가 조금 화난 듯한 목소리로 말했다.

"그러서야겠지. 데생이라면 나도 꽤 자신이 있는데. ―적어도 나는 그렇게 생각해.― 좋은 선생님에게 지도를 받은 적도 있고 나도 그렇게 못 그리지는 않는다고 자부하고 있거든."

내가 말했다.

"그럼 나를 놀리고 있는 거로군. 만약 이게 두개골이라고 한다면 상당히 좋은 그림이라고 할 수 있을 거야. ─아니, 골격표본에 대해서는 잘 모르는 사람의 입장에서 보자면 이건 아주 귀중한 부류에 속하는 두개골이라고 말할 수 있을 거야. ─어쨌든 자네의 황금 벌레가 정말 이런 모양을 하고 있다면 세상에서 가장 희귀한 황금 벌레일 거야. 이걸 근거로 무시무시한 미신을 날조해 낼 수도 있겠는걸. 맞아, 이 벌레를 인두황금충(人頭黃金蟲)이라고 부르는 건 어떻겠나? ─박물학에서는 그런 학명이 흔히 쓰이고 있잖아. 그런데 자네가 말한 촉각이라는 건 어디로 간 거지?"

"촉각이 어디 있냐고?"

루글랑이 대답했는데 그는 이 일에 대해서 묘하게 열을 올리고 있는 듯했다.

"자네 눈에도 촉각이 똑똑히 보일 텐데. 실물과 똑같이 그려놨으니까. 그래도 모르겠다면 할 수 없는 일이지."

내가 대답했다.

"그렇군. 자네는 틀림없이 그려 넣었겠지. ─하지만 내 눈에는 그게 보이질 않아."

나는 그의 기분을 건드리고 싶지 않았기 때문에 더 이상 아무런 말도 하지 않고 그에게 종이쪽지를 건네주었는데 일이 이렇게 된 것은 전혀 뜻밖의 일이었고 그가 왜 그렇게 화를 내는 건지 도저히 그 이유를 알 수가 없었다. ─그 그림에 대해서 덧붙이자면, 그 벌레의 그림에는 더듬이가 절대로 없었으며 전체의 모습은 어디서나 흔히 볼 수 있는 해골의 삽화와 다를 바가 없었다.

아주 불쾌하다는 듯이 종이를 받아든 그는 불에 집어던질 생각이었던 듯 꼬깃꼬깃 꼬기려 하다 문득 그림을 한번 살펴보더니 온 정신을 거기에 빼앗긴 듯한 모습을 보였다. 순간 그의 얼굴에 붉은 빛이 감돌더니, ―뒤이어 바로 창백해지기 시작했다. 의자에 앉은 채 몇 분 동안 그림을 뚫어져라 바라보던 그는 갑자기 자리에서 벌떡 일어나 테이블 위에 있던 촛불을 들고 방의 가장 구석에 있는, 잠수복이 든 상자 쪽으로 걸어가서 거기에 앉았다. 거기서 다시 종이를 이리저리로 돌려가며 면밀하게 검토를 했는데 단 한마디도 하지 않고 그런 행동을 하는 그의 모습에 나는 완전히 당황하고 말았다. 하지만 쓸데없는 참견을 해서 그를 더 이상 불쾌하게 만드는 것은 현명하지 못한 행동이라고 나는 판단했다. 그는 상의 주머니에서 지갑을 꺼내 그 속에 종이쪽지를 아주 소중하게 넣은 뒤 지갑째 책상서랍에 넣고 자물쇠를 채웠다. 그러자 그의 태도가 눈에 띄게 차분해지기 시작했는데 처음 보였던 흥분 상태는 완전히 사라지고 없었다. 그리고 그다지 불쾌해 보이지도 않았다. 오히려 그 그림에는 아무런 관심도 없다는 듯한 태도였다. 밤이 깊어갈수록 그는 더욱 몽상에 잠겨드는 듯했다. 내가 아무리 주의를 주고 농담을 해도 그런 것은 전부 마이동풍, 꿈에서 깨어날 기미를 조금도 보이지 않았다. 나는 종종 그 오두막에서 하룻밤을 보내곤 했었기에 처음에는 그날 밤도 묵어갈 생각이었지만 주인의 기분이 이래서야 오늘은 물러나는 게 현명하다고 판단했다. 그는 억지로 나를 잡으려 들지는 않았지만 헤어질 때는 평소보다 훨씬 더 힘차게 내 손을 쥐었다.

그로부터 한 달쯤 지나서(그 동안 나는 루글랑을 만나지 않았

다) 그의 하인인 주피터가 찰스턴까지 나를 찾아왔다. 이 선량하고 늙은 흑인이 이처럼 의기소침해 하는 모습을 지금까지 본 적이 없었기 때문에 친구의 신변에 어떤 중대한 불행이 일어난 것이 아닐까 걱정이 됐다.

"왜 그러나 주피터. 이번에는 또 무슨 일이지? —자네 주인은 잘 있나?"

내가 말했다.

"그게 좀—. 솔직히 말씀드리자면 나리의 상태가 별로 좋지 않습니다."

"좋지 않다고? 이거 큰일인걸. 그래 어디가 좋지 않다는 거지?"

"바로, 바로 그게 문젭니다. —어디가 좋지 않은지 말씀을 하지 않으십니다. —하지만 어딘가 아주 안 좋은 듯합니다."

"아주 안 좋다고? 그걸 왜 이제야 말하나? 그래 몸져누웠나?"

"아닙니다. 그런 건 아닙니다만. —누워 있지는 않지만. —그래서 더 걱정입니다.— 윌 나리를 생각하면 가슴이, 가슴이 미어지는 것 같습니다."

"주피터, 자네가 지금 무슨 말을 하고 있는 건지 잘 모르겠어. 다시 한 번 확실히 묻겠네. 자네는 나리가 병에 걸렸다고 했어. 하지만 주인은 어디가 아픈지 자네에게 말을 하지 않는다는 거지?"

"그렇습니다, 나리. 저도 어디가 안 좋은 건지 알아보려 했지만 끝내 알아내지 못했습니다. —윌 나리는 별거 아니라고 말씀하시지만— 그럼 왜 머리를 숙이고 어깨를 치켜들고 귀신처럼 허연 얼굴을 해가지고 여기서 왔다갔다, 저기서 왔다갔다 돌아다니시겠습니까? 그리고 시간만 나면 계산만 해대는데—."

"뭘 한다고? 주피터."

"계산이요. 석판에 부호를 적어놓고 —본 적도 없는 이상한 부호를 적어놓고 보고 있으면 으스스한 기분이 듭니다. 하지만 한시도 나리에게서 눈을 뗄 수가 없습니다. 얼마 전에는 제 눈을 속이고 해가 뜨기 전부터 모습을 감췄다가 그날이 다 지나도록 돌아오지 않으셨습니다. 저는 나리가 돌아오시면 아주 혼쭐을 내줘야겠다고 생각하고 커다란 몽둥이를 만들어 나리를 기다렸습니다. —하지만 저는 참 바봅니다. 나리를 보는 순간 용기가 사라져버렸습니다. —너무 가엾은 모습을 하고 계셨기에."

"응? —뭐라고? —아, 그래? —맞아, 그런 불쌍한 사람은 너무 거칠게 다루지 않는 게 좋아. —주인을 때려서는 안 되네, 주피터. —완전히 이상해질지도 모르니까. —그런데 왜 그런 병에 걸리게 되었는지, 아니 왜 그런 행동을 취하게 되었는지 그 점에 대해서는 뭐 짚이는 게 없나? 그 날 이후로 무슨 좋지 않은 일이라도 있었나?"

"아닙니다, 나리. 그 뒤로는 아무 일도 없었습니다. —그 전이 문제였습니다. — 나리가 다녀가셨던 바로 그 날이."

"그 날이? 그 날 무슨 일이 있었다는 거지?"

"그러니까, 그 벌레가 —바로 그."

"바로 그, 라니?"

"벌레 말입니다. —아무래도 윌 나리는 그 황금 벌레에 머리를 물린 것 같습니다."

"주피터, 무슨 이유로 그렇게 생각하는 거지?"

"손톱이 있습니다. 거기에 입도. 그렇게 기분 나쁜 벌레는 본 적이 없습니다. —자기 옆으로 다가오는 것은 무엇이든 발로 차고 물어뜯고. 녀석을 붙잡은 건 나리였는데 바로 놓친 걸 보면 —그 때 물린 것이 분명합니다. 저는 녀석의 입모양이 영 마음에 들지 않아서 도저히 맨손으로는 잡을 수 없었기 때문에 종이로 녀석을 감싸 잡았습니다. 저는 녀석을 종이에 둘둘 말아서 녀석의 입에 종이쪽지를 쑤셔 넣었습니다. —대충 그렇게 된 겁니다."

"그렇다면 자네는 정말로 주인이 벌레에 물려서 그런 병에 걸린 거라고 생각한단 말이지?"

"그렇게 생각할 수밖에 없지 않겠습니까? 틀림없습니다. 황금 벌레에 물리지 않았다면 어째서 그렇게 황금 꿈만 꾸겠습니까? 저는 그런 황금 벌레에 대한 얘기를 전에도 들은 적이 있습니다."

"그런데 주인이 황금 꿈을 꾼다는 건 또 어떻게 알았지?"

"어떻게 알았냐고요? 잠꼬대를 하시기 때문입니다. 그래서 알았습니다."

"그렇군. 주피터, 틀림없이 자네가 말한 대로일 걸세. 그런데 오늘은 어떤 용무가 있으셔서 우리 집엘 다 왕림하셨나?"

"나리, 뭐라고요?"

"루글랑 씨가 내게 뭘 가져다주라고 했나?"

"아닙니다. 특별히 맡긴 물건은 없고 이 편지를 가져왔습니다."

이렇게 말하며 주피터가 편지 한 통을 건네주었는데 거기에는 이런 내용이 적혀 있었다.

친구에게

어째서 또 이렇게 오랫동안 얼굴을 보여주지 않는 거지? 내가 조금 섭섭하게 대했다고 해서 화가 난 건 아니겠지? 자네가 그럴 사람도 아니고.

그 날 이후로 내게는 커다란 마음의 짐이 생겼어. 하고 싶은 얘기가 있는데 어떻게 얘기해야 좋을지, 또 얘기해도 좋은 것인지조차 알 수가 없네.

요즘에는 영 마음이 편치 않은데 거기다 주피터 녀석, 물론 선의에서 그러는 것이겠지만 이것저것 자꾸 참견을 해서 견딜 수 없을 정도야. 믿지 않을지 모르겠지만 ―그 녀석, 얼마 전에는 두꺼운 몽둥이를 준비해놓고 그걸로 나를 혼내주려 했었어. 자기 눈을 피해서 빠져나갔고, 본토의 산중에서 하루 종일을 보냈기 때문이라고 하네. 그걸 피할 수 있었던 것은 내가 환자 같은 얼굴을 하고 있었기 때문이라고 나는 굳게 믿고 있네.

우리가 마지막으로 만났던 날 이후로 내 표본상자는 하나도 늘어나지 않았네.

어쨌든 사정이 괜찮다면 주피터와 함께 와주기 바라네. 꼭 좀 그렇게 해주게나. 중요한 용건이 있어 오늘 밤에는 꼭 좀 만나고 싶어. 매우 중요한 일이라는 사실을 보장할 수 있네.

윌리엄 루글랑

이 편지에는 왠지 모르게 나를 불안하게 만드는 구석이 있었다.

전체적인 흐름도 평소 그의 것과는 완전히 달랐다. 그는 대체 무슨 꿈을 꾸고 있단 말인가? 쉽게 흥분하는 그의 머리에 이번에는 대체 어떤 기발한 생각이 새로이 들러붙었단 말인가? 대체 어떤 '매우 중요한 일'을 그가 처리해야만 한다는 것일까? 주피터의 말에 의하면 변변한 일은 아닌 것 같다. 계속된 불행의 중압감 때문에 드디어 내 친구의 머리가 돌아버린 것이나 아니었으면 좋으련만. 나는 걱정이 돼서 견딜 수가 없었다. 그래서 바로 이 흑인과 함께 동행할 준비를 했다.

나루터에 도착해보니 우리가 타고 갈 배의 바닥에 아무리 봐도 새로 산 것인 듯한 커다란 낫 하나, 삽 세 개가 나뒹굴고 있는 것이 눈에 띄었다.

"주피터, 이건 대체 뭐지?"

"우리 주인님의 낫과 삽입니다."

"그건 나도 알겠는데, 이게 왜 이런 곳에서 나뒹굴고 있는 거지?"

"윌 나리께서 무슨 일이 있어도 마을로 가서 사오라고 하신 낫과 삽입니다. 눈이 튀어나올 만큼 많은 돈을 뜯겼습니다."

"자네의 윌 나리께서는 이걸 대체 어디에 쓰시려는 건가?"

"제가 그런 걸 알 리가 있겠습니까만 제 생각으로는 윌 나리도 모르고 있는 것 같습니다. 이것도 전부 그 벌레 탓입니다."

주피터의 머릿속에는 '그 벌레'가 가득한 모양으로, 무엇을 물어도 제대로 된 답을 들을 수 있을 것 같지 않았기에 그냥 배에 올라 배를 띄웠다. 순풍이 강하게 불어준 덕분에 배는 곧 몰트리 요새의 북쪽에 있는 조그만 하구에 도착했고 거기서 2마일 정도 걸어 들어가 오두막에 도착했다. 도착한 것은 오후 3시쯤이었다. 루글랑은 눈이 빠져라 우리를 기다리고 있었다. 그는 내 손을 꼭 쥐었는데 그 심상치 않은 열렬함에 한편으로는 놀라기도 했고, 한편으로는 이미 품고 있던 의심이 더욱 깊어지기도 했다. 그의 얼굴은 죽은 자의 얼굴처럼 창백했으며 움푹 들어간 두 눈에는 심상치 않은 빛이 어려 있었다. 몸은 좀 어떠냐는 질문을 한 뒤에는 이렇다 할만한 화제를 찾지 못했기 때문에 **Gxx**중위에게서 황금 벌레는 돌려받았냐고 물어보았다.

그가 갑자기 얼굴에 붉은 빛을 띠며 대답했다.

"물론. 자네가 돌아간 다음 날 아침에 돌려받았네. 무슨 일이 있어도 그 황금 벌레만은 놓칠 수가 없어. 그 벌레에 대해서 주피터가 한 말, 그게 정말이었다는 사실을 알게 됐어."

"정말이라니? 뭐가?"

불길한 예감에 휩싸여 마음이 무거워지는 것을 느끼며 내가 물었다.

"그 벌레가 진짜 황금으로 만들어졌다는 말."

그는 아주 진지하게 대답을 했는데 나는 그 말을 듣고 말로 표현할 수 없는 충격에 빠졌다.

자랑스럽다는 듯한 미소를 지으며 그가 계속해서 말했다.

"그 벌레 덕분에 팔자 고치게 됐어. 조상 대대로 내려오던 재산을 만회할 수 있을 거야. 그러니 내가 그 벌레를 소중하게 생각한다 해도 조금도 이상할 건 없지. 운명의 여신이 그것을 내게 주는 게 적당하다고 생각하신 이상, 나는 그걸 적당하게 이용하는 수밖에 없겠지. 그러면 그게 내 손을 이끌어 황금의 산으로 나를 인도하도록 되어 있어. 주피터, 그 황금 벌레를 가져오게."

"네? 그 벌레 말입니까? 나리, 전 그 벌레가 정말 싫습니다. 직접 가져오세요."

루글랑은 근엄하고 장중한 태도로 자리에서 일어나 그 벌레가 들어 있는 유리로 된 표본상자 속에서 벌레를 꺼내 내가 있는 곳으로 가져왔다. 그것은 아름다운 벌레였으며, 당시의 박물학자들도 본 적이 없을 법한 것으로 —과학적 관점에서 보자면 틀림없이 소중히 여겨야할 벌레였다. 등의 한쪽 끝 가까이에 두 개의 둥근 흑점이 있었으며, 반대편에는 긴 흑점이 하나. 껍데기는 매우 단단하고 광택이 났는데 마치 잘 닦아놓은 금과 같았다. 또 이 곤충의 무게가 상당한 것이었는데 이런 모든 점들을 생각해본다면 주피터가 그렇게 생각하는 것도 당연하다는 생각이 들 정도였지만 루글랑마저도 주피터의 생각에 동조했다는 점만은 도저히 납득이 가지 않았다.

내가 벌레를 다 살펴보고 나자 거들먹거리는 듯한 투로 그가 말했다.

"자네를 불러오라고 한 것은 다름 아니라 자네의 조언과 힘을 빌어 운명의 여신과 이 벌레와의 관계에 대한 견해를 한층 더 발전시키고 싶었기 때문인데……."

내가 그의 말을 막으며 큰소리로 말했다.

"이봐, 루글랑. 자네 몸이 안 좋은 것 같아. 안정을 취하는 게 제

일일세. 좀 눕게. 자네 몸이 좋아질 때까지 나는 여기서 이삼 일 정도 지내겠네. 열도 있는 것 같고……."

"맥을 짚어보게."

그가 말했다.

맥을 짚어보니 실제로 열이 있는 것 같지는 않았다.

"그래, 열은 없어. 하지만 열이 오르지 않는 병도 있는 법이니까. 이번만은 내 말대로 하게. 무엇보다 먼저 누워 있을 것, 그리고……."

그가 내 말을 끊었다.

"자네, 뭔가 오해를 하고 있네. 이처럼 흥분하고 있고, 이처럼 건강하니 이는 내가 더할 나위 없이 몸이 좋다는 증거야. 자네가 정말로 나를 걱정한다면 우선은 내 흥분상태를 먼저 가라앉혀주게나."

"어떻게 하면 되겠나?"

"간단하지. 주피터와 나는 지금부터 본토에 있는 산으로 탐험을 갈 생각인데 이 탐험에는 믿을 만한 사람의 도움이 필요해. 그리고 믿을 만한 사람이라고는 자네밖에 없지. 탐험의 성공을 장담할 수는 없지만 지금 자네가 보고 있는 이 흥분상태는 틀림없이 가라앉힐 수 있을 거야."

"자네에게 도움이 되는 일이라면 뭐든지 할 생각이네. 이 요상한 벌레와 자네가 산으로 탐험을 떠나는 일 사이에 어떤 관계라도 있다는 말인가?"

내가 대답했다.

"굉장한 관계가 있지."

"루글랑, 그런 어처구니없는 일을 돕는 것이라면 나는 할 수가 없네."

"그거 안타까운 일이군. ─ 정말 안타까운 일이야. ─ 그럼 우리 둘이서 할 수밖에 없다는 얘기군."

"둘이서 한다고? 자네 정말 제정신이 아니로군. 이봐, 잠깐만! 대체 얼마나 집을 비울 생각이지?"

"글쎄, 하룻밤 정도면 될 거야. 지금 출발해서 아무리 늦어도 해가 뜨기 전까지는 돌아올 거야."

"그럼, 자네 나랑 틀림없이 약속할 수 있겠나? 자네의 이 미치광이 같은 짓이 끝나고, 이 벌레로 인한 소동(에잇, 저주받을 자식) 이 가라앉아 자네의 마음이 풀린다면 그때는 집으로 돌아와 내 충고를 의사의 충고처럼 따르고 절대 복종하겠다고?"

"물론, 약속하고말고. 그럼 어서 출발하세. 여기서 꾸물거릴 시간 없어."

내키지는 않았지만 나는 친구를 따라 나섰다. 우리는 4시쯤 출발을 했다. ─루글랑, 주피터, 개 그리고 나까지 합세한 일행. 낫과 삽은 주피터가 들었는데 ─그렇게 하겠다고 고집을 피운 것은 주피터였다─ 내가 보기에 주피터가 그러겠다고 한 것은, 그가 특별히 근면하거나 순종적이었기 때문이 아니라 그런 도구에 주인이 손을 대는 것을 두려워했기 때문인 것 같았다. 그의 태도는 매우 경직되어 있었으며 길을 가는 도중 그가 내뱉은 말이라고는 '그 빌어먹을 놈의 버러지.' 뿐이었다. 나는 랜턴 두 개를 들었으며, 루글랑은 황금 벌레 하나면 족했는지 채찍 끝에 묶어 손에 쥐고는 걸어 가면서 마치 무슨 마술사처럼 휙, 휙 휘둘러댔다. 이처럼 내 친구 가 제정신이 아님을 명백하게 보여주는 피할 수 없는 증거들을 본 나는 눈물을 금할 길이 없었다. 하지만 당분간은, 즉 성공 가능성 이 더욱 높은 수단을 쓸 수 있게 되기 전까지는 그가 하자는 대로 내버려두는 것이 가장 좋을 것이라고 생각했다. 그리고 탐험의 목 적이 무엇인지 그를 슬쩍 떠보는 일도 게을리 하지는 않았지만 모 든 것이 헛수고였다. 나를 동행하게 만들었으니 더 이상 쓸데없는 얘기를 할 필요가 없다고 생각했는지 뭘 물어도 그저 '곧 알게 될 거야!' 라고만 대답할 뿐이었다.

우리는 섬 끝에 있는 강을 작은 배로 건넌 뒤 본토 기슭의 고지 대로 올라 사람들이 지난 흔적이 전혀 없는 아주 황량하고 적막한 지역의 북서쪽을 향해 걸었다. 루글랑은 확신에 찬 표정으로 선두 에 서서 때때로 잠깐 멈춰 서곤 했는데 그것은 전에 혼자 왔을 때 표시해둔 것을 확인하기 위해서인 듯했다.

이렇게 두 시간 정도를 걸어 태양이 기울기 시작할 무렵, 우리는 지금까지 보아온 그 어떤 지대보다도 더욱 황량한 지대에 발을 들 여놓았다. 그곳은 고원이라고도 할 수 있는 곳으로 사람들의 발길 이 거의 닿지 않은 산 정상에서 그리 멀지 않은 곳에 위치해 있었 다. 그 산에는 기슭에서부터 정상까지 나무가 빽빽하게 들어 차 있 었으며 군데군데 커다란 바위가 놓여 있었는데, 특별히 땅에 박혀 있지도 않은 것 같은 바위들이 밑의 계곡으로 떨어지지 않는 것은 그 주위에 있는 나무들에 막혀 있기 때문인 것 같았다. 사방으로 뻗은 깊은 협곡이 주위의 풍경을 더욱 준엄하게 만들고 있었다.

우리가 오른 천연의 고지대에는 가시나무가 빽빽이 자라고 있었기 때문에 낫 없이는 한 발짝도 전진할 수 없으리라는 사실을 바로 알 수 있었다. 주피터는 주인이 명한 대로 엄청나게 거대한 백합나무가 있는 곳까지 우리가 갈 수 있도록 길을 열었다. 그 나무는 여덟 그루 내지 열 그루 정도 되는 떡갈나무와 함께 평지에 서 있었는데, 그 무성한 잎사귀와 뻗어나간 가지, 웅장한 전체의 모습 등은 주위에 있는 떡갈나무는 물론 지금까지 내가 본 그 어떤 나무보다도 더욱 뛰어난 것이었다. 우리가 그 나무 밑에 도착하자 루글랑이 주피터를 돌아보며 이 나무에 오를 수 있느냐고 물었다. 이 질문에 늙은 흑인은 조금 당황한 듯 한동안 아무런 말도 하지 않고 있다가 드디어 거대한 줄기로 다가가 주위를 맴돌며 유심히 살펴보았다. 나무를 살펴본 그는 이렇게 대답했다.

"네, 나리. 제 평생 오르지 못한 나무는 없었습니다."

"그럼 얼른 오르도록 하게. 곧 어두워져서 목표물이 보이지 않게 될 테니까."

"얼마나 올라가면 됩니까?"

"우선 굵은 줄기를 따라 올라가. 그러면 내가 여기서 어디로 가야 하는지 알려줄게. ─앗, ─잠깐 기다려! 이 벌레를 가져가."

"네? 벌레를? 나리! ─그 벌레를 가지고 가란 말입니까?"

흑인이 질겁하며 뒤로 물러났다.

"왜 또 그 벌레를 나무 위로 가지고 가라는 겁니까? 저는 죽도 싫습니다."

"자네 같이 덩치 큰 흑인이 이렇게 조그맣고 움직이지도 않는 죽은 벌레를 무서워하다니, 하는 수 없지. 이 끈에 묶어가지고 올라가. 죽어도 가지고 올라갈 수 없다면 그땐 하는 수 없지. 이 삽으로 자네 머리를 깨는 수밖에."

"겨우 그 정도 일로요?"

주피터는 이렇게 말했는데 자존심에 상처를 받은 그는 명령에 따를 마음이 생긴 듯했다.

"늘 나 같은 늙은이한테 싸움이나 거시고, 잠깐 농담한 걸 가지고. 제가 벌레를 무서워할 것 같아요? 그따위 벌레를?"

그는 끈의 가장 끝을 조심스럽게 잡고 벌레를 가능한 한 자신에게서 멀리 떨어트린 채 나무에 오를 준비를 했다.

어린 나무일 때는 미국의 삼림수 중에서도 가장 웅대한 백합나무는 특히 줄기가 매끄럽고 때로는 가지를 내밀지 않고 상당히 높은 곳까지 성장하지만 해를 더해감에 따라서 껍데기가 거칠어지고, 울퉁불퉁한 곳도 늘어나며, 줄기에서는 수많은 잔가지들이 나오기 때문에 이 나무에 오르는 것도 보기보다 그렇게 어려운 일은 아니었다. 주피터는 두 팔과 두 무릎으로 거대한 원주에 찰싹 달라붙어서 손으로 불룩 튀어나온 곳을 잡고 아무것도 신지 않은 발의 발가락을 또 다른 튀어나온 곳에 걸어, 한두 번은 미끄러져 떨어질 뻔하면서도 드디어 거대한 나무의 첫 번째 가지까지 올라가 그것으로 자신의 임무는 사실상 끝난 것이라고 생각한 듯했다. 주피터는 지상에서 약 6, 7피트 정도 떨어진 곳에 있었지만 위험한 부분은 이미 다 오른 상태였다.

"월 나리, 어느 쪽으로 갈까요?"

그가 물었다.

"가장 굵은 가지로 올라가. —이쪽으로."

루글랑이 말했다. 흑인은 명령에 따라서 별다른 고생도 하지 않고 점점 높은 곳으로 올라가 드디어는 그의 커다란 모습도 잎에 가려 보이지 않게 되었다. 멀리서 누군가를 부르는 듯한 그의 목소리가 들려왔다.

"얼마나 올라가면 됩니까?"

"얼마나 올라갔지?"

루글랑이 되물었다.

"나무 꼭대기 너머로 하늘이 보일 만큼 높습니다."

"하늘 같은 건 아무래도 좋으니까 내 말을 잘 들어. 줄기를 내려다보고 네 밑의 이쪽에 가지가 몇 개 있는지 세어봐. 가지를 몇 개나 지나쳤지?"

"하나, 둘, 셋, 넷…… 이쪽에는 큰 가지가 다섯 개입니다."

"그럼 하나 더 높은 곳에 있는 가지로 올라가."

잠시 후 일곱 번째 가지에 올랐다는 목소리가 들려왔다.

"좋았어. 주피터. 그 가지의 끝 쪽으로 갈 수 있는 데까지 가. 이상한 것이 있으면 뭐든 상관없으니까 내게 알려줘."

루글랑이 외쳤는데 그가 흥분하고 있음을 확실히 알 수 있었다. 이전까지는 친구의 광기에 대해서 설마 하는 마음이 아주 조금은 있었지만 이때부터는 그런 마음도 완전히 사라져 그를 완전히 미친 것이라고 단정하고 그를 집으로 데리고 돌아갈 방법을 진심으로 찾기 시작했다. 어떻게 하는 것이 상책일까 생각하고 있는데 또 다시 주피터의 목소리가 들려왔다.

"이 가지를 따라 앞으로 가라고요? —싫습니다, 이건 죽은 가지에요."

"가지가 죽었다고?"

루글랑이 떨리는 목소리로 말했다.

"그렇습니다. 완전히 죽었습니다. —틀림없이 죽었습니다. 생명이라는 게 하나도 없습니다."

"대체 어떻게 하면 좋겠나?"

루글랑이 아주 난처하다는 표정으로 물었다.

"어떻게 하면 좋겠냐고? 그래, 집으로 돌아가서 자는 거야. 자, 자! —내 말을 듣게. 꾸물거리다가는 너무 늦어지고, 나랑 약속도 하지 않았나?"

내가 기다렸다는 듯이 말했다.

"주피터! 들리나?"

그가 외쳤다. 내 말 같은 것은 애초부터 듣고 있지도 않았다.

"네, 월 나리. 잘 들립니다."

"그럼 칼로 조사를 해봐. 완전히 썩어버렸는지."

"틀림없이 썩었는데요."

잠시 후, 흑인이 다시 대답을 했다.

"완전히 썩지는 않았을지도 모르겠는데요. 나 혼자라면 조금 더 앞으로 나갈 수 있을지도 모르겠습니다."

"혼자라면, 이라고? —그건 또 무슨 소리지?"

"이 벌레 말입니다. 벌레가 너무 무겁습니다. 이 벌레를 밑으로 떨어트려 검둥이 혼자 남게 되면 이 가지도 부러지지는 않을 겁니다."

"이 악마 같은 녀석!"

루글랑은 거칠게 소리쳤지만, 속으로는 마음이 놓인 듯했다.

"쓸데없는 소리 지껄이지 마. 네 꿍꿍이를 모를 줄 알아? 그 벌레를 떨어트리기만 해봐. 목을 분질러놓을 테니까. 주피터, 알았어? 내 말 들려?"

"나리, 가엾은 검둥이를 너무 나무라지 마십시오."

"잘 들어 이 녀석아! 그 가지를 따라서 갈 수 있는 데까지 가라고. 그리고 벌레를 떨어트리지만 않는다면 나무에서 내려오자마자 1달러 은화를 주겠네."

"가겠습니다, 나리. ─자, 벌써 가고 있습니다."

흑인이 즉석에서 대답했다.

"거의 끝까지 왔습니다."

"끝이라고?"

루글랑이 날카로운 소리로 외쳤다.

"그 가지의 끝에 가 있다는 말인가?"

"끝이 얼마 남지 않았습니다, 나리. ─우왓! 저게 뭐야! 이런 나무 위에 대체 뭐가 있는 거지?"

"좋았어! 그게 뭐지?"

루글랑이 아주 밝은 목소리로 외쳤다.

"아무리 봐도 해골바가지 같습니다. ─누가 자기 머리통을 나무에다 잃어버리고 간 거지? 살은 까마귀가 다 파먹었고."

"해골바가지라고 했나? —좋았어! —가지에 어떤 식으로 묶여 있지? —무엇으로 묶어놨어?"

"알았습니다, 나리. 살펴보겠습니다. 어? 이상한데. —해골바가지 안에 커다란 못이 있는데 그걸로 나무에 매달아놨습니다."

"잘했어, 주피터. 내 말대로 해. —들리지?"

"네, 나리."

"그럼, 똑바로 해. —해골바가지의 왼쪽 눈을 봐."

"아이고머니나! 깜짝 놀랐네. 눈 같은 건 남아 있지 않습니다."

"이 멍청아! 너 어느 쪽이 왼손이고 어느 쪽이 오른 손인지 그 정도는 알고 있겠지?"

"당연하죠. —그 정도는 저도 알고 있습니다. —장작을 패는 손이 왼손 아닙니까?"

"그래! 너는 왼손잡이였지. 그러니까 네 왼쪽 눈은 네 왼손과 같은 쪽에 있는 거야. 자, 이제 해골바가지의 왼쪽 눈이나 왼쪽 눈이 있던 곳이 어딘지 알 수 있겠지? 찾았어?"

오랜 침묵. 드디어 흑인의 목소리가 들려왔다.

"해골바가지의 왼쪽 눈이라는 것도 역시 해골바가지의 왼손과 같은 쪽에 있는 건가요? —하지만 해골바가지에는 손이라는 게 하나도 없는데. —아, 걱정 마세요! 왼쪽 눈을 찾았습니다. —바로 이게 왼쪽 눈입니다! 이걸 어쩌란 말입니까?"

"거기다 벌레를 넣어 끈을 가능한 한 끝까지 늘어뜨려. —끈을 놓치지 않게 조심하고."

"말씀대로 했습니다, 나리. 벌레를 구멍에 넣는 건 아주 간단한 일입니다. ─보세요, 밑에서도 잘 보이죠?"

이런 말을 주고받는 동안 주피터의 모습은 전혀 보이지 않았지만 그가 고생 끝에 늘어뜨린 벌레는 곧 끈 끝에 매달린 채 모습을 드러내, 우리가 서 있는 고원을 아직도 비추고 있는 저녁 해의 잔광을 받아 이제 막 닦아낸 황금처럼 번쩍였다. 황금 벌레는 가지에 조금도 닿지 않고 밑으로 내려와 거기서 떨어뜨리면 우리의 발밑에 떨어질 것처럼 보였다. 루글랑이 바로 낫을 들어 벌레 바로 밑의 지면에 있는 풀들을 직경 3, 4야드(1야드는 약 91.4센티미터) 정도 되게 베어내더니 그 일이 끝나자 주피터에게 끈을 놓고 내려오라고 명령했다.

벌레가 떨어진 지점에 정확히 말뚝을 박아놓더니 주머니에서 줄자를 꺼냈다. 말뚝에서 가장 가까운 거리에 있는 백합나무의 줄기의 한 점에 줄자의 끝을 고정하고 그것을 말뚝이 있는 곳까지 끌고 와 나무와 말뚝의 연장선상을 따라 50피트 정도를 더 전진했고 ─ 주피터는 가시나무를 낫으로 잘라 부지런히 그의 앞길을 열어주었다. 이렇게 해서 결정된 두 번째 지점에 새로운 말뚝을 박고 그것을 중심으로 직경 4피트 정도 되는 원을 비뚤비뚤 그렸다. 그런 다음 루글랑은 자신의 손으로 삽을 들어 하나는 내게, 또 다른 하나는 주피터에게 건네주고 가능한 한 서둘러서 땅을 파달라고 말했다.

솔직히 말해서 나는 원래 이와 같은 부류의 일에는 그다지 흥미를 느끼지 못하는 성격이기 때문에 이 때만은 똑 부러지게 거절을 하고 싶은 심정이었다. 이미 밤이 시작되려 하고 있었으며, 그때까지의 강행군으로 지쳐 있었기 때문이었는데 도망가고 싶었지만 도망갈 방법도 없었으며 거절을 해서 불쌍한 친구의 평정심을 흔들어놓고 싶지도 않았다. 만약 주피터가 진심으로 도와준다면 아무런 망설임도 없이 이 광인을 억지로 끌고서라도 집으로 데리고 돌아갔겠지만 나는 이 늙은 흑인의 성격을 잘 알고 있었기 때문에, 어떤 경우에라도 자신의 주인이 타인과 다투게 되면 그가 주인의 상대편을 돕지는 않으리라는 사실도 잘 알고 있었다. 루글랑은 틀림없이 남부에서 흔히 볼 수 있는 보물찾기의 전설에 홀린 것 같았다. 그러던 차에 마침 황금 벌레를 발견했고, 거기에 주피터가 어리석게도 '정말 금으로 만들어진 벌레'라고 했던 말까지 영향을 미쳐 드디어 그는 공상을 진심으로 믿게 된 것임에 틀림없었다. 무릇 발작 증상을 보이는 사람들은 그런 암시에 빠지기 쉬운 법인데 —특히 그것이 이전부터 자신이 품고 있던 생각과 일치라도 할 양이면 눈 뜨고 볼 수 없는 광경을 연출하곤 하는 것이다. —순간 내 머리에 떠오른 것은 이 사람이 그 벌레를 보고 '내 재산을 만회해 줄 것'이라고 했던 말이었다. 나는 한심하기도 하고 당황스럽기도 했지만 이것도 전부 그를 위한 일이라고 생각하고 결국 그의 뜻에 따르기로 했다. —즉, 재빨리 땅을 파서 가능한 한 빨리 이 망상가에게 움직일 수 없는 증거를 들이대어 그가 품고 있는 생각에 아무런 근거도 없다는 사실을 깨닫게 해야겠다고 생각한 것이었다.

랜턴을 비춰가며 우리는, 이런 한심하기 짝이 없는 일에 쏟아 붓기에는 조금 아까울 정도의 열의를 가지고 작업에 착수했다. 랜턴의 강렬한 빛이 우리의 모습과 도구에 쏟아져, 우리는 대체 얼마나 회화적인 군상을 구성하고 있는 걸까, 또 우연히 이곳을 지나는 사람이 있다면 우리의 이 작업은 그에게 얼마나 기묘한 것으로 비칠까 등과 같은 생각을 떨쳐버릴 수가 없었다.

두 시간 정도 부지런히 땅을 팠다. 거의 아무런 말도 하지 않았다. 단 가장 시끄러웠던 것은 개였는데 녀석은 우리의 작업에 상당한 관심을 보이고 있었다. 그 개가 너무나도 소란을 피웠기 때문에 부근을 어슬렁거리는 사람이 그 소리를 듣게 될지도 모른다는 위험성이 생겨났다. ―하지만 그것은 루글랑만의 걱정거리로 ―나는 오히려 방해자가 나타나서 이 방랑자를 집으로 데리고 갈 구실을 제공해줬으면 좋겠다고 생각했다. 하지만 그 소음도 결국은 주피터의 손에 의해서 아주 간단히 사라져버리고 말았다. 그는 허겁지겁 구멍에서 기어나가 한쪽 편 멜빵으로 개의 입을 묶은 뒤 낮은 웃음소리를 머금은 채 다시 일을 시작했다.

일을 시작한 지 두 시간이 지났고 깊이는 5피트에 달했지만 보물이 나올 기미는 조금도 보이지 않았다. 잠깐 휴식을 취하기로 했기에 나는 우리의 연극도 이것으로 끝날 것이라는 희망을 품기 시작했다. 루글랑은 낙담한 기색이 역력하기는 했지만 그래도 이마의 땀을 의미심장하게 닦아내고는 다시 일에 매달리기 시작했다. 그때 우리는 이미 직경 4피트나 되는 구멍을 파냈는데 이번에는 주위를 쳐내기 시작했으며 깊이도 2피트나 더 파내기에 이르렀다. 그래도 무엇 하나 모습을 드러내지 않았다. 나는 진심에서 우러나오는 그에 대한 동정심을 금할 길이 없었는데 그는 얼굴 표정 하나하나에 깊은 실망감을 나타내며 구멍에서 기어 나와 일을 시작하기 전에 벗어던졌던 웃옷을 천천히, 영 마음이 내키지 않는다는 듯한 태도로 입기 시작했다. 그동안 나는 아무런 말도 하지 않았다. 주피터는 주인의 명령으로 도구를 정리하기 시작했다. 그리고 개의 입을 묶었던 멜빵을 풀어주고 우리는 말없이 집으로 출발했다.

집을 향해서 열 걸음 정도 걸어갔을 때 루글랑은 커다란 신음소리를 내며 성큼성큼 주피터 곁으로 다가가 갑자기 그의 멱살을 잡았다. 불의의 공격을 받은 흑인은 눈을 둥그렇게 뜨고, 멍하니 입을 벌린 채 삽을 떨어트리고 바닥에 무릎을 꿇었다.

"이 멍청한 녀석!"

루글랑이 악 문 이 사이로 한 마디 한 마디 이를 갈며 말했다.

"이 저주받을 검둥이 녀석! ─자, 말해봐! ─쓸데없는 말 집어 치우고 바로 대답해봐! ─어느 쪽이 ─어느 쪽이 네 녀석의 왼쪽 눈이냐?"

"그, 그야, 나리! 이쪽이 틀림없이 제 왼쪽 눈입니다."

주피터는 완전히 겁에 질려서 더듬더듬 말하면서 손으로 오른쪽 눈을 가리킨 다음 당장이라도 주인이 눈을 파내지 않을까 겁을 먹은 듯 필사적으로 눈을 가렸다.

"내 그럴 줄 알았어! ─그럴 줄 알았다고! 맙소사."

루글랑이 소리를 지르며 흑인을 풀어주더니 갑자기 뛰어오르기도 하고 빙빙 맴돌기도 했기 때문에 하인은 완전히 넋을 잃어, 자리에서 일어나기는 했지만 아무런 말도 하지 못하고 주인에게서 내게로, 내게서 주인에게로 눈알을 굴리고만 있었다.

"좋았어! 다시 돌아간다. 아직 끝난 게 아니야."

이렇게 말한 루글랑은 다시 그 백합나무가 있는 곳을 향해 걷기 시작했다.

나무의 밑둥치로 간 그가 말했다.

"주피터, 이리 와! 해골바가지는 얼굴을 밖으로 향해서 가지에 매달려 있었나, 아니면 가지 쪽으로 향해서 매달려 있었나?"

"얼굴은 바깥쪽을 향해 있었습니다, 나리. 까마귀 녀석이 눈알을 빼먹는 데 그리 고생을 하지 않아도 되게."

"좋았어. 그렇다면 네가 벌레를 떨어트린 게 이쪽 눈을 통해서였어, 아니면 이쪽 눈을 통해서였어?"

이렇게 말하며 루글랑이 주피터의 양쪽 눈을 번갈아가면서 가리켰다.

"이쪽 눈으로, 나리께서 —왼쪽 눈으로— 라고 말씀하시기에."

이렇게 말하며 흑인이 가리킨 곳은 그의 오른쪽 눈이었다.

"이젠 됐어. 알았다고. —처음부터 다시 시작이다."

이렇게 말하는 것을 보니 내 친구의 광기에도 어떤 법칙이 있다는 사실을 깨달았으며, 혹은 깨달은 것 같은 느낌이 들었는데 어쨌든 그는 처음 벌레를 떨어트렸던 지점에 박았던 말뚝을 원래 있던 곳에서 서쪽으로 약 3인치 정도 떨어진 곳에 다시 박았다. 그런 다음 앞서와 마찬가지로 줄기의 가장 가까운 지점에서 말뚝까지 줄자를 끌고 가, 거기서 다시 일직선으로 50피트 정도 떨어진 곳에 점을 찍었다. 그곳은 우리가 조금 전에 파헤쳤던 지점에서 몇 야드 떨어진 곳에 있었다.

새로운 점을 중심으로 아까보다 조금 더 큰 원을 그렸고 우리는 다시 삽을 들고 작업을 시작했다. 나는 몹시 지쳐 있었지만 할 수 없이 하는 이 일이 그다지 싫지는 않다고 느끼게 되었는데 이런 심경의 변화는 나 자신도 이해할 수 없는 것이었다. 나는 묘한 흥미를 느끼고 있었다. ―아니, 흥분조차 되었다. 루글랑의 기묘한 행동 어딘가에 ―선견지명이라고 할까, 사려 깊음이라고 할까 아무튼 그런 것이 있어서 나는 그것에 감명을 받은 듯했다. 나는 열심히 땅을 팠을 뿐만 아니라, 내 불행한 친구의 마음을 미쳐버리게 만든 그 환상의 보물을 내 자신이 거의 기대라고 불러도 좋을 기분으로 기다리고 있다는 사실을 문득문득 깨달았다. 내가 그런 망상에 가장 심하게 사로잡혀 있었을 때, 즉 우리가 일을 시작한 지 한 시간 반 정도 지났을 때, 우리는 다시 한 번 개가 격렬하게 짖어대는 소리 때문에 일에 방해를 받았다. 아까의 소란 속에는 어딘가 장난스러운 듯한, 그저 변덕에 지나지 않는 듯한 면이 있었지만 이번 소란 속에는 어딘가 진지한 듯한, 절박한 듯한 면이 숨어 있었다. 주피터가 다시 입을 막으려 하자 개는 맹렬하게 저항을 하다가 끝내는 구멍 속으로 뛰어들더니 미친 듯이 발로 흙을 파내기 시작했다. 몇 초도 지나지 않아서 개는 한 무더기의 사람 뼈를 파냈다. 그것은 틀림없는 두 구의 해골로 거기에는 몇 개의 금속 단추와 썩어버린 천 조각으로 보이는 것들이 엉겨 붙어 있었다. 삽으로 한두 번 흙을 떠내자 커다란 스페인 칼의 날이 나왔으며, 조금 더 파내려가자 여기저기 흩어져 있는 금화와 은화가 서너 개 정도 나왔다.

이것을 본 주피터는 기쁨을 감출 수 없다는 표정을 지었지만, 그의 주인의 얼굴에는 커다란 실망의 빛이 감돌았다. 그래도 그는 우리에게 일을 계속해달라고 부탁했다. 하지만 그 말이 채 끝나기도 전에 나는 무엇인가에 걸려 앞으로 고꾸라지고 말았다. 구두 끝이 파낸 땅 속에 거의 묻혀 있던 커다란 철 고리에 걸렸기 때문이었다.

일이 갑자기 활기를 띠기 시작했다. 실제로 이 때의 10분처럼 흥분된 상태에 빠져 본 적은 단 한 번도 없었다. 단 10분 만에 우리는 직사각형의 나무상자를 완전히 파냈다. 상자의 완벽한 보존 상태, 믿을 수 없을 정도의 견고함을 보고 어떤 광화(鑛化)처리 — 틀림없이 염화제2수은에 의한 광화처리를 한 것이라는 사실을 알 수 있었다. 이 상자는 길이가 3.5피트, 폭이 3피트, 높이가 2.5피트 정도였으며 연철로 만든 테를 튼튼하게 박은 뒤 못으로 고정시켜 놨으며, 그 때문에 전체가 거친 격자 모양을 하고 있었다. 상자의 양쪽 위에 철로 만든 고리가 3개씩 —즉 6개가 달려 있어서 6명이서 한꺼번에 들 수 있도록 되어 있었다. 셋이서 힘을 합쳐 들어 올려봤지만 땅에 묻혀 있는 바닥이 조금 움직였을 뿐이었다. 이 상자는 절대로 옮길 수 없다는 사실을 바로 알 수 있었다. 다행히도 뚜껑을 고정시키는 장치는 뺐다 꼈다 할 수 있는 두 개의 빗장 뿐이었다. 우리는 그것을 벗겨냈다. —불안과 기대로 몸을 떨면서, 가슴을 두근거리면서. 그러자 우리 눈앞에 값어치를 알 수 없을 정도의 보물들이 찬란하게 모습을 드러냈다. 랜턴의 불빛이 구멍 속으로 쏟아지자 쌓여 있던 황금과 보석들이 찬란한 광채를 발해 그야말로 눈이 멀어버릴 것만 같았다.

그것을 봤을 때의 기분을 묘사할 만큼의 필력은 가지고 있지 못하지만, 어쨌든 경악이라고 할 수 있는 것이 주된 감정이었다. 루글랑은 피로에 지쳐서 거의 입도 열지 못하는 상태. 주피터의 얼굴에서도 한동안, 흑인의 얼굴빛으로는 더 이상 창백해질 수 없을 것이라 생각될 정도로 핏기가 가서 그야말로 망연자실, ―번개에라도 얻어맞은 듯한 모습이었다. 잠시 후, 그는 구멍 속에서 무릎을 꿇고 앉아 아무것도 걸치지 않은 팔을 팔꿈치까지 금화 속에 묻고 한동안 가만히 있었는데 마치 목욕탕에 몸을 담그고 있을 때의 기분을 맛보고 있는 것처럼 보였다. 그러다 깊은 한숨을 내쉬고는 독백과도 같은 말을 큰소리로 외쳐대기 시작했다.

"이건 모두 황금 벌레 덕분이야! 고 귀여운 황금 버러지 녀석! 내가 잔뜩 욕을 퍼부어준 고 귀여운 버러지 덕분이야! 너 이 검둥이 녀석아! 부끄럽지도 않냐? ―어디 한번 대답해봐라!"

어쨌든 주인과 종을 재촉하여 보물을 옮길 방법을 생각할 필요가 있었다. 밤이 깊기 시작했기 때문에 날이 밝기 전까지 이 보물을 남김없이 집으로 가져간다는 것은 여간 큰일이 아니었다. 그런데 그 방법을 생각해내는 것 또한 큰일이어서 이래저래 논의를 하는 동안 상당한 시간을 허비하고 말았다. ―그만큼 모두의 머릿속이 혼란스러웠던 것이다. 결국 내용물을 3분의 2정도 꺼내 상자를 가볍게 한 다음 간신히 구멍 밖으로 상자를 꺼냈다. 상자에서 꺼낸 물건을 가시나무 숲 속에 넣은 뒤, 개를 남겨 그것을 지키게 했다. 개에게는 우리가 돌아올 때까지 무슨 일이 있어도 이곳을 떠나서는 안 되며, 짖어서도 안 된다고 주피터가 엄중하게 명령을 했다. 그런 다음 우리는 상자를 들고 서둘러 집으로 향했고, 굉장한 고생 끝에 별 탈 없이 오전 1시에 간신히 집에 도착했다. 완전히 피로에 지쳐 사람의 몸으로는 견딜 수 없는 상태에 이르렀기 때문에 바로 다음 일에 착수할 수가 없었다. 우리는 2시까지 휴식을 취한 다음, 식사를 하고 나서야 산을 향해 출발했는데 마침 집에서 튼튼한 자루 세 개를 발견했기 때문에 그것을 가지고 가기로 했다. 4시 조금 전에 구멍이 있는 곳에 도착하여 남은 전리품을 가능한 한 균등하게 분배하고 구멍은 그대로 내버려둔 채 다시 오두막을 향해서 출발, 동쪽 하늘을 등지고 서 있는 나무들의 나뭇가지 위로 새벽의 희미한 빛이 새어나오기 시작할 무렵에야 우리는 황금의 무거운 짐을 다시 오두막으로 옮길 수 있었다.

우리는 완전히 지쳐 있었지만 당시는 워낙 흥분해 있었기 때문에 천천히 쉴 만한 분위기가 아니었다. 서너 시간쯤 꾸벅꾸벅 졸았다 싶더니 모두 약속이라도 한 듯 자리에서 일어나 보물을 감정하기 시작했다.

상자 가득 보물이 담겨 있었기 때문에 내용물을 확인하는 데 그날 하루와 밤의 대부분을 소비했다. 순서나 배열 같은 것은 전혀 없었다. 그저 산더미처럼 어지럽게 들어 있을 뿐. 주의를 기울여가며 종류별로 분류를 해보고 나서야 처음 예상했던 것보다 훨씬 더막대한 부를 획득했음을 깨달았다. 화폐만 45만 달러가 되었다. ―하나하나의 화폐를 당시의 가치로 가능한 한 정확하게 환산하여 산정한 결과였다. 은화는 단 하나도 없었다. 모두 금화로 연대도 오래된 것이었으며, 종류도 제 각각 ―프랑스, 스페인, 독일의 화폐에 섞여서 영국의 기니 금화도 조금 있었으며 그 외에도 그때까지 그와 비슷한 형태를 가진 모양도 본 적이 없는 화폐도 있었다.

심하게 마모되어 각인조차도 명확하게 알아볼 수 없는 커다랗고 무거운 금화도 몇 개 있었다. 미국의 금화는 없었다. 보석류의 가치를 계산하기란 더욱 어려운 일이었다. 다이아몬드가 ─그 중에는 상상하기 힘들 정도로 크고 멋진 것들이 있었는데, ─어쨌든 전부 110개 있었는데 조그만 것은 하나도 없었다. 황홀한 광택을 발하는 루비가 18개. 310개의 에메랄드 ─이것도 전부가 아름답다. 21개의 사파이어에 오팔이 하나. 보석류는 전부 받침대와 따로 분리되어 상자에 한데 섞여 있었다. 받침대 자체도 금화와 한데 섞여 있었는데 서로 구분을 짓지 못하도록 하기 위해서였는지 이것들을 전부 해머와 같은 것으로 두들겨 찌그러트려 놓았다. 그 외에도 엄청난 숫자의 순금제 장식품이 들어 있었다. 거의 200개에 가까운 묵직한 반지와 귀걸이. 호사스러운 사슬, ─이게 거의 30개는 있었을 것이다. 아주 커다랗고 무거운 십자가가 83개. 일품이라 할 수 있는 금제 향로가 5개. 진품이라 할 수 있는, 포도의 이파리와 바쿠스의 향연에 모여든 군중을 양각으로 조각한 술잔이 하나. 정교한 조각이 새겨진 칼의 손잡이가 두 개, 그 외에서 도저히 생각나지 않을 정도로 자잘한 물건들이 많았다. 이들 귀중품의 무게는 350파운드가 넘었는데 거기에는 97개나 되는 멋진 금시계의 무게는 포함되어 있지 않다. 그 중 3개 정도는 각각 500달러는 할 것 같은 물건들이었는데 거의가 낡았기 때문에 시간을 재는 도구로는 무용지물이었다. 기계가 여기저기 부식되어 있었기 때문이었다. ─하지만 하나같이 보석이 빽빽하게 박힌 고가의 케이스 속에 들어 있었다. 그날 밤, 우리는 상자 속의 내용물들을 전부

합치면 **150**만 달러의 가치가 있을 것이라고 계산했는데 그 후, 잡다한 물건들과 보석(얼마간은 따로 쓰기 위해서 빼두었는데도)들을 처분해보고 우리가 보석의 가치를 과소평가했었다는 사실을 알 수 있었다.

감정이 끝나고 극도의 흥분도 어느 정도 가라앉자 루글랑은 내가 이 심상치 않은 수수께끼를 풀기까지의 경위를 알고 싶어 한다는 사실을 눈치 챘는지 그에 관한 모든 사정을 상세하게 설명하기 시작했다.

"자네 기억하고 있나? 그날 밤, 내가 그 황금 벌레를 그려서 자네에게 보여줬었지? 그리고 자네가 그 그림을 보고 해골 비슷하다고 해서 내가 기분 나빠했던 사실도. 처음 자네가 그렇게 말했을 때는 나를 놀리는 거라고 생각했었지만, 나중에 가만히 생각해보니 그 벌레의 반점이 묘하게 여겨져서 자네의 말이 아주 틀린 것만은 아니라고 내심 생각하게 됐어. 어쨌든 그림 실력을 가지고 놀려댄 데는 화를 내지 않을 수 없었네. ―이래봬도 그림을 잘 그린다는 말은 여러 번 들었거든― 그래서 자네가 양피지 조각을 내게 건네주었을 때 나는 홧김에 그것을 구겨서 불 속으로 처넣으려 했어."

"그 종이쪽지 말이지?"

내가 말했다.

"아니, 종이처럼 보이지만 그건 종이가 아니야. 처음에는 나도 종이라고 생각했지만 그림을 그리면서 알게 됐지. 그건 아주 얇은 양피지 조각이었어. 기억할지 모르겠지만 그건 아주 더러워져 있었어. 그것을 꼬깃꼬깃 구길 때 자네도 본 그 그림이 언뜻 내 눈에 들어왔어. 그런데 내가 틀림없이 벌레의 모습을 그렸다고 생각한 바로 거기에, 세상에나, 해골의 모습이 있질 않겠나? 놀라지 않을 수 없었어. 너무 놀라서 한동안 아무런 생각도 할 수 없었지. 대체적인 윤곽이 비슷하기는 했지만, ─그것과 내가 그린 그림은 세세한 부분에서 커다란 차이를 보였어. 그래서 나는 촛불을 들고 방의 저쪽 구석에 앉아서 양피지를 좀 더 자세히 살펴보았지. 뒤집어 보니 뒤에는 내가 그린 그림이 틀림없이 있었어. 처음 내 머릿속에 떠오른 것은 윤곽이 아주 비슷하다는 놀라운 사실이었어. ─처음에는 나도 몰랐는데, 내가 그린 황금 벌레와 겹쳐져서 양피지 뒤쪽에 해골 그림이 있고 그게 윤곽뿐만 아니라 크기까지 내가 그린 그림과 아주 비슷하다는 신비한 우연의 일치에 대한 놀라움이었다네. 이 우연의 일치에 나는 한동안 머릿속이 멍해졌어. 우연의 일치라는 녀석은 대체로 그런 효과를 가져다주는 법이지. 머리는 관련성을 ─즉, 인과관계를 추구하지. ─하지만 그게 뜻대로 되지 않으면 일시적으로 일종의 마비상태에 빠지게 돼. 그런데 이 정신적 상실상태에서 회복되어 가면서 내게는 어떤 확신이 생기기 시작했는데 그 확신은 우연의 일치보다도 훨씬 더 내 마음을 흔들어 놓았어. 기억이 뚜렷하게 되살아났는데, 내가 그 황금 벌레를 그릴 때 양피지에 그림 같은 것은 전혀 없었어. 이 점에 자신이 있었던 건, 조금이라도 깨끗한 곳을 찾으려고 처음에는 한쪽 면을 다음에 반대쪽 면을 뒤집어보았다는 사실을 떠올렸기 때문이지. 만약 해골이 그려져 있었다면 그걸 몰랐을 리가 없어. 바로 거기에 설명할 수 없는 신비함이 있다고 느꼈는데, 그와 같은 아주 초보적인 단계에서부터 나는 어젯밤의 모험으로 멋지게 증명해보인 진실에 대한 예견이 머릿속 가장 깊고 은밀한 곳에서 마치 반딧불처럼 가느다란 빛을 발하고 있었던 것이라고 생각해. 그래서 나는 혼자 있을 때 좀 더 생각해보기로 하고 바로 자리에서 일어나 양피지를 신중하고 소중하게 보관한 다음, 더 이상 그에 대해서 생각하지 않았어.

자네가 돌아가고, 주피터가 완전히 잠에 곯아떨어진 후, 그 일에 대해서 좀 더 체계적인 고찰을 하기로 하고 바로 작업에 착수했어. 가장 먼저 그 양피지를 손에 넣게 된 경위에 대해서 생각을 해봤지. 황금 벌레를 발견한 지점은 본토의 해안가로, 섬에서 동쪽으로 1 마일 떨어진 곳, 만조 때 바닷물이 차오르는 곳보다 조금 높은 지점이야. 손으로 잡자 녀석이 갑자기 사납게 물어뜯어서 그만 놓치고 말았어. 자네도 알다시피 주피터는 신중한 사람이기에 자신 쪽으로 날아오는 벌레를 잡기 전에 나뭇잎이나 그와 비슷한 물건을 찾아서 그것으로 벌레를 잡으려고 주위를 둘러보았어. 그와 내가 양피지 쪼가리를 발견한 것은 바로 그 순간이었는데 그때까지만 해도 나는 그게 종이쪽지인 줄 알았어. 그건 모래에 반쯤 묻혀서 한쪽 끝만 삐죽 튀어나와 있었어. 그것이 발견된 지점 가까이에 범선에 싣는 대형보트의 선체로 보이는 파편이 있었어. 그 난파선은 꽤 오래 전부터 그곳에 있었던 듯, 그것이 배였다는 것조차도 쉽게 알아볼 수 없을 정도였어.

주피터는 그 양피지를 주워 거기에 벌레를 싼 다음 내게 건네주었네. 우리는 바로 집을 향해 출발했고 도중에 Gxx 중위를 만난 거야. 중위에게 벌레를 보여줬더니 잠깐 빌려서 요새로 가져가고 싶다고 하더군. 허락을 하자 중위는 벌레를 쌌던 양피지에는 전혀 신경도 쓰지 않고 벌레를 그대로 조끼 주머니에 넣었어. 그가 벌레를 살펴보는 동안 양피지는 내가 들고 있었거든. 내 마음이 변할지도 모른다고 생각한 중위는 벌레를 얼른 주머니에 넣는 게 최고라고 생각했던 모양이야. —자네도 알다시피, 그 사람 박물학에 관계된 일이라면 정신을 못 차리니까. 그때 나도 무의식중에 양피지를 주머니에 넣은 것 같아.

자네도 기억하고 있겠지만, 벌레의 그림을 그리려고 책상으로 갔는데 늘 종이가 놓여 있던 자리에 그날따라 종이가 놓여 있지 않았어. 서랍을 열어봤지. 거기에도 없었어. 오래 된 편지라도 있을까 싶어서 주머니를 뒤져보다 양피지를 발견하게 된 거야. 입수한 경위를 이렇게 자세하게 이야기하는 것은, 이런 일들에 내가 강하게 이끌렸기 때문이야.

틀림없이 자네는 나를 공상가라고 생각했겠지. —하지만 나는 이미 인과관계를 꿰뚫어보고 있었어. 이미 사슬의 커다란 고리 두 개를 연결 짓고 있었어. 해안에 배가 한 척 있었고, 거기서 그다지 멀리 떨어지지 않은 곳에 양피지가 한 장 있었고 —종이 한 장이 아니야— 거기에는 해골이 그려져 있었어. 물론 자네는 '그 사실들의 어디에 인과관계가 있단 말이야?' 라고 묻고 싶겠지. 나는 이렇게 대답하겠네. —뼈다귀나 해골바가지는 자네도 알다시피 해적들의 상징이라고 해적은 일을 할 때면 언제나 해골이 그려진 깃발을 올리지.

조금 전에 말했던 것처럼 그 쪼가리는 종이가 아니라 양피지였어. 양피지는 오래 가지, ―반영구적이야. 별로 중요하지 않은 걸 양피지에 그려놓을 리가 없어. 그림을 그리거나 글을 쓰는 평범한 목적을 위해서라면 양피지보다는 종이가 훨씬 낫지. 이런 생각이 들자 해골바가지에는 어떤 의미 ―필연성이 있을 것 같다는 느낌이 들었어. 나는 양피지의 모양에도 주의를 기울였어. 무슨 이유에서인지 한쪽 모서리가 없어지기는 했지만 그것은 원래 직사형인 듯했어. 그건 기록용지로 사용하기에 적합한 것이었지. ―오랫동안 기억하고, 주의 깊게 보존해야만 할 일을 적어두기 위해서 사용되는."

여기까지 들은 내가 입을 열었다.

"하지만, 자네 말대로라면 벌레를 그릴 때 양피지에 해골바가지 같은 건 없지 않았나? 그런데 어떻게 배와 해골을 관련지을 수 있단 말이지? ―그 해골은 자네 자신이 인정한 것처럼 자네가 황금 벌레를 그린 이후에 (누가 어떻게 했는지는 모르겠지만) 누군가가 어떻게 해서 그려놓은 게 되질 않나?"

"맞아, 바로 그 점에 수수께끼의 모든 것이 걸려 있는 셈인데 그 수수께끼를 푸는 데 그다지 고생은 하지 않았어. 나는 확실한 방법으로 하나의 결론을 이끌어 냈어. 가령 나는 이런 추리를 했었네. 내가 황금 벌레를 그릴 때 양피지 위에 해골 같은 건 없었어. 그림 그리기를 마치고 자네에게 그것을 건네준 이후, 자네가 그것을 내게 되돌려주기까지 나는 가만히 자네를 바라보고 있었어. 따라서 해골을 그린 게 자네가 아니라는 사실을 알고 있었지. 또 그 외에는 그런 그림을 그릴 사람이 없다는 사실도 알고 있었고. 그렇다면 그 그림을 그린 것은 인간이 아니라는 소리가 돼. 그런데 실제로는 그림이 그려져 있었어.

추리의 이 단계에 이르러 나는 모든 능력을 동원해 문제의 순간에 있었던 모든 일을 가능한 한 정확하게 기억해내려 노력했고 결국에는 기억을 해냈어. 날이 쌀쌀했기 때문에 (보기 드문 행운을 잡은 셈이지!) 난로에서는 불이 활활 타오르고 있었어. 나는 밖을 돌아다녀 몸이 따뜻했기 때문에 책상 옆에 자리를 잡았지만 자네는 난로 바로 옆에 의자를 놓고 앉아 있었어. 내가 양피지를 자네에게 건네주고 자네가 그것을 살펴보려 한 순간 뉴펀들랜드 개 울프가 방 안으로 들어와 자네 어깨 위로 뛰어 올랐어. 자네는 왼손으로 개를 쓰다듬기도 하고 밀쳐내기도 했는데 오른손은 양피지를 쥔 채 무릎 가까이, 그러니까 불에 아주 가까운 곳에 내려놓고 있었지. 그것이 불에 너무 가까이 있어서 조심하라고 주의를 주려고 했는데 그때 마침 자네가 손을 들어 그림을 살펴보기 시작했어. 이런 자잘한 일들을 전부 검토해보고 나서 나는 확신할 수 있었어. ─내 눈으로도 직접 확인한 양피지 위의 해골바가지가 모습을 드러낸 것은 바로 난로의 불 때문이었다고. 종이나 피지 위에 쓴 글자를 불에 쬐었을 때만 보이게 하는 화학약품이 실제로 존재하며 그것도 아주 먼 옛날부터 사용되어 왔다는 사실은 자네도 알고 있을 거야. 산화코발트를 왕수에 녹여 4배의 물로 희석시킨 것이 주로 사용되는데 이건 초록색을 띠지. 산화코발트 속의 불순물을 초산으로 녹인 것은 붉은 빛을 띠고. 이와 같은 색은 그것을 쓴 원료의 열이 식으면 시간의 차이는 있지만 모두 사라져버리고 거기에 열을 가하면 다시 나타나지.

그런 다음, 이번에는 해골을 주의 깊게 살펴봤어. 바깥쪽 끝—피지의 끝에서 가장 가까운 그림의 끝일세—이 다른 어느 부분보다도 확실하게 보였어. 불의 작용이 완전하지 못했거나 균일하게 미치지 못했다는 사실을 알 수 있었지. 나는 바로 불을 피워 양피지 전면에 강한 불을 쏘였어. 처음에는 해골바가지의 희미하던 선이 짙어진 정도의 효과밖에 없었지만 끈질기게 실험을 계속해봤더니 양피지의 한쪽 구석, 해골이 그려져 있는 곳과 대각선을 이루는 곳에 언뜻 보기에 산양처럼 보이는 것이 모습을 드러내기 시작했어. 그것을 자세히 살펴보고 알 수 있었는데 그건 아무래도 어린 산양(키드) 같았어."

순간 나는 웃음을 참을 수 없었다.

"핫, 하하! 틀림없이 자네를 비웃을 권리가 내게는 없어. —150만 달러나 되는 큰돈을 무시한다면 벌을 받겠지. —하지만 자네의 추리를 이어줄 제3의 고리에는 억지스러운 부분이 있어. —해적과 산양 사이에 특별한 관계가 있다고 보기는 어렵지 않은가? —해적과 산양 사이에는 아무런 관계도 없어. 농업에 종사하고 있는 사람들과는 관계가 있지만."

"하지만 나는 그것이 산양의 그림이 아니라고 말했잖아."

"맞아, 어린 산양(키드)이라고 했지. —그게 그거 아닌가?"

"비슷하기는 해. 하지만 완전히 똑같은 건 아니야. 자네 키드 선장에 대해서 들어본 적이 있지? 순간적으로 떠오른 생각인데, 나는 그 그림을 가차문자나 상형문자와 같은 종류의 서명일 것이라고 생각했어. 서명이라고 말했는데, 양피지의 서명이 들어갈 만한 자리에 있었기 때문에 그렇게 생각한 거지. 그 대각선 끝에 있던 해골도 인장이나 봉인 같다는 인상을 주었어. 그런데 문제는 그 이외에 아무것도 보이지 않는다는 점이었지. ―나는 보물이 숨겨진 곳을 알려주는 것이라고 생각했는데 그 본문이 보이질 않았어. ―문맥은 있지만 문장이 없는 꼴이지."

"인장과 서명 사이에 본문이 있을 거라고 생각했겠지."

"맞아. 솔직히 말하자면 막대한 재산이 바로 눈앞에 걸려 있는 것 같다는 예감이 들어 답답한 마음을 금할 길이 없었어. 왜 그런 생각을 했느냐고 묻는다면 확실하게 대답할 수는 없어. 글쎄, 일종의 소망과도 같은 것이지, 근거 있는 신념은 아니었을 거야. ―그런데 자네도 알고 있겠지만 주피터 녀석, 그 벌레가 순금으로 만들어졌다며 쓸데없는 소리를 지껄였었지? 녀석의 말이 내 공상력을 상당히 자극했어. 거기에 일련의 사건, 계속되는 우연. ―이것 역시도 참으로 신기하지 않은가? 그런 일들이 한해 중에서도 추운 시기에, 그것도 불을 피워야만 할 정도로 추웠던 그 날 하루 동안에 집중해서 일어났고, 또 불을 피우지 않았다면, 혹은 바로 그 순간에 개가 들어오지 않았다면 나는 해골을 발견하지 못했을 것이며 그랬다면 절대로 보물을 손에 넣을 수도 없었을 테니 이 모든 일이 우연히 일어났다는 데 자네 놀라지 않을 수 있겠나?"

"그래, 어서 얘기를 계속해봐. ―답답해 죽겠어."

"알았어. 물론 자네도 들은 적이 있겠지만 여러 가지 이야기들이 있어. ―키드와 그 일당들이 대서양 연안 어딘가에 금을 묻어두었다는 막연한 소문은 헤아릴 수도 없이 많으니까. 그런데 그런 소문들에도 근거가 되는 어떤 사실이 있었을 거야. 내가 보기에 그와 같은 소문이 그처럼 오래도록, 그처럼 면면히 이어져 내려올 수 있었던 것은 묻힌 보물이 아직도 지하에 잠들어 있기 때문이지. 키드가 약탈품을 일시적으로 은닉해두었다가 후에 다시 찾아갔다면 소문이 지금과 같은 형태로 우리의 귀에까지 들어왔을 리가 없어. 이렇게 말하면 자네도 이해할 수 있겠지만, 전해져 내려오는 이야기는 전부 금을 찾고 있다는 사람들의 이야기뿐 금을 찾았다는 얘기는 들어볼 수가 없어. 만약 해적이 자신들의 금을 찾아갔다면 얘기는 거기서 끝이 났을 거야. 내 생각으로는 어떤 사고, —그러니까 그 장소를 적어놓은 기록이 없어졌다거나, 그런 일이 일어나서 금을 찾을 수 없게 됐고 그 사실이 부하들에게 알려져서, 혹은 보물이 숨겨져 있다는 사실조차도 부하들에게는 알려지지 않았을지도 모르지만, 그들이 그것을 찾으려고 혈안이 되었지만 그럴 수 없었던 것은 단서가 없었기 때문으로 어쨌든 그 사고가 지금은 모든 사람들이 알고 있는 일의 도화선이 되어 세상에 알려지게 된 걸 거야. 자네 해안에서 엄청난 보물이 발견되었다는 소리를 들은 적이 있나?"

"없어."

"하지만 키드가 막대한 보화를 축적했다는 건 잘 알려진 사실이야. 그러니 보물이 지하에 잠들어 있다는 건 의문의 여지가 없는 사실일 거라고 나는 생각했어. 이제 내가 이렇게 말해도 자네는 별로 놀라지 않겠지만, 양피지를 발견한 앞뒤 사정도 그렇고, 분실한 매장지점을 나타내는 기록의 일부가 아닐까 나는 거의 확신에 가까운 희망을 품게 되었어."

"그렇다면 다음부터는 어떻게 한 거지?"

"화력을 더욱 올려서 양피지를 다시 불에 가져가 봤지만 아무것도 나타나지 않았어. 그래서 먼지의 피막이 나의 실패와 어떤 관련이 있을지도 모르겠다고 생각했지. 양피지를 뜨거운 물로 깨끗이 씻어낸 뒤, 주석으로 만든 냄비에 두개골 그림이 밑으로 오게 해서 넣은 다음 냄비를 숯불이 있는 아궁이에 올려놓았어. 몇 분 뒤, 냄비가 완전히 뜨거워진 뒤에 양피지를 꺼내보니, 그렇게 기뻤던 적도 없었어. 숫자 같은 것들의 행렬이 여기저기 눈에 띄지 않겠나? 나는 그것을 다시 냄비에 넣어 1분 정도 더 열을 가했어. 다시 꺼내보니 전체가 이렇게 나타났어."

이렇게 말한 루글랑은 양피지에 다시 열을 가해 내게 보여주었다. 해골과 산양 사이에 붉은 색으로 아무렇게나 갈겨쓴 다음과 같은 기호가 나타나 있었다.

53‡‡†305))6*;4826)4‡.)4‡);806*;48†8¶
60))85;1‡(;:‡*8†83(88)5*†;46(;88*96*?;8)*‡
(;485);5*†2:*‡(;4956*2(5*-4)8¶8*;4069285);)6
†8)4‡‡;1(‡9;48081;8:8†1;48†85;4)485†
528806*81(‡9;48;(88;4(‡?34;48)4‡;161;:188;‡?;

내가 양피지 조각을 그에게 돌려주며 말했다.

"하지만, 그래도 나는 모르겠어. 이 수수께끼를 풀면 골 콘다의 보석을 다 준다고 해도 나는 그걸 도저히 받을 수 있을 것 같지가 않아."

루글랑이 말했다.

"맞아, 이 기호들 언뜻 보기에는 도저히 풀 수 없을 것처럼 보이지만 막상 풀어보니 그렇게 어려운 것만도 아니었어. 누구나 쉽게 알 수 있는 일이지만 이 기호는 하나의 암호야. —즉, 의미를 전달하고 있다는 얘기지. 그런데 키드에 관한 풍문에 의하면 그 사람이 그렇게 어려운 암호를 만들었으리라고는 도저히 생각되지 않아. 그래서 이건 단순한 암호일 것이라고 생각했어. —하지만 열쇠가 없으면 거칠기 짝이 없는 해적 부하의 머리로는 도저히 풀 수 없을 정도의 것이지."

"그렇다면 자네는 이걸 풀었단 말이군."

"즉석에서. 이것보다 몇 만 배나 어려운 것도 여러 번 푼 적이 있었으니까. 환경, 거기에 천성도 한 몫 거들어서 나는 이와 같은 수수께끼에 흥미를 갖게 되었는데 인간이 궁리를 해서 만들어낸 수수께끼를 인간이 궁리를 해서 풀어내지 못할 리가 없다는 것이 내 지론이야. 실제로 기호의 관련성과 의미를 알아낸 뒤로 전체적인 의미를 해명하는 데 드는 노력은 뻔한 거 아닌가? 거의 지능을 쓸 필요도 없었지."

이 암호의 경우 —아니, 비밀문서라는 것이 전부 그렇지만— 첫 번째 문제는 암호로 쓰인 언어가 어떤 언어인가 하는 것이야. 왜냐하면 해독의 원리는, 특히 비교적 단순한 암호에 관해서는 사용된 언어의 어법에 의존하고 있으며 거기에 좌우되는 법이니까.
일반적으로 암호를 해독하는 사람은 사용된 언어를 밝혀낼 때까지
자신이 알고 있는 언어로 (개연성의 이론에 따라) 전부 실험을 해
보는 수밖에 없어. 하지만 지금 우리 눈앞에 있는 암호문은 저 서
명 덕분에 그런 귀찮은 과정을 밟지 않고 해독할 수 있었지. '키
드'라는 표시는 영어 이외의 언어에는 적용되지 않으니까. 이 표
시가 없었다면 나는 아마 처음으로 스페인어를 그리고 프랑스어를
대입시켜봤을 거야. 왜냐하면 카리브 해에 출몰했던 해적이 이런
종류의 비밀문서를 쓸 때는 그 둘 중 하나를 썼을 거라고 보는 게
타당할 테니까. 하지만 이 '키드'라는 표시 덕분에 나는 이 암호문
을 영어라고 상정했지.

　보다시피 기호와 기호 사이에 띄어쓰기를 한 곳이 없어. 띄어쓰
기를 했다면 작업은 훨씬 더 수월했을 거야. 그랬다면 나는 우선
짧은 단어의 조회와 분석부터 시작했을 거야. 대부분의 경우에 나
오는 말인데 (예를 들어서 a나 I처럼) 한 글자로 된 단어가 나오면
그건 이미 해독한 거나 다름없는 거지. 하지만 띄어쓰기를 하지 않
았기 때문에 우선은 가장 자주 나오는 것과 가장 적게 나오는 부호
부터 확인을 했어. 전부 그 숫자를 세서 이런 표를 만들었지.

8 = 33번

; = 26번

4 = 19번

‡와) = 16번

* = 13번

5 = 12번

6 = 11번

＋와 1 = 8번

0 = 6번

9와 2 = 5번

:와 3 = 4번

? = 3번

¶ = 2번

－와 . = 1번

영어에서 가장 자주 나오는 글자는 **e**야. 그 다음은 **a, o, i, d, h, n, r, s, t, u, y, c, f, g, l, m, w, b, k, p, q, x, z** 순서지. **e**가 나오는 빈도는 아주 많기 때문에 어느 정도의 길이를 가진 문장에서 이 글자가 절대다수를 점하지 않는 문장은 절대로 없어.

그렇다면 처음에는 추측에 지나지 않았던 것을 이제는 추리의 영역으로 끌어올릴 수 있게 된 거야. 이 표는 어떤 경우에도 틀림없이 이용할 수 있지만 ─이 암호의 경우는 표의 도움을 받을 필요조차 없어. 가장 많은 기호가 **8**이니 그걸 알파벳의 **e**라고 생각하기로 하세. 이 추정이 정확한지를 뒷받침하려면 **8**이 두 개 겹치는 곳이 많이 있는지를 확인해보면 돼. ─왜냐하면 영어에는 **e**가 겹치는 단어가 아주 많으니까. ─예를 들자면 '**meet, fleet, speed, seen, been, agree**' 등과 같은 것. 이 암호문의 경우는 그렇게 길지 않은데도 겹치는 곳이 5군데나 돼.

그러니 8은 e라고 해두세. 그리고 영어 단어 중에서는 'the'가 가장 많이 쓰이지. 그러니 순서가 같은 것 중에서 마지막이 8로 끝나는 세 개로 된 기호가 반복해서 나오는지를 살펴보기로 하세. 그런 배열이 반복해서 나온다면 그것은 틀림없이 'the'일 거야. 살펴보면 그런 배열을 가진 것이 7개나 있는데 그 기호는 ;48이야. 따라서 ;는 t, 4는 h, 8은 e라고 생각해도 좋을 거야. ─그러니 e는 거의 확정적이라 할 수 있지. 이것으로 해결을 향해 크게 한 걸음 내딛은 셈이야.

그런데 한 단어를 확인한 것만으로도 아주 중요한 사실을 확인할 수 있게 됐어. 즉, 몇몇 단어의 시작과 끝을 확인할 수 있게 된 거지. 마지막에서 두 번째에 있는 것으로 암호문의 거의 끝에 있는 ;48을 예로 들어보기로 하지. 그 직후에 있는 ;는 한 단어의 첫 글자라는 사실을 알 수 있고, 거기에 'the' 뒤에 이어지는 6글자 중 5글자까지는 이미 밝혀낸 기호야. 아직 모르겠는 부분은 빼놓고 알고 있는 기호는 이런 식으로 그에 대응하는 문자로 바꿔보기로 하겠네. ─

t eeth

이렇게 해놓고 보면 이 'th'가 t로 시작하는 단어의 일부가 아니라는 사실을 쉽게 알 수 있으니 이건 떼어버려도 좋을 거야. 그리고 빈 곳에 어울릴 만한 문자가 있는지 모든 알파벳을 다 넣어봐도 th가 일부를 이루는 단어가 없다는 사실을 알 수 있지. 그러니 범위를 좁혀서 생각해보기로 하지.

t ee

여기에 아까처럼 알파벳을 하나하나 넣어보면 그럴 듯하게 보이는 단어는 유일하게 'tree' 라는 사실을 알 수 있어. 여기서 r이라는 글자를 또 알게 됐는데 그건 (로 표시되고 있고 거기에 'the tree' 라는 글자도 알게 됐어. 이 두 단어의 뒤쪽을 보면 조금 뒤에 또 ;48이라는 조합이 있는 것을 볼 수 있는데 이는 그 바로 앞에 있는 기호의 끝나는 부분을 표시하는 것이라고 볼 수도 있어. 그렇다면 이런 배열이 되지.

the tree ;4(‡?34 the

이 배열에 알고 있는 문자를 하나하나 대입시켜보면 다음과 같은 문장이 돼.

the tree thr‡?3h the

그런 다음 모르는 기호를 빈 공간이나 점으로 표시하면 다음과 같이 되지.

the tree thr...h the

이렇게 놓고 보니 머릿속에 'through' 라는 단어가 저절로 떠오르네. 이로써 o, u, g라는 세 개의 문자를 새롭게 알게 됐는데 그것은 각각 ‡, ?, 3으로 표시되고 있다는 사실도 알게 됐지.

여기서 이번에는 암호를 죽 훑어보며 알고 있는 기호만으로 이루어져 있는 조합을 신중하게 찾아보면, 처음에서 그리 멀지 않은 곳에서 이런 배열을 찾아볼 수 있어.

83(88, 즉 egree

이건 틀림없이 'degree' 라는 단어 중에서 d가 빠진 건데 이로써 또 한 가지 기호인 †가 d라는 사실을 알 수 있게 됐어.

이 'degree'라는 단어의 네 번째 뒤에 이런 배열도 있어.

;46(;88*

알고 있는 기호는 문자로 바꾸고 조금 전처럼 아직 모르는 문자는 점으로 표시해보면 이렇게 돼네.

th.rtee.

이 배열을 보면 바로 'thirteen'이라는 단어가 떠올라, 또 다시 i와 n이라는 문자가 6과 *로 표시된다는 사실을 새롭게 알 수 있어.

그리고 암호문의 첫 부분은 이런 조합으로 되어 있어.

53‡‡†

앞서와 같은 방법으로 바꿔보면 이렇게 돼.

.good

이로써 처음에 오는 문자가 a이며 처음 두 단어가 'A good'이라는 사실을 확실하게 알게 됐어.

이쯤에서 헷갈리지 않도록 지금까지 알아낸 열쇠를 표로 만들어보면 이렇게 되지.

5 = a

† = d

8 = e

3 = g

4 = h

6 = i

* = n

‡ = o

(= r

; = t

? = u

자, 이것으로 중요한 문자를 열 개나 알게 되었으니 해독법의 자세한 부분에 대해서도 더 이상 장황하게 설명할 필요는 없겠지. 이만큼 설명했으니 이런 종류의 암호를 해독하는 것은 그리 어려운 일이 아니라는 사실을 이해했을 거고, 암호해독의 원리라는 것의 본질에 대해서도 어느 정도는 이해했을 테니까. 하지만 오해하지 말게. 우리 앞에 있는 이런 암호는 암호 중에서도 가장 단순한 부류에 속하는 거야. 어쨌든 이제 남은 것은 양피지의 기호를 내가 해독한 방법대로 완전히 해독해보는 일이야.

『A good glass in the bishop's hostel in the devel's seat forty-one degrees and thirteen minutes northeast and by north main branch seventh limb east side shoot from the left eye of the death's-head a bee line from the tree through the shot fifty feet out.』

(주교 저택의 악마의 의자의 좋은 안경 북동 미북 41도 13부 굵은 줄기 동쪽 일곱 번째 가지 동쪽 해골 왼쪽 눈에서 쏜 나무에서

직선으로 총알이 닿는 지점을 지나 50피트 밖)"

"안 됐지만 수수께끼는 조금도 풀리지 않은 것처럼 보이는데. '악마의 의자'라든가, '해골'이라든가 '주교 저택'과 같은 말들에서 대체 어떤 의미를 끌어낼 수 있단 말이지?"

내가 말했다.

"그래, 맞아. 언뜻 보기에 문제는 여전히 난해한 모습을 띠고 있어. 여기서 우선 내가 해본 일은 암호를 작성한 사람의 의도를 파악해 전문을 끊어보는 것이었어."

루글랑이 대답했다.

"그러니까 구두점을 찍었다는 말이지?"

"그렇게 볼 수도 있겠지."

"대체 어떻게 한 거지?"

"암호문을 작성한 사람이 띄어쓰기를 하지 않은 목적은 독해를 어렵게 만들기 위해서였을 거라고 생각했지. 그런데 특별히 머리가 좋은 사람이 아닌 경우, 이런 일을 할 때는 늘 지나치다 싶을 정도로 어렵게 만들려고 하는 경향이 있어. 그런 사람들은 암호문을 만들 때 문맥이 끊어지는 곳에 오면 문장을 끊어주거나 구두점을 찍어줘야 함에도 불구하고 대부분은 쓸데없이 일부러 기호를 붙여서 쓰는 경향이 있어. 이 암호문도 자세히 살펴보면 알 수 있는 일이지만, 문장이 쓸데없이 엉겨 있는 부분이 5군데 있어. 이런 생각을 바탕으로 나는 이렇게 내용을 끊어보았어.

『A good glass in the bishop's hostel in the devel's seat / forty-one degrees and thirteen minutes / northeast and by north / main branch seventh limb east side / shoot from the left eye of the death's-head / a bee-line from the tree through the shot fifty feet out.』

(주교 저택의 악마의 의자의 좋은 안경 / 북동 미북 / 41도 13 부 / 굵은 줄기 동쪽 일곱 번째 가지 / 해골 왼쪽 눈에서 쏜 나무에서 직선으로 총알이 닿는 지점을 지나 50피트 밖)"

"이렇게 끊어놓고 봐도 나는 그 의미를 모르겠는데."

내가 말했다.

"나도 무슨 뜻인지 몰랐었어. 한 이삼 일 동안은. 그 동안 설리번 섬 부근에 '주교의 저택'이라는 이름으로 불리는 건물이 없나 열심히 찾아보았지. 'hostel'이라는 낡은 단어에는 그다지 신경을 쓰지 않았지만. 이에 관련된 정보가 전혀 들어오지 않기에 나는 조사 범위를 넓혀 좀 더 조직적인 방법을 채용할 생각이었는데 어느 날 아침, 문득 이런 생각이 들었어. 섬에서 북쪽으로 4마일 정도 떨어진 곳에 먼 옛날, 오래 된 저택을 가지고 있던 베숍 가가 있었는데 그곳과 무슨 관계가 있는 게 아닐까 하는. 그래서 나는 농원으로 나가 그곳에 살고 있는 나이 많은 흑인들을 만나보았어. 그 중에 나이를 아주 많이 먹은 흑인 여자가 있었는데 그녀가 말하기를, 베숍의 성이라는 장소라면 들은 적이 있으며 필요하다면 안내해줄 수도 있지만 그곳은 성도 여관도 아닌, 높이 솟은 바위라고 하더군.

수고비는 얼마든지 주겠다고 말했더니 그 노파, 잠시 망설이다가 나를 그곳으로 안내해주었어. 별 어려움 없이 그곳을 찾았기에 노파를 돌려보내고 나는 그곳에 남아 조사를 시작했지. '성'이라는 곳은 절벽과 바위가 어지러이 모여 이루어진 곳인데 ―그 중 한 바위가 높이도 그렇고, 초연히 서 있는 모습도 그렇고, 그 인공적인 모습도 그렇고 유독 눈에 띄더군. 나는 그 꼭대기까지 올라가 보았는데 그 다음부터는 어떻게 해야 좋을지 도무지 알 수가 없어서 조금 당황스러웠어.

이런저런 생각을 하고 있는데 바위의 동쪽 벽에 있는 좁고 평평하게 튀어나온 부분이 눈에 들어왔어. 내가 서 있던 정상에서 한 1야드 정도 밑이었을 거야. 그 튀어나온 부분은 18인치 정도 돌출되어 있었고 폭은 1피트도 되지 않았지만 그 조금 윗부분이 움푹 파여 있어서, 마치 우리 조상들이 사용하던 등받이가 움푹 들어간 의자와 조금 비슷해보였어. 바로 그게 문서에서 말한 '악마의 의자'임에 틀림없을 거라고 나는 확신했어. 그 순간 수수께끼의 비밀이 완전히 풀린 듯한 느낌이 들었어.

그 전부터 알고 있었지만 '좋은 안경'은 틀림없이 망원경을 말하는 걸 거야. 뱃사람이 '안경'이라는 말을 그 이외의 뜻으로 사용할 리 없을 테니까. 거기서 망원경을 사용해야 한다는 사실을 바로 알 수 있었고, 그곳이 틀림없는 관측지점이라는 사실도 바로 알아낼 수 있었어. 물론, '41도 13부'와 '북동 미북'이 망원경으로 바라봐야 할 방향을 나타내는 문장이라는 사실도 바로 확신할 수 있었지. 이런 발견에 완전히 흥분해버린 나는 서둘러 집으로 돌아와 망원경을 들고 다시 그 바위로 갔어.

바위의 튀어나온 부분에 내려가 보고서야 한 가지 사실을 알게 됐는데, 그건 어떤 특정한 자세 이외로는 도저히 앉아 있을 수 없다는 사실이었지. 이로써 내 예측이 완전히 증명된 거야. 이제 망원경으로 바라보기만 하면 되는 거야. 문서에서 말한 '41도 13부'는 물론 지평선과의 각도를 말하는 것이었지. 왜냐하면 수평방향은 '북동 미북'이라는 말로 명료하게 표시되어 있으니까. 나는 나침반으로 수평방향을 바로 찾아낼 수 있었고, 각도는 느낌으로 가능한 한 41도 13부에 가깝게 망원경을 가져다 댄 후에 주의 깊게 상하로 움직였더니 곧 저 멀리 나무들 사이로 유달리 눈에 띄는 거목이 보였는데 그 무성한 잎 사이에 원형의 빈 공간 같은 것이 보여 내 시선을 끌었어. 그 빈 공간 속으로 하얀 점 같은 것이 하나 보였는데 처음에는 그게 뭔지 전혀 깨닫지 못했어. 망원경의 초점을 조절한 후에 다시 바라봤더니 놀랍게도 그건 사람의 두개골이 아니겠나?

그것을 발견한 나는 완전히 자신감을 얻어 수수께끼는 이미 풀린 거나 다름없다고 생각했어. 왜냐하면 '굵은 줄기 동쪽 일곱 번째 가지'라는 건 나무 위에 있는 해골의 위치를 나타내는 말일 것임에 틀림없었으며, '해골 왼쪽 눈에서 쏜 나무에서 직선으로 총알이 닿는 지점을 지나 50피트 밖' 이 보물을 찾기 위한 방법을 말하는 것이라면 이것 역시도 해석법은 한 가지밖에 없을 테니까. 나는 이를 두개골의 왼쪽 눈에서 탄환을 떨어트리는 것이라고 해석했어. 그리고 줄기의 가장 가까운 부분에서 '탄환(즉, 탄환이 떨어진 지점을 말하는 거야)' 을 지나 그 연장선상을 따라 50피트 떨어진 지점이라는 건 어떤 특정한 한 점을 지시하는 것이라고 생각했어. —그리고 그 지점의 바로 밑에 보물이 숨겨져 있을 가능성이 아주 높을 것이라고 생각했지."

"하나에서부터 열까지, 자네의 설명은 아주 명확해. 복잡한 얘기지만, 단순하고 명료해. 주교의 저택에서 내려온 다음부터는 어떻게 했지?"

내가 말했다.

"응, 나무의 위치를 정확하게 파악해둔 다음 집으로 돌아왔어. 그런데 '악마의 의자' 를 떠난 순간부터 그 나무의 둥그렇게 빈 공간은 눈에 전혀 띄지 않더군. 내려오면서 몇 번이나 뒤를 돌아봤지만 그 부분은 전혀 눈에 들어오지 않았어. 이번 사건 중에서 내가 가장 교묘하다고 감탄한 부분은, 그 원형 빈 공간이 바위의 튀어나온 곳 이외의 그 어떤 지점에서도 결코 보이지 않는다는 사실이었는데 이는 몇 번이나 실험을 해본 뒤에 내린 결론이니 틀림없는 사실일 거야.

'주교의 저택' 으로 탐험을 떠났을 때는 주피터가 따라갔었어. 몇 주일 동안 나는 거의 제정신이 아니었기에 녀석도 그게 걱정이 되어 나를 혼자 내버려두지 않도록 특별히 신경을 썼던 것 같아. 그 이튿날, 나는 아침 일찍 일어나 녀석을 따돌리고 산으로 그 나무를 찾으러 떠났어. 고생을 하기는 했지만 결국에는 찾아낼 수 있었어. 밤늦게 집으로 돌아와 보니, 우리 하인님께서 주인에게 체벌을 가하려 하지 않겠나? 그 이후부터는 자네도 함께 동행을 했으니 잘 알고 있겠지?"

"이건 내 생각이지만, 처음 땅을 팠을 때 지점을 잘못 선택한 것은 주피터가 실수로 두개골의 왼쪽 눈이 아니라 오른쪽 눈에서 벌레를 떨어뜨렸기 때문이었지?"

내가 말했다.

"맞아. 그 멍청이 때문에 '탄환'의 위치가 2.5인치 정도 벗어났지. 즉 나무에서 최단거리에 박은 말뚝의 위치가. 보물이 '탄환'이 떨어진 곳 바로 밑에 있었다면 그 정도의 오차는 별로 문제될 것이 없었겠지만, '탄환'과 나무의 가장 가까운 점이라는 건 그저 방향을 결정하기 위한 편의상의 두 점에 지나지 않았기 때문에 처음에는 조그만 오차에 불과했지만 선을 연장해서 나가는 동안 오차의 폭이 점점 커져서 50피트 떨어진 곳에서는 커다란 오차를 보이게 된 거지. 그 부근 어딘가에 보물이 틀림없이 묻혀 있을 거라는 확고한 신념이 있었기에 망정이지 그렇지 않았다면 나는 엄청난 허탈감에 빠졌을 거야."

"당시 자네의 엄숙한 태도로 말하는 모습, 벌레를 흔들어 대던 모습 —거기에는 정말 놀라지 않을 수 없었어. 나는 자네가 정말로 미쳐버린 줄 알았다니까. 그런데 왜 탄환이 아니라 벌레를 떨어뜨려야겠다고 고집을 피운 거지?"

"그렇게 궁금하다면 솔직하게 말하지. 자네가 나를 의심하고 있다는 사실을 명백하게 알 수 있었기 때문에 나도 조금은 화가 났었어. 이건 내가 즐겨 쓰는 수법인데, 냉정하게 세운 계획으로 자네를 혼란스럽게 만들어 은근히 혼을 내줘야겠다고 결심했지. 그래서 벌레를 흔들었던 거고, 그래서 벌레를 나무에서 떨어트리게 했던 거야. 그것을 떨어트려야겠다고 결심하게 된 건, 자네가 그 벌레가 아주 무섭다고 말했기 때문에 생각해낸 거야."

"그렇다면 내가 완전히 당했군. 그런데 아직 한 가지 이해할 수 없는 부분이 있어. 구멍에서 사람의 뼈가 발견되지 않았나? 그건 어떻게 생각하면 좋을까?"

"글쎄, 그 질문에는 나도 확실하게 대답할 수는 없겠는데. 하지만 그럴 듯한 해석법이 한 가지 있기는 있어. —내 해석이 암시하는 잔학행위를 믿는다는 것이 그다지 기분 좋은 일은 아니지만. 틀림없는 사실은, —정말로 이 보물들을 키드가 숨긴 것이라 생각한다면, 나는 그 사실을 믿어 의심치 않지만— 이 일을 하기 위해서 키드에게는 조수가 필요했어. 그런데 일을 끝내놓고 보니 이 비밀에 가담한 사람들이 사라져주는 게 더 안전할 거라는 생각이 들었던 거겠지. 일꾼들이 구멍 속에서 정신없이 일을 하고 있을 때, 곡괭이를 두어 번 휘두른 것만으로도 충분했을 거야. 아니면 열두어 번 정도는 휘두를 필요가 있었을까? —하지만 그 점에 관해서는 누구도 알 수 없을 거야."

큰 소용돌이 속에서

신이 자연 속에서 하시는 일은, 섭리와 마찬가지로 우리가 행하는 것과는 다르다. 우리가 만들어내는 모형은, 신이 만드시는 것의 광대함, 심원함, 측량하기 어려움에 도저히 비할 것이 못 된다. 신이 만드시는 것은 데모크리토스의 우물보다 훨씬 더 깊다. (조셉 글랜빌)

우리는 지금 막 가장 높고 험한 바위의 정상에 도착했다. 노인은 완전히 지쳐서 몇 분 동안은 말도 할 수 없는 모양이었다.

드디어 노인이 입을 열었다.

"얼마 전만해도 우리 막내아들처럼 이 길을 거뜬히 걸어서 나리를 안내할 수 있었을 겁니다. 그런데 3년쯤 전에 그 누구도 지금까지 만난 적이 없는ㅡ적어도 누구도 살아남아서 그 이야기를 하리라고는 생각지 못할 정도의 일이 제게 일어나서ㅡ6시간이나 공포에 떨었습니다. 그때 제 몸과 마음이 완전히 엉망이 되어버렸습니다. 나리는 저를 늙은이라고 생각하실지 모르겠지만ㅡ사실은 그렇지 않습니다. 하루도 지나지 않아서 칠흑처럼 까맣던 머리카락이 하얗게 세었고, 사지에서 힘이 빠졌고, 기력이 떨어져 지금은 아주 조금만 움직여도 몸이 떨려오고 그림자만 봐도 겁을 집어먹는 꼴이 되고 말았습니다. 이렇게 낮은 절벽을 내려다보기만 해도 바로 현기증이 날 지경이니 정말 놀랍지 않습니까?"

'이렇게 낮은 절벽' 위의 끝에서 그는 몸의 중심 부분을 절벽에서 허공으로 내밀듯 아무렇지도 않게 몸을 내던져 절벽 끝에 팔꿈치를 대고 간신히 떨어지지 않고 버티고 있다는 듯한 모습을 보였지만 ― '이렇게 낮은 절벽'은 발아래 첩첩이 쌓여 이어져 있는 험한 바위에서 1,500 ~ 1600피트의 높이로 깎아지른 듯이 검은 빛으로 번쩍이며 솟아 있었다. 나라면 무슨 일이 있어도 이 절벽 끝에서 6야드 이내로는 접근하지 않았을 것이다. 실제로 나는 이 노인의 위험한 자세에 매우 놀라서 땅바닥에 큰대자로 엎드려 옆에 있던 관목을 붙든 채 한동안 허공을 바라볼 용기조차도 내지 못했다. ―그러는 동안에도 이 산의 뿌리 자체가 열풍 때문에 무너져 내리는 것이 아닐까 하는 걱정을 떨치려 몸부림 쳤지만 좀처럼 뜻대로 되지 않았다. 오랜 시간이 흐른 뒤에야, 나는 자신을 냉정하게 타일러 간신히 자리에서 일어나 멀리를 바라볼 수 있을 만큼의 용기를 짜낼 수 있었다.

안내인이 말했다.

"그렇게 깜짝깜짝 놀라서는 안 됩니다. 나리를 이곳으로 모시고 온 것은, 제가 조금 전에 말씀드렸던 사건이 일어났던 현장을 여기서 자세하게 보여드리고 ―그 현장을 바로 눈 아래 내려다보면서 자초지종을 말씀드리기 위해서니까요."

그가 특유의 자세히 설명하는 듯한 말투로 이야기를 계속 이어나갔다.

"저희는 지금, 저희가 지금 있는 곳은 노르웨이의 해안과 아주 가까운 곳 ―북위 68도― 노들란드라는 커다란 주의 ―황량한 로

퍼든 지방입니다. 지금 우리가 정상에 앉아 있는 이 산의 이름은 헬제켄(눈의 산)입니다. 그런데 나리, 몸을 좀 더 똑바로 펴서 ─현기증이 난다면 풀을 붙들고 ─예, 그렇게요 ─눈 밑에 띠처럼 보이는 수증기 너머의 바다를 둘러보시기 바랍니다."

현기증을 느끼며 둘러보니 광막한 대양이 눈앞에 펼쳐졌다. 잉크처럼 새카만 그 물의 빛깔은 바로 내 마음속에 뉴비아의 지리학자가 쓴 **Mare Tenebrarum**(암흑의 바다)에 대한 기사를 떠오르게 했다. 그 누구도 이보다 더 쓸쓸하고 적막한 조망을 상상할 수는 없을 것이다. 오른쪽으로도 왼쪽으로도, 시야 너머까지 놀랄 만큼 새까맣게 튀어나온 절벽들이 이 세상 끝의 성벽처럼 펼쳐져 있으며 그곳을 향해서 섬뜩하게 하얀 결마루를 영원히 포효하고 절규하며 높이 부딪치는 파도는 이 절벽의 음울한 분위기를 더욱 강렬한 것으로 만들어주고 있었다. 정상에 우리가 앉아 있는 봉우리의 바로 정면, 오륙 마일 정도 떨어진 바다 가운데 조그맣고 황량한 섬이 보였다. 어쩌면 그 섬을 감싸고 있는 파도 속에서 그 위치를 찾아낼 수 있었다고 말하는 편이 더 정확할지도 모르겠다. 그리고 거기서 2마일 정도 더 떨어진 육지와 가까운 곳에 또 하나의 조그만 섬이 있었는데 무시무시할 정도로 거친 바위로 이루어진 불모의 땅으로 일군의 시커먼 바위가 멀리서, 가까이서 이 섬을 감싸고 있었다.

멀리 보이는 섬과 해안 사이의 대양의 모습은 어떤 심상치 않은 분위기를 띠고 있었다. 바로 그 때, 강풍이 격렬하게 육지를 향해 불고 있었기 때문에 먼 바다에 있던 한 척의 범선은 2개의 돛을 내린 트라이슬을 하나 펴고 거의 정지한 채 배 전체가 끊임없이 파도 속으로 잠겨들 것처럼 보였음에도 불구하고, 조금 전에 말한 해면에는 규칙적인 물결 같은 것이 전혀 없었으며 그저 모든 방향으로 ―바람이 불어오는 정면 쪽으로도, 그렇지 않은 쪽으로도― 짧고 급격하고 노한 듯한 파도가 서로 교차하며 부딪치고 있을 뿐이었다. 바위에서 아주 가까운 곳 이외에서는 거품을 거의 찾아볼 수 없었다.

노인이 다시 이야기를 시작했다.

"멀리 보이는 섬을 노르웨이 사람들은 바르라고 부릅니다. 중간쯤에 있는 건 모스쾨, 거기서 북쪽으로 1마일쯤 떨어져 있는 섬은 암바렌, 그 너머로 보이는 것이 이슬레젠, 하트홀름, 카일드홀름, 수아르벤, 그리고 부크홀름. 더 멀리에는 ―모스쾨와 바르 사이에― 오테홀름, 플리멘 샌드플레젠, 그리고 스톡홀름 등의 섬들이 있습니다. 이것이 섬의 진짜 이름인데 ―애초부터 왜 이름을 붙일 필요가 있다고 생각했는지, 나리도 저도 알 수 없는 일입니다. 나리의 귀에 무슨 소리가 들리지 않습니까? 해면에 이상한 곳이 보이십니까?"

우리가 헬제겐의 정상에 도착한 지 벌써 10분 정도가 흘렀다. 우리는 로포든의 오지에서부터 여기로 올랐기 때문에 산 정상에서 갑자기 시야가 탁 트이기 전까지는 바다를 한 번도 볼 수 없었다. 늙은 안내인이 이야기하는 동안, 미국의 대초원을 방황하는 들소 떼가 울부짖는 소리와도 같은 커다란 소리가 점점 크게 들려오고 있다는 사실을 깨달았다. 그리고 나는, 뱃사람들이 '삼각파도'라고 부르는 파도가 눈 밑의 대양에서 갑자기 동쪽으로 흐르는 조류로 변해가고 있다는 사실을 깨달았다. 내가 가만히 지켜보는 동안에도 이 조류는 엄청나게 속도를 더해갔다. 시시각각으로 속도가 ―쏜살같은 격렬한 움직임이 더해만 갔다. 5분 정도 지나자 바르 주변의 해면 전체가 억누를 수 없는 난폭함에 미쳐 날뛰는 듯했지만, 파도가 가장 격렬하게 미쳐 날뛰는 곳은 모스쾨와 해안 사이였다. 거기서는 넓은 곳에 가득 찬 물이 갈라져서 수많은 수로가 되어 서로 부딪쳤으며, 급격하게 미친 듯이 경련을 일으켰고 ―솟아오르고, 역류하고, 소리를 내며 ―거대하고 헤아릴 수 없이 많은 소용돌이가 되어 선회하고, 낙하하는 폭포라고 밖에 볼 수 없는 속도로 모든 것이 동쪽을 향해서 맴돌며 돌진해가고 있었다.

그리고 2, 3분 정도 더 지나자 눈앞의 풍경에 새롭고 근본적인 변화가 일어났다. 해면 전체가 지금까지보다 어느 정도 잠잠해지면서 소용돌이는 하나하나 사라지고 그때까지 아무것도 보이지 않던 곳에 엄청나게 커다란 거품의 줄기가 나타나기 시작했다. 이들 거품의 줄기는 아주 멀리까지 뻗어서 서로 하나가 되었고 한동안 잠잠했던 소용돌이의 선회운동이 새로이 시작 되어 또 다른 거대한 소용돌이의 싹을 형성하는 듯했다. 갑자기 ―아주 갑자기― 그것이 뚜렷한 형태를 갖추더니 직경 1마일 이상이나 되는 원이 되었다. 그 소용돌이의 가장자리는 폭이 넓은 띠 형태의 반짝이는 포말이 되었는데 그 포말은 단 한 방울도 그 무시무시한 깔때기의 입으로 떨어지지 않았다. 깔때기의 내부는 전부 매끈매끈하게 빛나는 검은 구슬과 같은 물의 벽을 이루고 있었는데 수평선에 대해약 45도 각도로 기울어져 흔들리고 몸부림치면서 빙글빙글 어지럽게 돌며, 나아가라 폭포가 괴로움에 몸부림치며 하늘을 향에 올리는 소리도 미치지 못할 정도의 비명과 성난 목소리가 뒤섞인 엄청난 소리를 부는 바람에 실어 보냈다.

발밑의 산은 뿌리까지 떨었으며 바위는 흔들렸다. 나는 온 몸의 털이 곤두서는 듯한 느낌이 들어 땅바닥에 엎드려 듬성듬성 자란 풀을 움켜쥐었다.

나는 간신히 입을 열어 노인에게 말했다.

"저게 바로 메일슈트롬의 큰 소용돌이라는 거겠죠?"

그가 말했다.

"때로는 그렇게 부르기도 하지만 우리 노르웨이 사람들은 가운데 있는 모스쾨 섬의 이름을 따서 모스쾨 슈트롬이라고 부릅니다."

이 소용돌이에 대한 웬만한 기록을 읽어도 내가 직접 눈으로 본 것에 대한 예비지식은 절대로 되지 못할 것이다. 요나스 라무스의 기록은 틀림없이 가장 왜곡된 것일 테지만, 이 광경의 장엄함과 무시무시함 ―보는 사람을 깜짝 놀라게 만드는 이상한 풍경의 거칠고 압도적인 느낌은 조금도 전달해주지 못한다. 그 저자가 어느 지점에서, 또 언제 이 광경을 바라본 것인지는 모르겠지만 틀림없이 헬제겐 산의 정상에서 보지는 않았을 것이며, 폭풍이 불 때 본 것도 아니었을 것이다. 그의 기록은 이 광경이 주는 인상을 전달하기에는 너무나도 효과적이지 못한 것이지만, 자세하게 묘사했다는 점에서 여기에 인용할 만한 가치는 어느 정도 가지고 있다.

그는 이렇게 적었다.

「로포든과 모스쾨 사이는 수심이 서른여섯 길에서 마흔 길에 이
르는데 다른 쪽, 즉 바(바르)에 가까워져 감에 따라서 점점 깊이가
줄어들기 때문에 배도 항해하지 못하게 되며, 암초에 부딪쳐 선체
가 부서질 위험이 있는데 그런 사고는 날이 좋은 때에도 일어난다.
만조 때에는 조류가 굉장한 속도로 로포든과 모스쾨 사이의 수역
에서 들끓는다. 조류가 맹렬하게 바다 쪽으로 밀려나갈 때 진동하
는 소리는, 고막이 터질 것 같이 무시무시하고 커다란 폭포도 여기
에는 미치지 못할 것이며 그 울림은 몇 리그 떨어진 곳에서도 들린
다. 소용돌이, 다시 말해서 해면의 패임은 극히 크고 깊은 것이기
때문에 배가 소용돌이의 흡인력 권내에 들어가면 벗어나지 못하고
빨려 들어가 해저에 다다르며 거기서 바위에 부딪쳐 산산조각이
나고 소용돌이의 힘이 약해지면 배의 파편이 해면 위로 내던져진
다. 하지만 이처럼 조용해지는 것은, 밀물과 썰물이 바뀔 때, 그것
도 기후가 좋을 때에 한해서만 일어나는 일로 겨우 15분 정도 계
속되다 해면은 다시 술렁대기 시작한다. 조류가 가장 격렬하고 폭
풍 때문에 더욱 맹위를 떨칠 때 소용돌이 주위 1노르웨이 마일(약
1km - 역주) 이내로 접근하는 것은 위험한 일이다. 그 권내에 빨려들
기 전에 경계를 게을리 해서 소용돌이에 휘말린 보트나 요트, 배가
한두 척이 아니다. 고래 떼가 소용돌이에 너무 가까이 접근해서 그
위세에 휩싸이게 되는 일도 흔히 볼 수 있다. 그때 조류에서 벗어
나기 위해 헛되이 몸부림치는 고래 떼의 포효와 절규는 말로 표현

하기 어렵다. 예전에 곰 한 마리가 로포든에서 모스쾨로 헤엄쳐 건너려다 조류에 휩쓸려 해저까지 딸려간 적이 있었는데 당시 곰이 내지른 섬뜩한 비명은 육지에서도 들을 수 있을 정도였다고 한다. 커다란 단풍나무나 소나무 줄기가 조류에 휩싸였다가 다시 해면으로 떠오르면 완전히 산산조각 나서 일대에 강모(剛毛)가 자란 것처럼 보인다. 이 사실로부터도 명백하게 소용돌이의 밑바닥은 거친 바위로 이루어져 있어 나무줄기는 이들 바위 사이를 이쪽저쪽으로 끌려다니게 된다는 사실을 알 수 있다. 이 조류는 바다의 간만에 지배를 받고 있다. ―즉, 6시간 간격으로 만조가 됐다가 간조가 된다. 1645년 사순절의 두 번째 일요일의 이른 아침에는, 조류가 굉음을 울리며 격렬하고 거칠게 날뛰었기 때문에 해안에 있는 집들의 돌까지도 무너져내릴 정도였다.」

앞의 인용문에 등장하는 물의 깊이에 대해서 말해보자면, 어떻게 소용돌이 바로 근처에서 깊이를 확인할 수 있었는지 나는 짐작도 하지 못하겠다. '마흔 길'이라고 한 것은, 모스쾨나 로포든의 해안 가까운 곳에 있는 좁은 해협 부분에 대해서만 말한 것이리라. 모스쾨 슈트롬의 중심부는 이보다 훨씬 더, 측량할 수도 없을 만큼 깊을 것임에 틀림없다. 헬제겐 정상의 험한 바위에서 그 소용돌이의 심연을 비스듬하게 한 번 보는 것만으로도 충분히 그것을 증명할 수 있을 것이다. 이 산의 정상에 서서 발밑에서 울부짖는 '플레기슨(불이 흐르는 저승의 강 - 역주)'을 내려다보았을 때 나는 고래나 곰의 이야기를 믿기 어려운 얘기라는 식으로 기술한 요나스

라무스 씨의 소박함에 미소를 금할 길이 없었다. 실제로 현존하는 최대의 전함이라 할지라도 저 무시무시한 흡인력의 사정권 안에 들어가면 태풍 속의 새털처럼 꼼짝없이 배 전체가 순식간에 물 속으로 빨려 들어갈 것이라는 사실을 내 눈으로 직접 확인했기 때문이었다.

이 현상을 밝히려고 한 몇 가지 시도는 ─ 그 중 어떤 것은 읽으면서 수긍을 한 것도 있었지만 ─ 지금 생각해보면 그 때와는 달리 불만족스러운 것이 되어버렸다. 일반적으로 받아들여지고 있는 설에 의하면, 이 소용돌이는 페로 군도 속에서 일어나는 이보다 조그만 세 개의 소용돌이와 마찬가지로 '그 원인은 만조와 간조 때 이동하는 해수가 바위나 암초의 능선에 충돌해서 일어나는 것으로 이 때문에 해수는 흐름에 방해를 받기 때문에 폭포처럼 수직으로 떨어지는 것이다. 따라서 밀물의 높이가 높을수록 더욱 깊이 낙하하게 될 것이며, 그에 따른 당연한 결과로 소용돌이가 발생하는 것이다. 소용돌이의 흡인력이 얼마나 강한지는 아주 간단한 실험만으로도 잘 알 수 있다.' ─이것은 '대영백과사전'의 설명이다. 킬헤르와 그 외의 학자들은 이 메일슈트롬 해협의 중심부에 지구를 관통하여 아주 먼 곳─보스니아 만과 연결되어 있다고 조금 단정적으로 말하고 있다─과 연결되어 있는 심연이 존재한다고 상상하고 있다. 이런 견해는, 그 자체로는 근거가 없는 것이지만 가만히 소용돌이를 바라보고 있으면 내 상상력이 가장 쉽게 동의할 수 있는 견해인 것처럼 느껴진다. 그래서 이 사실을 안내인에게 얘기해 봤더니 조금 놀랍게도 안내인은, 노르웨이 사람들은 대부분 그런 견해를 가지고 있지만 자신은 다르게 생각한다는 것이었다. 앞서 말한 백과사전의 설명을 자신은 이해할 수 없다고 그는 말했는데 그 점에 있어서는 나도 그와 의견을 같이 했다. —왜냐하면 이론상 으로는 제 아무리 결정적인 견해라 할지라도, 이렇게 심연의 울림 한가운데 앉아 있으면 그것이 전혀 이해할 수 없는, 아니 바보스럽 기 짝이 없는 것으로 보이기 때문이었다.

노인이 말했다.

"이제 소용돌이를 실컷 보셨겠죠? 이 바위를 가만히 돌아 바람 이 불어오지 않고 바다의 울림이 들려오지 않는 곳으로 가서 나리 께 한 가지 말씀드리도록 하겠습니다. 그것을 들으면 제가 메일슈 트롬에 대해서 조금은 알고 있는 것도 당연한 일이라고 납득하실 수 있을 겁니다."

말한 곳으로 자리를 옮기자 그가 이야기를 시작했다.

"저와 두 형제는 당시 70톤 정도를 선적할 수 있는 쌍돛대가 달 린 어선을 한 척 가지고 있었는데 그 배를 타고 모스쾨 너머, 바르 근처에 있는 섬들 사이에서 고기를 잡았습니다. 그럴 배짱만 있다 면, 바다의 소용돌이가 심하게 치는 곳에서는 물때만 잘 맞추면 굉 장한 양의 고기를 잡을 수 있습니다. 따라서 로포든의 모든 어부 중에서 지금 말씀드린 섬들이 있는 곳까지 가는 것은 저희 삼형제 뿐이었습니다. 다른 사람들이 가는 어장은 그보다 훨씬 더 남쪽에 위치한 곳으로 거기서는 그다지 커다란 위험도 없이 언제나 고기 를 잡을 수 있기 때문에 그쪽으로들 가는 것입니다. 하지만 그보다 훨씬 더 좋은 어장은 이쪽의 바위 사이에 있는 어장으로 고기의 종류뿐만 아니라 양도 훨씬 더 많습니다. 그렇기 때문에 저희는 다른 겁쟁이 어부들이 일주일 동안 잡아도 거두지 못할 어획량을 단 하루 만에 거둬들이곤 했습니다. 솔직히 말씀드리자면 저희는 도 아니면 모라는 식으로 일을 한 것인데 —고생을 하는 대신 목숨을 걸었으며, 자본을 투자하는 대신 담력으로 승부하자는 것이었습니다.

저희는 여기서 해안선을 따라 5마일 정도 거슬러 올라간 곳에 있는 만에 어선을 묶어두었습니다. 날씨가 좋은 날, 15분 동안 조류의 움직임이 멈출 때를 이용하여 모스쾨 슈트롬의 중심에서 훨씬 더 위쪽에 있는 해협까지 뚫고 들어가 오테르홀름이나 샌드플레겐 부근에 닻을 내립니다. 그곳은 소용돌이가 다른 곳처럼 심하지 않기 때문입니다. 저희는 언제나 다음 게조기(憩潮期)까지 그곳에 있다가 닻을 올려 집으로 돌아오곤 했습니다. 갈 때나 올 때, 옆에서 불어오는 바람이 끊임없이 불어올 때가 아니면 —저희가 돌아올 때까지 바람이 결코 멈추지 않을 것이라는 확신이 들지 않을 때면— 저희는 무슨 일이 있어도 배를 띄우지 않았는데 이 점에 대해서 잘못 예상한 적은 거의 없었습니다. 6년 동안 딱 2번, 커다란 물결 때문에 밤새도록 돛을 내리고 있어야만 했던 적이 있었지만 그 부근에서 그런 일이란 아주 찾아보기 힘든 일입니다. 한 번은 저희가 그곳에 도착하자마자 몹시 거센 바람이 불어와 해협이 거칠어졌기 때문에 도저히 건널 수가 없어서 일주일 동안이나 굶주림에 시달려가며 가만히 기다려야만 했던 적이 있었습니다. 그때는 저희 배가 —오늘은 여기에 있나 싶으면 내일은 사라져버리는— 헤아릴 수도 없는 역류 중 하나에 휩싸였고 그 덕분에 운 좋게도 플리멘의 바람이 잠잠한 곳에 닻을 내릴 수 있었기에 망정이지 그렇지 않았다면 틀림없이 바다로 떠밀려갔을 겁니다(왜냐하면 소용돌이에 배가 빙글빙글 돌아 닻줄이 배에 감겼고 거기에 질질 끌려다닐 판이었기 때문입니다).

저희는 그 '어장'—날씨가 좋은 날이라 할지라도 거기는 기분 나쁜 곳이었습니다—에서 여러 가지 어려움을 겪었지만, 그것의 20분의 1도 다 얘기할 수 없을 겁니다. 하지만 저희는 모스쾨 슈트롬의 위험한 부분만은 언제나 무사히 통과할 수 있었습니다. 때로는 게조기에 1분 전후로 늦거나 빨리 도착해서 등에 식은땀을 흘린 적이 있기는 합니다만. 출항할 때 생각했던 것만큼 바람이 강하게 불어주지 않는 적도 있었기 때문에 원하는 대로 배를 전진시킬 수 없는데다 조류 때문에 배를 조정할 수 없게 되는 때도 있었습니다. 형님에게는 18살짜리 아들이 있고, 제게도 튼튼한 아들이 둘 있습니다. 이럴 때 그 아이들이 있었다면 노를 젓는 데도 도움이 됐을 거고 후에 고기를 잡는 데도 상당한 도움이 됐을 겁니다.—하지만 어찌 된 일인지 저희 자신들은 위험한 일을 하면서도 젊은 것들에게는 위험한 일을 시킬 용기가 나질 않았습니다— 누가 뭐래도 결국은 매우 위험한 일인 것만은 틀림없는 사실이었기 때문입니다.

지금부터 말씀드리려는 일이 일어난 지도, 이삼 일만 더 지나면 꼭 삼 년째가 됩니다. 그것은 18xx년 7월 10일에 있었던 일입니다.—이 지방 사람들에게는 결코 잊을 수 없는 날입니다.—왜냐하면 지금까지 그 누구도 본 적이 없는 무시무시한 태풍이 들이닥친 날이기 때문입니다. 하지만 오전 내내, 아니 오후에도 늦게까지 산들바람이 끊임없이 남서쪽에서 불어왔고 태양도 찬란하게 빛나고 있었습니다. 그랬기 때문에 경험 많은 어부들도 잠시 후에 일어날 일을 전혀 예상하지 못했을 겁니다.

저희 세 명—두 형제와 저—은 오후 2시 무렵에 그 섬으로 건너갔고 얼마 지나지 않아서 배는 멋진 생선들로 가득 찼습니다. 저희 셋은 입을 모아 지금까지 이렇게 많은 고기를 잡아본 적은 없을 거라고 말했습니다. 제 시계로 정확히 7시가 되었을 때 닻을 올리고 집으로 돌아가기 시작했는데 게조기는 8시라는 사실을 알고 있었기 때문에 그때 슈트룀의 가장 위험한 곳을 지날 생각이었습니다.

저희는 좌현 후방에 강한 바람을 맞으며 출발하여 한동안은 쾌속으로 배를 달렸지만 위험이 기다리고 있을 것이라고는 꿈에도 생각지 못하고 있었습니다. 그런 걱정을 할 이유는 어디에도 없는 것처럼 보였습니다. 그런데 갑자기 헬제겐 너머에서 불어오는 산들바람이 반대방향에서 돛을 때렸습니다. 이건 거의 찾아볼 수 없는 일이었습니다. —적어도 그 이전까지는 단 한 번도 없었던 일이었습니다— 따라서 이유는 알 수 없었지만 조금씩 불안해지기 시작했습니다. 바람을 옆으로 받으며 돛을 활짝 펴봤지만 배는 소용돌이 쪽으로 조금도 나가지 않았습니다. 그래서 저는 어장의 닻을 내렸던 곳으로 다시 되돌아가자고 말하려고 했는데, 그 순간 배의 뒤쪽을 보니 수평선 전체가 묘한 암적색 구름으로 뒤덮여 있었고 그 구름이 놀랄 만한 속도로 퍼져가고 있었습니다.

그러는 동안 배의 앞에서 불어오던 바람마저 그쳐 배는 완전히 항해불능 상태에 빠져 이리저리 떠다니게 되었습니다. 그런데 그런 사태는 저희가 그 사실을 미처 깨닫기도 전에 변하고 말았습니다. 1분도 지나지 않아서 폭풍이 들이쳤고 ―2분도 지나지 않아서 하늘은 완전히 구름에 뒤덮였고 ―게다가 몰아치는 포말 때문에 갑자기 주위가 어두워졌기 때문에 배 안에서 서로의 얼굴조차도 볼 수 없었습니다.

그때의 태풍이 얼마나 끔찍한 것이었는지 말로 표현하려 한다는 건 어리석은 짓일 겁니다. 노르웨이의 어부 중 가장 나이 든 사람이라 할지라도 그런 태풍을 만나지는 못했을 겁니다. 저희는 폭풍이 닥치기 전에 돛 줄을 느슨하게 해놨었는데 처음 바람이 불어오자마자 돛대는 두 개 모두 톱으로 썰어놓은 것처럼 부러져서 배 옆쪽으로 날아가 버렸습니다. ―동생이 자신의 안전을 위해서 큰 돛대에 몸을 묶어두었었는데 돛대와 함께 날아가 버렸습니다.

저희 배는 마치 해면 위에 떨어진 깃털과도 같았습니다. 갑판은 전체적으로 평평했으며 앞부분에만 한 군데 창구(艙口)가 있었습니다. 슈트롬을 건널 때는 삼각파도를 조심해야 했기 때문에 늘 창구의 문을 닫아둡니다. 그렇게 하지 않았다면 배는 바로 침몰했을 겁니다. ―워낙 눈 깜빡할 사이에 배 전체가 완전히 물을 뒤집어썼으니까요. 형님이 어떻게 목숨을 구했는지 저는 알지 못합니다. ―확인할 기회조차도 없었기 때문입니다. 저는 앞쪽 돛대의 돛을 느슨하게 하자마자 바로 갑판에 몸을 엎드려 배의 앞에 있는 좁은 선체에 양쪽 발을 대고 몸을 지탱한 뒤 두 손으로 앞쪽 돛대 밑에 달린 고리가 달린 볼트를 꽉 쥐었습니다. 제가 왜 그런 행동을 취했는가 하면 —틀림없이 이보다 더 좋은 방법은 없었습니다만— 그건 본능적이었다고 밖에는 달리 설명할 길이 없습니다. —워낙 당황했기 때문에 생각이고 자시고 할 여유가 없었습니다.

조금 전에 말씀드린 것처럼 배는 삽시간에 완전히 물을 뒤집어 쓰고 말았습니다. 그 동안 저는 숨을 멈추고 볼트를 꽉 쥔 채로 있었습니다. 더 이상 참을 수 없어서 두 손으로 볼트를 꽉 쥔 채로 무릎을 꿇어 몸을 일으켰더니 얼굴이 물 밖으로 나왔습니다. 곧 저희의 조그만 배는 물에서 나온 개처럼 몸을 한 번 흔들어 얼마간의 물을 털어냈습니다. 이렇게 해서 간신히 잃었던 정신을 되찾은 저는 마음을 가라앉히고 무슨 수단을 강구해야겠다고 생각하고 있는데 누군가가 제 팔을 잡은 것 같은 느낌이 들었습니다. 그쪽을 바라보니 형님이었습니다. 너무 기뻐서 가슴이 뛰었습니다. 틀림없이 바다로 휩쓸려갔을 거라고 생각하고 있었으니까요. —그런데 다음 순간, 그 기쁨은 완전히 공포로 변해버렸습니다. —형님이 내 귀에 입을 대고 단 한마디, '모스쾨 슈트롬이다.' 라고 쉰 목소리로 외쳤기 때문이었습니다.

그 순간 제가 어떤 기분이었는지 아무도 모를 겁니다. 마치 극심한 학질의 발작에 걸린 사람처럼 머리끝부터 발끝까지 부들부들 떨려왔습니다. 그 한마디만으로도 형님이 무슨 말을 하려는 건지 저는 잘 알 수 있었습니다. —형님이 제게 무엇을 가르쳐주려 했던 것인지 잘 알고 있었습니다. 지금 배를 내몰고 있는 바람 때문에 우리는 슈트롬의 소용돌이를 향해 가고 있다, 그리고 더 이상 살아날 가능성은 없다!

조금 전에 말씀드린 것처럼, 슈트롬의 해협을 건널 때는 아주 날씨가 좋은 날이라도 언제나 소용돌이의 가장자리를 돌아서, 그리고 철저하게 시간을 계산해서 게조기를 기다렸다 건너야 합니다. ―그런데 소용돌이의 심연을 향해서 정면으로 돌진해 들어가고 있는 것이었습니다. 그것도 그처럼 강력했던 태풍 속에서! 이런 생각이 들었습니다. '틀림없이 우리는 게조기에 거기에 다다를 것이다. ―그렇다면 살아남을 가능성이 전혀 없지는 않아.' ―하지만 다음 순간, 그런 소망을 꿈꾸다니 어리석은 자신을 저주하지 않을 수 없었습니다. 가령 저희 배가 90문의 대포를 실은 전함의 열 배 만한 크기였다 할지라도 안전할 리 없다는 사실을 깨닫게 되었던 것입니다.

그때까지 처음 불어왔던 폭풍의 맹위는 어느 정도 가라앉아 있었습니다. ―아니, 그보다는 폭풍에 밀려 질주하고 있었기 때문에 그다지 맹렬하다고는 느끼지 못했다고 하는 편이 옳겠습니다. 어쨌든 처음에는 바람에 눌려서 평평하게 거품을 일으키고 있던 바다가 이번에는 마치 산더미처럼 솟아오르기 시작했습니다. 그리고 하늘이 이상하게 바뀌기 시작했습니다. 어디를 바라봐도 먹물을 뿌려놓은 것처럼 아직 새카맸지만 머리 위 부근에 둥근 구멍이 뻥 뚫린 것처럼 갑자기 파란 하늘이 보이기 시작했습니다. ―더할 나위 없이 맑았고 ―선명한 감청색이었습니다― 거기를 통해서 지금까지 본 적이 없는 빛을 띤 보름달이 반짝반짝 빛나고 있었습니다. 주위에 있는 모든 것을 뚜렷하게 비추고 있었는데 ―거기에 비친 모습이란!

그때 저는 형님에게 몇 번이고 말을 걸어보려 했는데 ─어떻게 된 일인지 알 수는 없지만 무엇인가 귀를 막아버리는 듯한 소리가 더욱 높아졌기 때문에 형님의 귓가에 대고 힘껏 소리 질러 보아도 한마디도 알아듣지 못하는 듯했습니다. 잠시 후, 형님은 죽은 사람처럼 창백한 얼굴로 머리를 흔들며 '잘 들어봐!' 라고 말하듯 손가락을 하나 펴 보였습니다.

처음에는 형님이 무슨 말씀을 하시는 건지 알 수 없었지만, ─곧 온몸의 털이 곤두설 것만 같은 생각이 제 머리 위에 떠올랐습니다. 저는 바지의 시계를 넣는 주머니에서 시계를 꺼내보았습니다. 멈춰 있었습니다. 달빛에 문자판을 비춰본 저는 시계를 바다 멀리로 집어던진 뒤 울음을 터트렸습니다. 시계는 7시에서 멈춰 있었습니다! 게조기를 놓쳤기 때문에 그때 슈트롬의 큰 소용돌이는 미친 듯이 날뛰고 있었습니다!

배가 튼튼하고, 잘 수리가 되어 있으며, 실은 물건도 그다지 무겁지만 않다면 파도라는 녀석은 강한 질풍이 불어도 바람을 등지고 달릴 때는 ─육지 사람들에게는 이상하게 들릴지도 모르겠지만─ 마치 배 밑을 미끄러져가는 것처럼 느껴지는 법입니다. ─뱃사람들은 이걸 파도를 탔다고 말합니다.

그때까지 저희는 다행스럽게도 파도를 타고 있었지만, 얼마 지나지 않아서 엄청나게 커다란 파도가 저희 배의 뒤쪽 돌출부의 바로 밑에 부딪쳐 배를 높이, 높이 ─마치 하늘까지 끌어올리려는 듯 흔들어 올렸습니다. 파도가 그렇게 높이까지 올라갈 수 있다니, 저는 도저히 믿을 수가 없었습니다. 그리고 이번에는 슥 미끄러지듯,

무엇인가를 찌르듯 배가 밑으로 떨어졌기에 높은 산 정상에서 떨어지는 꿈을 꿀 때처럼 가슴이 울렁거리고 눈앞이 핑 돌았습니다. 그런데 배가 높은 곳에 있을 때 저는 서둘러 주위를 둘러보았습니다. ―그리고 한 번 둘러보는 것만으로도 충분했습니다. 바로 배의 정확한 위치를 알 수 있었습니다. 모스쾨 슈트룀의 큰 소용돌이는 저희의 바로 정면 4분의 1마일 정도 떨어진 곳에 있었습니다. ―그런데 당시의 모스쾨 슈트룀은 평소와는 전혀 다른 모습을 띠고 있었습니다. 지금 나리가 보고 계신 저 소용돌이가 물레방아를 돌리는 흐름과는 전혀 다른 것처럼 말입니다. 배의 위치와 앞으로 저희를 기다리고 있는 것이 무엇인지 몰랐다면 그것이 저 소용돌이라고는 깨닫지 못했을 겁니다. 하지만 그 모든 것을 알고 있었기 때문에 저는 완전히 공포에 질려서 눈을 감았습니다. 눈꺼풀은 경련이라도 일으킨 것처럼 찰싹 달라붙어 버렸습니다.

그로부터 2분도 지나지 않아서 갑자기 파도가 잠잠해진 느낌이 들더니 거품이 주위를 둘러쌌습니다. 배는 좌측으로 날카롭게 반회전을 하더니 새로운 방향을 향해서 번개처럼 돌진해가기 시작했습니다. 그와 동시에 해수의 울림은 날카로운 외침과도 같은 소리에 완전히 묻혀버렸습니다. ―수천 개나 되는 증기 가마가 송수관으로 일제히 증기를 내뿜을 때 나는 소리 같았습니다. 배는 소용돌이를 일으키는 파도의 띠 속에 있었습니다. 잠시 후면 소용돌이의 심연 속으로 빠져 들어갈 것이라고 저는 생각했습니다. 배가 엄청난 속도로 빙글빙글 맴돌았기 때문에 그 심연 속은 희미하게 밖에 보이지 않았습니다. 배는 물 속에 잠길 것 같지 않았으며, 파도의 표면을 기포처럼 스쳐지나가는 것 같았습니다. 배의 오른쪽은 소용돌이에 접근해 있었으며, 왼쪽으로는 조금 전에 빠져나온 태양이 솟아 있었습니다. 바다는 저희와 수평선 사이에서 몸부림치는 거대한 벽처럼 솟아 있었습니다. 이상하게 들릴지도 모르겠지만, 그렇게 심연 속으로 빨려 들어갈 것 같은 상황에 접하고 보니 그곳으로 조금씩 다가갈 때보다 오히려 마음이 차분해지는 것을 느낄 수 있었습니다. 더 이상 희망을 품지 않겠다고 결심하자 처음 저를 짓누르고 있던 공포심도 상당히 옅어졌습니다. 절망이 마음을 다 잡아준 것 같았습니다.

이렇게 말씀드리면 자랑 같지만, ─솔직히 말해서─ '이런 죽음을 맞이하게 되다니 얼마나 멋진 일인가? 저렇게 신비스러운 신의 힘 앞에서 일개 자신의 목숨을 아끼다니 그 얼마나 어리석은 일인가?' 라고 저는 생각했습니다. 그 생각이 머리에 떠오른 순간 저는 부끄러움에 얼굴이 붉어졌습니다. 잠시 후, 저는 소용돌이에 대해 강한 호기심을 느끼게 되었습니다. 틀림없이 나는 죽을 것이지만, 목숨을 희생해서라도 이 소용돌이의 밑바닥을 마음껏 즐겨보고 싶다는 소망을 확실하게 품게 되었습니다. 그리고 앞으로 보게 될 신비에 대해서 뭍에 있는 오랜 친구들에게 들려줄 수 없다는 사실이 가장 커다란 슬픔으로 다가왔습니다. 그런 궁지에 몰린 사람이 그런 생각을 품다니, 정말 알 수 없는 일입니다. ─나중에 가만히 생각해봤는데 배가 심연 주위를 선회할 때 머리가 이상해진 걸지도 모르겠습니다.

또 다른 한 가지 사실이 작용했기에 마음의 평안을 되찾을 수 있었습니다. 그것은 바람이 멈췄다는 사실입니다. 그때 저희가 있던 곳으로는 바람이 더 이상 불어올 수 없는 상황이었습니다. ―나리도 아시겠지만 소용돌이의 띠는 넓은 대양보다 상당히 낮기 때문에 바다는 제 머리 위에, 높고 검은 산의 능선처럼 솟아 있었습니다. 질풍이 날뛰는 날에 바다에 나가본 경험이 없으면 바람과 포말이 하나가 되어 얼마나 사람의 마음을 흔들어놓는지 조금도 알지 못할 겁니다. 그 때문에 눈은 보이지 않게 되고 귀는 들리지 않게 되고 숨은 막히며 아무것도 할 수 없고 아무것도 생각할 수 없게 됩니다. 하지만 저희는 그때 그런 괴로움은 거의 겪지 않았습니다. ―마치 사형을 선고받은 옥중의 죄인이, 형을 선고받기 전에는 금지 당했던 사소한 일을 형을 받은 후에는 해도 좋다고 특별허락을 받은 것과 같은 것이라 할 수 있을 겁니다.

그 소용돌이의 띠 위를 몇 바퀴나 돌았는지 셀 수도 없었습니다. 배는 떠 있다기보다는 나는 듯이 한 시간 정도 빙글빙글 돌면서 점점 소용돌이의 중심으로, 그리고 그 무시무시한 내부의 가장가리로 들어갔습니다. 형님은 배의 뒤쪽에 있는 조그만 물통에 찰싹 들러붙어 있었는데 그 통은 배의 뒤쪽 돌출부에 있는 고기를 담는 바구니 밑에 튼튼하게 묶여 있었기 때문에 처음 배가 질풍의 습격을 받았을 때 갑판 위에 있던 물건은 모두 바다로 날아가 버렸지만 그것만은 남아 있었습니다. 배가 심연의 가장자리로 접근해가자 형님은 그 통에서 떨어져 이번에는 볼트를 잡으려고 했는데 공포에 질린 나머지 제 손을 볼트에서 억지로 떼어내려 했습니다. 두 사람이서 꼭 붙들고 있기에는 너무 작았기 때문입니다. 그런 행동을 하는 형님의 모습을 볼 때처럼 슬픔을 느꼈던 적도 없었습니다. —그런 행동을 하는 형님이 미친 사람과 별반 다를 바 없다는 사실, 완전히 겁에 질려서 미친 듯이 날뛰는 광인에 지나지 않는다는 사실을 알고는 있었지만 말입니다. —두 사람 중 누가 볼트를 잡든 결국은 마찬가지라는 사실을 알고 있었기 때문입니다. 그래서 저는 형님에게 볼트를 양보하고 배의 뒤쪽 통이 있는 곳으로 걸어갔습니다. 그렇게 걷는 일은 특별히 어려운 일도 아니었습니다. 왜냐하면 배는 안정된 상태에서 수평을 유지한 채 날아가듯 맴돌고 있었기 때문이었습니다. —단 소용돌이가 크게 급전하거나 몸부림을 치는 것에 맞춰서 이쪽저쪽으로 천천히 흔들릴 뿐이었습니다. 저희가 새로운 장소로 떨어질락 말락 할 때 배가 오른쪽으로 급격히 기울더니 심연을 향해서 거꾸로 처박혀 들어갔습니다. 저는 서둘러 신에게 기도를 올린 뒤, 모든 것이 끝이라고 생각했습니다.

배가 밑으로 쑥 가라앉을 때 울렁거림이 느껴지자 저는 본능적으로 통에 더욱 세게 달라붙어서 눈을 꼭 감았습니다. 그리고 몇 초 동안은 눈을 뜰 용기도 내지 못했습니다. —그런데 이제 곧 죽는다, 죽는다고 생각하고 있었는데 이상하게도 제가 물 속에서 필사적으로 허우적거리고 있다는 느낌은 없었습니다. 시간은 점점 흐르는데 저는 아직도 살아 있었습니다. 떨어지고 있다는 느낌도 더 이상 들지 않았습니다. 배의 움직임은 전에 소용돌이의 가장자리에 있을 때와 달라진 것이 없었습니다. 전보다는 선체가 옆으로 더 기울어져 있었을 뿐이었습니다. 저는 용기를 내서 다시 한 번 주위를 둘러보았습니다.

그렇게 주위를 둘러봤을 때 느낀 외경과 공포와 찬탄은 평생 잊지 못할 겁니다. 배는 거대한 원주와 측량할 수 없는 깊이를 가진 깔때기 안쪽 벽의 중간쯤에 무슨 마법에라도 걸린 것처럼 매달려 있는 것 같았습니다. 깔때기의 매끄럽기 짝이 없는 벽면은, 눈이 돌아갈 만큼 빠른 속도로 빙글빙글 돌고 있지 않았다면, 또 기분 나쁜 희뿌연 빛을 발하고 있지 않았다면 흑단이라고 잘못 알아볼 정도였습니다. 조금 전에 말씀드렸던 구름의 둥근 구멍 사이로 보름달이 깔때기의 벽면에 찬란한 황금빛을 쏟아 붓고 있었고 그 빛은 까마득한 심연의 가장 깊은 곳까지 비추고 있었습니다.

처음 저는 완전히 절망감에 빠져 있었기 때문에 무엇 하나 눈에 들어오지 않았습니다. 갑자기 눈앞에 펼쳐진 황홀할 정도의 장려함. —그것만이 제 눈에 들어왔습니다. 하지만 마음이 조금 진정되자 저의 시선은 본능적으로 밑을 향했습니다. 배는 이미 소용돌이의 경사면에 접어들어 있었기 때문에 그쪽은 그 무엇의 방해도 받지 않고 내려다볼 수 있었습니다. 배는 완전히 수평을 유지하고 있었습니다. —즉, 갑판이 수면와 평행을 이루고 있었던 것입니다. —하지만 그 수면이 45도 이상 기울어져 있는 것이니 선체는 옆으로 쓰러진 것과 다를 바 없는 상황이었습니다. 그런 상황이었음에도 불구하고 배가 수평이었을 때와 마찬가지로 편안하게 통을 붙잡고 다리로 버티고 서 있을 수 있다는 사실을 깨달았습니다. 아마 배가 빙글빙글 맴도는 속도가 빨랐기 때문인 것 같았습니다.

달빛은 심연의 밑바닥까지 비추고 있는 듯했습니다. 하지만 주위의 모든 것을 감싸고 있는 짙은 안개 때문에 무엇 하나 확실하게 볼 수는 없었습니다. 그 안개 위로는 회교도들이 '시간'과 '영원' 사이를 잇는 유일한 통로라고 부르는 좁고 위험한 다리를 연상시키는 장려한 무지개가 걸려 있었습니다. 그 안개, 혹은 포말은 틀림없이 깔때기의 거대한 벽면이 바닥에서 만나 서로 부딪칠 때 생기는 것일 겝니다. —하지만 그 안개에서 하늘을 향해 솟아오르는 절규는 붓으로도 입으로도 표현할 수 없을 겁니다.

소용돌이의 가장자리에 있는 거품의 띠에서 심연 자체로 처음 미끄러져 들어갔을 때, 배는 경사면을 상당히 먼 곳까지 낙하해 들어갔지만 거기서부터의 낙하는 결코 격렬하지 않았습니다. 배는 빙글빙글 맴돌았지만 언제나 같은 속도로 움직이지는 않았습니다. 현기증이 날 정도로 질주하기도 하고, 경련적으로 움직이기도 하고, 때로는 2, 3백 야드밖에 전진하지 않았는가 싶으면, 소용돌이를 단번에 거의 일주해버릴 만큼 빨리 달릴 적도 있었습니다. 한 바퀴 돌 때마다 배가 천천히 낙하해가고 있다는 사실을 분명하게 알 수 있었습니다.

그렇게 배를 움직이고 있는, 흐르는 흑단의 넓은 들판을 바라본 순간 그 소용돌이에 안겨 맴돌고 있는 것은 저희 배만이 아니라는 사실을 알게 되었습니다. 위아래로 배의 파편과 건축용재의 커다란 덩어리와 나무줄기 등이, 그 외의 수많은 작은 물건, 예를 들자면 가구의 파편이나 부서진 상자나 통이나 판자 등과 함께 눈에 띄었습니다. 처음에 느꼈던 공포심은 사라지고 대신 이상한 호기심이 피어올랐다는 사실은 조금 전에 말씀드렸습니다. 무시무시한 파멸에 다가가면 다가갈수록 그 호기심은 더욱 깊어만 갔습니다.

그래서 저는 저희와 함께 흐르고 있는 많은 물건들을 기묘한 흥미를 갖고 관찰하기 시작했습니다. 그런 물건들이 밑쪽의 거품을 향해서 제 각각 다른 순서로 떨어져가는 것을 미리 맞춰보는 일에서 즐거움을 찾으려고까지 했으니 아무래도 저는 미쳐 있었던 듯합니다. 때로는 '다음에는 틀림없이 저 단풍나무가 무시무시한 심연으로 떨어져 보이지 않게 될 거야.' 라고 중얼거렸습니다. —그런데 네덜란드 상선에서 떨어진 물건이 그것을 따라잡아 먼저 심연에 떨어지는 것을 보고 실망을 하기도 했습니다. 이렇게 순서 맞추기를 몇 번 해봤는데 그것이 전부 틀리고 난 뒤에야 드디어 —그 사실—내가 언제나 헛다리를 짚었다는 사실이 제게 여러 가지 생각을 하게 했고 그러자 다시 손발이 떨려오며 심장이 격렬하게 뛰기 시작했습니다.

제가 그런 상태에 빠진 것은 새로운 공포를 느꼈기 때문이 아니라 가슴 떨리는 희망의 빛이 비치기 시작했기 때문이었습니다. 그 희망은 첫째로 기억에서, 둘째로는 눈앞의 풍경에 대한 관찰에서 온 것이었습니다. 모스쾨 슈트롬에 빨려 들어갔다가 다시 해면으로 던져져 로포든 해안에 흩어져 있던 여러 가지 잡다한 부유물들을 생각해냈습니다. 그것들의 대부분은 산산조각이 나 있었지만—완전히 까지고 거칠거칠해져서 전면에 가시가 돋은 것처럼 보입니다— 몇몇 형태가 조금도 손상되지 않은 것들도 있었다는 사실을 확실하게 떠올렸습니다. 그런데 그런 차이가 생기는 이유로 생각할 수 있는 것은, 거칠거칠해진 파편은 소용돌이 속으로 완전히 빨려 들어갔던 것이며, 그렇지 않은 것은 늦게 소용돌이에 빨려 들어갔거나 소용돌이에 빨려 들어간 뒤 어떤 이유로 천천히 낙하했기 때문에 밑으로 떨어지기 전에 조류가 만조나 간조로 바뀌는 시간을 맞이했기 때문이라는 것뿐이었습니다. 어떤 경우든 이들 물건은 좀 더 이른 시기에 소용돌이에 빨려 들었거나, 좀 더 빨리 바닥으로 떨어진 파편이 맞은 운명을 맞지 않은 채 해면으로 다시 떠오른 것이라는 해석도 성립이 된다고 저는 생각했습니다. 그리고 저는 세 가지 중요한 사실을 관찰했습니다. 첫 번째, 일반적으로 물체가 크면 클수록 하강하는 속도도 빠르다는 사실. ―두 번째, 같은 크기의 두 개의 물체 중 하나는 구형이고 다른 하나는 그 외의 다른 형태인 경우, 하강하는 속도는 구형인 물체가 더 빠르다는 사실. ―세 번째, 같은 크기의 두 개의 물체 중 하나는 원통형이고 다른 하나는 그 외의 다른 형태인 경우, 원통형의 물체가 더 천천히 빨려 들어간다는 사실입니다. 저는 목숨을 건진 뒤에 이 근처 학교에 계시는 나이 든 선생님과 이 문제에 대해서 몇 번 이야기를 나눈 적이 있었습니다. 그 선생님께 '원통형'이라든가 '구형'이라는 말의 사용법을 배웠습니다. 그 선생님께서, 제가 관찰한 내용은 표류하는 파편의 모양에서 오는 당연한 결과라고 설명해주셨습니다. ―설명의 자세한 내용은 잊어버렸지만― 그리고 소용돌이 속에서 부유하는 원통형의 물체는, 같은 크기라면 그 외의 어떤 형태의 물체보다도 소용돌이의 흡인력에 대한 저항력을 가지고 있기 때문에 훨씬 더 늦게 빨려 들어간다는 사실을 가르쳐주셨습니다.

이러한 관찰을 내게 강요하고, 또 그 결과를 이용하고 싶다는 기분을 들게 한 한 가지 놀라운 사실이 있었습니다. 그것은 바로 ―

소용돌이를 돌 때마다 배는 통이나 배의 돛대 위의 활대나 돛대와 같은 것들의 곁을 스쳐 지나갔는데 이들 물건들의 대부분이 제가 처음 눈을 뜨고 소용돌이의 놀라운 광경을 건너다봤을 때는 배와 같은 높이에 있었지만 그때는 배보다 훨씬 더 높은 곳에 위치해 있었으며, 그것도 원래 있던 위치에서 아주 조금밖에 움직이지 않은 것으로 보였다는 사실이었습니다.

저는 더 이상 무엇을 해야 할지 망설이지 않았습니다. 그때 내가 달라붙어 있던 통에 몸을 단단히 묶은 다음 배 뒤쪽 돌출부에서 통을 떼어내 통과 함께 바다 속으로 뛰어들어야겠다고 결심했습니다. 저는 손짓으로 형님의 주의를 끈 다음, 배 가까이에 떠 있던 통을 손가락으로 가리켜 제가 무엇을 하려는 것인지 형님에게 알려 주려 최선의 노력을 다했습니다. 형님은 간신히 제 계획을 알아차린 듯했지만 —알아차렸든 못 알아차렸든 형님은 '이젠 틀렸다.'는 듯 머리를 흔들며 고리가 달린 볼트에서 떨어지려 하지 않았습니다. 이미 형님이 계신 곳으로는 갈 수도 없었으며 소용돌이의 중심에 거의 다 와 있었기 때문에 더 이상 꾸물거릴 시간이 없었습니다. 그래서 애간장이 끊어지는 듯했지만 형님의 일은 운명에 맡기기로 하고 통을 배 뒤쪽 돌출부에 묶어두었던 밧줄을 사용하여 몸을 통에 묶고 한순간의 주저함도 없이 바다 속으로 뛰어들었습니다.

결과는 제가 원하던 그대로였습니다. 지금 나리께 이 이야기를 하고 있는 것은 다름 아닌 바로 저 —보시는 바와 같이 저는 이렇게 멀쩡히 살아 있으니, —나리는 이제 제가 어떻게 살아났는지도 아셨을 테고 —그러니 앞으로 제가 어떤 말을 할지도 전부 짐작하셨을 테니 ─이쯤에서 제 이야기는 얼른 정리하도록 하겠습니다. 배에서 뛰어내린 지 한 시간쯤 지났을까, 배는 제가 있는 곳보다 훨씬 더 아래까지 하강해 있었는데 두세 번 정도 연속으로 격렬하게 회전하더니 사랑하는 형님을 태운 채 밑의 혼란스러운 거품 속으로 그대로 떨어져 영원히 모습을 감췄습니다. 제가 몸을 묶은 통이 심연의 바닥과 처음 배에서 뛰어내린 곳의 중간쯤까지 하강했을 때 소용돌이의 모습에 커다란 변화가 일어났습니다. 거대한 깔때기의 벽의 경사가 점점 완만해지기 시작했습니다. 소용돌이가 도는 속도도 점점 느려졌습니다. 거품과 무지개가 서서히 사라졌으며 심연의 바닥이 천천히 올라오는 듯했습니다. 조금 전까지만 해도 모스쾨 슈트룀의 소용돌이가 있었던 곳의 위쪽, 로포든의 해안이 아주 잘 보이는 해면에 내가 떠올랐을 때, 하늘은 맑게 개어 있었으며 바람은 잔잔해졌고 보름달은 찬란하게 빛을 발하며 서쪽 하늘로 지려 하고 있었습니다. 게조기가 찾아온 겁니다. ─하지만 바다는 아직도 태풍의 여파로 산더미처럼 높은 파도를 일으키고 있었습니다. 저는 슈트룀의 해협 쪽으로 점점 떠밀려갔고 그로부터 몇 분 뒤에는 해안 부근까지 떠밀려 어부들의 '어장'에 도달할 수 있었습니다. 한 척의 배가 저를 구해줬지만 ─완전히 지쳐서─(위험에서 벗어난 그때는) 두려웠던 기억 때문에 입을 열지도 못했습니다. 저를 배 위로 끌어올린 것은 저의 오랜 친구로 매일 얼굴을 마주하던 녀석들이었습니다. ─그런데도 저승을 여행하고 돌아온 여행자와 같은 얼굴을 하고 있던 제 얼굴을 알아보지 못했습니다. 전날까지만 해도 범부채의 열매처럼 새카맣던 제 머리카락이 이렇게 새하얗게 변해버렸습니다. 녀석들의 말에 의하면 제 얼굴 전체가 변해버렸다고 합니다. 녀석들에게 제 얘기를 들려주었지만 ─믿어주지 않았습니다. 지금 이렇게 나리께도 이야기를 하고 있지만 ─로포든의 쾌활한 어부들처럼 나리도 제 얘기를 믿지 못하실 겁니다."

현혹시키다

스릿드여, 이것이 자네의 '찌르기'나 '지르기'라면 내게는 소용없는 것이다. (네드 놀즈)

리츠나 폰 융 남작은 헝가리 귀족 출신인데 그의 일족은 모두가 (적어도 확실한 기록으로 남아 있는 한, 먼 고대까지 거슬러 올라가 봐도) 어떤 눈에 띄는 재능을 가진 사람들로, —그 대부분은 이 일족의 자손인 티크(1773~1853. 독일의 낭만파 작가.)가 눈에 띄는 (가장 눈에 띤다고는 말할 수 없다) 실례를 남긴 것과 같은 종류의 기인과 같은 모습에서 눈에 띄는 인물들이었다. 내가 리츠나와 서로 알게 된 것은 장려한 융의 성곽에서였는데 18xx년 여름, 공표할 수 없는 여러 가지 우스운 모험의 결과 그 성곽에서 그와 마주치게 된 것이었다. 그가 나를 중히 여기고, 상당한 고난을 거쳐서 내가 그의 정신구조를 조금이나마 통찰할 수 있게 된 것도 바로 그 성에서였다. 그로부터 몇 년 동안 이 통찰은 우리의 친밀함이 더해 갈수록 더욱 명확한 것이 되었고 Gxxn에서 재회했을 때, 나는 리츠나 폰 융 남작의 성격에 대해서 알아야 할 것들의 전부를 알고 있었다.

6월 25일 밤, 남작의 도착이 대학 구내에 불러일으킨 야단스럽고 호기심 어린 소문을 나는 기억하고 있다. 모든 사람들이 입을 모아 남작을 만나자마자 '세상에서 가장 놀라운 인물'이라고 말했지만 놀라운 이유에 대해서 설명하려는 자는 단 한 사람도 없었다는 사실은 한층 더 선명하게 기억하고 있다. 그는 틀림없이 특이했으며, 따라서 그 특이성이 어디에 있는지 묻는 것은 예의에 어긋나는 행동으로 여겨졌다. 하지만 그 점에 대한 얘기는 잠깐 미루기로 하고 여기서는 단지 남작은 대학 구내에 발을 들여놓은 순간부터, 주위 사람들 모두의 습성, 거동, 풍채, 재력, 성질에 대해 극히 광범위하고 전제적인 영향, 하지만 그와 동시에 매우 막연하여 말로는 설명하기 어려운 영향력을 행사하기 시작했다고만 말해두기로 하겠다. 이처럼 단기간에 걸친 대학에서의 그의 체재는 대학의 역사에 한 획을 그었으며, 대학 및 부속기관 소속의 모든 계급 사람들에 의해 아직도 '리츠나 폰 융 남작의 지배하에 있었던 그 이상 시기'라는 이름으로 불리고 있다.

　남작은 **Gxxn**에 도착하자마자 일부러 내가 살고 있던 아파트를 방문해주었다. 당시 그는 몇 살이었다고 말할 수 없는 나이였다. 무슨 뜻인가 하면, 그 스스로가 제공하는 재료를 통해서 그의 나이를 추측해내기란 불가능하다는 뜻이다. **15**세라 해도, 혹은 **50**세라 해도 그대로 믿었겠지만 실제로 그의 나이는 **21**세 **7**개월이었다. 결코 미남이라고는 할 수 없었다. ―오히려 그 반대였을지도 모르겠다. 얼굴의 윤곽은 조금 마른 편이어서 험상궂게 보였다. 이마는 높고 튀어나왔으며, 코는 조금 납작했고, 눈은 퉁퉁 부어 있었고, 생기가 없었고, 무표정했다. 입은 한층 더 특이했다. 퉁퉁한 입술은 앞으로 나와 있었고, 두 입술이 다물어진 복잡미묘한 모습은 도저히 상상할 수 없을 정도의 것이었는데, 입매만으로도 보는 사람으로 하여금 완벽한 엄숙함, 숙연함, 안이함을 느끼게 했다.

내가 앞서 한 말들을 통해서, 남작이 가끔 볼 수 있는 기인, 자신을 숨기는 기술로 생애의 일을 행하는 종류의 사람 중 한 명이라는 사실을 독자 여러분도 이미 눈치 채셨을 것이다. 독특한 성격 때문에 이와 같은 기술을 실천할 기회를 본능적으로 얻게 됐는데 그의 풍채 역시 그것을 실행에 옮기는 데 이상한 편의를 제공하는 형태의 것이었다. 나는 '리츠나 폰 융 남작의 지배하'라는 기묘한 이름으로 알려진 그 유명한 한 시기에, 그의 성격을 감싸고 있는 신비를 올바르게 파악한 학생은 Gxxn에 단 한 명도 없었다는 사실을 믿어 의심치 않는다. 그가 농담을 아주 잘하며, 장난을 잘 치는 인물이라고 생각한 사람은 나를 제외하면 대학 내에 단 한 사람도 없었다. ─정원의 문이 있는 곳의 늙어빠진 불도그, 또는 헤라클리테스의 망령, 또는 신학과 명예교수의 엄숙한 가발 이상으로 고지식한 인물이라고만 여겨지고 있었다. 더구나 그것은, 모든 장난, 변덕, 유희 중에서도 어처구니없고 가장 용납하기 어려운 것이 직접 그의 손에 의해서는 아닐지라도 적어도 그의 중개와 묵인에 의해서 일어난 것이라는 사실이 명백해졌을 때의 일이었다. 그의 자신을 숨기는 뛰어난 기술─굳이 이렇게 말하겠다─은 인간성에 대한 거의 본능적인 지식과 훌륭한 자제심에서 태어난 완벽한 능력 ─ 그가 일으킨 장난이 사실은 스스로 그것을 방지하기 위해서, 모교의 안녕과 질서와 품위를 유지하기 위해서 그가 기울이고 있는 칭찬 받을 만한 노력에도 불구하고 아니 오히려 그 결과로써 발생한 것처럼 보이게 하는 능력에 있었던 것이다. 그의 칭찬 받을 만한 노력이 실패로 돌아갈 때마다 얼굴 구석구석에서까지 넘쳐나는 깊고 날카롭고 압도적으로 분해하는 표정은, 그 어떤 회의적인 친구의 가슴에도 그의 진지함에 대한 의심의 여지를 조금도 남기지 않았다. 그리고 그가 즉석에서, 창시자에서 대상으로 ―즉 그 자신에서 그가 일으킨 우스운 사태로 그로테스크한 감정을 순식간에 옮겨가는 교묘함도 그야말로 굉장한 볼거리였다. 내가 알고 있는 한, 상습적으로 자신을 숨기는 사람이 그 계획의 결과를 ―즉, 자신의 인격과 태도에 해학적인 느낌이 감도는 것을 면한 예는 그밖에 없었다. 그런데 남작은 끊임없이 악의에 넘친 장난의 분위기 속에 휩싸여 있으면서도, 늘 사회의 엄격한 규율을 지키고 있는 사람처럼 보였다. 그의 하인들조차 리츠나 폰 융 남작에 대한 추억 속에 엄숙한 위엄 이외의 것을 삽입시킬 수 있으리라고는 꿈에도 생각지 못했을 것이다.

그가 Gxxn에 머무는 동안, 무위의 일락(逸樂)의 영이 마치 악마처럼 대학을 엄습한 것처럼 보였다. 먹고, 마시고, 들떠서 떠들어대는 것 이외에는 무엇 하나 행해지지 않았다. 학생들의 아파트는 철저하게 술집으로 변해버렸으며, 그중에서도 남작의 아파트는 가장 유명하고 사람들이 가장 많이 모이는 술집이 되어버렸다. 그리고 주연은 언제나 길고 소란스러운 수많은 사건들을 만들어냈다.

한번은 주연을 새벽 가까이까지 연장해서 평소보다 많은 술을 마신 적이 있었다. 그 자리에는 남작과 나 외에도 일고여덟 명의 사람들이 더 있었다. 그들의 대부분은 부유하고 집안도 좋았으며 집안에 상당한 자부심을 품고 있고 아주 치열하고 과대한 명예관념을 가진 사람들이었다. 그들은 결투에 대해서 독일적인 관념에 극도로 사로잡혀 있었다. **Gxxn**에서 서너 번 있었던 격렬하고 치명적인 결투의 실례를 든 파리의 신간서적은 이런 어처구니없는 관념에 더욱 새로운 힘과 충동을 불어넣어주는 역할을 했다. 그런 이유로 우리는 그날 밤의 대부분의 시간을, 모든 사람들의 마음을 앗아버린 화제에 대해 열변을 토하며 보냈다. 초저녁에는 평소와 달리 입을 다문 채 멍한 모습을 보이던 남작은 드디어 그런 멍한 상태에서 깨어난 듯 대화에서 주도적인 역할을 수행하기 시작, 검을 이용한 결투의 일반적 예법의 이익, 특히 미점에 대해서 열의 넘치는 웅변과 당당하고 애교 넘치는 태도로 의견을 개진했다. 그 자리에 있던 사람들은 모두 열렬한 찬사를 보냈는데, 그가 내심으로는 지금 열변을 토하고 있는 모든 점을 경멸하고 있으며, 원래부터 겉모습만 요란스러운 결투예법의 모두를 그에 어울리는 모멸감으로 대접하고 있다는 사실을 충분히 알고 있는 내 자신조차도 넋을 잃고 말 정도였다.

이야기 도중에 남작이 잠깐 쉬는 틈을 이용해서 그 자리에 있던 사람들을 둘러본 나는 (그의 이야기하는 모습은, 콜리지가 열의를 담아 노래를 부르는 것처럼 단조롭고 음악적인 설교조와 비슷하다고 말하면 독자들도 희미하게나마 이해하실 수 있을 것이다) 한 사람의 얼굴에서 특히 눈에 띄는 관심의 빛을 읽어낼 수 있었다. 그 신사는, 여기서는 헤르만이라는 가명으로 그를 부르기로 하겠는데, 엄청난 바보라는 한 가지를 제외하면 모든 면에서 비할 데 없이 뛰어난 인물이었다. 하지만 이 대학의 한 그룹에서는 처신을 잘했기 때문에 심원한 형이상학적 사색과 논리적인 재능을 가진 사람이라는 평가를 얻고 있었다. 결투에 있어서는 이 **Gxxn**에서도 명수라는 평판을 얻고 있었다. 그의 손에 걸려서 쓰러진 사람의 정확한 숫자는 잊어버렸지만 상당한 숫자였다. 용기 있는 사람임에는 틀림없었다. 그러나 그가 특별히 자랑스럽게 여기고 있었던 것은 결투예법에 대한 상세한 지식과 명예관념에 관한 섬세함과 미묘함이었다. 바로 그것이 싫증이라는 것을 모르는 그의 취미였다. 끊임없이 특이하고 우스운 것을 추구하는 리츠나에게 있어서 이 인물의 괴벽은 이미 오래 전부터 표적이 되어 있었다. 하지만 나는 그 사실을 알아차리지 못했었다. 물론 이 당시에는 남작이 장난기 어린 계획을 품고 있으며 그 대상은 헤르만이라는 사실을 나는 확실하게 알고 있었다.

남작이 대화라기보다는 독백을 계속해감에 따라서 헤르만도 점점 흥분하고 있다는 사실을 알 수 있었다. 드디어 그가 입을 열었다. **R**이 강조한 점에 대해서 반론을 제기했으며, 그 이유를 상세하게 설명하기 시작했다. 그에 대해서 남작 역시 (매우 흥분한 듯한 모습을 여전히 유지하면서) 대답을 했고, 내가 아주 좋지 않은 악취미라고 말하고 있는 말투로 비아냥거림과 냉소를 쏟아 부으며 말을 맺었다. 이제 헤르만의 취미는 멈출 수 없는 것이 되어버렸다. 그러한 사실은 그의 일부러 그러는 듯한, 사소한 것에 연연하는 대답을 보면 알 수 있었다. 그의 마지막 말을 나는 확실하게 기억하고 있다. '죄송하지만 융 남작, 당신의 의견은 대체로 옳은 것이지만 사소한 점에서 상당부분 저와 당신도 일원이신 이 대학의 불명예라고 말씀드리지 않을 수 없겠습니다. 몇 가지 점에 대해서는 진지하게 고려해볼 필요조차도 없는 것이라고까지 말씀드릴 수 있을 것입니다. 당신에게 불쾌감을 줄 염려가 없다면 좀 더 자세하게 말씀드리고 싶습니다(여기서 그는 부드러운 미소를 지어보였다). 남작님, 당신의 의견은 신사가 입에 담아서는 안 될 의견이라고 말씀드리고 싶을 정도입니다.'

헤르만이 이처럼 변죽을 울리는 듯한 말을 마쳤을 때, 모든 사람의 시선이 남작에게로 쏠렸다. 그의 얼굴은 창백했으며, 또한 극도로 붉게 물들어 있었다. 그리고 손수건을 떨어트리더니 몸을 구부려 그것을 주우려 했다. 다른 사람은 아무도 눈치 채지 못했지만, 그때 나는 그의 표정을 순간적으로 읽어낼 수 있었다. 그것은 남작 원래의 표정이었지만, 남작이 자유롭고 편안하게 쉴 수 있는, 우리 두 사람이 있을 때 이외에는 결코 얼굴에 나타나지 않는 표정인데 그런 표정으로 빛나고 있었다. 곧 자리에서 일어난 남작은 헤르만과 정면으로 마주보고 섰다. 선명한 표정의 변화가 이처럼 순식간에 일어나는 것을 나는 예전에 본 적이 없었다.

순간 나는 남작의 마음을 잘못 읽었다. 나는 남작이 진지한 것이라고 생각했다. 그는 격정 때문에 숨이 막히는 것처럼 보였으며, 얼굴은 죽은 사람처럼 창백해져 있었다. 한동안 말없이 자신의 격정을 억누르려는 사람처럼 보였다. 잠시 후, 침착함을 되찾은 듯이 보인 그는 옆에 있던 유리로 된 포도주 용기 쪽으로 손을 뻗어 그것을 힘껏 쥐면서 이렇게 말했다.

"헤르만 씨, 당신이 제게 사용해도 상관없다고 생각한 표현은 너무나도 많은 점에서 불쾌하기 짝이 없는 표현이기 때문에 그것을 자세하게 말할 시간도 마음의 여유도 가지고 있지 못합니다. 하지만 제 의견을, 신사가 입에 담아서는 안 될 의견이라고 생각하신다는 말씀은 너무나도 기분 나쁘고 무례한 표현이기 때문에 제가 취할 수 있는 길은 오직 하나밖에 없습니다. 하지만 이 자리에 참석해주신 여러분, 그리고 저의 귀중한 손님이신 당신에 대해서 어느 정도의 예절은 지키지 않으면 안 될 것입니다. 그러니 그 점을 감안하셔서, 제가 직접적인 모욕을 받은 신사가 의례적으로 보여야 할 행동에 조금 어긋나는 행동을 보인다 하더라도 너무 나무라지는 마십시오. 조금의 상상력을 동원해서 저쪽의 거울에 비친 모습을 헤르만 씨 자신이라고 생각하도록 노력해주십시오. 그렇게만 해주신다면 모든 문제가 해결될 것입니다. 이 용기 속의 포도주를 거울 속 당신에게 쏟아 부어 당신의 모욕에 대한 분노를 있는 그대로는 아니지만 그 뜻만은 남김없이 표현하겠습니다. 그러면 당신의 몸에 육체적 폭력을 가하지 않을 수 있으니까요."

이렇게 말한 그는 포도주가 가득 든 용기를, 헤르만의 정면에 걸려 있던 거울을 향해서 던졌다. 거울 속 헤르만에게 정확히 명중했으며 말할 것도 없이 유리는 산산조각이 났다. 나와 리츠나를 제외한 모든 사람들이 일제히 일어나 방 밖으로 나갔다. 헤르만이 나가려 할 때, 남작은 귓속말로 내게 헤르만을 뒤따라가서 그에게 도움을 주겠다고 말하라고 했다. 일단 응낙하기는 했지만 이처럼 한심하기 짝이 없는 일을 대체 어떻게 처리해야 할지 도저히 알 수가 없었다.

그 결투가는 특유의 세심한 태도로 내 도움을 받아들여 내 손을 잡고 나를 아파트로 안내했다. 그가 더할 나위 없는 심각함과 엄숙함으로 자신이 입은 모욕의 '특이하고 미묘한 특질'에 대해서 논하기 시작했을 때, 나는 그의 면전임에도 불구하고 터져나오는 웃음을 참을 수가 없었다. 평소와 다름없는 어조로 따분한 장광설을 늘어놓은 뒤, 책장에서 결투에 관한 오래된 책들을 몇 권이나 꺼내와 한동안 그 내용을 들려주었다. 낭랑하게 읽은 뒤에 열심히 주석을 덧붙였는데 지금은 그 중의 몇몇 제목밖에는 기억을 하지 못한다. 『일대일 승부에 관한 필립 르 벨의 법령』, 페이빈이 저술한 『명예로운 무대』, 안뒤쾌가 저술한 『결투의 허가』라는 제목의 논문이었다.

그리고 그는 블랜톰의 『결투 회상록』을 아주 자랑스럽다는 태도로 내게 보여줬다. 1666년 콜로뉴에서 발행한 엘시비어(16세기부터 17세기에 걸쳐서 고전서를 출판했던 네덜란드의 인쇄업자)판으로 고급 양피지를 사용해 여백을 충분히 잡았고 델롬 장정을 한 호화판이었다. 하지만 그가 특히 내게 관심을 가져줄 것을 요구하고, 신비한 현자인 양하며 내게 보여준 것은 에들랑이라는 프랑스 사람의 『결투에 관한 성문율, 불문율 그 외』라는 기묘한 제목을 가진 두꺼운 팔절판인데 난폭한 라틴어로 기술되어 있었다. 그 책 속에 있는 「관계에 의한, 결합에 의한, 자신에 의한 위해(危害)」에 대해서 논한, 우습기 짝이 없는 한 장을 읽고는 이 장의 약 절반 정도는 자신의 '특이하고 미묘한' 경우에 엄밀하게 적용할 수 있는 것이라고 단언했지만 나는 대체 무슨 말을 하는 건지 도무지 이해할 수가 없었다. 전 장을 다 읽고 난 그는 책을 덮고 이제 어떻게 해야 하는지를 내게 물었다. 나는 그의 뛰어난 감각의 미묘함에 전폭적인 신뢰를 보낸 뒤, 그가 제안하는 바대로 따를 생각이라고 대답했다. 그 대답에 기분이 좋아졌는지 그는 책상 앞에 앉아 남작에게 보내는 편지를 쓰기 시작했다. 그 내용은 다음과 같았다.

친구인 **M · P**에게 이 편지를 맡김. 오늘 밤 귀하의 방에서 있었던 일에 대한 귀하의 가급적 신속하고 납득할 수 있는 설명이 있기를 바람. 이 요구를 거절하신다면 **P**씨가, 귀하가 지명하시는 친구와 함께 다음 회견에 대한 절차를 결정할 예정임.
넘쳐나는 경의를 표하며
요한 헤르만
리츠나 폰 융 남작 귀하
18xx년 **8**월 **18**일

달리 좋은 방법이 떠오르지 않았기 때문에 나는 이 편지를 받아들고 남작에게로 갔다. 내가 편지를 내밀자 그는 예를 표한 뒤 그것을 받아 엄숙한 표정으로 읽기 시작했다. 그 결투장을 전부 읽은 그는 다음과 같은 답장을 써서 그것을 헤르만에게 전해달라고 내게 넘겨주었다.

우리 모두의 친구인 P 씨를 통해서 귀하의 생각을 적은 글 틀림없이 수령했음을 알림. 설명을 요구하는 귀하의 행동이 매우 타당한 것임을 저도 솔직하게 인정하지 않을 수 없는 바임. 하지만 우리 사이의 불화와 내 손에 의해 가해진 모욕의 특이하고 미묘한 성질에 비춰볼 때 이번 사건에 수반된 복잡한 모든 뉘앙스, 미묘한 세부의 모든 것에 적합한 변명을 표현하는 데는 적잖은 어려움을 느낌. 그러나 결투예법 세부에 관한 귀하의 미묘하기 짝이 없는 판단력에 대해서는 예전부터 그 명성을 들어왔으며 한편으로는 전폭적으로 신뢰하고 있음. 그런 연유로 이번 일에 대해서 제가 느낀 바를 말씀드리기보다는 에들랑 씨의 저작물인 『결투에 관한 성문률, 불문율 그 외』 속의 제9절 「관계에 의한, 결합에 의한, 자신에 의한 위해」라는 항목을 참고로 삼으시라 말씀드려도 제 뜻하는 바를 오해하실 염려는 없을 것이라고 확신하는 바임. 그 책에 표현된 모든 것에 관해 내려질 귀하의 정묘한 판단력을 고려한다면 그 멋진 한 구절을 참고하시라고만 말씀드려도, 명예를 중히 여기시는 인사인 귀하의 설명에 대한 요구에 충분한 대답이 될 것이라는 사실을 현찰(賢察)하시리라 확신하는 바임.

　넘쳐나는 경의를 표하며

　폰 융

　요한 헤르만 귀하

　18xx년 8월 18일

　헤르만은 까다로운 표정으로 이 편지를 읽기 시작했는데 「관계에 의한, 결합에 의한, 자신에 의한 위해」에 대한 장황한 설명 부분에 이르자 참으로 우습기 짝이 없는, 자기만족에 찬 미소를 지어 보였다. 그는 더할 나위 없이 부드러운 미소를 지어보이며 내게 자리에 앉을 것을 권하는 한편 그 논문에 대해 언급하기 시작했다. 특히 남작이 지목한 곳을 펼쳐 주의 깊게 묵독한 뒤 책을 덮고 나를 향해 친한 친구의 자격으로, 폰 융 남작의 기사도적인 행동에 대한 깊은 경의와, 결투 입회자의 자격으로, 남작이 보낸 설명이 예법에 아주 합당한 것이며 조금도 애매한 부분이 없는 변명이었다는 점을 남작에게 전달해달라고 부탁했다.

일이 돌아가는 상황에 조금 당황하면서도 나는 남작에게로 되돌아갔다. 그는 헤르만의 편지를 아주 당연한 것으로 받아들였는지 아무렇지도 않다는 듯 잠깐 대화를 나눈 뒤, 안쪽 방으로 들어가 『결투에 관한 성문률, 불문율 그 외』라는 불후의 논문을 꺼내왔다. 내게 그 책을 건네준 그는 그 중 한 구절을 읽어보라고 말했다. 읽어보기는 했지만 나는 그 의미를 조금도 알 수가 없었다. 그러자 그가 그 책을 들고 1장을 읽어줬다. 놀랍게도 그가 읽어준 문장은 두 마리의 비비(긴꼬리원숭잇과의 동물)에 의한 바보스럽기 짝이 없는 결투에 대한 설명이라는 사실을 알 수 있었다. 그가 그 수수께끼에 대한 설명을 해주었다. 언뜻 보기에 진지한 결투작법서처럼 보이는 이 책은 사실, 데 발터의 극시 수법에 바탕을 두고 기술된 책으로, 즉 독자의 귀에는 틀림없이 뜻이 통하도록 교묘하게 장치되어 있지만 사실은 아무런 의미도 없는 것이라는 사실을 알려주었다. 전체를 푸는 열쇠는 두 번째와 세 번째 단어를 번갈아서 무시하고 읽는다는 데 있는데, 그런 식으로 읽으면 근대에 행해졌던 일대일 결투에 대한 수많은 해학적인 농담이 나타난다는 것을 알 수 있다.

후에 남작이 들려준 이야기에 의하면, 2, 3주 전에 이 책을 일부러 헤르만의 눈에 띄는 곳에 놓아두었고 그의 말을 통해서 그가 아주 깊은 주의를 가지고 그 책을 연구하고 있으며 발군의 가치를 지닌 책이라고 굳게 믿고 있음을 확인했다고 한다. 그러한 사실들을 바탕으로 남작은 행동을 개시했다. 무슨 일이 있어도 헤르만이 결투에 관한 책에 대해서 자신이 잘못 이해하고 있다는 사실을 인정하지 않으리라는 것을 꿰뚫어보고 있었던 것이다.

안경

　몇 년 전에 '첫눈에 반하는 것'을 조소하는 풍조가 유행했었는데, 깊은 감정을 가진 사람은 물론, 생각이 깊은 곳에까지 미치는 사람들은 '첫눈에 반하는 것'의 존재를 끊임없이 주장해왔다. 실제로 모든 감응자기설(感應磁氣設), 혹은 자기감응 등의 영역에서의 현대의 발견들은 마치 전기적 감응에 의한 것처럼 마음속에서 발생하는 애정이야말로 가장 자연스러운 것, 따라서 가장 진실하고 강렬한 것이라는 사실을 명백하게 해주었다. 즉, 단 한 번의 눈길에 의해 박혀버린 쐐기야말로 가장 강력하고 영원한 쐐기라는 사실이 밝혀진 것이다. 지금부터 내가 하려고 하는 고백은 이 주장의 진실됨을 증명하는 수많은 실례에 쓸데없이 예만을 하나 더 추가하는 것이 될지도 모른다.

　이야기의 형편상 조금은 세세한 부분까지 이야기하지 않을 수 없다. 나는 아주 젊은 ─아직 스물두 살도 되지 않은 청년이다. 지금 내 이름은 극히 평범하고 서민적인 것 ─심슨이다. '지금'이라고 말한 것은 내가 그렇게 불린 지 얼마 지나지 않았기 때문이다. ─아버지의 먼 친척인 아돌퍼스 심슨 씨가 남겨주신 엄청난 유산을 상속하기 위해서 작년에 법률적으로 이 성을 쓰기로 했다. 그 유산을 받는 자는 유산을 물려준 자의 성을 따라야 한다는 것이 조건이었다. 세례명이 아니라 성을 따라야 하는 것이었다. 나의 세례명은 나폴레옹 보나파르트다. 아니, 정확하게 말하자면 이것이 나의 '퍼스트네임' 이자 '미들네임' 이다.

심슨이라는 성을 쓴다는 것은 그다지 원하던 일이 아니었다. 왜냐하면 나의 친아버지가 물려주신 프르와사르라는 성에 대해서 커다란 자부심을 갖고 있었는데, 그도 그럴 것이 ―불후의 명작인 『연대기』의 작가(1337 ~ 1405. '백년전쟁' 에 관한 자세한 기록을 남긴 것으로 유명하다)로까지 근원을 더듬어 올라갈 수 있을 것이라고 나는 굳게 믿고 있었기 때문이었다. 참고로 이름에 관해서는, 내 직계 조상들의 이름의 발음이 특이하게 일치한다는 점에 대해서 말해두고 싶다. 내 아버지는 파리 출신인 프르와사르 씨. 그의 아내 ―즉, 내 어머니는 15세 때 시집을 왔는데 원래는 크르와사르 양, 은행가인 크르와사르 씨의 장녀였다. 그 사람의 아내도 겨우 16세 때 시집을 왔는데 빅터 브와사르씨의 딸이었다. 브와사르 씨는, 아주 보기 드문 일인데, 아주 비슷한 성을 가진 사람의 딸 ―므와사르 양과 결혼했다. 그 부인도 역시 아주 젊은 나이에 시집을 왔다. 그녀의 어머니인 므와사르 부인도 제단 앞에 섰을 때(결혼을 뜻한다), 겨우 14살밖에 되질 않았다. 프랑스에서 이와 같은 조혼은 아주 평범한 것이다. 그런데 므와사르, 브와사르, 크르와사르 그리고 프르와사르는 전부 다른 피가 섞이지 않은 직손들이었다. 하지만 나의 성은 법률상으로 심슨이 되었으며, 이는 내가 조금도 원하지 않았던 일이었기 때문에 이 귀찮고 쓸데없는 조건이 붙어 있는 유산을 물려받는 것에 대해서 진심으로 주저했던 시기가 있었을 정도였다.

육체적인 면에 있어서 내게는 조금도 부족한 부분이 없었다. 아니, 나의 신체적 조건은 아주 뛰어난 것이었기 때문에 열 명 중 아홉 명은 미남이라고 인정할 것임에 틀림없는 용모를 갖추고 있었다. 키는 5피트 21. 머리카락은 검은 곱슬머리. 코도 흉하지는 않다. 눈은 크고 회색이다. 시력이 불편함을 느낄 정도로 좋지 않았지만 이러한 약점은, 외견상으로는 조금도 눈치 채지 못할 것이다. 하지만 이 점에 대해서는 언제나 크게 고민을 해왔기 때문에 모든 수단을 ―안경을 끼는 것 이외에는― 다 동원해보았다. 젊고 용모도 뛰어난 내가 안경을 싫어하는 것은 당연한 일이었기 때문에 안경 끼기를 단호하게 거부해왔다. 실제로 안경처럼 청년의 용모를 해치고, 모든 용모에 거만한 늙은이 같은 느낌을 갖게 하는 물건도 없을 것이다. 한편, 외눈 안경에는 멋을 부리는 자들의 자랑하려는 듯한 냄새가 늘 배어 있다. 나는 그 어느 것도 사용하지 않고 지금까지 살아왔다. 아, 그다지 중요하지도 않은 신체상의 조그만 문제에 대해서 조금 지나치게 말을 많이 한 것 같다. 이와 같은 조그만 것들은 참으로 사소하기 짝이 없는 문제다. 나는 다혈질로 쉽게 화를 내며, 물불 가리지 않는 성격을 가진 사람이고 ―여성에 대해서는 언제나 헌신적인 찬사를 바쳐온 남자라는 사실을 덧붙이는 정도로 서설은 그만두기로 하겠다.

작년 겨울의 어느 날 밤, 나는 친구인 탈보트와 함께 P××극장의 특등석에 앉아 있었다. 오페라를 공연하고 있었는데 아주 보기 힘든 작품이었기 때문에 극장은 매우 혼잡했다. 하지만 우리는 미리 예약을 해두었기 때문에 앞자리에 앉을 수 있었는데 거기까지는 관객들 사이를 비집고 간신히 들어가야만 했다. 열렬한 음악 애호가인 친구는 두 시간 내내 오직 무대에만 신경을 썼으나, 나는 그 동안 이 거리에서도 뛰어난 자들만 골라 뽑은 관객들을 바라보며 시간을 즐겼다. 그들을 마음껏 바라보고 난 뒤, 무대 위의 프리마돈나 쪽으로 시선을 돌리려는 순간 지금까지 깨닫지 못했던 특등석의 한 인물에 내 눈은 빨려 들어가고 말았다.

천 년을 산다 해도 그 인물을 본 순간 받았던 강렬한 감동은 결코 잊을 수 없을 것이다. 지금까지 내가 봐왔던 여자의 모습 중에서도 가장 아름다운 모습이었다. 그녀의 얼굴은 무대 쪽으로 향해 있었기 때문에 한동안은 정확하게 볼 수 없었지만 신성한 얼굴이었다. 그것 이외의 말로는 훌륭한 조화를 표현할 수 없을 것이다. 아니, '신성하다'는 말조차도 이렇게 적어놓고 보니 한심할 정도로 미약해 보인다. 내게 있어서 여성의 아름다운 자태에서 오는 매력 ─ 여성적인 우아함에서 오는 매력은 언제나 저항 불가능한 힘이기는 했지만 이때의 그것은 우아함의 체현(體現), 화신 그 자체였으며, 내 터무니없이 열광적인 환상이 그려낸 이상적인 아름다움 그 자체였다.

특등석의 특이한 구조 때문에 그녀의 모습을 거의 전부 바라볼 수 있었는데 키는 평균보다 조금 큰 편이었으며, 위압감은 느껴지지 않았고, 여유로움까지 느낄 수 있었다. 그녀의 완벽하고 풍요로운 몸에는 감미로움이 감돌고 있었다. 뒷부분만을 보이고 있는 머리의 윤곽은 그리스 프시케의 그것에 필적할 만했는데, 비단으로 만들어진 경쾌하고 아름다운 모자 때문에 가려진다기보다는 오히려 더욱 돋보였기 때문에 나는 아폴레이우스의 '바람의 옷'이라는 것을 떠올리지 않을 수 없었다. 특등석의 난간에 걸려 있는 섬세하고 균형 잡힌 오른팔은 내 신경의 구석구석까지 전율을 전달해 주었다. 오른팔의 위쪽 부분은 지금 유행하고 있는 느슨하게 터진 소매에 싸여 있었다. 그 소매는 팔꿈치 조금 아래까지 늘어져 있었다. 그 밑으로는 뭔지 모를 얇은 천이 팔을 꼭 감싸고 있었는데 붉고 품위 있는 레이스가 손등 위로 우아하게 펼쳐져 섬세한 손가락만이 모습을 드러내고 있었다. 손가락에서 반짝이고 있는 다이아 반지는 내가 보기에도 아주 귀중한 것임을 한눈에 알아볼 수 있었다. 보기 좋게 둥근 손목은 팔찌 때문에 한층 더 돋보였는데, 그 팔찌에도 멋진 보석이 깃털장식처럼 달려 있어 착용자의 부와 뛰어난 취향을 아주 선명하게 이야기해주고 있었다.

나는 갑자기 돌이 되어버린 것처럼 30분 정도 여왕과도 같은 여인을 바라보며 소위 '첫눈에 반하는 것'에 대해 노래 불려지고, 이야기되어온 사실들의 진실성과 의미를 깊이 새겨볼 수 있었다. 당시 내가 느꼈던 감정은 지금까지 제 아무리 유명하고 전형적인 미녀들이라 할지라도 그녀들 앞에서는 한 번도 느껴본 적이 없는 그런 것이었다. 무엇이라 이름 하기 어려운 ─ 자기적이라고 밖에는 달리 표현할 길이 없는 영혼과 영혼의 교감이, 나의 시선은 물론 사고와 감정의 모든 능력까지도 눈앞의 훌륭한 대상 위에 묶어버린 것만 같은 느낌을 받았다. 나는 이처럼 어쩔 수 없는 힘에 의해서 깊고 광기어린 사랑에 빠져버렸다는 사실을 보고, 느끼고, 알게 되었지만 그것은 상대방의 얼굴을 확실하게 보기도 전의 일이었다. 나를 사로잡아버린 정념이 너무나도 강렬한 것이었기 때문에 가령 그때까지도 확실하게 보지 못한 상대방의 용모가 평범한 것에 지나지 않는다 할지라도 그 격정이 식을 것이라는 생각은 조금도 들지 않았다. 유일하게 진실한 사랑 —즉, 첫눈에 반해버린 사랑의 본질은 이처럼 이상한 것이기 때문에 언뜻 보기에는 그것을 낳고 지배하는 것처럼 보이는 외적 조건에조차도 거의 좌우되지 않는다.

이 환상적인 미녀에 대한 찬사에 몸을 맡기고 있자니 갑자기 관객들 사이에서 술렁거림이 일어 그녀가 내 쪽으로 조금 얼굴을 돌렸기 때문에 그녀의 옆얼굴을 제대로 바라볼 수가 있었다. 그녀의 아름다움은 내 예상을 훨씬 뛰어넘는 것이었다. —그런데 뭐라고는 확실하게 말할 수는 없지만 뭔지 모를 실망을 느끼게 하는 부분이 있었다. 지금 '실망'이라고 말했지만 이는 적절한 표현이 아니다. 나의 감정은 조용한 가운데서 점점 더 강해져갔다. 도취감은 줄어들었으며 침착한 열중, —열에 들뜬 부드러움이 점점 늘어갔다. 이러한 기분은 어쩌면 상대방의 마돈나 같은, 노숙한 느낌을 주는 용모 때문에 생겨난 것일지도 모른다. 하지만 그것뿐만이 아니라는 사실을 나는 바로 알 수 있었다. 다른 무엇인가—나로서는 알 수 없는 어떤 신비—가, 내게 격렬한 흥미를 느끼게 하면서도 그와 동시에 희미하게 마음을 혼란시키는 어떤 표정이 그 여자의 용모에는 묻어 있었다. 실제로 당시의 나는 감수성 풍부한 청년에게 무모한 행동을 하게 만드는 그런 심적 상태에 놓여 있었다. 만약 그 여자가 혼자 있었다면 나는 앞뒤 가릴 것 없이 그녀의 좌석으로 들어가 말을 걸었을 것임에 틀림없었다. 하지만 다행스럽게도 그녀에게는 두 명의 동반자가 ―신사와 보기에는 그녀보다 몇 살 어려보이는 아주 아름다운 여자가 함께 있었다.

드디어 나는 그 연상의 여인을 소개받을 방법에 대해서, 당장이야 어떻게 됐든 그녀의 미모를 좀 더 확실하게 살펴봐야겠다는 계획에 대해서 이리저리 생각해보기에 이르렀다. 그녀의 좌석 가까운 곳으로 자리를 옮기고 싶었지만 극장이 붐볐기 때문에 그렇게할 수가 없었다. 또한, 가령 운이 좋아서 오페라용 망원경을 가지고 있었다 할지라도 최근에는 유행의 엄격한 규율이 망원경을 그런 일에 쓰는 것을 엄격하게 금하고 있었기 때문에 ―사실은 가지고 있지도 않았지만― 나는 그저 절망 속으로 빠져 들어가기만 할 뿐이었다.

결국 나는 친구에게 물어보기로 했다.

"탈보트, 망원경 가지고 있지? 잠깐 빌려줘."

"망원경이라고? ―농담하지 마. 그런 걸로 내가 유치한 짓을 할 것 같아?"

그는 화가 난다는 듯 무대 쪽으로 시선을 돌렸다.

나는 그의 어깨를 잡아당기며 말을 이었다.

"탈보트, 내 말 좀 들어봐. 특등석이 보이지? ―저쪽, ―아니 그 다음이야. ―저렇게 아름다운 여자를 본 적이 있나?"

그가 대답했다.

"그래, 굉장한 미인이군."

"누굴까?"

"야, 이거 놀랐는데. 자네 정말 모른단 말이야? '저 사람을 모른다는 것은 네가 무명이라는 증거다.' (밀턴의 말) 그 유명한 라랜드 부인이이야. ―현대의 대표적인 미인, 온 거리의 소문의 근원지. 굉장한 부자로 ―미망인, 최고의 신부 후보, 파리에서 이제 막 도착했다네."

"자네, 부인을 알고 있나?"

"물론, 알고 있지."

"소개해줄 수 없겠나?"

"기꺼이 그렇게 하지. 언제로 할까?"

"내일 1시. 내가 **Bxx**관으로 자네를 찾아가겠네."

"알았네. 그럼 이제 가능하다면 입을 다물어주기 바라네."

그 점에 관해서는 탈보트의 충고를 따르지 않을 수 없었다. 왜냐하면 그 이후로 그는 어떤 질문에도, 제안에도 결코 귀를 기울이지 않고 오로지 무대에서 행해지고 있는 공연에만 온 신경을 집중했기 때문이었다.

그 동안 나는 계속해서 라랜드 부인만 바라보았는데 운 좋게도 드디어 그녀의 얼굴을 정면에서 똑바로 바라볼 수 있는 기회를 얻었다. 뛰어난 미모였다. ―물론 그 사실은 탈보트가 가르쳐주기 전부터 이미 느끼고 있었던 것이었다. ―하지만 그래도 여전히 이해할 수 없는 무엇인가가 내 마음을 어지럽히고 있었다. 그래서 결국 나는 이렇게 생각하게 되었다. 그녀의 주위에 맴돌고 있는 일종의 엄숙함, 비애 그리고 나른함과 같은 태도가 나의 감각을 움직여 용모의 젊음, 신선함을 약하게 하는 반면, 오히려 천사적인 아름다움과 위엄을 띠게 하여 나의 정열적이고 낭만적인 기질에 뜨거운 흥미를 불러일으키는 것이라고.

이렇게 그녀를 뚫어져라 보고 있는 동안 눈에 보이지 않을 정도였지만, 그녀가 깜짝 놀라는 기색을 보이며 내 강렬한 시선을 느꼈다는 사실을 알았기에 나는 동요하지 않을 수 없었다. 하지만 여전히 홀린 것처럼 상대방으로부터 한순간도 시선을 뗄 수가 없었다. 그녀가 얼굴을 돌렸기에 다시 뚜렷하고 선명한 그녀의 뒷머리 윤곽만이 보이게 되었다. 몇 분 뒤, 내가 아직도 바라보고 있는지를 알고 싶다는 호기심에 사로잡혀서인지 그녀가 천천히 머리를 돌렸기 때문에 불타오르는 듯한 나의 시선과 부딪쳤다. 그녀의 크고 검은 눈은 바로 밑으로 향했으며, 짙은 홍조가 뺨 전체로 번졌다. 그런데 이번에는 그녀가 얼굴을 돌리기는커녕 허리의 끈 안쪽에서 쌍안경을 꺼내 눈에 대고 조절하더니 쌍안경 너머로 몇 분 동안이나 신중하게 나를 가만히 바라봤기에 나는 적잖이 놀라지 않을 수 없었다.

비록 벼락이 발아래 떨어졌다 할지라도 그렇게 놀라지는 않았을 것이다. ─하지만 그저 놀랐을 뿐, 불쾌감이나 혐오감은 조금도 느끼지 못했다. 다른 여자가 그토록 대담한 행동을 보였다면 당연히 불쾌감을 느꼈을 것이다. 그러나 모든 것이 아주 조용히, 아주 자연스럽게, 아주 침착하게 ─출생의 고귀함을 나타내는 태도로 이루어졌기 때문에 뻔뻔스럽다는 느낌은 조금도 없었으며 내가 느낀 것은 오로지 찬탄과 놀라움뿐이었다.

그녀가 처음 쌍안경을 눈으로 가져갔을 때는 내 모습을 얼른 살펴보는 것에 만족하고 바로 쌍안경을 넣으려 했지만 그 순간 갑자기 생각을 바꾼 듯, 다시 한 번 바라보더니 몇 분간 —적어도 5분 동안이나 그대로 가만히 응시했다.

미국의 극장에서는 보기 드문 이런 행동은 곧 여러 사람의 시선을 끌어 관객들 사이에서 뭔지 모를 움직임, 술렁임이 발생, 나는 순간적으로 혼란상태에 빠졌지만 라랜드 부인의 표정에서는 그 어떤 변화도 찾아볼 수 없었다.

호기심을 채운 뒤 —여기서는 호기심이라고 해두겠는데— 그녀는 쌍안경을 내리고 가만히 무대 쪽으로 주의를 돌렸다. 그래서 전처럼 내게 옆얼굴을 보이게 되었다. 무례한 짓인 줄은 잘 알고 있었지만 나는 끊임없이 그녀를 바라보았다. 잠시 후, 그녀의 머리가 천천히, 아주 조금 위치를 바꿨다는 사실을 알게 되었다. 무대를 보는 척하면서 사실은 나를 주의 깊게 살펴보고 있는 것이라는 느낌이 들기 시작했다. 매력적인 여자가 그런 행동을 보였다는 데 흥분하기 쉬운 내 마음이 어떤 영향을 받았는지에 대해서는 말할 필요도 없을 것이다.

15분 동안이나 그런 식으로 나를 살펴본 뒤, 내 동경의 미녀는 옆자리의 신사에게 말을 걸었다. 그녀가 이야기하고 있는 동안, 두 사람의 눈동자의 움직임을 통해서 화제가 나라는 사실을 명백하게 알 수 있었다.

이야기가 끝나자 라랜드 부인은 다시 무대 쪽으로 향해 앉아 몇 분 동안 오페라에 빠져 있는 듯이 보였다. 하지만 그 시간이 지나자 그녀는 다시 옆에 내려놓았던 쌍안경을 집어 들어 앞서와 마찬가지로 노골적으로 나를 보았는데 관중들의 술렁거림에도 개의치 않고 머리에서 발끝까지 뚫어져라 바라보면서도 조금 전 내 영혼을 환희에 떨게 만들고, 혼란스럽게 만들었던 그 신비한 침착함은 조금도 잃지 않았다.

이 이상한 행동은 나를 극도로 흥분시켰고, 심각한 사랑의 착란 속으로 빠트렸지만 나는 위축되기는커녕 오히려 더욱 대담해져 갔다. 미쳐버릴 것 같은 격정의 발작 속에서 나는 눈앞에 있는 황홀한 미의 환영 외의 모든 것을 잊었다. 모든 관중들이 오직 오페라에만 열중하는 순간만을 기다리고 있던 나는 드디어 라랜드 부인의 시선을 붙잡아 순간적으로 가볍게, 하지만 확실하게 인사를 했다.

순간 그녀는 얼굴을 붉히더니 ―시선을 돌려 겁먹은 듯 조금씩 주위를 둘러보며 내 무모한 행동을 다른 사람이 봤는지 살펴보고 ―마침내 곁에 있던 신사 쪽으로 몸을 웅크렸다.

나는 내가 저지른 무례함 때문에 가슴에 화인을 맞은 듯한 느낌이었으며, 그 자리에서 징벌이 내려질 것을 각오하고 있었다. 이튿날 아침 보게 될 권총의 환영이 기분 나쁜 어지러움으로 내 뇌리를 스치고 지나갔다. 하지만 나의 불안은 곧 해소되었다. 왜냐하면 그녀는 아무런 말도 하지 않고 상대방에게 연극의 전단지만 건네주었기 때문이었다. 뿐만 아니라 그런 직후, 다시 주위를 은밀하게 둘러본 다음 아름다운 눈동자를 내 눈동자에 정면으로 맞춰 엷은 미소를 지어보이며 진주 같은 치아를 드러내보였고, 두 번이나 명확하고 확실하게 고개를 끄덕였다고 말한다면 그 순간의 나의 놀라움, 광기 어린 머리의 혼란이 독자에게도 어느 정도는 전달될지도 모르겠다.

그 순간 내가 느꼈던 환희, 황홀감 ―그리고 끝을 알 수 없는 도취에 대해서는 군이 구구하게 설명할 필요가 없을 것이다. 만약 너무나도 행복한 나머지 미쳐버리는 사람이 있다면 그건 바로 그 순간의 나였을 것이다. 이것이야말로 나의 최초의 사랑 ―나는 그렇게 생각했다. 지고한 ―말로 표현할 수 없는 사랑이었다. 그야말로 '첫눈에 반해버린 것'이었다. 그것도 '첫눈에' 상대방에게 전달되었으며 ―보답을 받은 것이었다.

그렇다. 보답 받았다. 대체 왜일까, 같은 것 의심할 여유가 있었을까? 그처럼 아름답고 ―부유하며 ―아주 교양 있고 ―집안도 뛰어나며 ―사교계에서의 지위도 높은 ―모든 면에서 흠잡을 데가 없는 여자가 스스로 그러한 행동을 보였는데 그 외에 어떤 해석이 가능하단 말인가? 그렇다, 그녀는 나를 사랑한다. ―나의 정열적인 사랑에 대해서, 내게도 뒤지지 않을 만큼 맹목적인 정열로 ―내게도 뒤지지 않을 만큼 전신적인 ―순진무구한 ―이것저것 따지지 않고 깊이를 알 수 없는 격렬함으로 대답해준 것이다! 하지만 이와 같은 감미로운 공상과 고찰은 무대의 막이 내려감과 동시에 중단되고 말았다. 관객들은 자리에서 일어났고 평소와 다름없는 혼란이 계속되었다. 나는 탈보트를 내버려둔 채 당돌하게도 라랜드 부인에게 다가가려고 온갖 노력을 다 기울여보았다. 혼잡 때문에 뜻을 이룰 수 없어 추적을 포기하고 집으로 돌아왔다. 내일이면 탈보트를 통해서 정식으로 소개를 받을 수 있다는 생각으로, 그녀와 옷자락조차 스치지 못했다는 실망감을 스스로 달래며 그만 물러난 것이었다.

드디어 다음 날이 찾아왔다. 그토록 길고 견딜 수 없이 초조했던 밤이 드디어 밝기 시작한 것이다. 그로부터 '1시' 까지의 시간은 달팽이의 걸음처럼 한없이 더디 흘러갔다. 하지만 스탬불에도 언젠가는 종말의 때가 찾아온다는 비유처럼 그 길고 길던 시간도 드디어 끝날 때가 찾아왔다. 시계가 울렸다. 시계의 종소리가 멈추자마자 나는 Bxx관으로 들어가서 탈보트와 만나고 싶다고 말했다.

하인은 ―탈보트의 하인은 이렇게 말했다.

"외출 중이십니다."

나도 모르게 뒤로 대여섯 걸음 비틀비틀 물러나며 대답했다.

"외출 중이라고? 분명하게 말해두겠는데 그건 절대로 있을 수 없는 일이야. 탈보트는 외출 중이 아니라고. 대체 무슨 소릴 하고 있는 거야?"

"아닙니다, 손님. 탈보트 나리는 여기에 안 계십니다. 아침식사를 마치신 후 마차를 타고 Sxx으로 나가셨습니다. 일주일 정도는 돌아오시지 않을 예정이시랍니다."

나는 공포와 분노로 얼어붙은 듯 서 있었다. 답을 하려 했지만 혀가 말을 듣지 않았다. 결국은 분노로 창백해져서 탈보트 일가권속 모두 암흑세계로 떨어져버리라고 저주를 하며 발걸음을 돌렸다. 따뜻한 마음을 가진 탈보트, 그 오페라광이 나와의 약속을 완전히 잊어버렸다. ―그는 틀림없이 약속을 한 순간 그것을 잊어버렸을 것이다. 어떤 경우에라도 약속을 엄격하게 지키던 친구가 아니었던가? 하지만 어쩔 수 없는 일이었다. 분함을 가능한 한 억제하면서 우울한 기분으로 걸었는데 그러면서 만나는 모든 남자 친구들에게 라랜드 부인에 대한 질문을 헛되이 되풀이했다. 모든 사람들이 그녀에 대한 소문을 들었으며, 모습을 본 사람도 적지 않다는 사실을 알 수 있었지만, 이곳에 온 지 아직 1주일밖에 지나지 않았기 때문에 친하게 지내는 사람은 극히 적었다. 그 소수의 사람들도 그녀와 알게 된 지 얼마 되지 않았기 때문에 오전 중의 정식 방문에 나를 데리고 가서 그녀에게 소개시켜줄 수 입장은 아니었다. 아니, 그렇게까지는 해주지 않았다. 이런 연유로 절망감에 빠져서 세 친구와 내 마음을 앗아가 버린 대상에 대해서 이야기하고 있을 때 우연히도 그녀가 우리 앞을 지나갔다.

친구 중 한 명이 큰소리로 말했다.

"저기 봐, 바로 그 여자야!"

두 번째 친구가 외쳤다.

"놀라운 미모로군."

세 번째 친구가 감탄했다는 듯 말했다.

"하늘에서 내려온 선녀야."

나는 그쪽으로 시선을 돌렸다.

거리를 달려 천천히 우리 쪽으로 다가오고 있는 뚜껑 없는 마차에 정말로 어젯밤 오페라 극장에서 보았던 매력적인 환영이 타고 있었다. 그때 동석했던 젊은 여자도 함께 있었다.

처음에 외쳤던 친구가 다시 말했다.

"같이 있는 여자도 아주 보기 좋은데."

두 번째 친구가 말했다.

"정말 놀라운걸. 여전히 저렇게 아름답다니. 허긴, 화장은 기적을 일으키니까. 솔직히 말하자면 5년 전 파리에서 봤을 때보다 더 아름다운데. 여전히 미인이야, 안 그런가? 프르와사르 —아니, 뭐냐……, 심슨."

내가 말했다.

"여전히라고? 당연하지. 하지만 다른 한 사람과 비교하면, 초저녁 명왕성 앞의 촛불, 아니 안타레스(전갈좌의 1등성) 앞의 반딧불이라고 해야겠군."

"하, 하, 하. 자네는 놀라운 발견을 할 줄 아는 재주를 가졌군. 아주 진기한 것을 발견할 줄 아는."

우리는 거기서 헤어졌는데 세 명 중 한 명이 경쾌한 보드빌(풍자적 유행가)을 불렀지만 나는 그것의 한 구절밖에 들을 수 없었다.

「니논, 니논, 니논을 해치워라—
니논 랑클로를 해치워라」

이런 비참한 상황 속에서도 크게 위로가 될 만한 일이 한 가지 일어났다. 나를 괴롭히는 정념을 한층 더 끓어오르게 하는 것이기도 했지만. 라랜드 부인의 마차가 우리 곁을 스쳐나갈 때, 그녀가 나를 알아보았다는 사실을 알 수 있었던 것이다. 그것뿐만 아니라 나를 알아보았다는 표시로 천사의 것이라고 생각되는 미소를 던진 것이었다.

소개에 관해서는, 언젠가 탈보트가 시골에서 돌아올 마음이 생길 때까지는 모든 희망을 버릴 수밖에 없었다. 그동안 나는 모든 공적 오락이 열리는 장소에 끊임없이 출입해봤다. 그러다 결국은 처음 만났던 그 극장에서 다시 그녀의 모습을 발견, 다시 한 번 시선을 주고받는 최고의 행복을 맛보았다. 그런 일이 있기까지 2주일이라는 시간이 걸렸다. 그 2주일 동안, 하루도 빠짐없이 호텔로 탈보트를 찾아갔다가 하인의 '아직 돌아오시지 않으셨습니다.' 라는 말을 되풀이해서 들어야 했기 때문에 전신이 떨려오는 듯한 분노를 느끼지 않을 수 없었다.

그랬기에 그녀를 만난 날은 거의 미친 사람과 같은 상태에 빠져버리고 말았다. 라랜드 부인은 파리 출생으로 얼마 전에 파리에서 왔다는 얘기를 들었다. ─그렇다면 갑자기 돌아가 버릴지도 ─탈보트가 돌아오기 전에 돌아가 버릴지도 ─그리고 내 앞에서 영원히 사라져버릴지도 모르지 않는가? 이런 생각은 견딜 수 없는 것이었다. 내 미래의 행복이 걸려 있는 문제이니 남자답게 결단력을 가지고 행동하자고 결심했다. 즉, 연극이 끝난 뒤 그녀가 머물고 있는 곳까지 따라가서 주소를 확인하고 이튿날 아침 내 쌓인 마음을 자세히 편지로 적어 그녀에게 고백을 한 것이었다.

나는 대담하고 솔직하게 썼다. ─즉, 정열을 담아서 편지를 썼다. 나는 무엇 하나 ─나의 약점까지도 숨기지 않았다. 나는 처음 만났을 때의 로맨틱했던 일들에 대해서 썼으며 ─시선이 마주친 일에 대해서까지 썼다. 그녀의 애정을 확신하고 있다고까지 적었다. 그러한 확신과 강렬한 애정이 있기 때문에 이 구제할 길 없는 나의 행동도 용서받을 수 있을 것이라고도 썼다. 변명처럼 들릴지 모르겠지만 그 이유로는, 정식으로 소개받을 기회를 얻기 전에 그녀가 이곳에서 떠나버릴지도 모른다는 걱정거리를 들었다. 그리고 마지막으로 나의 사회적 입장 — 재산에 대한 솔직한 설명과 결혼을 청한다는 말로 이 거친 격정의 편지를 마무리 지었다.

고통스러운 기대감 속에서 나는 답장을 기다렸다. 마치 한 세기가 지난 것 같은 느낌이 든 후에 편지가 도착했다. 그렇다, 진짜로 도착한 것이었다. 앞의 얘기가 제 아무리 낭만적으로 보인다 할지라도, 어쨌든 라랜드 부인의 — 그 아름답고 부유한 나의 우상인 라랜드 부인으로부터 실제로 편지를 받은 것이었다. 그녀의 눈 — 그 품격 있는 눈빛은 그녀의 고귀한 마음을 배반하지 않았다. 진정한 프랑스 여인답게 그녀는 이성의 솔직한 지령에 — 그녀의 무엇에도 구애받지 않은 본성에 따라서 세상의 인습적인 권위 같은 것은 완전히 무시해버린 것이다. 그녀는 나의 청을 거절하지는 않았다. 침묵 속으로 몸을 숨기지도 않았다. 나의 편지를 뜯어보지도 않은 채로 되돌려 보내지도 않았다. 그녀의 사랑스러운 손가락으로 쓴 답장을 나에게 보내기까지 한 것이었다. 그 편지에는 다음과 같은 내용이 적혀 있었다.

「심슨 씨, 당신 나라의 아름다운 말로 쓰지 못해서 용서해주세요. 아주 최근에, 온 지 얼마 되지 아나서 아직 기회 — 공부할 기회, 없었어요.

　깊히 사과하며, 저는 이렇게 말하겠어요. 아! ─심슨 씨의 추측은 너무 정확해요. 이 이상 말할 필요가 있나요? 아! 저는 더 이상 말할 수 없어요.

　유제니 라랜드」

　이 품격 있는 편지에 나는 몇 만 번이나 입을 맞췄으며, 지금은 잊어버렸지만 그 편지 때문에 여러 가지 유치한 행동들을 거침없이 해댔다. 탈보트는 여전히 돌아올 기색을 보이지 않았다. 그의 부재가 친구의 마음에 불러일으킨 괴로움을 아주 조금이라도 깨달았다면 동정심 많은 그 친구가 도움을 주러 달려오지 않았을 리가 없다. 하지만 그는 여전히 돌아오지 않았다. 나는 편지를 썼다. 그는 답장을 보내왔다. 긴급한 용무 때문에 지금은 갈 수 없지만 머지않아서 돌아갈 예정이라고 적혀 있었다. 너무 초조해지지 않도록 나의 환희를 억누르고 ─마음을 달랠 수 있는 책을 읽고 ─백포도주보다 강한 술은 마시지 말고 ─철학적 위안에서 도움을 얻으라고 적혀 있었다. 멍청한! 직접 올 수 없다면 대체 어째서 소개장을 동봉하지 않은 걸까? 그에게 다시 편지를 써서 바로 소개장을 보내달라고 부탁했다. 내 편지는 그 하인의 손에 의해서 반송되어 왔는데 연필로 급하게 쓴 다음과 같은 글이 적혀 있었다.

　「어제 Sxx를 출발, 행방불명. ─어디로 간다는 말도 없었습니다. ─또 돌아올 날짜도 ─따라서 반송하는 것이 좋을 것이라고 생각했습니다. —나리의 필적을 알고 있고 또 언제나 급한 용무라는 것을 알고 있기에.

스탭스」

이 글을 읽은 나는 말할 필요도 없이, 주인과 하인 모두 지옥에나 떨어지라고 욕을 해댔다. —하지만 화를 내봐야 소용없는 일이었으며, 불평을 해봐야 아무런 위로도 되질 않았다.

그러나 나의 선천적인 대담함에 의지하는 방법만은 아직도 남아 있었다. 지금까지 그 대담함으로 일을 여기까지 끌고 왔으니 그것으로 마지막까지 밀어붙여야겠다고 결심했다. 그리고 이런 편지까지 주고받았으니 조금은 예의에 어긋나는 행동을 한다 해도 라랜드 부인이 그것을 무례한 행동이라고 보지는 않을 것 같았다. 편지를 주고받은 이후에 나는 계속해서 그녀의 집을 감시하고 있었기 때문에, 저물녘에 주인에게서 받은 옷을 입은 흑인 한 사람을 데리고 집에서 바로 내려다보이는 광장으로 산책을 나가는 것이 그녀의 습관이라는 사실을 알고 있었다. 결국 아름다운 한여름날의 저물녘, 무성하고 짙은 그림자를 늘어뜨리고 있는 광장의 가로수 사이에서 기회를 엿보고 있다가 그녀를 불러 세웠다.

함께 따라나온 하인을 속이기 위해서 나는 오랜 친구처럼 침착한 태도를 보였다. 그녀도 파리사람다운 침착한 태도로 즉석에서 장단을 맞추며, 그 매혹적이며 사랑스러운 손을 내밀어 인사를 해주었다. 하인은 얼른 뒤로 물러섰다. 우리는 누구의 방해도 받지 않고 사랑에 넘쳐나는 마음으로 천천히 이야기를 나눴다.

라랜드 부인의 영어는 앞서 소개한 편지보다 더욱 서툴렀기 때문에 우리는 어쩔 수 없이 프랑스어로 이야기를 나눴다. 나는 천성적인 성급한 격정이 가는 데로 몸을 맡긴 채, 이 정열적인 대화에 가장 어울리는 감미로운 언어로, 사용할 수 있는 모든 웅변을 전부 사용하여 한시라도 빨리 결혼에 동의해달라고 부탁했다.

　　나의 성급함에 그녀는 미소 지었다. 그녀는 형식적인 세상의 체면을 ―수많은 사람들을 행복에서 멀어지게 하고 심지어는 행복의 기회마저도 영원히 허무하게 지나가버리게 만드는 그 괴물을 방패로 삼았다. 그녀는 말했다. ―당신은 생각 없이 나와 사귀고 싶다고 ―즉, 아직 친분이 없다는 사실을 친구들에게 널리 말했다. ― 따라서 우리가 알게 된 날만은 누구에게도 숨길 수 없게 됐다고. 그리고 얼굴을 붉히며 만난 날이 너무 짧다는 사실에 대해 언급했다. 바로 결혼하는 것은 체면을 구기는 일이며 상식에 반하는 일이고 ―너무 극단적이라고 말했다. 이 모든 사실들을 한없이 매력적이고 수줍은 태도로 말했기 때문에 나는 슬픔을 느끼며 그녀의 말에 수긍하면서도 황홀경에 빠져들었다. 그녀는 웃으며 나의 성급함을 ―무분별함을 책망하기까지 했다. 대체 자기가 누군지 ―미래에 대한 전망, 친척관계, 사교계에서의 지위 등 무엇 하나 아는 것이 없지 않느냐고 했다. 그녀는 한숨을 내쉬면서도 생각을 바꾸라고 청하고, 나의 사랑을 혹닉(惑溺), 덧없는 환상, 한순간의 마음의 방황이나 변덕이며 ―마음이 아닌 상상력이 낳은 불안정하고 근거도 없는 산물이라고 말했다. 이런 이야기를 주고받는 동안 감미로운 저녁시간은 점점 우리 주위에 짙은 그림자를 남기며 어둠

을 더해 갔고, 마침내 그녀의 요정 같은 손으로 가볍게 미는 것만
으로도 지금까지 쌓아왔던 모든 논의의 산이 순식간에 허물어져버
렸다.

나는 열렬하게 ─참된 연인에게서만 볼 수 있는 열렬함으로 그
녀에게 대답했다. 나의 열정과 헌신에 대해서, 그녀의 말할 수 없
는 미모에 대해서 그리고 나의 온몸으로 느껴지는 찬탄에 대해서
쉴 새 없이, 아주 자세하게 이야기했다. 그리고 마지막으로 나는
사랑의 행로에 수반되는 위험을 ─특히, 참된 사랑의 행로가 평탄
하지 못한 이유를 힘주어 말해 이처럼 필요 이상으로 사랑의 행로
를 늘이려 하는 명백한 위험을 줄이려고 노력했다.

특히 뒤에 들었던 논거가 그녀의 굳은 결의를 어느 정도 약하게
만들었던 모양이었다. 그녀의 굳은 마음도 조금씩 풀어지기 시작
했다. 하지만 당신께서 아직도 충분히 고려하지 않은 것임에 틀림
없는 장애가 한 가지 더 있어요, 라고 그녀는 말했다. 이것은 말하
기 어려운 ─특히 여성으로서는 더욱 말하기 어려운 점이에요.
그것을 말하기 위해서는 자신의 감정을 희생해야 한다는 사실을
알고 있어요. 하지만 당신을 위해서라면 그 어떤 희생이라도 마다
해서는 안 돼요, 라고 말하며 그녀가 꺼낸 얘기는 나이에 관한 문
제였다. 내가 과연 깨닫고 ─두 사람의 나이 차에 대해서 충분하게
깨닫고 있는지. 남편의 나이가 아내보다 몇 살 ─때로는 15세에
서 20세나 많아도 세상 사람들은 그것을 인정하며, 아니 오히려
당연하게 여기지만 아내의 나이가 남편보다 많아서는 절대로 안
된다고 생각하고 있으며 그녀 자신도 언제나 그렇게 믿어왔다고

했다. 이와 같은 부자연스러운 차이가 두렵게도 실생활에서의 불행을 낳는 경우는 너무나도 많다고 했다. 그리고 내가 스물두 살을 넘지 않았다는 사실을 알고 있다고 했다. 하지만 나는 그녀의 나이가 그것보다 아주 많다는 사실을 알지 못하는 것이 아니냐고 물었다.

그녀의 이와 같은 말은 영혼의 고귀함을 —당당한 솔직함을 엿볼 수 있게 하는 것이었기에 —오히려 나를 기쁘게 했으며 —매혹시켰고 —나를 묶고 있는 밧줄을 영원히 풀 수 없는 것으로 만들어버렸다. 나의 마음을 사로잡아버린 격렬한 환희의 감정을 억누를 수가 없었다.

내가 외쳤다.

"오, 사랑하는 유제니, 당신은 왜 그런 말씀을 하시는 겁니까? 당신의 나이가 나보다 조금 많기는 하지만 그게 대체 어쨌다는 말입니까? 세상의 관습이란 전부 인습적인 어리석은 행동에 불과합니다. 우리처럼 서로 사랑하는 사람들에게 1년이 됐든 1시간이 됐든 그게 무슨 상관이란 말입니까? 저는 스물두 살입니다. 좋습니다. 그게 마음에 걸린다면 이 자리에서 스물세 살이라고 말해도 상관없습니다. 하지만 당신의 나이도 기껏해야 그……, 기껏해야 그……, 그……."

여기서 나는 잠깐 입을 다물었다. 라랜드 부인이 내 입을 막고 자신의 진짜 나이를 말해줄 것이라고 기대하고 있었기 때문이었다. 하지만 프랑스 여인은 귀찮은 질문에 대해서는 직접적으로 대답하지 않고 언제나 독특하고 편리한 대답을 준비해두고 있는 법이다. 유제니는 한동안 가슴 속에서 무엇인가를 찾는 것 같더니 곧 잔디 위로 정밀화가 그려진 로켓을 떨어트렸다. 나는 바로 그것을 주워 그녀에게 건네줬다.

그녀는 특유의 매혹적인 미소를 지으며 말했다.

"드리겠어요. 소중하게 간직해주세요. ─그 속에 있는 나를 위해서, 아니 너무나도 잘 그려진 제 초상화를 위해서. 그리고 그 뒤를 보시면 바라던 사실을 알게 되실지도 몰라요. 벌써 어두워지기 시작했으니 ─아침에 혼자서 천천히 살펴보세요. 그리고 오늘 밤에는 저를 바래다주실 거죠? 조그만 음악회를 열 예정이라 친구들도 와 있고 그중에는 노래를 꽤 잘하는 사람도 있어요. 우리 프랑스 사람들은 미국 사람들처럼 꼼꼼하지 못하기 때문에 당신을 오래 전부터 알고 지내던 친구라고 살짝 속이고 데려가는 것은 그리 어려운 일이 아닐 거예요."

이렇게 말한 그녀는 내게 팔짱을 끼었으며, 나는 그녀의 집까지 따라갔다. 매우 훌륭한 저택으로 장식품도 수준 높은 취향을 말해주고 있었다. 하지만 그 점에 대해서 나는 판단할 자격이 없는 듯하다. 왜냐하면 우리가 도착했을 때는 이미 새카만 어둠이 내려 있었기 때문이었다. 무더운 여름 동안, 미국 상류계급의 저택에서는 하루 중 가장 기분 좋은 저물녘에는 거의 등불을 사용하지 않는다. 우리가 도착한 지 30분 정도 지나서야 커다란 객실에 갓을 씌운 아르간 등이 하나 밝혀졌다. 그제야 이 집이 흠잡을 데 없이 훌륭한 취향으로 통일 되어 있다는 ─장려하다고 말하고 싶을 정도라는 사실을 알 수 있었는데 또 다른 두 개의 방은 ─주로 사용된 것은 이쪽 방이었다─ 그날 밤 내내 기분 좋은 어스름 속에 그대로 내버려두었다. 이것은 뛰어난 착상에서 나온 습관이었다. 손님은 명암, 어느 쪽이든 자유롭게 선택할 수 있었으며, 바다 건너 나라들에서도 바로 채용하지 않을 수 없는 좋은 습관이었다.

이렇게 보낸 밤은, 의심할 여지도 없이 내 생애 중에서도 가장 감미로운 밤이었다. 라랜드 부인은 친구의 음악적 능력을 과대평가한 것이 아니었다. 그날 밤 내가 들은 노래는 빈을 제외한다면 그보다 더 뛰어난 노래를 아마추어들의 모임에서 들어본 적이 없었다. 악기의 연주자들도 많았는데 모두 준수했다. 노래를 부른 사람은 대부분 여자들이었는데 모두가 상당한 실력을 자랑하고 있었다. 드디어 '라랜드 부인' 차례가 되자 얌전을 빼지도 않고 우물쭈물하지도 않고 그때까지 나와 나란히 앉아 있던 의자에서 가뿐히 일어나 한두 명의 신사와 오페라를 보던 날 밤에 함께 있었던 여자 친구와 함께 커다란 응접실의 피아노가 있는 곳으로 다가갔다. 나도 함께 가고 싶었지만 정식으로 소개를 받지 못했으니 타인의 눈에는 띄지 않는 편이 좋겠다고 생각했다. 그래서 나는 듣는 즐거움은 커녕 그녀가 노래 부르는 모습을 보는 즐거움까지 빼앗겨버렸다.

그녀가 그 자리에 나란히 앉아 있는 사람들에게 준 인상은 매우 강렬한 것이었는데 내가 받은 인상은 그보다 훨씬 더 강한 것이었다. 어떻게 설명을 해야 할지 모르겠다. 그 이유 중 하나는 물론 내 마음을 가득 채우고 있던 사랑의 감정 때문이기도 했지만, 무엇보다도 노래 부르는 사람의 빼어난 감수성이 내게 그런 느낌을 품게 했기 때문이었다. 아리아도 레치타티보도 그처럼 정열적인 표현을 부쳐한다는 것은 제 아무리 기교를 다한다 해도 불가능할 것이다.

『오셀로』(베르디의 오페라) 속의 서정곡을 부르는 모습 —「캐풀랫가」의 「내 묘비에」라는 말에 부여한 느낌은 아직도 내 기억 속에 남아 있다. 그녀는 3옥타브를 완벽하게 낼 수 있었는데 알토의 하에서 소프라노의 하까지를 낼 수 있었다. 성 카를로스 교회에서도 울려 퍼질 만큼 힘 있는 목소리였으면서도 발성 상의 모든 어려움을 —음악의 오르내림, 억양, 장식음도— 조금의 빈틈도 없이 소화해내는 것이었다. 목소리를 떨어야 하는 마지막 부분 중 다음 부분에서는 놀라운 효과를 거뒀다.

　아! 사람의 마음은 만족을 모른다지만
　충만한, 나의 마음

　이 부분에서는 말리브란을 흉내 내 벨리니의 원래 음악을 바꿔 그녀의 목소리를 테너의 도로 내렸다가 곧 신속한 전환으로 중간의 두 옥타브를 뛰어넘어 세 옥타브의 도를 내는 것이었다.
　이처럼 발성 상의 기적을 행한 뒤 피아노 곁을 떠나 다시 나와 나란히 앉았다. 나는 열렬한 어조로 훌륭한 노래였다고 칭찬했다. 내가 얼마나 놀랐는지에 대해서는 전혀 언급하지 않았지만 나는 말할 수 없을 만큼 깜짝 놀랐다. 그녀는 평소 대화를 나눌 때조차도 일종의 나약함이라고 해야 할지, 어떤 불안정한 떨림이 전해졌기 때문에 노래를 부를 때 그처럼 놀라운 힘을 보일 것이라고는 전혀 생각지도 못하고 있었다.
　우리 두 사람의 열의 담긴 대화는 오래도록 끊임없이 이어졌으며, 매우 솔직했다. 그녀는 나에게 어렸을 때의 일들에 대해서 많이 물어봤으며, 숨을 죽여서 한 마디 한 마디에 귀를 기울였다. 나는 신뢰에 넘친 사랑을 보내오는 그녀에게 무엇 하나 감추지 않았다. ─감출 권리가 없다고 느낀 것이었다. 그녀의 나이라는 말하기 힘든 문제를 굳이 언급한 솔직함에 힘을 얻은 나는 더할 나위 없는 솔직함으로 수많은 사소한 악행을 자세하게 얘기했을 뿐만 아니라 정신적인 약점 심지어는 육체적인 약점까지도 남김없이 밝혀버렸다. 이와 같은 고백이야말로 한층 더 커다란 용기를 필요로 하는 것이었고, 따라서 한층 더 확실한 사랑의 징표였다. 나는 대학시절의 무분별함에 대해서 이야기했으며 ─낭비와 지나친 음주에 대해서 이야기했으며 ─빚과 여자관계에 대해서까지 이야기했다. 그리고 한동안 나를 괴롭혔던 기침에 대해서 ─만성 류머티즘과 유전성 통풍에 대해서 ─그리고 심지어는 지금까지 숨겨왔던 불쾌하고 불편한 시력에 대해서까지 밝혔다.

라랜드 부인이 웃으며 말했다.

"당신은 지금까지 너무 무분별하게 많은 것들을 밝히셨어요. 왜냐하면 만약 말씀을 하시지 않으셨다면 누구 하나 눈치 채지 못했을 테니까요. 때로는" 그녀가 바로 계속해서 말을 이었다. "기억하고 계신가요?" 이때, 방이 어두움에도 불구하고 그녀의 뺨이 붉게 물든 것을 확실하게 본 듯한 느낌이 들었다. "당신이 기억하고 계실까요? 제가 지금 목에 걸고 있는 이 귀여운 안과의 조수를?"

이렇게 말하면서 그녀는 오페라를 보던 날 밤, 나를 매우 당황하게 만들었던 그 쌍안경을 손가락으로 빙글빙글 돌려보였다.

"네, 물론 기억하고 있습니다."

내게 보이려고 썽안경을 내민 귀여운 손을 꼭 쥐며 내가 외쳤다. 조각과 섬세한 공예가 가득 담긴 안경은 정교한 완구처럼, 희미한 불빛 속에서도 얼마나 귀중한 물건인지를 알 수 있었다.

그녀가 의외다 싶을 만큼 침착하지 못한 어조로 말을 이었다.

"당신은 아주 중요하다고 말씀하신 일을 제게 부탁하셨었죠? 내일 결혼하자고 청하셨죠? 만약 제가 당신의 청을 ─아니, 당신의 청은 동시에 제가 진심으로 바라는 일이기도 하지만─ 청을 받아들인다면 저도 청을 드려도 괜찮을까요? 아주 ─아주 사소한 청이에요."

주위 사람들의 주의를 끌지 않게 자신 있는 어조로 나는 대답했다. 주위에 아무도 없었다면 그녀 앞에 무릎을 꿇었을 것이다.

"말씀하십시오. 사랑하는 유제니, 말씀하세요. ─아, 말씀하시기 전부터 청은 이미 이루어진 것이나 다름없습니다."

그녀가 말했다.

"그렇다면 사랑하는 유제니를 위해서 지금 밝히신 조그만 약점을 극복해주세요. ─그 약점은 육체적인 것이라기보다는 정신적인 것─확실히 말씀드릴 수 있는데─, 당신의 본성에는 전혀 어울리지 않는 것─평소의 성격과는 어울리지 않는 것─으로 그대로 내버려두면 틀림없이 조만간에 불쾌하고 어려운 일을 당하게 될 거예요. 부디 저를 위해서라도 그 거만함을 극복해주세요. ─당신도 인정하고 계신 것처럼 거만함 때문에 시력이 좋지 않다는 사실을 모르는 척 하고, 또한 암암리에 부인하고 계신 거니까요. 대체로 좋지 않은 시력을 보완할 수 있는 평범한 수단을 쓰지 않으신다는 것은, 스스로 자신의 약점을 부인하고 있다는 것과 다를 바 없는 거예요. 그러니까 다시 말씀드리자면 안경을 써주셨으면 해요. —아, 아무 말 마세요 —벌써 쓰신다고 말씀하셨잖아요. —나를 위해서. 그렇다면 지금 제가 손에 들고 있는 이 귀여운 완구를 드리겠어요. —아니요, 시력에는 아주 커다란 도움이 되지만, 보석으로서는 그리 대단한 것이 못 돼요. 보세요, 이렇게 —그리고 이렇게 아주 조금만 조절하면 안경처럼 눈에 걸 수 있어요. —영 신경 쓰이시면 조끼 주머니에 넣으셔도 상관없어요. 어쨌든 늘 안경을 쓰시겠다고 이미 약속하셨죠?"

솔직히 말하자면 이 요구는 나를 적잖이 혼란스럽게 만들었다. 하지만 그보다 훨씬 더 중요한 문제가 걸려 있기 때문에 주저한다는 것은 있을 수도 없는 일이었다.

나는 가능한 한 그렇게 하겠다는 뜻을 내비치며 외쳤다.

"쓰겠습니다. 쓰고말고요. —기꺼이 승낙하겠습니다. 당신을 위해서라면 어떤 감정도 희생하겠습니다. 오늘 밤부터 당장 이 선물을 쌍안경으로 쓰기 위해 이 가슴에 걸어놓도록 하겠습니다. 그리고 내일 —당신을 제 아내라고 부를 날이 되자마자 —안경으로써 제 —코에 걸어놓고 —이후부터는 죽 그대로 사용하겠습니다. —그다지 낭만적이지도 멋있지도 않을지는 모르겠지만 당신 말씀대로 틀림없이 편하게 쓸 수 있을 겁니다."

이후로 두 사람은 내일 지켜야 할 자세한 일에 대해서 이야기를 나눴다. 마침 탈보트도 막 이곳으로 돌아왔다고 약혼녀가 가르쳐주었다. 그래서 바로 그를 찾아갔다가 마차를 장만하기로 했다. 이 파티는 2시경까지 계속 될 것이니 그때까지 마차를 문 앞에 준비해두기로 했다. 사람들이 돌아가는 혼잡한 틈을 이용해서 라랜드 부인도 별 어려움 없이 들키지 않고 마차에 오를 수 있을 것이다. 그런 다음 두 사람은 기다리고 있는 목사의 집으로 가서 결혼식을 올린 뒤, 탈보트와 헤어져 동부로 조그만 여행을 떠날 계획이었다. 이곳의 사교계에서 어떤 소문이 나돌든지 그런 것에는 신경 쓰지 말자는 등의 이야기를 나눴다.

　이렇게 계획을 세우자마자 나는 바로 자리에서 벗어나 탈보트를 찾으러 나갔는데 도중, 호텔 입구에 들어서자마자 멈춰 서서 그녀가 준 미세화를 살펴보지 않을 수 없었다. 나는 안경의 위력을 십분 활용하여 그것을 바라보았다. 얼굴은 더할 나위 없이 아름다웠다. 크고 반짝이는 눈! ―고고한 그리스풍의 코! 곱슬곱슬하고 숱이 많은 머리! 나는 완전히 넋을 잃고 이렇게 외쳤다.

　"아, 이것이 바로 내 사랑하는 사람의 모습이다!"

　뒤집어 보니 글씨가 눈에 들어왔다.

　'유제니 라랜드 ―27세 7개월.'

　탈보트는 호텔에 있었기에 바로 나의 행운을 그에게 들려주었다. 물론 그는 아주 의외라고 말했지만 정중하게 축하의 말을 한 뒤 가능한 한 힘이 되어주겠다고 했다. 우리는 미리 정해둔 계획을 엄밀하고 정확하게 실행하여 오전 2시, 모임이 끝나기 꼭 10분 전에 나는 라랜드 부인―아니, 심슨 부인이라고 해야 할 것이다―과 함께 좁다란 마차에 올라 북동북쪽을 향해 급하게 달려 마을에서 벗어났다.

탈보트와 이야기한 끝에 우리는 밤새도록 달려 마을에서 20마일 정도 떨어진 Cxx라는 마을에 우선 들러 이른 아침을 먹고 잠시 휴식을 취한 뒤 계속 여정을 이어가기로 했다. 마차는 정각 4시에 여관의 문 앞에 멈춰 섰다. 나는 사랑하는 아내의 손을 잡아 마차에서 내려줬고 바로 아침을 준비해달라고 부탁했다. 기다리는 동안 조그만 휴게실로 안내되어 자리에 앉았다.

거의 새벽이 다가오고 있었다. 뒤돌아서 내 곁의 천사와도 같은 아내 쪽으로 시선을 돌려 넋을 놓고 바라보고 있자니 문득 기묘한 생각이 들었다. 이 유명한 미녀 라랜드 부인과 알게 된 이후, 하루 종일 가만히 상대방을 바라본 것은 이번이 처음이 아닌가하는 생각이었다.

그녀가 내 손을 잡고 말을 걸어와 내 생각을 끊어놓았다.

"당신, 이제 우리는 떨어질 수 없는 사이가 되었고 —당신의 열렬한 청에 따라서 제가 지켜야 할 약속을 지켰으니 —당신에게도 아주 조그만 —반드시 지키겠다고 말씀하신 약속이 있다는 사실을 잊지 말아주세요. 잠시만이요. 제가 기억해보겠어요. 어젯밤 당신이 유제니에게 하신 약속은 하나도 잊지 않고 기억하고 있어요. 들어보세요, 이렇게 말씀하셨어요. '쓰고말고요. —기꺼이 승낙하겠습니다. 당신을 위해서라면 어떤 감정도 희생하겠습니다. 오늘 밤은 이 선물을 쌍안경으로 쓰기 위해 이 가슴에 걸어놓도록 하겠습니다. 그리고 내일 —당신을 제 아내라고 부를 날이 되자마자 —안경으로써 제 —코에 걸어놓고 —이후부터는 죽 그대로 사용하겠습니다. —그다지 낭만적이지도 멋있지도 않을지는 모르겠지만 당신 말씀대로 틀림없이 편하게 쓸 수 있을 겁니다.' 라고 말씀하시지 않으셨나요?"

내가 말했다.

"맞습니다. 정말 대단한 기억력입니다. 네, 유제니. 그런 사소한 약속의 실행을 피할 마음은 조금도 없습니다. 자, 보십시오. 의외로 잘 어울리죠?"

나는 신중하게 안경을 걸쳐야 할 곳에 걸쳤다. 심슨 부인은 모자를 조금 고쳐 쓰더니, 팔짱을 끼고 의자에 앉은 채 자세를 바로잡았는데 조금 딱딱하고 시원한 —사실은 그다지 보기 좋지 않은 자세를 취했다.

안경을 내 코에 걸치려던 순간 나는 소리를 질렀다.

"이게 어떻게 된 거지? 아, 어떻게 된 걸까? —안경이 어떻게 돼버린 걸까?"

그리고는 바로 안경을 벗어 비단 손수건으로 꼼꼼하게 닦은 뒤 다시 안경을 썼다.

처음 썼을 때, 놀라움을 일으킬 만한 일이 일어났다고 한다면, 두 번째 썼을 때 그 놀라움은 까무러칠 것 같은 기분으로까지 상승되었다. 이때의 경악은 아주 크고 —극단적이고 두려운 것이라고까지 말할 수 있을 것이다. 대체 어떻게 된 일일까? 내 눈을 믿어도 된단 말인가? 정말로 믿어도 된단 말인가? —그게 문제였다. 정말 이게 —이게 —이게 유제니 라랜드의 얼굴의 주름일까? 아, 주피터, 아니 크고 작은 모든 남신여신들이여—. 대체— 대체—

그녀의 이는 어떻게 됐단 말인가? 나는 거칠게 안경을 바닥으로 내던지고 자리에서 벌떡 일어나 바닥 중앙에 서서 두 손을 허리에 댄 채 심슨 부인을 바라보고 입에 거품을 물며 이를 허옇게 드러내고 공허한 웃음을 웃으면서도 동시에 공포와 분노 때문에 말을 할 수가 없었다.

이미 말한 것처럼 유제니 라랜드 부인 —즉, 심슨 부인은 영어를 할 수는 있었지만 기껏해야 내게 보낸 편지 정도의 수준이었다. 따라서 평소 그녀가 영어를 사용하지 않으려 한다는 것은 어쩌면 당연한 일이었다. 하지만 미칠 듯한 분노에 사로잡힌 여자란 극단적인 짓까지 하는 법이다. 이때 심슨 부인은 잘 알지도 못하는 언어로 말을 하려는 무시무시한 극단으로 치달았다.

"저, 당신."

그녀는 아주 놀랐다는 표정으로 한동안 나를 바라보다가 이렇게 말을 하기 시작했다.

"당신, —왜 그러시는 거죠? —왜 그러는 거예요? 춤이라도 추는 건가요? 저 싫다면 어째서 조사하지 않고 했나요?"

나는 숨을 크게 들이 쉰 뒤 말했다.

"제길! 이 늙어빠진 색녀!"

"나이 —늙어빠진? —저 그렇게 늙어빠지지 않았어요. 저 아직 여든둘을 넘기지 않았어요."

비틀비틀 벽 쪽으로 걸어가면서 내가 외쳤다.

"여든둘이라고? 여든둘이든 백이든 천이든 그게 무슨 상관이야? 그 로켓에는 27세 7개월이라고 적혀 있었어."

'네, 물론 —맞는 말이에요! —그대로에요. 하지만 그 그림은 55년 전에 그린 거예요. 제가 두 번째 남편인 라랜드 씨와 결혼했을 때, 첫 번째 남편인 므와사르 씨와의 사이에서 생긴 딸을 위해서 그린 거예요!"

"므와사르라고?"

그녀는 일부러 내 발음을 흉내 내면서 말했다. 솔직히 말하자면 나의 발음은 그다지 좋은 것이라고는 말할 수 없다.

"맞아요, —므와사르. 왜 그러시죠? 므와사르에 대해서 뭐 아시는 거라도 있나요?"

"아니, 이봐 할머니. —녀석의 일 같은 걸 알 리가 없잖아. 단지 예전의 내 조상과 이름이 같아서 말이야."

"같은 이름! 그 이름 때문에 어떤? —아주 좋은 이름이에요. —므와사르도 마찬가지에요. —그것도 아주 좋은 이름. 제 딸인 마드모아젤 므와사르, 그 사람은 무슈 브와사르와 결혼했어요. 그것도 아주 멋진 이름이에요."

내가 외쳤다.

"므와사르에 브와사르라고? 대체 어떻게 된 거지?"

"어떻게? —므와사르와 브와사르에요. 그리고 크르와사르와 프르와사르도 있어요. 이런 말 해도 좋은 건지는 모르겠지만. 제 딸의 딸 마드모아젤 브와사르, 이 사람 무슈 크르와사르와 결혼해요. 그리고 제 딸의 손녀딸인 마드모아젤 크르와사르, 이 사람 무슈 프르와사르와 결혼해요. 당신은 이것도 그다지 멋진 이름이 아니라고 말씀하실 것 같지만."

기절할 것 같은 기분으로 내가 말했다.

"프르와사르라고? 설마 므와사르에 브와사르, 크르와사르, 프르와사르라고 말한 건 아니겠죠?"

그녀는 의자에 몸을 깊이 묻고 두 다리를 길게 내뻗으면서 대답했다.

"네, 그렇게 말했어요. 맞아요. 므와사르, 브와사르, 크르와사르, 프르와사르에요. 그런데 무슈 프르와사르, 이 사람 뭐라고 할까? 아주 멍청한 사람이에요. 마치 당신 같은 멍청이. ─아름다운 프랑스를 버리고 한심한 미국에 왔어요. 여기에 와서 그 사람, 아주 아주 멍청한 아들을 낳았다고 해요. ─아직 그 사람을 보지는 못했지만. ─저도, 같이 온 스테파니 라랜드 부인도 그 사람의 이름, 나폴레옹 보나파르트 프르와사르라고 해요. 당신은 틀림없이 이것도 그리 멋진 이름이라고는 하지 않으시겠죠?"

이렇게 말을 마친 심슨 부인은 이야기의 길이 때문인지, 내용 때문인지 이상한 흥분상태에 빠져버렸다. 열심히 노력해서 여기까지 쉬지 않고 이야기한 그녀는 마치 마법에라도 걸린 사람처럼 의자에서 벌떡 일어나 굉장한 소리와 함께 바닥에 쓰러져버렸다. 바로 일어나자마자 이를 악물고, 두 손을 휘두르며, 소매를 걷어붙이고, 내 얼굴을 향해서 주먹을 내질렀다. 그리고 마지막으로는 머리에서 모자를 쥐어뜯으며, 그와 동시에 아주 값비싸고 아름다운 흑발의 가발을 쥐어뜯어 그 두 개를 고함소리와 함께 바닥에 집어던지고는 완전히 미쳐 판당고(경쾌한 세 박자의 스페인 당고)를 추는 것처럼 짓밟아댔다.

한편 나는 조금 전까지 그녀가 앉아 있던 의자에 털썩 주저앉았다. 그녀가 '비둘기 날개(뛰어올랐다가 두 발을 힘차게 내딛는 변형 스텝)'를 할 때마다 나는 번갈아가며 이렇게 말했다.

　"므와사르에 브와사르에 크르와사르에 나폴레옹 보나파르트 프르와사르! ─이봐요, 이봐요. 끔찍한 괴물할머니 그게 바로 나에요. 네? 들려요? 그게 바로 나에요"

　여기서 나는 젖 먹던 힘까지 짜내 소리를 질렀다.

　"나라고요! 나폴레옹 보나파르트 프르와사르라니까요, 바로 내가! 이야, 뭐라고 해야 하나. 내 결혼 상대는 다름 아닌 고조할머니였다!"

　유제니 라랜드, 다른 이름은 심슨 부인 ─원래는 므와사르였던 사람은 정말로 나의 고조할머니였다. 젊었을 때는 미인이었는데 여든 둘이 된 지금까지도 소녀시절의 멋진 키와, 조각과도 같은 머리의 윤곽, 아름다운 눈과 그리스풍의 코는 그 자취를 간직하고 있었다. 그와 같은 자취에 더해서 분, 립스틱, 가발, 의치, 복대, 교묘함의 극치를 달리는 파리 재봉사의 도움으로 프랑스 도시의 조금 고풍스러운 미녀 중 한 명으로 확고한 지위를 지켜올 수 있었던 것이다. 실제로 그런 면에 있어서 그녀는 그 유명한 니논 드 랑클로에 필적할 만한 사람이라 해도 좋을 것이다.

　그녀는 어마어마한 부자로 아이도 없이 두 번째 미망인이 되었는데 미국에 있는 나를 생각해내고 나를 상속자로 삼을 생각으로 그녀의 두 번째 남편의 먼 친척에 해당하는 아주 아름다운 여자 ─스테파니 라랜드 부인과 함께 미국으로 건너온 것이었다.

오페라를 보러 갔다가 나를 발견한 고조할머니는 내게 관심을 갖게 되었다. 쌍안경 너머로 바라보고 집안 대대로 내려오는 어떤 특징을 발견할 수 있었기 때문이었다. 그래서 흥미를 갖게 되었고, 또한 찾고 있는 상속자가 이 거리에 살고 있다는 사실을 알고 있었기에 나에 대해서 동행자에게 물어보았다. 동행했던 신사는 나를 알고 있었기에 이름을 가르쳐주었다. 이름을 알게 된 후, 그녀는 다시 한 번 나를 자세히 살펴보았다. 그렇게 주목하는 모습이 바로 내게 자신감을 불어넣어 주었으며, 앞서 이야기한 바보 같은 행동을 하게 한 원인이었다. 그런데 그녀는 어떤 기묘한 우연으로 나 역시도 그녀의 이름을 들어 알게 된 것이라고 착각을 하고 내게 인사를 한 것이었다. 내가 좋지 않은 시력과 화장의 교묘함에 속아서 알지도 못하는 부인의 나이와 매력을 잘못 알고 흥분해서 탈보트에게 이름을 물었을 때 그는 당연히 젊은 여자일 것이라고 착각, 진심으로 '저 유명한 라랜드 부인'이라고 대답한 것이었다.

　이튿날 아침, 내 고조할머니는 파리에서 알고 지내던 탈보트를 거리에서 만났다. 대화의 내용은 말할 필요도 없이 나에 대한 것이었다. 내 시력이 좋지 않다는 사실도 이야기 속에 등장했다. 나 자신은 전혀 모르고 있었지만 이 점 때문에 세상 사람들에게 상당히 좋지 못한 평을 듣고 있었던 듯했다. 그래서 나의 나이 든 친척은 내가 상대방을 제대로 알아본 것이 아니라, 사실은 극장에서 알지도 못하는 노부인에게 공공연히 연애를 걸어온 것이라는 사실을 깨닫고 크게 분개한 것이었다. 이와 같은 나의 분별없는 행동을 책망하기 위해서 그녀는 탈보트와 한 가지 계획을 세웠다. 그는 나를 소개시켜주는 일을 피하기 위해서 일부러 몸을 숨겼다. 내가 '아름다운 라랜드 부인'에 대해서 거리를 돌아다니며 물었을 때도 사람들은 물론 젊은 부인에 대해서 묻는 것이라고 받아들였던 것이다. 그렇게 해서 탈보트가 묵고 있던 호텔에서 나온 지 얼마 지나지 않아 만난 세 명의 신사들과 나눴던 대화의 내용과 그들이 '니농 드 랑클로'의 노래를 부른 이유를 간단하게 설명할 수 있게 되었다. 나는 라랜드 부인을 가까이서 볼 기회가 없었다. 음악회가 열렸던 밤에도 나는 어리석게 안경을 사용하지 않겠다고 결심했기 때문에 그녀의 나이를 끝내 알지 못했다. '라랜드 부인'의 순서를 알리는 소리는 물론 젊은 부인을 가리킨 것이었다. 이름을 듣고 일어난 것은 그녀였다. 하지만 고조할머니는 책략을 더욱 진전시키기 위해서 동시에 자리에서 일어나 커다란 응접실에 있는 피아노 옆까지 함께 간 것이었다. 만약 내가 함께 따라가겠다고 말하면 예의에 어긋나는 일이라며 나오지 않는 것이 좋다고 말할 생각이었다. 내게 진심으로 찬탄하게 만들고, 애인이 젊다는 인상을 새삼스레 갖게 하도록 만든 노래는 다름 아닌 스테파니 라랜드 부인의 것이었다. 안경을 선물한 것은 내게 한방 먹이려는 이번 장난에 더욱 벌을 가하기 위해서 —따끔한 경고를 더욱 뼈저리게 느끼도록 하기 위해서였다. 안경을 권한 것은 거만함을 책망할 기회를 만들기 위해서였는데 그것은 내게 아주 효과적인 것이었다. 노부인이 사용하던 알을 내 나이에 맞는 것으로 바꿔 끼웠다는 사실은 새삼스레 밝힐 필요도 없을 것이다. 실제로 내게 꼭 맞는 안경이었다.

목사는 단지 운명의 고리를 연결하는 흉내를 낸 것일 뿐, 탈보트의 쾌활한 술친구로 성직자와는 조금도 관계가 없는 사람이었다. 그리고 그는 훌륭한 '마부'이기도 했다. 그는 검은 성직자의 옷을 벗어던지자마자 커다란 외투를 두르고 마차에 올라 '행복한 신혼부부'를 마을 밖으로 데려갔다. 그 사람의 옆에 탈보트가 자리를 잡고 앉아, 이 두 악동은 '사냥감의 최후'를 똑똑히 지켜보았던 것이다. 여관 구석에 위치한 휴게실의 반쯤 열려진 창을 통해서 이 연극의 대단원을 빙글빙글 웃으며 즐기고 있었던 것이다. 나는 언젠가 이 두 사람에게 결투를 신청해야겠다고 생각하고 있다.

하지만 나는 고조할머니의 남편이 아니다. 그 사실을 생각할 때마다 내 마음 속에서는 무한한 안도감이 솟아오른다. —나는 라랜드 부인 —스테파니 라랜드 부인의 남편이다. 고조할머니가 돌아가시면 —만일 돌아가셨을 때의 일이지만— 내가 상속인이 될 수 있도록 지정해주셨을 뿐만 아니라, 그녀와의 결혼이 성립될 수 있도록 여러 가지로 손을 써주시기도 했다. 마지막으로 —이 일 이후로 나는 영원히 '연애편지' 같은 것과는 연을 끊었으며, 절대로 안경을 몸에서 떼지 않게 되었다.

타르 박사와 페더 교수의 치료법

18xx년 가을, 프랑스 남단 지방을 여행하던 중 내가 지나던 길에서 몇 마일 정도 떨어진 곳에 마침 한 '메종 드 상떼', 즉 사립 정신병원이 있었는데 그곳에 대해서는 파리에서 의사인 친구로부터 여러 가지 소문을 들은 적이 있었다. 나는 그런 곳을 한 번도 방문한 적이 없었기 때문에 이런 호기를 놓칠 수 없다고 생각, 동행하고 있던 사람(며칠 전에 우연히 알게 된 신사였는데)에게 한 시간 정도 시간을 내서 병원을 견학하자고 제안해봤다. 이 제안에 대해서 그 신사는 난색을 표명했는데 그 이유로 첫째, 길을 서두르지 않으면 안 되며 둘째, 광인을 보면 이상한 공포를 느낀다는 점을 들었다. 하지만 나를 생각해서, 자신의 호기심을 채울 기회를 포기하지 말라고 말하고, 당신이 오늘이나 늦어도 이튿날까지는 따라잡을 수 있도록 천천히 길을 가겠다고도 말해주었다. 나는 일단 그에게 작별을 고하면서 병원에 들어가기 어려울지도 모른다고 생각, 그 점에 관한 나의 걱정을 그에게 들려주었다. 그러자 그는, 실제로 원장인 메이야르 씨와 친하거나 소개장과 같이 신분을 증명할 만한 것을 가지고 있지 않으면 견학은 어려울지도 모른다, 사립 정신병원은 공립보다 훨씬 더 규정이 엄격하기 때문에, 라고 대답했다. 그리고 자신은 몇 년 전부터 메이야르 씨와 알고 지내는 사

이니 병원 입구까지 함께 가서 소개를 해줄 수도 있지만 자신은 병원에 들어가고 싶은 마음은 없다고도 덧붙였다.

그에게 감사의 말을 전하고 큰길에서 벗어나 잡초가 무성한 사잇길을 따라 30분 정도 걷다가 산중턱을 덮고 있는 밀림 속에서 길을 잃을 뻔했다. 눅눅하고 음울한 숲 속을 2마일이나 더 걸어가니 '메종 드 상떼'가 눈에 들어왔다. 매우 황폐하고 특이한 건물로 낡은데다 제대로 손질도 하지 않았기 때문에 사람이 살 것 같지 않은 집이라는 느낌조차 들었다. 그 모습이 내 속에 극도의 공포심을 불러일으켰기 때문에 나는 말을 멈추고 그대로 돌아갈까도 생각해보았다. 하지만 곧 자신의 나약함을 부끄럽게 여기고 길을 재촉했다.

입구에 가까이 다가가자 문이 조금 열려 있으며 그 안에서 남자가 문틈으로 밖을 내다보고 있다는 사실을 알 수 있었다. 그 사람은 바로 나와서 내 동행자의 이름을 부르고 정중하게 악수를 나눈 뒤 마차에서 내리라고 권했다. 그가 바로 메이야르 씨였다. 그는 풍채와 용모 모두가 당당한 옛날 풍의 신사로 세련된 언행과 엄숙하고 인상적인 위엄과 권위를 겸비한 사람이었다.

나의 동행자는 나를 소개한 다음, 병원을 견학하고 싶다는 나의 뜻을 전하고, 가능한 한 모든 편의를 제공하겠다는 메이야르 씨의 대답을 듣자마자 작별인사를 했다. 그것을 마지막으로 그와는 두 번 다시 만나지 못했다.

그가 떠나자 원장은 먼지 하나 없이 깨끗하게 정돈된 조그만 객실로 나를 안내했다. 그곳에는 많은 서적, 소묘, 화병, 악기 등 세련된 취미를 보여주는 것들이 놓여 있었으며 난로에는 밝게 불이 타오르고 있었다. 피아노 앞에 앉아서 벨리니의 아리아를 부르고 있던 것은 젊고 매우 아름다운 여자였는데 내가 안으로 들어서자 노래를 멈추고 우아하게 인사를 하며 나를 맞아주었다. 그녀의 목소리는 낮았으며 동작 전체가 조심스러웠다. 그녀의 얼굴에서는 슬픔의 흔적이 엿보이는 듯한 느낌이 들었는데 내 취향대로 말하자면 얼굴이 지나치게 창백했다. —하지만 불쾌함을 줄 정도의 창백함은 아니었다. 그녀는 검은 상복을 입고 있었는데 내 가슴속에 경의와 관심과 찬탄이 한데 뒤섞인 기분을 불러일으켰다.

내가 파리에서 들은 바에 의하면 메이야르 씨의 병원에서는 속된 말로 '진정요법'이라 부르는 방법을 채용하고 있었다. —다시 말하자면 처벌은 완전히 배제하고, 감금도 거의 없는 —환자를 숨어서 감시하기는 하지만 일단 자유는 충분히 주어 보통 사람들이 평소에 입는 복장으로 실내나 구내를 마음대로 돌아다닐 수 있게 한다는 것이었다.

이러한 점들을 염두에 두고 젊은 부인 앞에서는 조심해서 말을 했다. 제정신이라고는 확실하게 말할 수 없었기 때문이었다. 사실 그녀의 눈에서는 정상이 아닌 것 같다는 의심이 들게 할 만한 차분하지 못한 반짝임을 볼 수 있었다. 그래서 나는 일반적인 화제, 정신병자에게 불쾌감, 혹은 흥분을 일으킬 염려가 없다고 생각되는 화제만을 이야기하기로 했다. 그녀는 나의 모든 말에 대해서 아주 이성적인 태도로 답했으며, 그녀 독자적인 의견에서는 극히 건전한 양식까지 엿볼 수 있었다. 하지만 광인의 사고법에 대해서 예전부터 잘 알고 있던 나는, 정상인 것처럼 보이는 이러한 증거들이 반드시 믿을 만한 것이 못 된다는 사실을 알고 있었기 때문에 그녀와 대화를 나누는 내내 처음의 조심스러움을 끝까지 유지했다.

잠시 후, 주인에게서 받은 옷을 입은 영리해 보이는 하인이 과일, 포두주 등을 얹은 쟁반을 들고 와서 나도 함께 먹었는데 검은 옷의 여자는 그 후 곧 방에서 나갔다. 그녀가 나가고 나서 나는 원장에게 질문을 던지듯 시선을 돌렸다.

그가 말했다.

"아니, 아닙니다. ─가족의 일원 ─그러니까 제 조카로 상당히 교양 있는 여자입니다."

내가 대답했다.

"이거 쓸데없는 의심을 해서 정말 죄송합니다. 하지만 그러는 것도 이해해주시리라 믿습니다. 이 병원의 훌륭한 관리체제는 파리에도 널리 알려져 있기 때문에 저도 모르게 그만─."

"아니, 됐습니다. ─더 이상 아무 말도 말아주십시오. ─오히려 당신이 훌륭한 마음씀씀이를 보여주신 데 대해서 제가 감사의 말씀을 드려야겠습니다. 젊은 분들 중에서 사려 깊은 분을 만나기는 아주 어려운 일이니까요. 우리 병원에서도 견학 온 사람들의 부주의로 인해 불행한 사고가 발생한 적이 몇 번 있었어요. 제가 예전의 요법을 실시하여 환자들에게 자유롭게 돌아다닐 권리를 부여했을 때에는 무분별한 견학자들 때문에 환자가 곧잘 흥분해서 위험한 일이 벌어질 뻔하기도 했었죠. 그래서 어쩔 수 없이 엄중한 제한을 두기에 이르렀어요. 사려 깊은 사람이라고 생각되지 않는 사람은 병원에 들어올 수 없다는 제한을요."

나도 모르게 그의 말을 되풀이했다.

"예전의 요법을 실시하고 있을 때 —라고요? 그렇다면 그 유명한 진정요법은 이제 쓰지 않는다는 말씀이십니까?"

"진정요법을 영원히 포기하기로 결심한 지도 벌써 몇 주일이나 지났어요."

"정말 놀랐습니다."

그가 한숨을 쉬며 말했다.

"무슨 일이 있어도 옛날 방법으로 돌아갈 필요가 있다는 사실을 깨닫게 된 것입니다. 진정요법의 위험성은 언제나 두려운 것으로 그 장점이 지나치게 과대평가 받았던 거예요. 아니, 다른 데서는 모르겠지만 우리 병원에서는 진정요법에 대한 충분한 기회를 제공했어요. 이성적인 인간성이라는 견지에서 생각할 수 있는 모든 것은 전부 해봤어요. 조금 더 빨리 보러 오셨더라면 쉽게 알 수 있으셨을 텐데 정말 안타깝군요. 당신은 진정요법에 대해서 —자세한 부분까지 알고 계시는 것 같지만요."

"아니, 그렇지도 않습니다. 그저 남들이 하는 말 —몇몇 사람들 틈에 껴서 남들이 하는 말을 들었을 뿐입니다."

"진정요법이란, 일반적으로는 환자를 달래고 —기분을 맞춰주는 방법이에요. 광인의 머리에 떠오르는 그 어떤 공상에도 반론을 가하지 않아요. 뿐만 아니라 관대하게 그들을 보고 격려를 해주는 거죠. 우리 병원에서 완전히 병을 고친 환자들 중 많은 사람들이 이 방법으로 치료를 받았어요. 광인들의 나약한 이성을 움직이는 데는 이른바 귀류법(歸謬法)이라는 것만큼 효과적인 논법도 없어요. 예를 들어서 자신을 병아리라고 생각하고 있는 환자가 있다고 해보죠. 이에 대한 요법은 환자의 환상을 어디까지나 사실이라고 강조하는 거예요. —환자가 그것을 사실로써 충분히 인정하지 않는 어리석음을 비난하고 꼬박 일주일 동안 병아리에 어울리는 식량 이외에는 아무것도 주지 않는 거예요. 그렇게 했더니 소량의 곡식과 자갈의 힘으로 때때로 놀라운 성과를 달성할 수 있었어요."

"그렇게 아무 말 없이 그들의 말대로 해주는 방법이 치료의 전부였습니까?"

"아니요, 그렇지 않아요. 간단한 오락, 예를 들자면 음악, 댄스, 일반적인 체조, 트럼프, 일정한 종류의 책 등도 매우 효과적이었어요. 우리는 각 사람에 대해 평범한 병을 치료해주는 것처럼 행동했고 '광기'라는 말은 절대로 사용하지 않았어요. 특히 중점을 둔 것은 각각의 환자에게 다른 환자 전부의 행동을 살펴보도록 한 점이었어요. 광인의 머리, 아니 무분별함을 신뢰하고 있는 것처럼 보이는 것, 이것이야말로 그들의 심신을 지배하는 길입니다. 이렇게 해서 우리는 비경제적인 간수 없이도 유지해올 수 있었어요."

"그렇다면 어떤 처벌을 사용하고 있었습니까?"

"아니요. 전혀."

"감금도 전혀 없었습니까?"

"아주 드문 경우에만 있었죠. 때때로 환자의 병상이 위험한 상황에 달하거나 갑자기 광포성을 띠게 되면 그의 좋지 않은 병상이 다른 환자들에게 전염될 우려가 있기 때문에 보호자에게 인도할 때까지 그를 독방에 감금해두었죠. —우리 병원에서는 광포한 광인은 취급하지 않아요. 대부분 공립병원으로 이관하고 있어요."

"그런데 그러한 방법을 완전히 바꿨다 —개량했다는 말씀이십니까?"

"그렇습니다. 그 요법에는 결점이 있어서 위험하기까지 하거든요. 다행스럽게도 지금은 프랑스의 모든 정신병원에서 그 요법이 완전히 사라졌어요."

내가 말했다.

"정말 놀랐습니다, —말씀을 듣고. 프랑스 전체를 통해서 광인에 대한 치료법은 현재, 그것 외에는 없다고 확신하고 있었는데."

원장이 대답했다.

"당신은 아직 젊어요. 하지만 곧 사람들의 말에 현혹되지 않고 세상의 진상을 스스로 판단할 수 있게 되겠지요. 남에게서 들은 일은 전혀 신용을 하지 말고, 스스로 본 일도 절반만 믿는 겁니다. 우리 병원에 대해서도 어떤 멍청한 놈이 당신에게 엉뚱한 소릴 했군요. 그렇다면 저녁식사 후, 피로를 푸신 후에 병원 전체를 안내해 드리면서 새로운 요법을 소개해드리도록 하죠. 제가 보기에, 아니 이 요법이 실시되는 것을 본 모든 사람들이 보기에 그것은 지금까지의 요법 중에서도 가장 문제가 없고 우수한 요법입니다."

내가 물었다.

"선생님께서 직접 —발견하신 요법입니까?"

"그렇다고 대답할 수 있다는 것을 자랑으로 생각하고 있습니다. —전부를 제가 발견한 것은 아니지만."

나는 이런 식으로 메이야르 씨와 한두 시간에 걸쳐서 이야기를 나눴으며, 그 동안 그는 병원 내의 정원과 욕실을 안내해주었다.

그가 말했다.

"지금은 환자를 만날 수 없어요. 예민한 분들에게는 이와 같은 견학이 자칫 충격적인 것이 될 수도 있으니까요. 저녁을 위한 식욕을 없앨 수는 없잖아요? 우선 식사를 합시다. 마누우르풍의 송아지 고기에 씹히는 맛이 좋은 소스를 곁들인 콜리플라워 ─그 다음에 클로 드 보지오를 마시도록 하죠. ─그럼 신경이 아주 편안해지니까요."

6시에 저녁식사 시간을 알리는 신호가 울렸다. 원장이 나를 커다란 식당으로 안내했는데 아주 많은 사람들이 ─25명에서 30명 정도 되는 사람들이 모여 있었다. 언뜻 보기에 지위 높은 ─틀림없이 품격 있는 사람들처럼 보였다. ─그런데 그들의 복장은 지나치게 화려했고, 옛날 궁정풍의 엄숙한 장식이 지나치게 눈에 띄었다. 그곳에 있는 사람들의 적어도 3분의 2정도는 여성이었다. 그 여성들 중에는, 지금 파리의 유행에 비춰보자면 아무래도 멋진 취향이라고는 말할 수 없는 복장을 한 사람들도 있었다. 예를 들자면, 아무리 봐도 70세 이하라고는 생각되지 않는 여자들이 많았는데 반지에 팔찌에 귀걸이 등 닥치는 대로 보석으로 치장하고, 가슴과 두 팔을 한껏 노출시키고 있었다. 또한 잘 만들어진 드레스는 드물었고 ─아니 적어도 꼭 맞는 것은 거의 찾아볼 수 없었다. 주위를 둘러보다 조금 전 메이야르 씨가 조그만 객실에서 소개를 해줬던 흥미진진한 소녀의 모습을 발견했다. 그런데 놀랍게도 그녀는 치마의 폭을 넓히는 테를 넣은 옷을 입고, 하이힐을 신고, 손으로 짠 고급 레이스가 달린 더러운 모자를 쓰고 있었는데 그것이 너무 커서 얼굴이 굉장히 작게 보였다. 처음 만났을 때 상복을 입은 모습이 아주 잘 어울렸다. 한마디로 식당에 모인 모든 사람들의 복장에는 어딘지 모르게 묘한 구석이 있었다. '진정요법'이라는 말이 자꾸만 내 마음에 떠올랐고, 혹은 메이야르 씨가 식사를 하는 동안 광인과의 동석 때문에 내가 불쾌한 기분을 맛보지 않도록 하기 위해서 저녁식사를 마칠 때까지 거짓말을 해두기로 한 것이 아닐까 하는 상상도 해보았다. 그러다 남부의 지방주의자들은 시대에 뒤떨어진 생각이 머리에 넘쳐나는 아주 이상한 사람들이라고 파리에서 들은 것을 생각해냈다. 게다가 몇몇 사람들과 이야기를 나눠보니 나의 걱정은 곧 사라져버리고 말았다.

식당 자체는 일단 쾌적하고 넓이도 충분했지만 아무리 봐도 우아하다고는 할 수 없었다. 예를 들어서 바닥에는 융단도 깔려 있지 않았다. 하긴 프랑스에서는 종종 융단을 깔지 않는 경우도 있다. 그리고 창에는 커튼도 걸려 있지 않았다. 덧문이 닫혀 있었는데, 미국의 평범한 상점에서 볼 수 있는 것처럼 철봉을 대각선으로 대서 튼튼하게 고정시켜 놨다. 이 방은 그것만으로 관 전체의 날개를 이루고 있는 부분으로 평행사변형의 삼면에 창문이 있고 나머지 한쪽에는 문이 달려 있었다. 창문의 숫자는 전부 합쳐서 10개나 되었다.

식탁에는 훌륭한 음식들이 늘어서 있었다. 수많은 접시들이 늘어서 있었으며 요리가 산더미처럼 쌓여 있었다. 그 풍부함이란 그야말로 야만적이라고 할 만한 것이었다. 아나킴 족(고대 팔레스티나

의 거인족)의 배까지도 채울 만큼의 식사였다. 이처럼 진수성찬이
넘쳐나는 식탁은 지금까지 본 적도 없었다. 하지만 음식을 내는 방
법은 그다지 세련되지 못했다. 은은한 조명에 익숙해진 내 눈은 은
촛대에 세워 식탁에 놓은 수많은 초와 방 안 곳곳에 있는 촛대 전
부에 늘어놓은 초들이 뿜어내는 엄청난 빛에 강한 불쾌감까지 느
꼈다. 수많은 하인들이 활발하게 움직이고 있었다. 방 끝에 있는
커다란 식탁에는 바이올린과 플루트, 트럼펫과 큰북을 든 무리가
일고여덟 명 앉아 있었다. 그들은 식사 중에 때때로 여러 가지 소
음을 만들어내 나를 굉장히 괴롭혔다. 다른 사람들은 그것을 음악
으로 여겨 매우 즐기는 듯했지만 나는 도무지 그럴 수가 없었다.

전체적으로 봐서 눈에 비치는 모든 것에 아주 이상한 점이 있다
는 생각을 떨쳐버릴 수가 없었다. ―하지만 세상에는 온갖 종류의
사고법과 온갖 종류의 국제적인 습관을 익힌 온갖 종류의 사람들
이 있는 법이다. 이미 수많은 여행을 통해서 경험을 쌓은 나는 어
떤 일에도 쉽게 감정을 드러내지 않는 태도를 보일 수 있었다. 그
래서 한동안 냉정하게 원장의 오른 쪽에 앉아, 식욕도 충분했기 때
문에 앞에 차려진 요리들을 마음껏 먹어치웠다.

식사를 하는 동안 어느 식탁에서나 활발하게 대화가 오갔다. 언
제나 그렇지만 주로 부인들이 많은 말을 했다. 얼마 지나지 않아서
깨닫게 되었는데 그 자리에 있던 거의 대부분의 사람들은 교양 정
도도 아주 높았으며, 원장은 유머러스한 일화를 쉴 새 없이 늘어놓
고 있었다. 특히 그는 정신병원장으로서의 지위에 대해서 즐겨 이
야기하는 것처럼 보였다. 그리고 놀랍게도 광기라는 화제가 그 자

리에 있던 모든 사람들이 즐기는 화제였던 것이다. 환자의 변덕스러움에 대한 우스운 이야기가 활발하게 오고갔다.

내 오른쪽 옆에 앉은 조그맣고 뚱뚱한 신사가 말했다.

"전에 이곳에 있던 환자 중에 자신이 찻주전자가 되었다고 생각하는 사람이 있었어요. 어쨌든 주전자라는 변덕스러운 생각이 자주 광인의 뇌수에 섞여든다는 것은 이상한 이야기가 아닙니까? 프랑스 전역의 어느 정신병원을 가보더라도 인간 주전자가 없는 곳은 단 한 군데도 없습니다. 우리 병원에 있던 신사는 이탈리아제 주전자로 매일 아침 잊지 않고 사슴 가죽과 호분으로 몸을 닦았습니다."

맞은편에 앉아 있던 키 큰 신사가 말을 받았다.

"그리고 이건 비교적 최근의 일인데 자신을 당나귀라고 생각하는 환자도 있었습니다. 비유적인 의미로는 아주 옳은 말이라고 해도 좋을 정도였습니다. 귀찮기 짝이 없는 환자로 도를 넘지 않도록 하는 데 아주 애를 먹었습니다. 오랫동안 엉겅퀴 외에는 아무것도 먹으려 들지 않았습니다. 그런데 우리가 엉겅퀴만을 계속해서 먹였더니 얼마 지나지 않아서 그런 생각을 버리더군요. 그리고 녀석은 끊임없이 뒷발질을 해댔는데─ 이렇게─ 바로 이런 식으로─."

이야기하는 신사의 바로 옆에 앉아 있던 노부인이 여기서 말을 끊었다.

"드 콕 씨! 조금 조용히 해주셨으면 좋겠네요. 남의 발을 차지 말고요! 꼭 그렇게 일일이 현실적인 형식으로 실례를 보여줘야겠어요? 그렇게 하지 않아도 모두들 아주 잘 알고 있어요. 당신은 정말 말씀 속에 등장하는 가엾은 환자의 망상에도 뒤지지 않는 멋진 노새에요. 동작도 아주 자연스럽네요."

이 말을 들은 드 콕 씨가 대답했다.

"부디 용서해주십시오! 마드모아젤! 부디 용서해 주십시오. 다른 뜻은 전혀 없었습니다. 마드모아젤 라프라스 — 제발 모든 것을 잊으시고 이 드 콕과 건배를 해주십시오."

이렇게 말한 드 콕은 깊이 인사를 하고 과장스럽게 자신의 손에 입을 맞춘 뒤 마드모아젤 라프라스와 건배를 했다.

이번에는 메이야르 씨가 내게 말을 걸어왔다.

"실례합니다만, 이 성 마누우르풍의 송아지고기를 드리겠어요. 특별히 맛있는 거죠."

그 순간 건장해 보이는 하인 세 명이서 커다란 접시, 아니 나무 접시를 간신히 식탁 위에 올려놓았는데 그 접시에 담긴 것은 마치 '무시무시하고, 전율이 느껴지며, 거대한 눈을 뽑힌 괴물(베르길리우스의 『아이네이스』 제3권에 나오는 문장. 지난날 율리시즈의 보호를 받았던 거인족의 폴류베이무스를 일컬음)' 처럼 보였다. 그런데 자세히 바라보니 송아지를 통째로 구운 것인데, 영국식 산토끼요리를 모방해 입 안에 사과를 물리고 무릎을 꿇려놓은 모습을 하고 있었다.

내가 대답했다.

"아니, 됐습니다. 솔직히 말씀드리자면 저는 이 송아지의 성 — 뭐였더라 —, 성 뭐라고 하는 풍은 그다지 좋아하지 않습니다. 제 취향에는 잘 맞지 않으니까요. 그 대신 토끼요리를 맛보도록 하겠습니다."

식탁에는 여러 가지 부식들이 놓여 있었고, 그냥 보기에는 평범한 프랑스풍 토끼요리로 보였다. ─이것이라면 아주 맛있어서 누구에게나 권할 만한 것이다.

원장이 외쳤다.

"피에르, 이분의 접시를 치우고 레빗 오 샤(고양이풍 토끼요리, 라고 해야 할까?)를 가져다 드리게."

"뭐라고요?"

"레빗 오 샤에요."

"엣! ─아니, 고맙지만 사양하겠습니다. 제가 적당히 햄을 집어서 먹겠습니다."

지방 사람들이란 무엇을 먹을지 정말 알 수 없는 종족들이군, ─나는 남몰래 이렇게 생각했다. 레빗 오 샤 같은 건, ─아니 캣 오 레빗이라도 난 사양하겠어.

그때 식탁 끝 쪽에 앉아 있던, 범인처럼 창백한 남자가 잠시 끊겼던 대화를 다시 시작했다.

"그 왜, 아주 특이한 환자가 전에 있었지요? 자신을 코르도바 치즈라고 집요하게 주장하고, 나이프를 손에 들고 돌아다니면서 사람들에게 장딴지를 한 조각 잘라보지 않겠냐고 끈질기게 권하던 사람 말이에요."

누군가가 참견을 했다.

"그 녀석은 엄청난 바보였어요, 틀림없이. 하지만 여러분들이 잘 알고 계시는 한 인물과는 비교도 할 수 없을 겁니다. 물론 예외가 한 명 있기는 합니다만. 자신을 샴페인 병이라고 생각하고 이런 식으로 뿅, 슈우슈우 하며 돌아다니던 남자 말입니다."

여기서 이야기하던 사람은 무례하게도 오른쪽 엄지손가락을 왼쪽 주먹 안에 찔러 넣었다가 그것을 빼내면서 코르크 마개를 열 때 나는 소리를 냈으며, 다음에는 혀와 이를 교묘하게 움직여 슈우슈우 하는 날카로운 소리를 내서 샴페인이 넘치는 소리를 흉내 냈는데 그런 동작을 몇 분 동안이나 계속하는 것이었다. 메이야르 씨에게 그런 동작이 좋게 보일 리 없다는 것은 명백한 사실이었다. 하지만 그는 단 한마디도 하지 않았으며 다음으로는 커다란 가발을 쓴 삐쩍 마른 조그만 남자가 말을 하기 시작했다.

"그리고 이런 바보도 있었습니다. 자신을 개구리라고 생각하고 있었는데 아주 닮지 않은 것도 아니었습니다. 한번 보셨으면 좋았을 겁니다."

여기서 그 사람은 내게 말을 걸어왔다.

"굉장한 구경거리였습니다. 그 사람이 개구리 흉내를 내는 모습은. 만약 그 사람이 개구리가 아니었다면 그보다 더 안타까운 일도 없었을 겁니다. 그 녀석이 우는 소리는, ―이런 식으로 ―구, ―구, 변 B장조, 그야말로 천하일품이었습니다. 녀석이 포도주를 한두 잔 마시고 나서 이렇게 테이블에 팔꿈치를 대고 이런 식으로 입을 부풀리고 눈동자를 이리저리 움직이면서, 보세요, 이렇게 놀라운 속도로 눈을 껌뻑일 때의 모습이란, 확실히 말씀드리자면 당신도 그 사람의 천재적인 솜씨에 넋을 잃고 말았을 겁니다."

내가 말했다.

"그렇군요."

또 누군가가 말을 하기 시작했다.

"그리고 쁘티 가이야르라는 자신을 코담배라고 생각하는 남자도 있었거든요. 자신의 손가락에 자신을 끼울 수 없다며 진심으로 한심하게 생각하더군요.

그리고 주르 데스리에르 녀석은 그야말로 천재적인 기인인데 그는 호박이 되어버렸다는 생각에 사로잡혀 있었어요. 자기로 파이를 만들라고 주방장을 재촉했어요. ―주방장은 화가 나서 상대도 하지 않았지만. 나는 데즈리에르풍의 호박 파이도 괜찮을 거라고 생각하고 있어요."

"그거 놀랍군요."

나는 그렇게 대답하고 묻는 듯한 시선으로 메이야르 씨를 바라보았다.

원장이 말했다.

"하! 하! 하! 히! 히! 히! 호! 호! 호! 후! 후! 후! ―이거 재밌군요! 놀라지 마세요, 당신 ―이 사람은 재치 있는 ―익살의 명인이에요. ―액면 그대로 받아들이시면 안 돼요."

또 다른 사람이 말을 시작했다.

"그리고 부폰 르 그랑이라는 사람도 있었는데 그 역시 굉장한 기인이었습니다. 사랑 때문에 정신이 이상해져서 머리가 두 개 있다고 생각하게 됐습니다. 한쪽 머리는 키케로의 머리라고 하더군요. 다른 하나는 합성물이라고 말하는데, 머리끝에서 입까지는 데모스테네스, 입에서 턱까지는 블룸 경(1778 ~ 1868. 스코틀랜드의 법률가)이라고 했습니다. 그 사람의 말은 틀림없이 잘못된 것이지만, 그 사람의 이야기를 듣고 있으면 정말이라는 생각이 들기도 합니다. 워낙 뛰어난 웅변가거든요. 웅변술에는 절대적인 정열을 쏟아 붓고 있었기에 실제로 웅변을 하지 않고는 견디질 못했습니다. 예를 들자면, 저녁을 먹을 때 곧잘 식탁 위로 뛰어올라가 ―이런 식으로 ―이렇게―."

그때 이야기하던 사람의 옆자리에 앉았던 남자가 그의 어깨에 손을 얹은 후, 귓가에 대고 잠깐 속삭였다. 그러자 그는 아주 슬프다는 듯 이야기를 그치고 털썩 의자에 주저앉아버렸다.

이번에는 그에게 귓속말을 했던 사람이 말을 하기 시작했다.

"그리고 팽이라고 불리던 브라르라는 사람도 있었습니다. 팽이라고 부른 것은 녀석, 팽이가 되어버렸다는 생각에 사로잡혀 있었기 때문입니다. 좀 우스운 얘기지만 아주 불합리하다고는 말할 수 없는 환상입니다. 녀석이 빙글빙글 춤추는 모습을 보신다면 틀림없이 배꼽을 잡고 웃으실 겁니다. 한쪽 발꿈치만으로 몇 시간이나 빙글빙글 계속해서 맴도니까요. ―이런 식으로―."

이번에는 조금 전의 귀띔으로 이야기를 멈췄던 남자가 그를 위해서 같은 역할을 수행했다.

노부인이 목소리를 한껏 높여서 소리쳤다.

"하지만, 브라르 씨는 광인이잖아요, 기껏해야 멍청하기 짝이 없는 광인이잖아요. 확실하게 여쭤보겠는데 사람팽이라는 게 대체 어디에 있다는 거죠? 터무니없는 소리에요. 그에 비하면 조와이유스 부인이 훨씬 더 낫죠. 그 사람에게도 환상은 있었지만 매우 상식적인 것으로 그분을 알고 있는 모든 사람들을 즐겁게 해줬어요.

그분은 충분히 숙고한 뒤에 자신은 어떤 우연으로 암탉이 되었다는 사실을 깨닫게 됐어요. 하지만 암탉으로서는 한 치의 빈틈도 없이 행동하셨어요. 깃털을 다듬는 것도 아주 우아하게 —이렇게 —이렇게 —이런 식으로 —그 사람의 울음소리는 정말 멋졌어요! 꼬꼬댁! —꼬꼬댁! —꼬꼬댁, 꼭꼬!"

원장이 아주 화난 표정으로 상대방을 말렸다.

"조와이유스 씨. 체면을 지키세요! 숙녀로서의 조신함을 지키세요. 아니면 당장 식탁에서 물러나셔야 해요. —어느 한쪽을 택하도록 하세요."

그 부인은(조와이유스 부인이라 불리는 것을 듣고 나는 깜짝 놀랐다. 전혀 남의 일인 것처럼 설명한 직후였기 때문에) 눈썹 부근까지 얼굴을 붉히며 야단을 맞아 아주 어색해하는 표정을 지어 보였다. 머리를 푹 숙인 채 한마디도 대답을 하지 않았다. 그런데 또 다른, 좀 더 젊은 여자가 그 뒤를 이어서 이야기하기 시작했다. 조금만 객실에서 만났던 그 아름다운 소녀였다. 그녀가 외쳤다.

"어머, 조와이유스 씨는 바보였어요! 하지만 유제니 사르사페트의 의견은 결국 건전하고 타당한 것이었어요. 아주 아름답고 내성적인 여자였고, 평소 의상은 비천한 것이라고 생각해서 언제나 의상으로 몸을 감싸는 대신 그것을 벗어던져 몸을 치장하려 했어요. 결국 그건 아주 간단한 일이에요. 보세요, 이런 식으로 해서, —일단 시작하기만 하면 —그리고 이렇게 —이렇게 —이렇게 하고 —."

순간 열 몇 명의 사람들이 일제히 소리를 질렀다.

"어머! 사르사페트 씨! 무슨 짓을 하는 거예요? ─자중하세요.
─이젠 됐어요! ─잘 알고 있어요, 그런 방법은. ─그만둬요, 그만
두라니까!"

몇 사람이 자리에서 뛰쳐나가 '의사 집안의 비너스'가 되려고
하는 사르사페트 양을 말리려했는데 그 순간 커다란 외침, 그리고
찢어지는 듯한 소리가 연속해서, 아마도 병원의 본관 쪽에서 들려
왔기 때문에 곧 사태는 진정되고 말았다.

그 외침은 내 신경도 아주 심하게 자극했다. 하지만 그 자리에
있던 다른 사람들의 표정은 그야말로 가엾을 정도였다. 지금까지
정상적인 사람들이 이처럼 심하게 두려움에 떠는 모습은 본 적이
없었다. 그들은 일제히 범죄자처럼 새파랗게 질려서 몸을 숙이고
앉아 오로지 공포에 떨었으며, 무엇인가를 중얼거리면서 계속해서
들려오는 외침에 귀를 기울일 뿐이었다. 외침은 다시 한 번 들려왔
는데 ─한층 더 크게, 가까이 다가온 듯 ─세 번째는 더욱 크게 울
렸으며 ─네 번째는 힘이 떨어졌음을 명백하게 알 수 있었다. 이렇
게 외침이 잦아들자 사람들은 순식간에 기운을 회복했고 다시 조
금 전처럼 광기에 대해서 이야기하기 시작했다. 나는 과감하게 소
동의 원인에 대해서 물어봤다.

메이야르 씨가 대답했다.

"하찮은 일에 불과합니다. 이런 일에는 익숙하기 때문에 신경도
쓰지 않습니다. 광인들은 때때로 한꺼번에 소리를 지르거든요. 한
사람이 소리를 지르기 시작하면 차례차례로 ─마치 한밤중에 개가
짖는 것처럼. 그리고 일제히 소리를 지르면서 동시에 난폭한 행

동을 하려 드는 적도 있어요. 물론 그럴 때는 어느 정도 위험이 발생할 가능성이 있지만요."

"대체 환자는 몇 명이나 됩니까?"

"현재는 **10**명도 되지 않아요."

"주로 여자들이겠지요?"

"아니요. ─전부 남자들, 그것도 건강한 남자들이에요."

"그렇습니까? 대부분의 광인은 나약한 여자들일 거라고 생각하고 있었는데요."

"보통은 그렇지만, 꼭 그렇다고만도 할 수 없죠. 얼마 전에는 **27**명의 환자가 있었는데 그 중 **18**명이나 여자였어요. 하지만 요즘에는 사정이 많이 바뀌었어요."

모든 사람들이 한목소리로 말했다.

"맞아요, 많이 바뀌었습니다."

원장이 크게 화를 내며 말했다.

"모두 입 다물어!"

그러자 모든 사람들이 **1**분 가까이나 조용히 입을 다물고 있었다. 어떤 부인은 원장의 명령을 가슴에 새겨 유난히 긴 혀를 내민 채 식사가 끝날 때까지 조용히 두 손으로 누르고 있었다('입 다물어'는 **hold your tongues**, 이것을 말 그대로 실행한 것이다).

나는 메이야르 씨 쪽으로 몸을 구부려 조그만 목소리로 물었다.

"저 부인은, 조금 전에 이야기를 하다 꼬꼬댁 하고 소리친 저 부인은 ─전혀 해가 없는 ─그러니까, 위험하지 않죠?"

그가 놀란 표정으로 외쳤다.

"무해하다고요? 대체, 대체 무슨 말을 하는 거죠?"

나는 머리를 긁적이며 말했다.

"아주 조금 이상할 뿐인가요? 그러니까, 저 사람은 그다지 —위험한 증상이 아니냐는 뜻입니다."

"이런, 이런! 무슨 생각을 하고 계신건가요? 조와이유스 부인은 나의 오랜 친구로 나처럼 지극히 정상입니다. 하긴, 조금 기벽이 있기는 합니다. —하지만 그런 면에 있어서는, 모든 노부인 —특히 나이가 많으신 분들은 누구나 어느 정도 그런 면을 가지고 있으니까요."

내가 말했다.

"맞습니다. 그럼 다른 분들은—."

메이야르 씨가 거들먹거리듯 가슴을 펴며 내 말을 가로막았다.

"내 친구들로 간수들이에요. 좋은 친구들이자 조수들이죠."

내가 물었다.

"뭐라고요? 모든 분들이? 여자 분들도 전부 말입니까?"

그가 말했다.

"물론입니다. 여자들 없이는 아무것도 할 수 없어요. 여자들이 야말로 광인들을 위한 가장 우수한 간호사들이죠. —여자들에게는 특유의 힘이 있으니까요. 여자들의 빛나는 눈에는 놀라운 효과가 담겨 있어요. —마치 뱀 눈의 마력과도 같죠."

내가 말했다.

"맞습니다. 그렇고말고요! 행동이 조금 이상하군요. 조금 특이하다고 생각지 않으십니까?"

"이상하다, ─특이하다고요? ─대체 무슨 생각을 하고 계신 거죠? 우리 남부에서는 사소한 일에는 신경 쓰지 않아요. ─하고 싶은 대로 하죠. ─인생을 즐긴다고 말씀드려야 할까요?"

내가 말했다.

"옳으신 말씀입니다."

"그건 그렇고 이 클로 드 뷔지오는 조금 독한 것 같은데요. 머리가 어지러워요."

내가 말했다.

"맞습니다. 그런데 선생님, 그 유명한 진정요법 대신 채용하신 것은 매우 엄격한 요법 ─이라고 생각해도 괜찮겠죠?"

"아니요. 우리가 행하고 있는 감금은, 당연히 엄중한 것이지만, 요법 ─그러니까 감금적 요법은 환자들이 좋아하는 편이에요."

"그렇다면 그 신요법은 직접 발견하신 거겠죠?"

"꼭 그렇지만도 않아요. 그 일부는 당신도 틀림없이 들은 적이 있겠지만, 타르 박사께서 발견하신 거예요. 그리고 실시계획에 있어서 가해진 변경은 당연히 그 고명하신 페더 씨의 영향이 컸고요. 당신도 페더 씨에 대해서는 잘 알고 계시겠죠?"

내가 말했다.

"부끄럽게도 두 분 모두 처음 듣습니다."

원장이 갑자기 의자를 뒤로 밀고 두 손을 치켜들며 외쳤다.

"뭐라고요? 잘못 들은 걸까? 어떻게 그런 일이, ─그 고명하신 타르 박사와 그 고명하신 페더 교수의 이름을 모르다니!"

내가 말했다.

"솔직히 제 무지를 인정하지 않을 수 없습니다. 진실이야말로 무엇보다도 범해서는 안 되는 것이니까요. 어쨌든 그렇게 의심할 여지도 없이 위대한 학자들의 연구에 대해서 모르고 있었다니 쥐구멍으로 들어가고 싶을 만큼 부끄럽습니다. 바로 두 분의 저서를 찾아서 꼼꼼하게 읽어보도록 하겠습니다. 메이야르 씨, 말씀을 듣고 나니 솔직히 부끄럽기 짝이 없습니다."

정말 말 그대로였다.

그가 내 손을 가볍게 누르며 다정하게 말했다.

"이제 그만하세요. 함께 백포도주를 마십시다."

우리는 마셨다. 다른 사람들도 우리처럼 끊임없이 마셔댔다. 그들은 이야기하고 —서로 장난치고 —커다란 소리로 웃으며 —여러 가지 바보스러운 짓을 해댔다. —플루트는 울어댔고 큰북은 울려댔으며 트럼펫은 팔라리스의 놋쇠 소(팔라리스는 시칠리아의 참주(僭主). 잔혹하기로 유명하다. 놋쇠 소를 만들어 그 속에서 사람들을 삶아 죽였다고 한다)처럼 울부짖었다. —술기운이 더해갈수록 주위의 모습은 더욱 어지러워지더니 결국에는 조그만 수라장이 되어버렸다. 그러는 동안 메이야르 씨와 나는 백포도주와 클로 드 뷔지오를 몇 병이나 비우면서 힘껏 목소리를 짜내 이야기를 나눴다. 평소와 같은 목소리로는, 마치 나이아가라 폭포의 물 밑에 숨어 있는 물고기의 목소리처럼 상대방에게 들릴 리가 전혀 없었기 때문이었다.

나는 그의 귓가에 대고 소리를 질렀다.

"선생님, 식사 전에 진정요법에 따른 위험에 대해서 말씀하셨는데 그건 어떤 것입니까?"

그가 말했다.

"그렇습니다. 때로는 커다란 위험을 수반하기도 하죠. 광인들은 어떤 변덕스러운 짓을 할지 알 수가 없으니까요. 제 자신의 의견, 그리고 타르 박사와 페더 교수의 의견도 마찬가지지만, 광인에게 간수를 붙이지 않고 자유를 주는 것은 어떤 경우에도 안전한 것이라고 할 수 없습니다. 광인을 일시적으로는 '진정' 시킬 수 있지만 결국에는 언제 소란을 피울지 알 수 없으니까요. 광인들의 교활함은 천하 모든 사람들이 알고 있는 사실이죠. 광인은 어떤 계획을 세울 때, 놀랄 만한 지혜를 발휘해서 그것을 세상 사람들의 눈으로부터 숨깁니다. 광인들이 정상을 가장하는 교묘함은 형이상학자들에게도 인간의 정신을 연구하는 데 있어서 가장 특이한 난제 중하나지요. 광인이 완벽하게 제정신인 사람처럼 행동할 때야말로 가장 철저하게 감시를 해야 할 때에요."

"그런데 선생님께서 말씀하신 위험이, ─선생님의 경험에서 ─ 그러니까 이 병원을 관리하던 중에 광인에게 자유를 주는 것은 위험하다고 생각하시게 된 일이 실제로 일어났었습니까?"

"이 병원 ─나의 경험이라고요? ─네, 글쎄요. 예를 들어서 그렇게 오래 된 얘기는 아닙니다만, 바로 우리 병원에서 아주 이상한 일이 일어났었어요. 당시, 이른바 진정요법이라는 것이 실시되고 있었기 때문에 환자를 그냥 방임해두었어요. 그들은 매우 조용했어요. ─이상할 정도로 조용했어요. ─분별 있는 사람이라면 광인들이 너무나도 조용했기 때문에 어렵지 않게 어떤 무시무시한 계획을 세우고 있다는 사실을 깨달을 수 있었을 겁니다. 그러던 어느 날 아침, 간수들은 손발이 묶인 채 지하실에 던져졌고 광인들의 감시를 받게 되었어요. 광인들이 간수들의 일을 앗아간 거죠."

"설마 그런 일이! 그보다 더 한심한 일도 없을 겁니다."

"사실입니다. ―이 모든 일이 어떤 어리석은 남자 ―한 광인 때문에 일어났습니다. 어떻게 된 일인지 전대미문의 뛰어난 정치형태를 발명했다고 착각하고 있었으니까요. ―그러니까 광인에 의한 정치를 말이에요. 녀석은 그것을 실험해보려고 다른 환자들을 설득해서 지배세력을 전복시킬 음모에 그들을 가담시켰어요."

"그래서 실제로 성공을 거뒀습니까?"

"물론이죠. 감시하는 자와 감시받는 자가 서로의 자리를 바꾸게 되었어요. 아니 그건 정확한 표현이 아니네요. ―왜냐하면 광인들은 늘 자유로웠지만 간수들은 바로 지하실에 갇혀서 가엾게도 지독한 취급을 받고 있으니까요."

"그렇지만 곧 반혁명이 수행됐겠지요? 그런 상태가 오래 지속될 리 없습니다. 근처에 시골 사람들도 살고 있고 병원에는 견학을 오는 사람들도 있으니 당연히 위험을 알렸겠지요."

"그건 잘못 생각하신 거예요. 반도의 수령은 그런 일로 꼬리를 밟힐 만한 사람이 아니에요. 그는 어떤 방문도 받아들이지 않았어요. ―단, 어느 날 찾아온 청년만은 예외였어요. ―아주 둔한 사람으로 걱정할 이유가 전혀 없었으니까요. 그 사람의 방문만은 받아들여 견학을 허락했어요. ―변화를 줘서 조금은 즐기기 위해서였죠. 감쪽같이 속인 뒤에 밖으로 내쫓은 거죠."

"그렇다면 대체 어느 정도 광인들의 지배가 계속되었습니까?"

"글쎄요, 꽤 긴 시간이었어요. ―1개월 정도 ―아니, 기간은 정확히 알 수 없어요. 그 동안 광인들은 마치 제 세상을 만난 것처럼 ―아니, 이건 틀림없는 사실이에요. 자신들의 초라한 복장을 벗어던지고 옷장 안에 있던 것, 그리고 보석을 마음껏 사용했어요. 이 병원의 저장고에는 포도주가 산더미처럼 쌓여 있었는데 광인들의 주량이란 정말 놀라운 것이에요. 다시 말해서 아주 즐겁게 생활하고 있었습니다."

"그렇다면 치료법은, ―반도의 지도자가 실시한 것은 어떤 치료법이었습니까?"

"그 점에 관해서는 ―조금 전에도 말씀드린 바와 같이 광인이라고 해서 전부 바보는 아니니까요. 솔직히 말씀드려서 그의 치료법이 이전의 치료법보다 훨씬 더 뛰어나다고 나는 생각해요. 아니, 실제로 멋진 치료법으로 ―단순하고 적절한 ―전혀 문제도 일어나지 않는 ―실제로 즐거운 요법이었어요. ―즐거운."

그 순간 원장의 말은 외침 때문에 중단되었다. ―조금 전 우리를 혼란스럽게 만들었던 것과 같은 종류의 외침이었다. 하지만 이번에는 성큼성큼 다가오고 있는 무리들이 발하는 외침처럼 들렸다.

내가 외쳤다.

"앗, 큰일 났군! 광인들이 탈출한 것 같아."

"아무래도 그런 것 같아요."

이렇게 대답하는 원장의 얼굴도 극도로 창백해져 있었었다. 그가 이 말을 마치자마자 와 하는 함성, 욕하는 소리가 창문 바로 밑에서 들려왔다. 밖에 있는 무리들이 방 안으로 밀고 들어오려 하고 있다는 사실을 분명히 알 수 있었다. 커다란 망치 같은 것으로 문을 부수고, 덧문을 무시무시한 난폭함으로 흔들어 뜯어내려 하고 있었다.

다음 순간, 일대혼란이 벌어졌다. 메이야르 씨가 갑자기 찬장 밑으로 숨으려 했기에 나는 깜짝 놀라지 않을 수 없었다. 좀 더 단호한 태도를 보일 것이라고 생각하고 있었기 때문이었다. 악사들은 약 15분 정도 완전히 도취해서 자신들의 임무를 전혀 수행하고 있지 않았었는데 지금은 일제히 자리에서 일어나 악기를 집어 들고 식탁 위로 기어올라가 다함께 '양키 두들(미국 독립전쟁 이전부터 불리던 유행가로 준국가(準國歌)라고 할 만한 것)'을 연주하기 시작했다. 멋진 조화를 이루지는 못했지만 초인적인 힘으로 소동이 가라앉을 때까지 연주를 계속했다.

그 사이에 가운데 있는 식탁의 병과 컵 사이에 뛰어오른 것은 조금 전에 식탁에 뛰어오르려다 사람들에게 저지를 당한 사람이었다. 식탁 위에 간신히 자리를 잡자마자 그는 연설을 하기 시작했다. 하나도 들리지는 않았지만 틀림없이 멋진 연설이었을 것이다. 동시에 팽이 인간은 두 손을 몸과 직각이 되게 펼쳐들고 엄청난 기세로 방 안을 빙글빙글 돌기 시작했다. 그야말로 팽이가 되어 부딪치는 사람들을 남김없이 쓰러트렸다. 그리고 생각지도 못했던, 샴페인을 따는 뽕, 슈우 하는 소리가 들려와 자세히 들여다보니 식사 중에 병 따는 흉내를 아주 그럴 듯하게 냈던 바로 그 사람이었다. 그리고 개구리 사내는 마치 울음 한마디 한마디에 자기 영혼의 구원문제가 걸려 있기라도 한 듯 매우 열심히 개골개골 울어대고 있었다. 그리고 이런 소동 속에서 한층 더 높은 노새의 울음소리가 끊임없이 들려왔다. 조와이유스 부인의 곤혹스러워 하는 모습에는 거의 눈물이 날 지경이었다. 그녀는 한쪽에 있는 난로 옆에 서서 목청껏 '꼬꼬댁'을 외쳐대고 있었다.

드디어 클라이맥스, 아니 극의 끔찍한 결말이 찾아왔다. 울고, 부르짖고, 꼬꼬댁 하고 외쳐댈 뿐 밖으로부터의 침입에 대해서는 아무런 저항도 하지 않았기 때문에 곧 10개의 창문은 부서졌고 창문이 부서지자마자 침입이 시작되었다. 침입을 지켜보고 있던 순간의 경탄과 공포심은 평생 잊을 수 없을 것이다. 창을 뛰어넘어서, 발을 동동 구르고, 할퀴고, 소리 지르고, 서로 엉겨 붙어 있는 혼란의 한가운데로 돌진해 들어온 것은 그야말로 침팬지나 오랑우탄, 그리고 희망봉에 살고 있는 검은 원숭이라고 밖에는 달리 생각되지 않는 한 떼의 무리들이었다.

나도 아주 심하게 두들겨 맞았다. —그 후부터는 소파 밑으로 기어들어가 가만히 숨을 죽이고 있었다. 소파 밑으로 들어가 몸을 숨긴 채, 15분 정도 방의 동태에 열심히 귀를 기울이고 있자니 나도 점점 이 비극의 사정을 알 수 있게 되었다. 메이야르 씨가 이야기한, 환자를 선동해서 반란을 일으킨 사람은 다름 아닌 그 자신이었다. 그 사람은 2, 3년 정도 이 병원의 원장으로 있었는데 자신도 미쳐버려서 스스로 환자가 되어버린 것이었다. 나를 그에게 소개시켜준 사람은 그 사실을 몰랐다. 간수들은 전부 합쳐서 10명이었는데, 온몸에 타르를 바르고 세심하게 깃털을 붙여서 지하실에 가둬버린 것이었다. 그들은 만 1개월 이상이나 감금되어 있었는데 그 동안 메이야르 씨는 사람 좋게도 타르와 페더(깃털)를 주었을 뿐만 아니라 (이것이 그가 말한 '치료법'이었다) 빵과 물도 충분히 공급해주었다. 물은 매일 펌프로 공급했다. 그런데 결국 무리 중 한 사람이 하수구를 통해 탈출, 나머지 사람들도 해방되기에 이른 것이다.

한편, 병원에서는 커다란 변경을 가해가면서 다시 '진정요법'을 채용, 지금에 이르고 있다. 하지만 나는 메이야르 씨의 '치료법'이 나름대로는 훌륭한 것이었다는 그의 의견에 동의하지 않을 수 없다. 그의 말처럼 '단순하고 적절한 — 전혀 문제도 일어나지 않았던 것'이었다.

한 가지 더 덧붙여두고 싶은 것은, 타르 박사와 페더 교수의 저서를 읽어보려고 유럽에 있는 모든 도서관을 뒤지고 다녔지만 지금에 이르기까지 나의 노력은 완전히 실패로 돌아가고 말았다는 사실이다.

봉봉

좋은 와인으로 위를 채우면

발자크보다 지식이 넘쳐나고

피블락보다 예지에 넘쳐난다

얄미운 코삭 사람 같은 건

한 손으로 맞서서

남김없이 휩쓸어줘

삼도천을 건널 때

배에서 늘어지게 자볼까

염라대왕을 배알할 때도

소심하게 벌벌 떨지 말고

담배나 한 대 권해볼까 (프랑스의 민요)

피에르 봉봉이 음식점 주인으로서 범상치 않은 재능을 가지고 있었다는 사실은 ○○왕의 집권 시절 루앙의 골목 르 페브르에 있던 조그만 레스토랑에 자주 드나들던 사람이라면 누구나 주저하지 않고 단언할 수 있을 것이다. 피에르 봉봉이 당시의 철학에 대해서도, 요리에 대해서도 굉장히 조예가 깊었다는 사실에는 그 누구도 반론을 품고 있지 않았을 것이다. 그렇다, 봉봉이 만드는 거위 간 요리는 흠잡을 데 없는 일품요리였으며, 그의 '자연'에 대한 논고 ─ '영혼'에 대한 고찰 ─ '정신'에 대한 고찰에 대해서 필설로 정당하게 평가를 내릴 수 있는 자가 과연 이 세상에 존재하기나 하는 걸까? 그가 만든 오믈렛이나 프리칸도(송아지 고기 요리)에 값을 매기는 것이 제 아무리 어려운 일이었다 할지라도, 당신의 문인 중에서 '봉봉의 사상'에, 다른 모든 학자 양반들의 평범한 '사상'을 하나로 뭉뚱그린 것보다 두 배 비싼 값을 매기지 않은 사람은 아마 단한 사람도 없었을 것이다. 봉봉은 그때까지 그 누구도 섭렵하지 않았던 서고를 섭렵했으며 —그때까지 누구도 읽을 것이라고 예상하지 않았던 책을 읽었으며 —그때까지 그 누구도 이해할 수 있을 것이라고는 꿈에도 생각지 못했던 사실을 이해하고 있었다. 루르의 저술가 중에는 '그의 학설에는 플라톤학파의 순수함도 없고, 아리스토텔레스학파의 깊이도 없다.'고 주저 없이 단언한 사람도 없지는 않았으며 —그의 논리는 —솔직히 말하자면— 아주 광범위하게 이해를 얻고 있었던 것은 아니지만 그렇다고 해서 이해하기 어려운 것은 아니었다. 사람들은 그의 이론을 난해하다고 생각했는데, 내 생각에 의하면 그것은 그의 사상이 너무나도 자명했기 때문이었다. 봉봉 덕분에 —너무 자세하게 밝히지는 않겠다— 주로 봉봉 덕분에 칸트는 형이상학을 완성할 수 있었다. 틀림없이 봉봉은 플라톤학파도 아니었으며, 엄밀하게 말하자면 아리스토텔레스학파도 아니었다. —그리고 그는 프리카세의 조리법에 대한 연구 내지 그에 비하자면 한층 더 쉬운 일이기는 했지만, 감각의 분석 등에 이용해 마땅할 귀중한 시간을, 당시의 라이프니츠처럼 물과 기름의 융합을 꾀하는 것과 같은 무익한 윤리학 상의 논의에 낭비하지는 않았다. 절대 있을 수 없는 일이다. 봉봉은 이오니아학파였으며

—동시에 엘레아학파이기도 했다. 그는 연역적으로 추론했으며, —귀납적으로도 추론했다. 그의 관념은 선천적인 것이기도 했으며 —그와 반대되는 것이기도 했다. 봉봉은 트레비존드의 조지를 신봉하고 있었으며, —베사리온도 신봉하고 있었다. 즉 봉봉은 누구보다도 가장 대표적인 —봉봉주의자였다.

나는 이 철학자를 음식점 주인 자격으로 이야기해왔다. 하지만 오해하지 말기를 바라는 점은, 조상 대대로 내려온 이 직업을 계승함에 있어서 우리의 주인공은 이 직업에 깃들어 있는 위엄과 중요성에 합당한 경의를 표하는 데 조금도 소홀하지 않았다는 점이다. 그 반대였다. 그가 요리와 철학 중 어느 직업에 더 많은 자부심을 느끼고 있었는지 한마디로 말하기란 쉬운 일이 아니었다. 그의 의견에 의하면 지력과 위의 소화력 사이에는 밀접한 관계가 있다는 것이었다. 영혼이 뱃속에 깃들어 있다고 생각하는 중국 사람들의 의견과 봉봉의 의견 사이에는 커다란 차이가 없는 것처럼 보였다. 어쨌든 그의 생각에 의하면 그리스인이 정신과 횡격막을 같은 말로 부른 것은 지극히 당연한 일이었다. 그렇다고 해서 나는 이 형이상학자를 대식가라고 비난할 생각도, 그 외의 어떤 중대한 죄로 경멸해야겠다는 생각도 갖고 있지 않다. 가령 피에르 봉봉에게 결점이 있다 할지라도, —수많은 결점을 갖고 있지 않은 위인이 과연 존재하기나 할까? —그렇다, 가령 피에르 봉봉에게 결점이 있었다 할지라도 그것은 문제 삼을 필요조차 없는 옥에 티와 같은 것인데 —그 옥에 티라는 것도 다른 기질을 가진 사람의 경우에는 오히려 장점이라고 여겨지던 것에 불과한 것이었다. 그러한 약점 중 하나에 대해서, 만약 그렇게 현저하게 눈에 띄지 않았다면 —마치 높이 부조된 것처럼 그의 성격 전체에서 돌출되어 나오지 않았다면— 나는 이 이야기에서 그것을 얘기하려 하지도 않았을 것이다. 그는 거래할 기회가 있을 때마다 그것을 그냥 보아 넘길 수가 없었다.

그가 탐욕스러웠기 때문이 아니었다. —그런 것이 아니었다. 이 철학자를 만족시키기 위해서 그 거래가 그에게 합당한 이익을 가져다줄 필요는 조금도 없었다. 단지 거래가 성립되기만 하면 — 어떤 종류의, 어떤 조건의, 어떤 상황 하의 거래라 할지라도 이견은 없었던 것이다. —그로부터 며칠 동안 봉봉은 만면에 미소를 지었으며, 그의 눈은 자신의 현명함을 자랑하는 자만감으로 빛을 발하는 것이었다.

어떤 시대라 할지라도 지금 말한 것과 같은 특이한 기질은 사람들의 주목을 끌고 시선을 끌어 모으게 돼 있는 법이다. 하물며 이 이야기의 배경이 된 시대에 이와 같은 기벽이 사람들의 시선을 끌지 못했다면 그것이야말로 신기한 일이 아닐 수 없었다. 순식간에 퍼진 소문에 의하면, 거래를 마친 뒤 봉봉의 얼굴에 떠오르는 엷은 미소는, 농담을 할 때나 손님을 맞을 때 보이는 꾸밈없는 미소와는 아주 다르다는 것이었다. 자극적인 소문이 떠돌기 시작했다. 성급하게 위험한 거래에 손을 댔다가 뒤에 후회하는 마음에 시달리고 있다는 종류의 이야기가 유포되었으며, 그의 설명하기 힘든 능력, 채울 수 없는 소망, 자연스럽지 못한 성격 등이 자신의 사악한 목적을 위해서 모든 악을 창조하는 악마와 연결되어 있다고 이야기되어지기까지에 이르렀다.

이 철학자에게는 이 외에도 약점이 있었지만 —그것은 특별히 언급할 만한 가치가 있는 것은 아니었다. 예를 들어서 심원한 사고를 가진 사람들 중에서 술에 대한 기호를 가지고 있지 않은 사람은 없을 것이다. 그 기호가 사고를 활성화시키는 원인인지, 사고의 심원함의 진정한 증거인지 그것은 참으로 미묘한 문제였다. 내가 알고 있는 한, 이것은 상세하게 검토해볼 만한 가치가 있는 문제라고 봉봉은 생각지 않았던 듯하며 —나 자신도 그렇게 생각하지는 않는다. 그럼에도 불구하고 참으로 고전적인 그 기호를 만족시키는 데 있어서, 이 음식점 주인이 논문과 오믈렛 양쪽에 대해서 똑같이 작용하는 본능적인 감식안을 십분 발휘하지 않았다고는 생각되지 않는다. 혼자 있을 때 그는 일정 시간을 부르고뉴 와인에 할애했으며, 적당한 간격을 두고 꼬뜨 드 론을 즐겼다. 그에게 있어서 소테른과 메도크의 관계는 카툴루스와 호메로스의 관계와도 같은 것이었다. 삼단논법을 즐길 때는 생 페레를 마시지만, 엉클어진 논의를 풀 때는 클로 드 부주오의 잔을 기울이며, 하나의 논의를 뒤집을 때는 샹베르탱을 들이붓듯 마신다. 이처럼 섬세한 취향의 감각이 앞서 말한 거래의 기호에도 작용을 했다면 달리 할 말은 없었겠지만 —실제로는 그렇지가 않았다. 사실을 말하자면 철학자 봉봉의 그와 같은 성격은 결국 이상할 정도의 강렬함과 신비성을 띠게 되어 그가 편애하는 독일학이 현저한 악마주의로 짙게 물들어버리게까지 되었다.

이 이야기의 배경이 되는 시기에, 르 페브르 골목에 있는 조그만 카페에 들어간다는 것은 천재의 성소에 들어간다는 것에 다름 아니었다. 봉봉은 천재였다. 루앙의 요리사 지망생 중에서 봉봉을 천재라고 단언하지 않는 사람은 단 한 사람도 없었다. 기르던 고양이마저 그 사실을 알고 있었기 때문에 주인 앞에서는 함부로 꼬리를 흔들지 않았다. 물새 사냥을 할 때 쓰는 커다란 사냥개도 그 사실을 알고 있었기 때문에 주인이 다가오면 존경한다는 듯한 태도로 귀를 늘어뜨리고, 개 치고는 아주 훌륭한 아래턱을 밑으로 떨어트려 공순한 태도를 보였다. 하지만 이처럼 경의를 나타내는 것이 습성이 된 이유의 대부분은 이 형이상학자의 풍모에서 찾아봐야 할지도 모른다. 나는 뛰어난 외모가 짐승까지도 위압한다는 사실을 아주 당연하게 받아들이고 있다. 나는 이 음식점 주인의 외견에 네 발짐승의 상상력에 호소하는 것이 상당 부분 존재한다는 사실도 기꺼이 인정한다. 이 조그만 거인—이렇게 모순되는 말이 허용된다면— 이 조그만 거인의 신변에 떠돌고 있는 독특한 위엄은 단지 체구의 크고 작음에 의해서 빚어지는 것과는 성질이 다른 것이었다. 봉봉의 키는 3피트도 되지 않았으며, 머리는 이상할 정도로 작았지만 그럼에도 불구하고 그의 둥글게 부풀어오른 배를 보고 있으면 거의 숭고함에 가까운 장대함을 느끼지 않을 수가 없었다. 그것의 크기는 개의 눈에도 사람의 눈에도 봉봉의 학식이 얼마나 높은 것인지를 나타내는 것이었으며 —그것의 광대함은 봉봉의 불멸의 영혼에 어울리는 주거지였다.

　나는 여기서 —그럴 마음만 있다면— 이 형이상학자의 복장 및 그 외의 순수한 외면상의 특성에 대해서 상세하게 기술할 수도 있다. 예를 들자면 주인공의 짧게 깎인 머리는 매끈하게 빗질이 되어 이마 위로 내려와 있었으며, 머리 위에는 술이 달린 하얀 플란넬로 만든 원추형 모자가 얹혀 있었다. ─황록색 재킷은 당시 평범한 음식점 주인이 입고 있던 것과는 품새가 달랐다. ─소매는 당시 유행에 의해서 공인받고 있던 것보다 조금 두툼했다. ─소매 끝의 접혀 나온 부분에는 재킷과 똑같은 색, 똑같은 천을 대야 한다는 당시의 야만스러운 풍습을 무시하고, 좀 더 창의적으로 고안된 반점 무늬의 제노바제 벨벳이 박음질되어 있었다. ─슬리퍼는 독특한 금실, 은실로 수놓은 투명하고 밝은 보라색 천으로 만들어진 것인데, 얼핏 일본제처럼 보이지만 미묘한 신발 코의 모습, 실이나 자수의 화려한 색상으로 그렇지 않다는 것을 알 수 있었다. 바지는 앰마블루라 불리는, 샤틴과 비슷한 노랑 소재로 만들어져 있었다. ─하늘색 망토는 형태가 실내복과 비슷했는데 전면에 진홍빛 가문(家紋)이 여기저기 새겨져 있었고 그것이 어깨 부근에서 아침 안개처럼 떠다니며 기사의 풍격을 느끼게 했다. ─이와 같은 봉봉의 모습 전체가 빚어내는 인상이 피렌체의 규방 즉흥시인 베네베누타로 하여금 '피에르 봉봉은 낙원의 새인가, 혹은 완벽한 낙원 자체인가, 참으로 알 수 없구나.' 라는 명구를 내뱉게 한 것이었다. 마음만 먹는다면 지금까지 밝힌 모든 점에 대해서 상세하게 말하는 것은 내게 있어서 불가능한 일은 아니지만, 그만두기로 하겠다. 단순한 외견상의 상세한 기술은 역사소설에게 맡겨두면 될 것이다. ─외견이라는 것은 사실이 갖추고 있는 도의적인 위엄 이하의 문제다.

나는 앞서 '르 페브르 골목에 있는 조그만 카페에 들어간다는 것은 천재의 성소에 들어간다는 것에 다름 아니었다.' 라고 말했다.

─하지만 그 성소의 진가를 알고 있는 것은 바로 그 천재뿐이었다. 커다란 2절판 책이 간판 대신 입구에 매달려 있었다. 그 대형 책의 한쪽 면에는 술병이 그 뒤쪽에는 파테(가운데 속을 넣은 파이 - 역주)가 그려져 있었다. 표지의 등 부분에는 커다란 문자로 '봉봉의 일'이라고 적혀 있었다. 이렇게 가게 주인의 두 가지 직업이 교묘하게 암시되어 있었다.

문턱을 넘어서면 건물 내부가 한눈에 들어왔다. 길고 천장이 낮으며 고풍스러운 방이 하나 있었는데 그것이 이 카페의 전부였다. 그 방의 한쪽 구석에 이 형이상학자의 침대가 놓여 있었다. 그리스풍으로 위쪽 덮개와 커튼으로 둘러싸여 있었는데 그것이 침대에 고전적이면서도 쾌적해 보이는 분위기를 부여하고 있었다. 그곳과 대각선을 이루고 있는 맞은편 구석에는 부엌과 서재의 설비와 비품들이 사이좋게 동거하고 있는 것이 보였다. 신학논쟁의 소책자들이 사이좋게 접시 하나에 담겨 찬장에 위에 올려져 있었다. 이쪽의 오른에는 최신 윤리학 논문들이 가득 채워져 있었고 ─저쪽의 냄비에는 12절판 메모장이 담겨 있었다. 독일 윤리학 책은 석쇠와 하나가 되어 있었다. 토스트용 포크는 에우세비오스 옆에서 발견되었으며, ─플라톤은 유유히 프라이팬에 기대 있었고, ─동시대의 사본들은 고기를 구울 때 쓰는 꼬챙이로 찔러 정리를 해두었다.

그 외의 점에 있어서 카페 드 봉봉은 당시의 평범한 음식점과 커다란 차이는 없었다고 말해도 좋을 것이다. 입구 정면에는 커다란 난로가 입을 벌리고 있었다. 그 오른쪽 선반에는 라벨이 붙어 있는 수많은 술병들이 위세 좋게 정렬되어 있었다.

○○○○년 혹독한 추위가 찾아왔던 어느 날 밤 12시 무렵, 피에르 봉봉은 그 가게에서 이웃들이 자신의 기벽에 대해서 이래저래 떠드는 것을 한동안 듣고 있다가 — 결국은 이웃들을 집에서 완전히 내쫓은 다음 저주의 말을 이웃들에게 퍼부으며 문을 잠그고 그다지 평온하지 못한 기분으로 가죽을 씌운 팔걸이가 달린 의자의 안락함과 불타오르는 난로불의 온기에 몸을 맡겼다.

　그것은 백 년에 한두 번 있을까 말까한 밤이었다. 눈은 한없이 쏟아져 쌓였으며, 바람은 집의 뼈대까지 흔들고, 벽의 갈라진 틈으로 스며들어오고, 굴뚝을 통해 맹렬하게 불어 들어와 철학자의 침대의 커튼을 격렬하게 흔들며 파테를 굽는 판과 논문의 질서를 흩트려놓았다. 실외에 걸어놓은 2절판 간판은 성난 폭풍을 맞아 기분 나쁘게 삐걱거리고 있었으며 튼튼한 떡갈나무 기둥은 신음소리를 올리고 있었다.

　미리 말해두겠는데 난롯가 정해진 자리에 의자를 끌어다놓았을 때 형이상학자의 정신상태는 그다지 평온하지 못했다. 그날은 당혹스러운 사태가 연속해서 발생했기 때문에 평온한 사색이 곧잘 흐트러지곤 했다. 여왕풍 계란 프라이를 만들 생각이었는데 불행하게도 여왕풍 오믈렛을 만들어버리고 말았다. 스튜를 엎은 덕분에 윤리학 상의 어떤 원리를 발견하는 데 실패하고 말았다. 마지막으로 말하게 됐지만 이런 사태 중에서 가장 커다란 불상사는, 거래의 성공을 최고의 기쁨으로 알고 있는 이 철학자가 그 중요한 거래 중 하나에서 실패를 했다는 것이었다. 하지만 이와 같은 뜻밖의 사태에 대한 봉봉의 초조함 속에, 미처 날뛰는 밤의 소란스러움이 사람의 마음에 불러일으키는 불안이 섞여 있지 않을 리가 없었다. 앞서도 말한 바 있는 검은 사냥개를 휘파람으로 불러놓고 침착하지 못한 기분으로 의자에 앉은 봉봉은 방 안 멀리 구석구석을 경계심 담긴 불안한 시선으로 둘러보았다. 난로의 붉은 빛도 그 주변의 깊은 어둠에는 거의 세력을 떨치지 못하는 듯했다. 자기 자신도 정확한 의도를 모르는 채 어쨌든 어둠의 음미를 마친 그는 책과 논문이 산더미처럼 쌓여 있는 조그만 테이블을 의자 쪽으로 끌어당겨 바로 내일 출판할 예정인 대량의 원고를 손보는 일에 열중하기 시작했다.

한동안 그 일에 몰두하고 있자니 '저는 그렇게 급하지 않아요, 봉봉 씨.'라며 중얼거리는 듯한 속삭임이 방 안 어딘가에서 들려왔다.

"악마다!"

놀라 소리를 지르며 자리에서 일어나다 옆에 있던 테이블을 엎어버린 우리의 주인공은 벌벌 떨며 주위를 둘러보았다.

그 목소리가 조용히 대답했다.

"맞습니다."

형이상학자는 침대에 태평스럽게 누워 있는 누군가를 주의 깊게 바라보며 큰소리로 말했다.

"맞다고! ─뭐가 맞다는 거야? ─여기엔 어떻게 들어온 거지?"

침입자가 질문은 무시한 채 대답했다.

"제가 말씀드리고 싶은 것은 저는 조금도 바쁘지 않다는 사실입니다. ─제가 여기를 찾아온 용건은 그다지 급한 일이 아닙니다.

—즉, 당신이 주석을 전부 달 때까지 저는 천천히 기다리겠다는 의미입니다."

"뭐, 뭐라고? —주석이라고? —그걸 어떻게 알았지? 내가 주석을 달고 있었다는 걸 네가 어떻게 안 거지? 오, 신이시여!"

"쉿!"

그 그림자는 날카롭고 작은 목소리로 답하더니 반사적으로 침대에서 벌떡 일어나 우리의 주인공 쪽으로 한걸음 다가섰는데 그때 머리 위에 늘어져 있던 철제 램프가 경련을 일으키듯 그 그림자의 접근으로부터 몸을 피했다.

우리의 철학자는 크게 놀라기는 했지만, 이 낯선 자의 의상과 용모를 자세히 뜯어보는 일을 게을리 하지는 않았다. 이 인물은 극도로 말랐지만 키는 평균보다 훨씬 컸으며, 빛바랜 검은 옷이 몸을 꼭 감싸고 있었기 때문에 윤곽을 확실하게 볼 수 있었는데 옷의 스타일은 아무리 봐도 1세기쯤 전의 것이었다. 그리고 옷은 지금 눈앞에 있는 인물보다 훨씬 더 조그만 사람을 위해서 만들어졌다는 것을 명확하게 알 수 있었는데 발목과 손목이 몇 인치나 드러나 있었다. 그런데 구두에는 번쩍이는 버클이 달려 있어 극단적인 빈곤을 드러내 보이고 있는 의복의 전체적인 인상을 배반하고 있었다. 머리는 완전히 벗겨져 그대로 드러나 있었는데 뒷부분에만은 상당히 긴 변발이 늘어져 있었다. 옆으로도 렌즈가 달린 녹색 안경이 그의 눈을 광선의 영향으로부터 지키고 있었으며, 그와 동시에 우리의 주인공이 그 눈의 색깔과 배치를 관찰하는 것을 방해하고 있었다. 몸의 어디를 봐도 셔츠를 입고 있는 것 같지는 않았지만 더

봉봉 | 551

봉봉 | 551

러운 느낌을 주는 스카프가 아주 단단하게 목을 감싸고 있었는데 그 양쪽 끝이 단정하게 늘어져 있는 모습은 (설마 의도적으로 그런 것은 아닐 테지만) 성직자를 연상케 했다. 틀림없이 이 인물의 용모 및 언행에는 그런 종류의 개념을 지지하고 있는 듯한 부분이 많았다. 그의 왼쪽 귀 위에는 당시의 사무원들처럼 고대 첨필과 비슷한 필기구가 끼워져 있었다. 상의의 가슴 주머니로는 철제 단추로 닫아놓은 검고 조그만 책이 나 보란 듯이 고개를 내밀고 있었다. 우연인지 일부러 그런 것인지는 알 수 없었지만 이 책 표지의 등이 바깥쪽을 향하고 있었기 때문에 『가톨릭 전례』라는 하얀색 글씨가 눈에 아주 잘 들어왔다. 용모는 매우 음울했으며 —시체를 능가하는 창백함. 이마는 넓었으며 깊게 파인 주름이 사색의 흔적을 간직하고 있었다. 입의 양쪽 끝이 처져 있었기 때문에 아주 비굴하고 겸손한 인상을 주었다. 그리고 우리의 주인공에게 접근할 때는 두 손을 꼭 쥐고 —깊은 한숨을 내쉬며 —반드시 타인에게 호감을 주겠다는 듯 차분한 표정을 짓고 있었다. 이 방문자의 인품과 언동을 마음껏 관찰한 우리의 형이상학자는 얼굴에서 분노의 표정을 완전히 씻어버리고 손님에게 조용히 악수를 청한 뒤 의자에 앉으라고 권했다.

하지만 철학자의 이와 같은 감정의 갑작스러운 변화를, 당연히 영향력을 행사하고 있는 원인 하나에만 귀착시키는 것은 커다란 잘못 일 것이다. 내가 알고 있는 피에르 봉봉의 성격을 바탕으로 생각해볼 때, 그는 결코 그럴 듯한 겉모습에 현혹되는 사람이 아니었다. 인간과 사물을 그처럼 정확하게 관찰하는 사람이, 밤의 어둠을 틈타서 무단으로 침입한 손님의 정체를 단번에 꿰뚫어보지 못했을 것이라고는 생각되지 않는다. 다른 점은 몰라도 이 손님의 발만 보더라도 단박에 알아차릴 수 있는 일 아닌가? —머리에는 이상할 정도로 높다란 모자를 가볍게 얹어놓았다. —바지의 뒷부분은 심하게 부풀어 있었다. —그리고 상의의 옷자락이 꿈틀꿈틀 움직이는 것이 무엇보다도 커다란 증거가 아니겠는가? 따라서 예전부터 무조건적인 존경심을 품고 있던 것을 이렇게 갑자기 만나게 된 행운에 우리의 주인공이 얼마나 만족스러워했을지 한번 생각해보기 바란다. 하지만 우리의 봉봉은 사태의 진상에 관계된 마음속 판단을 밖으로 드러낼 정도로 어리석은 사교가는 아니었다. 뜻밖에 손에 넣은 영예에 내심 만족스러운 미소를 지으면서도 그런 것은 내색도 하지 않고 손님을 대화 속으로 끌어들여 윤리학에 관한 어떤 중요한 관념—출판예정에 있는 책 속에 삽입하면 인류를 계몽함과 동시에 자신의 이름까지도 불멸의 것으로 만들어줄 관념—더욱 자세히 말해보자면, 손님의 연공과 고명한 윤리학 상의 조예를 바탕으로 판단해봤을 때 반드시 가지고 있을 것임에 틀림없는 관념—을 그대로 자신의 것으로 만드는 것도 꿈이 아닐지도 모르겠다고 봉봉은 생각했던 것이다.

이처럼 밝은 통찰에 힘입은 우리의 주인공은 손님에게 자리에 앉을 것을 권한 뒤, 자신은 난로에 장작을 몇 개 집어넣고 테이블을 일으킨 다음 그 위에 무스를 몇 병 올려놓았다. 이와 같은 준비를 단숨에 마친 봉봉은 상대편의 정면으로 의자를 끌어다 앉아 그가 입을 열기를 기다렸다. 하지만 제 아무리 숙고에 숙고를 거듭해

세운 계획이라 할지라도 막상 실행에 옮기다보면 시작부터 좌절을 겪게 되는 경우도 있는 법이다. ─우리의 요리점 주인도 손님의 처음 한마디에는 당황하지 않을 수 없었다.

손님이 말했다.

"자네는 내가 누군지 알고 있지? 봉봉. 하! 하! 하! ─헤! 헤! 헤! ─히! 히! 히! ─호! 호! 호! ─후! 후! 후!"

─그리고 악마는 곧 성스러운 체하던 행동을 포기하고 귀에서 귀까지 입을 크게 벌려 날카로운 톱날 같은 이빨을 드러내 보이더니 머리를 뒤로 젖혀 오랫동안 큰소리로 사악하게 웃어댔다. 웅크리고 있던 검은 개가 깜짝 놀라 위세 좋게 소리를 높여 합창에 참가했으며, 점박이 고양이는 쏜살 같이 달려 방의 한편 구석으로 도망가 발끝으로 선 채 날카로운 소리로 울어댔다.

철학자는 그렇지 않았다. 산전수전 다 겪은 사람은 누구나 다 그렇듯, 개처럼 웃거나 고양이처럼 날카로운 소리로 울어 공포심을 겉으로 드러내는 어리석은 짓은 하지 않았다. 하지만 솔직히 말하자면, 손님의 가슴 주머니에 있는 책의 『가톨릭 전례』라는 하얀 글자가 점점 변하더니 순식간에 『지옥인명부』라는 글자로 바뀌어 벌겋게 타오르는 것을 봤을 때는 이 철학자도 놀라움을 감출 수가 없었다. 이 놀라운 사태 때문에 봉봉이 손님의 말에 대답할 때, 그의 태도에서 당혹의 빛을 찾아볼 수 있었지만 이는 그 외의 경우에서는 결코 찾아볼 수 없는 것이었다.

철학자가 말했다.

"맞습니다. 뭐냐, 솔직히 말씀드리자면 ─그러니까 당신은 말입니다 ─틀림없이 ─저주받은 ─그러니까 제 생각으로는 ─제 상상으로는 말입니다 ─제게는 언뜻 ─아주, 아주 언뜻 그런 느낌이 ─아주 명예로운 느낌이 ─."

악마 각하가 말했다.

"오! ─아! ─알았다! ─이제 됐어. 더 이상 말하지 마. 말하지 않아도 알겠어."

이렇게 말한 악마는 초록색 안경을 벗어 상의의 소매로 렌즈를 정성스럽게 닦은 다음 주머니에 넣었다.

봉봉이 책 때문에 놀란 것은 사실이었지만 지금 눈앞에 펼쳐진 광경에는 완전히 제정신을 잃고 말았다. 손님 눈의 빛깔을 확인하고 싶다는 강한 호기심에 휩싸인 봉봉이 눈을 들어 본 것은 예상과는 달리 검정과는 전혀 관계가 없는 색이었다. ─상상할 수 있는 것과 같은 회색도 아니었다. ─갈색도 아니었고 파란색도 아니었다. ─노란색도 아니었고 붉은색도 아니었다. ─보라색도 ─하얀색도 ─녹색도 아니었으며 ─천상에도 지상에도 심지어는 해저에도 없는 색깔이었다. 결국 봉봉은 각하에게는 원래부터 눈이라는 것이 없다는 사실을 명확하게 확인할 수 있었을 뿐만 아니라 그보다 이전의 어떤 시기에도 눈이라 게 존재했을 것으로 여겨지는 흔적조차 발견하지 못했던 것이다. ─마땅히 눈이 있어야 할 부분에는 그저 평탄한 살이 있을 뿐, 이것은 도저히 그대로 지나칠 수 있는 문제가 아니었다.

형이상학자에게 있어서 그처럼 기괴한 현상의 원인에 대한 탐구를 소홀히 한다는 것은 절대로 있을 수 없는 일이었으며, 그에 대한 악마 각하의 대답은 신속하고 위엄에 넘치며 아주 만족스러운 것이었다.

"눈이라고? 이보게 봉봉 ―눈이라고? 오, 오! 아, 아! 알았다! 세상에 유포되어 있는 그 그림이 나의 용모에 대한 잘못된 관념을 심어준 거로군. 그렇지? 눈이라고! ―맞아. 피에르 봉봉, 눈이란 건 마땅히 있어야 할 자리에 있어야만 쓸모가 있는 거야. ―그 마땅히 있어야 할 자리는 바로 머리, 라고 자네는 말하고 싶겠지? ―맞는 말이야. ―구더기의 머리라면. 버러지와 마찬가지로 자네에게도 시각기관이 없어서는 안 되겠지. 하지만 나의 시력은 자네의 것보다도 훨씬 더 뛰어나. 증거를 보여줄까? 저쪽 구석에 고양이가 ―아주 귀여운 녀석이 ―한 마리 있는 게 내게는 보여. ―잘 보게. 잘 관찰해보라고. 그런데 봉봉 자네는 생각이라는 것도 볼 수 있나? ―그래, 사고 말이야. ―관념, ―사색, ―그러니까 두개골 속에서 일어나고 있는 것이 보이느냐 말이지. ―자네에게는 그것이 안 보이지? 저 고양이는 지금 우리가 자기 꼬리의 길이와 정신의 심원함을 찬미하고 있다고 생각하고 있어. 아, 지금 결론을 내렸군. ―나는 세상에서 가장 뛰어난 성직자, 자네는 천박하기 짝이 없는 형이상학자라고. 이제 알았겠지? 내게는 눈이 없어도 보인다는 사실을. 나와 같은 직업을 가진 자에게 자네가 말한 것과 같은 눈은 오히려 방해가 될 뿐이야. 눈이란 건, 빵을 구울 때 쓰는 꼬챙이나 포크 같은 걸로 언제 파내질지 모르는 것이란 말이지. 자네의 경우에는 그와 같은 종류의 사물을 보는 도구가 필요하다는 사실을 인정하기는 하지만. 봉봉, 그 도구를 유용하게 활용하기 바라네. —하지만 나의 시력은 영혼이야."

여기서 손님은 테이블 위에 있는 와인을 스스로 따라 마시고 봉봉을 위해서는 건배용 잔에 따라준 뒤, '사양하지 말고 편안하게 죽 들게.' 라고 권했다.

"자네의 저 책은 아주 훌륭하네, 봉봉."

봉봉이 손님이 권하는 대로 따라준 와인을 전부 마시고 테이블 위에 잔을 올려놓은 순간 악마 각하는 만족스럽다는 표정으로 봉봉의 어깨를 두드리며 이렇게 말했다.

"저건 아주 좋은 책이야. 심정적으로도 내게 꼭 맞는 책이지. 구성이라는 면에 있어서 다소 아쉬운 면이 없지는 않지만 개선의 여지가 있고, 많은 점에서 자네의 견해는 아리스토텔레스를 연상케 하지만. 그 철학자는 나와 아주 가깝게 지내던 사람 중 한 명이었어. 그 사람의 급한 성격이 마음에 들었었고, 엉뚱한 짓을 해대는 보기 드문 재능도 마음에 들었었지. 녀석이 저술한 방대한 저서 중에 딱 하나 제대로 된 진리가 있는데 그건 그 사람의 엄청난 어리석음에 대한 순수한 동정심에게 내가 힌트를 준 덕분에 얻은 거야. 그건 그렇고 피에르 봉봉, 자네는 물론 지금 화제로 삼고 있는 신성한 도의적 진리가 어떤 것인지 잘 알고 있겠지?"

"글쎄요, 저는 잘……."

"정말인가? 인간은 기침을 함으로 해서 콧구멍으로 쓸데없는 관념을 밖으로 내보낸다는 사실을 아리스토텔레스에게 가르쳐준 게 바로 날세."

형이상학자는 자신의 잔에 무스를 가득 따른 뒤 손님의 손가락에는 코담배 상자를 건네주며 이렇게 말했다.

"그야 ―딸꾹!― 틀림없이 그랬겠죠."

각하는 코담배 상자와 그것을 권한 호의를 은근하게 거절하며 말을 이었다.

"그리고 플라톤도 있었지. 플라톤과는 한때 아주 친하게 지내던 사이였어. 플라톤은 알고 있지, 봉봉? ―아, 아. 내가 실례를 범했군. 어느 날 파르테논 안에서 플라톤을 만났는데 어떤 관념의 부분에서 생각이 막혔다고 하기에 우선은 '$o\ \nu\alpha s\ \varepsilon\sigma\tau\iota\nu\ \alpha\nu\lambda os$(마음은 피리다)'라고 적어두라고 말했지. 그랬더니 플라톤은 그렇게 하겠다며 얼른 집으로 돌아갔고 나는 그대로 피라미드까지 여행을 했어. 그러나 제 아무리 친구를 궁지에서 구하기 위해 한 일이라고는 하지만 진리를 말해버렸다는 사실 때문에 양심의 가책을 느낀 나는 그것을 견디지 못하고 급히 아테네로 돌아갔는데, 내가 철학자의 의자 뒤에 선 순간 플라톤은 마침 '$\alpha\nu\lambda os$(피리)'라고 쓰고 있는 중이었어. 그래서 나는 'λ'를 손가락으로 튕겨 거꾸로 만들어버렸지. 그랬더니 그 문장이 '$o\ \gamma\alpha s\ \varepsilon\sigma\tau\iota\gamma\ \alpha\nu\gamma os$(마음은 빛이다)'라고 후세에 남게 되었고, 자네도 아는 바와 같이 그것이 플라톤 형이상학의 근본원리로 통용되게 된 거야."

음식점 주인이 무스를 두 병째 비운 뒤, 선반에서 샹베르탱 큰 병을 꺼내며 물었다.

"로마에 계신 적은 없었습니까?"

악마가 마치 책의 한 구절을 낭독하는 것 같은 어투로 말하기 시작했다.

"딱 한 번 있었네, 봉봉. 딱 한 번. 한번은 무정부상태가 5년 동안이나 계속되던 때가 있었어. 그 동안 공화국에 관리는 단 한 사람도 없었고 양민관 외에는 통치를 담당하는 사람이 없었는데 양민관은 법적으로 아무런 행정권도 가지지 못했어. —바로 그런 기간이었지, 봉봉. —그 시기에만 나는 로마에 있었어. 그런 연유로 로마의 철학자들과 직접적인 교류를 맺은 적은 없어." (그들—키케로, 루크레티우스, 세네카—은 철학에 대해서 기술하기는 했지만 그것은 전부 그리스 철학이었다.)

"당신은 어떻게 평가하고 계십니까? —어떻게 생각하고 계십니까? —딸꾹! —에피쿠로스에 대해서?"

악마가 놀라며 말했다.

"누구라고? 자네 설마 에피쿠로스를 헐뜯으려는 건 아니겠지? 내가 에피쿠로스를 어떻게 생각하느냐고? 그게 자네가 묻고 싶은 건가? —내가 에피쿠로스야! 디오게네스 라에르티오스에 의해 널리 알려진 300편의 논고 한 권, 한 권을 지은 철학자가 바로 나란 말이야."

와인 기운이 조금 돌기 시작한 형이상학자가 말했다.

"거짓말!"

각하가 아주 만족스럽다는 듯이 말했다.

"거짓말이라고 해도 좋아! —아주 좋아! —정말 좋아."

음식점 주인은 독단적으로 반복했다.

"거짓말이야! 그건 —딸꾹! —거짓말이야!"

"어쨌든 자네 마음대로 생각하게!"

악마는 조용히 말했고, 봉봉은 논의에서 이겼으니 두 번째 샹베르탱을 비우는 것이 자신의 의무라고 생각했다.

손님이 계속해서 말했다.

"조금 전에 말했던 것처럼, 봉봉, 자네 책에서는 군데군데 아주 기이한 관념들이 보여. 예를 들자면 영혼에 대한 하찮은 논의, 무슨 생각으로 그런 장광설을 늘어놓은 거지? 한마디로 말해서 영혼이란 대체 뭐지?"

형이상학자가 자신의 원고를 떠올리며 대답했다.

"영 —딸꾹! —영혼이란, 의심할 여지도 없이—."

"그렇지 않아!"

"의문의 여지도 없이—."

"그렇지 않아!"

"논의의 여지도 없이—."

"그렇지 않아!"

"명백하게—."

"그렇지 않아!"

"논의를 기다릴 필요도 없이—."

"그렇지 않아!"

"딸꾹!"

"그렇지 않아!"

"모든 의문을 초월한, 하나의—."

"그렇지 않아. 영혼은 그런 게 아니야!"

(여기서 철학자는 쏘는 듯한 시선으로 샹베르탱을 노려보더니

이 기회를 이용해 그 자리에서 세 병째를 해치워야겠다고 결심했다.)

"그렇다면 —딸꾹! —영혼이란 대체 뭐란 말입니까?"

각하가 생각에 잠긴 듯한 표정으로 대답했다.

"그렇게 요란을 떨 필요도 없는 거야, 봉봉. 지금까지 —아주 나쁜 영혼, 그리고 —상당히 좋은 영혼도 몇몇 맛을 봤지. —그래서 알게 된 거야."

여기서 악마가 입맛을 다시며 무의식적으로 손을 주머니에 있는 책으로 가져갔는데 그 순간 격렬한 재채기가 났다.

악마가 계속해서 말했다.

"크라티노스의 영혼은 —그저 그랬어. 아리스토파네스의 영혼은 —풍미가 좋아. 플라톤의 영혼은 —일품이지. —자네가 알고 있는 플라톤이 아니야. —희극작가인 플라톤을 말하는 거야. 자네가 알고 있는 플라톤의 영혼은 지옥문을 지키고 있는 개의 위도 견디지 못할 거야! —우웩! 그리고, 그 다음에! 나에비우스, 안드로니쿠스, 플라우투스, 테렌티우스라는 것들이 있었지. 그리고 루키리우스, 카툴루스, 나소, 퀸투스 플라쿠스도 있었지. —오, 친애하는 퀸티여! 쇠꼬챙이에 찔려 굽는 동안 친애하는 퀸티는 순수한 우정에서, 나를 위로하기 위해 송가를 불러주곤 했지. 하지만 맛에 깊이가 없어, 로마 사람들. 살이 오른 그리스인 한 사람은 로마인 열두 사람만큼의 가치가 있어. 게다가 그리스인들은 쫄깃쫄깃해. 로마시민들은 그렇지가 않단 말이야. 이제 자네의 소테른을 맛봐야겠군."

봉봉도 그때는 이미 무슨 일에도 놀라지 않겠다는 심경에 도달해 있었기 때문에 청하는 대로 그 술병을 선반에서 내리려 하다 방안에서 꼬리를 흔드는 듯한 기묘한 소리가 들려오는 것을 깨달았다. 각하씩이나 되는 자가 참으로 무례하기 짝이 없는 행동이기는 했지만 봉봉은 그것을 불문에 붙이기로 하고 ─단지 개를 한 번 걷어찬 뒤 조용히 하라고 명하는 데 그쳤다. 손님이 계속해서 말했다.

"호라티우스는 아리스토텔레스와 맛이 똑같았어. 알고 있겠지만 나는 각양각색의 맛을 좋아하거든. 테렌티우스와 메난드로스는 구별이 되지 않아. 놀랍게도 나소는 니칸드로스가 환생한 거야. 베르길리우스는 강한 테오크리토스의 냄새가 나. 마르티알리스는 아르킬로코스를 생각나게 하는 부분이 강하고, ─티투스 리위우스는 폴리비오스와 똑같아서 이렇다할 특징이 없어."

"딸꾹!"

봉봉은 이렇게 대답했고, 각하는 계속해서 말을 이었다.

"하지만 내게도 좋아하는 것이 있다고 한다면, 무슈 봉봉 ─만약 좋아하는 것이 있다고 한다면 그건 철학자야. 하지만 말해두고 싶은 게 있는데 모든 악마 ─아니, 모든 신사가 철학자 고르는 법을 알고 있는 건 아니야. 장광설을 늘어놓는 철학자는 좋지 않고, 뛰어난 철학자라 할지라도 조심스럽게 탈곡하지 않으면 담즙 때문에 쓴맛이 나거든."

"탈곡이라고!!"

"사체에서 영혼을 빼내는 일을 말하는 거야."

"그렇다면 의사는 ─딸꾹! ─어떻습니까?"

"의사 얘기는 하지도 마! —웩! 웩!!" (여기서 각하는 심하게 구토를 해댔다.) "의사는 하나 밖에 먹어본 적이 없는데 —그 히포크라테스 녀석! 진경제(鎭痙劑) 냄새가 나서 —웩! 웩! 웩! 삼도천에 녀석을 씻다가 지독한 감기에 걸렸고 —결국에는 산발성 콜레라에까지 걸렸다니까."

봉봉이 외쳤다.

"지 —딸꾹! —지독한 놈! 거 —딸꾹! —거지발싸개 같은 놈!"

—여기서 철학자는 눈물을 흘렸다.

손님이 말을 이었다.

"그러니까 악마가 —아니, 한두 가지 재주로 신사는 살아남을 수가 없어. 우리 세계에서 기름기 흐르는 얼굴은 세상을 살아가는 지혜가 있다는 증거야."

"어째서 그런 거죠?"

"우리는 때때로 극심한 식량난에 허덕일 때가 있어. 우리가 사는 곳처럼 뜨거운 곳에서는 영혼을 두어 시간 이상 살려둘 수가 없거든. 죽자마자 바로 식초에 절여놓지 않으면(식초에 절인 영혼은 맛이 없어) 영혼은 —상하기 시작해. —알겠나? 영혼이 정상적인 수순을 밟아 우리 손에 들어올 경우에는 언제나 부패할 염려가 있어."

"딸꾹! —딸꾹! —아, 신사여! 어떻게 대처하십니까?"

순간 철로 만든 램프는 평소보다 두 배나 더 격렬하게 흔들리기 시작했으며, 악마 각하도 의자에서 일어나려 했다. —그러나 가볍게 한숨을 내쉬며 마음을 가다듬은 다음 우리의 주인공에게 가볍게 속삭이는 데 그쳤다.

"피에르 봉봉, 신사라고 부르지 말도록 하게."

우리의 주인공이 알았다는 동의의 표시로 와인을 다시 한 잔 들이켜자 손님이 말을 이었다.

"몇 가지 해결책이 있지. 대부분의 녀석들은 그대로 굶어죽어. 피클로 견디는 녀석들도 있고. 나는 살아 있는 채로 사들이고 있어. 그렇게 하면 맛이 훨씬 더 좋거든."

"하지만 육체는! —딸꾹! —육체는!"

"육체, 육체 —육체가 어쨌다는 거지? —아! 그런가? 알았어. 매매를 한다고 해도 육체에는 아무런 영향도 없어. 지금까지 나는 그런 종류의 거래를 헤아릴 수도 없이 많이 해왔지만 상대방에게 피해를 준 적은 단 한 번도 없었어. 카인, 니므롯, 네로, 칼리굴라, 디오니시오스, 페이시스트라토스 —그 외의 수천 명에 이르는 사람들이 인생의 후반을 아무런 부자유도 느끼지 않고 영혼 없이 살아왔고 그런 녀석들이야말로 사회의 꽃이었거든. 지금도 있질 않나? A**** 같은 녀석이. 녀석은 자네도 잘 알고 있지? 그 사람, 정신적으로나 육체적으로나 제대로 된 능력을 가지고 있지 않나? 그처럼 깔끔한 경구를 쓸 수 있는 사람이 또 있을 거라고 생각하나? 그처럼 기지에 넘친 논의를 할 수 있는 사람이 또 있을 거라고 생각하나? 그처럼 —아, 잠깐만! 녀석과의 계약서가 내 지갑 속에 있을 거야."

이렇게 말하며 악마는 붉은 가죽으로 된 지갑을 꺼내 그 안에서 몇 통의 서류를 뽑아들었다. 봉봉은 그 서류들 속에서 마키 —마더

―로베스피 ― 와 같은 글자들뿐만 아니라 칼리굴라, 조지, 엘리자베스와 같은 문자들이 늘어서 있는 것을 얼핏 보았다. 각하는 그 중에서 폭이 좁은 양피지 한 장을 골라내더니 소리 높여 읽기 시작했다.

"여기에 특히 기술할 필요도 없는 모든 지적 능력 및 1,000 루이 금화에 대한 대가로, 생후 1년 1개월 된 모 씨는 이 계약서의 소유자에게 모 씨의 영혼이라 불리는 그림자에 관계된 모든 권리, 자격 및 부속품을 양도하는 바임. 서명 A**xxx**." (여기서 각하는 그 이름을 두 번이나 되풀이했지만 나는 더 이상 확실하게 밝히지는 않겠다.)

각하가 계속해서 말했다.

"머리가 좋은 사람이지, 녀석은. 하지만 무슈 봉봉, 자네와 마찬가지로 녀석은 영혼에 대해서 착각을 하고 있어. 영혼은 그림자라고. 정말인가? 영혼은 그림자라! 하! 하! 하! 하! ―헤! 헤! 헤! ―후! 후! 후! 그림자로 만든 프리카세라니, 상상이나 할 수 있겠나?"

우리의 주인공은 악마 각하의 심원한 논의에 자극을 받아 상당히 명석해진 두뇌로 외쳤다.

"상상이나 할 수 있겠냐고요? ―딸꾹! ―프리카세가 된 그림자를. 상상이나 할 수 있냐고요? ―딸꾹! ―프리카세가 된 그림자를! 엿이나 먹어라! ―딸꾹! ―홍! ―나라고 ―딸꾹! ―그렇게까지 바보는 아니야! 내 영혼은 말이지, 각하 양반 ―홍!"

"자네의 영혼이 어떻게 되기라도 했단 말인가, 무슈 봉봉?"

"맞아요 ―딸꾹! ―내 영혼은 말이죠 ―."

"자네의 영혼이 어떻게 되기라도 했단 말인가, 무슈 봉봉?"

"맞아요. ―내 영혼은 ―."

"왜 그러는 거지?"

"그림자가 아니야, 이 멍청아!"

"그럼 뭐지?"

"맞아 내 영혼은 ―딸꾹! ―흠! ―바로 그거야."

"자네가 말하려 하는 건―."

'내 영혼은 말이지 ―딸꾹! ―그것에 안성맞춤이야. ―딸꾹! ―그것에."

"무엇에?"

"스튜에."

"뭐라고?"

"수플레에."

"응?"

"프리카세에."

"역시!"

"라구에도 프리칸도에도 적합해. ―그래서 말인데, 어디 한번 당신과! 그것을 한번 해볼까? ―거래를."

여기서 철학자는 각하의 등을 가볍게 두드렸다.

"그건 생각할 수 없는 일이야."

조용히 이렇게 대답한 각하는 다시 의자에서 일어나려 했다. 형이상학자는 실망했다.

각하가 말했다.

"지금은 부족한 게 없어."

철학자가 말했다.

"딸꾹! —네?"

"가지고 온 돈도 없고."

"뭐라고?"

"그리고 내키질 않아—."

"네?"

"약점을 이용하는 건—."

"딸꾹!"

"자네의 지리멸렬하고 신사답지 못한 지금의 상태를 이용하는 건."

여기서 손님은 인사를 한 뒤 물러났는데 —어떤 식으로 사라졌는지는 정확하게 알 수가 없다. —하지만 봉봉이 이 '악한'에게 술병을 던지려 한 순간, 천장에 걸려 있던 얇은 사슬이 끊어져 형이상학자는 떨어진 램프에 깔려 길게 뻗어버리고 말았다.

잃어버린 숨결

오, 숨을 쉬지 말아라, 운운. (무어 『아일랜드의 노래』)

　제 아무리 커다란 악운이라 할지라도 조리(條理)의 끊임없는 공격을 받게 되면 끝내 항복해버리게 되는 것은 —제 아무리 견고한 성이라 할지라도 적군의 끊임없는 감시 하에 놓이게 되면 끝내는 성문을 열지 않을 수 없는 것과 같은 것이다. 성경에도 기록 된 바와 같이 살만에셀은 사마리아를 3년 동안이나 포위, 결국에는 점령했다. 사르다나파르스는 —디오도루스를 보라. —니네베에 7년 동안이나 농성했지만 아무런 보람도 없었다. 트로이아도 10년째가 끝날 때에는 숨이 끊겼으며, 아시도드도, 알리스테아스가 군자로서의 명예를 걸고 명언한 바에 의하면 성문을 5분의 1세기나 닫고 있었지만 결국에는 산메티코스가 그것을 열었다고……

　신혼 첫날밤이 밝은 어느 날 아침, 나는 신부에게 향해 이렇게 말했다.

　"이 비천한 계집! —이 여우같은 계집! 이 선머슴 같은! 이 마녀야! 이 마귀할멈! 이 말괄량이! 이 악을 끌어다 모아놓은 것 같은 계집! 이 부끄러움을 모르는 비천함의 화신! —이 —이 —."

　여기서 나는 까치발을 하고 서서 아내의 멱살을 잡고 귓가로 입을 가져가 더욱 새로운 말을, 이것이야말로 욕의 결정판이라고 생각되는 것을 —이 말만 내뱉으면 그 어떤 여자라도 자신의 보잘것없음을 깨닫지 않고서는 버틸 수 없는 결정판을 —있는 힘껏 내뱉으려는 순간 공포와 경악, 나는 숨이 끊어졌다는 사실을 발견했다.

'숨이 찬다.' 거나 '숨이 막힌다.' 는 말은 평소 자주 들을 수 있는 말이지만 그렇게도 끔찍한 사건이 실제로 이 세상에서 일어날 줄이야 꿈에도 생각지 못했었다! 한번 생각해보기 바란다. —단, 공상하는 버릇이 있을 때의 얘기지만 —한번 생각해보기 바란다. —나의 낭패감을 —나의 경악을 —나의 절망을!

그런데 이 세상에는 수호신이라는 것이 있는데 그 수호신이 소생을 완전히 내버린 적은 단 한 번도 없었다. 따라서 제 아무리 처치 곤란한 기분에 빠졌을 때라도 나는 적절한 감각을 잃지 않고, 에두아르 경이 『줄리』에서 자신의 경험을 바탕으로 말한 것처럼 나의 경우에도 '수난의 길은 예지로 가는 길'로 통해 있었던 것이다.

당시에는 내게 일어난 이 보기 드문 사건이 소생에게 어느 정도 영향을 미쳤는지 정확하게 측정할 수가 없었기 때문에 조금 더 경험을 쌓아 이 전대미문의 재난이 어느 정도의 것인지 확실해질 때까지 이 사건에 대해서 아내에게는 절대로 입을 다물고 있겠다고 결심했었다. 그래서 나는 일그러지고 부어오른 얼굴을 바로 장난기 가득하고 상냥해 보이는 얼굴로 바꾼 다음 아내의 한쪽 뺨을 가볍게 두드리고 반대편 뺨에 입을 맞춘 뒤, 아무 말 없이(제길! 말하고 싶었지만 말할 수 없었다) 이 우스운 몸짓을 멍하니 바라보고 있는 아내를 무시한 채 파 드 제피르의 미풍과도 같이 가벼운 스텝으로 빙글빙글 돌며 방에서 나왔다.

이렇게 해서 무사히 자신의 방으로 돌아온 내 모습을 보기 바란다. 그야말로 성급함이 빚어낸 불길한 인과응보의 멋진 견본이었다. —살아 있으면서도 죽은 자의 성질을 가지고 있고 —죽었으면서도 살아 있는 자로서의 자격을 가지고 있는 —이 지상에는 둘도 없는 예외적인 존재 —매우 평온하면서도 숨을 헐떡이고 있는 것이다.

그렇다! 숨결이 사라져버린 것이다. 정말로 숨결이 사라져버린 것이었다. 제 아무리 죽을 각오를 하고 숨을 쉬어봐도 깃털 하나 숨결로 움직일 수도 없는, 금방 뿌옇게 변하는 거울을 숨결로 흐리게 할 수도 없는 그런 상황이었다. 이 얼마나 커다란 비운! —하지만 당시의 비할 데 없는 슬픔의 격정도 지금은 어느 정도 가라앉았다. 아내와 계속해서 대화를 나눌 수 없었기 때문에 완전히 발성능력을 상실한 줄 알았는데 시험 삼아 해보니 사실은 부분적으로만 발성기능이 손상되었을 뿐, 조금 전의 신기하기 짝이 없었던 위험 속에서도 목소리를 아주 낮게 조절해서 독특한 후음을 냈더라면 아내에게 내 감정을 전달할 수 있었을 것이라는 사실을 알게 되었다. 내 생각에, 그런 종류의 목소리(후음)는 숨결의 흐름에 의해서 나오는 것이 아니라 후두 근육의 경련에 의해서 나오는 것이기 때문인 듯했다.

나는 의자에 몸을 던진 채 한동안 명상에 잠겼다. 물론 그때 머리에 떠오른 상념은 마음이 편안해지는 종류의 것이 아니었다. 막연하게 눈물이 날 것 같은 수많은 상념이 내 마음을 사로잡았으며,

―자살이라는 관념까지 머리를 스쳐지나갔다. 명백하고 비근한 것은 멀리하고, 요원하고 모호한 것을 추구하는 것이 인간의 덧없는 본성인가보다. 나는 자살을 가장 명백한 잔학행위로 보고 그것을 멀리했지만 그러는 동안에도 점박이 고양이는 카페트 위에서 끊임없이 목을 울려댔으며, 물새 사냥용 사냥개는 테이블 밑에서 헉헉 숨을 쉬고 있었다. 녀석들이 그런 짓을 하는 것은 자기들 폐의 강함을 자랑하고 내 폐의 약함을 비웃기 위해서 그러는 것임에 틀림없었다.

막연한 희망과 막연한 공포가 어지럽게 교차하는 속에서 아내가 계단을 내려오는 발소리가 들려왔다. 그것으로 아내가 사라졌음을 확실하게 알게 된 나는 떨리는 가슴으로 내 재난의 현장으로 돌아갔다.

안쪽에서 확실하게 문을 잠그고 나는 정력적으로 가택수색을 개시했다. 내가 찾고 있는 분실물이 어딘가 어두운 구석에 숨어 있거나, 장이나 서랍에 숨어 있을지도 모른다는 것이 나의 생각이었다. 그것은 수증기와도 같은 형태를 하고 있을지도 모른다. ―만질 수 있는 형태를 가지고 있을 가능성도 있었다. 대부분의 철학자들은 철학 상의 모든 문제에 대해서 아직 너무나도 비철학적이다. 하지만 윌리엄 고드윈은 그의 『맨더빌』에서 '눈에 보이지 않는 것만이 실재한다.' 고 말했는데 그것이 이 상황에 적절하다는 사실은 모든 사람들이 인정하는 바일 것이다. 그런 이유로 이러한 단정을 어리석음의 극치라고 일소하기에 앞서 현명한 여러 독자들에게도 한번 생각해보기를 바라는 바이다. 아낙사고라스가 '눈은 검다.' 고 주장한 사실은 여러분도 기억하고 계시리라 믿지만, 이후부터 나는 이 주장에 한 치의 거짓도 없다는 사실을 그대로 받아들이고 있다.

나는 오랜 시간에 걸쳐서 열심히 수색을 계속했는데, 그 각고의 고생 끝에 얻은 것이라고는 틀니 하나, 엉덩이 두 개, 안구 하나 그리고 만식(滿息) 씨가 아내에게 보낸 연애편지 몇 통뿐이었다. 이것으로 내 어리석은 아내가 만식 씨를 사모하고 있다는 사실을 확실하게 알게 되었지만, 확실하게 말해두겠는데 그래도 나는 거의 동요하지 않았다. 나의 결식(缺息) 부인이 소생과 닮지 않은 자라면 누구라도 좋아하는 것은 당연하고 필요한 악에 지나지 않는다. 잘 아시는 바와 같이 나는 단단한 비만형, 게다가 땅딸막하다. 그러니 내 친구가 말라비틀어진 시체처럼 바싹 야위었고 하늘 높은 줄 모르고 키가 크다는 사실이 결식 부인의 눈에는 좋게 비쳤다고 해도 이상할 것은 하나도 없다.

조금 전에 말했던 것처럼 내 노력은 수포로 돌아갔다. 장이라는 장은 전부 —서랍이라는 서랍은 전부 —구석에서 구석까지 꼼꼼하게 찾아보았지만 아무런 소득도 없었다. 하지만 한 번은 화장품 상자를 뒤지다가 잘못해서 그랑장의 대천사유(大天使油)—이건 상당히 좋은 향수이니 이 자리를 빌어 추천해두기로 하겠다— 병을 깨뜨렸는데 그때는 정말로 찾고 있던 물건을 찾았다고 착각을 해버렸을 정도였다.

나는 초연하게 내 방으로 돌아와 —이 지방에서 도망칠 준비를 마칠 때까지 어떻게 해야 아내에게 그 의도를 들키지 않을 수 있을지 이래저래 생각을 해보았다. 어쨌든 이곳을 떠나야겠다는 사실만은 기정사실로 결심을 하고 있었기 때문에 그것에 대해서는 고민을 하지 않았다. 타향의 하늘 밑에서는 나를 알아볼 사람도 없을 테니 나를 덮친 이 불행한 재앙—걸식 이상으로 사람들의 애정을 없애버리고, 유덕한 인사나 행복한 사람들의 빈축을 사기에 충분한 이 재앙—을 어떻게든 숨길 수 있는 가능성이 없지는 않았다. 선은 서둘러라. 원래부터 기억력은 좋았기 때문에 바로 비극 『메타모라』전편을 암기하기로 했다. 왜냐하면 다행스럽게도 이 극의 발성법이, 적어도 주인공에게 주어진 장면에서는 현재 내게서 사라져버린 목소리를 전혀 필요로 하지 않고 시종일관 낮은 후음을 내게 되어 있다는 사실을 생각해냈기 때문이었다.

나는 발길 닿는 대로 걷다가 늪지 부근에서 한동안 열심히 연습을 했다. —하지만 그 연습법이라는 것은 데모스테네스가 행했던 것으로 알려진 것과는 전혀 관계가 없는, 순수하게 내가 생각해서 창작해낸 방법이었다. 이렇게 만반의 준비를 갖춘 뒤, 아내에게는 갑자기 연극에 푹 빠져버린 사람처럼 보이기로 했다. 그것 역시도 기적처럼 생각한 대로 일이 풀렸다. 어떤 질문을 받든, 어떤 말을 듣든, 그저 개구리처럼, 죽은 사람과 같은 목소리로 앞서 말한 바 있는 비극 중에서 적당한 대사를 골라 내 멋대로 대답을 해두기로 했다. 다행스럽게도 그 연극의 대사는 어떤 경우에도, 어떤 주제에도 꼭 들어맞는다는 사실을 알게 되어 나는 매우 기분이 좋아졌다. 그렇다고 해서 그런 대사를 읊조릴 때, 곁눈질을 하거나 —하얀 이를 드러내 보이거나 —무릎을 떨거나 —발을 질질 끌거나 —그 외에 요즘 정당하게 인기를 얻고 있는 배우들의 특색이라고 여겨지고 있는, 말로 표현할 수 없이 우아한 동작들을 내가 활용하지 않았다고 생각한다면 그건 오산이다. 틀림없이 나를 구속하려고 찾아온 무리들은 있었다. —하지만 고맙게도 내가 숨을 잃었다는 사실을 깨달은 녀석은 없었다.

이렇게 모든 준비를 갖춘 뒤, 나는 어느 날 아침 일찍 모 시로 가는 역마차에 올랐다. 친구들에게는 그 시에 급한 일이 생겼다고 말해두기로 했다.

역마차는 초만원이었다. 아침의 희미한 박명 속에서는 함께 탄 승객들의 얼굴이 보이지 않았다. 나는 별 어려움 없이 거대한 두 남자 사이에 몸을 밀어넣을 수 있었다. 그런데 그때 또 한 사람의 훨씬 더 덩치가 큰 신가가, 지금부터 자신이 하려는 일이 무엇인지를 알고, 은근한 태도로 무례를 용서해달라는 말을 하며 갑자기 내 위에 털썩 쓰러지더니 파라리스 수소의 포효에도 뒤지지 않을 만큼 커다랗게 코를 골며 잠들어버려 도움을 청하는 내 목소리는 거기에 완전히 묻혀버렸다. 단, 다행스럽게도 내 호흡기능은 아시는 바와 같은 상태에 있었기 때문에 질식할 위험에서는 완전히 벗어나 있었다.

마차가 모 시의 교외로 접어들고 날이 완전히 밝아 주위도 상당히 밝아졌을 때 나를 박해하던 신사는 천천히 자리에서 일어나 셔츠의 목깃을 바로잡더니 아주 정중하게 내 친절에 대해 예를 표했다. 그래도 내가 꼼짝도 하지 않자 (내 팔다리의 관절은 탈골됐고, 머리는 한쪽으로 뒤틀어져 있었다) 신사는 불안했는지 다른 승객을 흔들어 깨워 아주 단호한 어조로, 어둠 때문에 자신들과 같이 살아 있는 제대로 된 승객이 아니라 죽은 사람을 밀어붙인 것이라는 견해를 표명하고 그 견해의 정당성을 증명하기 위해서 내 오른쪽 눈을 세게 때렸다.

그러자 승객 일동은 (전부 9명이었다) 내 귀를 잡아당기는 것이 의무라고 생각하게 되었다. 그리고 함께 마차에 타고 있던 젊은 의사가 내 입 안으로 조그만 거울을 집어넣어 내게 숨이 없다는 사실을 발견하자마자 나를 박해했던 신사의 단언이 진실이라고 인정했기 때문에 사람들은 모두 더 이상 이런 기만을 조용히 참고 있을 수만은 없으며 심지어는 이런 사체와 더 이상 동승할 수는 없다는 굳은 결의를 표명하기에 이르렀다.

그렇게 해서 나는 마침 마차가 지나가고 있던 술집 '까마귀 정'의 간판 밑으로 바로 집어던져졌는데 다행스럽게도 마차의 왼쪽 후린에 깔려 두 팔의 뼈가 부러진 것 외에는 부상을 입지 않았다. 여기서 마부의 명예를 위해서 한마디 덧붙이겠는데, 그는 나를 내던지자마자 그 자리에서 나의 가장 커다란 가방을 내던지는 일도 잊질 않았다. 하지만 불행하게도 그것은 내 머리 위로 떨어져 두개골이 신기한 모습으로 깨져버렸다.

'까마귀 정'의 주인은 친절한 남자로, 자신의 돈을 약간 들여서 나를 돌봐주다 그 가방 안에 자신이 쓴 돈을 갚고도 남을 만큼의 내용물이 들어 있다는 사실을 알자마자 서로 알고 지내던 외과의를 불러다 10달러의 청구서 겸 영수증과 함께 나를 외과의의 손에 넘겨주었다.

사들인 사람은 나를 자신의 방으로 옮기자마자 바로 수술에 들어갔다. 그런데 내 두 귀를 절단한 순간 외과의는 내게 생체반응이 있다는 사실을 깨달았다. 그러자 외과의는 벨을 울려 이웃에 살고 있는 약제사를 불러오라고 사람을 보내 긴급사태에 대해 조언을 얻기로 했다. 그와 동시에, 내가 살아 있는 것이 아닐까 하는 의문이 최종적으로 옳다고 판명되었을 때를 대비해서 외과의는 약제사가 도착하기 전에 내 배를 절개해 나중에 은밀하게 해부할 목적으로 내장의 일부를 떼어냈다.

약제사의 견해에 의하면 나는 역시 완전히 죽어 있었다. 나는 그 생각을 깨트리기 위해 있는 힘을 다해 발길질을 하기도 하고 뛰어 오르기도 하고 맹렬하게 몸을 꼬아보기도 했다. ─외과의의 해부 덕분에 몸의 기능의 일부가 회복되었기 때문에 그럴 수 있었다. 하지만 이와 같은 나의 모든 노력은 최신 지식에 통달한 약제사에 의해, 최신식 전류장치 때문이라는 결론이 내려졌다. 약제사는 그 장치를 사용하여 아주 기묘한 실험을 몇 가지나 해치웠는데, 나도 당사자로서 그 결과에 관심을 갖지 않을 수 없었다. 그래서 논의에 참견을 하려 노력해보기는 했지만 발성 능력이 완전히 멈춰 있었고 입조차 열 수 없는 상태였기 때문에 안타까운 마음을 금할 길이 없었다. 그렇지만 않았다면 그들의 창조적이기는 하지만 근거가 희박한 이론에, 히포크라테스 병리학에 관한 연구로 얻은 내 깊은 지식을 바탕으로 적절한 반격을 가할 수 있었을 것이라고 생각하자 더욱 안타까운 마음을 금할 길이 없었다.

좀처럼 결론이 나지 않자 의사들은 나의 구류를 연기하여 재검사를 하기로 했다. 나는 다락방으로 옮겨졌다. 외과의의 아내가 내게 팬티를 입히고 양말을 신기자 의사가 직접 내 두 손을 묶고 턱을 손수건으로 묶었다. 그리고 문 바깥쪽에서 자물쇠를 채워 나를 침묵과 명상에 맡긴 뒤, 식사를 하기 위해 서둘러 밖으로 나가버렸다.

손수건으로 턱을 묶어놓은 것은, 그렇게 해두지 않으면 내가 말을 할지도 모르기 때문이라는 사실을 깨달은 순간 나는 하늘에 오를 것 같은 기분이 들었다. 이 생각으로 스스로를 위로하면서 나는 잠들기 전에 언제나 그래왔던 것처럼 '신의 편재(遍在)' 중 몇 구절을 마음속으로 되풀이했다. 그러자 탐욕스럽고 입이 험할 것 같이 생긴 고양이 두 마리가 벽의 구멍을 통해 침입해 와서 카탈리나처럼 요염하게 도약을 하는가 싶더니 서로의 얼굴을 마주본 채 내 얼굴 위로 떨어져 내 조그만 코를 놓고 엉뚱한 말다툼을 하기 시작했다.

귀가 없어진 덕분에 페르시아의 마술사가 키루스의 왕좌에 앉은 것처럼, 자신의 코를 자른 대가로 조퓨로스가 바빌론을 얻은 것처럼 나는 얼굴에서 살을 몇 온스(1온스는 약 28.35그램. - 역주) 잃음으로 해서 몸을 구할 수 있었다. 지독한 아픔에 제정신을 차리고 불타오르는 분노를 느낀 나는 단번에 끈과 손수건을 끊어버렸다. 나는 방을 성큼성큼 가로질러가 서로 으르렁거리고 있는 고양이들에게 경멸의 시선을 던진 뒤, 공포로 떨고 있는 고양이들의 낙담을 무시한 채 창문을 열어 아주 교묘하게 창 밖으로 떨어졌다.

우편마차 강도인 W×××은 이상할 정도로 나와 닮았는데 이때 그는 마침, 처형을 위해 교외에 특별히 만들어진 교수대로 감옥에서부터 이송되는 중이었다. 그런데 이 남자, 오랜 병으로 체력이 완전히 떨어져 있었기 때문에 특별 배려로 수갑은 채워지지 않았다. **Wxxx**은 처형범인용 옷을 입고 —그것이 내가 입고 있던 옷과 아주 비슷했다— 사형집행인용 마차(이것이 마침 내가 뛰어내렸을 때 외과의의 창문 밑을 지나고 있었다)의 바닥에 길게 누워 있었는데 감시하는 사람이라고는 졸고 있는 마부 한 명과 술에 취한 제6보병연대의 신병 둘뿐이었다.

불행하게도 내가 뛰어내린 곳은 이 마차의 한가운데였다. **Wxxx**은 눈치가 빠른 사람으로 이런 호기를 놓칠 리가 없었다. 그는 자리에서 벌떡 일어나 마차 뒤로 뛰어내려 골목으로 꺾어져 들어가더니 순식간에 모습을 감춰버렸다. 신병들은 이 소란에 깜짝 놀라 눈을 떴지만 그들은 일의 진상을 깨닫지 못했다. 하지만 그들 눈앞에 한 남자가, 그것도 중죄를 저지른 범인과 똑같이 생긴 남자가 우뚝 서 있는 것을 보고 '악당 녀석(**Wxxx**), 도망칠 생각인가 보군.' (그들은 틀림없이 그렇게 말했다)이라고 생각, 서로의 견해를 확인한 뒤 각자 다시 한 번 술을 한 잔씩 비우고 소총의 개머리판으로 나를 때려 쓰러트렸다.

드디어 우리는 목적지에 도착했다. 물론 나를 변호하는 소리는 들리지 않았다. 교수형은 거부할 수 없는 나의 운명이었다. 반은 어처구니없는 심정으로, 반은 억울한 심정으로 나는 운명에 몸을 맡겼다. 나는 견유학파적인 기질이 있었기 때문에 개의 기분은 어느 정도 알고 있었다. 어쨌든 집행인이 내 목에 줄을 걸었다. 발판이 밑으로 꺼졌다.

교수대 위에서 느낀 감정은 말하지 않기로 하겠다. 물론 그것을 정확하게 말할 수 있는 것은 바로 나밖에 없으며, 이것은 지금까지 제대로 이야기된 적이 없는 화제이기도 하다. 실제로 이 주제에 대해서 글을 쓰려면 교수형에 처해진 경험이 있어야만 한다. 글쟁이들은 자신이 경험한 일만 써야 한다. 마크 앤서니가 만취(滿醉)에 대해서 쓴 것은 그럴 만한 자격이 있었기 때문이었다.

　하지만 나는 죽지 않았다는 사실만은 말해두어야겠다. 몸은 공중에서 멈췄지만, 멈출 숨은 없었기 때문이었다. 줄의 매듭 부분이 왼쪽 귀 부분에 와 있었다는 사실(그것은 군용 머플러와 촉감이 비슷했다)을 제외하면 별로 불편한 점은 없었다는 사실을 밝혀두겠다. 발판이 밑으로 떨어졌을 때 목에 받은 충격도, 승합마차에서 거한에 의해 뒤틀려버린 목에 대한 교정효과가 있었을 뿐이었다.

　일부러 찾아와주신 관중을 위해서 최선을 다했음은 말할 나위도 없을 것이다. 내가 몸부림치는 모습은 처참하기 짝이 없었다고 한다. 내가 경련으로 몸을 떠는 모습은 비할 데가 없었다고 한다. 관중들 속에서 앙코르를 청하는 목소리가 터져나왔다. 기절한 신사도 있었다. 히스테리를 일으켜 집으로 실려 간 여자는 헤아릴 수도 없이 많았다. 한 화가는 그 자리에서 그린 소묘를 바탕으로 명화 「산 채로 껍질이 벗겨지는 마르시아스」를 가필, 수정할 기회를 갖게 되었다.

　나의 연기를 마음껏 감상한 관중들은 이제 슬슬 사체를 교수대에서 끌어내릴 때라고 생각하기 시작했다. —사형이 집행되는 동안 진짜 범인이 다시 체포되었기 때문에 그렇게 생각한 것도 당연한 일이었지만 불행하게도 나는 그런 사정을 잘 알지 못했다.

물론 나를 동정하는 목소리가 여기저기서 흘러나왔지만 사체의 인도를 요구하는 자가 단 한 사람도 없었기 때문에 나는 담당자의 명령에 따라서 공동묘지에 매장 되게 되었다.

적당한 간격을 두고 나는 매장되었다. 무덤 파는 인부들도 떠나고 나는 혼자 남았다. 당시 내 머릿속에 떠오른 것은 마스턴의 희극 『불만을 품은 사람』의 한 구절이었다.

죽음은 호한(好漢)으로 오는 자를 거부하지 않는다.

이 말은 거짓말처럼 여겨졌다.

어쨌든 나는 관 뚜껑을 걷어차고 밖으로 나왔다. 그곳은 지독하게 눅눅하고 음습한 곳으로 나는 권태감에 시달리기 시작했다. 그래서 나는 무료함을 달래기 위해 잘 정돈되어 있는 관 사이를 더듬더듬 걸어 다니며 관 하나하나를 들어올렸다 내려놓고, 뚜껑을 깨서 열고, 그 안에 누워 있는 죽은 자에 대해 이리저리 생각을 해보았다.

붓고 짓무르고 팽팽해진 시체를 굴리며 혼잣말을 중얼거렸다.

'이 녀석은 틀림없이 참으로 불행하고 ─불운한 사람이었을 거야. 똑바로 걷지 못하고 비틀비틀 걷는 것이 ─인간이 아니라 코끼리처럼 ─인간이 아니라 코뿔소처럼 ─일생을 지내는 것이 이 사람의 비참한 운명이었을 것임에 틀림없어.

전진하려고 하면 힘이 빠져버리고 옆으로 가려 해도 그렇게는 되지 않아. 한 걸음 앞으로 전진하려고 하면 오른쪽으로 두 발, 왼쪽으로 세 발 비틀 거리는 슬픈 운명. 이 연구 대상인 남자는 크래브의 시에 국한되어 있으며, 피르에트의 발끝으로 선회하기의 진수 같은 건 알리도 없었으며, 이 남자에게 있어서 파 드 빠삐용의 스텝은 추상관념에 지나지 않았어. 산의 정상에 오른 적도 없었으며, 첨탑에서 도시의 멋진 경관을 바라본 적도 없었어. 더위는 이 사람의 철천지 원수로 한여름이 되면 오뉴월 개처럼 축 늘어지지. 그런 날이면 불꽃을 생각하고, 질식을 생각하고, 첩첩산중을 생각하고, 페이온을 넘어 오사를 생각했어. 이 남자는 숨이 차올랐던 거야. ─다시 말하자면 숨이 사라져버렸던 것이지. 악기를 분다는 것은 상상할 수도 없는 일이었고. 자동 선풍기, 통풍통, 환풍기를 개발한 것은 바로 이 분이었어. 그는 풀무를 만드는 듀 퐁 씨를 중용했는데 가엾게도 담배를 피우려다 죽은 거야. 나는 이와 같은 사정에 깊은 흥미를 가지고 있으며, ─그 숙명에 심심한 동정을 금할 수 없는 사람이야.'

"그리고 여기에 있는 녀석은, 여기에 있는 것은."

나는 이렇게 말하며 바싹 마르고 키가 크며 묘한 모습을 한, 어디선가 본 기억이 있는 것 같지만 그다지 쳐다보고 싶지는 않은 특징적인 얼굴을 한 녀석을 거칠게 관 속에서 끌어냈다.

"여기에 있는 것은, 세상의 동정을 얻기에 적합한 녀석이 아니다."

그렇게 말하면서 조금 더 자세하게 대상을 관찰하겠다는 듯 엄지와 검지로 녀석의 코를 쥐고 땅바닥에 주저앉은 듯한 자세를 잡은 다음 그 자세가 무너지지 않도록 팔을 뻗어 지지하며 계속해서 독백을 이어나갔다.

나는 되풀이했다.

"세상의 동정을 얻기에 적합한 녀석이 아니다. 세상에 그림자를 동정하는 녀석이 과연 있을까? 그리고 이 녀석이 인간으로서 충분히 축복을 받지 못하기라도 했단 말인가? 높은 기념탑 ―탄환제조탑 ―포플러 등은 모두 이 사람이 생각해낸 거야. 이 사람은 『음영과 그림자』라는 논문을 써서 자신의 이름을 불후의 것으로 만들었어. 『사우스 박사의 골격론』의 마지막 판을 발군의 힘을 발휘해서 편집한 것도 이 사람이야. 이 사람은 젊은 나이에 대학에서 기체역학을 배웠어. 그런 다음 고향으로 돌아가서 끊임없이 이야기하고, 프렌치 호른을 연주하고, 백파이프를 편애했어. '시간' 과 경쟁을 벌이며 건각을 자랑했던 캡틴 버클리조차도 이 사람과 경쟁하려 들지는 않을 거야. 이 사람이 좋아하는 작가는 윈덤과 올브레스고, 좋아하는 화가는 피즈였어. 이 사람은 가스를 흡입하면서 영예로운 죽음을 맞이한 거야. ―히에로니무스가 말한 정숙의 명예 속에서 아주 조그만 숨 때문에 목숨을 잃은 거야. 틀림없이 이 사람은―."

내 관찰의 대상은 숨을 헐떡이며, 턱을 묶어놓은 천을 미친 듯이 찢어대며 내 말을 가로막았다.

"너무하는군. ―너무―해. 당신은 정말. 결식(缺息) 씨, 어째서 그렇게 남의 코를 비틀어대는 잔인한 짓을 하는 거요? 재갈을 물고 있는 게 보이지 않기라도 했단 말이요? ―그리고 완전히 바보가 아닌 한 ─알아두셨으면 하는데 ─나는 아주 대량의 숨을 처분하지 않으면 안 될 입장에 있단 말이요! 무슨 말인지 모르겠다면 거기에 앉아 보슈. 내 가르쳐드리지. 나 같은 입장에 있는 사람에게 있어서 입을 연다는 것은 ─숨을 내뱉는다는 것은 ─당신과 같은 사람하고 얘기한다는 것은 실로 커다란 구원이 되는 거요. 당신은 부르지도 않았는데 느닷없이 나타나서 사람의 말을 끊는 그런 사람이 아니요. 타인의 말에 참견한다는 것은 화가 나는 일로 절대로 해서는 안 될 일이요. ─그렇게 생각지 않소? ─아니, 대답은 필요 없소. ─말하는 것은, 한 번에 한 사람이면 족하니까. 내 말은 곧 끝날 테니, 당신은 그 다음에 말하면 될 거요. 그건 그렇고, 대체 어떻게 여기에? ─제발 아무 말도 하지 말아요. ─나는 여기에 온 지도 꽤 됐소. 무시무시한 사건이었소! ─나에 대한 얘기를 들어본 적이 있소? ─정말 엄청난 재난이었지! ─당신 집의 창 밑을 걸어가고 있는데 ─얼마 전의 일이었는데 ─맞소, 당신이 연극에 미쳐 있을 때였소. ─정말 무시무시한 일! ─숨을 받게 되다니, 그런 말 들어본 적 있소? ─잠깐, 입 다물고 있어요! ─아무래도 나는 누군가의 숨을 받은 것 같소! ─숨이라면 썩을 정도로 많은데. ─길모퉁이에서 블랩을 만났는데 ─녀석 청산유수라 내게는 단 한마디도 할 기회를 주지 않았소. ─한마디도 할 틈을 주지 않았소. ─그래서 결국 분통을 터트렸더니 ─블랩 녀석, 걸음아 나 살려라 도망갔소. ─세상은 정말 바보들로 가득하다니까! 나를 죽었다고 착각하고 여기에 묻어버렸소. ─지독한 녀석들뿐이라니까! ─전부 들었소. 당신이 나에 대해서 말한 것. ─그건 전부 거짓말이요! 무

시무시하고 ─놀랍고 ─무례하고 ─비열하고 ─말도 안 되는 ─
운운 ─운운 ─어쩌고저쩌고 ─어쩌고저쩌고 ─."

　이처럼 생각지도 못했던 말을 들었을 때의 나의 놀라움은 말로
는 쉽게 표현할 수 없는 것이었으며, 이 신사(이것이 내 이웃인 만
식 씨라는 사실을 금방 알 수 있었다)가 운 좋게도 잡았다고 하는
숨이 바로 내가 아내와 이야기를 하고 있을 때 사라져버린 숨이라
는 사실을 차차 알게 되었을 때의 기쁨도 말로는 쉽게 표현할 수
없는 것이었다. 시간, 장소, 상황 등으로 봐서 더 이상 의심의 여지
가 없었지만 나는 만식 씨의 코를 쥐고 있던 손을 바로 놓지는 않
았다. ─적어도 이 포플러를 창출한 사람이 장광설을 늘어놓는 동
안에는.

　이와 같은 행동은 나의 눈에 띄는 장점 중에 하나인, 신중함에
바탕을 두고 행동한 덕분이었다. 오래 동안 살아가는 데는, 어설픈
노력으로는 극복하기 어려운 수많은 일들이 길 앞에 기다리고 있
는 것이라고 나는 생각한다. 대부분의 사람들은 자신의 소유물을
─그 당시 그 사람에게 제아무리 무가치한 것이라 할지라도 ─제
아무리 번거롭고 귀찮은 것이라 할지라도 ─그것을 타인이 손에
넣으면 어느 정도 이익을 그 사람에게 가져다주는지, 반대로 자신
이 그것을 포기하면 어느 정도의 이익이 자신에게 생기는지 그 정
도에 정비례해서 그 소유물의 가치를 평가하려는 경향이 있다. 만
식 씨의 경우가 바로 그렇지 않은가? 그가 그렇게도 버리고 싶어
하는 숨에 조금이라도 관심을 보인다는 것은, 그대로 그의 탐욕의
미끼가 되어버린다는 것이 아닌가? 이 세상에는 이웃의 약점까지

도 아무렇지도 않게 악용하는 악당이 있으며, 또한 (이건 에픽테토스가 한 말이지만) 자기 재난의 무게를 털어버리고 싶다고 간절하게 바라고 있을 때는, 타인의 재난의 무게를 경감해줘야겠다고는 조금도 생각지 않는 것이 인간이라는 사실을 떠올리고 나는 문득 한숨을 지었다.

이런 일을 생각하며 여전히 만식 씨의 코를 잡고 있는 상태였기 때문에 이와 같은 상황에서는 다음과 같은 어조로 대답하는 것이 타당할 것이라고 나는 생각했다.

나는 깊고 커다란 분노를 담아서 말을 꺼냈다.

"이 괴물 같은 녀석. 이 괴물처럼 숨을 두 사람 분이나 가지고 있는 멍청이 녀석! 너는 스스로가 저지른 죄 때문에 하늘의 뜻에 따라 이중으로 숨을 가지게 되는 저주를 받았음에도 불구하고 ─ 잘 들어둬, 그래도 너는 내게 친한 친구처럼 편안하게 말을 하는 건가? ─내가 거짓말을 했다고? 어림도 없는 소리. 입 다물고 있으라고? 잘도 떠들어대는군! 숨이 하나인 멀쩡한 신사에게 그 무슨 말버릇인가? 자업자득이라고는 하지만 네가 괴로워하고 있는 재난에서 벗어나게 해주고 ─너를 괴롭히고 있는 여분의 숨을 받아줄 수도 있는 사람에게."

브루투스처럼 나는 한동안 간격을 두어 반응을 기다렸다. ─그러자 만식 씨는 마치 선풍과도 같은 대답의 폭풍을 내게 쏟아 부었다. 항의에 이은 항의, 변명에 이은 변명. 그는 어떠한 조건이라도 받아들일 자세였으며 내게 있어서 유리하지 않은 조건은 단 하나도 없었다.

예비교섭이 성사되자 내 친구는 내게 숨을 인도했는데 그에 대해서는 (잘 조사해본 뒤) 나중에 영수증을 써주었다.

이처럼 실체가 없는 물건의 교환을 그처럼 간단하게 처리해서는 안 된다는 비난이 있으리라는 사실은 나도 잘 알고 있다. 그리고 물리학의 아주 흥미로운 분야에 새로운 빛을 수없이 던져줄지도 모를 사건—아니, 그럴 것임에 틀림없지만— 그런 사건에 대해서는 좀 더 자세하게 이야기해야 했다며 안타까워할 사람도 있으리라고 생각된다.

안타깝지만 그런 것에 대해서는 대답을 할 수가 없다. 내가 할 수 있는 일이라고는 대답 대신에 힌트를 주는 일뿐이다. 어떤 사정이 있어서 —아니, 이처럼 미묘한 사정에 대해서는 가능한 한 이야기하지 않는 편이 무난할 것이라고 생각했기 때문인데 —어쨌든 다시 한 번 말하겠지만 아주 미묘한 사정이 있고, 제삼자의 이해관계가 얽혀 있으며, 지금으로서는 그 제삼자의 심경을 거스르는 짓만은 하고 싶지 않으니 관대하게 봐주시기 바란다.

거래에 필요한 수속을 마친 뒤, 둘이서 묘지의 지하 감옥에서 탈출하기까지 그렇게 많은 시간이 걸리지는 않았다. 둘이서 되찾은 숨을 맞춰 외쳐보니 효과는 만점. 공화당 신문의 주필 시저 씨는 '지하 소음의 성질과 원인'에 대해서라는 논문을 재발표했다. 이에 대한 회답 —재회답 —반론 —반박 —변호가 민주당 신문의 지상을 떠들썩하게 만들었다. 하지만 쌍방의 논의 모두 결정적으로 잘못된 것이라는 사실이 증명된 것은, 이 논쟁을 매듭짓기 위해서 지하 무덤을 파내고 만식 씨와 내가 나타난 뒤의 일이었다.

인생이라는 것은 언제나 파란만장한 것이지만, 그 중에서도 매우 보기 드문 사건에 대한 상세한 기술을 마치기에 앞서, 볼 수도 만질 수도 확실하게 이해할 수조차도 없는 '활'에 대한 확실하고도 유효한 '방패'라고도 할 수 있는 싸우지 않고 이기는 철학의 진가를 독자들에게 다시 한 번 환기시키지 않을 수 없다. 고대 헤브라이인 사이에서는 건전한 폐와 맹목적인 신앙을 가지고 '아멘!'이라는 한마디를 커다란 목소리로 외칠 수만 있다면 죄인이든 성인이든 천국의 문은 반드시 그 사람을 위해서 열린다고 믿었는데 그 역시 이 예지의 정신에 힘입었기 때문이다. 그리고 아테네에 역병이 돌자 그것을 박멸하기 위해 온갖 수단을 강구해봤지만 아무런 효과도 거두지 못했을 때, 라에르티우스가 그의 저서 제2권에서 언급한 철학자 에피메니데스가 '역병을 관장하는 신을 위한' 신전 건립을 진언한 것도 이 예지의 정신에 따른 것이었다.

리톨튼 발리

■ 에드가 앨런 포우-Edgar Allan Poe(1809~49)

1809년 — 1월 19일 보스턴에서 출생. 아버지와 어머니는 모두 극
　　　　단의 배우.

1810년 — 아버지 리치먼드에서 실종.

1811년 — 어머니 리치먼드에서 사망. 리치먼드의 사업가 존 앨런
　　　　의 양자가 됨.

1815년 — 양부모와 함께 영국으로 건너감.

1820년 — 양부모와 함께 미국으로 돌아옴.

1823년 — 친구의 어머니인 제인 클레이그 스태너트 부인에게서
　　　　사랑을 느낌.

1826년 — 버지니아 대학에 입학. 양아버지의 반대로 로이스터와
　　　　의 약혼에 실패. 도박과 음주로 빚을 짐.

1827년 — 양아버지와의 불화로 보스턴으로 떠남. 에드가 A. 페리
　　　　라는 가명으로 군에 입대. 처녀시집 간행.

1830년 — 웨스트포인트 육군사관학교에 입학.

1831년 — 명령위반으로 퇴교. 『포 시집』 간행.

1832년 — 단편 「메첸거슈타인」 발표.

1833년 — 「병 속에서 발견된 수기」가 현상공모에 당선.

1835년 — 「베레니스」, 「모렐러」 등을 발표. 리치먼드로 가서 잡지
　　　　편집에 참여.

1836년 — 조카 버지니아와 결혼.

1837년 — 뉴욕으로 옮김. 「리지아」발표.

1838년 — 「아서 고든 핌의 이야기」출판. 필라델피아로 옮김.

1839년 — 「어셔 가의 몰락」, 「윌리엄 윌슨」발표.

1840년 — 「그로테스크한 이야기와 아라베스크한 이야기」를 출판.

1841년 — 「모르그 가의 살인사건」, 「큰 소용돌이 속에서」발표.

1842년 — 「마리로제의 수수께끼」발표 시작.

1843년 — 「황금 벌레」를 신문에 투고. 「검은 고양이」발표. 『에드
        가 앨런 포우 산문소설집』 출판.

1845년 — 「큰 까마귀」발표.

1846년 — 「아몬틸라도의 술통」발표.

1847년 — 아내 버지니아 사망.

1849년 — 로이스터와 결혼을 추진. 시 「엘도라도」, 「애너벨리」,
        「애니를 위하여」, 「종」등과 「절름발이 개구리」발표. 술
        집 앞에서 쓰러져 있는 것을 발견, 병원으로 옮겼으나 숨
        을 거둠.

옮긴이 · **박현석**

목원대학교 국어국문학과 졸업.

전문 번역가. 에이전트.

번역서로는 『월든』, 『오만과 편견』,

『홈즈 단편 베스트 걸작선 17』,

『뤼팽 베스트 걸작선』 외 다수.

포우 단편 베스트 걸작선

2006년 8월 5일 1판 1쇄 인쇄
2012년 1월 10일 1판 9쇄 펴냄

지은이 | 에드가 앨런 포우
옮긴이 | 박현석
기획 | 김정재
디자인 | 하명호
마케팅 | 홍의식
펴낸이 | 하중해

펴낸곳 | 동해출판
등록 | 제302-2006-48호
주소 | 경기 고양시 일산동구 장항1동 621-32호(410-380)
전화 | 031)906-3426
팩스 | 031)906-3427
e-mail | dhbooks96@hanmail.net

ISBN 89-7080-147-2 (03840)